格局

胡小平 著

CS 湖南文艺出版社

目　录

引子

平地惊雷

蹲在墙角的谷为怀边站起来，边问凌志云饿不饿。凌志云跟着站了起来，说有点饿，又说不饿。谷为怀一笑，问他累不。他说有点累，又说不累。谷为怀拍一下他的肩膀，说一个共产党员，就得多吃苦，多担当。他点点头，说记住了。几天前，凌志云刚批准转为正式党员，又由支行信贷股副股长提拔为信贷股股长，高艳说他这是双喜临门。去年夏天，谷为怀由H银行沧江支行的副行长接手支行行长的工作，成为支行成立以来的第三任行长。

今天上午，凌志云随谷为怀去沧江机械厂搞调研，下午又陪谷为怀去参加兴隆机械厂的破产清算大会。沧江机械厂经营近来也是每况愈下，贷款的安全已成了一个问题，引起了市分行分管信贷的副行长邓昌明的关注。兴隆机械厂是沧江县首批先破后立的地方国有企业之一，破产后成立了兴隆机械公司，原来的厂长成了总经理。

在破产清算会上，县财委主任、兴隆机械厂破产清算小组副组长梁光辉宣布，一般债权人的清偿率为百分之一点五，银行债权的清偿率为百分之零点一。凌志云腾地站了起来，手一举，有话要说。谷为怀忙拉他坐下，说能让新公司承接了小部分贷款，清算还能得到这么一丁点，已经是相当不错了，全靠有梁光辉的关照和运作。凌志云说他看着就来气，想着就心疼，当初这贷款支行不放，是梁光辉把谷为怀请到办公室，说兴隆机械厂就得死马当作活马医，贷款必须放，这是县长的意思，如今倒好，说破产就破产了，贷款全打了水漂。谷为怀指了指吵吵闹闹的会场和哭哭啼啼的人群，拍了拍凌志云的手，要他别说了，破产不只是兴隆机械厂，贷款打了水漂的也不是只有他们一家。他说着一声叹息。凌志云摇摇头，又苦笑了一下。

散会时，天已黑了好一阵了。见路边有个小酒楼，凌志云说请谷为怀吃点东西再回家。谷为怀说还不饿，先走一走。顺着马路走了二十来分钟，凌志云突然停下脚步，指了一下路边的院子，请谷为怀先走，他顺路进去催收一下宋老板的贷款，前天晚上来守候了一个多小时，没见着人，今天去碰碰运气。谷为怀说给他做个伴，一起去。凌志云说不用，就别辛苦他了。

“你看，那星子！”凌志云说着指了一下天上。谷为怀抬头一看，只见一颗星星亮闪闪地划过天空，消失在山的那边。

天空深邃，繁星点点。

谷为怀问凌志云刚才那划过天空的是什么。凌志云刚要说是流星，但话到嘴边又忙打住了，只是望着天空，仿佛还在找那颗流星。谷为怀又问他今天是哪一天，现在是几点。他看了看若有所思的谷为怀，再看一下手表，郑重地说今天是 1996 年 5 月 17 日，现在是晚上 9 点 16 分。

两天后，凌志云从报上看到，某地一家才成立一年的县支行就在 1996 年 5 月 17 日这一天，因经营不善，效益不好，给摘牌撤销了，成了中国第一家被撤销的商业银行机构。

这无异于一声惊雷，惊得凌志云发蒙，发怵。他放下报纸，在椅子上呆坐了好一阵，心想看来银行也真不是铁饭碗，更不是金饭碗了，支行眼下的经营状况也并不乐观，已有亏损的迹象，也许今年就会出现亏损，但愿被撤销的命运别降临到支行头上。

第一章

狼真来了

谷为怀一出H银行双江分行行长邓昌明的办公室，就一连两个踉跄，好在忙扶住了墙壁，才没扑倒在地，但手上的包是摔去了老远。

在从双江市回到沧江县的路上，六十来公里，一个多小时，谷为怀一直头枕着椅子，闭着眼睛，一动没动，半句话也没说。司机几次回头，见他一脸铅色，想问他是不是哪里不舒服，要不要去看医生，是不是要拿坐垫枕在腰下，别那样坐久了又腰疼，却始终没敢开口，只是大气也不出地开着车，尽力把车开得平稳一些，喇叭都没按过一下。

黑色的桑塔纳伴随着有些刺耳的刹车声，在H银行沧江支行大门口停了下来。不等司机开门，谷为怀已拎着包下了车。他望了一眼天上那白得晃眼的太阳，站在大门口，端详了一会儿那挂在门柱上，白底黑字的支行牌子，用食指摸了摸，弹了弹指上细微的灰尘，轻轻一声叹息，低头快步上楼去了。

支行有一个小院落，临街八十来米，东端是进院子的通道，西头是食堂，中间靠食堂是大会议室，靠食堂是营业厅，靠通道是上楼的大门。食堂和大会议室的上边是员工宿舍，营业厅和大门上边是办公楼。院子狭长，最宽处也不到三十米。办公楼下和围墙边的几棵白玉兰树都已有碗口粗了。那都是谷为怀调入支行的第二年春天，老行长带着谷为怀等人一起栽下的。

在楼梯间，等候在楼道口的朱建国笑嘻嘻地跟谷为怀打招呼，谷为怀却视而不见，从后边追上来的高艳大声跟他说话，他也是听而不闻，一进办公室就顺手把门“嘭”地关了，把高艳挡在了门外。

朱建国和高艳面面相觑，都一脸茫然，心想从没见过谷为怀这么一个样子，今天他是怎么了，又为的什么。

高艳是支行财务股股长兼营业部主任，是来给谷为怀汇报费用开支情况，请示有两笔费用该怎么处理的。朱建国是支行保卫股的股长，是来问谷为怀，原定下周的保卫人员打靶还打不打，谷为怀是不是还亲自去，他好去联席和安排。

今天早上，曾迎春照例站在支行大门口，让上班的员工叫一声“曾行长好”，或是“曾行长早”，与过往的熟人打个招呼，或说上两句三句。谷为怀打着飞脚从院子里出来，边上了停在门口的桑塔纳，边跟曾迎春说他上市分行开会去了，行里就辛苦她多照看着。她朝谷为怀扬了扬手，要他放心去好了。见车子走远了，看不到了，她才转身上楼，边走边想着谷为怀去开的什么会，那么急急忙忙的，走路都带跑了。

刚才，曾迎春就站在二楼她办公室的窗口，看着谷为怀阴沉着脸，像霜打蔫的茄子一样下了车，上了楼。这让她的心海一下又起了波澜。她绕着办公桌边走边琢磨着，连连向自己提问：谷为怀怎么一下成了这个模样？是会上挨了批评，还是跟人吵了架？是什么问题给市分行发现了，还是有什么给人举报了？是他想调走没能如愿，还是想提拔没了希望？绕了两圈，她越琢磨越乱，脑子里成了一团乱麻，心里更是翻起了波浪，呼吸都有点急促了。她强令自己在椅子上坐下，一手抚着胸口，一手端着茶缸，大口地喝着水。过了一会儿，她平静多了，思路也清晰多了，便抓起听筒，给市分行人力资源部主任陈立军等人打电话，可问了一圈也没问出个什么名堂来，上午分行也没开什么会。这一来，她莫名地有点急了，也有点烦了，更有点来气了，起身就往三楼谷为怀的办公室走，想问他几个怎么，探探他的口风。

到了谷为怀办公室门口，曾迎春侧耳一听，里边静悄悄的，没一丁点声响。难道他又出去了？没有，肯定没有。她举手敲门，可手指还差那么一丝要触到门的时候，又陡地放了下来，握着了门把。她想突然打开门，看谷为怀到底在干什么。可就在要发力扭动门把之际，她猛地觉得，还是不主动找他，让他来找自己更好。她收回了手，左右瞟了一眼，轻手轻脚地下楼去了。

太阳斜照过来，穿过落地玻璃，铺在营业厅外厅的地板砖上。正跟柜员余小丽说着什么的高艳一抬头，看到凌志云与跟在左右的齐向前和谷智勇边说边从门口走过，便丢下余小丽跑了出去，一把将凌志云拉到一边，又朝齐向前和谷智勇扬了扬手。齐向前会意，拉着谷智勇上楼去了。凌志云问高艳什么事，干嘛弄得这么神神秘秘的。高艳左右瞟一眼，凑近凌志云的耳朵，说谷为怀应该是出事了，他机会来了。他一愣，要她别乱说，说着就走了，径直去了谷为怀办公室，见门紧关着，里边又听不到任何动静，稍站了一下，转身就走，可就在他抬腿要走的时候，里边传出了座机拨号的声音。

从谷为怀门口下来之后的一个多小时里，曾迎春在办公室一时站立，一时坐下，一时走到窗前，一时踱到门口，一时按着太阳穴，一时捶着额头。她一直在等着谷为怀找她，可就是不见电话响，也不见谷为怀或是哪个来喊她。其间高艳来找她，有一笔冲账要她签字，见她坐在椅子上，看着墙壁发呆，怕打搅她，便悄然而退了。

洒落在窗台上的夕阳一下没了，办公室倏地暗了下来。曾迎春一激灵，一看表，只差两分钟就要下班了。她没来由地一拍桌子，手一戳，将电脑的电源关了，拎了包就走，可刚走到门口又打住了，将包往沙发上一丢，一屁股坐在沙发上。就在这时，座机响了。她一下弹了起来，冲过去，见是谷为怀打来的，忙伸手去接，可手刚触摸到听筒又犹豫起来，就在犹豫之际，铃声没了。她后悔了，就站在电话机跟前，等着谷为怀再次打过来，可等了一会儿，还是没响。她一声叹息，将电话一推，一屁股坐在椅子上。

刚到门口，凌志云就听到了座机的铃声，忙开门跑过去接了。谷为怀开口就要他马上去小会议室，顺便请一下曾迎春。一听马上去小会议室，又听到谷为怀的声音有些沉重，还有点沙哑，再加上刚才高艳说的，凌志云不免心一惊，又一沉，隐约地感觉到了有什么事要发生。以往班子有什么事要商议，一般都是在谷为怀办公室或是在曾迎春办公室碰个头，很少去会议室的。

曾迎春和凌志云的办公室只隔着一面一二墙，隔音效果不是太好。曾迎春嗓门又大，一打电话就常常用手捂着听筒，或是把门关上。刚才凌志云接谷为怀的电话，曾迎春就听得清清楚楚。

凌志云拿了笔记本，关上门，走到曾迎春门口，朝她做了一个请走的手势。她装着没看见，还是喝着茶。凌志云走近两步，说谷为怀请她去开会。她放下杯子，皱了一下眉头，问去哪开会，开的什么会。凌志云说去小会议室开会，什么事不知道。她说她没接到通知，不去。她“去”字还在嘴皮边上，座机响了。她一把抓起听筒。谷为怀说刚才打了她电话，没接。她稍一迟疑，说去卫生间了，刚回。

凌志云也是支行的副行长，排名在曾迎春之后，是两年多前从信贷股长的岗位上提拔上来的。齐向前接任了信贷股长。去年春天，齐向前把谷智勇从分理处要过来做了信贷员。今年年初，谷智勇当上了信贷股副股长。

“我告诉你们，狼来了，真的来了。”这是谷为怀在会议室落了座，看了一眼曾迎春和凌志云之后，开口说的第一句话。

曾迎春一时没明白过来谷为怀说的是什么，只是莫明其妙地看看谷为怀，看看凌志云，一听手机“叮咚”一响来了信息，便忙打开翻盖，笑着看信息去了。尽管谷为怀竭力想说得平和、平静一点，但凌志云一眼就看出了他心中的焦虑和担忧。

“谷行长，这一天我是预感到了会来的。”凌志云看一眼谷为怀，玩转着手上的笔，“三年前，当那个被撤销了的支行像那颗流星划过天空时，我就感觉到了，这一天迟早会来的，只是没想到会来得这么快。”

听凌志云这么一说，曾迎春明白过来谷为怀说的是什么了，却将手机盖“叭”地一合，装糊涂说：“那怕什么，狼来了就来了呗！”

“曾行长，你可别说得那么轻松。”谷为怀看着曾迎春，“来的是狼，不是羊。狼一来，那难免是要吃人的。”

“吃人也不用怕，怕不得的。”曾迎春将手机往桌上一搁，呵呵一笑，“不是有首歌唱得好嘛，朋友来了有好酒，豺狼来了有猎枪。狼来了，那一枪崩了它好了，还可以吃狼肉，穿狼皮，好着呢。”

凌志云笑着说：“曾行长，可这狼来得快，来得猛，要弄不好，只怕你枪都还没举起来，或是子弹都还没上好膛，你人就已经给狼压在爪子下边，或是给狼叼在嘴里了，失去了反击的时间和力量，会……”

“凌行长，你这话可不只是我不爱听，谷行长也会反感的。”曾迎春瞟一眼谷为怀，指了指凌志云，“你应该知道，我们谷行长可是一个优秀猎手，再狡猾的狐狸也逃不过他的眼睛，再凶猛的老虎也躲不过他的枪口，狼总没有狐狸那么狡猾，没有老虎那么凶猛吧？”

“曾行长，你就别夸我，也别开玩笑了。”谷为怀轻轻敲了一下桌子，指一下自己的脸，看着曾迎春，“你看看，我都快急死了。”

“哎呀，谷行长，急什么呢，不就是狼来了嘛。不用急的，架好枪就行了。你要是怕，那枪我来架好了。”曾迎春抬起右手，做了一个打枪的姿势，看着谷为怀，“再说，狼来了，你急也没用，一急，反而会乱了方寸，乱了阵脚，那可不行的。你是一行之长，可不比我，也不比凌行长，你是万万乱不得方寸，乱不得阵脚的哦！”

“好，你提醒得好。我谢谢你！”谷为怀朝曾迎春浅浅一笑，“只是这事真的是火烧眉毛了，我们就别再开玩笑了。”

“好好好，不开玩笑，不开玩笑。”曾迎春往椅子上一靠，笑看着谷为怀，“谷行长，我可是没半点恶意的，只是看你焦急，急得脸都绿了，都不是个人样子了，才开了这个玩笑，也是想让你开心一下。你开心了，那我们也就安心了，放心了。”

谷为怀哭笑不得，只好在心底一声叹息。

早上，谷为怀正和谷智勇对坐着吃面条，边吃边说着沧江机械厂的事，邓昌明突然打电话过来，要谷为怀立马动身去他办公室。谷为怀一愣，问是什么事，这么急。邓昌明说到时候就知道了。他拎了包就走，走到门口又回过头，要谷智勇今天到机械厂去好好看看，可别走马观花。谷智勇忙咽下嘴里的面条，边起身边响亮地应答着。吴冬梅从厨房追出来，说谷为怀面条才吃了一半，别那么急，吃完了再走。谷为怀边说不吃了，边换鞋出了门。

谷为怀忐忑不安地进了邓昌明的办公室，做好了挨骂挨批的心理准备。没想到本是一脸阴郁的邓昌明一见他就立马合上文件夹，微笑着走过来，向他问了好，又给他让了座，泡了茶，然后关上门，在他旁边坐下，上下打量了他一通，问他怎么又瘦了，是近来工作压力太大，还是哪里不舒服；又问他大儿子谷智文恢复得好不好，有什么需要帮助的尽管说；还问他小儿子谷智勇女朋友找好了没有，等着喝喜酒呢。谷为怀嘴上一一简短地回答着，心里却在琢磨着这是怎么了，不像一个要挨骂挨批的样子，可又不对，以往邓昌明有什么总是开门见山的，不会这样有事绕着说，看来这事他是不好说，有难处，准是非同寻常了。这么一想，他越是不安了，甚至是有点害怕了，心里的鼓打得咚咚直响，脚也有点不由自主地轻微颤动起来，就盼着邓昌明快点把事说出来。

“为怀，狼来了。”过了一会儿，邓昌明开始说正事了，虽然说得平和、平淡，但脸上已由凝重代替了微笑。

“狼来了？”谷为怀一怔，像是问邓昌明，又像是自言自语。

“是的，来了。”邓昌明点点头。

“真的来了？”谷为怀睁大了眼睛。

“真的来了。”

“那会怎样？”谷为怀蹙着眉头。

“你想会怎样。”

“我……”谷为怀有点茫然地摇了摇头。

“为怀，这事跟过去大家想的不一样，来得快，来得猛，够大的了。”邓昌明看着谷为怀，“刚才我没急着跟你说，也是想让你有个思想准备。”

“早上接到你的电话，我就有一种预感，准不是什么好事，一路上都在东想西想的，隐隐约约地也想到了这上边，但又觉得应该不是，就没多想了。”谷为怀咽咽口水，看着邓昌明，“邓行长，既然狼已经来了，那我们就不能眼睁睁地等着狼来吃掉，而是要把狼挡在门外，把狼赶走，把狼消灭。”

“好，你能这么想就好。只是这事来得有点突然，上周我在省分行开了两天会，根本就没听谁提起过这事。”邓昌明一声叹息，站了起来，边说边在地上踱着，“还有，这事可没你想的那么简单，那么轻松。真要是那样，那关系到近百号人的饭碗是不是还能端着，关系到几十个家庭是否还能安稳，关系到……”

听邓昌明这么一说，站着的谷为怀心陡地一沉，头随之一下蒙了。

“为怀，你先别急。”邓昌明边说边走到谷为怀跟前，拍了拍他的肩膀，

“是这样的。昨天晚上省分行的徐行长跟我打电话，说总行有要求，对连年亏损，且亏损较大，又在短期内不能扭亏为盈的县支行，必须有计划有秩序地撤并，而且下达了撤并的指标，省分行已研究决定了，我们双江辖内的沧江支行和温江支行只能保留一个，得撤销一个。”

“那留哪一个，撤哪一个？”

“徐行长也没说撤哪一个，但听他的口气，省分行是更倾向保留温江支行。”邓昌明摇摇头，长长一声叹息，看着谷为怀，“为怀，说心里话，我是手心手背都是肉，一个都舍不得撤啊！”

谷为怀头“嗡”地一响，身子摇晃起来。邓昌明忙扶着他在沙发上坐下。他埋着头，双手捂着脸，泪水从指缝溢出来，还伴着呜呜咽咽的哭泣。

邓昌明没想到谷为怀反应会这么强烈，不由得眉头一皱，心底一恼，抬手就要拍茶几，想数落他几句，但手最终轻轻落在了谷为怀的肩上。

“为怀，我知道这事你一时难以接受，也理解你此刻的心情。”邓昌明抹了抹湿润的眼睛，拉着谷为怀的手，“其实我的心情跟你一样，也很沉重，很难过。”

涕泪四流的谷为怀抬起头，看着邓昌明，说：“邓行长，支行不能撤啊！”他说着扑通跪了下去。他这一跪，仿佛就跪在邓昌明的心尖上，跪得邓昌明身子猛地颤抖了一下，心一阵绞痛，泪水随之夺眶而出。他去扶谷为怀，谷为怀却跪地不起。

一片寂静。只有泪水落地的声音是那么沉闷，却又那么清晰。

一只鸟儿从窗前掠过，还“唧”地叫了一声。邓昌明在这叫声中回过神来，抚着谷为怀的背，说：“噢，为怀，徐行长也并没有说支行马上就撤呢。”

“是吗？”

“是啊！”

“真的？”

“真的。”

谷为怀眼睛一亮，撑着沙发爬起来。邓昌明就势扶了他一把。他坐到沙发上，边用手揩着脸上的泪，边说：“那就好，那就好。”

“不过，听徐行长的口气，虽然没说马上要撤，但终归还是要撤的。”怕谷为怀产生误解，邓昌明接着又这样说了。

谷为怀“哦”了一声，头又勾了下去。

“好，谷行长，能这样就好。打个比方，这等于是虽然判了死刑，但没有立即执行，那就还有一线生机，还有希望，还有未来。”凌志云看一眼曾迎春，看着谷为怀，“其实就是上了刑场，眼看就要开刀问斩，说不定又飞马来了圣旨，来个刀下留人呢。”

“志云，你也说笑话了。”谷为怀勉强一笑，“你这是宽我的心，也宽你自己的心吧？”

“谷行长，这可不是笑话，也不是宽哪个的心，电影电视里常见，现实中也是有的。”凌志云一本正经地说着，“不到那一刻，就不能想着死，而是要想着生，要想着还能干一番轰轰烈烈的大事业。”

曾迎春似笑非笑地看着凌志云，说：“凌行长，你这是烧糊涂了，还是说梦话呢？”

凌志云摸了摸额头，说：“我没发烧，也不是说梦话！”

“要我看，如果是反正要死的，那就不如早死早投胎，过十八年又是一条好汉，何必要不死不活地难受。”曾迎春一拍桌子，“支行也一样，如果是反正要撤的，那不如早点撤了，别看着生气，想着心烦。”

“曾行长，你这就真的是说笑话了。”凌志云笑着看着曾迎春，“我只问你，支行真要撤了，那你去哪？我去哪？那近百号人又去哪？”

“我去哪？”曾迎春眨眨眼睛，手一摊，“那我还真不知道。”

“你看。”凌志云摇头一笑，“你都不知道去哪，那别人就更加了，总不能让大家流落街头，坐到路边喝西北风吧？”

“看你说的，我自己都管不了了，哪还管得了那么多。”曾迎春指了指凌志云，偏着头，眯着眼睛看着谷为怀，“噢，谷行长，那你呢？你去哪？”

“我……”谷为怀愣了一下，避开曾迎春的目光，“我……我也不知道去哪。”

“谷行长，看你这躲躲闪闪、支支吾吾的，是不是有什么瞒着我们？”曾迎春朝凌志云努了一下嘴，“都这个时候了，你还这样，怕是不好吧？”

“也没什么。”谷为怀咽了咽口水，看一眼曾迎春和凌志云，看着桌面，“只是邓行长跟我透了一点口风，考虑了调我去市分行，但我说了不去。”

“好啊，谷行长，你给自己倒是谋好退路了！”曾迎春朝凌志云一挤眼，盯着谷为怀，“那我们呢？邓行长他怎么说？”

“他没说。”谷为怀看着曾迎春。

“没说？”曾迎春皱着眉头。

“没说。”谷为怀点点头。

曾迎春说：“你没问？”

谷为怀说：“没问。”

“凌行长，你看看，邓行长不管我们的出路，谷行长也不管我们的死活了。”曾迎春看一眼凌志云，一拍桌子，边站起来边说，“真是岂有此理！”

谷为怀朝曾迎春压压手，说：“邓行长也没说不管你们。”

凌志云说：“是呀，邓行长可没说不管我们。”

曾迎春斜一眼凌志云，一屁股坐下，捧起自己的大茶缸，“咕噜咕噜”地喝了几大口，一抹嘴，看着谷为怀，说：“哎，谷行长，既然邓行长考虑了调你去市分行，那你打算哪天走马上任呢？”

“我压根就没打算去。”谷为怀坐正了，“就在支行了。”

“没打算去？”曾迎春哈哈一笑，往椅子上一靠，指了指谷为怀，“谷行长，那你可别怪我说话难听了。”

谷为怀说：“没事，你说好了。”

“那我可真说了。”曾迎春往后挪了挪椅子，看着谷为怀，“我看你这，说得好听一点，是不识时务，不知死活；说得难听一点，是不开窍，有点傻。”

凌志云以为曾迎春这么说会激怒谷为怀，没想到谷为怀微笑着轻轻拍了拍手，说：“好，说得好。”

“说得好？”曾迎春愣了愣，看一眼在边观察边思考着的凌志云，看着谷为怀，“谷行长，你这真就让我纳闷了。要是我，一拍屁股，快点溜之大吉好了，而你倒是奇了怪了，还不想走了。难道你就真的愿意在这眼睁睁地看着支行被撤了，不怕自己心里流血？就真的愿意在这里等着挨打挨骂，让人戳你的脊梁骨？就真的愿意在这当末代皇帝，不怕毁了你的一世英名？”

谷为怀摇摇头，说："不怕。"

曾迎春说："真不怕？"

谷为怀说："真不怕！"

曾迎春盯着谷为怀，说："你真不走？"

谷为怀说："真不走！"

曾迎春椅子一推，站了起来，走了几步，瞟一眼谷为怀，甩出一句："真不知道你是怎么想的！"

谷为怀说："也没别的，只是觉得在这个时候，我不能当逃兵，也不想当逃兵。"

凌志云腰一挺，说："谷行长，我也不当逃兵，就跟着你了。"

"凌行长，你……你什么意思？"曾迎春指了指凌志云，踢了一脚椅子，"就你不当逃兵，难道我曾迎春就想当逃兵了？"

"没有，没有。"凌志云边说边摆着手，"我知道，曾行长是从来不当逃兵的。"

"谁当逃兵，谁就是王八蛋！"曾迎春一拍桌子，一屁股坐下去，坐空了，"嘭"地坐在了地上。

曾迎春这一屁股坐下去，仿佛就坐在齐向前的头上，坐得他一下弹了起来。

小会议室就在谷为怀办公室旁边，下边是齐向前和谷智勇的办公室。谷为怀昨天跟齐向前说了，得去沧江机械厂好好看看，早上又招呼了谷智勇。今天齐向前和谷智勇一块去了机械厂。谷智勇写完报告的初稿，7点多先回了家。要是平时，这报告齐向前早改好了，可今天改来改去，就是改得不顺手，不满意。这有机械厂情况复杂，报告不怎么好写的因素，也有头上的干扰，不能集中思想。他几次想静下心来，可上边的说也好，笑也好，骂也好，拍桌子也好，偏偏断断续续、时强时弱地不断地往他耳朵里钻，却又不知道上边在干什么，加上想起下午高艳跟凌志云说话时那神神秘秘的样子，还有下班时曾迎春和凌志云去小会议室时的神色，心里就越想越多，越想越乱了，全没了心思。

齐向前站在桌前，竖起耳朵听着，上边却出奇地静了下来，一会儿之后才听到了椅子的挪动声，接着就听到“哇”地有了哭声。他坐了下去，闭着眼睛，靠在椅子上，琢磨着到底发生了什么，又有什么将要发生。

高艳蹑手蹑脚地走了进来，在齐向前耳边不大不小地“喂”了一声。齐向前电击了似的一下站了起来，指了指高艳，又指了指楼板，示意她别说话，同时听到楼上没有了哭声。高艳一笑，说她知道楼上在干什么。齐向前疑惑地看着她。她瞥一眼门口，凑近齐向前的耳朵，说狼来了。见齐向前没明白过来，便在他额头上戳了一下，拿了笔，在纸上龙飞凤舞地写了“支行要撤了”几个字。齐向前“啊”了一声，愣了愣，指着她，要她别乱说。她说她可没乱说，信不信由他好了，边说边将那纸揉成团，扔进了垃圾桶。齐向前问她听谁说的。她要他别问，反正这消息千真万确，省分行都已经定了，沧江支行和温江支行必须撤掉一个，而且保留温江支行的可能性更大。不等齐向前发问，她又说今天下午，温江支行的宁可行长还跟邓昌明拍了桌子，砸了杯子，大闹了一场，听说是邓昌明对是不是保留温江支行态度有点暧昧，惹恼了宁可。

齐向前默默地坐了一会儿，突然问在尖着耳朵听上边动静的高艳，是不是巴不得支行撤了的好。高艳眼睛一横，问他怎么说出这样的话来。他鼻子一哼，说她反正上边有人，撤了正好，到时候往市分行一调得了。她哈哈笑着，见笑声大了，忙捂着嘴，笑过了，说他是小人之心，度君子之腹，她哪也不去，就在沧江了。齐向前半信半疑地看着她。

上边有了椅子挪动的声响，又有了脚步声。高艳指了指楼板，说谷为怀他们开会，说的应该就是这事。齐向前指着她，说这是大事，可不能乱说。她嘻嘻一笑，说知道，她也就跟他说了，跟谁都没说。

高艳加完班，正要起身回家，突然想起了下午去找谷为怀时的情景，又听说谷为怀他们还在开会，越想越觉得不对劲，就打电话问陈立军，看谷为怀今天在市分行是不是发生了什么。陈立军想搪塞过去，不是说不知道，就是说没什么。她软磨硬泡了好一阵，他也没透露出半点口风。她准备挂电话了，却突然想到了那一招，便咯咯一笑，问陈立军想不想让她姐听听那个故事。陈立军连说别别别，接着就把他知道的粗略地说了。他是看到谷为怀从邓昌明办公室出来的，当谷为怀一连两个踉跄差点摔倒时，他还准备过去扶一把，只是谷为怀自己扶着了墙壁，他才悄悄走了。而宁可跟邓昌明争吵时，那是他连哄带劝、连推带拖把宁可弄出了邓昌明办公室的。说过了，他又后悔这事不该跟高艳说的，便一再叮嘱她，这事现在还是保密阶段，跟谁也不能说。

走到院子里，准备骑摩托回家，见齐向前办公室和小会议室的灯都还亮着，高艳就悄悄上了楼，找齐向前来了。

曾迎春这一屁股坐下去，坐得桌上的茶杯都跳了起来。她疼得脸一歪，“哎哟”一声，“咝咝”地吸了一大口凉气，眼泪随即满了眼眶。凌志云忙跑过去，边伸手扶她，边问摔疼了没有。她瞪一眼凌志云，一把撇开他的手，踹了一脚椅子，然后一手捂着屁股，一手撑着地面，试着慢慢爬起来，可屁股刚离开地面又坐了下去。谷为怀见她还是一脸痛苦，便边起身边问她是不是摔着哪里了，要不要去医院看看。还站在她旁边的凌志云也说，刚才坐下去是有点重了，还是看下医生好。她揩了一下眼睛，斜睨着谷为怀和凌志云，吐出这么一句：“你们是巴不得我摔死好了，是不是？”

谷为怀和凌志云面面相觑，各自默默回到原位坐了下来。

曾迎春双脚一蹬，双手往腿上一拍，哭了起来，越哭越大，越哭越伤心，仿佛有天大的委屈。凌志云想去劝慰她，见谷为怀朝他暗暗摆着手，便作罢了。

谷为怀清楚曾迎春哭的什么。凌志云也琢磨出了曾迎春为什么而哭。

曾迎春哭着，不时地甩一把鼻涕，瞟一眼谷为怀和凌志云。

谷为怀靠在椅子上，闭着眼睛，喉结明显地滑动着。凌志云一会儿出神地盯着顶上“吱呀吱呀”转着的吊扇，一会儿凝神望着窗外朦胧的夜空。

远处划过一道闪电，隐隐传来沉闷的雷声。

哭声戛然而止。谷为怀睁开眼睛一看，只见曾迎春一盘腿，再一抹眼睛，一擤鼻子，扶着桌子，一下站了起来，有点难为情地朝谷为怀和凌志云一笑，眼里闪着泪光，说：“不好意思，让你们看笑话了吧？”

谷为怀朝曾迎春微笑着，又是摇头，又是摆手。凌志云也笑着，连连说没有，没有。

等曾迎春坐好了，谷为怀才郑重其事地说，刚才他通报的这事，暂时还得保密，不要声张出去，他之所以跟他们通个气，那是邓昌明说了，先得让他们有个心理准备，也提早想一想该怎么办。

就在曾迎春一屁股坐下去的同时，上了车的王援朝又下了车，要司机把车开回车库，他走路回家。司机坚持要送，说有那么远，得走一个多小时。他说走走好。司机还是跟着他。他停下来，说现在厂子都这样了，能节约一分是一分。司机不再说什么，掉头走了。

从上午十一点半到下午六点，王援朝就没出过办公室，可不是他不想出去，而是有人堵着门了。先是几个讨货款的，说好不容易把他这个厂长堵在了办公室，他要不签字把货款付了，他们就不走了，他也别想出这个门。有一个还说如果今天没拿到钱，她就一头撞死在他跟前。任他怎么解释，任他怎么说厂里的难处，任他怎么说只要有了钱，一定优先付给他们，可他们就是一句话，不拿到钱绝不走人。

中途副厂长胡国庆来过两回，一次还把保卫科的人叫来了，想强行把那几个人拖走。王援朝说那不能这样，毕竟是欠了人家的钱，人家讨钱没有错，再说如果一拖，说不定会拖出大麻烦来。胡国庆带着其他人走了，留下一个在门口守着，说好有个照应。

无奈之下，王援朝只好叫了分管财务的副厂长李胜利和财务科的科长万春晖，让他们把账本拿过来，让那些人自己看看，可他们拿过账本就往地上扔，说那全是假的，拿去哄三岁孩子去。还是坚持不给钱不走人。说来这账本还真是假的，是财务拿来应付人做出来的，但假也假不到哪里去，银行账上确实是没什么钱了。

眼看就到下班时间了，讨账的人见王援朝应该确实是手上没钱，加上没吃中饭，饿得也有点晕晕乎乎了，便松了口，少一点也行。王援朝又叫来了万春晖，一块跟他们商量了好一阵，答应多少给他们一点。他们开始还嫌少，可一听万春晖说，如果不要，那等下这一点都没了，也就不再说什么，骂骂咧咧地走了。十二点半的时候，胡国庆来给王援朝送饭，见王援朝朝他使眼色，稍一想，明白了王援朝的意思，便拎着饭走了。

看着讨账的人骂骂咧咧地走了，王援朝心底莫名地感到难过，感到愧疚。他一声叹息，跑着去上厕所，可刚走到门口，几个手上拿着大把药单和发票的老工人一拥而上，把他逼了回去，说他们是来找他签字报医药费的。他捧着小腹，说得先去一下厕所。他们说那不行，得签了字再去。他只好边咬牙忍着，边跟他们打着商量，说厂里确实困难，前两个月的工资都还欠着，他们每人先报三百，又加到五百，其他的等厂里好转了，有钱了再报。他们相互看了看，没有吵闹，没有叫骂，也不再说什么，流着泪悄然走了。看着他们的背影，王援朝一阵心酸，一阵心痛。

大门门柱顶上的灯只有左边那盏还亮着，也是昏昏沉沉的。挂在右边门柱上的沧江机械厂的牌子蒙了一层灰，有的地方还有了斑斑锈迹。走出大门，王援朝又回过身，走到牌子跟前，看了看，吹了吹，又擦了擦，难过和羞愧随之涌上心来，眼前也有点模糊了。

王援朝揩了揩眼睛，正要转身，只见胡国庆急急忙忙跑了过来，便朝他指了指牌子。胡国庆看了看牌子，懂了他的意思，却说它还不知道能挂多久呢。王援朝脸一沉，说哪怕是挂一天，那也得擦亮了。胡国庆点点头，边拉着他往厂里跑，边说廖三元和蒋东明打架了，好不容易拉开了，却还是两只斗鸡公似的，谁也不服谁，只怕还会打起来。廖三元是王援朝的外甥，厂财务科的副科长兼出纳。蒋东明是县公安局副局长罗有初的小舅子，厂供销科的副科长，负责采购。

到了楼下，胡国庆转身就要走，说他还有点事去，失陪了。王援朝一把拉着他，说等下再走不迟。胡国庆嘻嘻一笑，只好跟着上了楼。王援朝知道他暗中在民营企业双新公司做技术顾问，见他不说，便也装着不知道。刚才胡国庆一出办公室，有人匆忙跑来，要他快去劝架，说廖三元和蒋东明打起来了。他出门一看，见王援朝正往厂门口走，便追了上去。他想这事还是让王援朝来处理好。

还在楼道口，王援朝就闻到了呛人的火药味，没想到他一进门，蒋东明就跳下桌子，一拍屁股，瞪一眼廖三元，边将手机往耳朵跟前贴边扬长而去了。同时靠在椅子上的廖三元放下了架在桌上的二郎腿，站起来，背过身去。

胡国庆笑着说，还是王援朝威力大，一来两只斗鸡公就都蔫了。他边说边往后退，一转身悄悄溜了。王援朝虽然心里纳闷着，怎么会是这样，却还是当众训斥了廖三元一通。廖三元低着头，一声不吭，用脚在地上画着圈圈。

王援朝拉着廖三元跟他一块走，想路上问问他到底是为什么跟蒋东明打架，也想跟他谈谈心，听说近来他爱打牌，爱喝酒了。

回到家，曾迎春褪下裤子，对着镜子一看，左边屁股还真是青紫了鸭蛋大那么一块，难怪当时那么疼，疼得眼泪都出来了。她洗过澡，搽了点红花油，便歪在沙发上，边看电视边想着下午的事，想着想着就一遍又一遍地问自己：会上怎么就哭了，难道真的是摔疼了，疼得哭了？哭的又是什么，是哭自己还是哭别人？

曾迎春是四十岁那年从县财经办调入支行的，到年底在支行就满十年了。五年前，谷为怀由副行长升为行长，她从股长提拔为副行长。当时朱建国等人就说，他们各有所长，也各有所短，正好可以互补，是一对黄金搭档。高艳却私下对凌志云说，只怕谷为怀镇不住曾迎春，会有好戏看的。凌志云说但愿他们能相互补台，而不是相互拆台。

朱建国说的没错，谷为怀和曾迎春可以互补的地方还确实不少。谷为怀不抽烟，不怎么喝酒，就是公务应酬也大多只是礼节性地端端杯，任人怎么劝说，怎么激将，他都只是歉意地笑一笑，或是拱拱手，也就从来没醉过，支行的人都说不知道他喝酒的深浅。有人曾打过赌，说要利用年终决算全行员工聚餐的时机，鼓动大家敬他的酒，把他灌醉一回，试试他的酒量，结果他一直清醒着，倒是把打赌的人或喝得趴在了桌上，或喝得躺到桌子下边去了。而曾迎春酒量大，喝酒又豪爽，常常喝着就神采飞扬了，就豪气冲天了，俨然成了桌上的主角，成了支行的行长，成了沧江的县长，而这时她往往会得来满堂喝彩，或是一片掌声，她就喝得更是来神，更是来劲，只是这样十之八九会不是给人搀扶着回家，就是送到医院去打点滴。有人就曾这样形象地说，曾迎春喝酒，如果话开始多了，主动出击敬他人的酒了，那是喝了半斤左右了；如果一拍桌子，说来支烟，边抽边说她是大姐大了，那这酒准是喝七八两了；如果手舞足蹈地唱《提篮小妹》或《打虎上山》了，非要跟人喝交杯酒了，那应该是一瓶酒下到肚子里了；如果再锦上添花来三杯两盏，那就什么都不知道了。

谷为怀说话大多轻言细语，很少跟人红脸，更少跟人拍桌打椅，有什么总是心平气和地跟人交流，跟人沟通。支行员工大多认为他是低调、谦虚，是平易近人、和蔼可亲，但也有个别的觉得他是胆小怕事，是软弱无能。而曾迎春说话总是声高气足，又快言快语，谁要有个差错，她大多是把人叫了过去，眼睛一瞪，桌子一拍，狠狠地训斥一通，有时还带出一句两句脏话，先给你来个下马威。被训斥的人一般当面不敢说什么，心里却是老大的不服气，久而久之就都怕了她，躲着她，也就没几个人敢跟她说心里话，能跟她说真心话了。她却以为是自己有了威信，有了威望。有一次她借着酒兴，笑谷为怀烟都不会抽，酒更是喝不了几杯，少了阳刚之气，跟个阿姨似的，哪像一个男子汉。谷为怀只是笑一笑，还朝她竖了竖大拇指。

在一次支部组织生活会上，曾迎春向谷为怀建议，做一把手的，就得调子高一点，胆子大一点，作风硬一点，魄力足一点，别扭扭捏捏、婆婆妈妈的，就得“通不通，三分钟；再不通，龙卷风”，如果不强硬一点，霸道一点，有的人就会骑到头上来屙屎拉尿。谷为怀嘴上说她说的也有些道理，他虚心接受，心里却想他那是润物无声，是潜移默化，是做工作的最高境界，比曾迎春那一套可不只是高了一个档次，高了一个层次。凌志云先做了自我批评，然后说工作的方式方法多种多样，很难说有个谁对谁错，有个谁长谁短，只能说各有各的妙处，谷为怀和曾迎春都是他学习的榜样。说得谷为怀和曾迎春都开颜笑了。

平心而论，谷为怀和曾迎春搭班子之后，前三年是互补得不错的，可说是配合默契。但到了第四个年头，在曾迎春看来，这时的谷为怀是不仅自己要考虑，也应该向组织申请交流到别的地方，或是调到市分行去了，并推荐她来接替他。谷为怀多次说过，他在支行都这么多年了，干了这一届行长就得走了，也该走了，不能挡了人家进步的路。可他总说归说，就没一点动静，曾迎春看在眼里，急在心上。她掐指算着，自己如果还不接手，那岁月不等人，过了这村就没那个店了；也排过了，论资历论能力，支行也无人可与她比肩，理当是她来接手。她曾不止一次跟人说过，当初调进支行，那就是奔着行长这宝座来的，就是想过一把当行长的瘾。

其实，谷为怀是真心想干满这四年就走人的，不仅多次向组织提出了申请，还推荐了曾迎春，却不知怎么的就一直拖了下来。去年年底终于传来了消息，说谷为怀要交流去温江支行了，可结果还是没去成，是宁可去了。曾迎春空欢喜了一场，好不失望，好不恼火，跑到谷为怀办公室，冲着他指桑骂槐地又是奚落，又是嘲讽，还一连质问了他好几个为什么。谷为怀本来就受了一肚子的气，憋了一肚子的火，她这一点，火气一下引爆了，只见他猛地一拍桌子，抓起桌上的杯子就往地上一砸，砸得瓷片四处飞溅。而就这一拍一砸，倒是把曾迎春吓着了，她愣了好一会儿，默默地退了出去，没想到谷为怀也有发脾气的时候，还脾气那么大，那么吓人。谷为怀一冷静下来，便立马去了曾迎春办公室，诚恳地向她道了歉，说他一定会继续争取，为自己，也为她。

第二天一大早，曾迎春去了双江，跑到邓昌明面前，一把眼泪一把鼻涕地替谷为怀抱不平，说他怎么不容易，就应该得到重用，得到提拔。邓昌明自然明白她为谷为怀抱不平只是铺垫，后边肯定还有话说，却佯装不知，不等她说完就夸奖她一番，宽慰她几句，勉励她一如既往地配合好谷为怀的工作，把工作做好了，机会就有了，说着就提了包，往门口走，说要出差去。

这之后，曾迎春一直在等机会，在做最后的努力。没想到这一回，邓昌明都主动提出来了，让谷为怀去双江分行了，他却不去，让她最后的一线希望都破灭了。到年底她就满五十了，就过了干部提拔的年龄了。她想着这些就感到无边的委屈、无限的伤心，眼泪禁不住又涌了上来。过了一会儿，她又想，到年底还有几个月，眼下这情形变化莫测，谁也说不准的，也许会出现奇迹，还有可能。

顺着人行道，王援朝边走边问廖三元，为什么要跟蒋东明打架。廖三元说他看到蒋东明就来气，不顺眼，又说其实他们还没打，只是瞪了眼睛，指了鼻子，拍了桌子。

蒋东明又矮又瘦，长年戴着一副墨镜，走路摇头晃脑的，眼睛总望着天上，跟人说话老看着别处，还喜欢指手画脚的。厂里不少人看不惯他这做派，说他眼睛长在额头上了，迟早会吃亏的。

今天下午，廖三元正准备下班，蒋东明不温不火地走进来，将单子往廖三元跟前一扔，说快给他付了。廖三元看也没看就将单子推了回去，说要下班了。蒋东明一看手表，说下班还差五分钟呢，就是下班了，这钱也得付的，人家急着要。廖三元鼻子一哼，手一摊，说再急也没用，没钱。蒋东明一摘墨镜，说没钱那也得付。廖三元笑了，说没钱，那付什么，付空气啊。蒋东明愣了愣，指着廖三元，要他马上想办法，这钱怎么都得付了，万春晖都签字同意付的。廖三元哈哈一笑，往椅子里一坐，说凭什么要他来想办法，又凭什么万春晖同意了的就一定得付，他不知道没钱啊。蒋东明说廖三元是财务科的副科长，那就得想办法，不能占着茅坑不拉屎，万春晖同意了的他就得执行，不付那就是藐视上级。廖三元捏着鼻子，说哎哟，臭，真的臭。蒋东明边闻边左右看。廖三元朝蒋东明扬了扬手，要他快回家去等着，这边想出办法了，有钱了，马上通知他来。红着脸的蒋东明一拍桌子，指了指廖三元，屁股一抬，往桌上一坐，腿一盘，说他还不走了，就坐在这里等。廖三元轻蔑地一笑，要蒋东明只管在这等好了，他不奉陪了，回家去。蒋东明抖着手，指着廖三元，说看他敢走。廖三元哈哈一笑，起身就要走。蒋东明将墨镜一戴，腿一蹬，跳下桌子，颈上的青筋一鼓，眼里的火星一迸，斗鸡公似瞪着廖三元。廖三元也不甘示弱，眼一睁，胸一挺，拳头一握，摆出了一副出击的架势。

在一旁看热闹的人有的急了，赶忙上前劝解。廖三元一声冷笑，一屁股坐下，头枕着椅背，闭上眼睛，悠闲地摇起二郎腿来，心想那好，他就跟他耗着。蒋东明坐回桌上，居高临下地看着廖三元，越看越生气，便跳下来，在地上来回走着，走了一会儿又坐到桌上。廖三元脚不摇了，却打起了鼾，鼾声还是那么悠扬，那么欢畅。蒋东明知道他是装的，拿起桌上的水笔——恨不得它就是一把利剑，正准备狠狠地朝廖三元投掷过去，他的手机突然响了，一看，正要接，胡国庆领着王援朝匆匆来了。

王援朝停下脚步，盯着廖三元，问他单子看都没看，怎么就知道那钱不该付，再说了，虽然没钱是事实，但也不能那么简单的一句没钱了事，得跟蒋东明多解释几句，尽量避免误会，更不要产生冲突。廖三元说何况是真的没钱，就是有钱也不会给他付的。王援朝问为什么。廖三元说蒋东明吃回扣，而且吃得深，吃得凶，看到他就来气，心里就作呕。王援朝瞟一眼左右，要他没根没据的事别随便说。廖三元说今天给他留了面子，没有当众揭穿他，下回就不一定了。

默默地走了一会儿，走在前边的王援朝猛地转身，盯着廖三元，开口就问他近来是不是老爱跟人打牌，老爱跟人喝酒了。廖三元一怔，低头不语。王援朝问他跟余小丽还往来没有。他点了点头。王援朝摇摇头，说廖三元也老大不小的了，跟余小丽的事，行就行，不行就拉倒得了，男子汉要拿得起，放得下，别再这样拖着，把两个人都拖老了。正说着，胡国庆给王援朝打来电话，说东江机械厂宣布破产了，他们的货款会全打了水漂。

胡国庆这电话犹如一个炸雷在王援朝头上炸响，炸得他忙扶着路边的树干，蒙了好一阵才回过神来。他深深一声叹息，望一眼往云里钻的月亮，心想偌大一个东江机械厂说破产就破产了，照眼前这样子下去，沧江机械厂破产只怕也是为期不远了。

一听东江机械厂破产了，廖三元仿佛一下掉进了冰窟里，心想和余小丽的事这下完了，真的全完了。前几天他父亲廖启明还告诉他，东江机械厂是不会倒的，厂里在想办法，市里也在保，怎么眨眼就破产了呢？廖三元四年多前还在东江机械厂，是廖启明看沧江机械厂还不错，又想着父子别都窝在一起，便缠着王援朝把廖三元调了过来。

城郊山那边一道闪电撕裂了天空，随即传来一串轰隆隆的雷声。王援朝加快了步伐，心情却更加沉重起来。

看着这闪电，听着这雷声，凌志云身子不由得颤抖了一下。

回到家，凌志云一直站在窗前，想着狼真的来了，支行该何去何从，自己该何去何从，支行那么多的人又将何去何从；想着谷为怀本来早就有离开支行的想法，现在机会来了，却怎么又不走了；想着曾迎春为什么在会上那么激动，那么伤感……想这想那，想来想去，他有的想明白了，有的却越想越迷糊了。

而就这闪电，就这惊雷，就这颤抖，让凌志云一下头脑清醒了，思路清晰了。他一拍窗台，心想：狼是来了，但怎么也不能让它破了门，更不能让它进了院子，就得架起枪，把它赶跑，把它击毙！

可这枪怎么架？这狼又怎么打呢？

第二章

何去何从

吴冬梅刚睁开眼睛，看到窗帘缝隙间的曙色，就听到门轻轻地响了一下，一摸身边，不见了谷为怀，忙一翻身下了床，跑到阳台一看，只见谷为怀已提着包，勾着头，走在下边的院子里了。她皱了皱眉头，转身去了谷智勇的房间，问他谷为怀是怎么了，昨晚回来就黑着脸，没说一句话，问他也不吱声，一晚在床上就烙饼似的，一大早又出了门，早饭也没吃，是不是碰到什么为难的事了。谷智勇坐起来，揉了揉惺忪睡眼，看一眼吴冬梅，摇了摇头。吴冬梅在他头上点了一下，一声叹息，出了门。

谷为怀进了办公室，在椅子上坐下，出神地望着窗外。昨天晚上，他尽管一晚没怎么合眼，也没想出这狼来了到底该怎么办，但他坚定了一点，那就是哪怕自己脱层皮，或是自己短几年寿，也得保住支行，要不他对不住支行这块牌子，对不住支行的员工，可能保得住吗？又怎么去保呢？

鸟儿在窗前的枝头上跳上跳下，说着唱着。一只鸟儿落到窗台上，偏着头打量着谷为怀，好像在问他怎么来这么早，怎么在那一坐那么久，是怎么了。他不由得一笑，学着鸟儿吹了吹口哨。鸟儿“唧”的一声，飞走了。他站了起来，朝窗前走去，同时也听到了楼梯间有了脚步声，听到下边有人开了门。他知道这是凌志云到办公室了。

谷为怀刚走到窗前，一眼看到曾迎春一手按着左边的臀部，一手拎着包，有点一脚高一脚低地走在院子里，边走边往他这边看。他稍一迟疑，笑着跟曾迎春扬了扬手，问她好些了没有，还疼不。她停下来，前后看了一眼，拍了拍屁股，说好着呢，没什么。他正要说那就好，见桌上的手机又唱又跳着，忙跑了过去，一按接听键，里边邓昌明劈头盖脸就问：“谷为怀，你怎么回事？你怎么搞的？要你注意保密，要你先不要声张，怎么一大早就有人打电话来了？问我那是真是假，你说我该怎么回答。又哭哭啼啼地，还说要来找我，你说我是要他来，还是不要他来。”谷为怀支吾着，一把接一把地抹着额头上的汗。邓昌明问他怎么不说话。他说对不起，是他工作没做好，给领导添麻烦了，他马上去查，看那个打电话的人是谁，一定让他做检讨。邓昌明缓和了语气，放慢了语速，要他别查了，没有必要，也不重要，那电话就当没人打过，又说既然有的员工已经知道了，那就别捂着了，干脆在适当的时候早点跟大家说了，但一定要稳定好员工的思想和情绪，千万别产生过激的言论和行为。谷为怀“嗯”了几声，咽了咽口水，试着问那他怎么跟员工去说，见那头没有回应，他就默默地等待着，等了一会儿，等到的是邓昌明说知道他的难处，理解他的心情，相信他的能力和智慧，又说上边一有了什么新的指示和精神，会第一时间告诉他。他深吸了一口气，说感谢领导对他的信任和鼓励，他一定尽心尽力做好工作，说着就感到在肩上的那副千斤重担更沉更重了，压得有点喘不过气来。

谷为怀刚无力地在椅子上坐下，高艳就风风火火地进来了，边将一沓单据和资料往他跟前一放，边说城建局和居委会这两笔钱又催死地催了，还扬言说如果这两天不付了，那支行门前的路就要封掉，员工的孩子就不准进校门。谷为怀吸了一口凉气，慢慢站了起来，走了走，看着高艳，说这先缓一缓，他去跟城建局的局长和居委会的主任说说好话。高艳眨了眨眼睛，说如果没说好，真封了路，孩子上不了学，那问题就更复杂了，麻烦也更大了，又说那些人可是说得出口就做得出来的。谷为怀低头沉思了一会儿，说这事还是得先等一等，这不是当务之急。高艳问那当务之急是什么。谷为怀一时语塞，拿起那单子看着。

朱建国敲了一下门，径直走到办公桌前，开口就问谷为怀，支行是不是要撤了。谷为怀一怔，看着朱建国，问他听谁说支行要撤了。他瞟了一眼高艳。高艳忙别过头去。

“谷行长，你别问谁说的，你只告诉我，支行是不是要撤了。”朱建国盯着谷为怀。谷为怀点了点头，马上又摇头。

“哎，谷行长，你这又点头，又摇头的，到底是什么意思？”朱建国皱着眉头，“你倒是给我说清楚。”

“这么说吧。”谷为怀站了起来，边想边说，“其实我也不是太清楚，也不怎么好说。我只是听上边说，支行可能会撤，也可能不会撤。”

“那……那到底是撤还是不撤啊？”朱建国一跺脚，“看你这吞吞吐吐的样子，那准是要撤了的，是吧？”

“那你是想撤还是不想撤呢？”谷为怀看着朱建国。

“我当然不想撤啊！”朱建国一捶桌子，“王八蛋才想撤呢！”

“对，谁想撤，谁就是王八蛋！”高艳回过头来说。

谷为怀一眼看到杨大志和徐一朵站在门口，便朝他们招了招手。他们稍一犹豫，一同进了门，却远远地站着。谷为怀问他们是不是有什么事找他。他们你看看我，我看看你，欲言又止。

“谷行长，大事不好了！”汤显贵边说边小跑着进了门。他趿拉着鞋，两只裤腿挽得一只高一只低，头发油光发亮，一绺一绺地粘在一起。

“汤显贵，你看你这副模样，这惊慌失措的样子。”高艳指了指汤显贵，“好好的，什么大事不好了？你快说！”

“你不知道？”汤显贵偏着头，看看高艳，看着谷为怀，“谷行长，听说支行要撤了，是真的吧？”

“汤显贵，你别乱说啊！”高艳拍了一下桌子。

“乱说？”汤显贵头一甩，哈哈一笑，“要我看，撤了就撤了。撤了倒是好了，一了百了。”

“对，撤了好，撤了好啊！”吴吉庆边说边拍着手走进来，“撤了那是你好我好，大家都好呢！”

“那不好！”杨大志和徐一朵异口同声地说。

“好好好，好你们个鬼呢！”朱建国指着汤显贵和吴吉庆，边说边走过去，“你们安的什么心？你们想捣什么鬼？你们……”

“朱老革命，你别这么激动好不好？”汤显贵按下朱建国的手，“你要知道，阎王爷要你三更死，你是挨不到五更的，与其不死不活地吊着一口气，还不如来个痛痛快快。”

“对、对、对，显贵同志说得对。”吴吉庆朝汤显贵一挤眼，嬉笑着看着朱建国，边说边打着手势，“朱股长，你听我说，真是撤了的好，撤了你就免得天天为这个任务那个任务发愁了，更不用担心枪走火，头寸车被人抢，金库被人盗了。你看看，你愁得头发都白了，快成白毛女了，额头上的皱纹都有两寸深了，可以开船了，可……”

“可是……”

“我知道你可是的是什么。”吴吉庆拍了拍朱建国的肩膀，“你是怕支行撤了，你没地方领工资了，没地方吃饭了，是不是?”

朱建国本能地点了点头。

“那是的，我们可是全靠支行来养家糊口的，支行怎么也不能撤。”杨大志说着，看一眼徐一朵。

“是啊，支行真要撤了，那我一家就真的只能喝西北风了，日子没法过了。”徐一朵说着眼泪就满了眼眶。

“你们呀，好好的急什么呢?”汤显贵指了指朱建国，又指了指杨大志和徐一朵，看一眼坐在椅子上，双手按着太阳穴的谷为怀，“到时候一起到谷行长家里去吃饭，去睡觉，问题不就解决了。谷行长，你总该不会把大家赶了出来吧?”

“那当然不会了。”吴吉庆走到办公桌前，冲谷为怀嘻嘻一笑，“我们谷行长可是爱行如家，爱民如子的，只要有他一口吃的，就不会让大家饿着。”

“哎，吴吉庆，汤显贵，你们两个想干什么?”半倚半坐在办公桌角上的高艳边说边走过来，两手分别揪住吴吉庆和汤显贵的耳朵。

吴吉庆嬉皮笑脸地看着高艳，要她轻点，疼呢。汤显贵抚摸着高艳的手，一副好享受的模样。高艳双手同时用力一提，再一拧。吴吉庆嘴里“咝咝”地吸着凉气，边吸边说舒服，痛快。汤显贵边嗷嗷叫着，边朝高艳拱着手。

“看着你们在这胡言乱语的，我心里就来气!”高艳瞪一眼汤显贵，再瞪一眼吴吉庆，“我只问你们，谷行长哪里对不住你们了？谷行长又欠着你们什么了?”

吴吉庆和汤显贵相互看了一眼，摇着头。

“没有是吧？”高艳边说边松了手，同时用力一推，“那好，都滚一边去，别在这碍我的眼，看着就作呕！”

吴吉庆打了一个踉跄，被杨大志扶了一把才没摔倒。他站稳了，捂着耳朵，看了一眼谷为怀和高艳，嘻嘻一笑，说：“我是说着玩的，逗你们的呢。”

被推得后退了好几步，一屁股跌坐在沙发上的汤显贵愣了愣，横一眼吴吉庆，说：“你真是说着玩的？”

“是啊！”吴吉庆指了指汤显贵，“王八蛋才想撤呢！”

“你……”汤显贵瞪一眼吴吉庆，“你还真是个王八蛋！”

吴吉庆朝汤显贵扮了个鬼脸，逗得徐一朵扑哧笑出声来。

“好了，谷行长，我多话也不说了，如果支行真的撤了，那我是真的会领着一家老小，到你家去吃饭，去睡觉的。”朱建国红着脸，扫一眼高艳他们，看着谷为怀，“我这是丑话说在前头，可不是说着玩的，到时候你也别怪我。”

“朱建国，你说什么呢？”曾迎春说着走进来，往朱建国跟前一站，指了指他的鼻子，扫了一圈高艳他们，腰一叉，“你们这么多人在这干吗？是向谷行长示威还是要造反？是看谷行长好说话还是好欺侮？”

“曾行长，你这话就不让人爱听了。”高艳看着曾迎春，笑了笑，“谷行长是一行之长，谁敢欺侮？谁又能欺侮？再说了谷行长一向平易近人，和蔼可亲，令人敬佩，谁想欺侮，谁又好意思欺侮？”

曾迎春听出来了高艳是话里有话，想回她几句却又说不出来，全哽在喉咙里了。她憋得一脸通红，接着又由红转白，由白变青。高艳倚着桌子，望着天花板。朱建国的目光在谷为怀和曾迎春、高艳身上来回移动着。杨大志和徐一朵都低着头，用眼睛的余光瞟来瞟去，想走却又不敢。

“哟，谷行长这真热闹啊，这么多人在。”谷为怀站了起来，刚要开口说话，好打破这眼前的尴尬，凌志云说着笑呵呵地走进来了。

“是啊，他们都有事来找我。”谷为怀指了一下朱建国他们几个，看着曾迎春，“曾行长刚到，也是来跟我商量事情的。”

“是啊。”曾迎春边说边点着头，“我是来问谷行长，就那东风路分理处的装修，今年是不是还上报。”

“那个呀。”谷为怀微笑看着曾迎春，“曾行长，那反正是你牵头的，你做主就是了。”

“我做主？”曾迎春眨了眨眼睛，“那……那就还是报吧！”

“那谷行长，打靶你看下周还打不？”朱建国看着谷为怀。

“往后推一推，到时候再说吧。”谷为怀看着朱建国，“行不？”

朱建国点点头，起步要走。凌志云给他递了个眼神，他停了下来。

“其实，我知道，大家来找谷行长是为的什么事。”凌志云微笑着看了一眼朱建国和徐一朵等人，“支行是有可能要撤，但也有可能不会撤。我想不管撤不撤，我们都得做不撤的努力，大家说对不对？”

“那当然了！”高艳一拍桌子，“谁想撤那就是王八蛋！”

“对，谁想撤那就是王八蛋！”朱建国握了一下拳头。

吴吉庆跟着附和。杨大志和徐一朵连连点头。只有汤显贵不以为然地一笑，鼻子一哼，摇头晃脑地走了。

汤显贵小时候家境不好，读完初中就回家挣工分了，后来去当了兵。

刚进军营时汤显贵也是雄心勃勃，甚至想当一个将军，可没多久他就明白了，在部队这个大熔炉里要锤炼出来，要成长起来，也是不那么容易的。他先是想上军校，可几次报名都给删了下来。见上军校没希望了，他便想去当驾驶员，学一门技术，可还是没能遂愿。这一来，他心灰意冷了，就盼着早点离开军营。

退伍回到沧江后，汤显贵得知一个亲戚前不久来沧江公安局任局长了，便死活缠着这个亲戚，非要进银行工作不可。亲戚拿他没办法，只好协调这协调那，几次找时任支行的行长沟通，又让县长跟行长打了招呼。

八年前，汤显贵就这样进了支行。时任行长见他不是科班出身，又没银行从业经历，只当过兵，便安排他去了保卫股，负责头寸押运，金库守卫等，跟朱建国成了同事。去支行报到的先天晚上，他亲戚特意把他叫了去，说银行是一个特殊行业，他的工作岗位更是特殊，一定要遵纪守法，一定要思想纯正，一定要认真负责，出不得丝毫差错，出不得半点问题，别给他脸上抹黑，也别给自己丢脸。他胸脯拍得嘭嘭响，要亲戚尽管放心好了。

刚进支行的头一年，汤显贵工作还真干得不错，朱建国常夸他好样的。

也就在这一年，他谈了对象，跟倪小桔说他工资有多高，还会涨，干保卫只是暂时的，过一年两年就会去搞信贷。第二年他和倪小桔成了家。可倪小桔一开始就没怎么看上他，还是朱建国做了不少工作，又看在他在银行上班，还有一个当公安局长的亲戚，能帮她家里解决一些事情，才勉强同意了婚事。结婚后，家务基本由汤显贵包了，倪小桔连碗都没洗过几回。汤显贵心想，只要她高兴，自己多干点也没事，反正家务活也累不死人。遗憾的是他们婚后不到半年，他那亲戚就调走了，他还是在保卫岗位上，时常要值夜班，工资也没涨，更没她期望的那么高，加上又有一个叫老三的老板不断地向她献殷勤，她便对汤显贵越看越不顺眼，越想越觉得自己嫁给他，那是鲜花插在了牛粪上，吃大亏了，开始还只是对他要理不理，整天没个笑脸，进而是指桑骂槐、含沙射影地骂他没卵用，既当不了官，也赚不了钱，再后来就不分场合地责骂他羞辱他，好几回让他羞愧万分，恨不得钻进地缝。

这样半年之后，倪小桔摊牌了，说要离婚。汤显贵忍了又忍，就想着她能回心转意。可她就两个字："离婚。"在痛打了她一顿之后，他在离婚书上签了字。他打她时，她没骂一句，更没还一下手，任他打着，觉得这样就不欠他什么了。他打着打着就停了下来，坐在地上抱头哭着。见他不打了，又哭着，她便坐了起来，愣愣地看着他，说对不起他，没给他生个一男半女。她这一说，他哭得更伤心了。这时，外边响起了小车的喇叭声。她心一横，一抹眼睛，起身出了门。只是一年之后，她跟老三也分了手。老三开始答应离婚娶她，后来说他家里的死活不离，只能对不起她了。她拿了老三给她的钱租了一个小门面，做起了服装生意。

还在离婚之前，朱建国就跟行长反映，说汤显贵上班时不时要迟到，上班有时也心不在焉。行长要他多关心多关注一下，最好是去他家里看看，看是不是遇到了什么事情。朱建国去了他家里，也从邻居那了解到一些情况，又跟他推心置腹地谈了，还尽量地少安排他上晚班，多让他在家陪倪小桔。离婚之后，朱建国又跟行长反映，说汤显贵工作热情更低了，有时还魂不守舍的，又爱上了喝酒，爱上了打牌，就他这样子已不适合在保卫上干了，万一弄不好，哪天枪走了火，或是把枪弄丢了，或是把头寸箱送错地方了，那责任可是谁也担不起的。给他这么一说，行长也怕了，嘴上却安慰朱建国，说没那么可怕，汤显贵应该只是一时情绪低落，过一段时间就好了，又要朱建国多关心他，多帮助他，让他感到温暖，看到希望，可心里也在琢磨，把他放哪里合适。行长想来想去，找汤显贵谈话之后，让他去了办公室，协助主任做一些收电费、看水表等后勤方面的杂事，偶尔也顶替行领导或主任去政府开个会什么的。

到了新岗位，一听有的人说他这是糠箩里跳到了米箩里，工作简单轻松不说，还在行长身边，无形中就高人一等了，他不禁有点飘飘然了，走路都昂起了头，挺起了胸，见人都一副笑脸。可没多久他就觉得无聊了，没趣了，而当听了有人说他这工作是养老的，是没用的人才去干的之后，他就气冲冲地找行长去了，要求更换岗位。行长安慰了他一番，要他先安心工作，同时也学学业务，等有了合适的岗位就优先安排他去。

几年过去了，汤显贵一直没能优先到。谷为怀接手行长的时候，找汤显贵谈过话，问他有什么想法。他说已经没什么想法了。谷为怀鼓励他，要他少打牌，少喝酒，多学习，多运动，才三十出头，正是干事业的时候，还得有想法才行。他说他没文化，没专业，也没家，没老婆，什么都不想了，就图个松快，在这岗位干一辈子算了。可他虽然嘴上说没想法，心里却时不时地生气，为自己抱不平，觉得社会对他不公，支行对他不公，恨不得这个社会没有了，支行没有了。

今天早上，在支行大门口，汤显贵听到有人在神神秘秘地说支行要撤了。他先是一愣，接着是一乐，就跑着来谷为怀办公室了。

吴吉庆和汤显贵是同一年进支行的，只是汤显贵干的是保卫，吴吉庆去的是分理处，做储蓄员。时任行长见吴吉庆是省银行学校毕业分配来的，是支行为数不多的科班出身的人才，有意想好好培养他，让他先临柜一年两年，熟悉了业务和流程，熟悉了制度和客户，便让他做分理处的副主任，再主任，或是那个部门的副股长，再股长。

尽管吴吉庆工作业绩一般，还出过不大不小的差错，但两年之后，时任行长还是让他担任了东风路分理处的副主任，又确定为党员的发展对象。可由于吴吉庆是温江人，在沧江人生地不熟，加上他什么都是随缘，不愿主动结识新的朋友，更不愿多去求人，揽存就成了一个大问题，不仅不能起到带头作用，有时还拖了分理处的后腿，在分理处自然说不起话，更不用说有多高威信了。为此他有时也苦闷，苦恼。分理处的主任几次找行长，建议给吴吉庆安排一个更合适的地方。行长也看在眼里，真有点恨铁不成钢，便找他谈话，要他不管干什么都不能是可以了，差不多了，得不断给自己加压，有更高的标准和要求，希望他向凌志云看齐，早日成为支行的骨干，别辜负了组织的期望。这话说得不重，却也不轻，既是激励，也是批评。吴吉庆自然听得明白，脸上热辣辣的，手心汗涔涔的，背上凉飕飕的。末了，吴吉庆表态说他懂了，也记住了。

凌志云毕业于省财政专科学校，本可留在省城，为了照顾体弱多病的父亲，他毅然回到了沧江，比吴吉庆晚一年进支行。行长找吴吉庆谈话时，他刚升任解放路分理处的主任，是支行一颗耀眼的明星。

年底，人员调整，吴吉庆任支行存款股副股长。次年“七一”那天，他跟凌志云一道，在党旗下宣誓，成为预备党员。当时讨论人事安排时，作为副行长的谷为怀有异议，说吴吉庆在分理处干一个副主任都不那么称职，到支行存款股来当副股长，只怕更是难说。行长说在分理处，吴吉庆主要是缺少存款资源，完成不好存款任务，而他到存款股的职责主要是业务指导和内控管理，他是科班出身，应该没问题。见行长坚持，又说不出吴吉庆有什么明显的毛病，谷为怀也就保留了意见，不再多说。

三年前，支行头一次实施竞聘上岗。吴吉庆落聘了，成了存款股一个普通员工。他虽然心里有些难受，却也是落聘了就落聘了，既不怪谁，也不怨谁。已交流到温江支行任行长的前任行长听说后，感慨地说他还真是看错人了，吴吉庆果真是一堆扶不上墙的烂泥。这话传到吴吉庆的耳朵里，他先是好一阵哈哈大笑，拍案而去，接着是好一阵伤感，潸然泪下，之后是好一阵自责，扇了自己两个响亮的耳光。他扇自己耳光时，朱开放和高艳都看到了，朱开放说这回吴吉庆只怕是醒了，会有变了。高艳笑了笑，说江山易改，本性难移，只怕是未必能变。

见吴吉庆失意了，不得志了，汤显贵莫名地高兴。吴吉庆落聘那天，下班的时候，汤显贵拎了酒，笑呵呵地去请吴吉庆一块喝几杯，好替他解解苦闷，散散心情，没想到吴吉庆不但不领他的情，还抢过酒就往垃圾篓里扔。汤显贵愣了好一会儿才回过神，尴尬地捡起酒，狠狠地剜了吴吉庆一眼，哈哈一笑，边说喝酒去也，边摇头晃脑地出了办公室。吴吉庆冲汤显贵的背连呸了两口，一脚踢翻了一把椅子。汤显贵回头朝他一笑，要他轻点踢，别伤了脚。吴吉庆压根就瞧不起汤显贵，而最瞧不起的是他那副邋遢样子。吴吉庆不管何时何地，头发总是二八分着，清爽顺溜。

汤显贵回到办公室，边喝酒边想，自己热脸贴了个冷屁股，真是可恼可恨，酒杯一蹾，发誓再也不跟吴吉庆往来了。可第二天早上，在大门口一见吴吉庆，他又主动跟吴吉庆打起了招呼。吴吉庆不冷不热地看了他一眼，一甩头，昂首而去。

刚才见汤显贵有点幸灾乐祸地上楼去了，吴吉庆好奇地尾随而去。

谷为怀把曾迎春和凌志云留下，让朱建国等人都走了。

"谷行长，昨晚在会上是我失态了，说得不对的，做得不好的，你也别怪，君子不计小人过。"曾迎春边说边关了门，在沙发上坐下，看着谷为怀，"你也知道的，我这个人没有花花肠子，也不会拐弯抹角，就知道直来直去，习惯了快言快语，心里藏不住半句话，眼里揉不得一粒沙。"她胸脯一挺，又一拍，"我这里镜子似的，要有个什么，你一眼就看得穿的，你说是不？"

"曾行长，你这可言重了。我不是君子，你更不是小人。"谷为怀边说边给曾迎春端来一杯茶。曾迎春忙起身双手接过，抿了抿，放到茶几上。谷为怀在椅子上坐下，看一眼坐在曾迎春旁边沙发上，右手手肘撑着沙发扶手，手掌托着下巴的凌志云，看着曾迎春说："曾行长，说起来，还是我对你们关心不够，没……"

"没什么，谷行长，你有你的难处，这行长不好当。"凌志云忙接过话，看着曾迎春，"曾行长，你说是不是？"

"那是，那是。"曾迎春连连点头，"别说行长了，就我这副行长，有时还头疼呢。"

"可不是。我是幸好有你们两位做我的前辈，做我的师傅，做我的后盾，可以随时向你们学习，随地向你们请教。"凌志云朝曾迎春点头一笑，看着谷为怀，“就说这支行可能要撤吧，谷行长就沉得住气，压得住阵，要是我只怕早慌了神，没主意了。”

曾迎春脸一红，看着谷为怀，说：“那是，谷行长，可不是我恭维你，我还真是服了你了。这么天大的事，你当没事一样，那么轻松。”

凌志云说：“是啊，举重若轻的，让我感受到什么是‘泰山崩于前而色不变，黄河决于顶而面不惊’了。”

“哪里，看你们说的。”谷为怀摆摆手，看着曾迎春和凌志云，“不瞒两位，在邓行长那里，我一听支行要撤了，一下站都站不稳了，出门时还一连两个踉跄，差点摔倒。昨晚也是一个晚上没合眼，不知道该怎么办。”

“昨晚我也想了一个晚上。”曾迎春挪了挪椅子，看着谷为怀，“想来想去，这支行还是不能撤，撤不得，必须保，而且要保住，一旦撤了，那就什么都完了。”

“好，曾行长说得好。”凌志云一拍沙发，“我也想了，支行怎么都不能撤，如果支行在我们这届班子手上撤了，那我们对不起支行，更对不起员工，将成为支行的罪人，会被员工唾弃，骂一辈子。”

“好，你们都说得好。”谷为怀站了起来，双手撑着桌面，看着曾迎春和凌志云，“这说明我们支委班子已统一了思想，统一了目标，也说明我们支委这个战斗堡垒已经形成，我希望，也相信，我们这个堡垒是有凝聚力、战斗力的，是能带领全行员工冲锋陷阵，取得胜利的。”他说着把手伸了出去。曾迎春和凌志云都把手叠了上来。

三个人又商讨了一阵之后，凌志云建议尽快召开支委扩大会，扩大到全体党员，及所有部门和网点的负责人，尽快召开全体员工会和员工家属大会，尽早统一思想，统一步调，尽早形成共识，形成合力。

长方形的会议室，长条形的会议桌。会议桌中间摆着几盆绿萝、虎皮兰。近二十个人围桌而坐，不松不紧正好一圈。谷为怀面窗坐在中间，曾迎春和凌志云分别坐在他的左右。凌志云有意拉了朱建国坐在旁边。

“好了，这支委扩大会已开了一个下午，大家哭的也哭了，骂的也骂了，说的也说了，又开展了激烈的辩论，进行了充分的讨论，现在思想基本统一了，那就是没有谁愿意支行被撤销。”谷为怀看一眼窗外沉沉夜色，“噢，天都早黑了，大家也饿了吧？”

对谷为怀的发问，与会者或似乎没听见，还沉浸在思考之中，或面无表情，好像与己无关，或摇了摇头，说不饿。朱建国说吃不下，没心思。

“哎呀，你们都说不饿，那我可是真有点饿了，肚子早咕噜咕噜在闹了。”曾迎春摸了摸肚子，边说边左右看看，“要我看，大家饭还得吃，狼要打，可不能饿着肚子打，饿着肚子，那是没力气打的，说不定还给狼吃了，大家说是不是这样？”她说着朝对面的人举起双手，张开手指，做出一个狼爪抓人的架势，吓得对面的人直躲闪，逗得有人笑出声来，让会场的氛围一下轻松了许多。谷为怀朝曾迎春点了点头，微微一笑。

凌志云给高艳递了一个眼色。高艳会意，拉了邻座的齐向前一把，边起身往室外走，边说那好，他们去买些吃的，马上回来。谷为怀扫了一圈会场，说那好，大家也辛苦了，休息五分钟，五分钟后回来，先吃东西，吃了接着开会。

会议刚开始的时候，一听说支行可能要撤了，有人一下就哭了，越哭越伤心，越哭越想哭，有人开口就骂，骂上边，骂支行，骂这个，骂那个，越骂越来劲，越骂越有理。开始，曾迎春还若无其事地看看这，看看那，有点管他呢，反正有谷为怀在，甚至还有点巴不得他们哭他们骂，哭得越凶，骂得越狠越好，可看着看着，听着听着，她莫名地感到难受起来，不安起来，火气跟着也上来了。她椅子一挪，抬手就要拍桌子。平静地坐在那里的谷为怀忙给了她一个眼神，她犹豫一下，放下手，端起茶杯猛喝了两口，将杯子一搁，凑近谷为怀的耳朵，边扫视着会场边悄悄说不能让他们这样胡来。谷为怀轻轻摆了摆手，说没事，就让他们哭，让他们哭个够，就让他们骂，让他们骂个够，哭够了，骂够了，自然就好了。曾迎春摇摇头，说谷为怀真是好性子，好脾气。谷为怀浅浅一笑，在心底轻轻一声叹息。谷为怀表情和心情的变化，凌志云都看在眼中，明在心里，不由得对谷为怀又多了一分敬重，心想要向他学习的地方还真多着呢。

“好了，大家休息了一下，又吃了点东西，我看大家的心情也好多了，那我们就接着开会。”谷为怀平和地扫了一圈会场，“下边是这样，大家还有什么好的意见和建议，尽管敞开了说。”

齐向前清了一下嗓子，头一个说道：“没错，前边大家是统一了思想，那就是支行怎么也不能撤，全行上下务必要齐心合力来保全支行。这一点也没错，但这只是大家的心愿，或者说只是大家的一厢情愿。”

众多目光齐刷刷地聚焦到了齐向前的身上。那目光或冷或热，或尖或钝，或圆或扁，或红或白。他不由得心一慌，又一紧，手下意识地攥了一下，但很快又镇定自若了。

“大家要明白。”齐向前不慌不忙地站了起来，边说边左右看看，“虽然上边说的是可能会撤，也可能不撤，而且是温江支行和沧江支行只撤一个，但还说了，如果非撤一个不可，那保留温江支行的可能性更大。那这意味着什么？又说明了什么？”

听齐向前这么一说，有的刚舒展开的眉头一下又紧蹙了，有的刚晴朗了的脸一下又阴沉了，有的刚清亮了的眼睛一下又迷茫了。

“齐向前，你这是什么意思？”朱建国猛地站了起来，指一下齐向前，“你是不是巴不得支行给撤了？支行撤了对你有什么好处？你……”

“请你别这么激动，朱股长。”齐向前看着朱建国，“说心里话，对支行我是有感情的，支行就是我的家。对支行的感情，我可以拍着胸脯讲，我不比在座的哪个浅。是支行给了我工作，给了我成长的舞台，给了我一切。我从跨进支行的那一天起，就只想着支行兴旺发达，从没想过支行要被撤销。可现实摆在我的面前，也摆在大家的面前。我们必须正视，不能回避，不能自我安慰，必须全面考虑，不能片面，不能简单对待，必须……”

“齐向前，你就别必须了，只说你到底想要说什么。”朱建国涨红着脸，盯着齐向前，“你别婆婆妈妈的，让大家焦急。”

齐向前皱了皱眉头，欲言又止。

谷为怀给了齐向前一个鼓励的眼神，又朝朱建国压了压手。朱建国坐了下去，侧身看着齐向前。

“那好，我就说说，说得不好，大家就当我没说。”齐向前看一眼谷为怀和凌志云，见他们眼里满是期待，便头一抬，“我只是想，我们必须一方面做支行不撤销的努力，另一方面我们又要有支行被撤销的心理准备。如果我们没有这种心理准备，到时候如果支行真给撤销了，有的人只怕会一时接受不了，事情会更加被动，更加复杂，说不定还会出现意想不到的情况。”

“你看你说的什么话。”朱建国指着齐向前，“说来说去，你还是巴不得支行给撤了。”

“我……”齐向前咽了咽口水，在心里一声叹息，坐了下去。

“我看齐股长说得没错，大家就得有两手准备。”吴吉庆嘻嘻一笑，“而且据我的分析，当然也是齐股长的意思，那就是支行十之八九会给撤了，我……”

“你放屁！”朱建国一拍桌子站了起来。

“哎哟，臭，真的臭！”吴吉庆故意捏着鼻子，边说边四下看，“是谁放的这闷屁啊？头都臭晕了。”

“你……”朱建国抖着手指了指吴吉庆，抓起杯子就要往他身上砸。凌志云忙起身拿下了他手上的杯子，拉着他坐下。

“吴吉庆，你可别扯着人家齐股长来说话，他说的出发点跟你不同，意思跟你说的也不一样。”高艳瞪一眼吴吉庆，笑嘻嘻地看着朱建国，“朱老革命，你说是不是？”

“不知道！”朱建国手一扬，没好气地说。

朱建国在支行年纪相对偏大，也显老，还喜欢讲他当兵时的励志故事，一讲故事又往往是“想当年我革命的时候”这个开头，支行的人就把“朱老革命”作为对他的一种爱称和敬意——有时也隐含一点调侃和戏谑的味道，他倒是乐于大家这样叫他。高艳刚才叫他朱老革命，那语气那语调，本是一种尊敬，就想给他降降火，消消气，没想到他是这样，心头自然不爽。

“朱副股长，你这就不好了。我可没得罪你，也冲我这么个吃了火药的样子。”高艳朝朱建国一笑，“可不是我说你，你还真有点偏激了，没有真正理解到人家齐股长说的意思，冤枉人家了。”她再朝齐向前一点头，“我看人家齐股长就说得好，就得这样，就得把事情考虑周全了，就得……”

朱建国一下站了起来，脖子粗了，耳朵红了。凌志云忙拉了拉他的手。他狠狠地瞪了一眼高艳，一屁股坐下，别过头去。

谷为怀刚要说话，手机响了，他一看，忙边接听边出了会议室。谷为怀一走，有的人便交头接耳，比比画画地议论起来；有的人无力地靠在椅子上，一副若有所思的样子；有的人在笔记本上写写画画；有的人玩着手机；有的趴在桌上瞌睡。朱建国看看这个，看看那个，一声接一声地叹息着。

“好了，支委扩大会就开到这里。”谷为怀在外边接了十来分钟的电话，一落座就边说边敲了敲桌子，“这个会还是开得非常及时的，也是开得非常成功的。刚才是市分行邓行长打我电话，我把会议的情况跟他做了汇报，他对支行的做法和大家说的都非常认可，也表扬了我们，说我们比温江支行反应快，行动快，还要我转告他对大家的关心和问候。”

不知是谁带头一鼓掌，大家跟着也就拍了起来。掌声虽然不是那么热烈，却也是越拍越响。而拍得最卖力的当数朱建国，他拍着拍着还热泪盈眶了。

“好了，谢谢大家。我想是这样。”谷为怀朝大家压压手，腰一挺，“今天我们开的是支委扩大会，到会的大多是党员。我们每一个党员应该就是一面旗帜，一个模范。我希望我们每一个党员，都用自己的思想和行动去影响身边的员工，但我希望大家传导和传递的是积极的，而不是消极的，是……”

“那当然了。”朱建国一拍桌子，“谁要是散布消极的东西，谁就是叛徒，就是王连举，就是甫志高。”他拍了一下腰间，“那我可不答应！”

齐向前朝凌志云比画了一下，又指了指墙壁。凌志云跟谷为怀耳语了一句，见谷为怀一点头，忙起身出了门，一会儿拿来了党旗和誓词，和高艳一道钉在了墙上。

党员都站在了党旗跟前，举起了右手，跟着谷为怀重温誓词。几个不是党员的都站在一旁，跟着在心里默念着。当谷为怀宣布请放下手时，朱建国和齐向前等人已是泪流满面。吴吉庆掩面而退，后悔刚才不该那么说了。

散会后，谷为怀又把曾迎春和凌志云，还有高艳和齐向前留下来，说刚才邓昌明打电话告诉他，温江支行和沧江支行要撤一个省行是定了的，省行机构管理处近期将派人到各地调研，调研的结果将成为省行决策的重要依据，还告诉他，被撤支行的员工少数可调往市分行或分行辖内支行，大部分就得自谋出路，支行给予适当的经济补偿。听谷为怀这么一说，曾迎春便盯着高艳。高艳说她哪也不去，就在沧江。曾迎春摇了摇头。高艳一笑，不再言语。凌志云一声叹息，说如果真的撤了，那员工就惨了。齐向前说真要撤了，对谁都没有好处。谷为怀点了点头。

一阵沉默。窗外“唧唧唧”的虫声，和树叶掉落的声响清晰可辨。

谷为怀起身走了走，停下来，看了看曾迎春和凌志云，又看了看齐向前和高艳，要他们都就接下来的员工大会和员工家属大会怎么开、怎么说，还有省行下来调研时怎么接待、怎么汇报等好好想一想，想得越全面越细致越好，明天上午碰头。

朱建国回到家就坐在那里生闷气，朱开放把饭菜又热了端上来，他还是看都不看一眼。

“爸，你别这样好不好?”朱开放边说边将筷子往朱建国手上递，“再怎么的，饭还得吃，是不?”

“开会吃过了。”朱建国接过筷子，看一眼朱开放，又放下了。

“我知道，你就吃了两块饼干，那不抵饿的。”朱开放将筷子往朱建国手上塞。

“开放啊，你要知道。”朱建国放下筷子，拉着朱开放坐下，“你和我都在支行，要是支行撤了，那我们两个就都没了工作，没了工作，那就没了工资，没了工资，那你还靠什么买房子，又靠什么来成家?”

“哎呀，爸，你别想那么多，也别想得那么悲惨。天无绝人之路。”朱开放看着朱建国，“你看那么多的企业倒闭的倒闭了，破产的破产了，兼并的兼并了，重组的重组了，那么多的工人下岗的下岗了，失业的失业了，都……”

“就是啊。”朱建国一声叹息，“我一看到这些，想着支行要撤了，心里就急，就愁。”

“急也好，愁也好，那都是正常的。我也一样急，一样愁。你说支行要撤了，还有哪个不急，不愁，那是假的，除非这个人对支行本来就没什么感情，甚至是怀恨在心，要我看，支行就没有这样的人。”

“我看有个别人就巴不得支行撤了，净说烂话，老打烂锣，没安好心。”朱建国呸了一口，“那个鬼汤显贵就是一个，还有吴吉庆也是。”

“你也别生气，他们都是嘴上说着玩的。你想一想，就他们那样子，支行真撤了，他们上哪去，谁又要他们?”朱开放摇了摇朱建国的肩膀，“爸，你要看到，虽然有一些企业倒闭了，破产了，可又有更多的企业开工了，投产了；虽然有不少的人下岗了，失业了，可又有更多的人进厂了，就业了。而且你要看到，现在新企业是雨后春笋一般，一批又一批地破土而出，开枝散叶，茁壮成长，就业的机会自然是越来越多，选择的余地也是越来越宽。有句古诗说得好，‘沉舟侧畔千帆过，病树前头万木春’。我看你就想开一点，放松一点，别老想得那么沉重，那么悲惨。”

“开放啊，你是想得太轻松，太简单了。”朱建国拍了拍朱开放的手，“你想想看，我都这么大一把年纪了，又没什么技术，真要下了岗，那还有谁要。你也没上大学，又没什么特长，工作也不是那么好找的。”

“哎呀，爸，你要看到自己的短处和不足，但也要看到自己的长处和优势。”朱开放站了起来，头一甩，“你呢，当过兵，摸过枪，而且枪法好，又有多年的银行保卫工作经验，到时候去哪个公司干保安队长，或是当保卫部长，那准是十分称职的。而我呢，虽然没上大学，但年轻，又好学，脑袋瓜子也好使，还有一股子闯劲，特别是吃得苦，霸得蛮，还耐得烦，不愁找不到工作。”

“你就那么相信自己？”朱建国皱着眉头打量着朱开放。

“那当然啰！”朱开放挨着朱建国坐下，“那我跟你说，你不仅要相信我，也得相信你自己。你想想看，我是不是凭自己的本事考进支行来的？我是不是凭自己的努力当上了分理处的副主任？我是不是……”

“你说的没错，是你自己争气，从没要我去跟哪个说过半句好话。可是，你想过没有，如果支行撤了，就算你能找到工作，那也准没有在支行工资多，地位高，让人羡慕，往后你对象都不好找了。”朱建国说着深深一声叹息，指了指朱开放，“你呀，我都不知跟你说过多少回了，要你早点找个女朋友，早点成个家，可你总说先要好好工作，等转了正式工了再找，现在好了，支行都要撤了，还有什么转的，看你怎么找对象，怎么成家去。”

“爸，这可说不准的，如果支行撤了，也许我找的工作比现在更好，收入更高呢。我们楼下王伯家的儿子，就是厂子破了产，找了个新工作，比起原来不仅活没那么脏，没那么累，收入还多了一些。”不等朱建国插话，朱开放又接着说，“再看，我们不说远的，就说支行营业部的余小丽吧。她家除了她在银行以外，父母和弟弟都在东江机械厂。如今机械厂破产了，支行也可能要撤了。那你说，她怎么办？她一家又怎么办？”

朱建国愣了愣，一时默然无语。

朱开放看着朱建国，说：“那你说他们一家是一起去上吊呢，还是一起去跳河呢？”

朱建国连连呸了三下，指着朱开放，说：“看你这孩子，怎么能这么说呢？再怎么也不能这样啊！”

“怎么就不能这样呢？”朱开放偏着头，盯着朱建国。

“不能这样就是不能这样。”朱建国拉着朱开放的手，“开放，爸跟你说，只要有信念，只要能坚持，再大的困难也能战胜，再多的坎坷也能跨过。”

“好，说得好，就得这样！”朱开放拍了拍手，微笑着看着朱建国，“听说你们散会前还在党旗下重温了誓词，是吧？”

“是啊！”朱建国眼睛一下亮了，站了起来，“我还念着念着心就热了，眼泪都止不住地往上涌。”

“要是我在那，准会也是这样。”朱开放看着朱建国，“爸，你是一名老党员了，我还只是一名入党积极分子，你……”

“你是得争取早日入党。”朱建国看着朱开放，“在党了，那人就不一样了。”

“那当然了。党现在就考验着我，也考验着你哦！”朱开放握着朱建国的手，“来，爸，让我为你光荣，为你骄傲！”

朱建国看着朱开放，眼里闪着泪花。

“好，来，吃饭，吃了饭才有力气去打狼呢。”朱开放一手端了碗，一手拿了筷子，往朱建国手上递。朱建国抹了抹眼睛，有点不好意思地一笑，接过碗筷，大口吃起饭来。

如镰似钩的月亮走出云层，一脸朦胧。江水拍打着江岸，哗啦哗啦地响着。岸边的芦苇在带着温热和腥味的江风里一时点头哈腰，一时左右摇摆。

廖三元和余小丽并肩面对江面，默默地坐在江堤上。

“你们还在这？”

廖三元一惊，抬头一看，只见一个背着钓具的中年男人站在他的身后。

“你们都在这坐了快三个小时了。”中年男人看了看廖三元，又看了看余小丽，“你们没什么事吧？”

“没事，没事。”廖三元边说边瞟了一眼旁边的余小丽。

“没事就好。那我走了，你们也早点回家，天不早了。”那男人说着下了堤，很快就传来了摩托发动的声音。

余小丽理了一下风吹乱的头发，看一眼廖三元，低下头，小声说：“三元，我们还是分手吧？”

“你说什么？”廖三元忙问。

余小丽头勾得更低了。

“你说我们分手？”

余小丽点点头。

廖三元急切地问：“你真想分手？”

余小丽沉默了一会儿，说：“不想。”

廖三元马上追问：“那你怎么这么说？”

余小丽过了一会儿才说：“那你说我怎么办。”

下班前，余小丽约了廖三元晚上到江边来，有事跟他商量。见面之后，余小丽告诉廖三元，东江机械厂破产了，她父母和弟弟都失业了。她父亲上午打来电话，说往后他们一家就全靠她了，就她在银行工作，工资不低，又说她在银行上班好几年了，应该认识不少的人，一定得给她弟弟找个好工作。她只好含含糊糊地应答着，没敢说支行都要撤了，自己还不知道往后去哪。接了这电话之后，她心思更乱了，上班心不在焉。复核员何思卉笑她是丢了魂了，差点把账都记错了。她只是苦笑了一下，没说什么，可能是有点感冒了。下午她父亲又打电话过来，问她跟廖三元还往来没有。她没说有，也没说没有。她父亲火了，责令她必须断了跟廖三元的念头，要不断他就和她母亲一道往沧江河里跳，又说她姨妈给她物色了一个好对象，家境殷实，单位不错，人也长得不差，这两天就去见个面，定下来。

余小丽的父母一直就看不上廖三元，东江机械厂和沧江机械厂近年来又是每况愈下，不知道哪天说破产就破产了，他们一家就她在银行，工作体面，收入不低，如果再找一个好丈夫，到时候他们也就有了依靠。余小丽虽然不是长得如花似玉，却也眉清目秀，身材苗条，还有一对动人的酒窝，在她父母眼里，长得又黑又瘦，家境也不好的廖三元是怎么也配不上余小丽的，因而从知道廖三元和余小丽在谈恋爱的那天开始，他们就坚决反对。廖三元和余小丽只好将活动转到了地下，希望通过时间换空间，等待着他们同意的那一天，可没想到的是时间一天一天地长了，空间却是一寸一寸地窄了。

廖三元长长一声叹息，仰天倒在了地上。余小丽推了一下廖三元，要他快说说，她该怎么办。廖三元坐了起来，看了看余小丽，咽咽口水，欲言又止，随即双手捂了脸，腰一弯，支在了膝盖上。

余小丽一动不动地坐着，眼睛一眨不眨地看着江面。波涛一浪接一浪地向她涌来，仿佛在向她呼唤，在向她招手。她机械地站了起来，往江堤下走去。

一条挖沙船喘着粗气，突突突地航行在江面上。廖三元放开手，抬起头，朦胧中看到滩涂上有人往江里移动，一看旁边不见了余小丽，猛地冲了下去。

廖三元抓到余小丽的手时，她已浸在没膝深的水里了。廖三元把她抱上了堤。她躺在他的怀里，流着泪。廖三元一只手搂着她，一只手轻轻地在她身上拍着，要她往后再也不能干那样的傻事了，她要有个什么三长两短，那他也不会活了。他的泪落在她的脸上，和她的泪融在一起，流淌到地上。

余小丽望着对岸的灯火，笑了，笑得像此刻的月色那么淡。见她一笑，廖三元也跟着笑了，笑得像滩边的江水那么浅。她坐了起来，说虽然东江机械厂破产了，但沧江机械厂还没有，支行也只是可能会撤，希望都还在。廖三元说她能这样想就好，说着又一声叹息，叹息过后又说，他会弄到钱的，有了钱，她父母就应该不会反对了。

他们站了起来，边商量着边往回走。余小丽问廖三元，如果她父亲非要逼着她去相亲，她怎么办。廖三元想了想，说那就去吧，应付一下，来个缓兵之计，别老人家一急，真干出什么事来。余小丽说她想也只能这样。分别时，廖三元一再要余小丽记着，去相亲那只是做个样子，千万别当了真。余小丽说知道，放心好了。

散会之后，谷为怀独自坐在办公室，苦思冥想一阵，再写在笔记本上，直到眼花了，头晕了，腰疼了，脚麻了，一看时间，都快十二点了，才拎着包下了楼。

一进家门，谷为怀就看到吴冬梅坐在沙发上生气。他问她怎么了，在跟谁生气。她横他一眼，说都他害的，说着手一甩，背过身去。他在她跟前坐下，握着她的手，问他是哪里做错了，惹她生气。

“你还问我？你自己干的好事！”吴冬梅说着手一抽，转过身去，背对着谷为怀。

“我干的好事？”谷为怀边想边坐了过来，看着吴冬梅，“冬梅，你看我这两天头都是大的，真不知道你指的是什么，你就快告诉我，行不？”

吴冬梅又怨又恼地看着谷为怀，看着看着泪珠就滚出了眼眶。

“哎呀，你倒是快说呀！”谷为怀急得直跺脚。

“好。”吴冬梅甩了一把眼泪，“那我问你，在你心里，还有没有智文和智勇？还有没有这个家？”

“你……你怎么问出这样的话来了？”谷为怀愣愣地看着吴冬梅，“智文和智勇是我们的孩子，你爱他们，我也爱他们，我怎么会心里没有他们呢？这个家是你的，也是我的，是我们一家人的，我心里又怎么会没这个家呢？”

“可是……”

“可是什么？”

“好，那我再问你。”吴冬梅泪眼汪汪地看着谷为怀，“支行是不是要撤了？人家邓行长是不是说了要调你去市分行？你是不是说了不去？”

“这你怎么知道的？”

“你不要问我怎么知道的。”吴冬梅盯着谷为怀，“你只管回答我，快点！”

“好好好，我说，我说。”谷为怀咽了咽口水，边想边说，他想尽力说得模糊一点，轻松一点，“那我告诉你，支行不是要撤了，只是可能会撤。邓行长也没有说非要调我过去，只是考虑了我。我是说了暂时没打算去市里，只是先留在支行。”

“只是可能会撤，只是考虑了你，只是先留在支行。嗯，好，你倒是说得轻巧，说得轻松。”吴冬梅眼睛一睁，指着谷为怀的鼻子，“谷为怀，你哄谁啊?”

“我……我没哄谁啊。”谷为怀眨了眨眼睛，轻轻拿开吴冬梅的手。

“没哄谁?”吴冬梅站了起来，指着谷为怀，“那我问你，你都跟我说过不知有多少回了，做梦都想着哪天能调到市里去，可现在机会来了，你怎么又不去了?是这边有谁想着你，拖着你，硬要留着你，还是有谁你舍不得，放不下?你要是去了市里，到时候把智勇调了过去，对智勇也是好事，市里怎么都比县里强，这你还不懂?再说，你要去了市里，智文看病也方便多了，不要再这么来来回回地跑了，这你也不清楚?还有，你说支行只是可能会撤，可我听人说那是八九不离十，撤定了的。人家邓行长一片好心，给了你一个机会，给了你一个台阶，可你偏不领情，你就情愿做这个末代皇帝，到时候让大家戳你的脊梁骨，骂你祖宗十八代，看你是钻进地缝里去，还是躲到牛屁眼里去?我再问你，等支行撤了，到时候你去哪，智勇又去哪，智文怎么办，我又怎么办?你是不是还知道，有人早就巴不得你快点走了，可你有机会走了，却偏要赖在这里，人家还不烦死你了，恨死你了?你……”

吴冬梅说的时候，谷为怀一直坐在那里，默默地看着，听着，想着，心想让她说个够，等她说够了，再跟她解释，见她停了下来，便双手端了茶杯递了过去。吴冬梅推开茶杯，剜他一眼。他嘻嘻笑着，又递了过去。她迟疑一下，接过杯子，喝了一口，将杯子往他手上一塞，说:“哎，我说的你听到没有?”

“当然听到了，一字不落。”谷为怀双手捧着杯子，嘿嘿笑着。

“那你给我说说。”吴冬梅盯着谷为怀。

“那好，我就简单地这么说吧。”谷为怀喝了一口水，起身边走边说，“你说我在支行是不是工作十多年了，对支行是不是有了深厚的感情?我是支行的行长，如果在支行面临生死存亡的关键时候，我一拍屁股走了，员工会不会骂我是个软骨头，是个胆小鬼，是个逃兵，是个叛徒?你是最了解我的，你说在这个时候，我能忍心撂下支行不管，撂下员工不顾吗?再说，如果我走了，上边应该不会有谁愿意下来，那支行又有谁合适来挑起这个担子呢?还有，你就把准了邓行长是真心想调我去市里，不是试探我勇气足不足，肩膀硬不硬?”他停下来，不说了，只是看着吴冬梅。

“这……”吴冬梅愣了愣，点点头，边说边在沙发上坐下，“你说的倒也是。”

“你说的有人巴不得我走，这我知道，但这毕竟只是个别人，而且也是情有可原，可以理解。”谷为怀挨着吴冬梅坐下，拉着她的手，“我告诉你，现在全行上下已经没有谁想要我走了，都希望我留下来，带着大家去打狼。”

“是吗？”

“是的。”

“这样就好。”吴冬梅说着又一声叹息。

“我明白你叹息什么。”谷为怀拍了拍吴冬梅的手，“你应该看得出来，智文和智勇的事我是从来就放在心上的。智文吧，只要哪里有好医生，有好药，我总是千方百计去打听，去买，就盼着他哪天能自己站起来，走起来，你说是不是？至于智勇吧，当初我是真想让他去别的银行的，是你非要他跟我在一起，说好有个照应。这几年里，平心而论，我确实没给他什么特殊的照顾，但多少还是让他沾了点光的。就说他到信贷股来吧，有人就说，如果他不是我的儿子，那不一定来得了。这尽管是竞聘上岗，还经过了考试，你说这中间就没有我的面子，没有我的人情？再说，就算这回我去了市里，也不可能这么快把智勇带过去，如果我去了市里，支行又真撤了，那智勇就更不好办了，而我留下来，那不管支行是不是撤了，到时候邓行长也会对我另眼相看，对智勇也会好一些，你说是不是？”

“嗯，你这也说得没错。”吴冬梅心疼地看着谷为怀，摸了摸他的脸，“你看你，才这两天，脸就尖了，眼也眍了，头发白得更多了，真是苦了你了。”

“没事呢。”谷为怀呵呵笑着，“有苦吃也是好事。”

“看你说的，吃苦还是好事了。”吴冬梅苦笑了一下。

“那当然了。”谷为怀拉着吴冬梅的手，微笑着看着她，“冬梅，你知道吗？我可既是支行的一名普通员工，又是支行的行长；既是支行一名普通的党员，又是支行党支部的书记，那我就得干更多的事，吃更多的苦，就得……”

“你呀！”吴冬梅说着在谷为怀额头上点了一下。

谷为怀一把将吴冬梅搂进怀里，轻轻地摇着。

“为怀，对不起，刚才我……”吴冬梅眼里闪着泪花。

“没事，我懂你。”谷为怀边说边揩着吴冬梅眼角的泪水。

“为怀，你就放心吧，我保证不会再拖你的后腿。”吴冬梅深情地看着谷为怀。

“知道。谢谢你。”谷为怀把吴冬梅搂得更紧了，又“吱”地在她脸上亲了一口。

开始躺在床上，后来坐了起来的谷智勇一直在尖起耳朵听着，这时已是泪流满面。

在谷为怀召开支委扩大会，讨论支行面对狼来了怎么办的同时，王援朝正在主持厂长办公会，讨论沧江机械厂何去何从的问题。

王援朝通报了东江机械厂已破产，分析了东江机械厂破产对沧江机械厂带来的影响，介绍了目前沧江机械厂的艰难处境，请大家就沧江机械厂何去何从发表意见和建议。

一阵沉闷和沉默之后，有人说，那么大的东江机械厂说破产就破产了，沧江机械厂就这么个样子，还不明摆着的事，只不过是挨日子罢了；有人说，那是的，现在倒闭也好，破产也好，改制也好，是大势所趋，已见得多了，没什么大惊小怪的，破了就破了；有人说，可别说得那么简单，那么轻松，真到了那一天，一下没了地方去上班，没有地方去领工资，那可不是那么好受的，哭都来不赢了；有人说，那是的，只要厂子在，那自己怎么也还是一个国企的管理人员，还是工厂的主人，要是厂子没了，就是在哪个私企找了份差事，那也是给人打工，得看人家的脸色，说不定哪天就被一脚踢开，给炒了鱿鱼；有人说，就是啊，厂子没了，有技术的倒是还好，私营企业也好，民营公司也好，都还抢着要，工资也可观，如果手上有本钱，那也好，大不了自己去做生意，虽然辛苦一点，累一点，但说不定还成了一个大老板，苦就苦了那些既没有技术，又没有本钱的人；有人说，别那么悲观，东江机械厂是东江机械厂，沧江机械厂是沧江机械厂，东江机械厂破产了不等于沧江机械厂就一定要破产，是两回事，别扯在一起；有人说，那是的，虽然现在国企破产的多了去了，但并不等于国企就必须破产，一定会破产，国企也有欣欣向荣、蒸蒸日上的，再说，国企也不只是破产一条路，还有改制、重组等多条路可走的；有人说，这说得好，沧江机械厂没东江机械厂那么大，包袱也没那么重，问题也没那么多，尽管现在困难不少，处境艰难，但只要敢于面对现实，勇于改革进取，也许就能闯过难关，不是非破产不可的；有人说，是啊，真要破产了，在座的相对还好，多少应该还有点积蓄，能应付一些日子，也多少还有点关系，找个什么一般的差事也不会太难，只是苦了厂里那上千号工人和他们的家人，特别是那些退休了的老工人；有人说，那可不见得，在座的有的也好不到哪里去，一分钱还掰开了来用，买个什么还想了再想，算了再算，偷偷跑到市场里去捡菜叶子……

有人说着就哭了。有两三个人也跟着哭。哭着哭着，有人又骂了起来，还拍了桌子。大多数人把目光投向了王援朝，神情各异地看着他。他却一动不动地端坐在那里，显得安然，平静。坐在他左边的李胜利扫一眼会场，抬手就要拍桌子，想以此来制止那些人的哭闹，见王援朝还是坐在那里，什么都没看见似的，便将举起的手轻轻放了下来，一声叹息，双手往胸前一抱，往后一仰，靠在了椅子上。

等没谁哭了，也没谁骂了，会场出奇地安静了，沉寂了，王援朝才动了起来。他先是往前挪了挪椅子，接着是看了一圈与会人员，最后目光落到了坐在他右边的胡国庆的脸上，同时把大部分人的视线也牵了过去。胡国庆感到脸上好像有刷子在刷着，又感到好像有虫子在爬着，有点痒，也有点辣。他睁开眼睛，又坐了起来，不好意思地朝大家笑了笑。王援朝朝他努了努嘴。

“是要我说两句?”胡国庆看着王援朝。

王援朝点点头。

“好，那我就说两句。”胡国庆将双手往桌上一搭，左右看看，“各位别看我刚才闭着眼睛，但各位说的我都听得一清二楚，而且各位说的都各有各的情，各有各的理，都没错。有的还哭了，或是骂了几句，那也都在情理之中。说实话，我也差点要哭了，要骂了，只是忍着，在心里了。”

“你言不由衷吧?”有人偏着头，似笑非笑地看着胡国庆。

“是啊，厂子破产了，你就用不着偷偷摸摸去捞外快了，而是可以光明正大地去了，那多好!”有人跟着附和。

“好，既然有人说起这事，那我就敞开了说了。”胡国庆站了起来，边说边打着手势，“不瞒各位，我是做了双新公司的技术顾问，而且有一年多了，但有一点我要声明，我绝对没有将厂里的任何技术带给双新公司，也没有做任何对不起厂里的事情。我还要说明一点，我去双新，也不是为了要捞外快，开始纯粹是为了帮同学，帮朋友。各位可能不知道，双新的两个大股东一个是我的同学，一个是我的朋友。当时他们技术上碰到了难题，让我去看了一下，给他们解决了。其实，他们一直在催我，要我早点辞了这边，去那边担任副总经理，或是总经理都行，但我一直没有答应。为什么？因为沧江机械厂对我有恩，我对沧江机械厂有情，我……”

“你真会说，说的比唱的还好听。”有人冲胡国庆不屑地说。

“是啊，鬼才信呢。”有人跟着说。

“那好，那你就是鬼了。”胡国庆朝那人一笑，“只可惜世上没有鬼，要说有鬼，那也都是人想出来的鬼，装出来的鬼。”

那人脸一红，尴尬地左右看看。

“好了，没事，信不信没关系。”胡国庆朝那人点点头，腰一挺，摸着胸脯，“但有一句话，我可以摸着这里，当着大家的面说，那就是我用我的党性担保，我在双新公司没拿过一分钱的报酬，尽管他们说要给我。”

王援朝看一眼胡国庆，带头鼓掌。陈胜利等人跟着鼓掌。胡国庆朝大家点点头，又起身鞠了一躬。王援朝微笑着看着胡国庆，示意他接着说。

“好，那我就再说几句。”胡国庆边说边打着手势，“说实话，照眼前这个样子下去，沧江机械厂破产那是铁定了的，可说是指日可待，就是你自己不想破，人家也会让你破。这我可不是夸大其词，也不是危言耸听。我相信大家都跟我一样，应该已经感觉到了，破产正迎面朝我们走来，朝我们逼近。同时我也相信，大家跟我一样，不想看到厂子破产，而是希望厂子兴旺发达。但要实现这个美好的心愿，我们就得改革，就得改造，就得改变。而改革也好，改造也好，改变也好，都得从我们在座的开始。王厂长已经给我们带了个好头，上下班不再用车子接送了。”

多数人鼓掌。少数人不以为然。个别的嗤之以鼻。王援朝看在眼里，心里是五味杂陈。他站了起来，压了压手，恭恭敬敬地朝大家鞠了一躬。这一鞠躬，掌声又起，鼓掌的人更多了，也更加热烈了。从掌声里，王援朝无形中又增添了信心和力量，胡国庆也受到了鼓舞和激励。

“各位，我还想说一句。”胡国庆看一眼王援朝，扫一圈会场，一拍胸脯，“那就是从明天开始，我不再做双新的技术顾问，我……”

“你别急。”王援朝朝胡国庆一抬手，“你不但要继续做双新的技术顾问，而且要比现在做得更好。”

大家或面面相觑，或满眼疑惑，胡国庆也莫名其妙地看着王援朝。

“这个现在我也不好怎么多说，但到时候大家就会明白的。”王援朝朝大家点点头，边说边站了起来，“好了，我还是那句话，尽管沧江机械厂现在处境艰难，困难重重，可以说是到了破产的边缘，但我会和大家一起努力，让机械厂的人有事情做，有工资领。这我有信心，也有决心，但这信心，这决心，也需要在座的每个人都有。”

胡国庆一拍桌子，说：“好，王厂长说得好。众人拾柴火焰高，众人划桨开大船。要想厂子不破产，我们就得齐心协力，心往一处想，劲往一处使！”

大多数人或点头，或微笑，或说好。

王援朝刚要说散会又打住了，低头一想，还是将 H 银行沧江支行可能会被撤销的事说了。他这一说，犹如扔了一个大炸弹，一下把大家都炸蒙了，炸晕了。过了好一会儿，才有人感慨，有人唏嘘，也有人感到身上轻松多了，心里平衡多了。

散会之后，胡国庆跟着王援朝进了办公室，说王援朝刚才将他放到火上烤了，又问怎么还让他去双新做技术顾问。王援朝说都是为他好，也是为厂里好，又说他是聪明人，一想就明白。胡国庆嘿嘿笑了笑，端起桌上王援朝的水杯，咕噜喝了几口，一抹嘴，大步走了。

一抬头，见前边那个一脚高一脚低，左一晃右一摇地走着的人有些眼熟，王援朝忙快步跟了上去，可不等他走到那人身后，那人一个踉跄，扑倒在地上了。王援朝跑过去，将那人扶起来一看，还真是廖三元。

廖三元将余小丽送到院子门口之后，在路边小卖铺买了一瓶半斤装的白酒，边走边喝，酒喝完了，风一吹，头又疼又晕，路也走不稳了。

王援朝扶着廖三元在路边坐下，问他怎么成了这个模样，是不是跟余小丽有关。他一声不吭，一下捂着肚子，一下摸着胸口，一下捶着脑袋，一副要呕不呕，好难受的样子。王援朝轻轻地拍着他的背，边拍边说呕了就好了，又说现在东江机械厂破产了，他跟余小丽的事只怕是更难了。

“哇”的一声，廖三元喷吐而出。呕吐了一阵，廖三元起身要走。王援朝说送他回家，他推了王援朝一把，摇摇晃晃地往前走去。王援朝一声叹息，跟在后边走。

第三章

高唱国歌

主席台的上方挂着一条红底白字的横幅，上边写着“誓死保机构保牌子保饭碗；坚决打好阻击战攻坚战歼灭战”，四周墙壁上也都贴着与之相关的标语。这横幅和标语都格外地醒目，格外地耀眼，冲击每一个人的心坎，震撼着每一个人的心灵。

往日，像今晚这样的员工大会，在宣布正式开会之前，会议室准是一个自由市场似的，说的说，笑的笑，嬉闹的嬉闹，追逐的追逐，嗑瓜子的嗑瓜子，打电话的打电话，有的踩着点来，个别的还要迟到一会儿。支行的员工大会一般是每个月的上旬开，而且是晚上，白天大部分人分散在网点上班，只有晚上大家才能相聚在一起。一个月才有机会相聚，大家自然满怀期待，见了面更是倍感亲切，有话要说，有事要聊，有家常要拉。

每次召开员工大会，谷为怀都早早地来到会场，或是与员工聊聊天，问问工作，问问家人，或是坐在主席台上看看这个，看看那个。在他看来，这员工大会，既可以通报情况，部署工作，也可以观察员工，了解员工。

而今晚的员工大会，近百号人都早早地来了，没谁请假，没谁迟到，来得最晚的汤显贵也提前半分钟进了门。大家进了门，都径直在自己的座位上坐了，没谁说，没谁闹，出气都生怕大了。会议室里坐得满满的，却是出奇地寂静。

见时间到了，谷为怀与曾迎春和凌志云交换一个眼神，拍了拍话筒，说开会了，先请凌志云跟大家做形势分析。

"根据谷行长的安排，下面由我来跟大家交流三个问题。"凌志云翻开笔记本，扫了一眼，"我先说第一个问题，银行为什么要撤并机构。大家都知道，从 1994 年开始，国有专业银行开始向国有商业银行转化，打破了原有的如中国银行是外汇外贸专业银行，只做与外贸外汇有关的业务的格局，业务范围不断扩大，品种不断增多，并开始注重盈利。这是银行改革的重要一步。但几年过去了，机构臃肿、效益不高的情况并没有得到多大的改观。据公布的统计资料显示，目前工农中建四大国有商业银行的营业网点达 11 万多个，员工 160 多万。大家也看得到，街上银行的网点面对面、肩并肩，确实是比米铺多，比饭店多。不少专家学者指出，撤并机构、削减冗员成为了银行改革首先要解决的问题。1997 年中央召开的全国金融工作会议，和有关文件对国有银行改革作了总体部署，明确要求四大国有商业银行在 2000 年前要撤并一定数量的网点和县支行。四大行由此开始酝酿各自的'减肥计划'，并陆续付诸实施。这就是说，撤销机构不只是我们 H 行在进行，其他行也一样，也表明了 H 行要撤销的肯定不只是我们沧江支行，我们还有难兄难弟，还说明了并不一定就是市分行或是省分行非要撤了我们沧江支行。因此，我们既不能埋怨市分行，也不能埋怨省分行，既不要埋怨谷行长，也不要埋怨邓行长。"

"没错，银行的网点确实是多，可网点再多，那也不是我们要开的，是上边安排下来的，怎么一下又说多了，还要撤了？"有人这样说。

"是啊，你说不埋怨这，不埋怨那，那埋怨谁啊？"有人附和说。

"这……这谁也不好埋怨。埋怨也没用，何况现在也不是埋怨的时候。"凌志云见谷为怀点着头，便接着说，"好，下边我说说第二个问题，就是温江支行和沧江支行为什么可能会撤销一个，而且是撤沧江支行的可能性更大。上边说了，我们从 1994 年开始向国有商业银行转化了，不再是原来的国有专业银行了。商业银行意味着什么？意味着要盈利，要赚钱。可温江支行和沧江支行盈利了吗？赚钱了吗？没有，都没有，都在亏损，而且是在双江分行辖内的县支行中亏损较多的机构。相比之下，我们沧江支行亏损的金额比温江支行更大，连续亏损的时间比温江支行更长。这就清楚了，如果沧江和温江非要撤一个，那沧江的可能性自然更大。这在情理之中，也怨不得谁。"

“怨不得谁？难道还怨我们自己不成？”有人茫然四顾。

“是啊，又不是我们不想干活，不想盈利，我们又不比别的地方少干活，没比别的地方少吃苦，怎么就偏偏要撤我们沧江支行？”有人说着站了起来。

“没谁怪大家，谷行长没说大家没干活，上边也没说大家不努力。”凌志云看一眼谷为怀，“可事实摆在这里，我们沧江支行确实是双江分行辖内亏损最多的一个，而亏损的多少正是衡量一个支行是留是撤的重要依据。”

“那我们就是栏里的年猪，等着挨一刀好了？”有人嘀咕着。

“难道大家就心甘情愿支行给撤了？就眼睁睁看着自己下了岗不成？”朱建国腾地站了起来，边说边四面看着。

“那当然不是了。”凌志云朝朱建国压压手，见他坐下了，接着说，“好，下边我来说说第三个问题，那就是支行该怎么办，大家该怎么做。我完全相信，在座的没有谁愿意支行给撤销了，而是希望支行能保存下来。那么支行有可能保存下来吗？有，当然有。为什么？因为一来，上边只说了可能会撤，并没有说今天或明天马上就撤；二来，正因为并没有说马上就撤，那就是给了我们时间，给了我们空间，给了我们机会，有了时间，有了空间，有了机会，那就有了希望，一切都有可能。”

“那你说我们该怎么办？”朱建国说着又站了起来，眼里闪着泪光。

“是啊，我们该怎么办？”杨大志说着也站了起来，抹了抹湿润的眼角。

“怎么办？”凌志云示意朱建国和杨大志坐下，指了指头上的横幅，“没别的，我们就是要誓死保机构、保牌子、保饭碗，就是要坚决打好阻击战、攻坚战、歼灭战。”

“那是什么意思？”徐一朵举了一下手，小声问道。

“好，那我跟大家解释解释。”凌志云站起来，边说边打着手势，“我们沧江支行是一个机构，是一级核算单位，我们解放路分理处也是一个机构，但不是一级核算单位，只是支行的一个下属机构，介于网点和支行之间的还有办事处。L 行沧江支行上个月就降格成了办事处，虽然机构还在，但牌子变了，牌子一变，那跟着员工数量就得减少，业务范围就会收窄，费用开支就会压缩，自主权就会大打折扣。因此，我们必须保住机构，保住牌子，只有保住了机构，保住了牌子，才能保住饭碗。而要保住饭碗，那面对狼来了，我们首先就必须打好阻击战，把狼挡在外边，不让狼靠近，就必须打好攻坚战，既要守住自己的阵地，还要攻占狼的地盘。大家知道，狼是很凶恶的，也是很狡诈的，我们必须敢于战斗，不怕困难，不怕牺牲，还要善于战斗，勇往直前，乘胜追击，不给狼任何喘息的机会，打好歼灭战。”

“对，不给狼任何喘息的机会。”朱建国站了起来，边说边手往腰间一摸，做了一个掏枪射击的姿势，“再凶再恶的狼我也不怕，看我不一枪崩了它。”

有人叫好，一些人跟着叫好。

“同志们，现在支行到了生死存亡的关键时刻。”凌志云一拍桌子，“我们已没有退路，别无选择，只能破釜沉舟，背水一战，置之死地而后生！现在谁也救不了我们，能救我们的只有我们自己。这大家一定要懂得，一定要明白，而且要入脑入心，付诸行动！”

凌志云话音刚落，坐在第一排的齐向前腾地站了起来，看一眼谷为怀，转过身去，手臂一举，大声呼喊：“誓死保机构，保牌子，保饭碗；坚决打好阻击战，攻坚战，歼灭战。”

朱建国跟着站了起来，高艳站了起来，大家都站了起来。

朱开放跟着振臂高呼，谷智勇高声呼喊，大家高声呼喊。

不知呼喊了多少遍，不知呼喊了有多久，徐一朵喉咙有点嘶哑了。

当呼喊声低落下来时，朱开放离开座位，走到主席台跟前，朝台上台下各一鞠躬之后，跨上主席台，站到一侧，双手一抬，边打拍子边领头唱起了国歌，唱了一遍又一遍，在唱到第二遍的时候，不少人已把歌词“中华民族到了最危险的时候”改成了“沧江支行到了最危险的时候”。

十多分钟后，国歌的旋律转换成了《国际歌》。

唱着唱着，歌声和哭声交织在了一起，谱写出了另一首奇妙动人的歌；泪光和希望交融在一起，将爆发出无穷的智慧和力量。

谷为怀抹了抹湿巴巴的脸，轻轻坐下，看着台下一张张充满期待的脸庞，一双双斗志昂扬的眼睛，他心底一颤，热血一涌，心想有这么可爱的员工，有这样高昂的士气，还有什么不能攻克，还有什么不能战胜呢。

“各位兄弟姐妹，支行出现今天这个局面，责任主要在我，不在大家。在这里，我诚恳地跟大家说一声对不起。”谷为怀说着站了起来，真诚地朝台下鞠了一躬，坐下，扫一眼会场，“刚才大家高唱国歌和《国际歌》，唱出了我们的处境，唱出了我们的使命，也唱出了我们的心声，唱出了我们的决心。《国际歌》中唱得好，‘从来就没有什么救世主，也不靠神仙皇帝’。没错，现在能救我们的不是别人，只能是我们自己！”

“对，我们不靠神仙皇帝，只靠我们自己！”

朱开放带头一喊，喊声一片，高举的拳头密密麻麻，森林似的。

喊声刚平息下来，娇小玲珑的何思卉便站了起来，看着谷为怀，问：“那请问谷行长，你会跟我们一起战斗吗？”

谷为怀答：“是啊，我会跟大家一起并肩战斗。”

何思卉说：“可是，有人说你会调到市分行去。”

谷为怀说：“那只是邓行长考虑过调我去市分行，但我当即说了不去。”

“对，谷行长你不能走！”

有人这么一说，不少人就跟着喊，还站了起来。

凌志云凑近谷为怀，悄悄说：“看来大家是真心不想你走啊！”

谷为怀点点头，朝台下压压手，站起来，举起右手，诚恳地说：“在这里，我以一名共产党员的名义，请大家相信我，我谷为怀一定不会当逃兵。”

“好，你不走，那我们就有主心骨了。”何思卉欢喜地说着，边说边看着左右。

“请大家相信，谷行长他自己不想离开我们，任何人也别想让他离开支行。”凌志云看一眼谷为怀和曾迎春，“这个时候，如果谷行长自己想走，或是哪个想要他走，那都将让他陷于不忠不仁不义的境地。不忠就是对不起支行，不仁不义就是对不起大家。”

听凌志云这么一说，曾迎春不由得心底一颤，稍一愣，看一眼凌志云和谷为怀，猛地一拍桌子，说：“好，凌行长说得好。谷行长不能走，谁也不能走。谁要走，那就是逃兵，那就是王八蛋！”

“王八蛋！”李胜利将账本一丢，“真是个王八蛋！”

“骂谁呢？”胡国庆边说边走进来，看一眼闷闷不乐地坐在椅子上的王援朝，看着李胜利，“你骂谁是王八蛋啊？”

“还谁?”李胜利指了指账本，“你自己看呗。”

“是他啊，就该骂!”胡国庆边看账本边说，“这蒋东明还真得想个法子，给他挪个地方，或是让他走人，影响确实不好，对他说这说那的人可多了。”

“挪个地方？让他走人?”李胜利一拍桌子，“吃里爬外，监守自盗，我看他早够关进去了。”

王援朝忙抬了一下手，又摆了摆。

“怎么？你是怕得罪了罗有初吧?”李胜利看着王援朝，“王厂长，我可不怕，有什么我一个人担着。我反正得罪过一回了的，再得罪一回也没什么。”

王援朝说：“不是怕不怕的事，没那么简单。”

“他也太狠毒，太恶劣了。厂子都这样了，他还是那样狗改不了吃屎，我真恨不得咬他两口。”李胜利咬牙切齿地说着。

“李厂长，你也别急。”王援朝看着李胜利，“我估摸着，他看到厂子是这个样子了，在这也捞不到多少油水了，应该会想法子离开的。”

“好了，不说他了，说到他就想呕。”李胜利在椅子上坐下。

胡国庆在王援朝旁边坐下，说他下午去了双新公司，见双新公司正在研发一款新产品，从中受到启发，他也想在机械厂上一个新产品，也许能改变厂里的局面。

听胡国庆一说，李胜利抢着说这好是好，只是不说别的，这资金就是一个让人头疼的大难题，没有钱，拿什么去上新产品。胡国庆说可以去找一下谷为怀。李胜利说支行都可能要撤了，谷为怀现在准是焦头烂额的，哪里还有心思给你放贷款，何况支行在厂里的贷款有的早逾期了，有的马上到期，到期了又没钱去还，人家不可能再给厂里增加新贷款，他也不好意思进银行的门，在街上碰到银行的人都是躲着走的。胡国庆说倒也是，又说还真是没想到，银行也会撤了，不是铁饭碗了，要下岗了。李胜利说这也没什么奇怪，银行都改革这么多年了，既然是商业银行，那就得有商业银行的搞法，有个商业银行的样子，那就得盈利，就得赚钱。胡国庆说那当然，银行都不赚钱了，那还是什么银行。

“那可不见得。”王援朝看着胡国庆，“你知道银行是靠什么赚钱的不?”

胡国庆脱口而出：“放贷款啊!”

“没错，靠放贷款，靠存贷款的利差。”王援朝起了身，边走边说，“可是，如果放出去的贷款收不到利息，甚至连本金都收不回了，那还能赚钱不?”

胡国庆说:“那还用说，那肯定是做亏本买卖了。”

“是啊。”王援朝看着李胜利，“李厂长，在谷行长那里，我们厂里还欠多少贷款？利息还有多少没付?”

“逾期了的有 3000 万，还有 800 万下周到期，总共是 3800 万。那 3000 万是三笔，都有一年以上没付过利息了，那 800 万前两个季度付了利息，上个季度的利息只付了不到三分之一。齐向前和谷智勇前两天还到了厂里，说原来的可以暂时不管，但这 800 万欠的利息怎么也得付了，这 800 万必须准备好资金，到期归还。”李胜利边说边屈指算着。

“李厂长，说起来，我们是拖了谷行长的后腿了。”王援朝站了起来，“支行落到要撤销的这步田地，也有我们的责任，是我们没讲诚信。”

“我……我也不是有钱不还，是实在没钱。这你也知道的。”李胜利脸一红，看着王援朝，“再说了，这也不能全怪我们机械厂，是市场变了，环境变了，还……”

“好了，我们先不说这个了，也不怪谁。”王援朝走了走，停下来，看着胡国庆和李胜利，“我想啊，刚才国庆说的新产品的事，还真是一个路子，不妨好好琢磨琢磨，到时候我去找一下谷行长，或是别的银行。”

李胜利摇摇头，说这个时候去找银行，只怕是自讨没趣，不会给半点面子。王援朝说为了厂子，为了工人，也顾不得有没有趣，有没有面子了，厂子真破产了，那才是最没趣，最没面子的事，又说去找一找也许还有点希望，不去找那希望都没有。李胜利脸一红，连连说那是，那是。

刚才，王援朝和李胜利在办公室商讨财务上的事，说着就扯到了蒋东明身上。李胜利正骂着，胡国庆从双新那边回来了。他开始想明天再跟王援朝说新产品的事，但半路上又往厂里来了。

散会了，见大家还是坐在那里不愿离去，汤显贵左右看着，走也不是，留也不是。高艳看了凌志云一眼，头一个出了会议室。见高艳一走，汤显贵起身就跑。十来分钟之后，会议室才空了下来。朱建国是台下最后一个离开会场的。

院子里还弥漫着会议的气味，国歌的旋律还萦绕在上空。凌志云深呼吸了一口，对并肩走着的谷为怀说，还真没想到，会议的效果会这么好。谷为怀说是啊，这会是开得不同凡响，更是出乎他的意料，朱开放还来了那么一个插曲，真的不错。

上午，谷为怀召集凌志云和齐向前等人，就员工大会的议题、流程、会场布置等进行了充分的商讨，做了分工和部署。谷为怀对齐向前提出的横幅上那“三保”和“三战”充分肯定，高度赞赏。

那高唱国歌和《国际歌》的插曲，其实也不是朱开放的临场发挥，更不是他一时的心血来潮，而是下午朱开放和齐向前合计好了的，到时候见机行事。当然，这点子是朱开放想出来的。

谷为怀和凌志云边说边往办公室走，走到楼道口，谷为怀手机响了，是邓昌明打来的，说省行机构管理部调研组一行三人，后天上午来双江，下午就会去温江或沧江，得认真做好接待和汇报。谷为怀“好好好”地应答着，又将刚才会议的情况简要做了汇报。邓昌明说这会开得好，沧江支行又走到温江支行的前边去了。

走到楼道口，谷为怀停下来，看着凌志云，说没想到调研组会来得这么快。凌志云说是啊，来得真快，让人喘口气都来不及，但这又是难得的机会，不可错过。谷为怀说，那是的，一定要抓住，这接待和汇报都得好好准备，大意不得，又说接待和汇报都由他负总责，曾迎春具体负责接待，关键是服务要热情、细致、周到，凌志云具体负责汇报，重点是写好汇报材料。

在办公室坐了一会儿，谷为怀跟曾迎春打了个电话，将刚才邓昌明说的转述了一遍，请她负责接待工作，也请她先想一想，明天一上班就碰个头。

谷为怀打电话过来的时候，曾迎春正靠在沙发上回想着刚才会上的情景，回味着何思卉与谷为怀的对话，及凌志云说的“不忠不仁不义”那一段。她没想到，在这个时候，谷为怀在支行还那么受欢迎，一时也没想清楚，大家为什么不愿意谷为怀离开支行。

徐一朵一进门，一眼看到马小军坐桌前，光着上身，一只脚架在另一把椅子上，有滋有味地边哼曲边喝酒，不由得火气陡地往上一蹿，走过去不等马小军反应过来，捧了碟子就往地上丢。碟子碎了，碟子里的炒花生米在地上蹦跳着，翻滚着。

“哎，你这是干吗？”马小军愣了愣，放下酒杯，看着徐一朵，“我还一直在等着你回来吃饭，一起喝两杯的呢。”

“喝，我让你喝！”徐一朵从马小军手上抢过酒瓶就往他头上浇。

“哎，你……你这是癫了吧？好好地把酒往我头上倒！”马小军边说边抢着酒瓶。

酒瓶掉在地上，碎成了几片。

“你看，你看，多可惜，多可惜啊！”马小军指了指碎在地上的玻璃，蹲了下去，捡起瓶底，吮吸着里头的酒。

徐一朵往地上一蹲，“哇”地哭了起来。

马小军扔了瓶底，站了起来，走过去，绕着徐一朵打量了一番，一想从没见她发过这么大的脾气，更没见她这般哭过，一下慌了神，没了主意，便边右手击打着左手边在地上来回走着。走了一阵，他在徐一朵身边蹲下，想哄她别哭了，别把孩子惊醒了，也别把邻居惊动了，她却越哭越委屈，越哭越伤心，往地上一坐，一脚将他踹倒在地。他抱着脚揉了揉，一脚踹了过去，却又中途收了回来，挠挠头，试着慢慢挪了过去，跟徐一朵并肩坐着。徐一朵一抹眼泪，横他一眼，往左一转，背过身去。

“哎，你到底是怎么了，是烧糊涂了吧？”坐了一会儿，马小军蹲了起来，边说边伸手去摸徐一朵的额头。

徐一朵抓着马小军的手指就咬。

“哎哟，你狗啊！”马小军吮了吮手指，又吹了吹，“你也没高烧啊！”

“你才高烧呢！”徐一朵边没好气地说着，边瞟了一眼马小军的手。

“你又没烧糊涂，那是怎么了？是哪个打了你，还是哪个骂了你？”马小军在地上捡了一块酒瓶玻璃，站起来亮了亮，“那好，你快告诉我是哪个，我现在就去找他，在他脸上划个‘十’字，给他一点颜色看看，让他长个记性，我马小军的老婆可不是谁想骂就骂，谁想打就打的！”见徐一朵不说话，他丢了玻璃，拿了一把水果刀，“一朵，你给我记着，谁欺侮你，那就是跟我过不去。谁跟我过不去，那谁就要付出代价，看我不割了他的耳朵，挑了他的脚筋。哎，你是不想说，还是不敢说？那我知道了，准是你们那个谷行长批评了你，或是那个什么曾行长骂了你，是不是？那好，我找他们去！”

马小军拿了椅子上的T恤，往肩上一搭，大步往门口走去。徐一朵一下爬了起来，追过去，抢下马小军手上的水果刀，往桌上一扔，说跟谷为怀和曾迎春无关。马小军问那是怎么了。徐一朵瞪一眼马小军，没好气地说支行要撤了，她要下岗了。

“你哄我吧？”马小军愣了好一会儿，一脸疑惑地看着徐一朵，“好好的，怎么一下就要撤了呢？”

“谁哄你了。晚上的会就说的这个。”徐一朵踢了一脚地上的瓶底，指着马小军，“这下好了，这酒你也喝到头了。”

“怎么会呢？”马小军在地上转了两个圈，偏着头，眯着眼睛，看着徐一朵，“支行真要撤了？你真要下岗了？”

“是啊，没错！”徐一朵逼视着马小军，“我告诉你，往后我和天天就得吃你的，喝你的了，这个家也全靠你了。”

“靠我？”马小军后退着。

“不靠你还靠谁？”徐一朵指着马小军，“你应该清楚，你是我男人，是天天的爸爸。”

“可我……”马小军一拳砸在桌子上。

“可你什么？”徐一朵鼻子一哼，“你只会游手好闲，无所事事；只会打牌喝酒，嫖赌逍遥，只……”

“哎，你可别这么说啊！”马小军指着徐一朵，“我虽然打牌喝酒，好玩，却是从没嫖过的，更没一个小三。这我可以发誓。”他举起手，“我要是嫖过一次，有一个小三，那我遭雷打火烧。”

“雷打了好了。”徐一朵横一眼马小军。

“雷打了好了？”马小军拉着徐一朵的手，嘻嘻笑着，“我就知道你是说着玩的。我真要雷打了，那你就没男人了，天天就没爸爸了。”

徐一朵手一甩，说：“不稀罕。”

马小军说：“你不稀罕，可我稀罕。”

徐一朵说：“你要稀罕，那就拿一点志气出来，拿一个样子出来。”

“好。”马小军眨了眨眼睛，“那你说，是谁要撤了支行？”

“干吗？”

“我找他去。”

“找他干吗？”

“找他理论去啊！看他为什么要撤了支行？为什么早不撤，迟不撤，偏要这个时候撤？他又知不知道，你一下岗，我们一家就没有在岗的了？还有，我们一家吃饭穿衣，还有我喝酒，那都是靠你的，这他还知不知道？他……”

“亏你还好意思说呢。一个大男人的，还要靠一个女人来养着，真是……”

“哎，你话别说得这么难听，我……”

“我懒得跟你说了。”徐一朵瞪一眼马小军，边说边往卧室走，“这两天支行还要开家属会的，到时候你必须去，去了就知道是怎么回事了。”

“好，去就去，我倒要好好问问他们，看他们是怎么搞的。”马小军说着跟了过去。

马小军的老家在沧江和温江交界处的山里边，地下有煤，还有铁矿石。他父亲是当地最早的煤矿老板之一，曾是村上的富户，在县城买了房子。马小军见开煤矿赚钱，有了钱又能吃好的喝好的玩好的，便厌倦了上学，常去他父亲的矿上闲逛。他父亲见他不是读书的料，便让他跟着在矿上了。他十六岁那年，他父亲花钱给他在县城一家集体企业买了一个工作，挂了个名。无奈天有不测风云，在马小军十八岁那年，矿上出了个大事故，他父亲没了，又不得不变卖了煤矿。他母亲李早花只好拿着那点变卖煤矿剩下的钱，领着马小军和他妹妹一块进了县城。他去找那厂子上班，可那厂子半个月前已经倒闭了。李早花要他去找工作，可他从小闲散惯了，根本就吃不了苦，也不想受约束，便整天在外游荡，或在网吧上上网，在酒吧喝喝酒，或是跟人打打牌，吹吹牛。李早花拿他没办法，久而久之，也就随他去了，只是那点钱怎么都牢牢抓在自己手中，说是留着给他娶亲成家用的。好在他妹妹马小慧争气，考上了重点大学，又分在了省城工作。

五年前的一天晚上，喝了酒回家的马小军一进巷子，就蒙眬看到前边有两个人扭打在一起，一个还边打边喊抢劫，救命。他冲了过去，见是一个男人在抢一个女人的包，便一把抓着那男人的衣领，猛地将他推倒在地。男人仓皇而逃。这个女人就是徐一朵，到支行上班刚三个月。

之后，每天快下班的时候，马小军便出现在支行门口，说是来送徐一朵回家，怕她路上不安全，还逢人就说她是他的女朋友。见他既没工作，又不求上进，长得也不怎么帅气，她压根就看不上。家人和朋友也都说马小军要本事没本事，要才干没才干，要长相没长相，要家财没家财，怎么都配不上她，嫁给他，那真是鲜花插在了牛屎上。可任你说也好，骂也好，红脸也好，冷眼也好，他都不恼不怒，不忧不悲，总是一张笑脸，说他别的没有，有的全是对她的真心实意。徐一朵以为日子一长，他会懈怠了，厌倦了，她也就脱身了，可没想到他就狗皮膏药一样地紧贴着，揭不下，甩不脱，拿他真是没办法。俗话又说得好，日久生情。日子一长，徐一朵那冰冷的心也给他温热了。家人和同事也说，这马小军虽然没什么长处，但长得也不算难看，在城里又有房子，对她的那一片痴心、一片真情，更是难得，就跟他成亲了吧。

成亲之后，马小军还是每天去接徐一朵。接了几天，徐一朵要他往后别去接了，都是他的老婆了，也跑不了了，别让人看笑话，又要他别再跟社会上那些不三不四的人来往，得找份工作，好养家糊口，不能再像过去那样混日子。他去找了工作，但没干两天就不去了，说太累，又太脏，工资又低。徐一朵说那不行，得再去找。他说不找了，不如做生意，钱来得快，人又轻松。可做生意还不到一年，老本亏了一大半，只好生意也停了，在家唉声叹气，怪这怪那。徐一朵又是哄又是劝，又是骂又是逼，说他不能赖在家里吃闲饭，得去找活干，可他嘴上应着，心里根本就没想去找，倒是每天早早地把饭菜做好，等着徐一朵回家来吃。累了一天的徐一朵回到家，看到桌上的热饭热菜，只好在心里一声叹息，不说什么了。

今晚马小军就一直在等着徐一朵回家吃饭，只是等得太久了，实在饿了，便想自己先喝两杯再说，没想到刚端起杯子，徐一朵就进了门。

边走边想着汇报材料的凌志云前脚刚进办公室，何思卉后脚就跟进来，躲在他的身后。他听到声响，转身一看，一惊，忙问："怎么是你？怎么还没回去？"

"怎么？不欢迎啊？"何思卉往旁边一蹦，头一偏，"那好，我走，马上就走。"

"不是，不是。"凌志云边说边给何思卉让座，倒水，"我是看时间不早了，你一个女孩家的，怎么还没回去。"

"你是说这个时候，我不该到你这里来吧？"何思卉边喝水边打量着办公桌上的摆设，"你放心，我悄悄上来的，没谁看到我。"

"看到也没关系。"凌志云看一眼开着的门。

何思卉呵呵一笑，说："还说没关系，看你那紧张的样子。"

"我紧张了吗？"凌志云肩一耸，手一摊，"没有啊。"

"好好好，你没紧张，是我紧张，好了吧。"何思卉嘻嘻一笑，放下杯子，边说边整理着桌上的东西，"你这有点乱，这样放着就更好看，也更方便拿了。"

"嗯，还真是呢。"凌志云看着何思卉，"哦，你是有什么事吗？"

"没事就不能来了？"何思卉看着凌志云，"不瞒你说，还真是有事要问你呢。"

"什么事？"凌志云忙问。

"看你急的。"何思卉瞟一眼门口，"你急我偏不急，看把你急死去。"

"好好好，你不说就算了。"凌志云边说边翻看起材料来。

"其实我也没别的，就是想问问你。"何思卉边说边伏在办公桌上，眼睛一眨也不眨地看着凌志云，"你说支行是不是真的会撤了？"

"会上不是说了吗？"凌志云指了指何思卉，"你是不是开会没用心，开小差了？"

"才没有呢。"何思卉嘴一撇，"我还问了谷行长话的，你没看到？"

"看到了。"凌志云看一眼何思卉，"你那问得好。"

"那你说，我是留下来呢，还是走人呢。"

"那你是想留还是想走？"

"想留又想走。"

“那你就再好好想想呗。”

“想什么啊?”高艳边说边进了门。

“哦，是高股长，高主任啊!”何思卉边说边站了起来，大大方方地看着高艳。

“我还以为是谁呢，原来是你呀。”高艳打量着何思卉，“思卉妹子，你行啊，蛇一样地一下就溜上来了。”

“艳子姐，你可是轻功了得。”何思卉朝高艳竖了一下大拇指，又调皮地一笑，“你人都进了门了，我们都还蒙在鼓里，一点也不知道，你是不是早就在外边了?”她看着凌志云，又一努嘴。凌志云站在那里，有点尴尬地笑着。

“好，我走了，你们聊。”何思卉跟凌志云和高艳摆摆手，飘然而去。

“小妖精。”何思卉一出门，高艳便含混地骂了这么一句。

“你有事?”等看着何思卉出门的高艳一转过身来，凌志云就这样问她。

“怎么?没事就不能来?”高艳盯着凌志云，“就那小妖精似的能来?”

“不是，不是。”凌志云边说边摇头，如芒在背。

“好了，你别紧张，我来也没别的。”高艳看一眼门口，“只是告诉你，省行调研组的一行三人后天就要来了。”

凌志云说这个他已经知道了。高艳本是兴冲冲地跑来，想将这一消息第一时间告诉凌志云的，没想到他早已知道了，不免有些失落，脸色一下也变了。凌志云看在眼里，后悔刚才不说知道就好了。

前年年底，支行面向社会招聘两名代办员，县政府办何主任拜托凌志云关照一下他侄女何思卉，又跟谷为怀打了电话。谷为怀说何思卉有何主任这层关系，本人条件又不错，得优先录了。听说支行可能要撤，何思卉去问何主任怎么办。何主任要她别急，看看再说，实在不行了，到时候给她找一个单位就是。于是，她问凌志云来了。

谷为怀轻轻将门打开一道缝，探进头，见里边的接待诸葛亮小组正在热烈讨论着，不想打扰他们，可刚要关门退去，给面朝这边的何思卉一眼看到了。她朝曾迎春努了一下嘴，又指了指门口。曾迎春扭头看到谷为怀，忙边起身边朝他连连招手，他只好进了门。

曾迎春眉飞色舞地跟谷为怀说着接待诸葛亮小组已完成了什么，接下来会怎么做。何思卉端来一杯茶，双手递给谷为怀。谷为怀双手接过茶，见何思卉每个动作、每个眼神、每句话语，都有板有眼，还算得体，便喝了两口，看一眼在观察着何思卉的高艳，又看着曾迎春说曾迎春有眼光，挑了何思卉来做接待，那真没错。何思卉脸一红，看着高艳，说都是她指点得好，还手把手地教，又细致，又耐心。高艳有点不好意思地笑了笑，说她也只是嘴巴会说一说，要她做还真做不来，是何思卉心灵手巧，人又长得讨人喜欢，还悟性高，爱学习。高艳这么一说，何思卉的脸更红了，红得要溢出来了似的。

“看你，还害羞呢。”曾迎春拉着何思卉的手，拍了拍，“思卉，这端茶倒水，还有迎来送往的事，就全交给你了哦！”

“嗯，好。”何思卉点点头。

“噢，思卉，还有一个事，得辛苦你。”谷为怀看着何思卉。

“什么事？”何思卉眨着眼睛，“谷行长，您请说。”

“就是请你跟你叔叔说一说。”谷为怀看一眼曾迎春，看着何思卉，“看能不能到时候请李县长跟调研组的人见个面，吃个饭。”

“对，这个很有必要。”曾迎春一拍桌子，看着何思卉，“思卉，这一定要办到，也算是交给你的一个任务。”

“好，这个任务我一定完成，就是哭也要把李县长哭来。”何思卉说着羞涩地笑了。

“我还在想去请一下张书记试试。”谷为怀说着又摇摇头，“还是算了，听说张书记一般是请不动的。”

“那倒不一定，上次他从支行门口路过，不就突然停下车，一个人进营业厅来了。他四下一看，还表扬了我们呢。”高艳有点得意地头一晃，又吐了一下舌头，“幸好我们先天搞了大扫除，窗明几净的，要不那脸就丢大了。”

“哎，说起这个，那我还要强调一下。”谷为怀看着曾迎春和高艳，“就是支行的办公楼和所有的网点，里里外外、上上下下，都必须弄得干干净净、整整齐齐，不留死角，特别是一个厕所、一个食堂，更要注意。”

“这个我们已经考虑到了，曾行长也安排好了，由我抓落实。”高艳看着曾迎春，“曾行长刚才还亲自跟各个网点打了电话，要求他们马上行动起来，明天一早去各网点检查。”

“对，我亲自去。”曾迎春一拍桌子，“哪个要没搞好，我有他好看的!”

“好，有曾行长亲自挂帅，那准没得说的。”谷为怀看着曾迎春。

“谷行长，这你放心好了，包在我身上。”曾迎春一拍胸脯，“要是这个也给你丢了脸，那我就不姓曾了。”

“那就好。”谷为怀背着手往门口走，走几步便停下了，稍一犹豫回过身来，在椅子上坐下，看着曾迎春和高艳，“我在想，还有一个东西，你们得好好摸一下，而且要摸清，要摸准，要摸透。这个非常重要。”

“什么?”曾迎春和高艳异口同声地问。

“就是对调研组的每个成员，你们要摸清他们的脾气性格，他们的工作习惯，特别是他们吃有什么讲究，玩有什么喜好，有没有什么忌讳，以及他们的身高、腰围、鞋子的尺寸、颜色的偏好，等等。”谷为怀看着曾迎春和高艳，右手中指在桌上轻轻点着。

“高主任，这任务就交给你了。”曾迎春看着高艳，“没问题吧?”

“有问题也没问题呀!”高艳朝曾迎春一笑，“曾行长交给我任务，那是我的光荣，我怎么都得完成好才行的，要不你一刮龙卷风，把我刮到天上，那我可惨了。”

“你看你。”曾迎春笑着指了指高艳，“我就知道你能完成好的。”

“曾行长把这任务交给你，那是交对人了。”谷为怀看一眼曾迎春，看着高艳，“你可以让你姐夫帮你打听打听，他跟省行机构部的人应该是比较熟的。”

高艳边应答着边朝何思卉使着眼色，示意她还有没有要问谷为怀的。何思卉拿过来一张纸，往谷为怀跟前一摆，说这是他们刚才拟的菜单，请他定夺。他浏览了一下，说这肯定还得改，点菜得土洋结合、荤素搭配，三合汤、禾花田鱼、猪血丸子、柴火腊肉、干黄蛤蟆等本土特色菜要有选择地上，原料要挑最好的，得让他们吃了还想吃。高艳说这没问题，她可以安排人直接去农户家里采购。

“到时候菜单定好以后，炒菜用什么油，调味品放不放，菜先上什么后上什么；餐前餐后水果各是什么，怎么搭配；宾馆房间的大小、朝向、楼层，洗漱用品的选购、摆放都得有个讲究；还有接送哪些人去，在哪里接，送到哪止；吃饭的时候谁陪谁，谁坐哪个位置，等等，都得有个方案。”谷为怀看了看高艳和何思卉，看着曾迎春，“这都是细节，都得细心，大意不得，马虎不得。”

“是呀，谷行长说得没错，细节决定成败。”曾迎春看着高艳和何思卉，“你们都知道，我可是个大大咧咧的人，喝酒可以算我的，但这细节上的事就靠你们两个了，到时候可别给我掉链子。”

“曾行长，你这就谦虚了。”高艳呵呵一笑，“你一向是张飞穿针，粗中有细的，我想学都学不来呢。”

曾迎春指着高艳，哈哈大笑。

“噢，曾行长，说到喝酒，邓行长倒是给我透露了，那个游组长可是酒仙，而且酒德又好。”谷为怀看着曾迎春，“能不能让他仙起来，到时候就全靠你了。”

“没事，不就是多喝几杯酒嘛，包在我身上了。”曾迎春一拍桌子，站起来，再一拍胸脯，“为了支行，为了大家，怕他个鬼呢，我豁出去了！”

高艳和何思卉都笑着，朝曾迎春竖着大拇指。

“哎！”曾迎春指了指高艳和何思卉，“到时候我烂醉如泥了，去医院吊瓶子了，你们可别只管看我的洋相，或是连鬼影子都不见了哦！”

何思卉连连摆手。高艳掩口而笑。

“不会的。”谷为怀朝曾迎春笑了笑，“喝酒尽兴就行，不一定要喝醉。真喝醉了，人难受，事情也不一定办得圆满。”

“那得看他们了。”曾迎春一拍桌子，看着谷为怀，“如果他们兴致高，那我就得舍命陪君子了。我不能给支行丢脸，不能给你丢脸。你说是不是？”

谷为怀点点头，起身边往门口走边想，这喝酒到时候还真得靠曾迎春，但又不能让她全敞开了去喝，得恰到好处才行。

朱开放一下在计算器上计算着，一下在材料上修改着，一下皱着眉头苦思冥想，一下又豁然开朗地笑了，一下放下笔，喝口茶，一下叹口气，抹把汗。齐向前一时双手抱在胸前，在地上边思考边来回走着，一时站在朱开放旁边，指点着他哪里得怎么改，哪里该怎么写，一时伏在桌上，看着朱开放计算、修改，发现差错，马上指出来。他们就在那里讨论着，计算着，写了改，改了写，中饭都是食堂的师傅送上来。

门一响，见凌志云阴沉着脸进了门，正说笑着的齐向前和朱开放忙站了起来，忐忑不安地看着凌志云。凌志云意识到是自己的脸色影响到了他们，便笑着在椅子上坐下，朝他们压了压手，指着桌上的材料，问怎么样，改好了没有。

早上碰头会一散，凌志云马上将齐向前和朱开放召集到这里，说他们两个是材料撰写诸葛亮小组的成员，写汇报材料的事就交给他们了。三个人刚要商议材料写什么，怎么写，谷为怀就把凌志云叫了上去，要他立即跟副县长梁光辉一起去扶贫点。他只好匆匆去了，就跟齐向前他们简单交代了一下写材料的基本思路，又叮嘱他们时间紧，得尽快写出一个初稿，他下午回来就看。

在去扶贫点的路上，梁光辉见他一副心事重重、心神不宁的样子，便一再追问是怎么回事。他开始想随便编个什么应付一下，但最终还是把调研组明天来的事说了。梁光辉一听，还真急了，说那支行不能撤，怎么也得保住，一旦撤了，那么多人的饭碗就成了问题，增加了地方的就业压力不说，只怕还会成为一个影响社会稳定的因素，对沧江的经济社会发展也极为不利。沧江现在正处于改革和转型的关键阶段，本身就还虚弱，如果支行一撤，那无异于从一个虚弱的人身上抽走了血液，更重要的是还关系到沧江的社会形象，设立了的银行都撤了，那人家首先就会想到，这个地方准是经济发展落后，投资环境不好等等。又说他明天一早就去跟张书记和李县长报告这事，请他们出面好好接待省行调研组的人，让调研组的人对沧江有信心，对支行有信心。凌志云一听可高兴了，当即给谷为怀打了电话。谷为怀从曾迎春她们那里出来，在营业厅转了转，刚回到办公室，一听可高兴了，忙要梁光辉接电话，感谢了他一番。

到了扶贫点，与村干部见过面，简单座谈了一会儿，梁光辉就要凌志云先回支行，下边的走访慰问贫困户就别去了，早点回去弄汇报材料。正握手告别，梁光辉手机响了。一挂电话，梁光辉就一把握住凌志云的手，说告诉他一个天大的好消息，沧江县改市终于批下来了。凌志云一想，这还真是一个好消息呢。梁光辉一看快 12 点了，要凌志云吃了中饭再走。他说不了，马上就走。

回到县城已是中午两点了，凌志云在路边吃了碗粉就直接去了小会议室。他浏览了一下汇报材料，说大体上可以，但还得大改。齐向前一听要大改，额头上的汗立马就冒了出来。朱开放更是低着头，耳朵根都红了。凌志云倒是呵呵一笑，说没事，再一起商量着怎么改就行了。正商讨着，谷智勇跑来，说双江分行信贷部的蒋主任打来电话，有事要问凌志云。凌志云要齐向前他们先改着，他去一下就过来。

蒋主任也没客套两句，开门见山就问沧江机械厂的贷款是什么情况。凌志云稍一斟酌，说老的已没有收回的可能，过几天到期的收回的可能性也不大。蒋主任问怎么会是这样。凌志云左解释了一番，右解答了一阵。蒋主任说这都不是理由，老的必须想办法去收，一定要收回一部分，过几天到期的必须无条件地收回来，一分都不能少。凌志云沉默了一会儿，听到那边在“喂”，便说好的，一定想办法，争取多收。那头边拍桌子边说，不是争取，是保证。凌志云说，要保证那真保证不了，不能说空话，更不能说假话，不能哄他，更不能骗他。那头一听火了，听筒里都听到了桌子拍得震天响。凌志云将听筒远离了耳朵，免得震破了耳膜。过了好几分钟，等那头平静了一些，凌志云才说请蒋主任别误会，他做梦都想收回来，只是机械厂现在就那个样，要收实在是太难了。蒋主任说他关键还是思想上有问题，主观上有偏差，这是关键，这是根源，正因为根源上有问题，才没有信心，没有举措，没有效果。凌志云本想再辩几句，但还是选择了沉默。见凌志云不说话，那头又“喂”了起来。凌志云说他在认真听着。蒋主任咳了两声，说提醒他，也是告诫他，虽然支行可能要撤了，但对沧江机械厂贷款的催收和管理不能松劲，更不能放弃，必须在支行撤销之前收回来，如果不收回来，那肯定要问责。凌志云再也抑制不住内心的激动，猛地一拍桌子，连问蒋主任：“你就断定支行要撤了？你就巴不得要支行撤了？支行撤了你就不心疼？支行撤了对你又有什么好处？”他这一连串的发问，问得那头一时没了声音。他也有点后悔了，觉得自己太冲动了，不该这么说的。

一时听筒里没了声响。

就在凌志云想着怎么跟蒋主任赔礼道歉时，那头又“喂”了，不等凌志云开口，蒋主任就说对不起，刚才是他说得不妥，请原谅。凌志云忙说是他工作没做好，话也不该那么说，请多包涵。接下来，两人商谈起了工作，并达成了共识，蒋主任还表示近日来沧江，和凌志云一起去机械厂催收贷款。

这一来，凌志云的一下变成了一个多小时。

凌志云放下笔，朝齐向前和朱开放招了招手，说：“你们改得不错，我只小改了几个地方。来，你们都看看，看这样改行不行。”

齐向前走过来，一页一页地认真翻看着。

“凌行长，不好意思，前边是我对您的指示没有全面、准确、深刻地理解和把握，也是我在没有充分准备的基础上就仓促动笔，致使写的东西离您的要求相差太远。”朱开放红着脸，挠着头，瞟一眼齐向前，“其实我们也想写好，但怎么也没您那个高度，那个深度。好在您一点拨怎么去想，一指导怎么去改，我们就茅塞顿开了，豁然开朗了，又……”

“又什么呢？”凌志云指了指朱开放，笑了笑，“我可没什么指示，也谈不上点拨和指导。我说了，我们是一起来商量，一起来完成这个光荣而艰巨的任务。”

“凌行长，前边确实是我们对您的思路理解不到位，写得过于激进，过于乐观了。”齐向前边说边指点着凌志云改过的地方，“您这修改的几处，那是十分精当、精辟，让我学习了，受益了。”

“哪里哪里，”凌志云摆摆手，“你们说的要用发展的长远的眼光来看问题，要让调研组的成员看到支行的希望和未来。这都很好，我都赞成。问题是目标也好，举措也好，数据也好，案例也好，都一定要站得住，立得稳，能让人接受，能让人相信。如果人家一看就直摇头，感觉那是虚假的，是天方夜谭，那就过了头，会事与愿违了。”

齐向前和朱开放都边点头边说那是那是。凌志云拿了材料，刚要起身去找谷为怀。谷为怀边打电话边进来了，落了座，一挂电话就说接待组那边的初步方案已经出来了，这边的材料弄好了没有。凌志云说初稿已出来了，也修改过了，就等他审阅。

“好，不错，三个臭皮匠还真是顶了一个诸葛亮。”谷为怀放下材料，起身走了走，坐下，微笑着看了看齐向前和朱开放，看着凌志云，“你们这思路和想法是怎么来的?”

凌志云看着齐向前和朱开放。朱开放看着齐向前。

“在凌行长的指导下，我们是这么想的。”齐向前看一眼朱开放，“支行之所以可能会被撤销，那是因为连年亏损，而且亏损的金额较大，又让人看上去短期内似乎无法盈利。这又正是上边衡量一个支行是否撤销的最重要最关键的依据。由此，我们想到，要想保住支行，那就要让上边，特别是要让调研组看到支行有希望，有未来，对支行有期待，有信心。于是，我们做了一个三年发展规划：头一年大幅减亏，第二年扭亏为盈，第三年盈利超过省内县支行平均水平。凌行长回来看了以后，认为我们这过于激进，过于乐观，难以让人信服。”他看一眼凌志云，看着朱开放，“我们仔细一想，再认真一算，也确实是的，便对三年发展规划做了调整，改为头一年，也就今年，必须亏损下降，第二年务必大幅减亏，第三年保证实现扭亏为盈。”

“好，我看这并不是天方夜谭。”谷为怀站了起来，“我们不仅要让调研组的每个成员相信，也要让支行的每个员工相信，既要让市分行的邓行长和蒋主任相信，也要让沧江的张书记和李县长相信。我相信，只要我们全行上下齐心协力，这个目标一定会实现。”

朱开放情不自禁地拍起了手。凌志云和齐向前都眼睛一亮，跟着鼓起掌来。

谷为怀将手伸了出去。

八只手叠在了一起。

当吴冬梅将最后一道菜端上桌时，谷为怀已三口两口扒了一碗饭，正拎着包在门口换鞋了。吴冬梅走过去问他去哪，是谁催得这么急的，差役还不催吃饭人呢。他说去一下市里，找邓昌明。吴冬梅说天都早黑了，还不亮了。他说事情急，得快点赶过去。

“好，这汇报材料总体写得不错。”邓昌明点点头，放下材料，看着谷为怀，“我提三点建议：一是不要跟温江支行去比。你想一想就明白的；二是可以增加一些沧江经济社会发展的内容。沧江的工业基础在整个双江辖内是比较好的，虽然近年来有不少国有的或集体的企业倒闭了、破产了，但同时也有不少的民营、私营企业诞生了，成长起来了，而且新生的企业在数量上比倒闭的、破产的要多得多，特别是有的企业还成长快、效益好，比如双新公司，我可以断言，在未来的三年五年之内，双新公司准会成为双江，甚至成为全省的大型企业、明星企业。我说这个，就是要让调研组看到沧江的发展有基础，有后劲，有前景，而沧江发展了，繁荣了，那沧江支行的发展和未来就有了更广阔的舞台和空间。这一点非常重要，一定要让里里外外、上上下下对支行有信心。”

谷为怀边点头边在笔记本上记录着。

“还有一点，那是在增收节支上。”邓昌明边说边翻着材料，“节支就是增收。这没错，但靠节支解决不了根本问题，重点必须放在增收上。目前增收主要还得靠发放贷款，增加利息收入。但你们支行情况特殊，存款少，贷款多，需要从外边拆借资金来放贷款，而拆借资金利率高，与贷款的利差本来就少，加上现有存量的贷款有不少是不但收不到利息，还要提取呆账准备金，那自然是必亏无疑了。因此，这材料在如何增加存款、新增贷款，如何确保新增贷款的质量，如何盘活现有贷款的存量上，还得补充内容，要有数据，要合情合理，要实事求是。”

谷为怀放下笔，接过邓昌明递过来的杯子，喝了两口水。

“说到接待上的事，我是这么想的。”邓昌明指了指摆在桌上的方案，起身走了走，在椅子上坐下，看着谷为怀，“我们既要客气一点，隆重一点，但又不要讲排场，不要铺张浪费，既要上档次、上规格，但又要不奢华、不奢侈，一定要把准好一个调，把握好一个度，别弄得适得其反，坏了事。”

谷为怀站了起来，边说那是边抹着汗。邓昌明朝他压压手，示意他坐下，问这三年规划是哪个的主意。谷为怀不知道他问的用意，稍一想，如实说是齐向前提出来的。邓昌明一拍椅子的扶手，说好，提得好。谷为怀趁势说，这齐向前脑子活，思路宽，点子多，又肯干，还好学，是个好苗子。邓昌明说既然是个好苗子，那就得好好培养。谷为怀点点头。邓昌明看一眼窗外，再看一眼墙上的钟，说哦，都快 11 点了，他请客，吃夜宵去。

夜宵摊就在分行大楼左后侧的巷子里。邓昌明领着谷为怀在最里边一个相对清静的桌位上坐了下来，说他是头一回来吃夜宵，是见谷为怀这些天辛苦了，犒劳他一下。谷为怀心底一热，眼睛随即有点模糊起来。邓昌明点了嗍螺，点了盘龙，点了鸭掌，还点了花生米，又要了两个烤饼。谷为怀不停地说够了够了，别浪费。邓昌明说难得这么一回，得吃个饱，喝个痛快，说着又点了一个腊鸡肫，要了两瓶啤酒。

邓昌明酒杯一举，说敬谷为怀一杯，说着就一口干了，将杯子一搁，看着谷为怀，说不瞒他，那天说考虑调他来市分行，还真是试探他的。谷为怀看着邓昌明，眨了眨眼睛，说他当时也没想别的，就觉得自己这个时候不该离开支行，应该跟大家在一起。邓昌明拍了拍谷为怀的肩膀，倒上酒，端杯就喝。谷为怀忙跟着喝了。

见谷为怀心不在焉，邓昌明说知道他在想着什么，在牵挂着什么，便将东西打了包，让谷为怀带了回去，给凌志云他们吃。在刚才来的路上，他听到谷为怀跟凌志云打电话，告诉他材料哪里要改，怎么改，强调一定要认真，要过细。

一上车，谷为怀就递了一个烤饼给司机，说他等了那么久，准饿了，快吃。司机接过烤饼，没吃，而是放在一边，说得开好车，到了沧江再吃不迟。

回想着邓昌明请他吃夜宵的情景，回味着邓昌明说的话，谷为怀隐约感觉到邓昌明在情感的天平上已倾向了沧江，心一宽，哼起了《突然的自我》。

第二天上午，邓昌明看了温江支行的汇报材料，沉默了好一会儿，在地上走了走，看着宁可，说单位也好，个人也好，都得格局大一点，别小里小气的。宁可也是聪明人，自然听出来了话里的意思，后悔不该在报告里过多地跟沧江支行去比。

调研组原计划是先到沧江后到温江的，可一出双江城区，游组长便临时改变了行程，说不如由远及近，先去温江。跟游组长同车的邓昌明心想还是不改变行程的好，但又不好怎么说，只好表示赞同，要坐在后边车上的陈立军马上给宁可打电话。

这一变，给温江支行来了个措手不及，调研组都快进县城了，材料还在装订，会议室还在布置，房间还在预订。好在邓昌明灵机一动，说温江是一座老县城，有上千年的历史了，有不少的名胜古迹，又是一些湘军将领的故乡，一些将领的宅院现在还完整地保存着，值得一看。游组长是曾国藩和左宗棠的崇拜者，听邓昌明一提起湘军，便滔滔不绝地说起了有关曾国藩和左宗棠的奇闻趣事，说得一车的掌声和笑声。邓昌明朝游组长竖了竖大拇指，说他对曾国藩和左宗棠了解这么多，理解这么深，不愧是研究曾国藩和左宗棠的专家。游组长摆摆手，说惭愧惭愧，却又接着说起了曾国藩和左宗棠之间的恩恩怨怨。邓昌明朝司机一使眼色，司机在路口往左一拐，往城郊的镇上去了。

流连忘返地看了湘军将领的故居，啧啧称赞地吃了镇上的土菜，游组长一看时间，说都两点半了，快走快走，别耽误了正事。

在支行楼上楼下转了转，在一些角落摸了摸，去看了厕所，看了食堂，在会议室听宁可做了情况汇报，找来几个员工座谈了一会儿，游组长说差不多了，可以去沧江了。宁可眼巴巴地看着邓昌明。邓昌明明白他的意思，便去跟游组长打商量，说在温江吃了晚饭，晚上去城里的青石板街上走一走，来点风味小吃，听街边的老人说说湘军的故事，喝一碗烧酒，那可是赏心悦目的事。他看一眼窗外的太阳，说天气晴朗，又逢月中，到时候明月高悬，清风送爽，令人心旷神怡，也是难得。游组长哈哈一笑，起身一拱手，说景色再美，盛情再浓，那也只能留给下回了。

下了楼，站在院子里，望着西斜了的太阳，宁可好不失落。邓昌明拍拍他的手，安慰他说，没事，游组长说了留给下回，那是好兆头。宁可一想，乐了，是呀，只有支行不撤了，才有下回啊。可再一想，又茫然了，惆怅了。

让邓昌明惊喜的是，当车子披着夕阳，刚在沧江宾馆门口停下，李县长就在谷为怀的陪同下，笑呵呵地从门里走了出来，与下车的人一一热情地握手，问好。

更让邓昌明意想不到的是，当他们步入餐厅，准备就座时，张书记陪着双江市的赵副市长谈笑风生地进来了。一一握过手，张书记说赵副市长是来沧江视察工作的，听说省行的游组长一行来沧江调研了，还关系到沧江支行的未来和发展，便风尘仆仆地从镇上赶了回来，把别的都放下了，直接来了这边。

张书记和赵副市长的到来，让谷为怀深感意外，感动和感激之情溢于言表。十来分钟之前，李县长还说他能来已是不容易了，按理说他得去陪赵副市长的，是张书记帮他跟赵副市长请了假。

赵副市长非要游组长坐在主宾位上。游组长谦让了好一会儿，手臂都给拉扯疼了，只好恭敬不如从命，在那坐了。他说真没想到，双江和沧江两级党政领导是如此看重银行，如此尊重银行，真是闻所未闻，见所未见，让他受宠若惊了。正襟危坐的赵副市长摆摆手，说哪里哪里，银行是财神菩萨，在哪里都是受欢迎的，又说今天能跟省行来的几位坐在一起，沾沾财气，可是幸运和幸福的好事。

沧江喝酒有这么一个习俗，就是头三杯是大家一起来，叫三杯通大道。三杯过后，就是左右相互敬酒。之后便是随意了，你喜欢谁就敬谁，你想跟谁喝就找谁。三杯一过，游组长就准备敬赵副市长的酒，既是场面上应酬的需要，也是内心情感的表达，见赵副市长正伸着筷子夹菜，便想等一下再敬，跟着也去夹菜，可赵副市长夹了菜并没有送进嘴里，而是往盘子里一放，端了酒杯就说敬他，他一下慌了，夹在筷子上的鸡块掉在桌上，打翻了酒杯，酒染红了桌布，也溅到了自己和赵副市长洁白的衬衣上。他一时好不尴尬，脸红得跟那酒一样，边忙着扶起杯子边说不好意思。赵副市长倒是哈哈一笑，扯着衣襟，说这上点色，绣几朵花，真是漂亮，真是好看，工艺品似的，加上又沾了财气，这衬衣他得好好收藏起来。他这么一说，说得大家又是鼓掌，又是喝彩，尴尬气氛一扫而空。赵副市长说着又拿过酒瓶，给游组长斟上酒。游组长忙站了起来，双手捧着酒杯，看着赵副市长，热泪盈眶地说他先干为敬了，说着脖子一仰，咕噜一口把酒干了。又是一阵掌声和喝彩。

有人推开门，探进头来，朝张书记打了个手势。张书记点了一下头，跟赵副市长耳语了两句，起身说他和李县长陪赵副市长去一下旁边。

张书记他们一走，梁光辉就活跃起来，边敬酒边介绍着本地的风土人情，还不时地说一个段子，或是来一个脑筋急转弯，见气氛上来了，又将红酒一撤，上了白酒。游组长乐呵呵地笑着，说好，来白的就来白的，陪梁光辉喝了。梁光辉抢先敬了游组长三杯，杯子一搁，说沧江县改市昨天终于批下来了，这可是沧江天大的好事、喜事，说明沧江是有良好基础的，是有光明前景的，也说明沧江是辉煌过的，未来会更辉煌，这为沧江支行的发展和未来提供了广阔的市场，提供了无限的机会。虽然眼下沧江支行经营不理想，与省行的要求有差距，但只是暂时的，短期的，用不了三年两载就会成为一颗闪亮的明珠。梁光辉话音刚落，游组长便杯一举，连敬了他三杯，杯一搁，手一拱，说恭喜他，也恭喜沧江了，又说有沧江县委县政府，哦，不对，是沧江市委市政府对支行这么重视，有张书记李市长和他对支行这么关心，支行的明天一定会更美好。谷为怀看着邓昌明，指了指梁光辉和游组长，又指了指酒杯。邓昌明会意，提议大家一起敬梁光辉和游组长一杯。

曾迎春早就在跃跃欲试了，见谷为怀给她递了个眼色，起身便一手提着酒瓶，一手端着酒杯，朝梁光辉和游组长走了过去。梁光辉谦让着退到一边，要曾迎春先敬游组长。游组长客气了一番，打量着曾迎春，说她这架势这气势，准是酒中豪杰，巾帼不让须眉。她说不敢不敢，在游组长面前，只是小学生一个，听说游组长是酒仙，今天只想沾点仙气，好好学习学习。游组长心想这女人喝酒，大多是一般不端杯，端杯不一般，看来得小心为妙，便手一摆，说岂敢岂敢，那都是谬赞，谬传罢了。曾迎春叫服务员拿了六个一杯半两的酒杯过来，将杯子一排，哗哗地将酒倒上，说为了表达她对游组长的热烈欢迎，先敬他三杯，说着端杯就喝，喝过了，又说为表达她对游组长的感激和敬意，她再敬三杯。游组长愣了愣，朝她大拇指一竖，说她果然是不一般，说着拿过酒瓶，哗哗地倒酒，又要服务员拿了大酒杯过来，将六小杯往大杯里一倒，端杯就干。

见游组长有点摇晃起来，话也多了，曾迎春又手舞足蹈地唱起了《打虎上山》。谷为怀跟邓昌明耳语了两句。邓昌明朝梁光辉递了个眼神，打了个手势，只见梁光辉凑近游组长的耳朵悄悄说着，游组长连连点头。梁光辉酒杯一举，站起来，说大家一起来个团圆酒。游组长握着梁光辉的手，边摇边说，这酒喝得好，喝出了水平，大家尽了兴，又没醉。

第二天清早，谷为怀想去办公室看一会儿材料，然后去宾馆陪游组长他们吃早餐，没想到一下楼就看到游组长站在大会议室的窗前，透过玻璃和窗帘的缝隙往里看。他忙跑了过去，向游组长问了好，又问他怎么一早就到了这里。游组长说特意早点过来看看，边说边指了指会议室里边。谷为怀叫门卫来开了门。游组长一见那“三保”“三战”的横幅和满墙的标语，心里为之一惊，又一震。谷为怀跟他描述着员工大会的情景，边说边打着手势，说着眼睛就湿润了。游组长边听边品读着那横幅和标语，不时念出声来。

默默地出了会议室，游组长走进食堂，看着师傅准备早餐，问师傅食堂平时是不是也打扫得这么干净，面条的码子是不是也有这么多，稀饭是不是也煮得这么稠，又问他是不是知道支行可能会被撤了，如果支行撤了对他和家里有什么影响，他想不想保住支行，他能为保住支行做点什么。见游组长在问师傅，谷为怀便知趣地跟游组长打了个招呼，独自去院子里了。

在食堂吃过早餐，谷为怀陪着游组长先去看了保卫值班室，然后上楼看了厕所。一看到了上班时间，游组长说去营业厅看看。一进营业厅，何思卉和徐一朵等人立马站了起来，微笑着看着游组长，向他问好。只有余小丽是徐一朵轻轻踢了一下她的椅子，才机械地站了起来，木然站着，面无表情，脸色苍白。一出营业厅，游组长就问谷为怀，那余小丽有点神情恍惚，是不是有什么情况。谷为怀说她是个人问题遇到了麻烦。游组长“哦”了一声，一抬头，看到邓昌明和曾迎春陪着调研组的另两个成员从支行院子里走了出来，凌志云和陈立军跟在后边。其实邓昌明早上是看到游组长出了宾馆大门，往支行方向走了的。

一进会议室，一眼看到摆在桌上那装订精致的汇报材料，游组长就眼睛一亮，再落座稍一浏览，又心中一亮，朝拿着汇报材料，准备照着材料念的谷为怀摆了摆手，说汇报就不用了，他自己先看。他边看边在一些地方画条线，或圈个圈，或打个问号，有的段落看过了回过来再看，想一下，或添删两个字，或替换一个词。谷为怀的目光跟着他的笔尖移动着，心也跟着跳动着，不知道他对材料会怎么评价，不知道他会提一些什么问题。见谷为怀神情有些紧张，凌志云心里也打起鼓来，眼睛一下看着游组长的笔，一下看着游组长的脸，担心材料的思路是不是错了，有些提法是不是不妥当。曾迎春开始还若无其事地看看这个，看看那个，一下请调研组的人吃水果，一下喊邓昌明和陈立军喝茶，后来见谷为怀和凌志云都神情凝重，便皱起了眉头。齐向前也在琢磨，一旦调研组的人提问，如果谷为怀或凌志云一时答不上来，那他该怎么来应对，怎么替他们圆场。

游组长放下笔，摘下眼镜，一拍桌子，拍得谷为怀和凌志云心惊肉跳，拍得曾迎春和高艳莫名其妙。不等他们回过神来，他又一拍桌子，连声说好。一听说好，齐向前头一个吊着的心放了下来，眉头一扬，朝高艳一努嘴。高艳将椅子轻轻往后一挪，伸手将门打开一道缝，一招手，何思卉端着盘子走了进来。

何思卉袅袅婷婷地走到游组长身后。高艳紧跟过去，接过盘子。何思卉从盘子里双手捧起一杯咖啡，稍稍弯下腰，轻轻放到游组长跟前，笑而不媚、甜而不腻地说游组长辛苦了，请喝咖啡。游组长扭身抬头，打量了一下何思卉，笑呵呵地说她这微笑，真是太美了，令人陶醉。

喝过咖啡，游组长却没有谷为怀期待的说怎么好，而是开口就问这材料的思想火花是怎么碰撞出来的，思路是怎么捋出来的，数据是怎么算出来的，“三保”“三战”是怎么提出来的，国歌和《国际歌》是怎么唱起来的。他一连提了十二问，问得谷为怀满头大汗，不知从哪里说起，结结巴巴了一阵，红着脸，说都是没办法，逼出来的。游组长一拍桌子，指着谷为怀，说好一个逼出来的，说得好，大实话。谷为怀嘻嘻笑着，抹了抹额头上的汗，看着凌志云，示意他来说。凌志云朝游组长等人一点头，一微笑，站起来，不慌不忙、不紧不慢地一一解答着游组长的提问。齐向前又不时地补充一句两句。游组长时而点头微笑，时而靠在椅子上若有所思，时而在本子上记上一句两句，时而与调研组的成员耳语一下。

凌志云还没说完，“谢谢”还在嘴里，游组长就一拍桌子，连连说好，说着又站了起来，说好就好在全行上下，有紧迫感，有危机感，有使命感，有那么一种精神，有那么一腔激情，有那么一股劲头，他都强烈地感受到了，真是难得。谷为怀闪着泪花，说那今天晚上支行还要召开员工家属大会，动员大家为“三保”“三战”献计献策，贡献力量，可否请游组长一行亲临指导，给大家说说话，鼓鼓劲。游组长摆摆手，爽朗一笑，说这样的好机会，他是巴不得参加，只是调研的任务重，时间紧，一会儿就得走。

见游组长上车要走，曾迎春忙走过去，笑嘻嘻地问他，既然看到了支行的希望和未来，那支行是不是就不撤了。游组长眨了眨眼睛，说这他就不知道了，不是他说了算的，他只负责调研，为省行决策提供依据，又哈哈一笑，说他可没说支行一定要撤，也没说支行就一定不撤哦。曾迎春还在笑着，笑里有茫然，有失落，有尴尬，还有说不清的东西。

谷为怀跟员工家属说完道谢的话，刚说支行只是可能会被撤销，马小军就火喷喷地冲到主席台前，从腰间抽出水果刀，指着谷为怀，问是不是他要把支行撤了。谷为怀一怔，本能地往后一仰，同时将椅子往后一挪。凌志云愣了一下，连忙起身，挡在谷为怀的前边，说不是谷为怀要撤了支行，是上边有政策，有部署。很快镇定下来的谷为怀拨开凌志云，将椅子往前一挪，说他是支行的行长，从来就是巴不得支行兴旺发达，怎么会想让支行撤了。马小军又指了一下谷为怀，将刀子往桌上猛地一扎，问那是谁要撤了支行，他去一刀将他捅了。曾迎春一拍桌子，站了起来，指着马小军，说是天王老子要撤的，他捅天王老子去。马小军愣了愣，拔了刀子，指着曾迎春，脖子一粗，想说什么又说不出来。曾迎春抓起杯子一蹾，一拍胸脯，往前一倾，冲马小军说："来，你捅，你捅给我看看！"就在马小军愣神的瞬间，从后边悄悄过来的朱建国猛一伸手，抓住马小军持刀的手腕，同时一抬脚踩了一下马小军膝盖的后窝。马小军跪了下去，刀子掉在地上。高艳朝朱建国一竖大拇指，夸他不愧是朱老革命。他嘿嘿一笑，说这算什么，小菜一碟。

谷为怀走下主席台，扶起马小军，捡起刀子，递到马小军的手上，让朱建国扶着他回到座位上去。他却刀子一扔，扑通跪了下去，磕起头来。谷为怀伸手扶他，他却怎么也不肯起来，说谷为怀不答应支行不撤，那他就不起来了，说着趴在了地上。谷为怀一时没了主意，不知怎么回答他好，急得在地上团团转。凌志云走过来，跟他耳语了一句。他点点头，大声说，他可没说支行一定会撤，省行的游组长也是这么说的。这话他是说给马小军听的，也是说给全体员工家属听的。马小军站了起来，拍了拍手和膝盖，看一眼谷为怀和凌志云，看着员工家属，说："你们知不知道，如果支行真的撤了，那我婆娘徐一朵就没工作了，徐一朵没工作了，那我们一家就只能喝西北风了。”他这么一说，引来一片叹息，一片唏嘘。

几个老大娘和老大爷走过来。他们或是员工的爸爸妈妈，或是员工的爷爷奶奶。他们围着谷为怀，或握着他的手，或扯着他的衣，或作揖，或磕头，或哭泣，或诉说。谷为怀哄哄这个，劝劝那个，心里满是愧疚，满是酸楚。

凌志云朝齐向前和高艳递了一个眼神。齐向前头一点，手臂一举，高喊起了“三保”“三战”的口号。他一喊，有人也跟着喊，喊的人越来越多，声音越来越响。那些围在谷为怀身边的老大娘和老大爷也不哭了，不说了，跟着喊了起来，边喊边往各自的座位走去。就在齐向前振臂高呼的同时，高艳朝朱开放手一招，两人各自拎了桌下的包，走向员工家属，给每人发了一个像章似的东西，佩戴在胸前，上边写着“支行是我家，我爱我的家”。

听凌志云解释了一番为什么支行可能会被撤销，又听谷为怀动员了一阵之后，马小军腾地站了起来，问“三保”“三战”需要他做些什么，他能做些什么。谷为怀先夸了他两句，然后说他要做的事多了去了，能做的事也多了去了。他挠了挠头，要谷为怀说明白点，说具体点。谷为怀说比如多做家务，让徐一朵有更多的时间和精力放在工作上，把工作干得更漂亮，多给徐一朵揽存款，让她争当揽存标兵，更有成就感。马小军一拍胸脯，说这没问题，只要能保支行不撤，家里煮饭扫地也好，带孩子什么的也好，他都包了，保证不拖徐一朵的后腿。他这么一说，先是一阵哄堂大笑，接着是一阵喝彩和掌声。

一进家门，吴冬梅就对谷为怀说，刚才马小军拿着刀子指着他，可把她腿都吓软了，又问他当时怕不怕，是怎么想的。他笑了笑，说也说不清，不知道那是怕还是不是怕，反正他当时躲了一下，还挪动了椅子。吴冬梅说：“你躲都不躲一下，还等着他刀子往身上捅啊，又不是傻瓜，不是呆子。”谷为怀呵呵笑着。吴冬梅在他额头上点了一下，说他这行长当得也是窝囊，更是憋屈。谷为怀脸一沉，问她怎么就窝囊了，怎么就憋屈了。她在他手上拧了一下，说：“好、好、好，你不窝囊，你不憋屈，你神气，你舒服，好了吧！”

就在谷为怀和吴冬梅说话的同时，王援朝独自走在回家的路上。今天中午，李市长来厂里视察，说厂子如果再这样下去，没有明显好转，如果还老是有人到县政府门口去静坐，去吵闹，那厂子就只能破产了。晚上，他正和李胜利在商讨着怎么跟谷为怀去说贷款的事，胡国庆跑进门来，报喜似的说新产品有眉目了，又说在双新公司看到了蒋东明，应该是准备去那边了。王援朝将笔一搁，欢喜地说，好，那就好。李胜利却是一声长叹。

今天早上，柳建平领着机械厂的二三十个人守候在县政府的大门口，一见李市长的车出来，一拥而上，或席地而坐，或环车而立，或趴在车上，既不吵闹，更不打砸。李市长只好下了车，安抚了一阵，说下午一定去厂里看看。

听说柳建平他们堵了李市长的车，王援朝匆忙赶了过来，只是等他赶到时，李市长刚上车走了，柳建平他们正准备散去。中午，他饭才扒了几口，有人跑来食堂，说李市长进了车间了。他碗一搁，撒腿就跑。不等他问，李市长就说下午还要赶去双江开会，就顺路中午来了。王援朝恭维了两句，说厂里虽然处境不好，但正在想办法，相信会有好转。李市长看着冷清清的车间，看着锈迹斑斑的机器，不住地摇头叹息，直到走进另一个还有部分机器在隆隆响着的车间时，才浅浅地笑了一下。

此前，柳建平他们已经在市政府门口静坐过两回了。

第四章

事出有因

直到天黑好一阵了，有人跑来报信，说那些堵在办公室门口讨货款，和吵着要发工资的人都陆续散了，王援朝才去了办公室。他关了门，往椅子上一坐，想起在厂保卫科那边躲了一下午，刚才来的路上又是提心吊胆，还偷偷摸摸、躲躲闪闪，做贼似的，这厂长当得如此窝囊，如此造孽，不由得心一酸，感从中来，悲从中来，眼泪也止不住地往下淌。

听到急促的敲门声，王援朝忙擦了擦眼睛，忐忑着前去开门。他门刚开了一道缝，李胜利就挤了进来，开口就说不好了，只怕是出大事了。王援朝一惊，忙问出什么大事了。李胜利说廖三元去银行取钱，到现在还没回来。

“那钱取走了没有？”王援朝想了想，问李胜利。

“问了银行的人，钱取走了。”李胜利说。

“真取走了？”

“真取走了。”

“打廖三元电话没有？”

“厂里没给他交电话费，他手机前两天就停机了，联系不上。”李胜利看着王援朝，“你不还说了，从下个月开始，全厂所有人的手机都由自己交费吗？”

“这也是没办法的事。”王援朝看着李胜利，“你拿不出钱啊！”

“我……”李胜利一声叹息，看着王援朝，“这副厂长你就别让我干了，行不？”

“不行。”王援朝手一抬，看着李胜利，“这个时候你不能撂挑子，我们还得一起干。”

李胜利咽了咽口水，说：“那好吧，我跟着你。”

“好，这就好。”王援朝走了几步，转身看着李胜利，“廖三元是一个人去的银行？”

李胜利点点头。

“这两天他有发牢骚，或是有什么反常的举动没有？”

“没有，都没有，每天都按时上下班，还笑笑呵呵的。”

“那这就是反常啊！”王援朝看一眼李胜利，边走边说，“如果他整天没精打采，一副霜打蔫的茄子似的，那才是正常的，那倒好了。”

“噢，是啊！”李胜利拍了拍额头，“是我大意了。”

王援朝在地上来回走着，脑子里想着各种可能，越想越害怕，冷汗都出来了。李胜利跟着也走，心里祈祷着廖三元快点回来，千万别出什么意外。王援朝猛地停了下来，要李胜利马上联系一下银行的人，问问余小丽的情况。李胜利打通了高艳的电话。高艳说余小丽今天正常上班，还稍加了一会儿班，把业务处理完才走的。王援朝拿过李胜利的手机，请高艳帮个忙，去看看余小丽在不在家。几分钟后，高艳回电话过来，说她跑去看了，跟她住一起的人说她下了班就没回来。一听说余小丽不在家，王援朝身子一晃，忙扶着桌子才没跌倒。李胜利问他怎么了。他说没什么，可能是还没吃晚饭，血糖有点低了。李胜利说他就担心廖三元是给人抢了，或是给人绑架了，是不是去派出所报个案。王援朝无力地在椅子上坐下，默了默神，说先找一找，暂时不报案，要报也等明天早上再说。

天很低，黑沉沉的，仿佛随时都会塌下来。

起风了，云动了，江上凝聚的腥味四散开去。

豆大的雨点砸下来，砸醒了打盹的廖三元。他摸了一下屁股下边，见帆布袋还在，忙摇醒了靠在他肩上的余小丽，说下雨了，快走。余小丽说不走。廖三元一手提了帆布袋，一手拖着余小丽就往前边的桥拱下跑。其实余小丽根本没睡，只是廖三元以为她睡着了。她能睡得着吗？

今天下午临近下班的时候，廖三元拿了一张十五万元的现金支票来取款。余小丽核验了支票，要他快去给齐向前或是谷智勇签字。按照支行的规定，凡是信贷单位动用账户上的资金，都要经信贷股的人签字同意方可支付。

取到钱后，廖三元来到余小丽柜台跟前，说他在哪儿等她，有非常重要的事跟她商量，她一下班就快点过去，如果能现在跟他一起走，那更好。余小丽边办业务边要他先走，她一下班就过去。

等余小丽赶到城边那个废弃了的小工厂门口时，廖三元正在门里朝外焦急地张望，一见余小丽，一把将她拉了进去，将门关上。这个小工厂原来是沧江机械厂的上游企业，为沧江机械厂提供配件，这几年来沧江机械厂每况愈下，这厂子前年就倒闭了，留下这一片荒芜了的场地。

一见那躺在地上的帆布袋，余小丽就心底一惊，忙问廖三元："这钱你怎么没送回厂里去，拿这里来了？"

廖三元说："这钱现在不是厂里的了。"

"那是谁的？"

"你的，我的。"廖三元指一下余小丽，再指一下自己，"我们的。"

"我们的？"

"是啊！你爸不是老嫌我穷，没钱吗？"廖三元看着余小丽，一拍胸脯，"我现在有钱了，不穷了。"

"可这钱不是你的啊！"余小丽眨了眨眼睛，"你不说这钱是市里拨给厂里发工资的吗？"

"是啊。"

"那怎么又变成你的了？"

"不那么说，这钱能拿得出来吗？"

"你……"余小丽指着廖三元，"你们厂里都那个样子了，你还把钱拿了出来，人家知道了，还不……"

"我又没在街上喊，更没打面锣，谁知道。"

"谁知道？"余小丽哼了一声，"人家一看账上的钱没了，你人又不见了，还不知道？"

"知道了又怎么的？等他们知道了，我早走了，不见踪影了。"

“走了？”余小丽疑惑地看着廖三元，“你要去哪？”

“不是我要去哪。”廖三元拉着余小丽的手，“是我们一起去。”

“一起去？”余小丽手一甩，“我不去，我哪也不去。”

“小丽，你这样子就不好了。”廖三元双手搭在余小丽的肩上，深情地看着她，“我只问你，我是不是爱你？你是不是爱我？我们是不是相爱了五六年了？我们是不是彼此承诺了要相爱一辈子？是不是彼此承诺了任何干涉都不能阻挡我们相爱？”

余小丽点了点头，低头不语。

“小丽，我这样可都是为了你。因为我爱你，我只想让你过得幸福快乐，不想看到你愁眉苦脸，唉声叹气。为了你，我什么都不怕，刀山敢上，火海敢闯。”廖三元边说边摇着余小丽的肩膀，“你知道吗？你明白吗？”

余小丽咬着嘴唇，泪汪汪地看着廖三元。

“好，你明白就好。”廖三元搂着余小丽吻了一下，打开门，伸出头往外边暮色里一张望，提了帆布袋，牵着余小丽就要走。

“去哪？”

“离开沧江再说。”

“可是，你离得开吗？”余小丽挣脱廖三元的手，看着他，“你也不想一想，厂里不见你拿钱回去，又找不到你，准早报案了，只怕路口都早就有人在等着你了。你现在走，那还不是自投罗网？”

“那怎么办？总不能就在这里吧？”廖三元急得一跺脚，“这里就在城边上，说不定他们就找到这里来了。”

“那走，去江边。”

“去江边?!”

“对，去江边。”

“那里人来人往的，不安全。”

“你错了，那里虽然是江边，但往来的人少，没谁注意。”余小丽看着廖三元，“再说，正因为江边人来人往，才是安全。你应该知道，最不安全的地方就是最安全的地方。”

于是，他们去了江边，就在上次他们坐的那个地方。

李胜利怎么前边问廖三元是不是取走了钱，现在又问余小丽是不是在家？这是怎么了？是出什么事了吗？把廖三元和余小丽联系到一起，再一想，高艳是越想越觉得奇怪，越想越有点不安起来。

见凌志云家的门洞开着，高艳放慢了步伐，轻手轻脚地走了过去，侧身往里一看，只见凌志云在地上边走边跟坐在沙发上的何思卉说着，还打着手势，何思卉仰着头，身子前倾，像一个忠实的学生在听老师讲课。她猛冲过去，用力推了凌志云一把，剜了何思卉一眼，脚一跺，鼻子一哼，甩手就要走。凌志云抢步挡在她面前，说她真是及时雨，何思卉还正准备去请教她呢。回过神来的何思卉站了起来，勾着头。高艳打量着何思卉，见她脸上泪痕尚在，一副楚楚可怜的样子，本想奚落她几句，但转念一想，便呵呵一笑，问何思卉是怎么了。何思卉看一眼凌志云，欲言又止。凌志云看一眼何思卉，看着高艳，说也没别的，是何思卉的男朋友罗浩然一听说支行要撤了，她不在银行工作了，就跟她说要分手，当初就是冲着她在银行工作才跟她谈的。高艳踢了一脚椅子，说真是岂有此理，何思卉一朵花似的，人见人爱，如果插在他那堆牛粪上，已经是便宜他了，他还说这说那的，准不是个什么好货色，分手好了，巴不得呢。

“可是……”何思卉眼泪又上来了。

“哎呀，看你这妹子，他不说分手，你还要说呢。”高艳给何思卉揩了揩眼泪，“我跟你说啊，他看上的不是你这个人，而是你在银行工作这个身份。他既然爱的都不是你，那你还有什么舍不得的？”

“我……”何思卉低着头，泪水吧嗒吧嗒地往地上落。

“哎呀，看你这一哭，哭得我都心里难受死了。”高艳抹了抹有点湿润的眼睛。

何思卉抬起头，擦了眼泪，看着高艳。

“好，我懂了。”高艳拉着何思卉的手，“你是见支行撤了，男朋友又提出来要分手，你心里难受，对吧？”

何思卉点着头。

“是这个啊，那就好，没事。”高艳拍了拍何思卉的手，“我跟你说，一来支行只是可能要撤，谷行长也好，邓行长也好，游组长也好，谁都没说支行一定要撤，这就是说支行完全有可能不会撤，二来你那男朋友罗浩然，就那么一个人，没什么值得留恋的，我看迟分不如早分，分了更好，你说是不是？”

何思卉抿着嘴，有点茫然地看看凌志云，看看高艳。

“思卉，你放心。”高艳朝凌志云一努嘴，看着何思卉，“你看你，条件这么好，我包了给你找个比他强的，信不？”

何思卉点点头，又摇摇头。

“哎呀，真是可惜。”高艳搂着何思卉，“可惜我没有弟弟，要是有弟弟，那我就让他天天追着你了。行不？”

何思卉脸一红，看着凌志云。

“你呀，弟弟都没有，就知道说漂亮话。”凌志云指了指高艳，看一眼何思卉，看着高艳，“我看，还不如往后你就把思卉当亲妹妹一样看待好了。”

“好啊！”高艳看着何思卉，“你愿意不？”

何思卉迟疑了一下，说愿意。凌志云边拍手叫好，边给何思卉递着眼神。何思卉抿了抿嘴，咽了咽口水，眉目传情地看着高艳，亲热地叫了一声姐。高艳捧着何思卉的脸就亲，亲得何思卉一脸桃红。何思卉朝凌志云和高艳鞠了一躬，款款而去。

见何思卉一走，高艳便看着凌志云，笑了笑，说真是来得好不如来得巧，没想到做梦一样地认了一个这么聪明漂亮，这么乖巧可爱的妹妹。凌志云呵呵一笑，说她可不能只是认了就认了，还得真当自己的妹妹一样看待。高艳指了指凌志云，把李胜利两次电话找她的事都说了。凌志云问她怎么看。她说应该是廖三元伙同余小丽携款潜逃了。凌志云忙一抬手，要她别这么轻易下结论。她说凭她的感觉十之八九是这样。凌志云要她先别声张，马上一起去四楼跟谷为怀汇报一下。

曾迎春和高艳住三楼。凌志云和朱建国住五楼。余小丽住二楼，跟网点的两个员工共用一套房子。

凌志云的妻子方敏比他进步快，去年从沧江财政局副局长任上调双江市局当科长去了，儿子跟着转到了双江去上学，家也就去了双江。

碗一放，谷为怀去了办公室，审阅“三保”“三战”的实施方案。这方案是凌志云组织齐向前等人写的初稿，他修改后下午临近下班时交给谷为怀的。游组长临走前，特意跟谷为怀说了，这方案出来之后，一定寄一份给他。

谷为怀浏览了一遍方案，感觉总体不错，但不是那么满意，却又说不出不满意在哪里，脑子里一团乱麻似的，心里也莫名地有些烦躁，有什么事要发生似的。他捶了捶额头，又按了按太阳穴，还是不行，便起身在地上走了走，又在窗前站了一会儿，思路就是理不出来，便下了楼，敲开了保卫值班室的门，见朱建国和另一个人都在，是双人值班，枪械也都随身带着，便叮嘱两句，回家去了。

听到有人敲门，吴冬梅边问是谁边去开了门。在跟谷为怀说着机械厂的事的谷智勇一见凌志云和高艳进了门，忙起身跟他们打了个招呼就去了卧室。多年前谷为怀就有了家规，凡是有人来家里谈工作，家里人就得回避。吴冬梅给凌志云和高艳倒了水就进了厨房，准备明天的早餐去了。

听高艳一说，再想起那天游组长说余小丽的话，谷为怀心陡地一沉，好一会儿没说话。他心里隐隐约约地感觉到了是怎么回事，却又不敢相信。高艳看一眼凌志云，问谷为怀是不是跟李胜利联系一下，看廖三元是不是回去了，如果没回去，那是不是已经报了案，如果厂里没报案，那支行是不是报案。凌志云抢着说，不用问，也不管厂里报案没报案，支行都不要报，因为现在时间才那么久，也许是碰到了什么意外情况，说不定等一会儿他就回去了。谷为怀默然不语。高艳说那好，就先看看，等厂里的消息。谷为怀把谷智勇叫了出来，问机械厂那钱是谁同意付的。谷智勇说当时齐向前去企业了，没在办公室，是他签的字。谷为怀一拍桌子，厉声问他怎么就签了。谷智勇身子抖了一下，垂着手，低着头，怯怯地站在谷为怀跟前。给谷为怀这一拍吓了一跳的吴冬梅忙跑了过来，扶着厨房的门框，问谷为怀好好的，拍什么桌子，别吓着了谷智勇，更别吓着了谷智文。谷为怀朝她扬了一下手，又瞪了一眼。她指了指谷为怀，横他一眼，退了回去。

凌志云搬了椅子过来，让谷智勇坐下。谷智勇谢过他，却还是站着，说廖三元反复跟他说，那钱是市里拨给厂里的一笔什么特殊资金，那些人都在厂里等着，说今天不拿到钱就都不回家，要是银行不肯付，那他们就到银行来吵，来闹，他本是想等齐向前回来签的，可廖三元说等不及了，他要不签，那就给厂里打电话，让那些人马上来银行。在听谷智勇说的时候，凌志云想，这事就是出现高艳说的那种情况，那主要责任也在廖三元身上，在机械厂那边，不能让谷为怀为难，也不能让谷智勇担什么责任，便说这事他知道，李胜利下午跟他打了电话，他也跟齐向前说过，谷智勇没错，这钱是该付的，如果有问题，那责任在他。高艳偷偷扯了扯凌志云的衣袖，疑惑地看着他。他暗中摆了摆手，见谷智勇愣愣地看着他，便笑着拍了拍谷智勇的肩膀，说没他的事，去安心休息好了，把谷智勇往卧室里推。谷智勇看一眼皱着眉头的谷为怀，朝凌志云和高艳感激地一点头，去了卧室。见谷智勇关了门，凌志云看一眼高艳，说谷智勇还真是一个忠厚诚实的好孩子。高艳说谷为怀家教好，孩子自然没得错。谷为怀摇摇头，一声叹息。

出门时，谷为怀和凌志云对视了一眼。就这一对视，彼此都感悟到了一种理解、一种默契，还有许多，都化在了无言的交流之中。

凌志云他们出门不久，在厨房剁辣椒的吴冬梅就说下大雨了，要在客厅来回走着的谷为怀快去收了晾在窗外的衣服。

跑到桥下，往地上一坐，余小丽一眼看到廖三元额头上流着血，再一看他脚上也是血，一下慌了神，不知如何是好。廖三元看了看手，再一摸脸，说准是刚才跑过来那一跤摔的。余小丽问他疼不。他甩了甩手上的血，说刚才不疼，现在有点疼了。余小丽掏出手帕，给他擦着脸，擦着手。他说没事，只是擦破了皮，等一下就好了，不会出血了。

廖三元坐在帆布袋上，背靠拱墙，一手摸着帆布袋，一手搂着余小丽，看着黑沉沉的江面，听着哗啦啦的雨声，想起躲在那小厂子里等待余小丽时的焦躁和害怕，想起刚才从江边跑过来的落魄和狼狈，想起自己眼看就是而立的人了，却还是一事无成，还是孤身一人，想起自己当初是那么雄心勃勃，要有一番作为，现今却是这般景象，躲在这桥拱之下，不禁一阵悲凉袭来，打了一个冷战。是谁让自己一事无成？是谁让自己走到了这般田地？他想着想着，怨恨起了机械厂为什么要每况愈下，怨恨起了支行为什么要撤销了，怨恨起了余小丽她爸妈为什么要不准他们往来。怨恨越聚越多，他呼吸越来越急促，头越来越胀疼，仿佛就要胀裂了，就要爆炸了。他猛地晃了晃头，还是一样地胀疼。

听到“嘣嘣”响的余小丽睁眼一看，见是廖三元用头在撞着拱墙，忙搂住了他的头。他看着余小丽，摸了摸她的脸，“哇”地哭了起来。

风声，雨声，哭声，一部交响曲，低沉，凄怆。

余小丽让廖三元枕在她的大腿上，一手搂着他的脖子，一手轻轻地拍着他的胸脯，嘴里像哄小孩似的哄着廖三元，要他别伤心，别哭了，有她呢。他不哭了，坐了起来，捧着余小丽的脸，说她就是他的一切，他什么都可以没有，但不能没有她。

廖三元靠着拱墙，发出了轻微的鼾声。

雨沫随风飘来，蒙在脸上，湿湿的，凉凉的。余小丽紧挨着廖三元，闭着眼睛，缩着脖子，双手紧抱在胸前。她想起了父母，想起了亲友，想起了老师，想起了同学，想起了支行，想起了何思卉，想起了徐一朵，想起了谷为怀，想起了电视上公安抓捕犯罪分子的场景，想起了犯罪分子被审讯的情景。她推了推廖三元，说她怕，真的好怕。廖三元问她怕什么。她说了许多，越说越怕，身子都颤抖起来。廖三元紧紧地搂着她，安慰着她，要她别怕，有他呢。她说还是怕。他说雨停了，快走吧，走着就不怕了。她摇摇头，说不走，走不了的。他问为什么。她说兆头不好，都还没离开沧江，他就摔跤了，见血了。他要她别信这些，趁天黑，快走。他说着起了身，牵着她就走。

离上班还有二十来分钟，曾迎春就站在了支行大门口，兴奋地跟往来的人或点点头，或摆摆手，或说上一句两句。昨天晚上，曾迎春出门倒垃圾，见高艳从上边下来，便问她去哪了。她说去了一下谷为怀家，找吴冬梅借个东西。曾迎春一笑，说不是吧。高艳以为她知道了那事，便简要一说，匆匆走了。

汤显贵摇头晃脑地走了过来，老远就说有好戏看了。曾迎春朝他招了招手，问有什么好戏看，那么高兴。他将食指一竖，嘘了一声，再前后一看，说余小丽和谷智勇伙同机械厂的廖三元，内外勾结，携款潜逃了。曾迎春故作一惊，说怎么会呢。汤显贵说信不信随她好了。曾迎春指着汤显贵，眼睛一瞪，要他别乱说，这是大事，乱说不得的。汤显贵眨了眨眼睛，说他可别乱说，是千真万确的事。曾迎春脸一板，说就是千真万确的事，那也不要随意声张，毕竟不是什么好事。汤显贵愣了愣，嘿嘿一笑，腰一哈，迈着八字步上楼去了。

见谷为怀从通道走了出来，曾迎春快步迎了上去，一脸关心的样子，问怎么不见谷智勇来上班，该没什么事吧。谷为怀稍一愣，说没事啊，他一早就跟齐向前去镇上搞贷前调查去了。曾迎春"哦"了一声，说没事就好，还以为他出什么事了呢。谷为怀朝她一笑，说谢谢她的关心，他好着，没事。他说着就往楼上走，上了三个梯级便停下了，转过身，想招呼一下曾迎春，叫上凌志云，一起商讨一下廖三元和余小丽的事，但一犹豫，又上楼去了，心想等一等再说。

进了办公室，曾迎春怎么也没心思坐下来，就在地上来回走着，不时还走到窗前看看。她没想到谷为怀会是那么平静，那么沉得住气。她多么希望廖三元和余小丽真的是携款潜逃了，谷智勇跟余小丽和廖三元真的是内外勾结了，如果是这样，那谷为怀的麻烦就大了，他这行长就当到头了，那她就又有了实现梦想的可能了，但她又是多么希望这一切不是真的，而是廖三元回到了厂里，余小丽回到了支行，因为如果他们不回来，对支行来说，那无异于是雪上加霜，给飘摇中的大厦猛地一个撞击，如果支行真的撤了，那她的行长梦就彻底破灭了，真的只是南柯一梦了。这一想，她又是一阵难过，一阵伤感。伤感过后，她一拍桌子，心想菩萨保佑，支行还是不撤的好啊。

谷为怀刚在椅子上坐下，邓昌明就打电话来了，问他："余小丽和谷智勇跟廖三元内外勾结是怎么回事？廖三元伙同余小丽携款潜逃又是怎么回事？在这关键时刻怎么又出了这样的事，支行还保不保了？你这行长是怎么当的，还想不想干了？"这一连问下来，谷为怀头都大了，麻了，疼了。等邓昌明问完了，火也发了，他才说是自己工作没做好，事情还在了解中，会尽快上报情况。

天刚麻麻亮，王援朝就到了办公室，在那等着廖三元。他才到没几分钟，李胜利就拖着疲惫的脚步来了，说他昨晚一直坐在办公室等，但一点消息都没等到，是不是去派出所报案算了。王援朝望着门外放亮的天空，说再等等吧，现在去也没上班。李胜利说那好，就再等等，心里想着：廖三元啊廖三元，你可千万别出什么事，快点回来才好啊！

昨天晚上回去，今天早上过来，王援朝都去了上次廖三元醉酒摔倒的地方，他明知廖三元不会在那里，但还是去了。就这么一个晚上，他白发添了不少，皱纹密了、深了，显得苍老了许多。廖三元参加工作的第二年，他母亲得了一场大病，临走前，她拉着王援朝和廖三元的手，把廖三元托付给王援朝，说廖启明太老实，在厂里走不起，往后就全靠王援朝了，得把他当自己的儿子一样。王援朝含泪应承了下来。

手机响了，一看是罗有初来的电话，王援朝的手一抖，手机差点掉在了地上。这电话他不想接，更不敢接，但又不得不接，见李胜利也在用眼神催着他，他只好硬着头皮接了。一接通，那头先是打了一串哈哈，接着是说好久不见了，哪天聚一下，喝两杯，末了才问廖三元是不是回来了，是不是携款潜逃了。王援朝说暂时还没回来，也许是出了什么意外。不等他说完，那头就问报案了没有。他说暂时还没有，等下就去。那头说那行，说着又打了一串哈哈，挂了电话。罗有初怎么就知道这事了？王援朝在地上边走边琢磨着。

昨天晚上，蒋东明请双新公司的销售部长喝酒，回家时碰到万春晖，见他一脸愁云，唉声叹气，便抓着他的肩膀，又是摇，又是擂，追着问是怎么回事，不说就不放他走。他只好把廖三元去银行取钱，天黑了还没回来的事说了，又叮嘱蒋东明不要跟任何人去说。蒋东明回到家，一倒床就睡了，早上起来，想起万春晖说的事，便忙给罗有初打了个电话，心想：廖三元啊廖三元，你跟老子斗，这回有你好受的了。

听到下边吵吵嚷嚷，王援朝预感到不是好事，和李胜利交换一个眼神，出门一看，果然是柳建平领着宋有礼等十几个人骂骂咧咧地上楼来了，后边还有人正往这边跑。李胜利要王援朝赶紧躲一躲，或是将门关了，别出声，他去应付柳建平他们。王援朝说这躲不了，也不能躲，更不该躲。李胜利看一眼王援朝，点点头，跟着往前走。

王援朝边迎上去边说："柳师傅，你和大家一早过来，是有什么事吗？"

柳建平边走过来边说："当然有事了。"

王援朝问："什么事？"

柳建平说："大事。"

王援朝说："大事？"

柳建平说："对，大事，而且是大事不好了。"

王援朝说："是吗？"

"是啊！"柳建平指了指王援朝，"王厂长，你就别装糊涂了吧。"

"我装糊涂？"王援朝看一眼李胜利，看着柳建平，"柳师傅，我真不知道你说的是什么，就请你明说了吧。"

"好，那我就明说了。"柳建平看一眼后边的人，一拍栏杆，"王厂长，请你马上将廖三元给我们交出来！"

"对，交出廖三元！"宋有礼跟着附和。

王援朝问："廖三元怎么了？"

"还怎么了？"柳建平脚一跺，"他早伙同银行的人携款潜逃了！"

"有这样的事？！"王援朝看着右后侧的李胜利。

"没有吧？"李胜利说。

"还没有？"柳建平指了指王援朝和李胜利，"好，你们装，都给我装！"

"应该说是这样的。"李胜利向前一步，"没错，廖三元昨天下午是到银行取钱去了，钱也是取走了，但这并不等于他就携款潜逃了，也许他是碰到了什么意外，或是有什么特殊情况。我们也问了银行，银行说是他一个人将钱取走的，并没有谁跟他一块走，也就没什么他伙同银行的人。"

"你倒是说得好听，他没有携款潜逃，也没有伙同他人。"柳建平偏着头，逼视着李胜利，"那你说他现在人在哪，钱又在哪。你给我把他叫出来，把钱拿出来。"

"对，你把廖三元叫出来，让我们问问他！"宋有礼嚷着。

"是啊，你把钱摆出来，让我们看一看！"有人跟着附和。

"你们呀！"柳建平指着王援朝和李胜利，"就别装糊涂了，别给自己辩解了，也别袒护廖三元了，更别心存幻想了。我告诉你们，侥幸只是自欺欺人，奇迹是不会发生的。”他一拍胸脯，“我敢担保，他廖三元早已不知跑到哪去了。他是不会良心发现的，是不会回来了的。你们还是多想想，看这事怎么办，怎么给大家一个交代吧！”

宋有礼抢着说：“是啊，王厂长，那点可怜的钱，可不是一般的钱，那是党和政府对我们的一片关心，是党和政府给我们的一点温暖，你总不能让党和政府给我们的关心和温暖喂了豺狼，寒了大家的心吧！”

有人接着说：“没错，那点钱虽然分来无几，你们也许还看不上，没当个事，可对我们这些几个月没领工资了的穷工人来说，可是一笔大钱，能置办不少的东西，要是做梦一样没了，那就是剜了我的心头肉，要了我的命！”

“我知道，那钱是为庆祝沧江县改市，政府拨给特困企业的慰问金，是应该发放到每个职工手上的。”王援朝咽了咽口水，看一眼李胜利，斟酌着说，“请大家放心，就是廖三元一时没回来，厂里也会想办法，把这钱发给大家。还有，如果等一下廖三元还没回来，那厂里就去派出所报案，不管他跑到哪里，也一定要把他抓回来，给大家一个交代。”

“对对对，一定会给大家一个交代。”李胜利看一眼王援朝，看着柳建平，“再说了，廖三元虽然现在还没回来，但也许他就在回来的路上，是……”

“是、是、是，是你个头呢！”不等李胜利说完，柳建平推了李胜利一掌，推得李胜利连连后退。王援朝忙出手扶住李胜利。宋有礼和其他人一拥而上，冲着王援朝和李胜利骂的骂，叫的叫，捶的捶，踢的踢。拳头雨点般落在李胜利的头上肩上背上。那拳脚虽然长了眼睛似的，没怎么往王援朝身上去，但他还是挨了好几脚，而小腿上那一脚让他钻心地疼，疼得眼泪都出来了。

李胜利双手抱着头，蜷曲在地上，呻吟着。

“干什么?!”随着一声断喝，胡国庆跑过来，扶起李胜利，盯着柳建平，厉声喝问，“你们这是干什么?”

柳建平腰一挺，说：“要钱！”

胡国庆说：“要钱就能这样吗?”

柳建平说：“这怎么了?”

胡国庆说：“犯法了！”

柳建平说：“携款潜逃就不犯法了?”

胡国庆说："如果真是携款潜逃，那当然是犯法了。"

"好，那就好。"柳建平拍拍手，头一昂，盯着胡国庆，"那我问你，如果有人袒护携款潜逃的人，那是不是该骂，该打？"

"这……"胡国庆逼视着柳建平，"谁携款潜逃了？谁又袒护携款潜逃的人了？"

"你也装是不是？"柳建平胸一挺，偏着头盯着胡国庆。

胡国庆拍着柳建平的肩膀，笑着说："柳师傅，有些话可是不能随口说的。"

"噢，好，我明白了，明白了！"柳建平一把拨开胡国庆的手，指了指王援朝和李胜利，"你们这是官官相护，一丘之貉，是……"

"那是谁？！"

柳建平顺着有人指着的方向一看，只见一个人踉踉跄跄朝这边走了过来，没走几步就扑倒在地上了。

离上班还有二十来分钟，高艳就坐在营业厅了，眼睛一直盯着门口，在心里祈祷着余小丽能提前或准时来上班。如果余小丽真的伙同廖三元携款潜逃了，那她是有责任的，准会被问责。这倒还是小事，更恼火的是会给支行的可能被撤销雪上加霜。

离上班只差五分钟了。平日这时大家早已打扫完卫生，做好了上班的各项准备工作，就等客户来办理业务了。可今天是卫生没人搞，茶水没人烧，电脑也没人开。徐一朵心烦气躁地在地上来回走着，边走边不时地看一眼门口，在心里骂一句：余小丽，你好一个害人精。何思卉默默地坐在自己的岗位上，心想着余小丽怎么就伙同廖三元携款潜逃了，现在又在哪，会不会给抓了回来，想着就一声叹息。就在她叹息的时候，高艳走了过来，说马上到上班时间了，都抓紧做好上班的准备，说着去了旁边自己的办公室。

在外厅弯着腰拖着地板的徐一朵一抬头，透过落地玻璃，一眼看到余小丽在台阶上走了过来，便拖把一丢，跑了过去，边跑边惊喜地朝厅里大声喊着余小丽回来了。

余小丽刚在椅子上坐下，大家就围了过来，或打量着余小丽，或问这问那。她却视而不见，听而不闻，只是有条不紊地做着上班的准备。徐一朵拿了余小丽的杯子，泡了茶，递给她。她双手接过杯子，冲徐一朵一笑，抿了一口，放到桌上。何思卉打开抽屉，取出饼干筒，打开盖子，示意余小丽拿了吃。余小丽稍一迟疑，抓了一块饼干送进嘴里，朝何思卉感激地一点头，又浅浅一笑。

见余小丽真的回来了，虽然气色不是太好，但身上清清爽爽，也没蓬头垢面，高艳松了一口气，一屁股坐在椅子上，抚摸着胸口坐了一会儿才走过来，说到上班时间了，大家都快散了，回到各自的岗位上去。没想到余小丽一下弹了起来，双手一抬，说请大家先别走，听她说两句。高艳皱了一下眉头，示意她有话快说。她朝大家鞠了一躬，说谢谢大家的关心和惦记，她昨晚下班后去东江机械厂看父母去了。大家一听，或面面相觑，一脸茫然，或相视一笑，一脸释然。

一听高艳跑来说余小丽按时来上班了，昨晚下班后她哪也没去，别的什么也没干，只是去东江机械厂看父母去了，正在讨论着“三保”“三战”方案的谷为怀和凌志云相视一笑，都连连说那就好，那就好。

曾迎春把余小丽叫到办公室，让她站好了，猛地一拍桌子，要她如实说来。她一愣，头一扬，说她哪也没去，就去了东江机械厂，不信去问好了，说着就往门口走去。曾迎春一跺脚，又一拍桌子，指着余小丽，问她这是什么态度。余小丽头也不回地出了门。

见余小丽下了楼，汤显贵一闪进了曾迎春的办公室，将门一掩，朝曾迎春手一拱，说恭喜她了。她一愣，问恭喜她什么。汤显贵嘿嘿一笑，说恭喜她机会来了。她问哪来的什么机会。他说余小丽要没问题，打死他都不信，而只要余小丽有了问题，那谷为怀的麻烦就大了，谷为怀的麻烦一大，那她的机会就来了。她一默神，眼睛一瞪，桌子一拍。汤显贵吓了一跳，愣愣地看着她。她走了走，猛一转身，将门一开，指着汤显贵，要他快滚，别在这胡言乱语。汤显贵眨了眨眼睛，一甩手，没趣地走了，边走边在心里骂她不识抬举，往后再也不跟她说什么了。

汤显贵一走，曾迎春又把门掩上，凭窗而立，出神地看着马路上来来往往的车辆，回想着刚才汤显贵的话。她一拍窗台，心想只要廖三元没回来，那余小丽就脱不了干系，她脱不了干系，那谷为怀还真是会有麻烦。正这么想着，座机响了，谷为怀告诉她，刚才沧江机械厂给他打了电话，说廖三元回厂里了，钱都在，一分不少。她颓然坐了下去，拿着听筒，好一阵才放回到座机上。

虽然余小丽按时来上班了，廖三元也回来了，钱又都在，没少一分，可谷为怀的心还是吊着，没全放下来。他在想，这是那么回事吗？大家会相信吗？上边不再追问了吗？

眼尖的人说那个扑倒在地的人准是廖三元。一听说那是廖三元，柳建平等人拔腿就跑，王援朝紧追了上去。

廖三元扑倒在地的同时，徐一朵正看到余小丽走在台阶上。

王援朝踩着了柳建平的脚后跟。柳建平往前一扑，摔点摔倒。王援朝一个踉跄，跌在地上。后边的李胜利和胡国庆等人忙将王援朝扶了起来。柳建平停了一下，往后瞥了一眼王援朝，抬腿往前跑去。王援朝吸了一口凉气，忍痛也跟着跑。

廖三元给七手八脚地搀扶了起来，却站立不稳，一身软塌塌，没骨头似的。只见他一身泥迹斑斑，膝盖上的裤子还破了一个洞，头发蓬乱，还间杂着长长短短的草屑，眼睛紧闭，眼眶又黑又青，面色苍白，白里泛青，额头上和脚上的伤口大多已结了痂，只有个别地方还渗出血水。帆布袋抢眼地挂在脖子上，吊在胸前。

帆布袋吸引着大家的目光。李胜利打量了一下帆布袋，先在外边摸了摸，再打开往里看了看，然后悄悄跟王援朝一说，王援朝的脸一下亮了。李胜利见王援朝跟他使着眼色，便取下帆布袋，往上一举，说告诉大家一个好消息，钱全在这帆布袋里。一听说钱全在这帆布袋里，再看廖三元是这么一副模样，有人就愧疚地说，看来是冤枉他了，委屈他了；也有人说他真是造了孽了，吃了苦了，受了罪了；又有人说他这是何苦，何必；还有人悄悄说，只怕是有隐情，未必就是这样。

李胜利将帆布袋挂在自己脖子上，跟宋有礼一道搀扶着廖三元。王援朝轻轻拍了拍廖三元的脸，边拍边小声叫唤着廖三元，见他还是没有反应，便掐他的人中。廖三元手指动弹了一下，缓缓地无力地睁开了眼睛，开口就问帆布袋在不，钱在不。李胜利忙拍了拍帆布袋，说帆布袋在，钱也在。廖三元眼皮一合，头一歪，身子又软了，直往下沉。有人就说，他廖三元，人都这样了，还一醒来，首先想到的是帆布袋还在不在，钱还在不在，这哪是一个要携款潜逃的人的样子，简直就是一个英雄，一个模范；有人跟着说，是啊，像他这样一心为厂里着想，为大家着想，宁愿自己吃苦受罪，也不让厂里和大家遭受损失的人，厂里就得好好宣传宣传，就得表彰奖励，不能让好人吃亏，不能让好人寒心。

柳建平袖子一撸，腰一弯，说还在这磨什么嘴皮子，救人要紧，背了廖三元就往厂门口的诊所跑。

上午快下班的时候，谷为怀特意等候在支行门口，试探着跟余小丽说，她昨晚应该没休息好，快去食堂吃了饭，中午好好睡一会儿，下午下班后去他办公室，有事跟她聊一聊。她点点头，又淡淡一笑，爽快地答应了。这让谷为怀没想到，也让他心里更多了一些疑惑。

谷为怀跟余小丽说话的时候，曾迎春正站在窗前。她想听他们说的什么，耳朵贴到了玻璃上还是听不清楚，而当余小丽点着头，又朝谷为怀淡淡一笑时，她想起了前边余小丽对她的态度，一下火气来了，一掌拍在窗台上。谷为怀听到动静，扭头一看，见曾迎春朝他扬着手，便也朝她扬扬手，说走，回家吃饭去。曾迎春说不回家吃饭，要去宾馆喝酒，同学家有喜事。谷为怀说那好，多喝几杯，边说边往院子里去了。曾迎春将门一关，往沙发上一倒，生了一会儿闷气，起身从书柜里拿出一包饼干和一瓶酒，就着饼干喝了起来。喝着喝着，她瓶子一蹾，又自个儿笑了，笑自己怎么这么小气，将瓶子和饼干一收，回家睡觉去了。这两天她爱人又出差了，她独自在家。

余小丽见谷为怀坐在椅子上，埋头看着什么，便轻轻敲了敲门。谷为怀忙放下笔，边招呼她进去边起身走过来，请她在沙发上坐下，又给她泡了茶。她连连道谢，说他太客气了，真不敢当。他在她一侧的沙发上坐下，说请她来，也没什么，就随便聊聊。她说没事，不论什么，只管问好了。他说那好，那就敞开了聊。她抿了抿茶，放下杯子，淡淡一笑，用期待和信任的眼神看着谷为怀。

谷为怀拉家常式地先问了问余小丽父母身体好不好，她弟弟找到新工作了没有。她说父亲身体还好，只是血压高了点，母亲一年四季要吃药，是老毛病了，弟弟一时还没找到合适的事做，还说要她帮着找工作。谷为怀说她母亲长年服药的事，他真是不好意思，到今天才知道，她弟弟工作的事，他记着了，会帮她留意的。她欠了欠身子，以示谢意。

喝了一口茶，谷为怀接着问余小丽，对支行可能会给撤了，她怎么看，又怎么想。他这一问，问得余小丽眼泪倏地满了眼眶。他忙抽了纸巾递给她。她擦了擦眼睛，说当然不想支行撤了，支行不只是她的希望所在，也是她一家的希望所在，如果支行撤了，那她的希望没了，她一家的希望也没了，这事她都还没敢跟家里说，就怕一说，她母亲一口气上不来了。她这一说说得谷为怀也伤感起来，心情更沉重了，眼睛也湿润了。她边抽了纸巾递给他，边要他别太难过，支行只是可能会撤，这他说过，游组长也说了。他擦了擦眼睛，又一笑，说是啊，只是可能，只是可能，只要大家齐心协力，打好"三保""三战"，那支行很有可能就不会撤了。她点点头，说她相信。

谷为怀看一眼窗外的暮色，起身走到办公桌前，打开抽屉，拿出一个圆盒子，打开往茶几上一摆，坐下拿了里边的饼干就往嘴里送，边吃边喊余小丽也吃。余小丽说那她就不客气了，说着就拈了一块饼干，小咬一口，嚼了嚼，说好吃，又香又甜，又脆又酥，接着就大口吃了起来，吃得津津有味。

一时两人就这么吃着饼干，什么也没说。房间安静极了，就只有嚼饼干的声响。

盒子空了。余小丽打了个饱嗝。她拍了拍手上的饼干屑，偏着头，微笑着，问谷为怀还有什么要问的。他说那好，就再问问她跟廖三元是不是还在谈着。她呵呵一笑，说知道他的心思，清楚他找她来的用意，就别转弯抹角，直接问好了。不等有点尴尬的谷为怀再问，她又朝他一笑，说他不就想知道她昨天晚上到底干什么去了，是不是跟廖三元一块携款潜逃了吗，那好，既然他是这么坦诚友善地待她，那她就一五一十地如实地跟他说了。

在桥拱下，廖三元见雨停了，起身牵着余小丽就要走。她挣脱他的手，说不能走，也走不了。他说怎么不能走，又怎么走不了。她说她刚才又反复想过了，越想越慌，越想越怕，他们只要一走，那就是走向了犯罪的道路，没有了回头的机会，而如果他们成了罪犯，自己一辈子完了不说，他们的父母怎么办，不是气死，也会给人骂死、恨死。再说，就是能走，那也难以走出沧江；就是走出了沧江，也难以走出双江；就是走出了双江，也难以走到云南四川；就是走到云南四川，也迟早会抓了回来。还有，现在还在沧江，还在自家门口，就已经是这样窝囊，这样仓皇，离开了沧江，那会是一个什么样子，可想而知，不能一错铸成千古恨，遗恨终生。

听余小丽说了这么一大串，廖三元还是不为所动，坚持要走。她说那要走他自己走，她是死也不会跟他走的。他不由分说，牵着她的手就走。她用脚抵着地，身子往后仰，却敌不过他力大，给拖着往前走了。走了几步，她一口咬住他的手背。已分明感觉到了一股咸味和腥味，他却还是不放手。她只好松了口，拼命地往路边的石墙上靠，边靠边说他要不放手，那她就在石头上撞死算了。他停下脚步，放开了手，看了看她，往前走去。她站在那里，没说要他别走，也没去追。

过了半个小时，廖三元跑了回来，见余小丽还站在那里，一把抱住她，问她怎么没走。她说她知道他会回来的，就在这等他。他说以为他一走，她会跟上去的，其实他没走多远，就在前面的路边等着。她说她不想走，也不能走。他说现在已经是射出去的箭，不走也得走了。她说那不见得。他说取了钱出来都这么久了，厂里肯定判定他是携款潜逃了，说不定早报了案，回去那是自投罗网，也说不清了。她说那倒不是，不走总比走要好。

回到桥拱下，廖三元一时坐下，一时站起来，不断地问余小丽，走又不想走，不能走，回又不想回，不能回，怎么办。余小丽说走是坚决不能走，回是肯定要回的，关键是看怎么回，什么时候回。

江风停息了，芦苇安静了，对岸的万家灯火只零星地这一盏那一盏、高一盏低一盏，在稀薄的雨沫中朦胧地闪着光晕。

看了看廖三元的膝盖，又摸了摸廖三元的额头，余小丽一拍大腿，说有了。靠墙坐着，呆呆地看着桥拱的廖三元忙问什么有了。余小丽说可以回去了，而且是光明正大地回去，不是偷偷摸摸地走，厂里不仅不会说他是携款潜逃，说不定还会把他当作英雄来看待。廖三元疑惑不解，张大了嘴，睁大了眼睛看着她。她说马上去他下午躲避的那个地方，制造一个搏斗的现场，再在一个合适的地方制造一个跳车的场景，然后分开行动，她去东江机械厂，他在一个隐蔽的地方躲藏起来，到时候一个出现在支行，一个出现在厂里。

听余小丽这么一说，谷为怀沉默了好一会儿，说真是难为她了，她不仅挽救了走向歧路的廖三元，成功化解了机械厂内部的矛盾，也为自己和支行消除了误会，成功解除了支行在关键时刻面临的危机。余小丽面带羞愧，要他快别这么说，她给支行和他添了这么大的麻烦，支行怎么处理她都没意见，又说这事也怪她立场不坚定，态度不坚决，如果她一开始就横下一条心地制止廖三元的行为，劝他回厂里去，应该不会这么被动，不会是这个结果。谷为怀说那也不一定，当时他一门心思就想走，你硬碰硬去劝他，也许他不仅转不过弯来，说不定还一时冲动，做出过激的事来，那麻烦更大了，能有现在这样的局面，已是万幸，也出乎大家的意料。她点点头，说也是。

谷为怀边给余小丽添水，边问她能不能说说廖三元为什么会这样做。她深呼吸了一口，说廖三元和她已谈了多年了，可她父母一直不准他们往来，理由是自己家境本来就不好，就希望她能找一个家境殷实，自己单位又好的，她不要为油盐柴米发愁，他们老了以后也好有个依靠，可偏偏廖三元家境很一般，单位又不好，工资都发不出了，就等着哪天破产。谷为怀说她父母的想法也无可厚非，可以理解。她说她父母都是本分人，就想得实在，看得实惠。谷为怀说过日子就是这样。余小丽点点头，说廖三元本来看着厂里一天不如一天心里就焦急，加上听说支行要撤了，她会没了工作，她父母更会把一切寄托在她身上，更会让她找一个条件好的人了，他的希望是更渺茫了，甚至是不可能了，就在他感到绝望的时候，正好厂里来了那笔钱，他一时糊涂，就那么干了。她说着一声叹息，眼皮也红了。

看了看窗外的沉沉夜色，咽了咽口水，谷为怀问余小丽，廖三元到底对她怎么样，她又怎么看廖三元。她说廖三元对她那是一心一意，真心实意的，她对廖三元也一直有好感，这么多年里，另外也没有谁走进她的感情世界。谷为怀说那就好，经历了那么多，经历了那么久，彼此都还是初心没改，依然如故，说明是真心相爱，这样好。余小丽感激地看一眼谷为怀，说只是爱得也太苦了，太累了，随即又一笑，说当然也有甜蜜，有快乐。谷为怀说，生活就是这样。余小丽点点头，淡淡一笑。谷为怀问她，那这事之后，她还爱他不。她说他那样做也是为了她，而且听了她的劝告，回来了，她一如既往地爱他。

谷为怀看一下手机，说时间不早了，谢谢余小丽这么坦诚相待，这么如实相告。余小丽说谷为怀这么待她，在她眼里，他既是一个好领导，也是一个好同事，又是一个好家长，还是一个好兄长，能听他这一席话，是她的幸运，一辈子受益了，真心感谢他。他请她放心，她刚才说的一切，全只在他心里。

送走余小丽，谷为怀关上门，靠在椅子上，望着天花板，想着廖三元和余小丽的事，越想越不是个滋味，越想心里越是沉重，越想越觉得自己对不起支行，对不起员工，对不起余小丽，不禁潸然泪下。

有人敲门。谷为怀一听声音就知道是朱建国在值班巡查。朱建国一见谷为怀就问他怎么眼睛红了，是不是还哭了。他说没有，是眼睛落了灰，给揉的。朱建国呵呵一笑，说不是眼睛落了灰，准是给余小丽害的。谷为怀说余小丽好端端的，可没什么。朱建国说幸好她没什么，她要是真伙同人家携款潜逃了，坏了支行的大事，坏了大家的好事，看不一枪崩了她。他说着拍了拍腰间的手枪。谷为怀脸一板，说枪可不是随便能动的。朱建国嘿嘿笑着，说他知道，说着玩的。谷为怀关了灯，关了门，和朱建国一道下了楼，边走边想，但愿廖三元和余小丽这事就这样过去了，平息了。

第五章

临危受命

就在余小丽走进谷为怀办公室的同时，杨大志边看报表边问吴吉庆凭证全部装订好了没有。吴吉庆说差不多了。杨大志放下报表，顺手抽了一本，一翻，说有凭证装颠倒了。吴吉庆拿过来一看，说差不多，不是什么大问题，没事。杨大志说那也不行，得重新装订。吴吉庆白眼一翻，将手上的凭证一丢，说好好好，重新装订就重新装订。

这时，汤显贵在门口探了一下头，见只有杨大志和吴吉庆在，便手往后一背，迈着八字步走了进去，往吴吉庆办公桌上一坐，看一眼门口，指了一下上边的楼板，说曾迎春不识抬举。吴吉庆放下凭证，翻他一眼，问怎么就不识抬举了。汤显贵说他去跟曾迎春说，余小丽的事绝对没那么简单，她的机会来了，她倒不但不领情，反而骂他，要他滚，害得他热脸贴了个冷屁股，气了个半死。吴吉庆哈哈一笑，说他挨骂活该，没踢他两脚就便宜他了。汤显贵眨巴着眼睛，问怎么就活该。杨大志看一眼汤显贵，笑而不言。吴吉庆说他就活该，边说边推着他往门外走。他说还有话跟吴吉庆说。吴吉庆瞟一眼杨大志，说没空听他的，还得做事，说着将他往门外一推，将门关上了。汤显贵在门上踢了两脚，悻悻而去。吴吉庆竞聘落选后，杨大志接替他做了副主任。

走到大门口，见齐向前和高艳在悄悄说着什么，汤显贵便轻手轻脚靠了过去，听齐向前说，廖三元人回去了，钱也没少一分，余小丽回家看父母去了，根本就没跟廖三元在一块，哪来的什么伙同携款潜逃，个别人就是唯恐天下不乱，有点什么就添油加醋，甚至胡编乱造，不怕害死人。又听高艳说，没事当然是好，她也是担惊受怕了一个晚上，到现在还心有余悸，就怕那事没那么简单，隐隐约约感觉到中间有些蹊跷。汤显贵咳了一声，见高艳回过头来，便拍了拍手，指着她，说她说得在理，跟他是英雄所见略同。高艳瞪他一眼，说谁跟他是英雄了，不稀罕。他讨了个没趣，轻轻呸了一口，哼着曲，摇头晃脑地走了。

齐向前指了指汤显贵，说他就是那唯恐天下不乱的人，恨不得上去揍他两下。高艳说她是懒得跟他计较，别掉了自己的身价。齐向前说汤显贵这样的人就得整一整，不能一粒老鼠屎坏了一锅汤。高艳又说起廖三元和余小丽的事。齐向前说算了，这事别多想了，“三保”“三战”要想要做的事还多着呢，赶紧回家吃饭去，吃了饭快来加班。

谷为怀刚在办公室落座，凌志云就进来了，将一张《双江日报》往他跟前一放，指了指《英雄廖三元》的标题。谷为怀早上步行去县政府，参加了梁光辉主持的一个有关扶贫的会议。梁光辉又讲了做好扶贫工作的重大意义，要求各单位务必尽快将扶贫资金落实到位，否则将在年度考核中扣分。散会后，谷为怀找梁光辉单独做了汇报，请他考虑支行的实际情况，在扶贫人员和资金的安排上给予关照，现在支行的一切都得围绕“三保”“三战”来展开，如果支行撤了，那什么都没了，皮之不存，毛将焉附。梁光辉说支行是特殊时期，理解他的心情，理解他的难处，但扶贫工作也非常重要，不能顾此失彼，得两不误才行的。谷为怀不再多说，默默地走了。

一看《英雄廖三元》这个标题，谷为怀的目光立马跳开了，仿佛那标题上满是芒刺，刺得他眼睛又涩又胀，又痒又痛。他闭了一会儿眼睛，又揉了揉，稍一浏览正文，不由得一声叹息，心想不好，坏事了。

这凌志云都看在眼里，也感悟到了谷为怀的心思和心情。他刚要说话，曾迎春脚下生风地走了进来，说这机械厂别的屁弹琴，这搞宣传还真有一套，昨天才发生的事，今天就见了报，还一大半版，昨天还说廖三元携款潜逃了，是一个罪犯，今天的报上写的却是他与劫匪英勇搏斗，成了一个大英雄了，真是有趣，看电影似的，让人意想不到。凌志云看一眼谷为怀，朝曾迎春呵呵一笑，说这也没什么，既出乎意料，也在情理之中，昨天机械厂那边王厂长也好，李厂长也好，支行这边谷行长也好，包括他们在内，谁都没说廖三元携款潜逃了，可能是出了什么意外，个别人往那方面想，那也是一片好意，出于关心，怕他走了歪路，至于机械厂把他勇斗劫匪的事迹快速进行宣传报道，这是好事，机械厂现在这个样子，正需要这样的英雄来鼓舞人，激励人，这也值得大家学习。

曾迎春一拍桌子，说据她所知，这廖三元长得也不是那么高大威猛，平日里又不是那种胆大好斗的人，怎么一下就敢与一帮劫匪英勇搏斗起来了，居然还只受了惊吓，受了轻伤，钱又没少一分，真是令人不可思议。凌志云呵呵一笑，说这也再正常不过，任何一个人在紧急关头，在危急时刻，那所产生的气场和胆魄，那所爆发的能量和力量，都是无穷的，是无法估量的，不少的人都有过这样的体验。他看着谷为怀。谷为怀点点头。曾迎春指了指凌志云，说好好好，就他会说，总是往好的想，捡好的说，让人听得舒坦。凌志云哈哈一笑，说曾迎春过奖了，他只是相信世间还是美好的东西多。曾迎春看一眼谷为怀，手一扬，说好了好了，不说了，不说了，准备发言稿去，下午还要去人民银行开会，要发言的。

曾迎春一走，凌志云就走到谷为怀跟前，说《英雄廖三元》这文章还真是不发好了。谷为怀看着凌志云。凌志云笑了笑，说其实也没事，应该不会有什么，放心好了，说着便下楼去了。谷为怀的心还是放不下来。

就在曾迎春走进谷为怀办公室的同时，胡国庆进了王援朝的病房，将一张《双江日报》递到王援朝的手上，说那记者果然是一个角色，《英雄廖三元》这文章来得快，又写得好。

王援朝放下报纸，说文章是写得不错，但有的地方明显地夸张了，拔高了，不太好。胡国庆呵呵一笑，说文学艺术来源于生活，但又高于生活，夸张只是一种修辞手法，适当的拔高也是必要的，如果写出来太平淡，太干巴，不形象，不生动，那就难以感染人，难以打动人，就起不到鼓舞人、激励人的作用，现在厂里暮气沉沉、死气沉沉，还就得有这么一股清风来清扫清扫，有这么一股力量来冲击冲击。王援朝嘴上说也是，心里却是在叹息。正在叹息，梁光辉打电话来了，说真没想到，机械厂还出英雄了，好样的。王援朝说没什么，他也没想到的，感谢市长的关心和厚爱。等王援朝一挂电话，胡国庆就说看来《英雄廖三元》效果不错，是不是再请那个记者来做个深度报道，或是请省报的记者来做个采访，再添加一把火，扩大扩大影响，引起更多领导的关注，也许会给厂里带来更多好处。王援朝连忙摆了摆手，说可以了，差不多了，适可而止，毕竟就那么大的事，过火了，就适得其反了。胡国庆想了想，说那好，听他的。

当时，一看廖三元那模样，再看钱没少一分，有人就说廖三元是英雄，柳建平背了廖三元就往医院跑。王援朝跟着也跑，可跑了没两步就身子一斜，一声哎哟，坐在了地上，一脸痛苦，疼得嘴都有点歪了。李胜利忙问他怎么了。他说应该是刚才摔的，只怕是骨折了。胡国庆连忙蹲下，将王援朝双手往他肩上一搭，背着就跑。李胜利在一侧扶着。

医生一看，王援朝的腿果然是骨折了，还不轻，至少得卧床一百天。

王援朝刚打好夹板，柳建平就领着宋有礼等几个人挤进来了，说廖三元已经输了液，醒来了，醒来的头一句话就是问钱在哪，真就跟电视里的英雄一样，真是了不起，可他们都冤枉了他，还说他携款潜逃了，真是对不起他，也冤枉了厂里，冤枉了王援朝和李胜利，他们就一起赔个礼，磕个头好了。说着就要下跪。王援朝忙说不用不用。李胜利扶着柳建平的肩膀，说跪不得的，领受不起。柳建平眉头一皱，想了想，说这礼是一定要赔的，不磕头也行，那就鞠躬吧。鞠躬过了，柳建平说廖三元是厂里多年来没有了的大英雄，一定要好好宣传宣传，还得给他发个奖，如果厂里没钱，那他们十几个人凑了钱也要奖，可不能让他受委屈。正说着，在门口打完电话的胡国庆进来了，说是得好好宣传宣传，他认识双江日报的一个记者，等下就给他打电话，请他过来。

柳建平他们一走，王援朝就跟胡国庆和李胜利商量，说廖三元的事在厂里说一说就可以了，还是别在外边宣传的好。胡国庆说廖三元的事迹很感人的，在柳建平他们心目中，廖三元已经是一个英雄了，里里外外都宣传宣传，既能在厂内弘扬正气、树立新风，也能在外给厂里扬名、增光，同时，这既是柳建平他们的要求，也是全厂职工的心声，得顺应才行。若有所思的李胜利是胡国庆碰了碰他的手才回过神来，见王援朝看着他，忙说他没什么，听王援朝的。王援朝沉默不语。

李胜利和胡国庆一前一后刚走到门口，王援朝又把胡国庆叫住了，可胡国庆刚往回走了两步，王援朝又朝他扬了扬手，说没事，要他走。胡国庆从他的眼神里看出来了，他是有事的，只是不好说，或是不能说。

知了在窗前的树上此起彼伏地嘶叫着。阳光从地坪爬上了窗台，跳进了病房，躺到了床上。廖三元睁开眼睛，揉了揉，看看窗外和门口，身子往上靠了靠，拿起枕头下的报纸又看了起来。《英雄廖三元》他已经看过两遍了。看第一遍的时候，他心中一喜，好不激动，没想到自己还上了报纸，成了英雄了，没想到自己不仅蒙混过关了，不是携款潜逃了，不要承担相应的责任了，还成了一个英雄，成了一个受人尊敬、令人羡慕的人了，连柳建平都对他恭恭敬敬，一脸卑谦了，悬着的心也就放了下来，还哼起了曲子，吃东西更是胃口大开，一口气吃了一碗米粉，两个大肉包子。看完第二遍后，他琢磨着自己本来是携款潜逃了的，只是中途给余小丽又是哄又是劝，又是骂又是逼地弄了回来，怎么就还成了英雄了？想了一阵，他意识到了，是柳建平他们的善良让他成了英雄，是他们把他当作了英雄，又一想，王援朝和李胜利就是心里有疑惑，应该也是会接受了他是英雄的，那好吧，那就干脆将错就错了。于是，他心安理得了，美美地睡了一觉。

昨天中午，胡国庆带着记者来采访廖三元，他开始还支支吾吾、躲躲闪闪，经胡国庆语重心长一开导，再经那记者循循善诱一引导，他就不再拘谨，和记者一问一答地说开了，配合记者圆满完成了采访。

看完第三遍，廖三元放下报纸，心里先是感到羞愧，自己明明是携款潜逃了，怎么就成了英雄？接着是有点害怕起来，如果哪天柳建平他们知道了真相，那会怎样对他？他越想越害怕，越想越悔恨，悔恨一时冲动，携款潜逃；悔恨不早听余小丽的劝说，早点回到厂里；悔恨接受那记者采访，还无中生有；悔恨余小丽让他如此如此，这般这般……他几下撕碎了报纸，身子往下一缩，拉着被子蒙在了头上。

过了一会儿，廖三元被子一掀，一翻身下了床，去了斜对面王援朝的病房。他默默地坐在床沿，轻轻地抚摸着王援朝的腿。王援朝知道他有话要说，却只看着他，也不问。他实在憋不住了，只好把事情的来龙去脉如实地跟王援朝说了。王援朝长长一声叹息，说他就知道事情不会是那样，但现在也只能是那样了，又说廖三元好在没有一意孤行走到底，也能主动来说出真相，那说明他良心还在，还不是无可救药。廖三元擦了擦眼泪，说他真知道错了，也知道厂里和王援朝的难处。王援朝说知道就好。廖三元要王援朝放心，这事他会烂在肚子里，不会再跟任何人说。

谷为怀才放下听筒，李胜利就风风火火地进了门。刚才是邓昌明打电话过来，说他看到了《英雄廖三元》那篇文章，事迹感人，写得不错，如果真是那样就好，什么伙同携款潜逃就不攻自破了；又问“三保”“三战”的方案弄得怎样了，要抓紧出台，尽快实施，时间不等人，温江支行见前边落后了，现在正全力在追。谷为怀说报上写的应该没假，不过也不排除可能有拔高或夸张的地方，但有一点可以肯定，那就是余小丽确实没什么大问题；方案还在征求意见，进一步完善，让方案从员工中来，到员工中去，能更充分地调动每一个员工的积极性和创造性。邓昌明说这样好，方案这两天给他和游组长就行。

一见李胜利，谷为怀忙起身迎了过来，边走边说还正想这两天去厂里看看。李胜利也顾不上擦脸上的汗，一把握住谷为怀的手，说是王援朝让他来的，因事情急，也没事先联系一下就跑过来了，不好意思。谷为怀一惊，忙问出什么事了。李胜利关了门，拉着谷为怀在沙发上一坐，说不好了，廖三元出事了，马上又说不是廖三元出事了，是廖三元把事情的真相跟记者说了。谷为怀“哦”了一声，要李胜利别急，慢慢说好了。

原来廖三元刚从王援朝那边回到病房，一个三十岁左右的男子尾随就进来了，将名片一递，说他是省城时代商报的记者陈方圆，正好这两天在双江境内做采访，看到了《英雄廖三元》的文章，就慕名来了，也没别的，就随便聊聊。廖三元往床上一坐，说也没什么聊的，可聊的报纸上都说了，他好困，想睡一会儿。陈方圆说没事，他只管安心睡好了，他就在旁边给他当陪护，等他醒了再聊不迟。廖三元躺了下去，一会儿就假装有了鼾声。可是过了半个多小时了，陈方圆还是没走，坐在凳子上一时看手机，一时看杂志。廖三元憋不住了，坐了起来，问陈方圆怎么还没走。陈方圆笑了笑，全不问廖三元个人的事，而是先说那么大一个东江机械厂怎么说破产就破产了，沧江机械厂就眼下这个样子，只怕也难以摆脱破产的命运，而且是为期不远了。见廖三元不住地摇头叹息，他话锋一转，说沧江机械厂虽然是每况愈下，处于风雨飘摇之中，却还有他这样一心为公的英雄，也是十分难得，只要大家齐心协力，都像他一样为厂里着想，那厂子准会摆脱困境，再创辉煌。听他这么说着，廖三元的心理防线慢慢地就瓦解了，话多了，与陈方圆坐得也近了。

陈方圆见已水到渠成，便随意地问起了他的个人生活，又把话题往《英雄廖三元》中的一些细节上引。话一多，廖三元难免说得有了漏洞，不能自圆其说，有了矛盾的地方，前言不搭后语。陈方圆却咬着这漏洞和矛盾不放，非要打破砂锅问到底。廖三元一急，漏洞和矛盾就更多了。几番下来，廖三元急得一脸通红，满头大汗。陈方圆一擂廖三元的肩膀，哈哈一笑，说原来他是个大骗子，是个假英雄。廖三元目瞪口呆，愣在那里。陈方圆拍了拍挎在肩上的包，说他们刚才说的他都录下来了，回去稍一整理就是一篇重磅稿子，往报上一发，那他和机械厂立马就名扬天下了。他说着从包里掏出一支录音笔，亮了亮，又放了一小段录音。廖三元伸手去抢。陈方圆一晃躲过，说他抢不着的，就是抢到了，踩碎了，也没用，还是想想看怎么办吧。

廖三元一时蒙了，全没了主意，只是不住地捶打着自己的脑袋。陈方圆转身要走。廖三元一把拉住他的手，随即又跪了下去，磕起头来。陈方圆后退一步，说磕破头也没用。廖三元问那要怎样才行。陈方圆头一甩，说其实也好办，不难，给报社打 20 万的广告就行了。廖三元一听傻了眼，厂里就这个样子，哪还要打什么广告，又哪来的钱打广告。陈方圆转身又要走。廖三元忙抱住他的腿，求他等一等，他马上去找厂长。王援朝听廖三元一说，稍一想，给李胜利打了个电话，要他赶紧去找谷为怀。

李胜利说了事情的原委，眼巴巴地看着谷为怀，见他不说话，便说这事如果不了了难，真的捅了出去，那对机械厂和支行都不是好事。谷为怀说这他知道，可支行就眼下这样子，还哪有钱来打广告，何况记者又是狮子大开口。李胜利说 20 万倒应该不一定，是可以谈的。谷为怀说他想起来了，就这个什么时代商报，去年沧江 G 行一桩客户投诉的小事，就被它狠狠地敲了一竹杠，开口就要打 30 万的广告，还说多少就是多少，没有协商的余地，最后还是 G 行请省行出面，找关系疏通才把事情解决了，但还是打了 18 万的广告，只打了个六折。李胜利眼睛一亮，请谷为怀赶紧跟上边联系。谷为怀心想，这事跟邓昌明去汇报，挨骂不说，只怕钱也要不下来，可这问题又不能不解决，也只能硬着头皮去跟邓昌明说了，便告诉李胜利，他也没把握，只能试试看，又要他先回去，跟陈方圆好好谈一谈，请他让让步。

邓昌明听谷为怀一说就火了，拍着桌子，问谷为怀为什么不早报告，要隐瞒事实；为什么不早跟机械厂那边沟通，核实情况；余小丽和廖三元来往那么久了，为什么不早做工作；那天游组长还点到了余小丽，为什么不引起重视。邓昌明一连八问，问得谷为怀心惊胆战，大汗淋漓，不敢出声，问过了又骂廖三元哪是什么英雄，分明就是狗熊。

等那头火气消退了，声音柔和了，听筒没那么灼热了，谷为怀才认了错，道了歉，做了一番解释，表明不是存心要隐瞒，而是确实不知情，有苦衷，又说好在事情的真相现在还只有少数几个人知道，没有扩散，这事还是不捅出去的好，真的捅出去了，那对支行对市分行都不是好事，又说这事本来应该是机械厂自己去了难的，只是机械厂就那个样子，哪有钱拿来打广告，就找着来了，求着来了，还说准备这两天就去跟机械厂谈贷款的事，还需要机械厂配合才行的。

一阵沉默过后，邓昌明说谷为怀给他出了个大难题，打 20 万的广告已大大超出了市分行的权限，得省分行才能解决。谷为怀刚要说话，李胜利打电话来了，说他跟陈方圆认真谈过了，陈方圆寸步不让，就死咬着 20 万，一分也不能少，说他开的这个价已经考虑到了机械厂的特殊情况，是打过折了的，要不这么大的事，要想摆平，那肯定不是这个价，至少也得翻一番。他有意将听筒靠近手机，让邓昌明也能听见。

无奈之下，邓昌明只好厚着脸皮向省分行办公室的屈主任求援，却不敢说出实情，只说是一个媒体的朋友要完成广告任务，请他帮忙。屈主任一听是时代商报要打广告，开口就说恭喜他了。邓昌明莫名其妙。屈主任说这时代商报就像一块牛皮糖，一旦粘上你了，你就拿不下来了，除非你连皮一块刮掉，就像一条狗，一旦咬住你了，那就不松口了，非得咬了一块肉下来，省分行就给咬过，不过这时代商报在省城已是臭名昭著，说不定哪天就会给关闭了。邓昌明说可现在还没有关闭，这忙一定得请他帮了才行。见邓昌明说得诚恳，说得可怜，又念起平日里邓昌明对他的好，他就勉强答应了，但没有 20 万，最多只能 15 万。

李胜利听说最多可以给到 15 万，一下底气足了，说话也硬了，往陈方圆跟前一站，说他想尽了办法，好不容易找了一家银行，答应做 10 万的广告，做就做，不做拉倒，反正厂里也就那个样，廖三元也想清了，都不在乎了，他要写写去，要登登去。陈方圆愣了愣，看看点着头的廖三元，说那怎么也得 15 万才行。李胜利掉头就走。陈方圆忙抢步挡在李胜利的前边，商量着要他别一口价，怎么也得再加 2 万，就算交个朋友。李胜利说人家只给了 10 万，他又没钱，总不能让他去偷去抢吧。陈方圆挠了挠头，要李胜利别让他太为难，多少再加一点。李胜利背着手走了走，猛一转身，眯着眼睛看着陈方圆，说那就加两千，这他去想办法，就是借也要借齐了。陈方圆望一眼夕阳，叹了一口气，说好吧，就这样了。

天断黑的时候，余小丽提着饭盒匆匆来了，说加了一会儿班，来迟了。廖三元说没事，辛苦她了。吃过饭，他们就一时聊着，一时沉默，一时拥抱在一起，一时背对背坐着，一时欢笑，一时痛哭，哭得被子湿了一团，地上湿了一摊。余小丽快半夜才回宿舍。

第二天上午，廖三元出了院。当他出现在办公室门口时，正跟人电话聊天的万春晖忙放下听筒，起身笑眯眯地打量着他，打趣说大英雄出院了，怎么也不提前通知一声，他好领着大家一起在大门口列队欢迎，点燃礼炮，献上鲜花，这下好了，失礼了，失敬了，真是对不起大英雄了。廖三元也不说话，更不生气，只是朝他一笑，走到自己的办公桌前，捡拾起桌上的东西来。

尽管陈方圆打发走了，媒体上不再有有关廖三元和余小丽的报道，廖三元和余小丽又守口如瓶，把事情烂在了肚子里，可厂里也好，支行也好，对廖三元和余小丽的猜测和议论却是更多了，更离谱了。

廖三元回到厂里的第三天晚上，柳建平领着几个人在宿舍找到了他，问他到底是不是报上说的那样，是不是还隐瞒了什么。廖三元也不解释，更不争辩，只说英雄也是他们叫出来的，信不信由他们去了，反正就是打死他也是那样，他没有别的可说。柳建平说那就好，有这句话就行了，他还是英雄，信他了。

柳建平去找廖三元的时候，余小丽刚好加完班走到院子里，准备回宿舍，一抬头，见谷为怀办公室的灯还亮着，便上了楼，见了谷为怀，开门见山就说要辞职。

“辞职？”谷为怀忙放下笔，看着余小丽，“你怎么了？”

“没什么。”余小丽摇摇头，“就不想再给你和支行添麻烦了。”

“添麻烦？”谷为怀皱了皱眉头，看着余小丽，“没有啊！你工作一向任劳任怨、兢兢业业，大家都认可的。就这回，难免个别人对你有误会，有误解，那也没关系，过一段时间就什么都过去了，再说，反正我心里清楚，没事的。”

“谷行长，你是个好人，对我也格外地好，我知道。”余小丽淡淡一笑，“可我不想看到个别人那异样的目光，那怪怪的笑脸，不想听到个别人那酸不酸咸不咸，说东扯西的话。不过，我不怪他们，只怪我自己，如果我自己干干净净、坦坦荡荡，那别人也就没什么去想，没什么可说了。”

“我看，个别人有什么，你就别在意好了。”

“我想不在意，可我做不到。”余小丽浅浅一笑，“谷行长，不瞒你说，我还没修炼到那个境界，真的。”

“嗯，也是。”谷为怀轻轻点点头，看着余小丽，“辞职的事你跟父母说了没有？”

“说过了。”

“他们同意了？”

“同意了。”

“你怎么说的？”

“我说支行可能要撤了，我又不是正式工，支行撤了我就失业了，上边不会给我另外安排工作，与其等撤了再去东找西找，还不如现在辞了，早点找份事做。他们开始还不相信支行可能要撤了，直到问了一个亲戚，见是真的，才没说什么了，只说我的命怎么就这么苦，好端端的银行还要撤了。我妈抱着我哭了一场，哭得我的肠子都差点要断了，到现在还隐隐地疼。”余小丽捂着肚子。

“没事吧？”谷为怀看着余小丽。

“没事。”余小丽摇摇头。

“那你跟廖三元商量了吗？”

“商量了。”

“他没意见？”

“没意见。”余小丽点点头，“他也决定不在机械厂干了。”

“你们找到工作了？”

“没有。”

“那怎么不等一等，等找到了工作再辞了这边，反正支行一时半会也撤不了的。”

“不等了。”

“你决定了？”

“决定了。”

“你对支行就没一点留恋？”

“那不是，真的不是。”余小丽的眼睛一下红了，“说句掏心窝的话吧，我对支行是有感情的，也是常怀感恩和感激之情的。从进入支行的那天起，我就多么地想通过自己的努力，成为支行的一名正式员工，愿意把自己的一辈子贡献给支行。我做梦都没想到支行可能会给撤销，更没想过自己会有要离开支行的这一天。”她泪汪汪地看着谷为怀，“谷行长，我真的没想过要走，也不想走，可我现在又不能不走，不得不走。”

“好吧，我理解你，尊重你的意愿。”沉默了一会儿的谷为怀说着抹了抹湿润的眼睛，看着余小丽，“那你们想好了去干什么了吗？”

“商量好了。我们准备先去开一个小面馆。这不要多少本钱，又收的是现钱，没什么赊账，就是没做好，也不会亏多少。”余小丽揩了揩眼睛，“我爸妈都支持，说我们家没什么关系，也找不到什么好的工作，但天无绝人之路，只要不懒，总会找一条讨吃的路子。我妈还自告奋勇，说先由她来当师傅，等我手艺上来了再交给我。谷行长，你别说，我妈做饭菜还真是有一手的呢。”她有点得意地笑着。

“那好，等你面馆开张了，我去你那吃面条去。”

“欢迎欢迎。”余小丽呵呵笑着，“那敢情好了，到时候你这行长往那一坐，给我带来生意不说，更是让我那小馆子蓬荜生辉，做了免费广告呢。”

“你呀，就是会说。”谷为怀指了余小丽，“说心里话，我是真舍不得你走呢。”

“谷行长，你放心，我会常想着你，常想着支行的。”

“好。欢迎你多回支行来看看。”谷为怀眼睛又湿润了，“这几年里，支行也好，我个人也好，有什么对不起你的地方，也请你多包涵。”

“哪里哪里。”余小丽饱含着泪水，边摆手边起身，恭恭敬敬地朝谷为怀鞠了一躬。谷为怀连忙站了起来。余小丽退到门口，朝谷为怀又一鞠躬，带上门，悄悄下楼去了。谷为怀走到窗前，朦胧中看到余小丽进了院子，往宿舍那边走去，中途还抬头看了他一眼，边走边朝他扬了扬手。

谷为怀无力地在椅子上坐下，自责和愧疚一阵阵袭来。余小丽的辞职和她的一番话，猛烈地撞击着他的心坎，强烈地震撼着他的心灵。他越想越觉得余小丽的辞职，特别是支行走到如今这步田地，自己有不可推卸的责任。近年来，支行连年亏损，经营每况愈下，虽然有大环境的因素，但与自己视野不宽阔、思路不清晰、决策不果断，有时畏首畏尾、瞻前顾后，有时该硬的硬不起来、该坚持的没坚持住，及发展意识不足、开拓精神不强等等是分不开的。他又把自己和曾迎春及凌志云做了比较，觉得自己在有的地方确实不如曾迎春，更多的方面真的不如凌志云。

昨天晚上，廖三元跪在余小丽父母的面前，发誓虽然不一定能赚很多的钱，但一定会好好地疼爱余小丽一辈子，一定会好好地孝敬他们一辈子，感动得在场的人一个个热泪盈眶。余小丽她母亲还双手把他扶了起来，连连说这样就好，这样就好。

余小丽也没问她父母是怎么一下就想清了，想通了，认了廖三元了，但她又一次明白了“只要功夫深，铁杵也能磨成针”“精诚所至，金石为开”的道理。

李胜利做了廖三元的工作，说他也没什么，尽管主观上开始是想携款潜逃的，但迷途知返，主动回来了，钱又没少一分，何况这事大家又不知道，还都把他当作了英雄，厂里虽然眼下还没有起色，但新产品已经有了眉目，也许过不了两年三载，又红火起来了，就别走了。廖三元也不说厂里如何，只说自己深感羞愧，一心想走。

见廖三元决心辞职，李胜利便去找王援朝，说他也想走。王援朝开始任他怎么说就是不吭声，等他不说了才睁开眼睛，往上挪了挪身子，拉着他的手，说他想走可以，但要么是等厂子红火了，要么是等厂子破产了。李胜利沉默了好一会儿，说是他工作没干好，没带好廖三元，他愧对廖三元，愧对王援朝，愧对机械厂。王援朝说没谁怪他，就安心工作好了，现在厂里离不开他。李胜利执意要走，又左说右说了一通，说到一家老小都靠他的工资吃饭，可眼下厂里就这样子，都几个月没发工资了，过不了多久，一家老小就只能喝西北风了，那边又催他了，如果这个月不过去，机会就给了别人了，说着竟孩子似的哭泣起来，眼巴巴地等着王援朝松口。王援朝却懒得理他，眼睛一闭，随他在那坐着，心想他坐久了，哭累了，自然会走了。

“哎，我都睡了一觉了，你怎么还坐在这？”王援朝看着李胜利，“屁股坐疼了吧？眼睛哭肿了吧？”

“你装模作样的，压根就没睡。你别以为我看不出来。”李胜利抹了抹眼角的泪水。

“你看出来了，可我也感觉到了，你有两次是想走的，但一犹豫，又没走，是不？”

“你是我肚子里的蛔虫啊！”

“那是的！”

“你就一副铁石心肠。”

“那这回我还真就铁石心肠了。”王援朝坐了起来，指着李胜利，“我告诉你，你就是在这里坐到明天，哪怕是把凳子坐烂了，我也不会答应你走的。”

“那我也跟你说句话。”李胜利腰一挺，“你不答应我，那我就坐在这里，把凳子坐烂，把楼板坐穿，直到你说我走，快点走，别在这里烦你了。”

“好，那我们就打个赌，看是你自己从这里离开，还是我说要你走。”

“好，赌就赌。”

听李胜利这么一说，王援朝暗自一笑，拿出报纸看了起来。李胜利见王援朝嘴角一笑，再一想，自己上当了。

一张报纸翻来覆去地看了两遍了，见李胜利还是坐那里，一动不动，王援朝有点过意不去了，也有点不安起来，可又实在不想他走，怎么办呢？

“哎，我只问你一句话。”王援朝盯着李胜利，“但必须如实回答，行不？”

李胜利愣了愣，眨了眨眼睛，点了点头。

“那好，我问你。”王援朝身子前倾，“你是不是一个党员？”

“是啊！”李胜利头一扬，“不仅是一个党员，而且是一个老党员了。”

“好，那就好。”王援朝笑眯眯地看着李胜利。

“你……”李胜利一下站了起来，指了指王援朝，一跺脚，甩手就往门口走。王援朝哈哈大笑。李胜利一出门，听到里边的笑声就戛然而止了。他回身往门里一探，只见王援朝双手捂着脸，泪水从指缝溢了出来。

邓昌明已在地上不知走了多少个来回了，走得站在那里的谷为怀头早晕了。谷为怀清早就来了双江，在大门口等着邓昌明一起上的楼。

“为怀，你这是给我出了一个大难题呢。你知不知道？”邓昌明停下来，看着谷为怀。

“我知道，是我工作没做好，辜负了你。”谷为怀看一眼邓昌明，低下头。

“可没谁说你工作没做好，你也没辜负谁。谁都知道，你一贯就工作认认真真、扎扎实实，特别是这一段时间，你的工作不仅得到了市分行党委的认可，游组长也十分赞赏。”

“那主要是凌志云和齐向前他们有思想，有点子。”

“那也是你舵把得好，路引得好啊！”

“要说好，那更是你领导得好，指导得好。”

“你呀，就是这样，只知道往人家脸上贴金。”

“人要有自知之明。我是个什么样子，我过去知道一些，但没看通透，没量准确，好在通过近来的一些事情，我对自己看得更清了，脉把得更准了，知道自己有几斤几两了。”

“你能解剖自己，找差距，找不足，这是好事，但目前你确实干得不错，宁可还说要去你那取经，你……”

“我完全相信，换一个人来担任沧江支行的行长，‘三战’一定会打得更漂亮，‘三保’一定会实现。”

“可是，眼下是特殊时期，支行需要你，员工需要你。”

“正因为在特殊时期，支行需要的是突破，是突围，是开拓，是开创，这就需要支行的领头人不是一只羊，而是一条狼。这个人要有思想，有胆略，有魄力，有方法，要有开阔的视野、清晰的思路、超常的举措、果断的作风，而我不是一条狼。”

邓昌明又走了起来。谷为怀跟在后边走着。

“应该不只是因为你不是一条狼吧？”邓昌明猛一转身，盯着谷为怀。

“坦白地说，不只是。”

“是不是跟余小丽有关？”

“没错，是有。”谷为怀点点头，“昨天晚上，余小丽找我，说要辞职，我们谈了不少，都很坦诚。她走了以后，我又想了许多，越想越觉得对不起她，对不起支行，对不起支行的员工，越想越觉得我不适合再当这个行长，应该让更合适的人来带领员工冲锋陷阵，攻坚克难，应该……”

邓昌明一拍桌子，指着谷为怀，说：“我看你是要撂挑子，想临阵脱逃！”

谷为怀胸一挺，说：“不是，是要让贤。”

“让贤？”邓昌明盯着谷为怀，“我看你分明就是怯战！”

“那好，你就执行战场纪律，快将我砍了好了。”谷为怀脖子一伸，“来，你砍吧。我决不退缩，绝无怨言。”

“你呀，你呀！”邓昌明指了指谷为怀，“我真不知怎么说你好了。”

“你怎么说都好。”谷为怀嘻嘻一笑，“只要你答应了我。”

“你真想好了？”

“真想好了。”

“你就放得下支行？”

“放得下。”

“你就放得下员工？”

“放得下。”

“假话，全是假话！”邓昌明手一挥，哈哈一笑，指着谷为怀，“你的眼神，你的表情，你的一举一动，你的五脏六腑，通通地告诉了我，你放不下支行，也放不下员工。”

“我可没说假话。”谷为怀嘿嘿笑着，“邓行长，我这个放下可不是你的那个放下，是你理解不到位，我……”

“你强词夺理！”

“我实话实说。”

一阵沉默。

“你铁了心要辞了？”邓昌明盯着谷为怀。

“是的。”

“那接你手的是支行产生好，还是市分行下派好？”

“支行产生好。”

“那是曾迎春还是凌志云？”

“各有千秋。”

“选一个。”

“领导定，组织定。”

“滑头。”

“那凌志云，如何？”谷为怀看着邓昌明。

“他行吗？”

“行，当然行，可比我强多了。”谷为怀忙又说，“噢，不对，我说了不算，得领导说他行就行，不行就不行。”

“你呀。”邓昌明指了指谷为怀，“这回我陪游组长去支行调研，听他汇报，思路清晰，重点突出，有理有据，有板有眼，是还不错。”

谷为怀朝邓昌明大拇指一竖，说：“领导好一双慧眼啊！”

邓昌明呵呵一笑，指着谷为怀，说：“你……你这不是夸你自己吗？”

“不好意思。”谷为怀笑了笑，“沾领导的光了。”

邓昌明走了走，在椅子上坐下，说：“那好，你到市分行来吧，智勇也一块过来。”

“不，我就在支行，智勇也不动。”

“那……那给你一个什么职务？”邓昌明皱着眉头。

“这我想过了。”谷为怀笑了笑，“我什么都不要，往后就支行一个普通员工。”

“那不行，怎么都说不过去，别人会说我，也会说你。”

“别人说你，那我管不着。”谷为怀嘿嘿一笑，“但如果别人说我，那我可以不在乎，随他说去，我听而不闻，就当人家没说。”

“你有这般大度？有这等情怀？”

“邓行长，我就说句心里话吧。”谷为怀走到邓昌明跟前，“我可不是什么大度，也没什么情怀，只是觉得自己对不起支行，对不起员工，对不起员工家属，就想在支行做‘三保’‘三战’的见证者、参与者，为支行再尽一点心，再出一点力。”他咽了咽口水，抹了一下湿润的眼睛，“不瞒你说，我对支行是有感情的，在支行最艰难最关键的时候，我不想，也不能离开支行。我不想当逃兵，也不能当逃兵。”

“可是……”

“邓行长，我知道你还想说什么。”谷为怀看着邓昌明，“我说了，我只做一名普通的员工，不要任何职务，不要任何待遇，也保证不会去干扰新班子的工作，更不会拆他们的台，只会为他们站台，为他们补台，做他们的绿叶。我虽然不再是支行的行长，但我还是一名党员，而且是一名老党员，这点觉悟我还是有的，你就放心吧。”

“好吧，我什么也不用说了，我明白你的心思和心意了。谢谢你！”邓昌明站了起来，握住谷为怀的手，又摇了摇，眼里满是赞赏和信任。

“我就知道你会懂我的。”谷为怀开心笑着。

邓昌明和谷为怀交谈的时候，陈立军两次有事来找邓昌明，在虚掩着的门口探了一眼又退了回去。

其实，当知道沧江支行可能会撤销之后，双江分行党委班子中就有人暗示过邓昌明，可以考虑让人去接替谷为怀，邓昌明知道那是对谷为怀的关心和爱护，但经过反复权衡，觉得还是谷为怀在沧江好，这一段时间的情况也证明了他的决策没有错，但听了谷为怀刚才的一番话之后，他不仅对谷为怀有了新的认识，也往椅子上一靠，检讨起自己来。

下午一回到支行，谷为怀就把曾迎春请到办公室，想就自己要辞了支行行长的事，先跟她通个气，可他话才说了半句，她就弹了起来，眼睛睁得溜圆，看着他，说："谷行长，你说什么？你要辞了支行的行长？是你说错了，还是我听错了？"

"没错，都没错。"

"都没错？"曾迎春走了几步，"那……那当初要你去市分行，你怎么不去，非要留在支行当这个行长？"

"此一时，彼一时。"

"哈哈，你是想当逃兵吧？"

"没有啊！"

"没有？"曾迎春皱了皱眉头，"噢，你是怕了吧？是怕支行保不住，到时候你脸上无光吧？是怕到时候一个败军之将，没地方可去吧？是……"

谷为怀呵呵笑着。

"你笑什么呢？"曾迎春盯着谷为怀，"你可也是说过的，谁要是当逃兵，那谁就是王八蛋的哦！"

"没错，我是说过。"

"那你愿意当王八蛋？"

"王八蛋才愿意当王八蛋呢。"

"可是，你这一走，那你就是王八蛋了哦！"

"我没说要走啊！"

"你不说要辞了支行的行长吗？"

"我是说要辞了支行的行长，但我没说要离开支行啊！"

"不当行长，不离开支行。"曾迎春一脸疑惑地看着谷为怀，"你什么意思？"

“很简单，往后我就是支行一名普通员工。”

“谷行长，你没发烧吧?”曾迎春走近谷为怀，打量着他。

谷为怀摸了一下额头，手一摊，说:“没有啊!”

“莫名其妙，真是莫名其妙。”曾迎春边说边快步走着。

谷为怀坐在沙发上，看着曾迎春走来走去。

“那谁来接手?”曾迎春走了几个来回，突然停下来，盯着谷为怀。

“我也不知道。”谷为怀微笑着看着曾迎春，“这是组织上的事。”

“你就没推荐谁?”

“推荐了你，也推荐了凌志云。”谷为怀一脸坦然，“你们都不错，各有千秋。”

曾迎春还想说什么，却又把话咽了下去，看一眼谷为怀，甩手走了。

凌志云一听谷为怀说要辞了行长，也深感意外，先是诚恳地劝留了谷为怀一番，见他心意已决，也就不再多说，而当谷为怀说推荐了他来接手时，他连连摆手，说他没有任何思想准备，也没这个驾驭能力。谷为怀说是不是他来接手现在也说不准，还得由组织来决定。接着，他们谈了许多，一谈就是两个多小时，直到天黑才散。他们谈的时候，曾迎春在办公室一时坐，一时站，一时往椅子上一靠，一时往沙发上一躺，见凌志云从谷为怀那里下来了才回了家。

凌志云下来的时候，胡国庆拎着一个保温瓶进了王援朝的病房，边问王援朝脚好些了没有，还疼不，边将鸡汤往碗里倒，说这是他老婆特意给王援朝炖的，给他补一补。王援朝说这骨折年轻的都得卧床三个月，何况他这老骨头了，可不是三天两天就好得了的，但过两天就回家躺着去，不在这花钱了，厂里没钱，自己也出不起。胡国庆说别人的管不了那么多，但王援朝作为一厂之长，这点医药费是怎么也得保证的，他来想办法，得好利索了才出院。王援朝说那不行，厂里就这个样子，可不能搞特殊化，那么多的老工人老干部都排着队，眼巴巴地等着报医药费。

胡国庆端着鸡汤往王援朝手上递，王援朝却说不急，先说说话，说过了再吃不迟。胡国庆要他快说，等一下鸡汤就凉了，没那么香了。王援朝朝胡国庆招了招手，示意他坐近了。胡国庆挪了挪凳子，靠近了。王援朝拉着他的手，说他这两天想了许多，也明白了许多，想辞了这厂长。胡国庆一惊，说他干得好好的，可不能辞，也不同意他辞。王援朝说他已经决定了，又说昨天梁光辉来慰问他，他跟梁光辉一说，梁光辉也点了头。胡国庆问他好好的，怎么一下就要辞了。他说可不是一下的事，其实早就有过这个念头了，只是以往想一想也就算了，没有下决心，还责怪自己不该有那个念头，就想着怎么能扭转厂里的颓势，改变厂里的面貌，能为厂里多做点贡献，为职工多谋点福利，可事实是厂里一年不如一年，尽管也有时好过，却是回光返照一样，一闪又没了，现在回过来一想，那也是面子观念和虚荣心在作怪，自己要是早些下来了，让能人来干，厂里准不至于是眼下这个样子。胡国庆说他就是能人，厂里还没谁能比得上他。王援朝说那可不是，厂里能人还是有的。胡国庆问那还有谁。王援朝说那人远在天边，近在眼前。胡国庆眨了眨眼睛，连连摆手，说他可不敢当。王援朝笑了笑，话锋一转，说这些年来，厂里的事，他确实已是感到力不从心，弄得心力交瘁，疲惫不堪。他指了指自己花白的头，摸了摸自己又黑又瘦的脸，说："你看看，才五十二三吧，却像个六十七八的老头子了。"胡国庆看着王援朝，心一酸，眼睛也红了。

王援朝这几天确实是明显地又苍老了不少，而促使他苍老的因素一个是来自厂里，另一个就是廖三元了。廖三元干出那样的傻事，他是又急又气，又恼又恨，感到愧疚，感到羞耻，却又跟谁都不好说、不能说，只能埋在心里，自己受着。这就像一个大铅块撞击了他，又压在他的胸口，让他疼着，喘不过气来。

一阵沉默过后，王援朝拍了拍胡国庆的手，指了指自己的腿，说他腿就这样子，也不方便去干厂长了。胡国庆说没关系，他就在家里，有事去找他汇报得了。王援朝说厂里眼下就这个样子，而一厂之长躺在床上，那是万万不行的，必须得有人把这担子接了过去。胡国庆说这担子没人挑得动的，就别多想了，安心养伤，外边的事他多去跑好了，里边的事有李胜利顶着。王援朝抹了抹眼角渗出的泪水，拍了拍胡国庆的手，说这些年他能想的办法想尽了，能用的招数用尽了，真的干不动了，不能再耽误厂里，耽误大家了。胡国庆手一抬，要他千万别这么说，这些年来要不是他呕心沥血地带领大家去干，那厂子准早没了。王援朝看着胡国庆，过了好一会儿才动情地说，他真的感觉自己老了，腿又这样子，真的不是不想干，而是不能干了，干不动了，干不了了。

胡国庆又端起鸡汤往王援朝手上递，说还不喝就真的凉了。王援朝接过碗，往床头柜上一搁，握着胡国庆的手，说这厂长的担子就交给他了。胡国庆手给烫了似的，一下抽了回来，嘴上连连说那不行，那不行。王援朝抓住他的手，拍了拍，说让他来接手，可不只是他的想法，也是梁光辉的意思，又说他跟李胜利沟通过了，李胜利表示全力支持。

在地上走了一阵，又在窗前站了一会儿之后，胡国庆在王援朝跟前坐下，说厂里眼下就这个样子，这担子实在不好挑，挑不动，他接了这担子，如果还是走下坡路，甚至破产了，那他就是厂里的罪人，就是厂里上上下下不怪他，不骂他，他自己也会愧对大家，饶不了自己，那又何必，又何苦。王援朝说这担子是重，不好挑，可再苦再累，再重再难，总得有人来挑，再说了，不管是谁来挑，只要尽心尽力了就行，眼下就这么一个大趋势，这么一个大环境，到时候是不是还走下坡路，是不是破产了，谁也不敢打包票，谁也不能打包票，东江机械厂都破产了，怪谁呢？不好怪的，也没什么想不清的，多一想就明白了，就坦然了。听他这么一说，胡国庆蹙着的眉头舒展了一些，却还是不松口，不答应。

靠着床档的王援朝坐了起来，猛地一拍床沿，拍得坐在凳子上沉思的胡国庆身子一抖，忙问他怎么了。他指着胡国庆，问他还是不是一个党员。胡国庆腰一挺，说那当然是。王援朝说那就好，那就得勇敢地坚定地挑起这担子，至于为什么，他自己一想就明白了。胡国庆低头想了想，头一昂，眼睛一亮，微笑着看着王援朝。王援朝说这就好，端鸡汤来。

喝过鸡汤，王援朝嘴巴一抹，碗一搁，问胡国庆是否明白，当初为什么不同意他断了与双新公司的联系，要他继续做双新公司的技术顾问。胡国庆大体明白了，却摇着头。王援朝说双新公司虽然是民营企业，成立时间也不长，但发展快，前景好，说不定哪天就成了合作伙伴。胡国庆佯装恍然大悟，说姜还是真老的辣，看得深，看得透，想得宽，想得远。王援朝呵呵笑着，笑过了，拉着胡国庆的手，边拍边说，他懂技术，会管理，又有一股子闯劲和冲劲，还有双新公司这样的资源，这担子他准能挑起来，而且会走得稳，走得远，又说他自己虽然卸了担子，但会时刻站在他的身后，为他助阵，为他加油。胡国庆眼里闪着泪光，紧握着王援朝的手，说那好吧，听王援朝的，这担子他挑了。

就在王援朝喝鸡汤之时，曾迎春将酒哗哗地倒上，一口干了，将杯子一蹾，筷子一扔，手舞足蹈地唱起了《智取威虎山》中的《打虎上山》，唱过了，一个踉跄，往沙发上一倒，鼾声随之而来，如海里的波浪，时高时低，起伏不定。

曾迎春回到家，炒了两个下酒菜，边喝边想，谷为怀好好的为什么突然要辞了这行长，又不去别的地方，要留在支行，还是一名普通员工，也不知道他是怎么想的，真是令人不可思议，难道真是他出了什么问题，又不好摆在桌面上来说，有苦难言，只能自作自受，打落牙齿往肚里吞？可他这一辞，不明不白的，人家会怎么想他，怎么看他？他又怎么跟吴冬梅交代，怎么跟谷智勇解释？他这脸往哪里放，他还怎么做人？他这一辞，那谁来接手，是上边派下来，还是在支行产生？是民主推荐，走流程，还是上边直接考察，直接任命？他说推荐了我，也推荐了凌志云，那他又倾向了谁，总不可能两个都上吧，如果两个都上，那谁留在支行，谁去外边？平心而论，比资历，比魄力，自己比凌志云无疑更胜一筹，而比年纪，比文化，那凌志云就有了明显优势，也不知道上边看重的是什么。自己总是大大咧咧，总是快言快语，总是风风火火，容易得罪人，可没凌志云那么会来事，那么会说话，那么会讨人喜欢，这段时间他又给谷为怀出了不少主意，弄出了什么“二保”“二战”，在游组长来调研时，又出尽了风头，谷为怀准是帮他说话了，这还有戏吗？只怕是希望在沧江里了。

可是，这对自己来说，就是实现梦想的最后机会了，而且这机会是突然从天上掉下来的，事前没有预兆，谁也没想到的。面对机会，难道就轻易放弃，轻言失败，不去争一争，不去搏一搏？不，这不是我的性格。难道真就没有可能，没有希望？不，只要不放弃，希望就在。谷为怀啊谷为怀，难道你就不明白我的心思，就一点也不顾及我的感受，就不念一点我给你做了这么多年副手的情分？凌志云啊凌志云，你还年轻着，往后有的是机会，怎么就非要跟我争，挡着我的路，不让一让呢？

唉，要是往日有这样的机会就好了，眼下这行长可不好当，弄不好支行撤了，行长没当几天，还没过上瘾，骂名却背上了，那也不是个事，没意思，没味道。不过，管他呢，只要当上了，长短也是个行长，总算圆了自己的梦。可这梦，能圆得了吗？

曾迎春就这么边喝酒边想着，直到唱《打虎上山》了，还是没想明白，到底是能还是不能。

曾迎春在想的时候凌志云也在想，想谷为怀要辞了行长，他虽然是真心的，却是有些无奈，有些心酸，自己也为他感到惋惜，感到难过，他是一个知足的人，不会想在所谓的仕途上还有什么作为，但绝对没想到会是以这种方式来谢幕；他推荐了自己应该是真诚的，不只是口头上说一说，可支行眼下这担子实在是太沉，太重，不好挑，如果真让自己来挑，只怕不一定挑得动，如果没干好，自己颜面扫地那是自讨的，放一边得了，而误了支行，误了员工，那事就大了，一辈子都会于心不安，犯了罪似的；曾迎春一直就想过一回当行长的瘾，又多次公开说过，前不久因谷为怀没去市分行还闹了别扭，这次对她来说还真是最后的机会了，如果自己上了，她的希望就落了空，那她会接受得了吗？会支持配合我的工作吗？如果她天天跟你生气，制造事端，那还能干得下去吗？那不是害了支行，害了员工？与其这样，那何不让她接手好了，她虽然思路不是那么开阔，工作方法简单了一点，但她敢想敢干，人脉又广，也许会比自己干得更好；不过，眼下支行在特殊时期，领头的不仅要敢想敢干，有一股一往无前的闯劲和拼劲，但更要有清醒的头脑，有清晰的思路，有科学的方法，有得力的举措，可她有吗？自己又有吗？嗯，这自己倒不比她弱。

唉，方敏都笑过我好几回了，说我落后了，得赶上来才行，要是这回上了，追上她了，那不就是比翼双飞了吗？凌志云自嘲地一笑，又摇了摇头。

此刻，凌志云坐在办公桌前的椅子上，正对着窗外的夜色发呆，有人突然不轻不重地在他肩上一拍，同时在他耳边一喂。他吓了一跳，回头一看，高艳笑盈盈地站在那里。

“你怎么来了?”凌志云打量着高艳，“你来干吗?”

高艳双手一抱拳，说：“恭喜某人来了。”

凌志云边站起来边说：“哭都来不赢，还哪来的什么喜。”

“装，你就装呗。”高艳瞟一眼门口，“谷行长要辞了行长，由你来接手。”

“你……你怎么知道的?”

“哈哈，看来是真的了。”

“谁说是真的了?”凌志云指着高艳，“我可没说啊!”

“我又没说你说了，看你急的。”

“这不是开玩笑的事，可别乱说。”

“那我告诉你。”高艳瞟一眼门口，放低了声音，“市分行下午开过会了，明天就会有人来支行搞考察什么的，你就等着吧。”

凌志云看一眼高艳，在椅子上坐下，随即又站了起来，在地上走着。

“我说你就别晃来晃去的了，还是多想想这行长怎么当吧。”高艳边说边敲了敲桌子，“等明天市分行的人来了，你也好心里有个谱，能说出个一二三来。”

“不瞒你说，还真有点担心，有点害怕。”凌志云看着高艳，“心里没底。”

“我知道你担心什么，害怕什么。”高艳走了几步，转身朝凌志云一笑，“你是担心曾行长不支持你，不配合你，怕她老跟你吵，跟你闹。其实，她虽然有点那个，却是一个直率人、爽快人，也是一个热心人、实在人，没多少心眼，更没什么心计，有什么说了就说了，骂了就骂了，心里是藏不住话的，更不会记什么仇。你要是多说她的好，多给她面子，她心一热，把头给你垫屁股也愿意。”

“这倒也是。”凌志云点点头。

“再说了，她横，我也横，有时比她更横。”高艳嘻嘻一笑，手一扬，“你放心，我跟齐向前，还有朱建国等人，都是支持你的。如果搞民意测验，我打包票，至少有百分之八十五的人投的是你。”

“是吗?”

“当然!”

第二天晚上，支行召开员工大会。

邓昌明说谷为怀辞去支行行长，那是他主动让贤，不计个人得失，一心为支行着想，为大家谋利，留在支行做一名普通员工，那是他放不下支行，放不下大家，是要跟大家一起为支行的“三保”“三战”贡献自己的力量，充分体现出一个共产党员的宽广胸怀和高风亮节，他和市分行党委都充分肯定，高度赞赏。

“向谷行长学习！”掌声还没完全平息，汤显贵就边呼喊边举着手站了起来。

“向谷行长致敬！”吴吉庆跟着边呼喊边站了起来，四面看着。

一片掌声，一片欢呼。

谷为怀连忙起身，又是压手，又是鞠躬。

“谷行长，我没别的，真的是情不自禁！”汤显贵朝谷为怀敬了个礼，嘿嘿笑着。

“谷行长，你高风亮节，是好样的，我真心服你！”吴吉庆朝谷为怀竖着大拇指。

“真没想到，这两个人能说出这样发自肺腑的话来，看来大家心里还是有杆秤的。”陈立军凑近邓昌明，悄悄说着。

邓昌明点点头，朝台下压压手，见大家都坐下了，朝曾迎春一笑，说曾迎春为人直率，行事果断，在关键时刻又总是讲大局，讲团结，体现出一个共产党员应有的思想境界和党性修养，是个好同志。

谷为怀带头鼓掌。台上台下，掌声一片。

曾迎春脸一红，倏地站了起来，一拍桌子，说在这个时候，谁要是跟支行做对，跟大家为难，谁就是叛徒，就是败类，就是王八蛋。

邓昌明边鼓掌边说：“好，曾行长就是这样，爱憎分明。”

大家跟着鼓掌。曾迎春满脸是笑地朝左右点着头，朝台下压着手。

邓昌明往前挪了挪椅子，双手往桌上一搭，腰一挺，清了清嗓子，说经过下午的考察，和晚上前边的民意测验，及他刚才和分行党委成员的电话商讨，分行党委决定由凌志云同志接任谷为怀同志的工作，担任沧江支行的支部书记和支行行长，曾迎春和齐向前担任沧江支行支部委员和支行副行长。

高艳给凌志云飞了一个眼神，同时碰了一下齐向前的手，头一个站了起来，又是鼓掌，又是喝彩。何思卉紧跟着站了起来，睫毛上挂着的泪花闪着光亮，仿佛星星在眨着眼睛。

下午陈立军找高艳谈话时，问她如果从支行现有的股长中提拔一名副行长，谁最合适。她脱口而出，说如果是齐向前上了，那她没半个屁放，其他的不是自己夸自己，哪一个都在她后边。陈立军说其实她各方面的条件都符合，综合起来看，也不比齐向前逊色。高艳连连摆手，说还是齐向前比她强。陈立军指了指她，说如果他是齐向前，那怎么办。她一笑，说那就当仁不让了。陈立军问为什么。她说一家人啊。他指了指高艳，哈哈大笑。

“感谢大家对我的信任，这担子我挑上了！”待有节奏的掌声和欢呼声平静下来之后，笔挺地站着的凌志云手一握，朝台上左右一点头，看着台下，“但有一句话，我要在这里说出来，既是说给我自己的，也是说给大家的，算是共勉。那就是这担子我要挑，大家也要挑，我们一起来挑。有话说得好，众人拾柴火焰高，众人划桨开大船。我们一起来拾柴，把火烧得大大的旺旺的，烧出支行的新辉煌；我们一起来划船，把船划得快快的稳稳的，划出支行的新天地。大家说好不好？”

“好！”大家异口同声地齐声应答着。

这声音犹如一股洪流，排山倒海，势不可挡……

邓昌明和陈立军满意地相视一笑，热烈地鼓起掌来。

今天早上，曾迎春打电话给邓昌明，说她等下去市里找他，有许多话要跟他说一说。邓昌明热情地说好啊，还正想跟她好好聊聊呢，只是下午他会到沧江来，她就不用去双江了，下午见面再说。

下午两点半，车子在支行门口还没完全停稳，曾迎春就头一个跑了上去，拉开车门，牵着邓昌明的手就往楼上走。谷为怀在后边，边走边跟陈立军说，曾迎春就是这急性子，什么都是风风火火的。陈立军笑了笑，说这样也好，直来直去，爽快。

进了办公室，门一关，曾迎春就又是鼻涕又是泪地说开了，几次哽咽着，泣不成声，更让邓昌明感到意外的是，这回她始终没有拍桌子，也没有骂，只是哭，只是说，说得他心都酸了，软了，哭得他心都要破了，要碎了，差点要动摇了，要改变主意了，好在牙一咬，心一横，给稳住了，等她说完了，不哭了，便先哄她一阵，再表扬她一番，又分析了支行面对的艰巨任务和复杂形势，还说了谷为怀让贤，其中的原因之一就是感到压力太大，怕辜负了支行和员工，这担子也确实不好挑，谁来挑都会脱层皮，而且不一定能干出个样子来，又说论资历论能力，这行长她并不是不可以当，也不是当不好，只是支行现在毕竟是非常时期，特殊情况，不比以往任何时候。说到这里，他不说了，只是微笑着看着她。她咽了咽口水，眨了眨眼睛，一拍胸脯，说她明白了，她听组织的，上边安排谁就谁；听大家的，大家选谁就谁。邓昌明爽朗一笑，夸她好样的，又鼓励了她几句。她一抹眼睛，一甩鼻涕，再一拍胸脯，要邓昌明放二十四个心好了，她准不会为难谁，要是为难谁，那她就是王八蛋，不是人养的。

之后，邓昌明找凌志云谈话，开门见山就说如果让他来接替谷为怀的工作，那他有什么想法，有什么目标，有什么举措，怎么来实施，怎么来实现，还有哪些困难，需要市分行帮助解决什么。他不慌不忙，侃侃而谈，尽管中途有两回给邓昌明问得一时语塞，面红耳赤，或是答非所问，不得要领，但邓昌明还是一脸欣赏，不住地点头。

最后，邓昌明去县政府拜访了张书记和梁光辉，感谢他们对支行的关心和支持，又就支行行长的人选征询了他们的意见，得到了他们的认可。

第六章

多管齐下

跟邓昌明和陈立军道过别，谷为怀一跨进家门，就见吴冬梅抓了桌上的书报杂志狠狠地往地上摔着。谷为怀边换鞋边问她怎么了，她也不说话，只是往地上摔东西。谷为怀边捡东西边问她好好的发谁的无名火。她还是不说话，猛推着他往门外走，等他一出门，“呯”地将门关了，震得窗户都抖了好几下。

其实谷为怀一进门就知道吴冬梅发谁的火，发的什么火。他在门口站了一阵，又徘徊了一会儿，几次敲门，又几回请吴冬梅开门，却始终没听到一点动静，心想看来这门一时半会是不会开了，不如先去办公室，准备明天跟凌志云移交的事，也许她到时候又找上门来了。前两年吴冬梅一个亲戚报考支行的代办员，条件符合，谷为怀却不让报。吴冬梅一气之下，把他推出了门。他去了办公室，在那坐了一会儿，开始审阅凌志云提交的信贷企业调查报告。当他审阅完调查报告，正想着是回去还是在沙发上躺一个晚上时，吴冬梅进来了，讪讪地说他怎么还在这，鸡都要叫头遍了，快点回去。

此刻，谷为怀刚要走，门突然开了。谷智勇出现在门口，边往里指边朝谷为怀使着眼色。

“我就知道你会开门的。”谷为怀边说边进了门，嘻嘻笑着在吴冬梅身边坐下。

“谁给你开门了？”吴冬梅横一眼谷为怀，“开门的又不是我。”

“虽然你没有亲自开门。”谷为怀嘿嘿一笑，“却是你遥控智勇开的。”

吴冬梅瞪一眼谷为怀，说："不开门，还让你坐到院子里出丑去？"

"出丑？"谷为怀一笑，"我好好的，出什么丑啊？"

"你不丑，我还丑呢。你好端端的，不明不白的，行长说不当就不当了，人家会怎么看你，又会怎么说你？"吴冬梅盯着谷为怀，"你就没想过？"

"想过啊。"谷为怀还是笑着，"可你想又有什么用呢，你又管不住人家的脑袋，也管不住人家的嘴巴，就随人家怎么去想，怎么去说好了。"

"你呀，我怎么说你呢？"吴冬梅指了指谷为怀，"你就等着吧，看人家把你说成个什么样子去！"

"还能说成个什么样子？"谷为怀一笑，"最多是说我傻，说我蠢呗。"

"妈，我爸才不傻，才不蠢呢。"谷智勇看一眼谷为怀，看着吴冬梅，"我爸辞了行长，那是让贤，没什么不明不白的。"

"你懂个什么？"吴冬梅斜一眼谷智勇，"那……"

"那不是我说的，是邓行长说的。"谷智勇挠挠头，看着吴冬梅，"你不还常说邓行长是个好人，你信服他吗？"

"你……"吴冬梅朝谷智勇手一挥，"没你的事，睡觉去！"

谷智勇脖子一缩，转身往卧室去了。

"你看看，智勇就这个样子，老实，胆子小，没花花肠子，这些年好在还有你罩着，别人也不敢欺侮。"吴冬梅一声叹息，"往后你不在位了，还真不知道他会是个什么样子，那个副股长还坐不坐得稳当。"

"妈，你放心，我长大了，没人敢欺侮，就是有人欺侮我也不怕，反正过去我也没沾到爸多少光。"谷智勇边说边走了回来，"再说了，现在支行最重要的是'三保''三战'，如果支行没有了，那还有什么副股长。我爸辞了行长，都是为了支行，为了大家。可没谁看不起爸，相反的是，大家对爸更敬佩了。不说别人，就那汤显贵，看爸的眼神都不一样了。"

"智勇，你不懂呢。"吴冬梅拉着谷智勇的手，看着他，"你要知道，人走茶凉。自古以来就这么说的，你……"

"可我爸没走啊，还在支行。"谷智勇忙这么说。

"你这傻孩子，怎么就这么实诚，老不开窍。你爸要是去市分行当个科长，把你也带了过去，那倒好了。听说邓行长就是这么安排的，可人家还不领邓行长的情，非要赖在这里。”吴冬梅横一眼谷为怀，“我最来气的也是这。”

“妈，邓行长说了。”谷智勇摇了摇吴冬梅肩膀，“爸辞了行长，又不去市分行，只在支行做一名普通的员工，那是爸思想好，觉悟高，不图个人名利，不计个人得失，充分体现出他作为一个共产党员的宽广胸怀和高风亮节，是……”

“你……你这孩子，怎么就跟你爸是一路货色呢。”吴冬梅指了指谷智勇，又指了指谷为怀，一巴掌拍在自己的大腿上。

“跟我一路货色？”谷为怀哈哈一笑，朝谷智勇招招手，“来，智勇，看你刚才这么一说，说明你懂事了，我高兴。”

“什么事呀，这么高兴？”

谷为怀一扭头，见是凌志云站在门口，忙要谷智勇去开了门。吴冬梅给凌志云泡了茶，摆上水果瓜子，客气两句就要走，凌志云忙起身请她坐下，说他是特意来向谷为怀和她表达感谢和感激之情的，也是特意来讨教的。

凌志云和谷为怀交谈的时候，吴冬梅就坐在旁边静静地听着，只是偶尔地插上一句，有时听得入了神，还是谷为怀碰了碰她的手，或是亮了亮空着的杯子她才反应过来，不好意思地一笑，给他们续上水。而每当她一插话，凌志云总是认真地听着，或点头，或说好，或详细地解释。

临走时，凌志云动情地说，谷为怀既是他的叔辈，也是他的兄长，既是他的领导，也是他的同事，既是他的老师，也是他的朋友，吴冬梅既是他的婶婶，也是他的嫂嫂，谷智勇既是他的同事，也是他的兄弟，说得吴冬梅感动不已，两眼潮乎乎的。

凌志云走了好一阵了，吴冬梅还沉浸在刚才的感动和兴奋之中。谷为怀一看时间，说都快 12 点了，快睡吧。吴冬梅抹了抹眼睛，打量了一下谷为怀，指了指他，说她平时还是打心眼里佩服他的，可刚才听凌志云一说，再一比，就觉得凌志云真是比他强，看来他这让贤没让错，邓昌明说得也没错，谷智勇还真是长大了。谷智勇一下从房间里蹦了出来，抱着吴冬梅转起圈来。

曾迎春拉着谷为怀往主席台上坐，说他虽然辞了行长，但没走，那就还是行长一样，理当也要坐主席台上。台下的人跟着有节奏地鼓掌，喝彩，喊着坐上去，坐上去。谷为怀却不肯上台，且执意要坐到第二排去。凌志云折个中，说谷为怀主席台不坐可以，但得坐前排，居中。谷为怀看一眼凌志云，笑呵呵地在前排居中坐了。左右的高艳和朱建国等人见他坐下了才跟着坐下，又朝他点头一笑。

上午，谷为怀跟凌志云打过移交后，就准备将私人物品往汤显贵那边搬，说在那添张办公桌就行了。凌志云说那不行，办公室已经给他安排好了。谷为怀说他现在就是一名普通员工，没有必要再单独占用一间房子。凌志云说自己跟他一样，既是一名普通员工，但又不是一名普通员工，往后会经常去向他请教，如果他跟人共处一室，那太不方便，也影响他人工作。汤显贵见谷为怀提着东西过来了，双手一伸，两腿一分，挡在门口，说谷为怀搬过来，那他就不自在了，不欢迎。谷为怀只好听了凌志云的安排，去了原来凌志云办公室隔壁那间房子。齐向前搬进了原来凌志云的办公室。

下午，凌志云去了谷为怀办公室，请教他晚上的会怎么开。商谈了一阵，两人都说这是“三保”“三战”方案确定后的首个员工大会，一定得开出声势，开出成效。昨晚凌志云送走邓昌明之后，马上去了谷为怀家，与谷为怀交谈了近两个小时，达成广泛共识，认为“三保”“三战”最核心的是要做好业务发展、内控合规、优质服务这三篇大文章。眼下业务发展的重中之重是抓存款增长和贷款盘活，以增加收入，减少亏损。内控合规的重点是防范重大差错和案件发生，为业务发展保驾护航，创造一个良好的内部环境，优质服务是要全面提升服务水平和服务质量，为业务发展营造一个良好的外部氛围，促进业务发展。之后，凌志云又请曾迎春和齐向前到他办公室，就这三篇大文章进行了仔细研究，明确了分工，凌志云负总责，曾迎春负责内控合规和优质服务，齐向前负责业务发展。齐向前就晚上的会议提出了开展存款竞标的建议，凌志云和曾迎春都说这个主意好。散会后，齐向前立即召集高艳、朱开放、何思卉等人，就存款竞标进行了讨论和部署。

齐向前就支行为什么要狠抓存款，为什么要确定那样一个存款增长目标，为什么要开展存款竞标，为什么要制定竞标激励机制等进行动员之后，随着凌志云一声洪亮有力的“竞标开始”，朱开放大步走到摆在主席台一侧的讲桌跟前，拿起锤子，亮了亮，瞟了一眼旁边的活动黑板，扫视着台下。

台下一时鸦雀无声，大家或相互看着，或皱着眉头，或低头不语，或屈指算着，或望着天花板发呆，或无所谓地左顾右盼，接着便是或交头接耳，或彼此打着手势，有的还走动起来，问这问那。齐向前跟凌志云交换了一个眼神，说大家可以交流，十分钟后开始竞标。他这么一说，会场立马热闹起来，活跃起来，仿佛成了一个大市场。谷为怀往后看了看，朝凌志云点了点头。凌志云微笑着，心里却打着鼓，不知道这竞标会竞出个什么样子来。

朱开放见大家就座了，朝齐向前一点头，一锤下去，说今晚的竞标，每个人既是跟大家竞，也是跟自己竞，跟大家竞那是看谁定的目标高，成为全行的标王，跟自己竞就是超越自己，自己给自己定一个目标，成为自己的标王，也就是说人人都能成为自己的标王，也可能成为全行的标王，成为双料标王，成为今晚最耀眼的明星。

何思卉应声而起，举着手，头一个报了数。她一报，吴吉庆等人马上跟着一路追加了上去，引来一阵阵掌声。坐在后边角落闭目养神的汤显贵一听吴吉庆报了数，忙睁开眼睛，拧了一把边伸着脖子往前面看边拍着手的吴吉庆的胳膊，责问他说好了一起不报数的，怎么又抢着报了。吴吉庆“哎哟”一声，埋下头，小声说台上好几双眼睛盯着，不报数那肯定是放不过的，能抢在前边报了好，不仅表现得积极，不甘落后，还数字不大，完成起来容易，自己就那个能耐，只能报那个数。汤显贵瞪他一眼，骂他一声叛徒，往椅子上一靠，又闭上了眼睛。

就在朱开放扫视一圈台下，正要问还有谁要追加时，徐一朵看了看主席台上挂着的“存款总动员，人人当标王”的横幅，一咽口水，猛地站了起来，说她再加 20 万，让朱建国听得目瞪口呆。他简直不敢相信，她徐一朵还会有这个胆量，有这个能量，基数这么高了还敢增加，可当他边鼓掌边扭头去看时，只见徐一朵站在那里，虽然脸红得跟晚霞似的，但脸上绽放的笑容却是自信的，自豪的。徐一朵旁边的人拉着她坐下，问她怎么报那么大的数，要是完成不了，说了大话，放了空炮，那可出丑了。她说事在人为，只要努力，一定能够完成的，而要是在这个时候，还缩手缩脚，怕这怕那，那才出丑呢。那人听她这么一说，再一看墙壁上的“存款是支行的命根子，贷款是支行的钱袋子”的标语，心想自己比她人脉要广，资源要多，可不能落后于她，得往上冲，便又加了。

又是一阵短暂的寂静，随后又是一阵热烈的掌声和喝彩。

此刻，近百双眼睛都盯在了朱开放那高举着的锤子上。就在锤子眼看要砸落在桌面的瞬间，何思卉突然站了起来，说她再加 20 万。不等大家回过神来，徐一朵又站了起来，说她跟何思卉一样。朱开放愣了愣，问还有谁往上冲不。大家或摇着头，或看着别人，没谁应答。朱开放问何思卉是不是再加一点。何思卉看一眼徐一朵，说不加了。朱开放问徐一朵是不是再往上冲一冲。徐一朵朝何思卉一笑，说不冲了。朱开放将锤子一搁，手一摊，看着齐向前。齐向前看着凌志云。凌志云与曾迎春交换一个眼神，看着谷为怀。谷为怀伸出两个大拇指。凌志云朝朱开放打了个手势。朱开放稍一想，拿起锤子，高高举起，一锤砸了下去，说恭喜何思卉和徐一朵一同获得今晚的双料标王。

何思卉和徐一朵给请到了主席台跟前。音乐响起。彩筒喷出的彩丝落在何思卉和徐一朵的头上和身上。伴着音乐，在有节奏的掌声和欢呼声里，凌志云给何思卉和徐一朵戴上了红绶带和大红花。

凌志云说今晚的竞标竞出了精神，竞出了风采，竞得精彩，竞得漂亮，超出了预期，超出了想象。台下掌声一浪高过一浪，一张张笑脸洋溢着激动和兴奋、自豪和骄傲。凌志云接着说，通过竞标，现在大家有了目标，那下一步就是要各显神通，争取早日实现目标，超越自己。曾迎春看一眼凌志云，接过话，说那是的，如果谁只说大话，净放空炮，那就不是英雄，是狗熊，是王八蛋。她说着一拍桌子，拍得桌上的杯子都跳了起来。何思卉和徐一朵同时给了对方一个鼓励的眼神，又都抬了一下手，做了一个握拳的姿势。

齐向前接过高艳递上来的统计表，浏览了一下，目光往台下右后角直射过去。刚睁开眼睛的汤显贵连忙躲开齐向前的目光，扭过头去。齐向前朝台下压了压手，问汤显贵刚才是不是一直在思考，没来得及竞标，如果是这样，那现在报也不迟。汤显贵缓缓站了起来，双肩一高一低地斜站着，慢条斯理地说他刚才虽然闭着眼睛，却一直在听着热闹，谁报多少他都记得。齐向前问他那怎么不报。他嘻嘻一笑，说他就一个小喽啰，不想当王，也当不了王，报什么。曾迎春一拍桌子，指着汤显贵，厉声问他什么思想，什么态度。汤显贵翻她一眼，一屁股坐了下去。曾迎春又要拍桌子。凌志云忙边抬手示意她别说了，边说汤显贵今晚是还没想好，不轻易出口，没关系，散了会再好好想一想，好好算一算，但明天下班前必须报上来。谷为怀朝凌志云点点头。高艳朝凌志云暗自竖了一下大拇指。

就在凌志云要宣布散会时，汤显贵椅子一推，站了起来，说他现在就报了，跟吴吉庆一样多，马上又改口，跟杨大志一样多。吴吉庆愣了愣，也站了起来，说他也改一下，跟汤显贵一个样，不多不少。汤显贵瞪一眼吴吉庆，又加了。吴吉庆跟着也加。吴吉庆一加，杨大志只好也加了。凌志云连连叫好，台下好声一片。

曾迎春凑近凌志云的耳朵，说他这法子还真灵。他说其实人人都是有上进心的，但每个人的情况又不一样，而且在不同地点、不同时间、不同场合，人的欲望、人的情感、人的需求也是不一样的。

马小军正一手挠着头，一手拿着笔，在纸上写写画画，见徐一朵开门进来，如见了救星似的，拿了课本，迎上去，边说她回来了就好，这幼儿园的题目也太难了，他脑壳想烂了都没想出个结果来，边将课本往她手上递。她抢过课本，往桌上一扔，边从包里小心翼翼地取出绶带和大红花，轻轻放到桌上，边要他别说题目的事，她现在没心思来听。马小军边拿了绶带和红花看着，边问她这是怎么了。她拍了一下马小军的手，要他别弄脏了绶带和大红花。马小军忙放下了，皱着眉头，满脸疑惑地看着她。她把竞标的事说了。

“你当了标王?!”

徐一朵点了点头。

“行啊!”马小军朝徐一朵大拇指一亮，“你牛!”

“牛什么。”徐一朵一声叹息，“愁着呢!”

“怎么?”马小军偏着头，看着徐一朵，“你后悔了?”

“后悔了?”徐一朵瞪一眼马小军，“我嫁给你都没后悔过!”

“那是，那是。”马小军连连哈着腰。

“你还知道?”徐一朵横了一眼马小军。

“当然知道啦！”马小军嘿嘿一笑，“你鲜花插在了牛屎上，但你认了，从没后悔过。”

“你少给我油腔滑调！”徐一朵在马小军头上一戳，“愁着呢，别烦我。”

“那你可别愁。”马小军看着徐一朵，“要是愁出皱纹来，那就没这么好看了。”

“别愁？”徐一朵往椅子上一坐，看着马小军，“能不愁吗？那么大一个数字，你以为那么好完成的啊？”

“那你当时就别报那么多呀，又没谁用枪逼着你。”马小军嘻嘻一笑，“要是我，没那个能耐，那就不去充那个英雄了。”

“谁充英雄了？”徐一朵一拍桌子，“你又没在现场，不知道当时的情况，乱说什么！”

马小军脖子一缩，说：“好好好，你是英雄，是我乱说，行了吧？”

“其实我当时也只是想着存款是支行的命根子，要想保支行就得全行上下拼了命地把存款搞上去，多搞点存款，那既是为支行，也是为自己。”徐一朵起了身，边走边说，“加上当时那场面，那气氛，就感觉后边有一股无形的力在推着自己往前闯，想止都止不住；就觉得心底有一股强大的气往上冲，想压都压不了。你知道不？”

“不知道。”马小军摇摇头。

“你当然不知道了。”徐一朵看一眼那绶带和大红花，指着马小军，“那我还告诉你，当我站在主席台前，音乐响起，加上那有节奏的掌声和欢呼，当彩丝彩带落到我的头上，还有凌行长给我披上绶带，戴上大红花时，那种激动，那种兴奋，那种自豪，那种幸福，真是无法形容，就感觉自己好像飞起来了，自己都不是自己了，好像……”

“好像飞到天上去了吧？”马小军接过话，朝徐一朵嬉笑着。

“那是的。”徐一朵明白了马小军话里有话，便脸一板，“你……你什么意思？”

“没，没什么，夸你呢。”马小军嘻嘻一笑，“夸你有胆量，有气魄，飞到天上也不怕掉下来。”

“你……”徐一朵一拍桌子，指着马小军，“那我告诉你，这标王是我当了，任务是我领了，但这完成任务可不只是我一个人的事，也有你一份。”

“我？”

“怎么？”徐一朵揪住马小军的耳朵。

“好好好，我尽力，尽力。”马小军边说边掰开徐一朵的手。

“你给我记住了，我可不想说大话，放空炮，出丑，更不想是狗熊，是王八蛋。”徐一朵指点着马小军，“我把话撂在这里，你要是不给我拼了命去弄存款，那我就跟你急，跟你后悔，到时候你可别怪我，别后悔。”

“好好好，你别急，更别后悔。”马小军忙拉着徐一朵的手，“我一定拼了命去给你弄存款，行不？”

“只给我？”

“噢，不不不，给你，也给我。”

徐一朵一甩手，又一笑，拿起了桌上的课本。

这时，朱建国还在地上走着。朱开放要他别走了，走得楼下的人都烦了。朱建国瞟他一眼，继续走着。朱开放说他再怎么走也走不出存款，不如坐下来，一起好好合计合计，这存款到哪里去弄，怎么去弄。朱建国坐了下来，说他和朱开放都报了数，而且都不低，真是愁死人了。朱开放笑了笑，说要有压力才有动力，车到山前必有路，办法总比困难多。朱建国点点头，说那好，全家出动，一起努力。

蒋东明已经在胡国庆办公室坐了快一个小时了。胡国庆一时打电话，一时批文件，一时看资料，一时找人谈话，就不搭理蒋东明，让他在那干坐着。

谈话的人 走，蒋东明就奔到胡国庆跟前，指 下桌上的发票，说：“胡厂长，这你还是给我签了的好。”

胡国庆瞟一眼蒋东明，说：“我一开始就跟你说清楚了，你找万春晖或是李厂长去。”

“找他们没用，说得找你。”

“找我也没用。”

“那我还就找你了。”

“那你找我还真找错了。”

“找错了？”蒋东明皱了皱眉头。

“对，找错了。”胡国庆头都没抬。

“你是厂长，我不找你，那找谁？”

“说了你去找万春晖，或是李厂长啊！”

“你这不是耍我吗？”

“耍你？”胡国庆一笑，“谁敢耍你？谁又能耍你？你不耍我就好了。”

“胡厂长，你这就抬举我了。”蒋东明指了一下胡国庆，“你是新上任的厂长，我巴结都来不及，哪敢耍你。”

“那好，那你快走！”胡国庆指着门口。

“你签了字我就走。”

“真要我签？”

“没错。”

“签了就走？”

“当然。”

胡国庆在发票上签了字，往蒋东明跟前一推，要他快走。蒋东明拿过发票一看，脸色一下变了，抖着手指着胡国庆，说：“胡厂长，你这不是成心为难我吗？”

“我为难你？”胡国庆站了起来，“应该说是你为难我才对。”

“我为难你？”蒋东明指着发票，“你签这样的字，分明就是有意不给我报销，不是为难我，那又是什么？”

“那我问你。”胡国庆盯着蒋东明，“你觉得这发票应该报销吗？应该在沧江机械厂报销吗？就算应该报销，这个时候能报得了吗？你不知道厂里现在的情况吗？你不知道厂里有的老工人没钱买菜，只好去市场捡烂菜叶吗？你……”

“你别给我扯那么宽。”蒋东明头一甩，“那我不管，我只管报我自己的钱。”

“你的良心狗吃了？”胡国庆逼视着蒋东明。

“我良心就狗吃了。”蒋东明一笑，看着胡国庆，“你怎么着？”

“我怎么着？”胡国庆走了几步，手一扬，指着蒋东明，“你给我滚！”

“滚?”蒋东明哈哈一笑，往桌上一坐，“我今天还不走了!”

胡国庆一拍桌子，一把将蒋东明拖下桌来。

蒋东明愣了愣，拍了拍屁股，握了一下拳头，见胡国庆凛然站在那里，便嘴一歪，揉着手臂，装模作样地说：“哎哟，疼啊！胡厂长，你哪来这么大的劲，我这手只怕是给你弄得脱了臼了。”

“脱臼了吗?”胡国庆边说边走向蒋东明，“那我看看。”

“不用你看。”蒋东明边躲边活动了一下手臂，“哦，好了，没事了。”

胡国庆在椅子上坐下，看起新产品的资料来。

站了一会儿，蒋东明走到胡国庆跟前，哈着腰，嬉笑着说：“胡厂长，这签字麻烦你改一下，行不?”

胡国庆抬头看一眼蒋东明，坚定地说：“不改!”

“真不改?”

“真不改!”

“胡厂长，你……你怎么比老厂长还倔，还难磨呢?”蒋东明眼珠一转，“噢，胡厂长，我这发票可是老厂长说了，过些日子就给我报的，现在过了些日子了，也是该报了。”

“老厂长说了是吧?”胡国庆笔一放，“那好，你找老厂长去啊!”

“老厂长都不在位了，我找他干嘛，当然是找你了。”蒋东明嘿嘿笑着。

“看来，有些话，今天我不跟你挑明了是不行了。”胡国庆站了起来，看着蒋东明，“老厂长当初不给你签字报销，除了厂里确实没钱之外，还有一点，就是你这钱确实不该报。说实话吧，你干的一些事，你不要以为老厂长不知道，也不要以为我不清楚，你的所作所为早就够送到那里边去了，全是老厂长仁慈，又看在罗局长的面子上，才顶着压力，没把你怎么样。你摸着良心问问自己，你这发票有多少是为了厂里的事，又有多少是真实发生了的？还有这段日子，你又哪天不是在双新那边，为厂里干了一丁点事在哪里？再说……”

“好了，你别说了。”蒋东明指着胡国庆，“看来，你是新官上任三把火，铁了心要为难我，非要拿我开刀了，是不?”

“可不是我铁了心要为难你，更不是我非要拿你开刀，全是你自己惹的，要怪只能怪你自己。”胡国庆边说边压下蒋东明的手，“那我现在还告知你，你不能再脚踏两只船，只能要么在厂里好好干，要么去双新公司。”

“胡厂长，你要我选择，是吗?”蒋东明指了指胡国庆，“那我告诉你，不瞒你说，我的心早已不在这里了。”

“好，那就好。”胡国庆指着蒋东明，“我建议你还是自己赶紧打一个辞职报告，别让厂里开除你的好。”

“这我不在乎。”蒋东明哈哈一笑，“胡国庆，我也告诉你，你这个末代皇帝，只怕也没几天了，你……”

“你给我滚!”胡国庆抓了桌上的杯子就往地上砸，砸得瓷片飞溅。

蒋东明双手抱着头，连蹦带跳地仓皇而去。

李胜利拍着手走了进来，说胡国庆这一板斧劈得响亮，这一把火烧得漂亮，又说他刚才就在门外，都听到了。

听李胜利绘声绘色说下午蒋东明怎么在胡国庆那抱头鼠窜，躺在床上的王援朝兴奋地一拍床铺，说还是胡国庆比他有胆量，有套路，有办法，把蒋东明这个刺头的刺给拔了，真是好样的，看来对付蒋东明这号人就得这样，过去他还瞻前顾后，有点下不了手，抹不开情面，又说这一回胡国庆把蒋东明制服了，有些人就不会再那样吊儿郎当了，也不敢再吃里爬外了，厂里的风气应该会有所改变。李胜利说此一时，彼一时，原来要不是王援朝不时敲打一下，那蒋东明更没边了，再说那时不把他怎么样，那也是没办法，得考虑方方面面，得照顾里里外外，那也是一种智慧，要他还真做不来，只怕早把事情做砸了。王援朝指了指李胜利，笑了笑，说他就会说话，老伙计还是老伙计。李胜利把椅子挪近了，握着王援朝的手，说到哪一天，王援朝都还是他的老厂长，都是他的好兄弟，都是他的老伙计。

李胜利一走，王援朝便沉思起来，想了一阵，看了看窗外的夜色，打了廖三元的电话，要他马上过来。廖三元说他在店里，正忙着开业的准备，能不能晚一点。王援朝说不行，必须马上过来，一分钟都不能耽误。

见廖三元气喘吁吁地进了门，王援朝也不问他店子开业准备得怎么样了，是不是还差什么，一开口就要他今天晚上写好辞职报告，明天一早就送到厂里去。廖三元一听，气不打一处来，掉头就走。王援朝厉声喝住。廖三元止步，说他当初要辞职，却不准，要他停薪留职，现在又急急忙忙要他写辞职报告，是为的什么。王援朝说此一时，彼一时，没什么为什么。廖三元气鼓鼓地站在门口。王援朝拍了拍床沿，示意廖三元坐过去。廖三元坐下了。王援朝说他不辞职也行，但那面馆就别开了，回厂里好好干，如果一心要去开面馆，那就必须辞职，不能脚踩两只船。廖三元说厂里脚踩两只船的人又不只有他，还有那么多。王援朝说别人他不管，但廖三元就不行。廖三元起身要走。王援朝忙抓住他的手，拉着他坐下，说胡国庆新上任，已开始着手整顿，得支持他的工作，不能拖他的后腿，见廖三元还是不吭声，便咽了咽口水，说当初让他停薪留职，那也是李胜利的主意，是给他留个面子，而胡国庆是不知道那个事情真相的，一直以为他还真是个英雄。王援朝不说了，只是看着廖三元。廖三元想了想，说好，他写。王援朝欢喜地说，好，这就对了。

昨天上午，等胡国庆和李胜利开了车去医院接王援朝时，王援朝已自己搭的士回家了。王援朝原来坐的那台车，胡国庆又启封开上了，说必要的车还得开，提高工作效率不说，有时也需要装装门面。

曾迎春将菜端上桌，从柜子里取出酒，刚要往杯里倒，听到有人敲门，过去一看，是凌志云站在门口，便忙开了门。凌志云边亮了亮手上的酒瓶，往屋里走，边说没地方吃饭，蹭饭来了。曾迎春让过座，抓起凌志云拿来的酒瓶一看，说这么好的酒，那得再炒两个菜，要不对不住这酒了。她袖子一挽，招呼一声凌志云自己看电视，一阵风地去了厨房。

一会儿过后，一盘红辣椒炒腊牛肉，一盘白辣椒炒干田鱼上了桌。凌志云用手拈了一片牛肉，往嘴里一丢，一嚼，连夸好味道，好厨艺。曾迎春眉开眼笑，瓶盖一拧，换了杯子，哗哗地就往杯里倒酒，边倒边说好酒，又纯又香。凌志云说这酒那是收了好多年了，还是他岳父送给他的，一直没舍得喝呢。

曾迎春酒杯一端，说凌志云上任的第二天，就到她家喝酒来了，她高兴，又说她心里明白，凌志云这不是没地方吃饭，更不是来蹭饭的，而是来给她长面子，还带了这么好的酒，她高兴。她说着一拍桌子，脖子一仰，酒杯一下空了。凌志云忙跟着干了，又抢着给曾迎春杯子满上酒。

酒一喝，脸都有点红了，话也多了。凌志云说曾迎春是他的老领导，也是他的好姐姐，今天他是诚心来请教的。曾迎春忙打断他的话，要他快别这么说，她只是年纪比他大了十几岁，而他比她强的地方多了去了，不说别的，就这“三保”“三战”，还有存款竞标，就干得漂亮。凌志云说那是大家的智慧，更是有她的功劳。曾迎春说汤显贵竞标时不报数，她就只会拍桌子，而他那么一说，不仅问题解决了，还解决得那么漂亮。凌志云谦逊一笑，说他这也是跟谷为怀和曾迎春学的。曾迎春疑惑地看着凌志云。凌志云说替汤显贵圆场，那是学的谷为怀，而要汤显贵明天下班前必须报上来，那是学的曾迎春。曾迎春一想，哈哈大笑。凌志云也跟着笑。

曾迎春杯子一搁，说不瞒凌志云，这几年来，她确实一直梦里都想当这行长，甚至为当行长还跟邓昌明吵过架，跟谷为怀闹过别扭，但现在她信了那句话了，命里有的终归有，命里无时莫强求，好了，从今往后再也不强求了，这行长不是她的，跟她已是无缘了。她嘻嘻一笑，又一拍大腿，说噢，这是迷信的说法，不行的，不能这样说，自己还是一个党员呢，应该说是自己终于想清楚了，想明白了，是自己确实还有些缺陷，有些不足，是自己不是当行长的料，不是做一把手的坯子，不怪邓昌明，也不怪谷为怀，更不怪凌志云。她这一说，说得凌志云心里都有点伤感起来，一下不知说什么好了。

一阵沉默。

凌志云给曾迎春添上酒。曾迎春一抹眼睛，朝凌志云一笑，说不好意思，刚才说多了，说远了，她一个女人家，心胸就那么宽，格局就那么大，有得罪的地方，还请多包涵。凌志云也不多说，只是双手捧了酒杯，说敬她一杯，说着一口干了。曾迎春正要举杯，一眼看到齐向前从门口走过，忙把他叫住了。

齐向前边吃边说他刚才去了谷为怀家，看谷智勇的脚好些没有，下午谷智勇跟他去沧江机械厂时崴了脚。曾迎春忙问伤得重不重。齐向前说只是有点拉伤了筋，没大碍，过几天消了肿就好了。凌志云要齐向前说说机械厂的情况，正好曾迎春也一起听听。齐向前说新上任的胡国庆还是想有一番作为，采取了一些新的举措，王援朝也非常支持胡国庆的工作，虽然还躺在床上，但时刻关注着厂里，厂里已经开始有了新气象，那新产品也有了眉目，正在与双新公司协商，胡国庆近日会到支行来商谈新产品的事，但厂里过两天到期的贷款，那肯定是无法归还的，只能眼睁睁看着逾期了。

听齐向前这么一说，曾迎春一拍桌子，又一声叹息，说这机械厂还真是麻烦，害人呢。凌志云说机械厂是挺麻烦的，好在开始有了新气象，他正打算这两天跟胡国庆好好谈谈，因为机械厂的兴衰成败在一定程度上决定着支行的生死存亡。

朱建国真的生气了。他对着窗户歪坐着，任朱开放劝也好，哄也好，拖也好，推也好，就是不去桌前吃饭。朱开放一甩手，说那好，那他也不吃了，揽存款去。见他真要走，朱建国忙追了上去，拉着朱开放在饭桌前坐下，将碗筷往他手上递，说就是揽存款也不能饿着肚子去。朱开放躲着不接，说朱建国不吃那他也不饿。朱建国斜一眼朱开放，端起了碗。

刚才为存款的事，朱建国和朱开放互不相让，争吵起来。在朱建国眼里，朱开放长这么大，还从来没有在他面前这么脸红脖子粗过，他也差点抽了朱开放一个耳光，好在那高举着的手最终落在了自己的大腿上。

“哎，开放，我只问你，那龚老板，是不是我先认识的？”吃了两口饭的朱建国又停下了，看着朱开放。

“没错，是你先认识的。”朱开放咽下饭，“但革命不分先后，后来可以居上。”

“你什么意思？”

“没什么，我只问你，逢年过节什么的，去龚老板家我是不是比你走得勤快，现在跟龚老板的关系，我是不是比你更铁？”

“那倒也是。”朱建国点点头，又手一扬，“不过，水有源，树有根。”

“可是，要是没人去打理，那水也干涸了，树也枯萎了。”

“怎么？”朱建国皱着眉头，“你又要抬杠？”

“不是抬杠，是说理。”朱开放嘻嘻一笑，“事不辩不清，理不辩不明。”

“说理？”朱建国碗一放，“你这是强词夺理。”

“好好好，你别激动，我不说了，不说了。”朱开放看一眼朱建国，边吃边说，“我们都快点吃饭，吃了饭好去揽存款，行不?”

“行。”朱建国几口将饭扒了，碗一搁，“不过，龚老板这存款还得说清楚，到底是记给你还是记给我?”

“就记给我算了，反正一直是记给我的。”

“那不行，不能老记给你，这回该记给我了。”

“要不，那我们听龚老板的，他说记给谁就记给谁。”

“不行，不能让人家龚老板为难。”朱建国摆摆手，“他一为难，把存款一转走，那就鸡飞蛋打，谁都没得记了。”

“那是的。”朱开放眼珠一转，看着朱建国，“那这样，你看行不?”

“怎么?”

“我们各记一半。”

“那也不行。”朱建国摇摇头，“一个客户的存款记在两个人的名下，高艳一看就知道其中有名堂，会说你，更会笑我，不好。”

“那行，就干脆都记给我好了。”朱开放嬉笑着看着朱建国，“你就当一回活雷锋。”

“你就不能当?”

“不宜当，也不能当。”

“哎，你就不能让一回我?”

“让你?”朱开放皱了一下眉头，“为什么?”

“你想啊，这回竞标，我报的数不低吧?跟以往比，简直就是一个天文数字，对不?”朱建国挪了挪椅子，靠近朱开放，“可如果我没完成，放了空炮，当了狗熊，给人骂了王八蛋，我自己丢了脸倒没什么，可我不能给你丢脸啊，你说是不是?”

“那是。你看我爸多好，总替我着想。”朱开放笑眯眯地看着朱建国，“不过，我报的数可不比你低，我要是没完成任务，放了空炮，当了狗熊，给人骂了王八蛋，我倒没什么，但怎么也不能给你朱老革命丢脸啊，对不?”

“你……你说来说去的，怎么又绕回来了?”朱建国指着朱开放。

“是吗?”朱开放挠挠头，看着朱建国，“你看这样行不?”

“你说。”

“我想，与其到时候我们两个都放空炮，都当狗熊，都给骂王八蛋，倒不如集中火力，成就一个英雄，你说这样如何?”

“嗯，这倒是个法子。”朱建国点点头，“可成就你，还是我呢?”

“这个呀，我想好了，就当一回雷锋，成就你。”朱开放摇着朱建国的肩膀，“就让你这位自卫还击的英雄，可爱可敬的朱老革命，再当一回英雄。”

朱建国眨了眨眼睛，又起身走了走，盯着朱开放，说：“不行，还是得让你当英雄才好，我反正老了，也没什么指望了，而你年轻，还得上进，丢不起那个脸，好……”

“好了。”朱开放哈哈一笑，“爸，我逗你的呢。”

“逗我?”

“是的。”朱开放微笑着看着朱建国，“爸，实话跟你说吧。昨天我去上门拜访，给一小老板解决了一个困扰了他多年的难题，他好感动，介绍了他的一个亲戚给我。他那亲戚是一个煤老板，答应了来网点开户，转存款过来。”

“是吗?”

“是啊!”朱开放手一抬，又一握拳头，“爸，你放心，只要我们拼命去跑，去说，这家七八千，那家三五万，积少成多，完成那个数一定只会多，不会少。这个我有信心，也有决心，你呢?”

“有，也有!”朱建国牵着朱开放的手，“走，揽存款去!”

在支行院子门口，朱建国他们迎面碰到了谷为怀和吴冬梅。朱建国问谷为怀去哪了，吃饭没有。谷为怀指一下旁边的吴冬梅，说去她一个远房亲戚家揽存款去了，虽然饭还没吃，却一点也不饿。朱建国问怎么没吃饭，却不饿。谷为怀呵呵一笑，说高兴呗。吴冬梅一脸欢喜，说那个亲戚答应了，下个星期就把到期的存款转到支行来。

地上，沙发上，又脏又乱。

桌上，摆着一碟有点炒糊了的花生米，一盘辣椒炒小干鱼，一个空饭碗，一双筷子，一个酒杯，一小瓶二锅头。

汤显贵端着一盘青菜从厨房出来，一抬头看到谷为怀站在门口，将盘子往桌上一搁，边去开门边说："哟，谷行长，你是走错门了吧？"

"没有，没走错。"谷为怀边说边进了门，走到桌前一看，"嗯，这花生米，还有这小干鱼，都好下酒呢。"

汤显贵嘿嘿笑着，挠着头。

"怎么，也不请我喝一杯？"谷为怀拈了一条小干鱼往嘴里一丢，嚼了嚼，"味道还真不错。"

"可不是我不请，而不是不敢请，也不好意思请。"汤显贵嘻嘻一笑，"你是行长，山珍海味的吃惯了，哪看得上我这……"

"你别行长行长的，我现在不是行长了，跟你一样，就一个普通员工。"谷为怀椅子一拖，在上边一坐，看着汤显贵，"怎么，也不加个碗筷？"

"你真喝？"

"舍不得？"

"不是。"

"那是什么？"

"怕你嫌弃。"

"看你说的，二锅头好喝着呢。"谷为怀拧了盖子，拿着瓶子就喝了一大口。

汤显贵忙加了碗筷，又拿来了一小瓶二锅头。

谷为怀和汤显贵酒杯都不用了，就吹着瓶子。他们边喝边天南地北，行里行外地聊着。汤显贵不时地骂两句，或是嘿嘿一笑。谷为怀不时地一声叹息，或是开怀大笑。

"你虽然不在位了，但你毕竟当过我的行长，我虽然不怎么样，你也骂过我，但你没有看不起我，这我心里有数。"汤显贵拍了拍胸脯，看着谷为怀，"你最让我信服的是，人家都争着抢着要当行长，一旦当了行长，那赶都赶不下来，而你却是主动让贤了。"

谷为怀摇摇头，又摆了摆手。

"这样吧！"汤显贵朝谷为怀一拱手，"你现在让贤了，不是行长了，那往后我就叫你老行长，怎么样？"

谷为怀一捶桌子，说："行，听你的。"

“好，老行长!”汤显贵也一捶桌子，“你放心，不管到什么时候，我都认你是我的老行长。还有，凌行长是你选的接班人。他人不错，比曾迎春有水平，我不会为难他。”

“好，谢谢你。”谷为怀朝汤显贵一竖大拇指，“不错，觉悟还不低。”

“老行长，我可没什么觉悟，是个老油条了。”汤显贵按下谷为怀的手，“不过，我昨天晚上还真是去揽存款了的。”

“好啊!”谷为怀看着汤显贵，“揽了多少?”

汤显贵摇摇头，又一声叹息。

“怎么？没揽到?”

“可不是。那还是个老熟人呢，一个院子里长大的。”汤显贵将瓶子一蹾，“一见面，他还笑我，说怎么你还想着要揽存款了，太阳从西边出来了吧。后来见我不是说着玩的，又说他存款是有一点，也可以给我。我正高兴着，没想到他老婆回来了，瞪他一眼，说真是不好意思，她早答应给另一家银行的人了，你说气人不气人?”

“那是，差点到了口的肉又给人叼走了。”谷为怀拍了拍汤显贵的手，“不过，你也别生气，更不用灰心，只要勤快跑，勤快说，东方不亮西方亮，总会有的。”

“老行长，不瞒你说，昨天晚上回来，那还真让我有点灰心了，不想再去揽了。”汤显贵抓着谷为怀的手，“不过，现在你来了，那不一样了。再说，那数我是当着那么多人的面自己报的，就是求爷爷拜奶奶，也得完成，英雄当不上，但也不想做狗熊啊!”

谷为怀一拍桌子，说：“好，这就好!”

汤显贵见谷为怀瓶子见了底，自己瓶子也空了，便要谷为怀等着，他出去就回。一会儿过后，汤显贵拎了一袋子小瓶二锅头回来，说喝个一醉方休。

“我前两天路过倪小桔的店子，进去看了看，听她说生意不错，应该是有点钱的。”谷为怀看着汤显贵，“你去找过她没有?”

“没有，真的没有。”汤显贵摇着头。

“那你应该去找找她。”

“不去。”

“是不想去，还是不敢去？”

汤显贵支支吾吾地讪笑着。

谷为怀指了指汤显贵，说：“是不敢去吧？”

“还真是的，就怕她不理我，更怕她骂。”汤显贵喝了一大口酒，“不知有多少回从她店门口过，或是特意绕到那边去，可到了那里又不敢进门，只是在门口偷偷地看。”

“她看到你没有？”

“应该有看到的时候。”

“那她跟你打招呼没有？”

“没有，她就没看到似的。”

“那我问你，你还想她没有？”

“当然想啊！”

谷为怀头一偏，说：“真的？”

汤显贵胸一挺，说：“真的！”

“那我告诉你。”谷为怀朝汤显贵招招手，待他挪近了，“前两天她跟我说，她现在还是一个人过日子呢。”

“真的？”

“不假。”

“那她还跟你说了什么没有？”

“她说其实你人并不坏，只是有点不爱学习，上进心也不太强，有时还气量小。”谷为怀喝了一口酒，凑近汤显贵的耳朵，“我再告诉你，从她的言语里我还听出来了，她也觉得有对不起你的地方，有点后悔的味道。”

“是吗？”

“是啊！”

汤显贵张着嘴，拿着酒瓶的手抖着，一时不知道说什么好了。

“你激动个啥呢？”谷为怀推了汤显贵一下，“看你这傻样！”

“我……”汤显贵“咕噜”几下将一瓶二锅头干了。

“显贵啊，可不是我说你。”谷为怀指了指地上和沙发上，“你看看，你这乱七八糟的，还像个家不？如果倪小桔哪天到这门口来了，她会进来吗？”

汤显贵将瓶子往桌上一撂，起身就要去收拾沙发上散乱放着的衣服什么的。谷为怀一把拉着他坐下，说不在这一时，还有话跟他说。

“老行长，那你说，我该怎么办，怎么做?”汤显贵看着谷为怀。

“好，我跟你说一说。”谷为怀看着汤显贵，“首先，你要打起精神来，不管什么时候，无论到哪里，都不能是一个霜打蔫了的茄子似的，然后是要勤快起来，抽掉身上那根懒筋，把家里也好，办公室也好，收拾得利利索索、干干净净，还有工作，一定要主动，要积极，不能混日子，明白不?”

“明白，明白。”汤显贵点了点头，拉着谷为怀的手，“那老行长，你说我现在最重要的是什么?”

“你说呢?”谷为怀微笑着看着汤显贵。

汤显贵默了默神，说：“揽存，不当狗熊，不当王八蛋。”

“没错。”谷为怀拍了拍汤显贵的肩膀，“就这样，你明天下了班，好好洗个澡，换身干净衣服，去找倪小桔，让她帮你。这可是一举多得的事。”

“好，好。”汤显贵一拍脑袋，“还等什么明天，我现在就去。”他说着就要起身。

“看你这猴急的。”谷为怀哈哈一笑，指着汤显贵，“你也不看看，现在是什么时候了，人家早打烊了呢!”

汤显贵看一眼窗外，嘿嘿一笑，说那好，明天就明天，又拿了一瓶二锅头，盖子一拧，跟谷为怀瓶子一碰，说来，喝酒，喝酒。

第二天早上，汤显贵还一嘴的酒气，在门口碰到曾迎春，头一昂，腰一挺，说他知道谷为怀的酒量了，能喝四瓶小二锅头，还不醉。曾迎春还要细问，他却大步往楼上去了。看着他顺溜的头发、清爽的衣服，曾迎春心想他怎么回事，一夜之间变了个人似的。

昨晚的员工大会散会之后，凌志云请教谷为怀，看竞标还有哪些不足。谷为怀说从竞标可以看出来，少数员工的思想问题还是没有得到根本解决，他们的积极性和创造性还没有充分激发出来，可以采取干部和党员与员工结对子的方式去带动和影响他们，充分发挥和体现党组织和党员的作用。凌志云说他也是这么想的，真是不谋而合。谷为怀当即说那他与汤显贵结对子好了，他去做汤显贵的工作比较合适。凌志云说无疑汤显贵的工作是最难做的，有劳谷为怀了。谷为怀说他琢磨汤显贵有些日子了，他已经有了办法，又说刚才竞标，有的人是受现场气氛一感染，加上面子观念，一激动，一冲动，把数字报了，可等激情一过，再一思量，肯定就后悔了，犯难了，打退堂鼓了，因此还得不断地打气，不断地鼓劲，让大家保持那种激情，那种斗志，一往无前，你追我赶才行。

第七章

唇齿相依

见凌志云放下了听筒，谷智勇才轻轻敲了敲门，问凌志云是不是可以走了，齐向前在下边等着。凌志云边说好，就走，边合上笔记本，起身拎了包。听到脚步声，谷智勇一转身看到齐向前领着胡国庆和李胜利上来了，忙边向他们问好边退到一旁。

“说了我们去厂里的，怎么你们还是过来了？”凌志云边说边跟胡国庆和李胜利握手，让座。

“是我们要请贵行多支持，多关照，理当我们过来的。”胡国庆边说边在沙发上坐下，接过齐向前递过来的茶，喝一口，放到茶几上。

“是啊，我们胡厂长是特意早点动了身，路上还一个劲地催司机，快点快点，说凌行长他们工作忙，时间紧，别去晚了，误了事。”李胜利边说边接过谷智勇端过来的茶，在胡国庆旁边坐下。

“胡厂长，你这？”凌志云指着胡国庆额头上包扎着的纱布，“是跳窗子摔了，还是给哪个追着打了？”

“凌行长，你别说，我这还真是摔的。”胡国庆哈哈一笑，“只是既不是跳窗子，也不是给人追着打的。”

“是这样的。”李胜利看一眼胡国庆，“昨天晚上，胡厂长加了班回家，刚走出厂门口不远，在一个拐弯的地方，一根木棒猛地打在他的背上，脚下又绊着了绳子，就一下摔倒了，接着他腿上又挨了一棒。他一翻身爬了起来，那蒙面人扔了木棒，撒腿就跑，比兔子跑得还快，眨眼间就不见了。”

“胡厂长，看来你是得罪人了。”齐向前看着胡国庆，呵呵笑着。

“一厂之长，得罪人那是在所难免的事，何况厂里又是这么个样子，还要改革，还要整顿，哪有不得罪人的。”李胜利看一眼齐向前，看着凌志云，“凌行长，你跟胡厂长一样，都是临危受命的，就没得罪人?”

“当然有。我又没什么特殊本领，更不是圣人，哪有不得罪人的。”凌志云看着胡国庆，“改革也好，整顿也好，其实就是一个利益的调整，不得罪人可以说不可能，只是尽力少得罪人好，相对而言，反对的人少，拥护的人多，那工作起来阻力就小，效果会更好。”

“说得好，向你学习，向你们学习。”胡国庆朝凌志云竖了竖大拇指，又朝齐向前和谷智勇点点头，“你们面对支行可能被撤销的危局和困境，不是灰心丧气、束手无策，而是和衷共济、迎难而上，一招一式、一举一措，都令人称赞。”

“过奖了，过奖了。”凌志云摆摆手，“你那整顿，特别是敢拿蒋东明开刀，那还真是需要胆量，需要气魄的，也是需要手段，需要智慧的，要我那还不一定下得了手。”

“哪里哪里，我那只是不怕而已，或者说就是莽撞。”胡国庆脸红了一下，看看凌志云和齐向前，“你们才是有大智慧，有大作为的人。”

“岂敢岂敢，惭愧惭愧。”凌志云朝胡国庆和李胜利拱拱手，“好了，我们就别再相互表扬，相互吹捧了。眼下厂里也好，支行也好，都还是前途未卜，在风雨飘摇之中呢。”

“是啊!”胡国庆一声叹息，“现在我们是同病相怜，是一根藤上的瓜呢。”

“不仅是一根藤上的瓜，而且是一根藤上的两根大苦瓜。”李胜利看一眼胡国庆和凌志云，“不过，我相信有了凌行长和胡厂长，这大苦瓜也许会变成大甜瓜。”

“李厂长，不是也许。”齐向前看着李胜利，“是准能，是一定。”

“哦，对对对，是一定，是一定，是我保守了，保守了。”李胜利尴尬地一笑，“噢，是我口误了，用词不当，词不达意。”

“胡厂长和李厂长都说得没错，现在厂里和支行还真是一根藤上的瓜，而且真是一根藤上的大苦瓜。”凌志云起身走了几步，看着胡国庆和李胜利，

“不过，要我看，现在厂里和支行更像一对难兄难弟。”

“对对对，更像一对难兄难弟。”胡国庆看一眼李胜利和齐向前，“还是凌行长说得好，更形象，更准确。”

“我看，现在支行和厂里的关系，那就是唇齿相依了。”谷智勇说着脸就红了，往一旁退着。

“唇齿相依?”凌志云一拍手，“好，智勇说得好，说得妙。”

齐向前朝谷智勇递了一个赞许的眼神，又竖了一下大拇指。胡国庆和李胜利都夸谷智勇这比方打得好。凌志云朝谷智勇招了招手，要他接着说。谷智勇先说了唇齿相依的典故，接着说支行能否保住，关键看机械厂能否好转，机械厂的贷款能否盘活，只要机械厂的贷款一活，那支行贷款的整体质量就上来了，跟着就收入增加了，效益提升了，而机械厂目前的处境也是十分艰难，已到了破产的边缘，就机械厂现在的样子，别的银行看着都怕，是不可能注入贷款的，只有与支行携起手来，一同破釜沉舟，背水一战，才是出路，才是生路，换句话说，现在支行和机械厂彼此都面临危局和困境，哦，不是面临，是已身处其中。他扫一眼胡国庆和凌志云，说正因为这样，要想我好，那你必须得好，而要想你好，那我必须得好，或者说是你好我才好，我好你也好，这就更需要相互理解，相互信任，相互支持，相互配合，都把对方的事当作自己的事一样去想，去干。

谷智勇这一说，赢得了满屋掌声。凌志云边拍手边想，这谷智勇平时言语不多，没想到一说竟能说出这样一番话来。

在谷智勇问凌志云是不是可以走了的同时，丽元面馆门前的鞭炮点燃了，炸响的鞭炮铺得一地鲜红。

谷为怀和高艳抬着一个花篮朝面馆走了过去。余小丽一眼看到了谷为怀，忙拉着廖三元跑了过来，一起接过花篮，边走边说难得谷为怀和高艳这么看得起，让她好感动，好激动。谷为怀说看到她面馆说开就开起来了，真为她高兴，也倍感欣慰，往后会常来这里吃面。高艳边看边念着门柱上的对联：利多利少条条有情有义财源茂盛，原汁原味碗碗又甜又香顾客盈门。余小丽说对联是齐向前撰写的，又是他请市里最有名的书法家赐的墨宝。

余小丽安排好谷为怀和高艳坐下，又给他们端来了面条，请他们尝尝她妈的手艺。谷为怀说好，就为来吃这面条，特意没在家吃早餐。高艳喝了一口汤，眼睛一亮，说先不说面，就这汤，那是又鲜又香又浓，照这样下去，门口准天天排队。

吃过面，谷为怀和高艳抢着付款，余小丽不高兴了，说他们看得起，特意过来捧场，这碗面是怎么也不能收钱的，说着眼泪都出来了。谷为怀说今天是面馆开张，这钱不能赊，更不能不收，说得情真意切。高艳朝廖三元使了个眼色。廖三元稍一想，说那好，今天的先收了，下回余小丽请客。

余小丽和廖三元刚把谷为怀和高艳送出门，就见万春晖打着哈哈，拱着双手走了过来。一进门，万春晖将一个红包往廖三元手上一塞，说他面子真大，一个小面馆开张，胡国庆和李胜利都本来要来道贺的，只是那边跟银行约好了，去了银行，才委托他来了。廖三元忙谢过万春晖，谢过胡国庆和李胜利，说过去在厂里时，万春晖对他都是没少关照的，今天一个小面馆开张，他还亲自过来，有劳他了，真是十分感谢，千分感动，万分感激。万春晖又打了一串哈哈，说哪里哪里，过去在厂里，他可没少沾廖三元的光，如今廖三元不在厂里了，老厂长也下来了，他有时想起，心里还真不是个滋味。廖三元说他不在厂里了，那也是没办法，出来开这个小面馆，只是想赚几个钱，不再让人瞧不起。他说着有意瞟了一眼在忙着招呼客人的余小丽。万春晖边打量着面馆里里外外，边说这面馆虽然现在还小，但说不定哪天就发达了，等发达了，当了大老板了，可别眼睛只望着天上，不认得谁是谁了。廖三元听出来了他话里的味道，便说一个小面馆，哪有什么发达不发达的，能挣几个零花钱，有碗饭吃，那就心满意足了，如果万春晖不小看这小面馆，常来光顾，那他是热烈欢迎，衷心感谢，当然，就是万春晖没时间来，那也不管到什么时候，他都是记得的，不会忘，忘不了。

余小丽端来一碗面，说请万春晖品尝品尝，提提宝贵意见。万春晖边说好好好，边伸手来接，却没接稳，碗掉在了地上，碎成了几片，面撒了一地。万春晖摊着手，说这这这。余小丽看出来了，他是有意为之，却说没关系，没关系。旁边在吃面的人忙圆场说，没事，这是打发了，打发了，又指了一下余小丽和万春晖，说你发，他也发，都发。廖三元接过话，说对对对，都发，大家都发。万春晖掏出五块钱来，要数这碗面的钱。廖三元不收。万春晖将钱往桌上一扔，昂首而去。

看着出了门的万春晖，余小丽在心里说了一句，这万春晖，真是的。

胡国庆还真是想来给廖三元道贺的。昨天晚上他去王援朝家，请教怎么去跟凌志云说贷款的事，听王援朝无意中说到廖三元的面馆今天开张，说不容易，得去捧个场。王援朝说不用的，就一个小面馆，也不是什么大事，他事情那么多，就别去了。他说虽然面馆小，但事情大，廖三元这自谋出路，是为厂里排忧解难，也是为厂里争光，再说去捧个场，那也不只为了廖三元，往后厂里出去的人开门店也好，办公司也好，只要有时间，他都去捧场。

晚上，余小丽拿出万春晖送的红包，见上边写着胡国庆和李胜利各两百元，万春晖一百元，说这钱不能收，拉着廖三元一起上了胡国庆和李胜利的家，把钱退了，表达了感谢和感激之情。又去了万春晖家，将钱给了他，还添了一包做面条码子的卤牛肉。之后他们去了王援朝家，把开张和营业的情况跟王援朝一一说了。王援朝一直笑眯眯地听着，等他们说完了才说他果然没看错，胡国庆和李胜利还真是有情有义，却只字没提万春晖。

李胜利把厂里的资产负债，特别是应收应付款的情况详细做了介绍，又解答了齐向前和谷智勇的提问。李胜利介绍情况的时候，凌志云一直在边听边翻看着账本。

等李胜利一说完，胡国庆喝了两口水，将图纸往茶几上一摊，便开始讲解新产品的功能和特点、生产流程和市场前景，分析新产品带来的效益和效应，阐述新产品上马的重要作用和重大意义。他越说越兴奋，越说越激动，当说到如果新产品能成功上市，那保管机械厂可不只是起死回生，而是会一片红火，再创辉煌时，一拍茶几，拍得杯子里的水直往外跳。

“哎呀，不好意思，不好意思。”胡国庆脸红了一下，看一眼凌志云，边说边抖着图纸上的水，“是我太激动了，是我太激动了。”

“没事，没事。”一直凝神静气听着的凌志云摆摆手，“胡厂长，你说得是激情四溢，我听得也是热血沸腾啊！”

“是啊，胡厂长，你简直就是一个一流的演说家呢！”齐向前边说边接过谷智勇递过来的纸巾，擦着茶几。

“见笑了，见笑了。”胡国庆嘿嘿一笑，“凌行长，不瞒各位，我也是难得这么一回激情四溢，是……”

见胡国庆一时接不上话来，李胜利忙说：“是的，我都不知道有多久没看到胡厂长这么兴奋，这么激情四溢了。”

“这好啊！”凌志云朝胡国庆一笑，打着手势，“工作是需要激情的，激情就像一把火。”

“对，凌行长说得太对了，激情就像一把火，一把生命之火，一把力量之火。”李胜利朝胡国庆嘴一努，“现在我们胡厂长这把火是已经点燃了，而且会越烧越旺。”

“没错，我现在是锅架好了，火也点燃了，正越烧越旺。”胡国庆看着凌志云，“可是，如果锅里没有水，没有东西，那烧着又有什么用呢？”

“是啊，现在机械厂的锅是已经烧热了，就等着东西下锅了。”李胜利看一眼胡国庆，手一摊，一声叹息，“可东西在哪呢？买东西的钱又在哪呢？”

“在哪？”胡国庆看一眼李胜利，看着凌志云，“在凌行长心中，在凌行长手上。”

“在我手上？”凌志云伸出双手，翻了翻，“没有，什么都没有啊！”

“凌行长，我可是看到了，不仅有，还多着呢。”李胜利朝齐向前和谷智勇招招手，指点着凌志云的手掌，“来，你们看，在这，就在这。”

齐向前指了指李胜利，呵呵一笑，说：“李厂长，你真逗。”

李胜利笑容一收，一本正经地说：“齐行长，我可不是说着玩的，真有呢。”

“李厂长，凌行长手上可没有‘皇帝的新装’哦！”谷智勇说着脸又红了。

凌志云和胡国庆对视一眼，都哈哈大笑，笑得一脸尴尬的李胜利端着杯子喝起茶来，笑得谷智勇的耳朵根都红了。

“好了，刚才说也说了，笑也笑了。”凌志云抹了抹眼睛，看着胡国庆和李胜利，“其实我们想的什么，彼此都心里有数。”

“那是，那是。”胡国庆点点头，面带羞愧，“只是厂里近年来不景气，不仅自己的日子不好过，更是拖累了支行，成为了支行连年亏损的重要因素，使支行陷入了可能被撤销的困境，想着我都难过，没脸见你们。”

“没错，胡厂长今天来，那是下了好大决心的。”李胜利看一眼胡国庆，“在来的路上，胡厂长还担心着，怕凌行长没个好脸色，没想到一见面，凌行长不仅是笑脸相迎，还如此宽宏大量，真是出乎意料。”

“是啊，这还真让我没想到的。”胡国庆朝凌志云笑了笑，“这两天，我反复想过，如果厂里好转了，那对支行也是好事。这么一想，我就下了决心，厚着脸皮来了，却又不好意思开口，才转弯抹角说了那么多。”

“那好，我来直说了吧。”李胜利咽咽口水，看一眼凌志云，“不瞒你说，我们去找了别的银行，包括信用联社的李建国主任都去找了，他还好，没有一口回绝，也没有笑我们，更没有嘲讽挖苦我们，但我们清楚，那是给我们留面子，贷款是不可能的。我们想来想去，只好来恳求支行，再给机械厂放一千万的贷款，把新产品搞起来。”

一片寂静，能听到呼吸的粗细。

“胡厂长，你有把握?”见齐向前朝他又是眨眼，又是努嘴，凌志云先开了口。

“凌行长，这我不敢打包票，夸海口。”胡国庆腰一挺，微笑着看着凌志云，“但我有信心，有决心。”

“好，对你，对机械厂，从前边的一席话，我现在又多了一分信心。”凌志云和齐向前交换了一个眼神，看着胡国庆，“至于这贷款放不放，怎么放，放多少，哪天放，今天我也不能答复你们，但我们会尽快，行不?”

“好，有你这话就好。”胡国庆看一眼李胜利，看着凌志云，“这比我们预想的要好，谢谢了。”他说着朝凌志云欠了欠身了。

“比预想的要好?”凌志云看着胡国庆，“那你们预想的是什么?”

“是这样。”李胜利见胡国庆看着他，便接过凌志云的话，“来之前，我们分析了，会有这三种可能，一是一口回绝了，二是看看再说，三是答应了。而第一种的可能性最大，第三种的可能性都没有。不瞒你说，我们也是抱着试试看，碰碰运气的心理来的。”

“看来我们运气还不错。”胡国庆嘿嘿笑着。

“凌行长，我们今天来，一方面是来表达歉意的，另一方面是来恳求的。

你应该也看出来了，我们是有诚意的。”李胜利看一眼胡国庆，指一下茶几上一摞的账本，看着凌志云，“你看，我们把账本都搬过来了，毫无保留，好……”

“好，两位厂长，什么都不用说了，我全明白。”凌志云一手拉着胡国庆，一手拉着李胜利，“刚才智勇说了，我们是唇齿相依，是一家呢，一家就不说两家话了。”

“那是那是。”胡国庆说着眼睛红了，泪水渗出了眼角。

凌志云把双手伸了出去。胡国庆马上把手叠了上来。

很快，十只手叠在了一起。

对岸的灯光和高楼的倒影，还有月亮，一同叠映在江面上，在涟漪里荡漾，在波涛间跳跃。滩边的芦苇和草虽然还散发着清香，但都已开始泛黄。

凌志云独自走在江堤上，猛一抬头，模糊看到前边一个熟悉的身影走了过来。他边快步迎上去边叫了一声胡厂长。那人一惊，叫了一声凌行长。

在食堂吃过晚饭，凌志云去了办公室，坐在椅子上，想着上午胡国庆他们提出的贷款的事，越想越乱，越想越没了头绪，便下了楼，顺着马路走着，不知不觉地上了江堤。

下午，凌志云和齐向前讨论了差不多两个小时，先是分析了方方面面和各种可能，一致认为这险可以冒，值得冒，接着又讨论了如果上边同意放，那怎么放，怎么来约束机械厂，怎么来确保贷款没有风险等等。可就在他们讨论完了，齐向前准备起身离开凌志云办公室的时候，曾迎春风风火火地闯了进来，问他们是不是答应了给机械厂放贷款。凌志云说还没谁答应，只是机械厂提出来了，他刚才和齐向前就讨论着这事。不等凌志云说完，曾迎春就一拍桌子，说如果再给机械厂放贷款，那真的是将钱往沧江河里扔，现在支行已经是一条漏水的破船了，如果再给机械厂放贷款，那无非是给这破船再凿一个大洞，加快这破船的沉没。她说完一甩手走了。凌志云和齐向前相互看了一眼，默然无语。过了一会儿，凌志云要齐向前也再好好想一想，说这事还真得慎重再慎重，三思再三思。之后，凌志云去了谷为怀办公室。听凌志云说了机械厂申请贷款的事，谷为怀沉思了好一会儿，只说了他对胡国庆还不是太了解就不说了。凌志云明白了，谷为怀是要他自己拿主意。

胡国庆和李胜利离开支行后，直接去了王援朝家，将去支行的情况跟王援朝说了。王援朝说凌志云虽然没有一口拒绝，却也有答应下来，看来还是有许多顾虑，这很正常，如果是他也会这样，正因为是这样，那就要千方百计让凌志云对机械厂有信心，对胡国庆有信心，不仅厂里要努力，还要请政府出面协调一下。下午，胡国庆去找了梁光辉，又去了李市长办公室。梁光辉和李市长的话如出一辙，都说巴不得机械厂好起来，红火起来，不破产，不倒闭，可眼下机械厂这情况要政府出面去压着银行放贷款，那不合适，银行也不会买账，又说厂里的维稳工作一定要做好，不能再有到政府来静坐来吵闹的情况发生，如果实在不行，那就早点破产了也好。听他们这么一说，胡国庆心一沉，心想，看来他们都对机械厂没信心了。走出大楼，站在地坪上，望着刚升起的清朗的月亮，望着望着，胡国庆心又热了，手一握拳，自信一笑，上了车。在江边，他下了车，上了江堤。

找了个僻静的地方，凌志云和胡国庆面江而坐。胡国庆说他下午去找了李市长和梁光辉，他们都对机械厂没了信心，让他不免伤心，不免伤感，当年机械厂红火的时候，他们都对机械厂赞不绝口，当作心肝宝贝似的，说有困难只管找他们好了，没想到如今真有困难了，却是这样。凌志云说这也不怪他们，可以理解，有的国有企业确实弊病丛生，经营不善，包袱又重，难以为继，与其不死不活地吊着一口气，或是名存实亡，那厂长不好当，职工日子不好过，政府也为难，还不如早点破了产，或是改了制，来个破旧立新，让企业重生，让工人有事做，有工资领，又说改革开放还在向广度和深度迈进，这是大势所趋，在大势面前只能顺势而为。胡国庆说他并不是怪李市长他们，他们确实有他们的难处，如今双新公司已长成了大树，还有不少的民营企业、私营企业的种子正在发芽，幼苗正在成长，沧江税收来源的主体已不是机械厂这样的地方国有企业，只是想着机械厂曾经那么红火，那么辉煌，是他们的掌上明珠，是他们的心头肉，如今却衰败成这样，成了他们的包袱，成了他们的心病，心里想着就难受，就难过。凌志云说这也没什么，正常不过，他原来压根就没想到过支行可能会被撤销，可这正是金融改革的具体体现，也是金融改革的必然要求，金融要融入世界，在世界格局中占有一席之地，那金融改革开放的速度还会加快，力度还会加大，往后会是怎样，难以预料，但有一点可以相信，那就是一定会越改越好。胡国庆说他知道这改革是大势所趋，也相信会越改越好，只是这一改到自己头上时，心里就不好过，难以接受。凌志云说这在情理之中，他也一样，听说支行可能要撤了，一样接受不了，都是普通人、平凡人，都有七情六欲，都要吃饭穿衣，谁也不是生活在真空中，生活在理想王国里。

一阵沉默过后，胡国庆说他心有不甘，有人骂他是末代皇帝，看他能撑几天，他就不信这个邪了，就是撑几天也要撑出个样子来。他说着又摆了摆手，说他倒也不是为了非要跟人去争这口气，而是心痛厂里这么一个衰败的样子，心痛职工没事做，没工资领，日子过得艰难，就想改变厂里的面貌，也确信是能够改变的，因为他对这个新产品已琢磨一年多了，肯定是有市场，有效益，有前景的，如果不是王援朝信任他，留着他，不是想着自己对厂里有感情，那他早去了双新公司，或是找几个人开个小厂子去了。凌志云说他下午又仔细看了胡国庆提供的相关资料，对新产品虽然有信心，但风险也大，而且风险不只是来自这新产品，还有许多方面。

又一阵沉默过后，胡国庆要凌志云一定相信，机械厂以往虽然不是想赖账，确实是资金紧张，但也并不是完全没有办法，还是思想上有问题，往后只要有了钱，不管多少，哪怕是职工的工资先不发，也要先用来还支行的贷款。见胡国庆眼睛都红了，湿润了，又说得那么坦率，那么诚恳，凌志云心底一热，说支行和机械厂已是唇齿相依，过去了的就过去了，往后多相互理解，多相互支持就行。

凌志云和胡国庆一同站了起来，相视一笑，把手伸向对方，又拥抱了一下，然后分头各自回了办公室。

听到脚步声，齐向前忙出了办公室，边跟着凌志云往楼上走，边说他刚才仔细想过了，机械厂的贷款如果放，那只能是走封闭模式。凌志云边开门边说好，不谋而合，他刚才在回来的路上，突然脑子里一闪，猛地就想到这上边来了，还正想跟他商量。齐向前哈哈一笑，说什么是英雄所见略同，这正是；什么是心有灵犀，这就是。

接下来，凌志云跟齐向前就贷款为什么要采取封闭模式、如何封闭、支行和机械厂应该怎样配合、怎么跟邓昌明汇报等进行商讨，中途又叫来了谷智勇，定下来明天齐向前和谷智勇一块去双新公司和机械厂，进一步多角度多方位多层面了解新产品的情况，后天凌志云和齐向前一起去跟邓昌明汇报，直到凌晨一点多才关灯下楼。

院墙下的两棵大桂花树桂花盛开着，从院子走过，出了大门，走了好一阵了，一身还会是清香四溢。

不到七点，齐向前已站在桂花树下，伸着双手，边接着清风摇落的桂花边等着凌志云从办公室下来。昨天晚上下楼时，凌志云跟齐向前说，今天一上班他们两个就一起去双江。可天才蒙蒙亮，凌志云就打电话给齐向前了，说得马上走，刚才邓昌明打电话给他，先问了支行近来存款增了多少，又问了员工的思想状况，末了说他上午 9 点去省行开会，得三天才回双江。

一见面，邓昌明要凌志云有话快说，他 8 点半就得走。凌志云只好改变了汇报的路径，不再打铺垫了，开门见山地直奔主题。

“不行，那不行！”邓昌明一听凌志云说要给机械厂放贷款就又摆手，又摇头。

“邓行长，不瞒您说，我们的第一反应也是不行的，我还问胡厂长是不是发烧了，要他梦都别做，但后来跟胡厂长他们深入一聊，再去机械厂和双新公司认真一看，想法和看法就变了。”凌志云朝齐向前使着眼色。

“是这样的。”齐向前边说边给邓昌明添上水，“邓行长，您就再听我们说几句呗。”

“你们知不知道？”邓昌明听凌志云和齐向前简明扼要一说，指了指他们，“你们这是在赌，是在拿自己和支行一起在赌，赌赢了还好，一旦赌输了，那损失的可不只是再添上这笔贷款，你们应该都心里清楚。”

“没错，我们都知道。”凌志云看一眼齐向前，“如果这贷款没放好，那不是将支行从可能被撤销的路上往回拉，而是将支行往被撤销的路上推了一大把，说不定就是万劫不复，但我们觉得值得一赌。”

“我们是这么想的，就算这贷款不放，那支行也可能会被撤销，而这贷款一放，说不定不仅救了厂子，也活了支行。”齐向前看一眼凌志云，看着邓昌明，“这贷款其实也不是赌，而是实事求是，因为有这个可能，也有这个必要。”

“是吗？”邓昌明皱了皱眉头。

“是的。”齐向前点点头，“我们不仅做了充分的调查，也做了充分的论证。”

“没错。”凌志云走到邓昌明跟前，“昨天晚上，我们又把胡厂长他们请到支行，在我办公室商讨了三个多小时，到凌晨一点才散。”

“是的，我们跟机械厂就贷款走封闭模式达成共识之后，重点又就账户怎么开，资金怎么走，怎么用等具体问题进行了商讨，并有了相应的管理办法，还……”

“还什么？你们具体问题都讨论过了。”邓昌明不等齐向前说完，抓起杯子一蹾，“这不是明摆的先斩后奏嘛，简直是乱弹琴！”

“哦，那不是，也不敢呢。”凌志云脸一红，忙边摆手边说，“我们只是做了一些前期的调查研究，想把工作做细一点，做实一点，跟您汇报的时候才有话可说，不至于被您三句两句就问得哑口无言了。”

“可不是。”齐向前挠挠头，嘻嘻一笑，看着邓昌明，“前年我跟您汇报双新公司的事，由于准备不充分，没两下就给您问倒了，丑得我脸火烧麻辣的，都没地方放了，恨不得钻进地缝里去。”

“那天他一回去就跟我说了这事，还说往后跟您汇报工作，那可得小心了，一定要准备充分。”凌志云看一眼齐向前，看着邓昌明。

“好，你们两个一唱一和的，倒是配合得蛮好啊！”邓昌明指了指凌志云和齐向前，见他们不说话了，便又一笑说，“唱呀，接着唱呀，怎么不唱了？”

“邓行长，我们今天来，就是先好好跟您汇报汇报。”齐向前看一眼凌志云，朝邓昌明嘿嘿一笑，“然后听您的指示，由您拍板。”

“那好，我问你们。”邓昌明一拍桌子，站了起来，“如果一旦这贷款没放好，没有达到预期效果，甚至出现了贷款逾期，这责任谁来承担？”

“我承担！”凌志云头一扬，“我是行长！”

“我也承担！”齐向前胸一挺，“我是副行长！”

“是吗？”邓昌明嘴角一笑，指了一下凌志云和齐向前，“好，你们倒是说得爽快，说得硬朗，没有支支吾吾，没有躲躲闪闪。”

“邓行长，那我还告诉您。”凌志云看一眼窗外的朝阳，“曾行长也说了，如果有什么，那必须算她一份。”

“哟，那看来你们班子的思想是高度统一的了？”邓昌明盯着凌志云。

“不瞒您说。”凌志云看着邓昌明，“开始曾行长也是坚决反对的，但昨天晚上听我们仔细一分析，再听胡厂长他们详尽一解释，她的看法就来了一个一百八十度的大转变，而且说要放那就快点放，早放早见效，早放早受益。”

“是吗？”邓昌明走了几步，一拍桌子，“好，有什么，我跟你们一起扛！”

“什么？！”凌志云目瞪口呆地看着邓昌明。

“邓行长，我不是在梦里吧？”齐向前挠着头，看着邓昌明。

“你说呢？”邓昌明说着在齐向前手上拧了一下。

“哎哟，还有点疼呢。”齐向前嘻嘻一笑，看一眼邓昌明，看着凌志云，“凌行长，看来不是在梦里哦！”

“好了，我也没时间跟你们啰嗦了。”邓昌明边说边拎了包往门外走，“你们回去再好好过过细，特别是跟机械厂要沟通好，协商好。这封闭贷款有成功的，也有失败的，不能封而不闭，管理不严，使资金跑冒滴漏，也不能封而不活，封得太紧，闭得过死，一定要让资金在封闭的通道中流动起来，流转起来，在流动和流转中产生效益。”

临上车时，邓昌明又叮嘱凌志云，机械厂贷款的事一定要认真，要细致，不能出任何差错，不能出任何纰漏，但也不要怕，看准了，看好了，那就大胆去做。凌志云好好好地应答着，既感到肩上压下了一份沉甸甸的责任，也感到肌体注入了一股强大的能量。

在回沧江的路上，回想起刚才的情景，凌志云心想看来自己分析得没错，邓昌明果然是支持的。齐向前开始还真有点急了，后来很快就感悟到了，邓昌明是在考验他们。凌志云和齐向前会心一笑，把手伸出来，紧握在了一起。

与此同时，邓昌明也在想，看来当初选择让凌志云来接替谷为怀是对的，让齐向前跟凌志云搭档也没错，想着就欣慰地一笑，让司机再开快一点，别迟到了。

一到支行，凌志云就去了谷为怀和曾迎春的办公室。听说邓昌明同意向机械厂发放封闭贷款，谷为怀没有说话，只是握住凌志云的手，摇了又摇，两眼湿巴巴的，而曾迎春则是一拍桌子，朝凌志云大拇指一竖，说他真是有几下子，她还以为邓昌明死活不会同意。凌志云说那一方面是邓昌明有智慧，有情怀，另一方面也是齐向前准备工作做得充分，又陈述得清楚，解释得透彻。

接着，凌志云又跟齐向前和谷智勇商讨了一阵，然后把胡国庆和李胜利请了过来，就封闭贷款的一些细节做了深入的分析和研究，并达成了共识。

柳建平领着一帮人，气呼呼地闯进了万春晖的办公室，要他把那钱快点发了。万春晖任他们怎么说，一时靠在椅子上，闭目养神地轻轻摇着，一时跷着二郎腿，悠闲地喝着茶，看都懒得看他们一眼，直到吵闹得他烦了，才将杯子往桌上一蹾，手一扬，说："走，都给我走，别在这缠着我吵吵闹闹的！"

"你这是什么话？"柳建平指着万春晖，"你是财务科长，又不是木菩萨，不找你，那我们找谁去？"

"找我？"万春晖一拍桌子，指着柳建平，"你们别挑水找错了码头！"

"什么？我们找错了码头？"柳建平袖子一撸，抓起万春晖的杯子就要往他头上砸，吓得万春晖直往后挪椅子。宋有礼忙拖住柳建平，从他手上夺下了杯子。

"那你说，我们应该找谁去？"柳建平逼视着万春晖。

"还找谁？"万春晖站了起来，往一侧一指，"找胡厂长啊！"

"找胡厂长？"柳建平皱了皱眉头。

"是啊！"万春晖抹了抹额头上的汗，讪讪一笑，"哎呀，老哥们，你们是不知道，我这个科长，如今就一个摆设，动用一分钱的权力都没有，都得他胡厂长签字，还真不如一个木菩萨呢。木菩萨还有人跪拜，有人敬香，我……"

"我看好，这样好！"柳建平边说边拍着手，"而且是好得很！"

"你……"万春晖一皱眉头，指着柳建平，"你什么意思？"

"什么意思？"柳建平哈哈一笑，"你心里应该清楚，大家心里也明白。"

“你……”万春晖一跺脚，涨得一脸通红。

“你呀，还知道脸红，那就还好。不过，我看你的好日子也是到头了。走，我们走，找胡厂长去!”柳建平在万春晖的鼻子跟前指了指，看一眼移到了过道上的太阳，手一挥，领着那帮人转身就走。

前天晚上，胡国庆和李胜利从支行回到机械厂后，立马召集万春晖等人开会，研讨如何配合支行搞好贷款封闭，赢得支行的信任和支持，确保新产品能如期投产，实现预期目标。李胜利提议，往后在一定时期内，厂里所有资金的支付都最终由胡国庆来审批，这既是厂里的需要，也是银行的要求。万春晖一听就老大不舒服，先是在心里骂李胜利自己做好人，却把他给卖了，接着心想这是李胜利在耍滑头，到时候他好丑不要承担责任，之后又想这准是李胜利和胡国庆串通好了的，要剥夺他手中的权力。他这么一想，心底的火苗直往上蹿，却又不好发作，只好强行忍着，一只手抓着椅子的扶手，一只手拿着手机，装模作样地接着电话，跟人“嗯”“啊”地说着。

这时，其他与会人员已一一表态，支持李胜利的提议，表示在特殊时期，资金就得集中管理，就得一支笔签字。胡国庆微笑着问万春晖这样行不行，是否有不同意见。万春晖将手机从耳朵边移开，往桌上一放，一脸茫然地看着胡国庆，说不好意思，他刚才没注意听，跟人打电话去了。胡国庆见他装着没听见，有点火了，脸陡地一沉，抬手就要拍桌子，但最终手轻轻放到了桌上，看着万春晖，要他有什么不同意见，只管直说好了。他哈哈一笑，往椅子上一靠，说他没什么，什么都没有，不说了。胡国庆知道他心有不满，却装着不知，站起来，微笑着扫一眼会场，说那好，既然大家没什么意见，那这事就这么定了，就这么执行，又说他之所以接受李胜利的提议，可不是他要什么权力，更不是不相信谁，只是他好掌握资金的去向，看钱该不该付，有限的资金是不是花在了刀刃上，是不是产生了应有的效果，末了还说，虽然资金最终由他来审批，但每笔资金的支付还得先从万春晖和李胜利的手上过，先得他们审核，他们同意，如果他们不同意支付，那也到不了他手上来，因此，往后工作效率必须提高，可不能在谁的手上耽搁了，误了事情。听了胡国庆末了这话，万春晖又坐了起来，嘴角也有了丝丝笑意。

今天下午刚上班不久，胡国庆就把万春晖叫到了办公室，指着桌上的支付凭据，说那钱现在不能付。万春晖说他也不想付，也知道胡国庆不会同意。胡国庆阴着脸，说那怎么又报上来了。万春晖说对方逼得紧，顶不住，又嘻嘻一笑，说以为在李胜利那就会通不过的，没想到他也没把好关。胡国庆心里一笑，起身走了几步，突然一转身，盯着万春晖，问他怎么有一笔该付的却没报上来。他眨了眨眼睛，问胡国庆指的是哪一笔。胡国庆要他自己想。他挠了挠脑袋，说想不出来。胡国庆指了指万春晖，将那笔说了。万春晖一拍额头，说那一笔他本来是想报上来的，但一想到没钱，也不想让胡国庆心烦，就一咬牙，压下来了。胡国庆哈哈一笑，说万春晖不是怕他心烦，而是他戴了一副有色眼镜，有一个报不报上来的标准和条件。万春晖脸一红，一脸委屈地看着胡国庆，说他不明白胡国庆指的是什么。胡国庆又一笑，说有标准和条件都没错，关键是要出于公心，不带私利。万春晖唯唯诺诺而退，出了一身冷汗，背脊全是凉的。

回到办公室，万春晖擦过汗，生了好一阵的闷气，刚平静下来，泡了茶喝着，柳建平就领着一帮人闯进来了。

凌志云和齐向前正在讨论着封闭贷款的事，高艳喜形于色地跑进门来，说太阳从西边出来了，沧江机械厂账户上进了二十万块钱，李胜利刚刚还给她打了电话，说用来还贷款或是收利息都行。凌志云和齐向前交换了一个眼神，叮嘱高艳那钱暂时别动，看看再说。

这时，胡国庆从车间里边出来，在门口与赶过来的柳建平他们碰了个正着。

“胡厂长，你还真在这啊！”柳建平边说边往胡国庆跟前一站。

“是啊，在调试机器呢。”胡国庆亮了亮油乎乎的手，看着柳建平，“找我有事？”

“当然是有事了。”柳建平看一眼左右，“刚才我们去找了万春晖，他可是一肚子的不高兴，好像我们都欠了他三斗米似的，板着一张卖牛肉的脸，还颐指气使地要我们来找你，说他如今连一个木菩萨都不如，满腹牢骚的。我看着他就不顺眼，来气，要不是有人拉着，我真一杯子破了他的脑瓜子。”

胡国庆边摆手边说：“那可破不得的！”

柳建平鼻子一哼，说："今天是便宜他了。"

"可别这么说。"胡国庆看着柳建平，"他要你们来找我干吗？"

"找你发钱啊！"柳建平看着胡国庆，"他说如今动用一分钱都得你签字，你说了算。"

"发钱？"胡国庆皱了皱眉头，"哪有钱发啊？"

"哪有钱发？"柳建平偏着头盯着胡国庆，"东江机械厂那边没回来钱？"

"你们真是消息灵通啊！"胡国庆呵呵一笑，"我都是刚知道呢。"

"那不瞒你说，那钱还在东江那边，刚准备往这边走，我们就知道了。"柳建平有点得意地边说边左右看着。

"是吗？"胡国庆朝柳建平大拇指一竖，"那你们也太厉害了，是在清算组里有熟人，有关系吧？"

"也没什么，就一个亲戚，是法院的，在里边当副组长。"柳建平脸一红，嘿嘿一笑，"我本来是问他另一个事的，没想到他倒给我说了这个。"

"没事。"胡国庆呵呵一笑，"不管是你打听的也好，还是他主动说的也好，都没错，都是好事呢。"

"好事？"柳建平有点尴尬地左右看着。

"对，好事啊！"胡国庆微笑着边说边看着柳建平他们，"说明大家都在关注着厂里，关心着厂里，是不是？"

宋有礼说："那当然啰！厂里就是我们的家，当然要关心了。"

有人冲宋有礼说："你关心厂里的什么？怕就关心那点钱吧？"

宋有礼说："你这是什么话？谁不关心钱啊？你不关心钱，那你来干什么？你走呀，回去呀！"

那人说："我来不来关你什么事？要走你走！"

宋有礼说："你走！"

那人说："你走！"

两人说着都把手指到对方鼻子上去了。

"你们干嘛！打架来了不成？"柳建平说着一掌一个，将两人推得连连后退。

"是啊，我们可不是来打架的，是来请胡厂长发钱的！"

有人这么一说，其他人立马跟着附和。

“好，我明白大家的来意了。”胡国庆朝柳建平他们压压手，“但我告诉大家，东江机械厂回来的那点钱不能发。”

“不能发?!”柳建平睁着眼睛。

“对，不能发!”胡国庆说得斩钉截铁。

“不能发也得发!”柳建平拳头一握，咯嚓响着。

“来，你打!”胡国庆朝柳建平伸过头，“但你就是将我的头打破了，那钱也不能发!”

“你……你以为我不敢打是不是?”柳建平高举着的拳头颤抖着。

“我知道你敢打，但你不会打。”胡国庆微笑着看着柳建平。

“你……”柳建平一跺脚，拳头一松，手一放，背过身去。

“我知道大家的想法，也理解大家的心情。厂里是有好长一段时间没怎么发工资了，大家的日子是过得紧巴巴，我……”

“你知不知道，周田生家的孩子因交不起学费，书不读了，打工去了。梁国才的父亲因交不起医药费，死在了医院门口。还有……”不等胡国庆说完，有人就抢过话头，说着就涕泪一起来了。

“这有的我知道，有的我不太清楚。对不起，是厂里对不住大家，是我对不住你们!”胡国庆朝柳建平他们深深地鞠了一躬，“现在我要告诉大家的是，东江机械厂回来的这点钱真的不发，就是为了要让更多的周田生家的孩子能上学，让更多的梁国才的父亲能看上病，让……”

“胡厂长，这话听起来有点耳熟啊!”柳建平边说边转过身来。

“对，老厂长也这么说过。”宋有礼说。

“可说了又有什么用，还不是越来越多的孩子打工去了，越来越多的人有病也不敢去医院了，越……”

柳建平朝那说话的人手一摆，盯着胡国庆，说：“那我问你，你既然知道大家的日子不好过，就巴望着哪天厂里能发两个钱，也好开个荤，有个笑脸，如今有了钱了，你怎么又不发呢？你是压根就不关心大家的冷暖，不把大家的困苦放在心上吧?”

“柳师傅，你这样问我，我现在真的是无话可说。”胡国庆咽了咽口水，

“但有一点，请大家一定要相信我。”

“相信你什么?”柳建平盯着胡国庆，“你说!”

“那点钱不发，真的是为了厂里，为了大家。”胡国庆一脸真诚和坦诚。

“怎么说?”柳建平问。

“是这样。”胡国庆边说边打着手势，“东江机械厂回来的那点钱虽然不多，但对眼下的厂里来说，那就宝贵了，用处大了。正因为这样，刚才我跟李厂长几个人商量了一下，决定这钱一点用来还银行的贷款或是利息，让银行相信我们，觉得我们是有诚意的，是想讲信用的；另一点用来做新产品的启动资金，让银行对我们有信心，也让政府对我们有信心，等新产品一投产，一上市，那厂里好了，大家也就好了。”

“可是，就你这样用小虫子去钓大鱼，银行会上你的钩吗?贷款会放给你吗?再说了，新产品你有把握搞出来?就不怕那点钱是往沧江河里扔了?还有，你还了贷款，启动了新产品，如果银行不给贷款，新产品又黄了，到那时，你就不怕有人上门骂你祖宗三代，不怕有人追着你打?”柳建平偏着头，看着胡国庆。

“柳师傅，说实话吧，如果是怕这个，那我就不会从老厂长手中接过这个摊子了。”胡国庆看一眼柳建平他们，“不瞒各位，如果我不接这个摊子，去了别的地方，那我不用操这份心不说，还收入可观，日子过得逍遥自在。可老厂长跟我说了，作为一个厂里的老员工，作为一个老党员，不能只想着自己，还得想想厂里，想想大家。”

“这我信。你在厂里的技术早就是数一数二的，也知道有人高薪请你。”柳建平打量着胡国庆，“你真就不怕?”

“怎么说呢?”胡国庆哈哈一笑，“你说怕吧，那又不怕；你说不怕吧，又怕。”

“不怕，又怕?”柳建平左右看看，看着胡国庆，“你这怎么说?”

“你说的骂也好，打也好，那我都不怕。”胡国庆嘿嘿一笑，指了指自己，“你看我这身板，你三拳两脚也打我不死，骂就更不怕了。”

“那你怕的是什么?”柳建平忙问。

“就怕接过了这个摊子，却没把这个摊子捡拾好，辜负了老厂长，辜负了你们，辜负了全厂上上下下、老老少少。”胡国庆见柳建平他们的表情舒缓了下来，目光里也对他有了更多的认可，便话锋一转，“所以我跟李厂长商量决定，那点钱别的什么也不干，就只用来还贷款，用来启动新产品。”

“可是，我问你。”柳建平指着胡国庆，“如果新产品没搞成，那你怎么办?”

“那……那任你们怎么骂，怎么打，我保证骂不还嘴，打不还手，行不?”胡国庆笑嘻嘻地看着柳建平。

“好，大家听着，这可是他在这里说的。”柳建平边说边指点着。

“好，大家记着。这话我在这里说了，而且是落了地，生了根。”胡国庆往旁边的一个石礅上一站，“在这里，我还要跟大家说，我有信心，也有决心，到时候不仅不会挨你们的骂，更不会挨你们的打，只会把这钱一本万利地给大家挣回来!”

“好!”不知是谁这么一声高呼，掌声跟着响了起来。

“可别放哑炮，放空炮哦!”掌声刚平息下来，谁又来了这么一句。

“谁乱说啊!”柳建平左右扫一眼，看着胡国庆，“我看胡厂长就不是那种放哑炮，放空炮的人。不管你们信不信，反正胡厂长的话我是信了。”

“柳师傅，谢谢你!”胡国庆跳下石礅，在工作服上擦了擦手上的油渍，一把握住柳建平的手。

“胡厂长，我就这么个直率人，你别见怪。”柳建平边说边摇着手。

“谢谢大家的理解和支持!”胡国庆边说边跟宋有礼等人一一握手。

“好了，反正这点钱分而无几，我们就当是存在厂里，等着胡厂长的一本万利吧。走，我们走!”柳建平一招手，带头就走。

没走多远，柳建平回过头，见胡国庆还站在那里目送着他们，便朝胡国庆扬了扬手，边走边说，看来胡国庆比王援朝有办法，有魄力，厂里有希望，有盼头了。有人却说只怕是未必，难说。柳建平狠狠地瞪了那人一眼，骂他乌鸦嘴。

对机械厂的贷款，凌志云一直是有信心的，而当齐向前把全套的资料和审批表摆到他面前，请他签了字，好等下就去市分行汇报时，他却说让他再想想，要齐向前等会来取。齐向前欲言又止，默然而退。

那笔有千斤重似的，凌志云几次拿起来，又颤抖着放下了。齐向前两次上来取资料，见凌志云要么坐在桌前沉思，要么在地上来回走着，便悄悄下楼去了，边走边问着自己，这贷款到底该不该放，到底能不能放。回到办公室，在窗前站了一会儿，齐向前一握拳，心想这贷款该放，能放。

前天快下班的时候，听李胜利说那二十万还摆在账上，胡国庆急了，昨天一早就领着李胜利来了支行。李胜利一见凌志云面就迫不及待地问，都几天了，怎么还没把那十万块钱还了贷款，或是收了利息，是嫌钱少了，还是对厂里不放心，是对新产品有看法，还是怕有人到银行来吵闹，或是别的什么。凌志云说没什么，就只是摆几天看看，不急的，跑不了，飞不走。李胜利说可他急。胡国庆朝李胜利摆摆手，说那点钱虽然不多，弄回来却不容易，是他求李市长出面，跟东江机械厂和清算组多次协商才弄回来的，厂里的职工确实是盯着那点钱，是吵闹着要发工资，但都已安抚好了，绝对不会有人到银行来闹事，又说新产品技术上肯定是没问题的，这两天他跟技术人员反复论证过了，只等贷款一放，资金一到位，原材料一进厂，马上就可以试产。李胜利接过话说，尽管厂里那么困难，职工那么盼着发钱，但那钱厂里还是坚持只分成两半，一半用来还贷款，一半用来启动新产品，别的一概一分钱也不用，哪怕是柳建平他们冲着胡国庆又吵又闹，甚至扬言要打，他都不松口，不让步。胡国庆说这没别的，就是想讲个诚信，一定要把新产品搞出来。凌志云没说话，只是点了点头。李胜利看一眼胡国庆，说昨天晚上厂里又开了会，虽然有点火药味，但终究是统一了思想，个别人虽然有想法，有意见，但也只能保留着，那就是为确保贷款能真正封闭运行，能确保新产品成功上市，厂里决定改组财务科，由副科长罗兰统管新产品的财务，直接向胡国庆负责，这也得到了王援朝的支持。胡国庆说李胜利表述不准确，应该说是罗兰直接向李胜利负责，李胜利向他负责，但罗兰可以直接向他汇报，他可以直接找罗兰了解情况。凌志云走到桌前，抓起听筒，打通了高艳的电话，要她把那十万块钱收了贷款。高艳问什么时候收。凌志云说现在，马上。胡国庆和李胜利会心一笑。

前两天，凌志云和齐向前聊到封闭贷款时，齐向前认为机械厂财务科有必要改组。凌志云非常赞同，并跟胡国庆郑重其事地说了。胡国庆一听就明白凌志云指的是什么，便琢磨着怎么来改组，既有利于封闭，配合好银行，又不太多触及个人利益，过分激化矛盾。

昨晚开会之前，胡国庆去找了王援朝，把向银行贷款和改组财务科等事情一一仔细跟他说了。王援朝说只要是对厂里有益的事他都支持，如果有什么胡国庆不好处理的，特别是过去的事，尽管往他身上推，他都担着，决不躲闪。胡国庆十分感动，不知说什么好，只是握着他的手摇了又摇。聊到万春晖时，王援朝说万春晖有一种说不出的味道，其实他在位的时候，就不想让万春晖干了，但又找不到合适的理由，老下不了决心。胡国庆说他知道其中的隐情，他也不好直接撤了他的职，或是把他调离开，只能一步一步将他架空，让他闲着去。王援朝说还是胡国庆有胆略，有办法，比他强。

会上，万春晖先是指桑骂槐地说这说那，见没谁理他，便一推椅子，猛地站了起来，发起了无名火。李胜利有点看不下去了，扯了扯他的衣襟，劝他别这么激动，有话好好说。他手一扬，用嘲弄的目光看了看李胜利，哈哈一笑，说李胜利先是摇头摆尾地跟着王援朝，现在又在胡国庆面前点头哈腰的，纯粹就狗腿子一个。李胜利血一上涌，一撸袖子就要动手。胡国庆忙一把拉住他，又使着眼色。见李胜利两眼喷火，嘴唇颤抖，万春晖一下偃旗息鼓了，一屁股坐了下去。听万春晖这么一说，李胜利的心里仿佛一下碎裂了一个五味瓶，说不出的滋味。看着李胜利一身哆嗦着，脸都白了，青了，胡国庆恨不得冲过去给万春晖两个耳光，但他只是攥了攥李胜利的手，示意他冷静。李胜利看一眼胡国庆，稳了稳神，咽了咽口水，拍了一下万春晖的肩膀，有点勉强地嘻嘻一笑，说他跟万春晖共事多年，知道他的脾气，他是说着玩的，就想让大家开开心。万春晖讪讪一笑，说没错，他就打个比方，说着玩的，就想让大家穷开心一下，又说李胜利是他的老领导，对他可好了，他更是一向敬重李胜利的，也正因为如此，他才会开这样的玩笑。散会后，胡国庆握着李胜利的手，动情地说让他受委屈了。他说没事，都是为了厂里，又说他跟老厂长承诺了的，再苦再难，他也要配合好胡国庆的工作，决不退缩。胡国庆看着李胜利，看着看着，猛地一拳擂了过去。

其实齐向前第二次出现在门口时，凌志云是看到了的，但没有招呼他。

那时凌志云正在边走边又一次仔细琢磨着，随着房改的扩大和深入，随着各地越来越多的基建项目的上马，随着大量农民工的涌入城市，及农民工转为城市居民，随着居民收入的增多和生活水平的提高，社会对商品房的需求必然十分旺盛，而且会是小高层和高层建筑越来越多，国家和地方的重点和重大项目越来越多，而这些高层建筑和重大项目的建设，不可能再靠原始的肩挑手提，必然要靠现代机械来完成。那么塔吊、输送泵、升降机等建筑机械一定会有市场，有前景。两个月前双新公司投产的混凝土输送泵就供不应求，成了抢手货，而且利润可观。

昨天送走胡国庆他们之后，凌志云就带着谷智勇去了双江一处重点工地，先看了在运行中的塔吊，接着又去了正在安装的塔吊现场，还这个那个地问了师傅不少。师傅指着塔吊，有点得意和自豪地说，这塔吊就是好，钢筋、模板、水泥、砂石什么的，一吊就上去了，一吊就是上千斤，这还不算高，只有四五十米，高的可吊到上百米，甚至好几百米呢，简直是上了天了，又说在一些大城市这塔吊早就在用了，一个工地上都有好几个，纵横交错的，可壮观了，这塔吊在双江虽然用的还不多，但今后准会越来越多，沧江也会一样。末了，那师傅说跟凌志云打个赌，五年之内，这塔吊准会成为双江，乃至沧江每个像样的工地的一个标志，换句话说，一个工地，如果没有塔吊，那就不是一个像样的工地。回支行的路上，谷智勇说胡国庆还真有眼光，选中了塔吊这么一个产品来突破，只是技术上会不会有障碍。凌志云说沧江机械厂原本就是生产起重机械的，又有双新公司作为技术的外援，应该没问题。

胡国庆一出支行大楼，就跟罗兰打电话，要她在厂门口等着，跟他和李胜利一起去省城长盛公司。罗兰问车票买了没有，如果没买那她赶紧去买。胡国庆说这不用她管，她只管在厂门口等着就行。一上车，罗兰就问几点的火车，赶得上不。胡国庆说开车去。罗兰眉头一皱，说这么远，开车要烧油，要数过关费，不合算，不如坐火车去，省一块钱是一块钱。胡国庆哈哈一笑，指了指罗兰，说她想到的是节约，是节省，不错，可开车去，虽然要多花钱，但节省了时间，现在去，下午去厂子看了，晚上就可以赶回来，而如果坐火车去，那晚上就得住在省城了。李胜利说是啊，现在时间就是金钱，就是效益呢。罗兰脸一红，从包里掏出一个橘子，剥了往胡国庆和李胜利手上塞。

胡国庆边吃边说，还有，开了这车去，人家接待也不一样。李胜利咽下橘子，说那倒是真的，可不只是装门面。

到了省城已是中午，胡国庆在路边店边吃米粉边让人擦了皮鞋，说去人家那里得有个样子，不能灰头土脸的。吃过米粉，胡国庆说都辛苦了，开个钟点房休息一下。罗兰说不用了吧，就在车上休息好了，又说这两年来，王援朝去市里出差什么的，中午是一概不开房了，晚上也是捡便宜的住。胡国庆哈哈一笑，说罗兰真是太可爱了。罗兰脸又红了，说那好，要去他们去，反正她就在车上。胡国庆不笑了，一本正经地说，他跟老厂长的想法有的是不一样，只要是为厂里，只要是为大家，那该花的就得花，该用的就得用，当然，这花钱也好，用钱也好，那都是为了给厂里赚更多的钱，可不是为了个人享受，更不是为了个人牟利，不过，不管在什么时候，不管在哪里，钱都得算着花，甚至得掰开着用，要花得值，要用在刀刃上。李胜利朝罗兰边使眼色边说，这开个钟点房，可不是什么享受，全是为了工作，休息好了，有精神，有精力，去参观学习效果会更好。他说着就听到了鼾声，扭头一看，胡国庆已趴在桌上睡着了。罗兰面带愧色，起身想叫醒胡国庆去开房。李胜利连忙摆了摆手，脱下外套，轻轻披在胡国庆的身上。十多分钟后，胡国庆醒了，将衣往李胜利身上一披，一看手机，手一挥，说走，早点去厂里。正头一勾一点地打瞌睡的李胜利忙站了起来，小跑着跟上了精神抖擞的胡国庆。坐在路边车里的罗兰看在眼里，忙下车开了门，同时对胡国庆和李胜利又多了一分敬意。

长盛公司是一家改制过来的民营企业，生产塔吊，产品供不应求，并正在研发新产品，公司的生产部长跟双新公司的李副总是同学。部长热情地接待了胡国庆他们，并带他们参观了车间，解答了他们的疑问，晚上还请他们吃了饭，吃饭的时候又给李副总打了电话，给足了李副总面子，不过胡国庆明显觉察到了，部长还是有不少保留，比如核心车间没带他们去，关键技术没跟他们说，一问就绕开了。

在回沧江的路上，胡国庆哼着曲，欣赏着省城的街景，说来这一趟真是值了，不仅偷到了技术，还挖到了人才。李胜利呵呵一笑，要胡国庆别说得那么难听，改两个字好。胡国庆问怎么改。李胜利说将“偷”改为“学”，

“挖”改为“揽”。罗兰拍手说好。胡国庆哈哈一笑，说其实用“偷”和“挖”更准确，更贴切。李胜利“哦”了一声，连连说也是，也是。罗兰掩口而笑。

下午在与技术人员陈双有交流时，胡国庆一听他是沧江口音，就有意跟他攀谈起来，从中了解到他父母体弱多病，又不愿出来，需要有人照顾，如果他能在家乡找到合适的工作就好了。胡国庆喜出望外，拉着他就到一旁说悄悄话去了。

进沧江县城的时候，胡国庆一看时间快 12 点了，本想明天当面再说，但还是忍不住打了凌志云的电话，没想到一下就通了。凌志云问他半夜三更的，还在哪。他说从省城回来，进城了。凌志云问他干嘛去了。他一拍椅子，说请凌志云吃夜宵去，边吃边跟他分享。凌志云满口答应，说他在支行门口等着，又说他来请客，犒劳他们。

听到有人敲门，凌志云抬头一看，是谷为怀站在门口，忙起身迎了过去。谷为怀边走进来边问他是不是碰到什么难题了，怎么想得那么入神。凌志云请谷为怀在沙发上坐下，给他沏了茶，在他旁边坐下，指一下桌上的资料，说也没别的，就机械厂封闭贷款的事。谷为怀喝了一口茶，问是不是还没想好，还有什么顾虑，或是有什么困难。凌志云说都反复琢磨过了，方方面面应该是都想到了的，跟机械厂那边也一起商谈了好几次，达成了共识，一直都是信心十足地觉得这贷款值得放，应该放，必须放，可不知怎么的，当真要签字的时候，心里又有点打鼓了，底气没那么足了。谷为怀说这就对了，这才是凌志云，这才是应有的态度和做法。凌志云脸红了一下，说当他拿起那支笔时，那笔就不是一支普通的笔了，仿佛有千斤重不说，还好像在一遍又一遍地问，想好了没有，看清了没有，看准了没有。问得心里有点发慌，发虚，头有点发麻，发胀。谷为怀说这就正常了，如果拿了笔就签，那他还真有点不放心，这贷款可以这样说，如果不放，那支行只是可能被撤销，而放了，一旦没放好，逾期了，甚至成了呆账，那支行是必撤无疑，当然，如果这贷款放好了，那不仅活了机械厂，也活了支行，支行必然会从可能被撤的行列中高昂地走出来，走向发展的光明大道，换句话说，这贷款是一着活了，全盘皆活；一着不慎，满盘皆输。凌志云说是这样，不过，经过刚才的又一番思考，他坚定了，坚信了，这贷款放，而且是越快越好，这字他签，马上就签。谷为怀握住他的手，摇了又摇，说好，这样就好。

贷款没几天就放到位了。齐向前说这创造了一个深圳速度。

邓昌明前些天去省分行开会时，跟游组长不仅说了支行近来的可喜变化，特别是存款的快速增长，还说了机械厂封闭贷款的事。游组长一听要给机械厂放贷款，眼睛睁得老大，连问邓昌明搞错了没有，而当听了邓昌明的一番解释之后，他想了想，说这虽然是冒险，是赌博，却值得一冒，值得一赌。末了又说，这不是冒险，更不是赌博，而是一种眼光，一种胆略，一种智慧，这贷款该放，能放，要放。正是有了游组长这话，当分管信贷的副行长来找邓昌明，说他对机械厂的贷款放不放拿不准，请邓昌明给拿个主意时，邓昌明只呵呵一笑，让他自己把握去。副行长一听，二话没说，提笔就把字签了。

车间热闹了，沸腾了。胡国庆和陈双有正蹲在机器旁边热烈地讨论着，长盛公司的生产部长打来电话，毫不留情地骂了陈双有一顿。急眼了，陈双有回骂了部长是内奸，是叛徒，因为他也是长盛公司从别处挖过来的。接着，部长又劈头盖脸地数落了李副总一通，李副总好一番解释，又一再赔礼，才消了部长的大半火气，说胡国庆这事虽然做得不地道，但他俩的同学情一样还在。

凌志云几乎每天都要去一趟机械厂，而且大多是下了班之后去，又常常在车间一待就是两个小时，或在旁边看着，或跟工人师傅交谈，或向陈双有请教，有时还和齐向前同时出现在车间或是财务科。

机械厂的人力物力财力都集中起来了，一切都围绕着塔吊的生产来展开。贷款也真封闭运行了，所有的资金都按照既定的模式和方式流动着，周转着。财务科的人虽然都忙碌着，却一个个精神饱满，没谁有半句怨言，都说好久没这样痛快地工作了，真好。但有一个人例外，那就是万春晖。他每天无所事事，不是喝茶就是看报，有时闲得无聊了，想帮着做点什么，别人却不愿意，要他歇着好了，别累坏了科长，他一听就来气，却又不好发作，而每当看到罗兰在票据上签字时，他手就发痒，发抖，心里的怨气一来，火气一上，恨不得把票据撕了，烧了，恨不得罗兰瘫了，胡国庆死了。

听说沧江支行给机械厂放了贷款，宁可笑了，瞬间也轻松了，心想好，这一来，沧江支行撤定了，而沧江支行一撤，那温江支行就稳当了，没事了，可转而又想，邓昌明为什么就同意了给机械厂放贷款？难道是……真不知他葫芦里卖的什么药。

第八章

风波迭起

听说厂里热火朝天地干着，王援朝在家躺不住了，搭的士来了厂里。在厂门口下了车，见厂牌虽然还是原来那块，却擦得亮铮铮的，他不由得点头一笑，拄着拐杖往里走。

“没长眼睛啊！”在拐角处，王援朝与人差点碰了个满怀，又听到有人这样骂了一句。

“哦，不好意思，没看到是万科长，吓着你了吧？”王援朝边说边让到一旁。

“哎哟，是王厂长。哦，不，是王老厂长大驾光临啊！”万春晖歪着头打量着王援朝。

“看你急急忙忙，丢了魂似的，要去哪？”王援朝问。

“还去哪？”万春晖嘻嘻一笑，“迎接你呀！”

“假话！”王援朝呵呵一笑，指了指万春晖，“言不由衷。”

“是假，也是真。”万春晖前后看了一眼，看着王援朝，“说实话吧，你在位时，待我表面上是亲亲热热，从没跟我红过脸，发过脾气，但心里是不那么喜欢我的，甚至有时还有点嫌我，怪我，是不？”

“这我知道你清楚。”王援朝笑了笑，“这样好，都心知肚明的，却又不戳破。”

“可今天戳破了。”万春晖肩一耸，手一摊，又哈哈一笑，“不过，说真心话，我现在倒是怀念你在位时的日子呢。”

“是吗?”王援朝皱了一下眉头，随即一笑，“你怀念什么呢?”

“可多了。”万春晖一声叹息，摆摆摆手，“不说了，不说了。”

“好，不说也好。”王援朝点点头，看着万春晖的脸，“春晖啊，看你这脸色灰暗，印堂黑里发青，是碰到了什么不顺心的事吧?”

“何止是不顺心。”万春晖吐了一口痰，“简直是烦心，揪心，痛心。”

“是吗?”王援朝眨了眨眼睛，“怎么了?”

“怎么了?”万春晖一跺脚，“老子都给他们架空了，成了一个光杆司令了，一分钱的签字权都没有了，这……”

“这也好，落得个清闲。”王援朝接过话。

“好个屁。你一清闲了，权没了，别人就狗眼看人低，踩着你来了。”万春晖呸了一口，“我可不想清闲，也清闲不了。”

“清闲不了?”王援朝浅浅一笑，手一摊，“还是清闲好。你看我，一闲下来，觉都睡得好多了，面色也红润了，你……”

“你别跟我说这些，我也不是你。”万春晖一哼，看着王援朝，“你跟我说说，你为什么要闲着，闲着又是为了什么。”

王援朝一时语塞。

“你说呀!”万春晖催道。

“我……我是有愧于厂里，有愧于职工。”王援朝低下头，沉默了一小会，抬起头，看着万春晖，“但我尽心了，尽力了。”

“好一个尽心了，尽力了。”万春晖仰天一笑，指着王援朝，“你以为尽心了，尽力了，那就行了?那就好了?你就安心了?你就可以清闲了?你……”

王援朝点头，又摇头。

“怎么?还冒汗了?”万春晖呵呵一笑，拍了一下王援朝的手臂，“别紧张，我说着玩的呢。你虽然没某个人那么懂技术，也没他那么有手段，但我更喜欢你。哦，不能说我喜欢你，只是不那么讨厌你。”

“是吗?那我要谢谢你看得起了。”王援朝抹了抹额头上的汗，“那我问你，你讨厌的某个人又是谁呢?”

“天知，地知，我知。”万春晖嘘了一声，食指一竖，“但我不告诉你。”

“你不说我也知道。”王援朝指了一下万春晖，“但我也不告诉你。”

“好，天知地知，你知我知。”万春晖一咬牙，“不过，我倒是要看看，某个人，看他能神气多久，能威武几天！”

“万春晖，我看你牢骚太盛，戾气太重，这样不好，得……”

不等王援朝说完，万春晖眼一翻，手往后一背，摇头晃脑地哈哈大笑而去。

在车间，胡国庆一见王援朝，忙站了起来，在身上将油乎乎的手蹭了蹭，紧握着王援朝的手，说怎么不给他打个电话，他好让司机去接，又说是他想得不周全，应该早就去请王援朝来厂里现场指导的。王援朝把胡国庆拉到一旁，说了刚才碰到万春晖的事，要他找个时间跟万春晖好好聊聊。胡国庆说这些天实在是太忙，过两天再去找他。

在食堂吃过晚饭，在车间加了一阵班，蓦然想起王援朝说过的话，胡国庆跟陈双有说了一声，离开车间，去了万春晖的家，可等了一个多小时也没见着万春晖。其实胡国庆刚进门没几分钟，万春晖就到了门口，一听胡国庆跟他妻子梅花在说话便悄悄退了回去，坐在院子后边的石礅上，见胡国庆走远了才回了家。

出了万春晖的家不远，胡国庆就被柳建平拦在了路口。以为柳建平又要找他什么麻烦，他本能地手一挡，退了一步。柳建平却哈哈一笑，要他别怕，这回不是要找他的麻烦，是要请他照顾一下。他边猜想着边问什么事。柳建平说他白天去了车间，见胡国庆忙着就没打扰他，本想明天再去的，刚才正好见他来了，就一直在这等候着。胡国庆要他有事尽管直说，只要他能解决的一定想办法。柳建平说也没别的，就是在家闲了这么久了，原来是厂里没事做，那就算了，现在塔吊生产开工了，他也想去厂里干点活，倒不只是想挣点钱，就看到别人在干活，自己就手发痒，心里更是猫爪子挠着似的。胡国庆笑呵呵地说，想干活是好事，只是现在塔吊还是试生产，需要的人还不多，等批量生产的时候那需要的人就多了，到时候再请他去当师傅。柳建平想了想，说那好，那他就等着那天了。胡国庆爽朗地应答着。柳建平没走几步又回头追上胡国庆，边走边说，那他只等一个月，到时候不管是试生产还是批量生产，他都得去厂里干活的，可别怪他蛮横无理。胡国庆稍一想，也不直接说行不行，只说到时候他准是头一批请去厂里当师傅的。柳建平一听说是头一批，又是请，还是当师傅，心里可受用了，边拱手边连连说好，那他等着了，可边走边一琢磨，胡国庆并没有答应自己一个月后去上班啊。他回头一看，胡国庆已不在视线之内了。与此同时，胡国庆也在回头看，他为柳建平想干活而高兴着，而不直接答应他一个月后来上班，那是想给自己留个余地，他知道柳建平的脾气。

在十字路口，谷为怀与胡国庆不期而遇。胡国庆问谷为怀从哪来，还去哪。谷为怀说从一个熟人家揽存款回来，还要去一下一个老乡家，有点存款这几天到期的，别让他存到别处去了。又问胡国庆是要去哪，还是从哪回来了。胡国庆说去了一趟万春晖家，还要去厂里看看。谷为怀说那正好可以一起走一段路。于是，两人边走边聊着，聊银行，聊厂子，聊塔吊，聊资金，聊凌志云，聊王援朝，时而哈哈大笑，时而沉默不语，时而欢欣鼓舞，时而声声叹息。

在岔路口，谷为怀和胡国庆握手告别，没走几步，正好看到一个熟悉的身影从马路对面横了过来。他试着叫了一声汤显贵，那人应答着跑了过来。

"还真是你啊！"谷为怀擂了一下汤显贵，"不会是喝酒去了吧？"

"老行长，你看你，就只想着人家喝酒。"汤显贵指了指谷为怀，"难道人家除了喝酒就没别的事了？你闻闻，有酒味没有？"

"酒味倒是没有，但汗臭味熏人。"谷为怀呵呵一笑，"你干吗去了？"

"还干嘛。"汤显贵嘿嘿一笑，"搞存款呗。"

"去哪了？"谷为怀打量着汤显贵。

"去那了。"汤显贵有点羞涩地挠着头。

"去那了？"谷为怀眉头一皱，随即一扬，"哦，我知道了。怎么样？她见了你了？答应给你存款了？"

"见了，见了。"汤显贵嘻嘻一笑，"我给她搬了几大包货，她答应了给我存款。"

"好，那就好。"谷为怀拍了拍汤显贵的肩膀，"别松劲，一鼓作气，争取有更多更大的成果。"

汤显贵嘿嘿笑着，喜悦荡漾在脸上。

深秋时节，秋风瑟瑟，秋虫唧唧。一弯月挂在天上，几颗星点缀天空。

夜已深，路上行人寥寥。尽管已是十分疲惫，但想着塔吊试产今天又攻克了一个技术难关，胡国庆情不自禁地边走边打了一个响指，哼起了《今天是个好日子》。几分钟前，胡国庆在路口下了车，让司机送陈双有去了，他步行回家，感动得陈双有心热了好一阵，到了家还直说胡国庆的好。

正走着，一根绳子绊住了胡国庆的脚，他一个踉跄，扑倒在地。没等他反应过来，一个袋子套在了他的头上，接着棒子又打在了他的腿上。他没有反抗，只是本能地一翻身，双手抱着头，竖起耳朵听着，听到有人边勒紧袋子边说："好，我让你封，让你闭，看我怎么封死你，怎么闭死你。"又听到另一个人边打边说："好，你不怕整死老子，看老子今天怎么打死你。"过了一会儿，胡国庆听到那个勒袋子的人说："怎么没动了？是不是没气了？"又听到另一个人说："那快走吧，别真弄死了，弄出大麻烦来。"尽管那两个人说话闷声闷气，显然是故意这样的，但胡国庆还是隐约听出来了他们是谁，只是不敢肯定，正准备叫他们名字的时候，他们撒腿跑了。

胡国庆取下头上的袋子，捡了木棒，爬了起来，看了看袋子和木棒，走了两步，感到腿上钻心地疼痛。他深吸了一口凉气，倚靠在路边的树上，掏出手机，想拨打 110，但一想，也没断胳膊少腿的，一报案，还得这样那样，眼下厂里那么忙，可没工夫，算了算了，便将手机往兜里一塞，右手叉着腰，一瘸一瘸地往家里走去。走了一会儿，倒是没那么疼了，他一想，幸好刚才自己没有反抗，让他勒着，让他打着，幸好也没叫出他们的名字，如果自己一反抗，说不定一棒子打在头上，那什么情况还真说不准了，如果叫了他们的名字，如果真是他们，如果他们杀回来，结果又是怎样，那更是难说。这么一想，他不由得又笑了，又哼起了《今天是个好日子》。

回到家，胡国庆收好了袋子和木棒，往镜子跟前一站，见脸上头上都没红没青，更没见血，只有脖子上有一道不那么显眼的勒痕，但只要衣领高一点就遮掩住了。他不由得一笑，心想他们还真会打呢，可脱了裤子一看，腿上却是这里一团青，那里一块紫，看着心酸，心疼，但转而一想，再多看一眼，便觉得那青的紫的是着的色，腿也仿佛成了一幅画。

第二天，尽管腿上还是疼，却没谁看出来胡国庆昨晚遭了暗算，挨了打。

罗兰跟胡国庆说两天没看到万春晖来办公室了，打他电话也不接，不知道是病了还是怎么了。胡国庆稍一想，要她去万春晖家里看看，也代他问个好。罗兰说那好，晚上她和李胜利一起去。

还在过道上，罗兰就大声问着万春晖在不在家。李胜利笑她，说怎么那么迫不及待了。她说这是报个信，她老家都是这样的，老远就喊着了。放下水果，罗兰边敲着纱窗门边朝里边喊了好几声，门里都悄无声息。李胜利说这么喊都没开门，看样子是没在家。罗兰边往里看边说应该在家，如果不在家，不会只关上了外边的纱窗门，还有灯也不会亮着。李胜利点点头，说也是。罗兰又喊了几声，还是无人应答。李胜利看一眼屋里，又左右看了看，默了默神，说万春晖也许是临时出去了，应该就会回来，他们要么就在门口等一会儿，要么等下再过来。正说着，前边的邻居开了门，探出半个头来，看了看，轻轻走过来，往门里指了指，凑近李胜利的耳朵，说在家的，刚才还在看电视，声音放得老大的，一片打杀声，烦死个人了。又说前两天晚上，他们两口子吵了一架大的，女的当天夜里就回娘家去了。她打量了一下罗兰，又弯腰看了看地上的水果，哼了一声，转身往家里走，随即“嘭”地将门关了，震得窗户直颤抖。罗兰看着李胜利，手一摊，一笑，朝屋里叫了两声万科长，说李厂长看他来了，还是不见有人接腔。李胜利有点急了，说会不会真出什么事了。罗兰嘴上说应该不会，心里却也有点不安起来。李胜利要罗兰在那等着，他去邻居家借了工具过来，得撬开了门进去看看才行。李胜利刚转身要走，罗兰一把扯着他的衣袖。他扭头一看，见万春晖拄着棍了开门来了。

一落座，万春晖就说人要背时，真是吞口水还卡着喉咙。又说刚才他们在外边喊，他都听到了，只是不好意思来开门。李胜利问怎么回事。万春晖说就前天晚上，在老乡家喝了酒回家，喝多了点，走到半路上，一脚踩空，把脚给崴了，肿得包子似的。他说着把裤腿往上提，按了按又青又肿的踝关节，一口接一口地吸着凉气。李胜利看着他的脚，说崴得还真不轻，得有人照顾才行。罗兰四下瞟了一眼，问梅花嫂子去哪了，怎么没在家。万春晖脸红了一下，支吾着说她娘家二哥的孩子结婚，她昨天一早帮忙去了，得过两天才回来。罗兰说梅花也太看重娘家的事了，自己男人的脚肿成了这样，也不在家照顾，让他一个人在家，孤家寡人的，多不方便。他说没什么，拄个棍子还是能走动的，只是慢点，没事，饿不着。罗兰说他平日里每天都要来她那视察几回的，这两天从早到晚都见不着他，心里忐忑不安的，就怕他出了什么状况，便给胡国庆报告了，胡国庆很关心，当即安排李胜利和她一起来看看，没想到还真是出了状况，幸好来了，要不还不知道。又说他也真是的，脚崴成了这样，也不给她打个电话，好早点来看一眼。万春晖说也没什么，过几天就好了，好了就去上班。又说胡国庆那么忙还惦记着他，真是太感谢了，请他们转达他对胡国庆的感谢和感激之情。

刚才万春晖正歪在椅子上看电视剧《太平天国》，听到罗兰在过道上喊他，匆忙关了电视，去了卧室。他本是不想开门的，任李胜利他们怎么敲门，怎么说，他都装着没听见，直到李胜利说要去借工具来撬门，他才下了床。

出了院子，罗兰问李胜利，是那邻居说了谎还是万春晖没说真话。李胜利呵呵一笑，说他们说的都有真有假。罗兰稍一想，说还真是的。

第二天早上，李胜利和罗兰将去看万春晖的情况跟胡国庆说了，胡国庆在心底一笑，要罗兰跟万春晖打个电话，转告他的意思，他不用想着工作上的事，尽管安心休养好了。万春晖接了罗兰的电话，将手机往桌上一扔，往沙发上一倒，一声长叹。

高艳在指导何思卉办业务，一边跟徐一朵说丽元面馆的面真是百吃不厌。汤显贵背着手，迈着八字步，摇头晃脑地走过来，瞄着高艳，嘻嘻笑着。高艳给他看得莫名其妙，问他傻乎乎地看着她干嘛。他说可不是他要来看她，是有个地方，一个没谁愿意去的地方，也是一般人都怕了去的地方，刚才，也就是他从楼上下来之前，离现在最多也就两三分钟，打来了电话，那电话才响了两下他就接了，说要支行的一个人，一个个子高高的，又长得漂漂亮亮的女人，也就是高艳同志，必须马上立即尽快赶紧去一趟，否则将会怎么怎么。她眼一睁，一拍台面，要他别啰嗦，快说到底是哪。他一愣，眼一翻，说可不是别的地方，是派出所。她一惊，说真是莫名其妙，碰了鬼了。徐一朵等人的目光都一下聚焦到了她的脸上。

廖三元靠在长椅上，低着头，在那长吁短叹的。余小丽泪流满面地挨廖三元坐着，两眼无神地望着门口，一脸的忧伤和焦虑。

高艳大步流星地进了接待室，边走边叫着余小丽，叫到第三声时余小丽才反应过来，起身握着高艳的手，说真对不起，给她添麻烦了。高艳问这是怎么了。余小丽说她也不知道是怎么回事。站了起来的廖三元说面馆给派出所封了。高艳问为什么封了。廖三元说就是有几个人在面馆吃了面就呕吐，去了医院，还报了案。又说他们知道高艳没事，可警察说了，凡是今天早上来吃过面的人，一个也不能漏，都得来笔录。

高艳进去笔录没两分钟，谷为怀就进来了。余小丽一见谷为怀，扑通就跪下了。谷为怀忙把她扶起来，边扶边说快别这样，天大的事也是有办法解决的，何况这也没什么，又没出人命案。在来的路上，谷为怀知道是怎么回事了。余小丽说对不起谷为怀，给他丢脸了，辜负他了。他说没有的事，面馆开得棒棒的，都马上要开分店了，每每跟人一说起面馆，他都觉得脸上有光，有一种自豪。余小丽说可面馆都给封了，还说一下子不能启封，也不知道要封到什么时候。廖三元走过来，给谷为怀鞠了一躬，说这面馆可是余小丽的命，封半天一天还行，封久了那会要了余小丽的命的。余小丽抹了一把泪，说她真的没投毒，也不知道是怎么回事。谷为怀点点头，说他知道余小丽的为人，面馆是她开的，怎么会自己投毒，又怎么会让人来投毒，他做了笔录就去找人，不会让面馆封多久的，又说他回去就跟曾迎春也说一说，曾迎春跟公安局的曾政委很熟的。

听说谷为怀也来了，高艳就在接待室等着，又跟谷为怀一道去找了派出所的所长。所长不在办公室，接了谷为怀的电话，却只说在外边办案就挂了电话。谷为怀明白是怎么回事，摇头一笑，没说什么。

今天早上，高艳和谷为怀接踵来面馆吃面，吃面的人多，还等了一会儿，吃了就一块回了支行。他们刚走没多远，先是一男一女说笑着进来了，接着三个中年男人结伴进了门，还抢着来请客。就这几个人出了面馆，没走多远就呕吐起来。

谷为怀隔不了两天三天就会来面馆吃碗面，在他眼里，不只是这面好吃，也是想给余小丽多带点生意，而看到余小丽忙前忙后，顾客往来不绝的，他心里也是一种慰藉。余小丽离开了支行，他一直心怀歉意。

在回支行的路上，高艳说面馆这事有点蹊跷。谷为怀说应该是余小丽或是廖三元得罪人了。高艳说余小丽是本分人，不可能得罪谁，那廖三元也不是太张扬的人，应该不会跟人结仇。谷为怀说是啊，可这是谁呢。高艳狠狠地呸了一口，骂这投毒的真是可恶、可恨，抓到了非咬他两口不可。

出了曾迎春的办公室，谷为怀朝高艳一笑，说她输了，明天早上得请他去丽元面馆吃面条。高艳呵呵笑着，说还是谷为怀了解曾迎春。刚才他们在路上打了个赌，高艳说曾迎春不幸灾乐祸就好了，不会管余小丽的事。谷为怀说她不但会管，而且准会管到位。

谷为怀说了余小丽面馆的事，又描述了余小丽坐在接待室那可怜巴巴的样子，还说这事只有曾迎春能摆平了，说得曾迎春茶杯一搁，桌子一拍，说她最看不起眼的就是在暗地里捅刀的人，就是那种欺侮弱小的人，人家余小丽和廖三元没工作了，好不容易开了个面馆，有人还要这样害他们，真是良心给狗吃了，会遭天打雷劈，说着就给曾政委打电话，要他马上通知所长，去把面馆的封条撕了。政委还想说什么，她却将听筒往座机上一扣，要高艳告诉余小丽，她明天早上去丽元面馆吃面条。

夕阳下，余小丽和廖三元回到了面馆。离开派出所的时候，民警跟他们说了，面馆明天可以照常营业，但那几个人的医药费他们得出了，再适当给点误工费、营养费什么的，有什么情况还务必随叫随到。之后，他们就在民警的带领下去了医院，按照民警说的做了。民警安抚了那几个人几句，又开导了他们一阵，说廖三元也不容易，更不是有意的，说起来他也是受害者，就各让一步，大事化小、小事化了算了。那几个人见廖三元态度诚恳，民警又这样说了，也就顺坡下驴，回家去了。

廖三元和余小丽都没敢，也不想告诉王援朝面馆给封了，但王援朝还是在天断黑的时候知道了这事。王援朝不用想就知道这是有人蓄意陷害廖三元，也是发泄对他的不满，他开始想打电话叫廖三元过来，当面问问是怎么回事，但拿起电话又放下了，就装着不知道更好，可这要害廖三元的人又是谁呢？

前天中午，万春晖望了一眼灰蒙蒙阴沉沉的天，朝马路对面的丽元面馆走了过去。这些天他的心情跟天空一样阴沉。

腿的肿消了，可以不要拄着棍子走了，万春晖心想梅花的气也应该消得差不多了，便打电话给她，问她哪天回来，要不要他去接。她只冷冰冰地说了“不回来”三个字就挂了电话，气得他脸都绿了，把听筒也摔破了。

前天上午，万春晖去了厂里，先在车间转了转，几次遭人白眼，给人推到一边，要他别挡着路，少到车间来瞎转悠，没事回家睡觉去。后来去了财务科，大家也是低头忙着，只有个别人应付似的看他一眼，或扬一下手，没跟他说上一句两句话。罗兰见他走了过来，也还是边打电话边翻看着账本，并没有立马放下电话，客气地给他让座，沏茶。他感觉受到了莫大的侮辱，原来人走茶凉就是这样，可自己还没走呢，还是厂里的科长，只是给人夺走了权力。他恨不得冲过去，一拳将罗兰打倒在地，再踩她几脚，但他没有冲过去，只是站在那里，气鼓鼓地瞪了罗兰几眼，转身就走，出了财务科，出了厂。其实，罗兰压根就没看到他，也不知道他来了。

万春晖在街头漫无目的地走着，感到了从未有过的无聊和无趣。见路边在杂耍，他挤进去看热闹，跟着喝彩，跟着拍手。快结束时，一只猴子举着一个小铁盆来收钱，他逗了逗猴子，“叮当”响地丢了一块钱的硬币到小铁盆里。一个卖橘子的见他走过来，忙起身向他兜售，说橘子包甜，就几斤了，便宜卖。说好了价，过了秤，他拿一个剥了皮，掰了两瓣往嘴里一塞，酸得他脸都歪了，他将那掰开了的橘子往篓子里一丢，说酸死个人的，不要了，抬腿就走。卖橘子的扁担一横，说他别想走，这橘子他就得买了。看热闹的人一下围拢过来，指指点点地问这问那，说这说那。一个城管挤进来，先骂了卖橘子的几句，说他不该随意在街头叫卖，没没收他的担子，没有罚他的款就算他走运了。又数落了万春晖几句，说看他那样子也像个干部，怎么就还不如一个乡下大娘，说好了的就得买了，哪怕是一堆屎也得吃了。说得万春晖脸一阵红一阵白，只好数了钱给那卖橘子的，却把钱扔在了地上，拎了橘子就往路边的沟里扔。有人问他怎么要把橘子扔了。他说酸，吃不得。有人立马把橘子捡了回来，剥了一个，边吃边说，嗯，酸酸甜甜的，有味道。众人哈哈大笑。

在超市门口一个推销鲜牛奶的摊子跟前，万春晖见那女孩朝他妩媚地笑着，不忍心拂了她的美意，双手接了她端过来的一小杯牛奶，一口干了，咂咂嘴，说是好喝，也不贵。那女孩请他登记姓名、地址和电话。他犹豫一下，登记了，却把名字写了一个谐音字，又把手机的 138 写成 136。女孩看他登记了，连连道谢，说这两天就去他家，送货上门。他忙说不用不用，需要就来找她，边说边快步走开了。

给什么东西一绊，万春晖一个踉跄，还是有人扶了他一把才没摔倒。他站稳一看，是绊着了一块压地摊布的砖头。地摊布上满是书和器物，摆放整齐有序。一个戴着礼帽和金边眼镜的人正朝他友好地笑着，用眼神说着刚才是他出手扶了一把。“礼帽”指了指地摊上的东西，说这都是文物，都是古董，都是宝贝，可值钱了，要是有兴趣收藏，价格好商量。他蹲了下去，这个端详了一会儿，那个摸了又摸，有心动的了，但又担心有假，心里没数。“礼帽”看出了他的心思，说交个朋友，就不赚他一分钱了。又说有假包换，假一赔十，可以去鉴定的。他想了想，起身要走。“礼帽”摇头一笑，说不识货真是没办法。这话像是自言自语，又像是说给万春晖听的。万春晖想回他一句，可话到了喉咙又滑了回去，只朝“礼帽”略显歉意地一笑，抬腿就走。

可刚迈开脚步，就听到有人请他留步，他回头一看，是那个坐在地摊旁边的人在叫他。这人一身古装，鼻子上架一副圆形的墨镜，手上摇着鹅毛扇子，说话悠悠的，仿佛从汉唐而来。万春晖止了步，打量着“古装”。“古装”拍了拍跟前的小折叠椅，示意他坐下。他不由自主地坐下了。“古装”推了推眼镜，摇了三下扇子，看了看他的面相，又摸了摸他的后颈，扇子一收，大腿一拍，说他这相再少都值得数一百块钱的，否则不看。“礼帽”一听，忙挪了过来，要“古装”快说来听听，这相怎么那么值钱。“古装”却只微闭眼睛，一手捋着胡须，一手掐指算着什么。几个路过的男女都聚了拢来，屏息静听着“古装”开口。让人没想到的是，万春晖猛地起身，一拍屁股走了。“古装”手一抖，抖落了胡须，引来一阵大笑，众人一哄而散。万春晖回头一看，鼻子一哼，又呸了一口，边走边在心里说：好家伙，还想骗老子啊，老子可是共产党员，一个无神论者，才不信你这鬼把戏呢。他说着心头就似乎没那么压抑了，感觉天空也明亮了许多。其实，他也并不是不信那鬼把戏，是舍不得那一百块钱，如果“古装”只说他这相值得五块钱，或是最多十块钱，那他也许看了。众人一散，“礼帽”指了指“古装”，说他太贪，上了钩的鱼都跑了。“古装”背过身，边粘着胡须边说是他看走了眼，失算了。

信步走到一个路口，万春晖一抬头，一眼看到了对面的丽元面馆。他停下脚步，边看边数着络绎不绝地进出面馆的人，心里涌起一种莫名的滋味。开业的时候他来了面馆，之后就再没来过，只听人说面馆的生意如何兴隆，他还不信，心想就一个小面馆，再兴隆也就那个样，赚不了几个钱，这回是眼见为实了。他看了一下时间，只数了五分钟，一共进去了多少人，每人一碗，大概可赚多少钱。这一算，他吓了一跳，现在还是中午，要是早上生意肯定更好，那会赚得更多。他又数，数着数着就数乱了，不数了，转身想走，可一种强烈的好奇又驱使着他去面馆看个究竟，肚子也咕噜咕噜响着，是吃中饭的点了。

见万春晖进了店，余小丽和廖三元都又惊又喜，又是忙着招呼又是忙着给他找座，廖三元还始终陪坐在他旁边。他一落座就迫不及待地问一天可卖多少碗面，能赚多少钱。廖三元眉飞色舞地说能卖多少碗，能赚多少钱，又说正打算下个月在城东开一个分店，免得那边的人往这边跑，也好忙的时候不让大家等那么久，边说还边打着手势，而当看到万春晖眼神里的惊讶和惊讶下边的妒忌后，便嘻嘻一笑，说其实也没什么，那只是毛收入，除了成本，就没赚多少了，如果算上自己的工资，那落到自己口袋里的钱就真没几个了。万春晖眉头一皱，指了指他，说他心中有数，又不跟他借钱，用不着多说。廖三元脸一红，说他知道，他开这面馆也是没办法，总得有个事做，虽然比在厂里闲着好，但赚的也是几个辛苦钱，每天早上四五点钟就要起床，晚上要过了十二点才能回家。他看着万春晖，指了指自己，说：“你看看，我这眼睛，黑圈圈一上来就不走了，再看我这额头上的皱纹，是不是多了，长了，深了？”

万春晖看了看廖三元，指了指自己，伸着头，要廖三元看看他。廖三元打量了一下他，说他别的没什么，只是气色真有点不如从前了，是不是哪里不舒服。他一拍桌子，说他哪里都不舒服，心里窝火着。廖三元知道他为什么窝火，怕他在这发作，忙举手招呼余小丽快把面端过来。余小丽恭恭敬敬地双手将面放到万春晖跟前，请他品尝，多提宝贵意见。他闻了闻，说嗯，真香。吃了一口，说嗯，好吃，味道不错。见他一碗吃完了，意犹未尽，廖三元又忙给他加了半碗，说不好意思，刚才面下少了，分量不足，下次注意。他边吃边问，这面怎么就这么好吃，是不是别人说的放了什么鸦片壳壳。廖三元忙摆了摆手，说没有没有，可不敢放那些东西，那东西见都没见过。又说其实也没别的，就那汤每天都是现熬的，做码子的肉也都是早上现买，价格又不贵，靠的是薄利多销，只要大家吃得喜欢就好。吃过面，万春晖要数钱，廖三元怎么也不收，推着他往门口走，边走边说知道他是个大好人，今天能进店里来，那是给他长脸了，往后还请他多照顾生意。

出了面馆，走了十来米，万春晖转过身来，看着面馆对联上那“财源茂盛”和“顾客盈门”几个字，想起王援朝那时对他面上亲亲热热，心里冷冷淡淡，想起那次蒋东明付款的事，他都签字同意了，却在廖三元那卡着了，害得他被蒋东明羞辱了一顿。他越想越多，越想越气，在那足足站了十分钟才一甩手，一跺脚，气哼哼地走了。

万春晖一出门，余小丽就小声责怪廖三元，说他刚才有点得意忘形了，不好的。廖三元挠了挠头，“噢”了一声，又嘿嘿一笑，说没事的。余小丽说但愿没事就好，说着就赶紧招呼顾客去了。

晚上快十二点了，王援朝还是忍不住打了廖三元的电话，问他下班了没有。廖三元说快了。王援朝问他怎么声音沙哑，说话也有气无力的。廖三元说没什么，就有点累。王援朝要余小丽接电话。余小丽拿过手机，没听王援朝说两句就抑制不住，“哇”地哭了，说面馆给人害了。王援朝说他都知道了，就是不放心才打这电话的。听王援朝说不放心，余小丽一下不哭了，倒是安慰起王援朝来，要他别着急，没事了，她和廖三元都好好的，面馆也没事，明天照常营业。又说那几个人也没大碍，医生说没事，都回家去了。听她这么一说，王援朝放心了，高兴了，说这样就好，退财人安乐，只要人好就比什么都好，钱都是人赚来的。又嘱咐她和廖三元不要太累，天下的钱是赚不尽的，钱上也没写着他廖三元或余小丽的名字。听他这么一说，余小丽格格笑了。听她一笑，王援朝也乐了。

往床上一倒，廖三元呼呼就睡着了。余小丽却是怎么也睡不着，粗略一算，除了给那几个人的这个费那个费，加上别的打点，这几个月还真是白辛苦了。想着自己无奈之下辞了银行的工作——尽管支行也可能被撤销，起早贪黑地开了这个小面馆，赚了几个小钱，却要遭人如此暗算，不禁鼻子一酸，悲从中来，潸然泪下。

半个月前，廖三元和余小丽简简单单地结了婚。这一天对廖三元和余小丽来说，都已是等了很久很久。廖三元说陪余小丽去北京看故宫，登长城。余小丽说面馆不能停，停一天就少赚一天的钱，更不能让谷为怀等人没地方吃面。廖三元说那也好，那就等赚多了钱，到时候顺路多看几个地方。

廖三元翻了一个身，蒙眬中见余小丽还坐在床头，忙坐了起来，搂着她，拍了拍，要她别多想了，快睡，等一会儿又得起床了。她顺从地躺了下去。廖三元一声叹息，说要知道是这样，还不如当初去北京看故宫好了。余小丽抹了抹眼睛，要他想开点，过去了的就过去了，就听王援朝的，退财人安乐，只要人好就好，钱是人赚来的，等城东的分店开了，说不定没两个月那钱就赚回来了。廖三元说好，不多想了，全听她的，说着便有了鼾声。紧跟着，余小丽也迷迷糊糊地进入了梦乡。

第二天一早，廖三元他娘还在炒码子，余小丽在给排一溜的碗里放着葱和辣椒什么的，廖三元在烧着下面的水，谷为怀就笑呵呵地头一个进了面馆。

刚吃着，谷为怀一抬头看到高艳进了门，便笑她，说请客的还迟来了，没诚意。高艳哈哈一笑，说他也太性急了，天都不亮了。

吃过面，嘴一抹，高艳一眼看到凌志云和曾迎春说笑着到了门口，忙朝余小丽招了招手，指了指门口。余小丽连忙跑过去，把他们请了进来，却一下不知道说什么好，只是两眼潮巴巴地看着他们。凌志云说事情他都知道了，没事了，往后会更好的。曾迎春往凳子上一坐，说她是来吃面的，更是来给余小丽除晦气，祛霉运的。余小丽后退一步，给她鞠了一躬。她一拍桌子，指一下那翻滚着的铁锅，说往后还有谁敢到店里来闹事，看她不端了那锅滚汤，从他头上浇下去，煺了他的毛。高艳一拍手，说曾迎春就是豪爽，就是仗义。曾迎春摆着手，说她没别的，就看不得余小丽给人欺侮。凌志云说是啊，余小丽虽然不在支行上班了，但她曾经是支行的一员，与支行有着割舍不断的情义，往后有什么难处，尽管说。余小丽感动得哭了起来，泪水模糊了眼睛。

没几天，事情过去了，没有人再说起这事。老店主要是廖三元打理，余小丽则把更多的时间和精力放在了城东分店的开办上去了。

新的寒潮捎来了雪花。雪花虽然只是零零星星，却是又大又白，点缀着天空，装扮着天空，也点亮了天空，激活了天空。

凌志云一拍桌子，说好，真是太好了，马上去厂里。他放下手机，看一眼落在窗台上的雪花，心也跟雪一样地明亮起来。眼看就是月底了，离元旦也就一个多月了，可存款离预定目标还有一定的差距，还有兴隆公司的贷款催收也不见多少成效。刚才凌志云正为这两桩事愁着，胡国庆打电话来了，说塔吊试产已基本完成，经过测试，相关技术指标都达到或超过了设计要求，产品性能不比长盛公司的差，明天就可以去工地试用了。

凌志云正将笔记本往提包里放，准备去机械厂，听到急促的脚步声，猛地抬头一看，只见高艳急急忙忙闯了进来。她一进门就说不好了，出大事了。凌志云一下弹了起来，忙问怎么了。高艳牵着他就走，说快下去看看就知道了，那情景可是只有春节前那几天才的。他甩脱高艳的手，两个梯级并做一个地往楼下跑。

营业厅对私业务两个窗口都排起了长队，已有十来米长，快挨着临街的落地玻璃了，还有人或快走或小跑而来，排到队伍后边。

凌志云一进营业厅，客户就或扬着手，主动跟他打招呼，或低头看着手机什么的，装着没看见他，或不好意思地扭过头去，跟着队伍往前移。凌志云边心里琢磨着这是怎么了，边走过去，跟一个老干部模样的人聊了起来。

“您是存钱还是取钱?”凌志云微笑着问老干部。

“取钱。”

“取多少?”

老干部前后瞟了一眼，亮了一下食指和中指。

“两千?”

老干部摆摆手。

“两万?”

老干部点点头。

“取那么多?”

“不多。”老干部嘿嘿一笑，“也就这点家当。”

“有用?”

老干部点头，又摇头。

“您是存的活期还是定期?”

“定期。”

“到期了没有?”

“还差两个多月。”

“那您这是提前支取，太不合算了。”

“这我知道。”老干部手一摊，“你以为我想提前取啊? 不是。我是没办法，只能取了。我告诉你，这点钱，那可是我一分一厘积攒下来的养老钱，提前取了损失的还只是利息，要是不取出来，到时候如果连本都没了，那就惨了。”

“怎么会连本都没了呢?”

“怎么不会?”老干部凑近凌志云的耳朵，降低声音，“听说这银行没钱了，要撤了。”

“没有啊!”

“怎么没有?”老干部眨了眨眼睛，偏着头，“听说你们都在什么保……”

“保机构、保牌子、保饭碗。”有人插话。

“对对对，就是这保机构、保牌子、保饭碗。”老干部盯着凌志云，“我只问你，如果不是要撤了，那怎么会还要保呢? 要是有钱，那又怎么会撤呢?”

“这……”

“这我跟你说啊!”老干部抢过话头，指了指前边的队伍，“他们可不是来玩的，也不是来存款的，而是来取钱的。”

“挤兑!”凌志云脑子里一闪，蹦出了这两个可怕的字眼来，顿时出了一身冷汗。

“好，那您排队，不急的，钱会有。”凌志云跟老干部握过手，给正跟人解释着什么的高艳一个眼神，快步往营业厅外走。高艳小跑着跟了上来。凌志云边走边要高艳马上去摸清支行金库还有多少现金，各营业网点可调用的现金有多少，叮嘱她维护好营业厅的秩序，同时关注其他营业网点的动态。

当“挤兑”两个字刚从脑子里蹦出来的时候，凌志云是有些慌乱和紧张的，但他很快冷静下来，也明白了，这中间应该是有误会，还不排除有人造谣生事。面对这突发事件，他心里清楚，已来不及跟曾迎春和齐向前他们商量，因为曾迎春一早随市里领导去贫困村慰问去了，齐向前一早带着谷智勇去兴隆公司催收贷款了，也不可能等曾迎春和齐向前他们回来再商量，这事犹豫不得，耽误不得，必须当机立断，妥善处置，一旦拖延，或处置不当，后果将不堪设想。

凌志云三步并做两步往楼上跑，见门关着才想起谷为怀去财政局蹲守存款去了。回到办公室，凌志云抓起听筒就打邓昌明的手机，说有紧急情况报告。邓昌明一惊，忙问什么事。他简要说了一下情况。邓昌明稍一想，说这还只是挤兑的苗头，但务必高度重视，一定要防止挤兑演变为事实，接着问凌志云已经采取了什么举措，下一步怎么办。凌志云一一粗略地说了。邓昌明说那就好，虽然事发突然，但他心中有数，那就赶紧按照他说的去落实，一定要妥善处置好，千万不能酿成挤兑事件，一旦酿成挤兑事件，那支行就是省分行不撤你，监管部门也会责令你关门。凌志云边抹着额头上的汗边说好的，马上去落实。邓昌明随即又安慰凌志云，要他也别太着急，有什么困难尽管说，市分行会全力支持他。

凌志云刚放下电话，高艳跑了进来，将一张字条递到凌志云的手上，说金库和各营业网点可用的现金就那些了，上解市分行的头寸还在途中。凌志云扫了一眼，说有了这些钱，只要灵活调度，暂时可以应对一下，问题是来取款的人还在增加，说不定现在还只是开始，风暴正在酝酿，随后就会到来。高艳点点头，说她也有一种预感，非常可怕。

“不行！”凌志云手一抬，“绝不能形成风暴，绝不能让预感变成现实。”

“行吗？”高艳眨着眼睛。

“不行也得行！”

“那怎么办？”

"就这么办!"凌志云一捶桌子,"第一,务必保证有充足的现金,不能让取款的人取不到钱,一旦有人取不到钱,那势必产生恐慌,也正好给造谣生事的人提供了口实,会造成连锁反应,使更多的人加入到取款的队伍中来;第二,务必做好客户的服务工作,做到热情周到、耐心细致,但又不要过于殷勤,可以做一些解释,但不要刻意劝阻客户取款,让人觉得你心虚,没有底气;第三,马上通知朱建国掉头返回支行,头寸不上解了,将头寸直接送到营业部和网点去,客户见了钱,心就会稳了;第四,与市分行保持密切联系,一旦有需要,及时请求支援。这邓行长说了,市分行出纳科和保卫科都会处于待命状态,只要我们一个电话,会立即运送头寸下来。"

"好,我马上去落实。"高艳说着就跑。凌志云忙把她叫住,说这事也不要慌,更不要怕,但必须妥善处置,及时化解,一旦形成现场挤兑事件,那谁都脱不了干系,而她就是第一责任人,这倒是个人的事,还是次要的,关键是这样一来,支行必将不保,那问题就大了,这责任谁也承担不起。听他这么一说,一向天不怕地不怕的高艳脸都白了,瞬间似乎停止了呼吸。

高艳一走,凌志云立马打通了李建国的电话,请他将多余的现金存过来。李建国说现在没有,要看下午的情况。凌志云不再多说,将听筒往机上一搁,马上又打派出所杨所长的电话,说先报个备,必要时请他安排两名干警来支行。杨所长说今天出警的多,一时安排不过来,有什么要他先顶着,又叮嘱他注意方式方法,千万别激发矛盾,别给他惹麻烦。凌志云心底一声叹息,嘴上却说着好的好的,随后打电话给胡国庆,说支行临时有点事,厂里就暂时不过去了。

就在高艳脸都白了的时候,谷为怀哼着曲在支行门口下了的士。他这一趟去财政局收获还不少,何局长答应一个新的专户开到支行来,又承诺了这个月底划两千万的存款给支行。何局长上任不久,是谷为怀一个村的。

见营业厅内两排长队挨着了临街的落地玻璃后,又往左右延伸着,拐成了两个背靠背的"7"字,谷为怀心底一惊,忙冲了进去,前后看了看,走到已移到了大厅中央的老干部跟前,叫了一声熊科长,拉着他就往一旁走,边走边问:"你干吗来了?"

“取钱啊!”

“取钱干吗?”

“没干嘛。”

“那你取了干吗?”

“存到别的银行去。”

“为什么?”

“你们没钱了，支行都要撤了。”

“谁说的。”

“别人说的。”

“你信?”

“宁可信其有，不可信其无。”

“那你信我不?”

“这……”

“这我知道，你是信我的。”谷为怀一手拉着熊科长，一手指着前边，“你看看，柜台里有的是钱，你再看看，前边又有谁空着手走了，你也想想看，又哪有一个单位要撤了，还有这样一个繁荣向上的景象，又……”

“那……”

“你就别那那那了。”谷为怀拍了拍熊科长的手，“你就放心吧，别取了，用不着白白损失了那么多利息。”

“别取了?”

“对，别取了。”谷为怀边说边推着熊科长往门口走，“走，上我办公室喝茶去。”

熊科长走两步停下来，犹疑不定地看了看谷为怀，又看了看队伍中一个朝他摆着手的老大爷。

“反正你也是相信我的。”谷为怀微笑着看着熊科长，“那这样，行不?”

“怎样?”

“就这样。”谷为怀拿过熊科长手上的存单，“存单我给你收着，我给你写一个借条，存款到期的时候，我还你存单，你给我借条。”

“那要是支行撤了，存款没了呢?”

“不会的。”谷为怀呵呵一笑，“如果真是那样，那你就凭借条问我要钱，我保证一分不少给你。”

“果真?”

“当然!”

“好，我信你。钱我不取了，借条你也别写了。”熊科长拿过存单，朝那老大爷手一招，指一下谷为怀，“走，我们上他办公室喝茶去，他的茶好喝着呢。”

这一切，被走来走去，忙着与客户交流的高艳看在眼里，她给了谷为怀一个由衷敬佩的眼神，也给自己增添了信念和力量。

熊科长他们一出门，有两个人跟着出了队伍，往门口走去。高艳心中一喜，心想真好，也许他们一走，又会有人跟着离开。可他们走到门口就停了下来，接着又回到了队伍中间，一下看着存单或存折，一下打望前边柜台或后边进来的人，一副犹疑不决的样子。高艳有点失望，也有点沮丧。她想过去跟他们说一说，以坚定他们离去的决心。她去了，但不是动员他们别取钱了，而是给他们端去了一杯热茶，又问他们冷不冷。他们都有点感动了，一个说这茶真香，好喝。另一个说喝着这茶，身上热了，心里也热了。高艳心中一热，马上让人通知食堂，烧了茶水送上来，让每个人都能喝上。刚才她想起了凌志云跟她说的话，也想到自己跟他们没有谷为怀跟熊科长那么熟悉，话不会那么好说，别弄得事与愿违，便灵机一动，改变了策略。

熊科长是沧江机械厂的老供销科长，已退休多年。今天吃过早餐，正要去跟朋友下棋，听到路边有人说支行要撤了，存的钱只怕靠不住了，他稍一想，回家偷偷拿了存单，不声不响地过来了。

沧江机械厂的工资三年前开始由支行代发。头两个月，一到发工资的日子大家就往支行跑，争相把钱取出来，看一看，数一数，然后或存到就近的银行，或在家放两天又存到支行来，好像那钱不在手上过一下，就不是自己的，心里就不踏实，时间一长，大家习惯了，一些不用的钱就存在支行，成了存款，有的还买了基金什么的。

马小军在台阶上抖了抖身上的雪花，进了门。他在前边走了走，看了看，跟高艳扬了一下手，往队伍的尾巴上一站就抱怨起来，说今天是怎么了，来存点钱，还这么多人，不知要等到什么时候，真是碰了鬼了。前边有人含含混混地回了一句“你才是鬼呢”。马小军本想发作，见那说话的是个老人家，便嘻嘻一笑，朝她扬了扬手，问前后的人是不是也是来存钱的。后边的人说不是，是来取钱的。前边一个穿褪了色的军大衣的中年男人回过头来，看了看马小军手上的几沓钱，问他是真不知道还是假不知道，怎么还来存钱。

“怎么了?”马小军问。

“这银行没钱了，都马上要撤了。”“军大衣”说。

“谁说的?”马小军指着“军大衣”，“你干吗造谣?”

“不是我说的。”“军大衣”退了一步，“我可没造谣啊!”

“怎么不是你说的，你刚才分明说了。”

“我……我是跟着别人说的。”

“那你是传谣了。”

“还传谣了呢。”“军大衣”不以为然地呵呵一笑，指了指队伍，“你睁开眼睛看看，这里可不只是来了我一个，都来了这么多，也不只是我一个人说了，那他们都传谣了?”

“别人传没传我不管，我只听见你一个人说了。”马小军指着“军大衣”，“你说了，那你就是传谣了。”

“你这个人真是有点怪呢。”“军大衣”头一歪，指着马小军，“我一片好心告诉你，你却是倒打一耙，还说我传谣了，真是好心当作了驴肝肺。”

“一片好心?”马小军哈哈一笑，指点着“军大衣”，“我看你是良心大大地坏了，是唯恐天下不乱!”

“你……”

“我怎么?”

“你……你想干吗?”

“我想干吗?”马小军将钱往黑色风衣口袋里一塞，指着“军大衣”的鼻子，“谁传谣，我跟谁急。谁造谣，那我跟他没个完!”

“你……你想打架?”“军大衣”腰一挺，胸一拍，“好，来，你打，我要眨一下眼睛，那就是狗娘养的!”

不少人早已离开了队伍，围拢过来。一时有的起哄，有的喊打，有的相劝，大多在一旁看热闹。

马小军愣了愣，头一甩，一把抓住“军大衣”的衣襟，挥拳就要打。“军大衣”将手上的纸杯往地上一扔，一把抓住马小军的衣领。跑过来的高艳将杯子往一个客户手上一递，双手一推，也不知哪来的力量，将马小军和“军大衣”都推得连连后退。

“好，你们想打架是不是？”高艳指了指马小军和“军大衣”，袖子一撸，指了一下门外，“那好，走，我陪你们到外边去打，打他个天昏地暗，打他个你死我活，行不行？”

“是他说要打架。”马小军见高艳暗中给他递了个眼色，便边说边指了一下“军大衣”。

“是他先动的手。”“军大衣”指一下马小军，见高艳双手叉腰，凛然不可侵犯地站在那里，说着低下头去。

“我说你们两个呀，一个是来取款的，一个是来存钱的，好端端的，打什么架呢。”高艳指了指马小军和“军大衣”，“你们应该知道，这里边是营业场所，可不是你们打架的地方。在这里边打架，往小里说，是影响银行正常办理业务；往大里说，是破坏金融秩序，是违法行为，是……”

“是他传谣。”马小军指着“军大衣”，“说什么银行没钱了，要撤了。”

“你说了？”高艳盯着“军大衣”。

“我……我是说了。”“军大衣”瞟一眼高艳，低头嘟哝着，“可说了的又不只是我一个人。”

“是这样啊！”高艳哈哈大笑，笑得眼泪都从眼角流出来了。

高艳这一笑，笑得围观者或面面相觑，或莫名其妙。“军大衣”看一眼皱着眉头的马小军，瞟一眼捂着肚子的高艳，低头琢磨着高艳下边会干什么。

“好了，就这个呀，说了就说了，说了也没事。”高艳手一挥，拍了一下“军大衣”的肩膀，“一个银行可不是哪个说没钱就没钱的，更不是哪个说要撤了就撤了的，你说是不？”

“那是，那是。”“军大衣”有点难堪地点着头。

“有没有钱，今天我也不说有，也不说无，等大家取到了钱，才说明了一切。”高艳微笑着扫了一圈围观者，“现在我可不劝大家别取钱了，也不说请大家回去，只是天寒地冻的，如果就怕银行没钱了，要撤了，在这里站着，等着，那就真没有必要了。”

围观者开始有人交头接耳起来，也有人悄悄回到了队伍中去。那客户将纸杯递给高艳。高艳接过杯子，递到马小军手上，说这本来就是给他倒的。马小军接过杯子，咕噜几口喝了，咂咂嘴，说哎呀，真甜，都甜到心窝窝里去了。

门外传来车子的喇叭声。高艳扭头一看，只见朱建国和另一名保卫人员头戴钢盔，手持防爆枪，威严地站在头寸车前警戒，两个业务员正从头寸车上抬下一个绿色的大帆布袋。

“来钱了！”

“哦，真的来钱了啊！”

“有好几大袋呢！”

“总有好几百万吧！”

不知是谁先叫了一声，不少人一窝蜂地跑到了落地玻璃窗跟前，指指点点地说着。帆布袋牵引着他们的目光进了大厅，进了柜台一侧的联动门。

一捆一捆的百元钞票从帆布袋里倾泻而出，在地上堆成了一座小山，码成了一堵厚实的钱墙。

“好了，大家都看到了吧？”高艳指了指柜台里边，“里边是不是有的是钱，要取多少有多少？”

有人说是，有人点头。

“我还告诉大家，金库里的钱还多着呢，随时可以去搬的。”高艳指了一下“军大衣”，又指了一下马小军，“好，就这样，取钱的还是在原来的 1 号和 2 号窗口排队，存款的请到 3 号窗口那边去。”

就在朱建国他们把钱押送进柜台的同时，高艳当机立断，把徐一朵从对公业务的开放式柜台调到了对私的封闭式柜台，临时增开了 3 号窗口，又让何思卉放下手上的工作，来大厅协助服务客户，维持秩序。

马小军朝“军大衣”嘻嘻一笑，大摇大摆地去了 3 号窗口，排在从 1 号、2 号窗口移步过去的三四个人的后边。“军大衣”走到柜台跟前，透过防弹玻璃看了看柜员旁边那满箱的钱，还有码在地上的钱墙，扭头就走，出了门又回望一眼，朝目送着他的高艳扬了扬手，衣领一竖，双手往袖子里一笼，大步离去。

“军大衣”一走，有两个人相继离开队伍，悄悄出了门。穿着绿棉袄的陈碧玉取了钱，却没有走，而是在靠窗的椅子上坐了下来。何思卉给她端去一杯热乎乎的茶，问她冷不冷，是不是还有什么业务要办。她从口袋里抽出双手，接过茶，说不冷，没事，就坐一会儿再走。何思卉说那好，有什么只管找她。陈碧玉眨了眨眼睛，问那过年的时候，可不可以给她换点新票子。何思卉说没问题，可以给她预留着，到时候来取就行了，又说不不不，给她送到家里去，免得她跑过来。陈碧玉说那倒不用，反正要来存钱的。何思卉心中一喜，连连说也是，也是，反正要来存钱的。排在队伍末尾的人回头看了陈碧玉一眼，看着何思卉，说那到时候给他也换一点新票子。

马小军不时地伸着脖子往窗里的徐一朵看，见她飞快地数着钞票，听着她清亮甜美地唱收着钱款，想着刚才跟“军大衣”的争辩，回味着高艳那感激的眼神，他心里也是美滋滋的，感到格外地畅快。

一个多月前，那天马小军被徐一朵用激将法一激，信誓旦旦地骑着摩托去煤矿，找谢老板揽存款去了。披着星光回家，路上老回味着谢老板答应给他存款的喜悦，又想着明天去找哪个老板好，该怎么说等等，结果一不小心掉进了坑里。第二天晚上，凌志云和高艳拎了水果去慰问他，感动得他满眼是泪，说话都结结巴巴了。凌志云他们走了之后，马小军对徐一朵说，他长这么大，还没有一个像凌志云这么大的官跟他说过几句话，更不用说来家里慰问了，人家敬他一寸，那他得敬人家一丈，往后凌志云的事也好，支行里的事也好，那都是他的事了。徐一朵说支行里的事，那本来就是他的事啊。又说往后他找个工作，好好干，那才是凌志云最喜欢的。第三天，谢老板说话算数，约了马小军一道去支行存款。马小军带着谢老板去见了凌志云。凌志云与谢老板一见如故，谢老板当即拍板，往后资金大部分就往支行这边走。又说他在城里开了一家餐馆，过几天就要开张了，还要物色一个人来帮忙打理，看凌志云是否有可靠的人推荐。凌志云用信任的目光看着马小军。马小军咬咬嘴唇，站起来，朝凌志云和谢老板一鞠躬，说保证不给凌志云丢脸，不让谢老板失望。一个月来，餐馆生意红红火火，谢老板非常满意，说马小军功劳不小。

今天一个小时前，马小军正在检验采购员采购回来的物资，收到徐一朵发来的信息，要他马上来支行存钱。他吩咐采购员两句，去保险柜取了钱就跑过来了。

看着人出出进进，取款的队伍逐渐缩短，已不再排成“7”字，尾巴也不挨着落地玻璃窗了，而存款的人在增加，高艳长吁了一口气，让何思卉回自己的岗位上去了。

这时，雪停了，天边浮现出微弱的阳光。

谷为怀送走熊科长之后，马上去了凌志云办公室，正说着今天这事里边肯定有情况，虽然现在看上去平静了一些，气氛不再那么紧张，但平静下边也许还潜伏着更大的危机，高艳脸色煞白地跑了进来，捂着肚子往沙发上一坐，大口地喘着气。

“怎么了？”谷为怀一惊，连忙问道。

“不好了，弄不好真要出大事了！”高艳看着凌志云，边喘气边说，“我也是没法子，实在顶不住了才跑上来的。”

“到底怎么了？”凌志云盯着高艳，在心底吸了一口凉气。

“机械厂的柳建平带了一大帮人跑过来，把营业厅都要挤爆了。”高艳抚着胸口，咽了一口口水，“他说支行都要撤了，为什么不早通知他们？还扬言，如果半个小时内他们取不到钱，那就要砸了柜台，还……”

“好了，我知道了。”凌志云朝高艳挥了一下手，“你快下去，好好跟他们解释，一定要骂不还嘴，打不还手，我马上下来。”

“好。”高艳起身就跑。

谷为怀朝凌志云丢了一个眼神，跟着也跑，跑了几步又回来，嘱咐凌志云别下楼，说他一旦跟胡国庆他们见了面，那到时候就没退路了，他先去看一看再说。凌志云稍一想，点了点头，抓起听筒就给胡国庆打电话，说十万火急，请他火速来支行，这事比塔吊更重要。胡国庆一听，从装载塔吊的车上跳了下来，一路上催着司机快点，再快点。

高艳给柳建平端来一杯热茶，他却不接，只是嚷着要见行长。有人指了指挤过来的谷为怀，说行长来了。柳建平打量了一下谷为怀，一掌推在他的右肩上，推得他连连后退，踩着了高艳的脚尖，疼得她直叫“哎哟”，手上端着的纸杯掉在了地上，溅湿了他的鞋和裤脚。谷为怀跺了跺脚，摸了摸肩膀，忍痛呵呵一笑，说柳建平好力气，又从何思卉手上端过一杯热茶，双手递给柳建平。柳建平摆着手，要谷为怀别来这一套，他不是来喝茶的，是来取钱的，快点给他取了钱比什么都好，要是到后边没钱了，那有好看的，可别怪他没有言在先。谷为怀说钱有的是，保管能取到，只是来取钱的人多，还得辛苦等一下，也得有个秩序，请排队才行。

车还没停稳，胡国庆就一只脚已落了地。他飞奔冲进营业厅，牵着刚排到长蛇阵里的柳建平的手就往门外走。

“你干吗？”一出门，柳建平就甩脱了胡国庆的手。

“你问我？我还问你呢！”胡国庆盯着柳建平，“你干吗来了？”

“取钱啊！”

“取钱？”胡国庆皱了一下眉头，“取钱干吗？”

“有用啊！”

“有用？”胡国庆一笑，“你家里是没油没盐了，还是没柴没米了？”

“是没有了啊！”柳建平头一偏，“怎么？去你家里拿？”

“可以啊！”胡国庆拉着柳建平，“走，到我家里拿去！”

“真的？”柳建平挣开胡国庆的手，指一下挤得水泄不通的门口，嘿嘿一笑，“胡厂长，你看看，要拿的可不止我一个人哦！他们都去？”

“可以啊！”

“不去了。”柳建平摇摇手，“还是取了钱，自己去买的好。”

“行，你自己去买也行。”胡国庆扫一眼门口，看着柳建平，“可你取钱怎么早不来，晚不来，偏偏要这个时候来凑热闹？”

“怎么？取钱还得有个时辰？”柳建平哈哈一笑，“谁规定的？”

“没谁规定，可你也不一定就非要今天来啊，明天来就不行？”

“那还真不行！”

“怎么？”

“我要今天不来，那钱就打水漂了。”

“是吗?”

“是啊!”

“为什么?”

“支行没钱了，都要撤了!”

“谁说的?”

“听说的。”

“你这是道听途说，是在传谣!”

“我在传谣?”

“是的，你传谣了。”胡国庆盯着柳建平，“你信吗?”

柳建平点点头，又摇摇头，看着马路上。

“你也不想一想，一家没钱了的，要撤了的银行，会有这样兴旺的景象?我再问你，你是不是去柜台看了，柜台里边的钱箱是不是真的空了?我还问你，你是不是去问了，银行金库里边是不是真的没钱了?”胡国庆盯着柳建平，“你再想一想，一家没钱了的，要撤了的银行，会愿意给机械厂放贷款吗?又能给机械厂放贷款吗?难道你不知道，没有支行放的贷款，就没有塔吊的试产?难道……”

“我……”胡国庆这一连串的发问，问得柳建平面红耳赤。

“你呀!”胡国庆指了指柳建平，“我说你什么好呢?”

“我……”柳建平愣愣地看着胡国庆。

“你呀!”胡国庆拍了拍柳建平的肩膀，“你平时也不是一个头脑简单的人，更不是一个稀里糊涂的人，今天怎么一下就缺心眼了，不清白了?”

“我……”柳建平一脸尴尬，支支吾吾不知说什么好。

“好了，你现在应该明白了，那明摆着是有人造谣生事。”胡国庆微笑着看着柳建平，“其实你内心里是不那么相信的，是不?”

“我……”柳建平张着嘴，迟疑了一下，轻轻点了点头。

“我就知道你头脑没那么简单，是不那么相信的。”胡国庆边说边伸手去牵柳建平，“那好，走，你跟我回厂里去。”

柳建平将手往背后躲，同时往后退着。

“你不回去?”

柳建平点着头。

“真不回去?”

柳建平还是点头。

“不回也得回!”胡国庆抓住柳建平的手，牵着就走。柳建平用力一甩，甩得胡国庆一个踉跄，跌在地上。挤在门口的人屏息看着，以为脸色难看的胡国庆会揍他两拳，没想到胡国庆爬起来，拍了拍屁股，又拍了拍手，指了指站着桩，握着拳，准备迎击的柳建平，说他好力气，不愧是练过功的。柳建平松了拳，收了脚，不好意思地朝胡国庆嘿嘿笑着。

“好，你不回去也行。”胡国庆低头踱了几步，猛一抬头，指着柳建平，“但我告诉你，塔吊很快就可以投入生产了，头一批回厂里上班你就别想了。”

“那不行!”柳建平一把抓住胡国庆的手，“那是你答应了的。”

“我是答应过你，可你也得答应我啊!”

“可我……”

“好了，我知道你心里想的什么。”胡国庆拍了拍柳建平的肩膀，“没关系，你来取钱也没错，只是这钱明天可以来取，后天来取也不迟，不一定今天非要取了回去，就别再上人家的当，在这给银行添乱，也让自己难堪了。”

柳建平低头想了想，一拍额头，在心里恨恨地骂道:“这王八蛋，害得老子跑到这里来丢人现眼，看我怎么揍死你!”

骂过了，柳建平看一眼胡国庆，见胡国庆朝他又是努嘴，又是递眼神，稍一迟疑，进了营业厅，走到柜台跟前，装模作样地往里边一看，说哎哟，原来里边还有的是钱，堆积如山呢。又看一眼排着的队伍，说怎么这么多人，难得排队，今天不取了，改天再来。他说着手一招，往门口走去，走到门口又回过来，说他这钱不取了，明天再把家里的一点钱存过来。他一走，十几个人跟着出了门，厅里一下空旷了不少。

一个多小时前，柳建平领着一帮人去看塔吊，半路上听人说支行没钱了，要撤了，快去把钱取了出来，去迟了，那钱就没了，他将信将疑地回家取了存折，急急忙忙来了支行。

柳建平他们刚走没两分钟，梁光辉大步流星地进了门。谷为怀忙迎上去，边从何思卉手上接过茶，递给梁光辉，边说欢迎梁市长来视察工作。梁光辉接过茶，哈哈一笑，说他现在不是什么市长，只是一个客户，是来存钱的。谷为怀边说那真是太好了，太感谢了，边领着梁光辉去了 3 号窗口。

一看市长都来存钱了，排在 1 号和 2 号窗口的人便有的悄悄走了，有的去了 3 号窗口。坐在那里看热闹的陈碧玉连忙起了身，抢着排到了市长的后边，说她到期的不取了，还把带来的一块存上。

前边凌志云给胡国庆打了电话之后，马上打了梁光辉的电话。梁光辉一听也急了，说千万要稳住，别弄出挤兑事件来，又说他在回沧江的路上，会尽快赶来支行。

存过钱，出了门，梁光辉抬头一看，只见阳光照射下来，天地为之一亮。他走后不到二十分钟，余小丽匆匆忙忙进了门，见大厅已没多少人排队，朝迎过来的高艳亮了一下包，说真不好意思，来迟了。高艳握着她的手，说不迟，不迟，有这番心意就好。就在柳建平去柜台看的时候，余小丽听一个来吃面的人说支行好多的人在排队取钱，只怕是有什么事，她一琢磨，忙开了柜子，也没数，将钱往包里一塞，抬腿就跑。

中午，邓昌明听了凌志云的情况汇报，说凌志云调度有方，处置得当，有点化危为机的味道和结果，还夸了谷为怀和高艳，末了又要凌志云转告他对梁光辉的谢意。

天刚断黑，霜风就随之来了。虽然早已到下班时间，营业厅的门却还没拉下来，徐一朵和何思卉等人都没走，一个个默默无言地坐在工位上。

曾迎春在路边下了车，一进营业厅就一拍柜台，问是哪个王八蛋在造支行的谣，揪出来了没有。何思卉给拍得吓了一跳，起身茫然地摇着头。曾迎春又一拍柜台，说这王八蛋真是可恶，可恨，害得她在村上都全没了心思，话都说错了，出了洋相，揪出来了，看不抽他个皮开肉绽，看不打他个喊爹叫娘。

就在柳建平他们来的时候，曾迎春接到一个朋友的电话，说支行营业厅可热闹了，好多人在吵着要取钱。她随即问凌志云是不是这样。凌志云说是的，但要她安心去村上好了，这边他来应对。她接着给高艳打电话，问钱够不够，只要钱够，那就天塌下也不要怕，他们要骂就让他们骂，要打就让他们打，真打烂了，那他们的麻烦也来了。高艳“嗯”“哦”了几下，说正忙着，等下再给她汇报，说着就挂了电话。

听到曾迎春在问话，高艳不紧不慢地走了过来，说不知道是谁在造谣，好在事情总算过去了，又抚着胸口，说想起上午那情景，真是可怕，现在还心有余悸。曾迎春往柜台上一坐，说如果当时她在支行，那就容不得柳建平在这撒野，早把他赶出去了。高艳呵呵一笑，嘴上说那是那是，心里却想，幸好她不在，她要在，就她那脾气，那是一个针尖，一个麦芒，说不定真打起来了，那场面就更热闹了，只怕是真的收不了场。

见凌志云办公室的灯还亮着，曾迎春上了楼，听到里边齐向前在说，今天这事虽然没有酿成挤兑事件，却也是有惊有险，值得好好反思，好好总结经验教训。她在门口一侧停了下来，听到凌志云说是啊，这“三保”当初就应该内外有别，有的只能在内部讲，对外就得注意了，就是对内，现在也有必要改变一种说法了。她拍着手，边进门边说好，赞成。凌志云见她一脸红扑扑的，忙起了身，说她辛苦了，又问冻着没有，饿着没有，边问边给她沏了一杯茶。她双手捧着杯子，喝了两口，说托他的福，虽然山上有的地方上了冻，路面滑，几次差点掉沟里去了，但都是有惊无险。又说村上一个劲地催钱，市里领导要求最迟下个月初必须把钱送到村上去。凌志云说本来是不应该让人家来催的，只是今年情况特殊，但再特殊，再困难，也得给，一分都不能少，办法他来想，争取这个月底送过去。齐向前说了兴隆公司催收的情况，面有愧色。凌志云说虽然暂时还没有催收回来钱，但让公司的董事长明白了讲诚信的道理，有了还款的意愿，那也是成效。曾迎春说那这比收回来一点半点钱更好，更有用。

回到家，高艳脱了鞋袜一看，右脚的大脚指头黑里泛青，一摸，还钻心地疼。这时，谷为怀坐在沙发上打电话，跟人说存款的事。放下手机，他感到右肩有些疼痛，解了衣扣，扯开衣服一看，青了一块。吴冬梅心疼地给他搽着红花油，说他也不是行长了，怎么还去操那个闲心，还给人擂成这样。谷为怀笑了笑，说他虽然不是行长了，但他还是支行的员工，还是一名共产党员。吴冬梅横他一眼，说好，就他觉悟高，说着有意加力搽了一下，搽得他“哎哟”起来。吴冬梅一笑，说他还知道疼啊。谷为怀哈哈大笑。

第九章

喜忧参半

看一眼窗外飞着的毛毛细雨，看着凌志云摸着下巴，愁眉苦脸地在地上走来走去，高艳是又急又心疼。

“我看你也别急，说不定哪里突然会冒出好事来，给你一个惊喜。”高艳站起来，看着凌志云，“你不记得了，去年存款离目标怎么也还有差距，没想到在即将关账的时候，喜从天降，财政那边来了一笔资金，超额完成了任务。”

“今年存款增长势头不错，已超出了预期，也成为了增效的一个重要因素，现在的关键已不在存款，而是不良下降和减亏。如果不良贷款不能下降到预期的水平，减亏不能达到预期的水准，从效益和发展的角度来看，那就落在了温江支行之后，就还是改变不了被撤销的可能。”凌志云停下来，看着高艳，“明天就是决算日了，如果今明两天，兴隆公司和机械厂能回笼资金，又能用于归还贷款，扣收利息，那就好了。”他摇摇头，“可这不可能，根本不可能。”

“也不能说不可能，一切都有可能的。”高艳边说边将茶杯递给凌志云，“其实，尽力了就行了，许多事不是自己想怎么就能怎么的，也……”

凌志云接过茶杯，喝了一口，放下，朝高艳扬了扬手。高艳明白他的意思，不再多说，朝他一点头，妩媚一笑，轻盈而去。目送着她的背影，凌志云莫名地心头有了一种温暖的感觉，喉咙里也有一丝丝的甜味。

刚才高艳上来请示凌志云，明天就决算了，看存款也好，费用也好，是不是留点余地，打点埋伏。凌志云愣了愣，问她为什么要留余地，要打埋伏，又怎么留余地，怎么打埋伏。高艳将门半掩了，说凌志云今年是半路接手，留点余地是正常不过的事，打点埋伏明年就轻松一些，一般都是这样的，不会有谁说什么。不等她说完，凌志云就脸一沉，说他压根就没这个想法，要她也不用这么想，决算就实事求是去做，即不留余地，不打埋伏，把肥肉藏在碗底下，也不虚增，不充数，打肿脸来充胖子。高艳嘻嘻一笑，说她就随口说说，也是为他着想，听不听由他，就当她没说好了。凌志云说知道她是一片好意，但支行眼下这样子，哪里还有能力去留余地，又哪里还有机会去打埋伏，更没有必要和可能去留余地，打埋伏了。高艳默然不语。

昨天下午，凌志云跟邓昌明和游组长打了电话，把预决算的大概结果跟他们做了汇报。邓昌明说能有这个结果已经不错了，又提醒他，决算对支行和他都非常重要，务必认真对待，还告诫他，决算事情多，一定要注意细节，特别是要看好尾箱，查好库，千万别出差错。游组长说没想到支行存款能增那么多，减亏那么明显，很不容易的，也十分难得，但放到全省县支行一排名，那总体来看，还是有点靠后，也在温江支行之后两位，不过差距不是太大。听游组长前边那话，凌志云还有点欣慰，但一听后边说的，忧愁一下又上来了。

而同时宁可也在打听沧江支行的情况，当得知沧江支行还是落在温江支行后边，才松了一口气，而且他明天还联系了一笔存款，一旦需要，随时可以入账。就在高艳来请示凌志云之前，宁可还给凌志云打电话探听虚实。两人打太极似的说了一会儿，打了一阵哈哈了事，谁也探不出谁的底细。这又让凌志云多了两分忧愁。

凌志云愁眉苦脸走来走去的时候，胡国庆也在给李胜利打电话，问货款能不能弄回来，李胜利说他和罗兰下午又去了博大公司财务部，部长还是没松口，只怕是没戏了。胡国庆说没戏也得有戏，多少都得弄点回来。李胜利说他也是这么想的，等下他和罗兰商量一下，再去一趟公司。放下电话，胡国庆在地上来回走着，边走边用拳头捶着额头，捶得“嘣嘣嘣”地响。王援朝敲门进来，问他怎么了。他说了支行和厂里的难处。王援朝说那支行的忙一定得帮，就是博大公司那边弄不回来钱，厂里也得想办法，多少都得弄一点。胡国庆说他就为这事愁着呢。王援朝背着手走了走，说如果实在没办法了，那就这样，以厂里的名义向职工借钱，货款一回笼就还给大家。胡国庆想了想，点了点头。王援朝说那好，他来带这个头，正好有点钱到期了，准备这两天去把坏了的冰箱换掉。胡国庆要王援朝还是去买冰箱，家里没冰箱不方便的。王援朝说冬天有没有冰箱没多大关系，不急的，年后换也一样。胡国庆握着王援朝的手，说那好，他晚上也回家看看。王援朝拍了拍胡国庆的手，说在这个时候，作为干部，作为党员，那就得走在前边。胡国庆含着泪，点着头。

今天早上一上班，凌志云就打电话给胡国庆，看厂里能不能想办法弄点钱，用于收拖欠的利息，或是还不良贷款。又说这对支行来说非常重要，也非常关键。胡国庆说明白他的意思，只是别的办法是没有，就看塔吊的货款能不能弄点回来。他放下电话就叫来了李胜利和罗兰，看他们有什么办法。李胜利直摇头，说不用去博大公司，别浪费了时间，还白花了差旅费。罗兰想了想，说虽然与博大公司签的合同是货到两个月后付款，现在还只有一个月多一点，但也并不是没有可能。胡国庆说在机械厂最艰难最困难的时候，支行和凌志云冒着那么大的风险，给厂里放了封闭贷款，让厂子起死回生，这无论是对机械厂，还是对机械厂每个人，那都是大恩大德，不能忘的，现在支行到了关键时刻，机械厂理当急支行之所急，想支行之所想。又说其实帮支行就是帮机械厂，就是帮自己。罗兰说那是的，今天机械厂帮了支行，明天机械厂有了难处，那有话也好说。又说她还有一个想法，就是在厂里发个通知，动员大家把钱存到支行去，这也是一种支持。李胜利说这不妥，大家的工资这几年就在支行发，有钱本来就存在那里了，何况厂里有好些日子没发工资了，这几个月那些上班的工人的工资都还欠着，说了等塔吊的货款回笼了再发的，大家又哪里有钱来存。

一小会儿沉默过后，罗兰说那倒也不见得，虽然厂里有一段时间没发工资了，但有些人还是有收入的，再说了，前些年厂里效益不错，一般多少还有点积蓄，正因为厂里有一段时间没发工资了，大家就更不敢乱花钱，节约着用了，那点积蓄也就大多还在，而他们的积蓄有的不一定就存在支行，如果到期了就可以存到支行这边来，这样不管能存多少，那也是厂里做了工作，更是一种姿态，支行会明白，会理解。李胜利说这好是好，只怕大家不一定认可，因为大家本来就没什么钱，又不知道明天到底是个什么样，自然是更不想让人知道家底了，一发通知，只怕会造成误会，引起反感，还以为厂里要怎么了。见胡国庆没吭声，李胜利看一眼罗兰，说他刚才又想了，博大公司那边倒是可以去试试看的，就是不能说动公司提前付款，也可以顺便了解一些塔吊的相关情况，也是好事。胡国庆起身边走边说，李胜利和罗兰都说得都在理，都是为厂里着想。说到这他不走了，也不说了，只是倚着桌子，看着李胜利和罗兰。李胜利和罗兰心里都有点慌了，相互看了一眼，等着胡国庆往下说。

胡国庆走了走，猛一转身，说罗兰的想法很好，但动员大家去支行存款的通知不能发，口头跟各部门和车间说一说就行，去不去自愿，别弄巧成拙。罗兰点点头。胡国庆一拍桌子，要李胜利和罗兰去博大公司，马上走，开车去。

罗兰一路催着司机快点。李胜利老抓着车门的扶手，不断地嘱咐司机，要快，但更要保证安全。临近中午，他们总算赶到了博大公司。公司财务部阳部长一见面，拉着李胜利的手就走，说马上到吃饭的点了，吃饭去。李胜利说吃饭不急，说了事再吃饭不迟，不先说事，那有饭也吃不下的。阳部长哈哈大笑，说行，给他三分钟。听他简要一说，阳部长手一摆，说提前付款那不可能，还没有这样的先例，但可以保证按合同约定的日期付款，绝不拖延一天。李胜利脚一跨，挡在阳部长跟前，不让他走。见阳部长眉头一皱，脸色有点难看起来，罗兰忙边朝李胜利使眼色，边说好，不耽误部长的时间，先去吃饭，吃了饭再说。李胜利没理睬罗兰，还是扯着阳部长要说。阳部长手一甩，大步走了。李胜利愣在那里，心里好不失落，好不失望，心想他牛什么，机械厂曾经也有红火的时候。不等李胜利多想，阳部长走了十来米就回了过来，朝李胜利一笑，牵着他的手，边走边说，还是先吃饭，吃了饭才有力气说货款的事。可饭还没吃完，阳部长就给总经理叫走了。临走时，阳部长握着李胜利的手，说对不起，不知道要什么时候才回公司。罗兰抢着说，没事，他们等。

走在人行道上，看着毛毛细雨湿了李胜利的头，罗兰边将羽绒服的帽子戴在头上，边问李胜利是不是找个地方休息一下。李胜利扫了一把头发，甩了一下手上的水，看一眼天空和飘落的树叶，指了指旁边的一家商场，说就在那里边转一转得了，省一个算一个。他们在商场转了转，找了一个地方坐下。一坐下，罗兰的瞌睡就上来了，头一勾，身子往旁边就倒。李胜利忙出手扶住。罗兰脸一红，说昨晚她女儿高烧，折腾了一个晚上。李胜利怪她怎么不说。她说要是说了，那她就来不了了。李胜利指了指她，呵呵笑了笑，一声叹息，说看样子要公司提前付款，只怕是没希望了，可这样回去，到时候既无法跟胡国庆交差，自己脸上也无光。罗兰说她刚才倒是想到了一个办法，不知道胡国庆和阳部长会不会都同意。李胜利听罗兰一说，说这办法好是好，只怕胡国庆不会答应，阳部长更是看不上那么一点小利。罗兰说那不一定，有的事总是出乎意料。李胜利笑罗兰是一个乐观主义者，总往好处想。罗兰说人就是要乐观点好，碰到困难，遇到挫折，往好处想，会越想越来劲，越想越有希望，而往坏处想，会越想越泄气，越想越悲观。李胜利说这倒也是，记得小时候有一次上山打柴，天黑了，本来就有点胆怯，加上林子里的猫头鹰一叫，更害怕了，感到肩上的柴担越来越重，前边的路似乎越走越长，惊慌中又脚下一绊，摔倒了，坐在地上，看着虚无缥缈的山峦，听着鸟的幽鸣和虫的呻吟，真有点毛骨悚然起来，不由得拔腿就跑，柴担也不要了，好在跑了二十来米，脑子里一闪，想起了雷锋，想起了刘胡兰，想起了小兵张嘎，便自己问自己，怕什么呢，有什么可怕的呢，就不再跑了，稍一犹豫，便一转身，脚一跺，再一咳，唱着歌，甩着手，大步往回走去，这一来，感觉担子不那么重了，眼前也没那么黑了，心更是不那么“嘭嘭嘭”地跳了。

下午快下班的时候，李胜利和罗兰终于等来了阳部长，可阳部长听罗兰说了她的想法，又是摇头又是摆手，说公司还真不在乎那点让利，就是他同意了，总经理也不会答应，要他们别等了，早点回去。罗兰说那点让利是小，可也是心意和诚意。阳部长点点头，说她的心意他领了，她的诚意他懂了，但确实没有必要在这等，回去好了。李胜利和罗兰稍做商量，跟胡国庆说了一下情况，快快不乐地回沧江去了。

罗兰说的让利是指博大公司提前付款，只要按合同价的九折支付就行。

罗兰跟胡国庆报告时说的是九五折，没想到胡国庆说别九五折，干脆就九折得了。李胜利说如果是九折，那利润就很薄了。胡国庆说只要能弄回来钱，虽然厂里的利润是薄了，但跟支行的友谊会更加丰厚更加坚实。

谷智勇闷闷不乐地坐在卧室的椅子上，吴冬梅叫他出来吃饭也不吭声，去拉他还甩手，惹得吴冬梅来了气，说她在家忙前忙后，累死累活的，把饭菜做好，端到了桌上，还要给她脸色，不吃就不吃，从明天起，她也懒得做了，甩手当老爷好不过。谷为怀尝了一口汤，放下勺子，说那还得她做，就她做的大家都喜欢吃。吴冬梅横他一眼，背过身去。谷为怀笑呵呵地把碗筷递到她手上，说快吃，不吃就凉了，凉了就没那么香甜了。吴冬梅接过碗筷，稍一犹豫，又碗筷一搁，说谷智勇不来吃，那她也不吃。谷为怀说谷智勇现在吃不下，就别勉强他了，等下想吃了自然会吃的，他又不是三岁小孩了，随他去。吴冬梅说那她现在也吃不下，说着就要起身，谷为怀忙一把拉住。吴冬梅瞪他一眼，说她去看谷智文吃完了没有。

不一会儿，吴冬梅拿着一大一小两个空碗出来了，说谷智文倒是听话，也不挑剔，什么都吃得津津有味。谷为怀说那全是她服侍得好，辛苦她了。她放下碗，说还正想跟他商量，春节前是不是带谷智文去一下广州，听说那里有一个老中医，方子还蛮灵验的，早去一天早好一天。谷为怀说老中医也看过不少了，也不知道是不是真的灵验，又说明天是决算，后天就开始“开门红”了。不等他说完，吴冬梅就椅子一推，问他是“开门红”重要还是谷智文重要。谷为怀说都重要，见吴冬梅眼睛一下红了，眼泪也在眼眶里打起转来，又忙说当然还是儿子更重要。吴冬梅一抹眼睛，笑了。

门一响，谷智勇低头走了出来，端起碗就狼吞虎咽地吃着。吴冬梅要他慢点吃，别饿牢里放出来似的，边说边在他背上轻轻拍着。谷智勇放下碗，拉着吴冬梅坐下，边往她碗里夹菜边要她也快吃，等下就凉了。吴冬梅将碗里的鱼夹给谷智勇，又往饭里压了压，说他整天东奔西跑的，又要长身体，得多吃点，吃好点。谷智勇还想夹回去。吴冬梅用筷子按着，不让他夹，眼里满是疼爱。谷为怀端着碗，看在眼里，喜在心里，乐呵呵地给吴冬梅和谷智勇各夹了一块鱼。

吃过饭，吴冬梅问谷智勇，刚才怎么不来吃饭。谷智勇看一眼谷为怀，说没心情，吃不下。吴冬梅说那怎么又吃了。谷智勇说怕她也不吃。吴冬梅在谷智勇头上扫了一下，说这孩子。谷为怀看着谷智勇，说知道他心里难过，兴隆公司的贷款催收没有明显成效，会影响支行的排名，甚至可能关系到支行的存亡，但再怎么样，饭还得吃，不吃饭又哪有力气去搞催收，再说自己尽力了，也就不后悔了。谷智勇说，可再努力，如果没有成效，那也是白费力气。谷为怀拍了拍谷智勇的肩膀，说任何事情是要看结果，但结果是有过程的，只要过程方向没错，方法得当，又努力了，那就一定会有结果，结果今天没有，也许就在明天。谷智勇点点头，起身就要走。吴冬梅问他去哪。他说去办公室，把这几天的情况加班整理一下。谷为怀朝他扬了扬手。他一笑，出了门。

谷智勇出门的时候，正好朱开放进门。朱建国见他一进门，马上边将饭菜往桌上端，边喊着开饭了。一家大小往桌前一坐，热热闹闹地吃了起来。还没吃上几口，朱建国就说要问朱开放一个事。朱开放边吞饭边说急什么，吃饭可是第一件大事，能不能吃了饭再问，他都肚子早挨着背了。朱建国说吃饭是重要，可他要问的也重要。朱开放碗一搁，看着他。他嘿嘿一笑，说其实也没别的，就是看他网点的存款完成计划了没有。朱开放眼睛一转，说完不成，还差几百万呢。朱建国碗一搁，一声叹息。朱开放眨眨眼睛，问他叹息什么。他说原本还想指望朱开放帮他一把的，看来也只能靠自己了。朱开放呵呵一笑，说那是的，就一起努力呗。他说着端起碗，大口吃饭。朱建国敲了一下桌子，指着朱开放，说明天还有一天，可得多想想办法，作为青年突击队的队长，网点怎么也不能拖了支行的后腿。朱开放看着朱建国，边嚼边说谁也不想拖后腿，可网点的存款资源已是山穷水尽，要想不拖后腿，那得靠他帮衬了，他这面旗帜，他这个先锋队队员就得拿出一点姿态，走在队伍的前边，引领青年突击队从胜利走向更大的胜利。朱建国连连摆手，说靠他可靠不住，他的计划都还没完成，就别指望他了，就自力更生吧。朱开放哈哈大笑。朱建国跟着也笑。两人相互指着，都笑出了泪来。

几天前，凌志云跟曾迎春和齐向前商议后决定，尽管支行的存款增得不错，但从支行的需要来看，还得再冲刺一把，别留下遗憾。齐向前说支行眼下的重点工作除了存款，还有一个催收，建议在党员和团员中分别成立先锋队和突击队。曾迎春一拍桌子，说这个主意好，在关键时刻，党员和团员的作用就得发挥出来，是马还是骡子就得拉出来遛一遛，又毛遂自荐当了存款先锋队的队长，要齐向前负责催收。齐向前说这是他职责所在，理当竭尽全力。凌志云朝他们点头一笑，看一眼寒风呼啸的窗外，心里暖暖的。

朱开放哈哈大笑之际，汤显贵正在倪小桔店外踅来踅去。他多么想倪小桔能主动地请他进门，看座，再给他沏上一杯热腾腾的茶，可倪小桔一直忙碌着招呼顾客，似乎压根就没看到他，或是看到了，却不想让他进去，是不是又讨厌他了，或是她心里有了谁了。上个月倪小桔跟他说了，没得到她的允许，他不得进店。这是她说过之后第三次来了，前两次都是她招呼了才进去的。

汤显贵实在憋不住了，一闪进了门，从一侧绕到倪小桔跟前，嘻嘻一笑，刚要开口，一个顾客跑过来，拉着倪小桔就走。倪小桔看都没看他一眼，跟着那顾客到前边看衣服去了。他好不尴尬，在那里站也不是，坐也不是，走也不是，留也不是。站在货架之间，他一时被这个碰一下，一时被那个推一下，有的还横他一眼，嘟哝出一句难听的话，他心里一阵阵难过，一阵阵难受，真想走了，可腿就是迈不开。

快十点了，倪小桔才走了过来，冲汤显贵一笑，说不好意思，前边只顾招呼顾客去了，没管他。听她这么一说，汤显贵前边的尴尬和不快一扫而光，笑呵呵地说没什么，看着她忙碌着，他心里高兴，只是不好去帮忙，怕帮不好，反而添乱。倪小桔说现在正是一年的旺季了，生意是有点忙不过来。又问他来干什么，是不是有什么事。汤显贵嘿嘿一笑，说也没什么，就想来看看她。倪小桔掩口一笑，说他既然没事，那就先走，她也要准备打烊了。汤显贵挠了挠头，说也有个事，就是看她明天能不能帮他弄得点存款。倪小桔稍一想，说手上钱是有一点，只是明天要进货，都联系好了的。汤显贵问能不能多少存一点。倪小桔摇摇头，说没有，还缺钱呢。汤显贵低头沉默了一会儿，说那好，不为难她了，还是进货要紧。走到门口，汤显贵又回过来，说他还有点存款，明天取了给她送过来，多进点货回来。倪小桔只是笑着，不说要，也没说不要。

其实，刚才汤显贵在门口踅来踅去的，倪小桔都看到了，只是故意不招呼他，看他到底怎么样。

上午 11 点半，李胜利匆匆跑进凌志云办公室，将袋子一抖，用皮筋扎着的十几沓钱“哗啦啦”地滚落在茶几上。凌志云一愣，指着钱，问怎么回事。李胜利在沙发上坐下，边一沓一沓地码着钱，边把罗兰怎么提议，胡国庆怎么拍板，让职工借钱给厂里的事简要地说了一遍。

“凌行长，你也知道的，厂里已经有好一段日子没发工资了。这几月来，那些上班的工人都只发点生活费，我们管理人员那是谁也没领一分钱，欠着的都得等塔吊的货款回笼了再发。”李胜利接过凌志云端来的茶，喝了两口，“大家手上本来就没什么钱，个别人还要打破锣，讲烂话，说借钱给厂里，那准是肉包子打狗，不少人对厂里能不能有借有还心里就更没底了。这样一来，响应的人寥寥无几。好在胡厂长和老厂长都带了头，后来柳建平又加入到了这个行列。柳建平虽然不是科长，也不是车间主任，更不是党员，但说句话，在厂里还是有不少人听的。还有万春晖，也是没想到的，这段时间以来，他老心不在焉，心事重重的样子，可一听说这事，他倒是爽快地送了三千块钱到财务中心来。”

“是吗?”凌志云点点头，“那就好。”

“到我来之前，厂里共有三十五个人送了钱到财务中心，总算凑齐了这八万块钱。”李胜利指了指茶几上的钱，“老厂长是个有心人，他统计了一下，这三十五个人里边，有二十七个是党员。有一个老党员知道情况后，二话没说，把准备给女儿买嫁妆的钱都拿了出来。看来在关键时刻，党员还是不一样的。”

“是啊，前几个月发洪水，支行江边的一个网点眼看要给水淹了，也是谷行长和朱建国等人最先赶到那里，谷行长又头一个跳进了水里。”凌志云望一眼远处的沧江，看一眼茶几上的钱，握着李胜利的手，“这真是难为胡厂长，也难为大家了。”

“你快别这么说。”李胜利摇着手，“我们胡厂长一再说，这是为支行，更是为厂里。”

“我看，你还是把钱拿了回去，退给大家的好。”凌志云边说边将钱往袋子里捡，“我心里清楚，大家手头也紧，都不容易的，再说这钱，对支行来说，还贷款也好，收利息也好，都只那么多，改变不了什么，而对厂里的工人来说，那就不一样了。你……”

“你是嫌少了不成?”李胜利看着凌志云。

“不是，那不是。”凌志云连连摆手。

“凌行长，我既然拿来了，那我是不会拿回去的。钱虽然不多，也解决不了多大问题，却是大家的一片心意，你怎么也得领了。”李胜利按住凌志云的手，眼里闪着泪花，“如果拿了回去，那我不仅跟胡厂长交不了差，大家也会怪罪我的，我可担待不起。”他说着将袋子一抖，那钱又倒在了茶几上。

看着茶几上那一沓沓厚薄不均、宽窄不一的钱，凌志云仿佛看到钱上浮现出了胡国庆和王援朝的脸，还有李胜利和罗兰的脸，那数十张或熟悉或陌生的脸又叠印在一起，组成了一幅美妙多姿的图画，似乎又听到了在图画下边有什么在汩汩流淌，流进了他的血脉，流进了他的心房，是那么动听，那么悦耳，又那么清亮，那么清纯……

看着，想着，凌志云不禁怦然心动，在他眼里，摆在茶几上的已不再只是钱，而是浓浓的情感，浓浓的情谊……

“好，李厂长，就这样吧。”凌志云紧握着李胜利的手，“这钱快拿去入了厂里的账，不收贷款利息，只收老贷款。”

李胜利明白，凌志云这是为厂里着想。

一送走李胜利，凌志云马上给邓昌明打电话，将刚才的事说了，邓昌明大为感动，说这才是真正的银企一家亲了，又夸了凌志云两句，还一再叮嘱晚上的决算务必搞好，千万别出什么差错。凌志云就势说晚上的聚餐，想邀请员工家属都参加。邓昌明说这个点子好，沧江支行能有现在这个景象，那离不开员工家属的支持和配合，应该请他们一起来分享，又要他跟宁可打个电话，看温江支行的聚餐怎么弄。凌志云心里明白，邓昌明意在要温江支行也这么做，更明白，在邓昌明心里，沧江支行和温江支行，那是手心手背都是肉，哪一个撇了他都心疼，尽管他在情感上对凌志云是有所倾斜的。

凌志云正要给齐向前打电话，问兴隆公司那边还有没有点希望，突然感觉房间一亮，扭头一看，是阳光斜照进来，洒落在办公桌上，也瞬间豁亮了他的心情。几分钟前，他站在窗前，看着汤显贵等人在院子里，从车上搬下桌凳时，天还是阴的。

昨天下午，凌志云主持召开支委扩大会，再一次研究部署年终决算工作。开始的时候，会开得有些沉闷，特别是当不知道是谁说这只怕是支行的最后一个决算了之后，立马有人叹息起来，有人哭泣起来。曾迎春一拍桌子，说支行好好的，还在呢，叹什么鬼气，哭什么鬼丧，是存心要把支行哭没了不成。她这一拍，一说，倒一下把大家都镇住了，一个个愣愣地看着她，茫然不知所措。见大家都看着她，她有点难为情了，便避开他们的目光，看看凌志云，又看看齐向前，最后落在高艳的脸上。高艳嘻嘻一笑，说曾迎春那一掌拍得好，拍得她更清醒了，那一通骂得好，骂到她心坎里去了，支行今年还好端端的，明年只会更好，哪来的什么最后一个决算。曾迎春又一拍桌子，说就是嘛，好好的，哭什么，哭得人心里发慌，背上发凉。高艳又嘻嘻一笑，说大家哭也好，流泪也好，可不是因为支行可能要被撤了，而是看到支行在支委班子的带领下，各项工作都取得了前所未有的业绩，特别是存款增长那么多，封闭贷款发放又那么成功，大家是激动，又感动，抑制不住才哭了，那是喜极而泣，至于叹息，那是觉得自己的工作还有差距，还有努力的空间。听她这么一说，大家或点头，或说是。曾迎春眨了眨眼睛，指着高艳，想说什么却没说出来。齐向前就势接过话，说他有一个想法，还没来得及跟凌志云和曾迎春汇报，也没来得及请教谷为怀。曾迎春要他快说来看看。凌志云与谷为怀交换了一个眼神，都点了点头。

齐向前看一眼窗外，扫一眼会场，说往年决算，晚上员工都要聚餐，这已沿袭多年，今年也还得聚。不等齐向前说完，曾迎春一拍桌子，说齐向前跟她想到一块去了，聚，就得聚，就得好好热闹热闹，一扫晦气，一扫霉运。凌志云看着谷为怀。谷为怀说聚餐不仅要搞，而且档次要比往年高，还要把员工家属都请过来，这样更能凝聚人心，鼓舞士气。高艳说还可以表演几个简单的节目，助助兴，这可以让朱开放和何思卉他们去准备。齐向前说他突然又有了一个想法，是不是可以邀请胡国庆等人参加聚餐。凌志云拍手说好。

谷为怀提议把余小丽也请来。高艳抢着说举双手赞成。

散会后，凌志云和齐向前又聊了一会儿，都认为支行能不能在综合考核排名上超越温江支行，在全省县支行排名往前赶，关键在兴隆公司和机械厂。就为这，凌志云冥思苦想了一个晚上，十点多还跟在车间的胡国庆通了电话。胡国庆说他正在千方百计想办法，多少应该会有一点。接着，胡国庆跟李胜利和罗兰打电话，要他们明天一上班就落实向员工借款的事，跟博大那边也要保持沟通，再争取争取。

齐向前告诉凌志云，兴隆公司这边看样子是没戏了，但不管有戏没戏，没到最后一刻，他不会收兵，又说公司的总经理和财务负责人今天一天没露脸，也不知道去了哪，也许是躲起来了。凌志云刚明朗一点的心情又阴郁了下来。

喜形于色的高艳跑到门口，见凌志云坐在椅子上，低着头，双手大拇指揉着太阳穴，本想悄悄走过去，吓他一跳，但转念一想，唉声叹气地进了门，走到桌前，回头瞟一眼门口，捧起桌上的杯子就“咕咚咕咚”喝了起来。

“你……你干吗?”凌志云边说边伸手去拿杯子。

“忙了一上午，早口干了啊!”高艳撇开凌志云的手，杯子一搁，嘴一抹，“人家又没传染病，你急什么?要看不起你，人家还不喝呢。”

“好，你喝，你喝。”凌志云脸红了一下，“你喝个够好了。”

“哟，还脸红了呢。”高艳指着凌志云。

“谁脸红了?”凌志云看一眼门口，一本正经地看着高艳，“有事吗?”

“怎么?”高艳歪着头看着凌志云，“没事就不能来?”

“今天决算，你不忙?”

“没你忙。”高艳嘻嘻一笑，“不过，我这也是忙里偷闲。”

“那你……”凌志云话锋一转，“看你刚才唉声叹气的，是谁惹你生气了，还是又碰到什么难题了?”

“也没什么。”高艳脑子一转，一声叹息，“我只是来告诉你一个天大的不好的消息，你……”

“什么?”凌志云一弹站了起来，“你快说!”

“不急，不急。”高艳摆摆手，看着凌志云，慢慢腾腾地说，“这消息简直是太大了，也太重要了，我怕一说出来，把你惊倒了，吓坏了，那我可担待不起，更怕方科长来找我的麻烦，你……”

“我可没时间跟你开玩笑。”凌志云一拍桌子，“到底是什么，你快说！”

“谁跟你开玩笑了？”高艳头一抬，嘴一撇，“你要这样，那我还真不说了。”

“好好好，我不该拍桌子，行了吧？”凌志云看着高艳。

“这还差不多。”高艳扑哧一笑，抬腿往桌子角上一坐，将拇指和食指一亮，“就告诉你吧，机械厂刚才又进了这个数。”

“八万？”

高艳摇着头。

“八十万？”

高艳点点头。

“真的？没看错？”

“真的！没看错！”

“真是八十万？”

“真是八十万！”

“那你刚才怎么还唉声叹气？”

“逗你的呢。”高艳妩媚一笑，“就想看你那着急的样子。”

“你呀！”凌志云指了指高艳，“都三十好几的人了，有时还是个小孩似的。”

“小孩好啊，天真烂漫，讨人喜欢。”高艳下了桌子，瞟一眼门口，看着凌志云，放低了声音，“不过，也只在你这里才这样哦！”

“别乱说！”凌志云脸一沉，指了指门口。

高艳吐了一下舌头，说她先下去了，那八十万怎么处理，早点告诉她，走到门口又回过来，悄悄问凌志云，晚上的聚餐方敏来不来。凌志云说暂时保密。高艳瞪他一眼，鼻子一哼，飘然而去。

陈双有站了起来，指着一台电机，对旁边的胡国庆说，塔吊再提升十到二十米技术上肯定没问题，下一步可以着重从成本的角度来考虑了。罗兰飞奔过来，凑近胡国庆的耳朵说了一句。他一惊，问她是不是真的。她连连点头。尽管罗兰说的声音小，但还是给旁边的柳建平听到了。柳建平愣了愣，往工作台上一站，双手一举，大声说大家听好了，塔吊的钱回来了，有工资发啦。

柳建平这一喊，车间里顿时一片欢腾。潮水般涌过来的工人或热泪盈眶地亲吻着塔吊，或几个人将胡国庆抬起来抛向空中，或扯着罗兰问工资是不是今天就发，或屈指算着领了工资就去买哪些东西……

“走，领工资去!”柳建平说着摘了头上的工作帽，往空中一抛就要跳下工作台。有两个人往工作台前一站，手一搭，拼成一个躺着的“8”字，柳建平双脚往两个“0”中一伸，双手往他们肩上一搂，坐上了人工轿。

大家闹哄哄地跟着柳建平往门口拥去。罗兰急得团团转，说他们盼这钱可是眼睛都早就盼穿了的，这下钱回来了，要是不发了工资，只怕会出大事的。胡国庆怪她就不该跑到这里来说，说也不该让柳建平听到。她说她也是高兴，就想让他早点知道。胡国庆看一眼朝门口涌出的人流，说当务之急是必须想法子稳住他们。罗兰说他们不拿到钱，肯定是不会善罢甘休的。胡国庆心里明白，要想稳住大家，那就得先说服了柳建平。他稍一想，要罗兰从后门赶紧回办公室，准备一下，等下跟他一起去支行，这边的工作他来做。

胡国庆追上去，挤进人群，跟柳建平耳语了两句。柳建平看了看胡国庆，默了默神，手一挥，下了轿，朝大家手掌一亮，往后一推，转身跟着胡国庆往门口一侧去了。

过了十来分钟，见柳建平回来了，大家一拥而上，七嘴八舌地问这问那。他却一句也不说，只是笑眯眯地往里走，走到工作台前，往上边一站，说胡国庆跟他保证了，工资一定会发的，只是那钱看起来是厂里的，实际上是银行的，因为厂里借了银行的贷款，那钱要发工资，那就得跟银行去商量商量，看银行是不是同意。又说胡国庆已经在去银行的路上了，一有好消息就会马上告诉他的，大家就先去干活，别误了工，又得加班来补。大家一听，有的说那好，就等着了；有的说只要有发，那倒不在乎这一时半会；有的怅然若失，一声长叹；有的扬言，如果银行不同意，那就找银行去。

柳建平跟着胡国庆走的时候，心里就猜到了胡国庆想干什么，因此不等胡国庆开口，他就一口咬定，这工资一定得发，如果不发，那就会如何如何。可不知怎么的，胡国庆一通话下来，他就心软了，话也软了。胡国庆说的话他大都不记得了，但有一句，他始终记得，那就是没有银行，就没有塔吊；没有塔吊，就没有他现在的工作。

胡国庆为上午只筹集到八万钱而心怀愧疚，几次想跟凌志云打个电话，道个歉，做个解释，但总觉得不好意思，每每一犹豫又作罢了。李胜利几番安慰他，说有总比没有的好，虽然不多，但也是礼轻仁义重，再说厂里上上下下也都尽心尽力了，凌志云是个开通人，是不会见怪的。罗兰也说，不在这一时一事，往后的路还长着，事还多着呢，只要心里有支行，凌志云会理解的。听他们这么一说，胡国庆尽管心里不再那么难过，但总还是觉得对不起凌志云，也正因为这样，当罗兰告诉他回笼了货款时，他的第一反应是这钱先不能用，得听听凌志云的意见，何况如果凌志云不同意，那就是你想用也用不了。

曾迎春站在窗前，看着飘零的落叶，想着一年又即将过去，不到两个月就要退下来了，心里莫名地有了伤感，情不自禁地眼睛都有点湿润了。

在窗前站了一会儿，曾迎春回到办公桌前，往椅子上一坐，想起支行还在，还有年终决算，自己虽然不是行长，不是一把手，但毕竟是班子成员，而且为支行的“三保”“三战”贡献了应有的力量，一种荣光和欣慰在心底油然而生。她不由得一笑，一拍桌子，站了起来，在地上来回走着，心想自己眼看就要退下来了，这也是自己在位的最后一个决算了，为什么就不能搞得更漂亮一点，给自己画一个完美的句号呢？她抓起听筒，准备给各网点再打一轮电话，再下达一个存款冲刺目标，但她放下了听筒，准备亲自去各网点督战。

“又跑去找凌行长汇报工作了吧？”刚走到楼梯口，曾迎春一眼看到高艳下楼来了，便停下来，话里有话地问道。

“是啊！”高艳倚着扶梯，居高临下地朝曾迎春一笑，“怎么，不行吗？”

“没什么，没什么。”曾迎春摆摆手，“看你匆匆忙忙的，还以为你有什么急事呢。”

“是有事啊!”高艳看一眼曾迎春的办公室,“我刚才本来是想先跟你汇报的,见你门关着,还以为你出去了,就直接上了三楼。还好,幸好没敲你的门,要是一敲门,打断了你的思路,或是坏了你好事,那就是罪过了。”

“看你说的。”曾迎春指了指高艳,“你这张嘴呀,刀子似的,可又总是抹了蜜一样,我还真是说不过你。”

“哪里,我是想跟你学。”高艳嘻嘻一笑,“只可惜学不到,学不会。”

“你……你看你。”曾迎春脸一红,岔开话题,“哦,你是想跟我说什么事啊?”

高艳回头看一眼楼梯,凑近曾迎春的耳朵,告诉她机械厂回笼了八十万货款。曾迎春一下惊呆了,直到高艳边下楼梯边笑着朝她扬手才回过神来。她朝高艳一扬手,在心里骂道:“你神气个屁呢。”骂过了,她没有下楼,而是回到了办公室。

凌志云正踱来踱去,琢磨着机械厂这货款怎么处理好。他脑子里已有了好几个方案,只是不知道选择哪一个更好。曾迎春喜笑颜开地跑进门来,朝凌志云双手一拱,说恭喜恭喜,贺喜贺喜。凌志云问何喜之有,又喜从何来。曾迎春指了指凌志云,又哈哈一笑,说他揣着明白装糊涂,高艳刚才都上来过了。凌志云拍了一下额头,又“哦”了一声。曾迎春瞟一眼门口,说做梦也没想到,机械厂这个时候还能回笼这么大一笔款子,真是喜从天降。凌志云说是啊,他也没想到的。曾迎春一拍桌子,说那还等什么,别夜长梦多,先收了利息再说,只要收了利息,那收入一下就上来了;收入一上来,利润跟着就上来了;利润一上来,排名自然也上来了;排名一上来,那可能要撤的就十之八九是温江支行了。凌志云说这钱一笔收了,对支行来说那当然是再好不过,只是这钱毕竟是机械厂回笼的货款,还得跟机械厂商量一下才行,贸然收了,如果机械厂的人闹到支行来,那也是麻烦事。曾迎春皱了皱眉头,说凌志云怕这怕那的,还真有点跟谷为怀一样的味道了。

“是曾行长又在表扬我了吧?”谷为怀笑呵呵地走了进来,指了指曾迎春。

“我……我是夸凌行长为人忠厚,行事稳健呢。”曾迎春嘻嘻一笑,脸上掠过红晕。

“曾行长还真会夸人哦!”谷为怀朝曾迎春大拇指一竖,“不仅凌行长听着舒坦，我听着也受用呢。”

“哪里哪里，我可比不得你们两位。”曾迎春脸又红了，连连摆着手，“要不怎么你们两位都是一把手，我就只能是副手，而且是副到底了。”

“哦，跟两位报告一下。”谷为怀见凌志云给他递眼色，忙把话题引开了，“我刚才去财政局找了何局长。几家银行的人都在找他，他把我拉到一旁，悄悄跟我说了，再怎么紧，他们那边也会打两千万过来。”

“好，那就好。”凌志云朝谷为怀感激地点头一笑，“这样一来，对公存款这条腿就不跛了，那对公对私存款就齐头并进了。”

“谷行长就是不一样。”曾迎春朝谷为怀竖着大拇指，“真是老将上马，一个抵俩啊。看来，姜还是老的辣哦!”

“不不不。”谷为怀又摇头，又摆手，“我可没凌行长那种智慧，那种气度；也不像曾行长那样能说会道，又能唱能喝；更没有曾行长那种气势，那种气场。全是靠人家何局长讲感情，卖我这张老脸一点面子而已。”

见曾迎春有点尴尬，脸一下红一下白，眼睛都不知道往哪里看了，谷为怀哈哈一笑，说他也是夸她，说的是实话，心里话，要她别多想，别误会，不等她说话，又说机械厂回笼的货款，收肯定要收，但收多少，怎么收，还真不能一收了之，必须跟机械厂好好商量商量。凌志云说他也是这么想的。曾迎春一拍脑袋，说她这个急性子，一遇事就总是急躁，没凌志云和谷为怀想得周全，想得细致，又自嘲地一笑，说她这急性子的毛病，只怕是一辈子也改不了了。凌志云笑了笑，说急性子也不是什么毛病，雷厉风行，敢想敢干，敢做敢当，那都是优点，他想学还学不来。

“凌行长就是会表扬人。”曾迎春嘻嘻一笑，看着凌志云，话锋一转，“机械厂那边是不是知道回笼了货款?”

“知道!”

听到一个熟悉的声音，凌志云扭头一看，果然是胡国庆站在门口，后边跟着李胜利和罗兰。谷为怀跟胡国庆他们寒暄两句就走了。曾迎春给胡国庆他们沏上茶也回了办公室。

“凌行长，那八十万你看怎么办?”胡国庆开口就这样问。在来的路上，李胜利说他的底线是这八十万，支行和厂里各用一半。罗兰说她的预期是四六开，厂里四支行六。胡国庆没说出他的想法，但他心里早有了数，也信心满满。

“胡厂长，你有什么想法?”凌志云看着胡国庆。

“我一句话，听你的。”胡国庆呵呵笑着。

“那好，全收了贷款和利息，你……”

“我不同意!”李胜利连忙手一举，接过话。

“为什么?”凌志云问。

“因为这是塔吊回笼的货款，而塔吊的贷款并没有到期，还不到还款的时候，那也就是说，这钱厂里是可以自由开支的。”李胜利看一眼胡国庆，“还因为厂里上上下下都知道这笔钱了，大家，特别是那些在塔吊车间上班的人，可都在眼巴巴地盼着这钱发工资的。”

“没错。”罗兰见胡国庆坐在那里，端着杯子，慢悠悠地喝着茶，便接着说，“胡厂长还承诺了，只要塔吊的货款一回笼，就给大家发工资的，如果不兑现，那胡厂长会很为难，下不了台的，刚才柳建平他们还……”

胡国庆朝罗兰抬了一下手。罗兰不说了。

一阵沉默。

“凌行长，你的难处我知道。”胡国庆喝了一口茶，放下杯子，看着凌志云，“当然，我也有我的苦衷。不过，我再有苦衷，也没有你的难处大，再说了，比较起来，你这边更是重要，因为如果没有支行，就没有机械厂。换句话说，只有支行好了，机械厂才会好，是不是这样?”

凌志云心想这是胡国庆以退为进，在试探他的底线，想给自己留有余地，好讨价还价，便把球又踢到他这边来了，但马上又否定了，觉得是自己以小人之心度君子之腹了，胡国庆是发自内心想让他说个数，一旦他说了，就是再怎么也会接受的。他不想多说，也没有时间多说，只想试一试他和胡国庆之间的默契，便提议各自在手心里写一个数，写出各自想用钱的数额。胡国庆欣然说好。

凌志云提笔就写。胡国庆拿起笔，毫不犹豫就写了。李胜利伸长了脖子去看，可不等他看清，胡国庆的手已捏成了拳头。罗兰和李胜利相互看了一眼，都心怀忐忑地期待着。

凌志云微笑着，问胡国庆还改不改。胡国庆哈哈一笑，说他没有改的习惯，又问凌志云还改不，可别后悔。凌志云拳头一亮，说一切都在这里边了。

罗兰数到“3”，两个拳头同时一张，两个手心里都赫然写着“40”。李胜利伸长了脖子，又揉了揉眼睛，左一看，右一看，一声叫好，同时热烈地鼓起掌来。

凌志云和胡国庆都伸出了右手，接着又都把左手叠了上去，摇了又摇。李胜利喜不自胜地握了一下罗兰的手，说真没想到，他还跟胡国庆和凌志云想到一块去了。罗兰说那是因为凌志云不只是想着支行，更想着厂里，胡国庆也不只是想着厂里，更想着支行，才会有了这样的结果。李胜利感慨地说，是啊，只有这样，才会双赢。

抹了抹晶莹的泪花，凌志云问胡国庆，怎么一下又回笼了这么大一笔钱，做梦似的。胡国庆看着罗兰，说这是她的功劳，又指了一下李胜利，说他也是功不可没。李胜利嘿嘿笑了笑，说他倒没什么，全是罗兰说得好，哭得好。罗兰横了李胜利一眼，一脸羞涩。

今天早上一上班，罗兰就给阳部长打电话，说着说着就哭了，说得阳部长心动了，情动了；哭得阳部长心软了，泪落了，放了电话就去找总经理。总经理听他一说，那是又感动又激动，说人家有困难，那就得帮，帮了别人也就是帮了自己，又说难得人家一片诚意，一片真情，值得珍惜，再说机械厂的产品品质不错，价格又合适，是一个好的合作伙伴，就先付了，也别什么九折了，就当是交了个朋友。

临走时，凌志云邀请胡国庆他们参加晚上的决算聚餐。胡国庆欣然说好。李胜利和罗兰都表达了谢意，说厂里也得决算，往后有的是机会。

取了钱，在回机械厂的路上，李胜利说是不是先将那八万退了，余下的再用来发工资。罗兰说这样可以，只是发工资得区别对待，可以有的多一点，有的少一点。不等罗兰说完，李胜利就说那不行，这点钱不够，只能要么按比例发，要么都一样多，否则会出事的，一旦出事，那还不如没有这钱的好。胡国庆说那钱是得退，工资也得发，而且是得先退后发，不过，党员和干部的可以征询一下本人的意见，如果同意不退的那就缓一缓，工资原则上按比例发，适当留有余地，以便考虑少数特殊情况。李胜利和罗兰异口同声地说这样好。胡国庆说他借给厂里的不着急退，工资也暂时不领。李胜利嘿嘿笑了笑，说他借给厂里的也可以缓一缓，但工资得领了，要不回家说不起话。罗兰说她工资可以不领，但那钱得退了，因为那钱是借来的。

已经许久没领过工资了，尽管领到的钱不多，与期待的有差距，但大多数人还是高高兴兴、欢欢喜喜，有的领到钱就热泪盈眶地数了又数，亲了又亲，小心翼翼地将钱装进口袋，还紧捂着，怕跑了飞了似的；有的感慨万千，说真没想到，以为厂子就那么倒了，垮了的，没想到还有能领到工资的日子，真是做梦一样；有的一下班就打着飞脚往家里赶，将钱往桌上一摆，跟老婆孩子报喜似的说发工资了，有钱用了；有的领了钱就往商场跑，买这样买那样，却是挑了又挑，选了又选，看怎么合算……也有几个人在那发牢骚的发牢骚，讲怪话的讲怪话，敲桌子的敲桌子，踢凳子的踢凳子，惹得柳建平心烦起来。他走出排着的队伍，夺过一个人手中的钱，往空中一抛，说要就要，不要就走，别埋怨这埋怨那的。那人一见是柳建平，愣了愣，忙着捡钱去了。柳建平指着一个人，问他是不是嫌少了。那人后退一步，说是少了点。柳建平说要想多，那就得多干活。那人脖子一挺，说："我不懒，巴不得天天加班呢，可没活干，这也能怪我?"柳建平愣了愣，指着那人，说："好，你等着，到时候要你天天加班了，你要是发牢骚，怪这怪那的，看我怎么收拾你。"那人嘿嘿一笑，胸脯一拍，说好，他等着了。柳建平横了那人一眼，指了指其他几个人，眼睛一瞪，手一挥，要他们赶紧走，还要再吵吵闹闹，小心砸破他们的脑袋。那几个人头一缩，一声不吭地溜了。

柳建平出了财务科，到了地坪里，又情不自禁地掏出钱来数了数，亲了亲，正要将钱往棉衣口袋里塞，突然感到有人将手搭在了他的肩上。他以为是有人要抢他的钱，本能地往一侧一跨，同时反手一抓，一把抓住了肩上的那只手，正要用力往下一压，一眼看到了那是胡国庆，赶忙松了手，问抓痛了没有。胡国庆揉着手，说没事，又说柳建平还真是有两下子，难怪那么多人怕了他。柳建平嘿嘿笑了笑，说他拜过师，也是有点猫爪功夫，但他讲理，更不欺侮弱者。胡国庆点点头，说这他知道。柳建平亮了亮手上的钱，说胡国庆说话算数，他服了。胡国庆说他服的不是他胡国庆，而是一个理，一个情。柳建平挠着头，想了想，说是这样。胡国庆哈哈一笑，拍了拍柳建平的肩膀，上楼去了。

坐在椅子里，回想着大家领取工资时的情景，胡国庆心里是既高兴，又心痛，既畅快，又愧疚，就感到肩上沉甸甸的，又回想起接手这厂长以来的诸多事情，想着想着就更加清晰了，明白了，要想让厂子红火起来，兴旺起来，要想让职工领到工资，多领工资，那就得改革，就得发展，而当前最根本的就是要在改革和发展中，把塔吊的产量抓上去，把塔吊的品质提上去，把厂里的效益做上来。

就在这时，凌志云闻到了东坡肉的肉香，听到了院子里的喧哗，还听到了汤显贵在大声地指挥着这个去搬桌子，那个去摆碗筷。他放下文件夹，看了一眼窗外笼罩下来的暮色，起身准备去金库，看尾箱是不是都入库了。半个多小时前，朱建国打电话给他，说他们正在接网点的尾箱回来，但有的网点下午收的钱多，得加会儿班，他们得等一等。凌志云说收钱多是好事，就都辛苦一下，别催，莫忙中出错。

凌志云刚走到门口，听到院子里响起了喇叭声，还以为是胡国庆来了，跑到窗前一看，那却是一辆小卡车，车上装载着一些物资，朦胧中看不清楚。他一转身，看到齐向前和谷智勇风尘仆仆地走了进来。谷智勇将袋子一倒，两捆钞票滚了出来，落在桌上。齐向前说这是兴隆公司的，下边车上的酒也是。凌志云疑惑地看着齐向前。齐向前朝谷智勇努了一下嘴。谷智勇咂了咂嘴，揩了一下脸上的灰，说："兴隆公司的总经理其实并没有躲起来，而是跟财务部长一块到外边讨货款去了，他们说讨到的钱，还有下边车上的酒，都交给我们好了。"齐向前点点头，说那车上的酒就是抵货款抵回来的。谷智勇看一眼门口，指一下桌上的钱，说其实他们不止讨回这 15 万块钱的，他都看到了，他们打了埋伏，要不是齐向前给他使眼色，那他当场就揭穿他们了。凌志云拍了拍谷智勇的肩膀，笑了笑，说不揭穿好，兴隆公司能这样，已经是了不得了，也说明他前期的工作没有白做，真是功夫不负有心人。谷智勇脸红了，憨厚地笑着。凌志云要谷智勇赶紧拿了钱，去营业部进了兴隆公司的账。谷智勇问那钱是收不良贷款还是收拖欠的利息。凌志去跟齐向前交换一个眼神，说 10 万收不良贷款，5 万收拖欠的利息。

谷智勇一走，凌志云又把曾迎春请了上来，一起商议兴隆公司那酒怎么办。曾迎春说那酒不好处理，难得啰嗦，不如退回兴隆公司，让他们自己去卖，卖完了将钱送过来。齐向前说退回去那不行，一旦退了回去，那准是酒没了，钱也没了。曾迎春说那就别管他，反正晚上聚餐要喝酒的，先喝了再说，到时候把钱打到公司账上得了，也不白喝了他们的。齐向前说那也不行，还真喝不得，动不得。曾迎春说退又退不得，喝也喝不得，那弄回来干嘛。凌志云说在这个特殊时刻，能弄回来这酒那也是不容易的，还真是好事，这一方面说明齐向前和谷智勇他们催收有力度，有谋略，有方法，有成效；另一方面也说明兴隆确实转变了思想和观念，开始积极地配合支行的工作了。齐向前说他倒没什么，催收主要是谷智勇在盯着。曾迎春指了指齐向前，说就他会说话，会做事。齐向前摆摆手，要曾迎春快别夸了，他脸上热哄哄的了。凌志云笑了笑，说那这样，酒暂时不动，保存好，如果能联系单位或是经营酒的老板卖了，那是最好，就按曾迎春说的，把钱打到兴隆公司的账上，如果实在卖不了，那就询问一下市场价格，支行买了，反正支行招待也要用酒的。齐向前稍一想，说支行三年两载也喝不了那么多酒，不如给邓昌明报告一下，让市分行和辖内每个县支行都销一点。凌志云说还是先自己卖，实在没办法了再说，还是少给邓昌明添麻烦的好。

跟往年一样，决算这天晚上，支行食堂不再像平日那样显得空空荡荡，而是变得拥挤不堪了，今年参加聚餐的人又比往年多了不少，食堂摆不下那么多桌凳，汤显贵就在食堂外边的窗户下临时加了几桌，虽然隔着窗户，但里外的情况都能相互看到，又在每桌的下边烧了一盆木炭火，不会让人冻着。

曾迎春从凌志云那里出来之后就直接来了食堂，看着摆放得齐齐整整的桌凳，看着桌下熊熊燃烧的炭火，看着热气腾腾的蒸笼，看着喜气洋洋的笑脸，闻着菜香，闻着酒香，听着那锅盆碗碟碰撞的声响，听着早到了的员工和家属的啧啧称赞……看着，闻着，听着，那一切化作一个熨斗，从她心上熨过，她感到了从未有过的愉悦和舒坦，她陶醉了。

汤显贵小跑过来，朝曾迎春腰一哈，说欢迎她前来视察，有什么不足请批评指正，他一定虚心接受，立马改正。曾迎春扬扬手，说没什么，干得不错，辛苦了。汤显贵将酒瓶一亮，说天冷，先来两口，打个底。曾迎春迟疑一下，接过酒瓶，"咕噜"喝了几口，将酒瓶递给汤显贵，要他也喝两口，别冻着。汤显贵嘿嘿一笑，说谢谢领导关心，喝了的，亏不了。他说着朝曾迎春敬个礼，转身往灶台那边去了。看着汤显贵的身影，曾迎春朝走过来的谷为怀说，这汤显贵还真是变了不少，不再那么懒惰，不再那么散漫，不再那么消极，不再那么邋遢了。谷为怀点点头，说是支行的大环境改变了他，也是爱情的力量改变着他。

看了一圈，谷为怀朝曾迎春竖了竖大拇指，说有了她这总指挥，今年这聚餐的景象还就是不一样。曾迎春有点得意和自豪地说，也没什么，她只是坚决执行了支委的决定，认真落实了凌志云的指示。昨天晚上，凌志云就决算聚餐开了一个简短的支委会，说今年的决算聚餐不同往年，意义非凡，一定要让大家吃好喝好，要让大家感受到那种氛围，进入角色，更要激发起大家的豪情和斗志，为明年的再出发打下思想基础，做好精神准备，因而必须组织好，安排好，并提议曾迎春担任总指挥，高艳总负责物资采购，汤显贵担任食堂总管，朱开放负责现场氛围营造，何思卉牵头做好接待。曾迎春当即说她对别的没意见，就担心汤显贵会不会掉链子。齐向前说从他的观察来看，汤显贵应该没什么问题，他正好决算也没多少事情，让他来总管食堂，合适。凌志云说一定要用发展的眼光来看人和事，汤显贵是有不少毛病，但正在改，正在变，请他做总管，也是给他一个机会。

昨天晚上，就在凌志云他们商议聚餐怎么搞的时候，胡国庆敲响了王援朝家的门。王援朝一听是他，自己跑过来开了门。胡国庆问他的脚好利索了没有。他拍了拍腿，又踢了踢，说可以了，没问题了。胡国庆看得出来，他只要一快走，那腿就还是有点跟不上，有一丁点儿跛的味道。王援朝给胡国庆沏了茶，说塔吊能批量生产了，厂里又有了生机，这都不容易，难为他了。胡国庆说这都是前边有他给挡风雨，后边有他给做靠山。王援朝边摆手边左右上下打量了一下胡国庆，点点头，说看来他当初还真没看走眼，把担子压给他没压错。胡国庆说那是王援朝对他的抬举和厚爱。王援朝摆摆手，说厂里现在虽然风气好多了，但还是有邪气，得压下去才行。胡国庆说他知道老有人在扇阴风，点鬼火，但终归邪不压正，会掀不起浪，更翻不了船的。王援朝点点头，说相信他有办法。胡国庆说后天就是元旦了，他想把厂里也简单装扮一下，让大家看到新年有新气象，有新奔头，也不知行不行，请王援朝给他拿个主意。王援朝一听就明白，胡国庆这是决定了的，只是给他一个面子，怕他心里有失落，便不假思索地说，好，这是好事啊，前两年厂里没落了，过年过节都死气沉沉的，没一点气氛，现在好了，厂里焕发了生机，那就得有个样子，就得让厂里的人看到希望，看到未来，也让外边的人看到厂子还存在，还活着，而且会越活越好，活出个样子来。胡国庆说那好，有了他这句话，他就心里踏实了。

刚送出门，王援朝又把胡国庆叫了回来，郑重其事地请他坐下，说有一个事得跟他说一说，不能再瞒着他了。胡国庆边等着他说，边在脑子里飞快地猜想着。王援朝咽了咽口水，说廖三元是有携款潜逃动机的，而且潜逃了，只是有余小丽的反对和阻止才中止了。胡国庆沉默了一下，说那也没什么，他能迷途知返就好，也没造成什么损失。王援朝一声叹息，说将担子交给胡国庆，那是一片真心，而把担子交出来，那是迫于无奈，也是出于羞愧，如果没有廖三元那破事，他不会主动退位。胡国庆默然不语，一时不知说什么好。王援朝有点自嘲地一笑，说幸好自己下来了，要不厂里哪有今天这个局面，又说廖三元这事他原本想烂在肚子里算了，但每每一想起又心怀愧疚，心有不安，几次想跟胡国庆说了，但又总是瞻前顾后，想这想那的，下不了决心，这都是自私自利的表现，都是虚荣心在作怪，作为一个老党员，实在不应该。胡国庆似乎有好多的话要说，却不知从哪说起，只好站了起来，恭恭敬敬地朝王援朝鞠了一躬，王援朝热泪盈眶，扶着胡国庆的手也在颤抖。

在回厂里的路上，胡国庆回想起刚才的情景，对王援朝又多了一分敬意，心想许多的东西还真得向他学习，还暗自发誓，廖三元的事就烂在自己肚子里了，不跟任何人提及，再一想，又觉得有点愧对王援朝，特别是廖三元，后悔当时没有多关心他，没多挽留他，让他就为那事而辞了厂里的工作，去开面馆，转而一想，他如今开着面馆，虽然辛苦，却是自己当老板，比在厂里舒畅多了，也是好事。

见杨大志端着一盘子热腾腾的菜过来了，曾迎春忙喊着大家让一让，小心烫着，叫杨大志也小心点，别烫着了自己，又说他辛苦了，等下多喝两杯酒。杨大志说不辛苦，能让大家吃得满意就好。曾迎春见今年跟往年不一样，本是想请一个专门的班子来操办的，可汤显贵说不用请，他来组织一班人马，就自己的人来办好了。曾迎春一想，也难得他有这份热情，就说那行，如果办好了，那就将请班子的钱给他们发奖金。汤显贵一听，可开心了，胸脯一拍，说那看他的。杨大志毛遂自荐，说他来给汤显贵打下手。汤显贵说只要他不说委屈了就成。吴吉庆也想来一个，汤显贵却委婉地回绝了。

曾迎春见桌上已上了三道菜，人也到得差不多了，便走过去问凌志云，是不是还等一等胡国庆。按照支行的惯例，聚餐时支行班子成员是分散坐在各桌的，以体现对大家的重视，也便于交流和互动。凌志云说不等了，他还在赶工，今天非得把第三十台塔吊赶了出来，不能跨年，一时半会来不了。曾迎春见不少人或手上拿着筷子，或嘴里嚼着炒花生之类的凉菜，眼里充满期待地往这边张望，便朝凌志云做了一个请的手势，又指了指左右，说："你看，他们喉咙里都早伸出八只手了，就等着你宣布开席呢。"凌志云微笑着看着曾迎春，说她是总指挥，她宣布就是。曾迎春坚持要他先说几句。他站了起来，随曾迎春一起走到台上。这是一个临时搭起来的台子，就下边架了几个小方凳，上边铺了几块木板，一角摆着音响，正播放着喜庆的乐曲。曾迎春示意何思卉关了音响，拍了拍手，说大家静一静，别急，马上就开席了，先请大家欢迎凌志云讲话。凌志云朝递话筒过来的何思卉摆摆手，朝下边鞠了一躬，说他不耽误大家的时间，只说三句，第一句是大家辛苦了，第二句是感谢大家，第三句是请大家吃好喝好。

见掌声平息下来，凌志云也回到了席位，曾迎春从何思卉手中接过酒杯，高高一举，又清了清嗓子，手一挥，声音洪亮地说："那好，我宣布，开席！"顿时，室内室外一片叫好，一片欢腾，那高举的酒杯、灿烂的笑脸，那杯碗的碰撞、咀嚼的声响……一同谱出一首美妙的乐曲，组成一幅动人的图画。

朱建国端起酒杯，跟同桌的人说，开始还以为今年会没得决算搞了，这决算饭也没得吃了，他指了指桌上，又指了指窗里窗外，说没想到比往年倒还热闹得多，丰盛得多，真是做梦一样，说着眼泪就来了。同桌的人一片唏嘘，一片感慨。朱建国一抹眼睛，问他们这是干嘛，一个个眼泪巴巴的。余小丽含泪一笑，说没什么，她是为支行不仅还在，而且气象一新，感到格外高兴，格外激动。又说虽然她不能再跟大家一起朝夕相处，但支行永远是她的娘家。朱建国放下酒杯，说："余小丽这话说得有味道，有良心，上次当她得知有人造谣，说支行没钱了，要撤了，有人在排队取款的消息之后，她立马跑来存钱了，这说明了什么？就说明她心中有支行，有大家。"大家纷纷鼓掌。徐一朵拥抱着余小丽，眼泪落在她的脖子上，她感到滚烫，滚烫。朱建国举起酒杯，说："是啊，支行还在，还气象一新，明年应该会更好，来，干杯！"他脖子一仰，一口干了。徐一朵端着杯子，还在犹豫，说她还没喝过这白酒呢，会不会一喝就醉倒了。朱建国杯子一搁，指着徐一朵，说这杯酒既是今年的圆满酒、庆功酒，也是明年的出征酒、壮行酒，怎么都得喝了，就是醉了也值得，再说她存款计划那么大都不怕，还怕了这一杯酒不成。马小军也用催促和鼓励的眼神看着她，说喝了喝了。她盯着酒杯，稳了稳身子，咽了咽口水，猛地眼睛一闭，脖子一仰，将杯子往嘴里一倒，"咕噜"一声，酒下到肚里去了。她睁开眼睛，咂了咂嘴，脸一红，又一笑，说这酒还真好喝呢。大家一愣，随即爆发出喝彩，还有热烈的掌声。

见汤显贵又悄悄往院子当头去打望，高艳在桌上捡了一块鸡骨头，投掷到他身上，叫他坐下来一块吃，别在那晃来晃去的，人家不会来的，就别等了。他走过来，嘻嘻一笑，说他没等谁，只是走动走动，暖和暖和。又说他不饿，等下跟值班的一块吃不迟。今天也跟以往一样，大部分人先吃，酒菜一样，给各网点和部门值班的人留着，而且值班人员有一项特殊待遇，那就是开席时，支行班子成员会集体来敬酒，每个员工还可以敬班子成员一杯，班子成员除负责决算的那个之外，都必须得喝。谷为怀跟高艳使了个眼色，朝汤显贵扬了扬手，要他快到院子门口去接一下，别人家来了，不见他，又走了。汤显贵嘿嘿笑着，小跑着去了。高艳掩口而笑，笑过了，说他知道，是故意问汤显贵的。谷为怀摇摇头，要她别笑，说不定人家还真会来呢。高艳不以为然，说她又不是家属。谷为怀说她曾经是，也许将来又是。高艳哈哈大笑。

开席前，凌志云来请谷为怀坐室内去，谷为怀执意不肯，说他就坐外边了。凌志云说谷为怀不进去，那他也坐外边。谷为怀看着凌志云，又拍了拍凌志云的手，没再说什么，只是推着他往里走。从谷为怀的眼神里，凌志云感受到了他的用意，也领略到了他的情意。高艳本来是坐在里边的，见谷为怀不肯进去，朝凌志云一点头，出来了，在谷为怀旁边一坐，说等下好敬他的酒。

胡国庆一看时间，都七点多了，跟陈双有耳语了两句，抬腿就跑，一出车间就见罗兰站在门口一侧，脸色铁青。

“你在这干吗？”胡国庆边打量罗兰边问。

“等你啊！”罗兰没好气地说。

“有事？”

“这科长我不干了！”罗兰说着一甩手。

“为什么？”

“你没听说？”罗兰盯着胡国庆。

“听说什么？”

“你……”罗兰一跺脚，“你是真没听到，还是装糊涂？”

“到底是什么？你快说。”胡国庆看一眼前边，“我还得赶紧去银行呢。”

“有人说……说你和我怎么怎么，还有鼻子有眼的。”

“还有鼻子有眼的？”胡国庆呵呵一笑，“快说，到底是怎么？”

“有人说……”罗兰左右看一眼，见没人，“说我是你的那个。”

“那个？”胡国庆皱了一下眉头，“那个是什么？”

“说……说得好难听的。”罗兰低着头。

“哎呀，到底说了什么？”

“说……说你跟我有一腿。”罗兰瞟一眼胡国庆。

“谁说的？”

“不知道。”罗兰摇摇头，“只是已经在传了。”

“造谣，这分明是造谣！”

“说我当上这科长，就是靠的跟你有一腿。”

“胡说！简直是胡说八道！”

“反正这科长我是不当了。”罗兰脚一跺，背过身去。

“科长你不当了？”胡国庆绕到罗兰跟前，“你要真不当了，那你就傻了呢！”

“我傻？”

“是啊！”胡国庆头一点，“你一想就明白，人家那么一说，你就不当了，那就正好中了人家的圈套，没事也有事了。”

“是吗？”罗兰眨了眨眼睛，“难道我当着就没事了？”

“没错。”胡国庆看着罗兰，“所以，你这科长不仅要当下去，而且要当好。再说了，这年关时节的，许多的事，也就你这科长能干得下来，别人还真干不了。”

“是吗？”

“是啊！”胡国庆手一挥，“好了，好了，谣言就是谣言，只要站得正，行得稳，谣言自然就会不攻自破，灰飞烟灭！”

“你真不怕？”

“怕什么？”胡国庆手一摊，看着罗兰，“本来就没什么，怕什么？又有什么怕的？”

“那好吧。”罗兰咬咬嘴唇，“你都不怕，那我也不怕。”

“好，这样就好。”胡国庆朝罗兰大拇指一跷，转身就跑，边跑边说他去银行了。罗兰站在那里，直到胡国庆消失在视线里才走，边走边琢磨着胡国庆是不是听到那些谣言了。她走着走着，摇头一笑，加快了步伐，心想还有许多的事等着她，没心思，也没时间想这些乱七八糟的呢。

凌志云已有了六七分酒意，围着要敬酒的人却还多着，有代表网点和部门的，也有代表家庭和妻儿老小的，还有代表自己的，朱建国就是其中的一个，有的已经敬过了，却说还要敬一杯才能充分表达自己的敬意和谢意，马小军就是这样。

今天这酒肯定得喝，而且得一醉方休，因为就是自己不想醉，也会不得不醉，因而凌志云早有思想准备，事前已做了周密安排，大家倾注在酒中的敬意和情意，由他和曾迎春来领受，也由他们来回馈，齐向前只是象征性礼节性地表示一下，晚上决算的总指挥就是他了，高艳负责决算的具体工作，务必保证决算不出任何纰漏。

见凌志云一个踉跄，酒杯一晃，酒荡出来了不少，何思卉忙挤了过去，接过凌志云手上的杯子，说她来代喝好了。凌志云不让，说还是自己来。大家正愣着，不知如何是好之际，高艳挤了进来，从何思卉手上夺过杯子，说她来喝。

“我来喝！”

高艳刚举杯要喝，听到有人这么一说，忙回头一看，见是方敏目不斜视，端庄大方地走了过来。她一头清爽乌亮的披发，一袭墨绿的呢绒大衣。她一来，室内室外原本坐着的人大多站了起来，齐刷刷地把目光聚焦到了房子的中央。他们有的两腮鼓鼓的，嘴里含着饭菜，汤水沿着嘴角往下滴着；有的手上端着酒杯，酒倾倒在旁人身上，却都全然不知；个别的还站到凳子上，踮起脚，伸长了脖子……他们大多屏息看着，在心里为凌志云和高艳捏了一把汗。也有个别的暗自在笑，心想有这下好了，等着看戏呢。吴吉庆就是一个。

见方敏走近了，高艳往一侧一退，将酒杯往方敏手上一递，说：“好，方科长这一来，那真是及时雨啊！大家还等什么呢？都快拿出双手，热烈欢迎，请方科长喝酒啊！”她说着就带头鼓掌。在欢呼声和掌声里，方敏微笑着朝大家扬了扬手，又朝高艳意味深长地一笑，再看一眼一脸惊喜的凌志云，说她谢谢大家了。她将杯子一举，说这酒她想喝，她爱喝，她今天就是来喝酒的，只可惜来晚了点。曾迎春一手端着杯子，一手提着酒瓶挤过来，说不晚不晚，来得正是时候，正好踩着点了，说着朝方敏杯子一碰，往嘴里就倒。方敏也一口干了，谢过曾迎春。曾迎春说方敏能赶过来，真是难得，得连敬她三杯。她自斟自饮，不等何思卉反应过来，三杯已飞快地入了喉。方敏朝曾迎春大拇指一亮，说她果然是好酒量，好气势，好一个巾帼英雄。曾迎春身子一晃，抓着方敏的手，说得再敬她三杯。

这时，有人上了台，唱起了《今天是个好日子》。大家的目光投向了台上，或有节奏地拍起了手，或跟着哼着唱着。高艳瞟一眼凌志云，跟方敏一握手，感激地看一眼曾迎春，出门陪谷为怀喝酒去了。

不等那人下台，朱建国就红光满面地冲了上去，也不要话筒，激情四溢地唱起了《打靶归来》，赢得一阵阵喝彩。曾迎春将酒瓶往桌上一蹾，酒杯往桌上一丢，深一脚浅一脚地就往台上走。何思卉去扶，她手一伸就撇开了。

上了台，曾迎春将朱建国往台下一推，衣扣一解，架势一摆，有模有样地唱起了“穿林海……”一时室内室外一片寂静，只有嘹亮高亢的歌声，随后爆发出一片欢呼和喝彩。方敏看一眼凌志云，边鼓掌边说曾迎春还真唱得有板有眼的。

唱完“迎来春色满人间”这一句，曾迎春猛地手一收，拳头一握，戛然而止。没等大家反应过来，她又抹了一把脸上的汗，一甩，将大衣一脱，往旁边一扔，朝大家手一拱，说谢谢大家了。不等掌声平息下来，她又踉跄着往台前一站，说这么多年了，她也不知道是为什么，就感觉今天唱得最开心，唱得最尽兴，说着一晃，坐在了台上。

凌志云朝何思卉努了一下嘴。何思卉忙叫了徐一朵等人一起上台，连哄带劝地搀扶着曾迎春往她办公室走。她脚不着地地朝大家挥着手，说她先去歇一会儿，等下再来喝，再来唱，到了门口，又回过头，要大家一定等她。方敏看着离去的曾迎春，说她真是可爱。

齐向前朝凌志云递了个眼色。凌志云点点头，正了正衣服，阔步上台，微笑着扫了一眼台下，有点夸张地打着手势，说：“刚才曾迎春唱得好，我们就是要有那种打虎上山的气概，就是要有那种打虎上山的精神。有了那种打虎上山的气概，有了那种打虎上山的精神，那我们就会迎来支行的春天，迎来支行的满园春色。”

“好，说得好！”

凌志云扭头一看，见是胡国庆边说边鼓着掌走了过来，忙跳下台子，伸着双手，迎了上去，牵着胡国庆的手就往桌前走。一落座，胡国庆就说真不好意思，来迟了，先自罚一杯。凌志云说失礼了，没等他，那也自罚一杯。齐向前走过来，说都是为了工作，而且既是为了各自的集体，也是为了对方，这酒不是罚，而是奖。胡国庆和凌志云相视一笑，杯一碰，一同干了。

汤显贵又一次去了院子门口，还是不见倪小桔的身影，他边往回走边自言自语地骂了起来，骂她骗子，大骗子，没良心，死没良心。今天上午，倪小桔打电话到办公室，要汤显贵过去拿钱来存。走的时候，他跟倪小桔说了，请她晚上过来聚餐。她没说来，也没说不来。他当是她默认了，就一直等待着，盼望着。

高艳见汤显贵低着头，靠着墙根，往灶台那边走着，又想调侃他两句。谷为怀碰了一下她的手，指了一下台上。台上朱开放和何思卉声情并茂地演唱起了《明天会更好》。高艳端起酒杯，说再敬谷为怀和吴冬梅一杯，敬了这一杯她就得决算去了。她杯子一搁，要谷为怀他们慢慢喝，多喝几杯，起身就小跑着走了。

当《明天会更好》接近尾声时，外边地坪里一堆篝火腾地燃烧起来。

指了指篝火，凌志云牵着胡国庆的手就走。

徐一朵摇醒了伏在桌上的马小军。

柴火噼噼啪啪地爆裂着，火焰呼啦呼啦地欢笑着。

围着篝火，大家手拉手，一圈又一圈，欢快地走着，唱着，跳着。

凌志云和胡国庆拥抱在一起。

齐向前和谷为怀一同拥了上去。

一层又一层。

徐一朵牵着马小军上去了。

何思卉拉着余小丽上去了。

一层又一层。

方敏在一旁看着笑着，终归不由自主地走了上去。

在捡拾桌子的杨大志望着前边那欢乐的海洋，由衷地说："真好！"汤显贵放下手上的一摞碗，瞟一眼那边，没有吭声。杨大志往院子门口那头一指，说快看，倪小桔来了。汤显贵眼睛一亮，忙问在哪。杨大志指点着，说在那，在那。汤显贵睁大眼睛，左看右看也不见她的身影，捡了一块骨头，边说"好，你耍我"，边狠狠地朝杨大志砸了过去。杨大志一闪躲过，哈哈大笑。

再过一会儿，值班的谷智勇等人就要来了。汤显贵和杨大志赶忙捡拾出两张桌子，摆好碗筷，上好酒水，只等谷智勇他们一到就上菜开席。

此时，谷智勇正站在窗前，望着院子里边，领略着那篝火的热烈和激情，感受着那拥抱的温暖和力量。

第十章

龙虎争霸

有事的人决算去了，没事的人回了家。杨大志往篝火堆里添了几块劈柴，火又呼啦啦地欢笑起来。汤显贵看着篝火，默默地坐在凳子上。杨大志拍了拍他的肩膀，说走，别坐在这发呆了，准备上菜去，值班的人马上就来了。

谷智勇他们一落座，杨大志就将热腾腾的菜端上了桌。虽然肚子里在“咕噜咕噜”地闹了，但谷智勇没有端杯，也没有动筷，其他人也是，都望着院子当头。汤显贵一声叹息，说凌志云和曾迎春都喝成那样了，是不会来了的，就别等了，快吃吧。杨大志说那倒不一定。汤显贵说那打个赌。杨大志说赌就赌，输了的等下喝半斤酒。汤显贵一捶桌子，说喝就喝，怕个卵。杨大志一下明白过来了，说不赌酒了，赌吃肉。一个说赌酒，一个说赌肉，汤显贵和杨大志争执不下。谷智勇说那这样好了，汤显贵输了喝酒，杨大志输了吃肉。

正说着，有人一指，说快看。汤显贵抬头一看，见是方敏手挽手地扶着凌志云，何思卉和徐一朵搀着曾迎春，一同走了过来。谷智勇等人边鼓掌边腾地站了起来。杨大志指着汤显贵，笑哈哈地说，半斤酒，半斤酒。汤显贵嘿嘿笑了笑，挠挠头，说他还以为凌志云和曾迎春不会来了的。曾迎春往凳子上一坐，一拍桌子，说有酒喝，哪能不来啊，再说了，这是惯例，就是抬着也得来的。汤显贵嘻嘻一笑，说曾迎春喝酒那是不仅海量，而且豪爽，没几个人比得上的。曾迎春指了指汤显贵，说这回他干得不错，她满意，大家也满意，她敬他一杯。她说着站了起来，举杯就一口干了。汤显贵愣了愣，有点不知所措。凌志云微笑着朝他努了努嘴。他眼里含着泪水，朝凌志云和曾迎春各敬了一个军礼，双手捧着杯子，脖子一仰，将酒倒进了嘴里，再一抹嘴，开心地笑着。

凌志云和曾迎春正要举杯敬谷智勇他们，齐向前边跑过来边说等一下。大家便站着，端着酒杯，等齐向前跑过来。齐向前刚端了酒杯，杨大志一指前边，说看谁来了。凌志云回头一看，见是倪小桔站在篝火跟前，正笑盈盈地看着这边，便忙朝汤显贵打着手势。汤显贵揉了揉眼睛一看，嘿嘿笑着跑了过去。

杨大志挪了位置，让汤显贵和倪小桔坐在一起。倪小桔红着脸跟大家问了好，将手上的包一亮，说店里生意好，忙不过来，来晚了，也不知道还能不能存上，抵不抵得了汤显贵今年的任务。凌志云说能不能存上没关系，明年也一样。倪小桔欢喜地说那就好。杨大志指着汤显贵，说这酒他得喝一斤，而不是半斤了。汤显贵看一眼倪小桔，又看一眼凌志云和曾迎春，将碗一搁，说喝就喝，怕什么，又一拍胸脯，说今天他高兴，喝不醉的。

谷为怀扶墙走着，到了自家门口却还在往前走。吴冬梅乐了，问他要去哪。他停下来，抹了一把脸，看了看，往回走，摸了钥匙来开门，却半天也没找到锁眼。吴冬梅又乐了，上去抢过钥匙开了门。谷为怀抬腿往里走，却一脚空，差点摔倒。吴冬梅忙伸手扶着。谷为怀一手扶着墙，一手将她推开，说自己会走，却又一次踩空。吴冬梅一笑，边扶着他进屋，边说还嘴硬，这一路上来，要不是她扶着，他这路都走不稳的，还不知摔了多少回呢。谷为怀说他又没醉，哪有什么走不稳的。吴冬梅说好好好，他没醉，是她醉了。谷为怀往沙发一坐，指着吴冬梅，说她怎么在那摇摇晃晃，打醉拳似的，看来真是醉了，站都站不稳了。吴冬梅边喘气边说她是醉了，倒是那个没醉的是她这个醉了的扶上来的，累得她出了一身大汗，衣都湿了。谷为怀晃着食指，问他是不是喝了那么多。吴冬梅边擦脸上的汗，边说那一斤只有多，不会少。他皱了皱眉头，指着自己，说："真喝了那么多？"吴冬梅边给他用毛巾擦脸，边说人家来敬酒，他来者不拒，还要回敬人家，一个不落，真是英雄，真是海量，好多人说他真是让人刮目相看，今天总算试探出他喝酒的底细来了。谷为怀拍了拍沙发，说今天这酒喝得痛快，真的痛快，打从娘肚子里出来就没这么痛快过。他说着头一歪，随之鼾声来了。吴冬梅摇头一笑，去房间看谷智文去了。中途她回家了一趟，给谷智文送吃的上来。

看过谷智文，吴冬梅倒来一盆热水，让谷为怀泡着脚，又给谷为怀冲了一杯蜂蜜水，让他喝着。谷为怀放下杯子，说看来今天是真的把自己的酒量喝出来了，最多就一斤的水平，再喝就出洋相了。吴冬梅边给他捶肩揉背，边问他怎么到今天才放开了喝，才知道自己的酒量。他笑了笑，说那是他过去不能敞开了喝，今天可以了，又说过去也没今天这样的机会来喝，喝酒是要看时机，看场合，看心情，看氛围的，特别是时机。吴冬梅问为什么。谷为怀要她自己想去，要是想不到，那就是傻瓜一个。她想了想，似懂非懂地点了点头。谷为怀偷笑着。吴冬梅在他背上拧了一把。他"哎哟"一声，坐了起来，拉着吴冬梅坐下，看着她，说今天那场面，那氛围，是不是那酒你想不喝都不行。吴冬梅说那还真是的，她不喝不喝都喝了好几杯。谷为怀说给她数着的，有四杯，喝了个四季发财。吴冬梅说不对，是六杯，六六顺。谷为怀"噢"了一声，说那就漏数了两杯，又说看她那样子，还能喝，喝个十全十美应该没一点问题。她腰一挺，说那是的，只是她后来不想喝了，说着又一声叹息。谷为怀忙问她怎么了，好好的干嘛叹气。她摇摇头，又一声叹息，说人家凌志云接手的头一年，就知道把员工家属都请了过来，一起热闹热闹，乐呵乐呵，场面又弄得那么大，气氛又搞得那么好，人人开心，个个满意，大家都夸他会做人，会来事。谷为怀低着头，沉默不语。见他不说话，吴冬梅瞟他一眼，数落起来，说在他手上好几年，就没一年主动请家属来过，虽然每年总有一些家属厚着脸皮来了，但她是没去过一次的，前年她故意逗他，说想去坐一坐，看个热闹，还给他骂了一顿，说什么家里没得吃了，去丢那个脸。见谷为怀还是低头不语，眼角渗出了泪水，吴冬梅不说了，抓着他的手，捏了捏，说她说着玩的，从来就没在乎过那一顿饭，又说知道他的心思，是为自己好，为智勇好，为家里好。谷为怀抬起头，看着她，说她知道就好。吴冬梅边给谷为怀抹了眼泪，边说当然知道，要不知道那就真去了。谷为怀笑了笑，说他就知道她是说着玩的，不会去。

倪小桔的到来，让汤显贵倍感兴奋，加上凌志云和曾迎春都夸这聚餐办得好，他更是来了劲，来了神，酒一连喝了三碗，竟然不摇不晃，只是话多了起来，老说倪小桔曾经对他的好，说得倪小桔脸都红了。

杨大志有心想让汤显贵醉倒，待凌志云他们一走就说这下好了，无拘无束了，拿了酒瓶就要给汤显贵倒酒，说他海量，又有倪小桔在，再喝三碗也没事。他却把手在碗上一盖，盯着倪小桔，说他已喝过三碗，再喝就过不了岗，打不了老虎了。倪小桔推他一下，说盯着她干嘛，想喝就喝好了，别到时候说酒没喝好，怪她。汤显贵嘻嘻笑着，只是盯着她。谷智勇看出了汤显贵的心思，跟杨大志耳语了一句。杨大志又倒了一碗酒，往倪小桔跟前一摆，说欢迎汤显贵和倪小桔表演一个。汤显贵倒是乐了，一拍桌子，端了碗就站了起来，朝倪小桔满怀期待地憨笑着。倪小桔却是在好一会儿的又是掌声又是欢呼，又是哄又是劝之后才忸忸怩怩地端了碗，又将酒往汤显贵碗里倒。汤显贵笑呵呵地双手捧着碗，要她倒，尽管倒，满了再打个箍，别溢出来就行，溢出一滴，那就是一捧谷呢。他这么一说，倪小桔不倒了，说怕什么，喝就喝，又从杨大志手上抢过酒瓶，哗哗地满上，让谷智勇目瞪口呆。

见人都走得没几个了，汤显贵也有了醉态，却还逞强要喝，谷智勇请倪小桔帮忙一块把汤显贵送上楼去。倪小桔犹豫了一下，点了点头。

倪小桔本是想把汤显贵送进门就走的，可进门一看，地上也好，沙发上也好，虽然不是那么整洁，但已不再是上次来看到的那么凌乱，那么邋遢，心想看来他还真在变呢，便不由自主地去看了卧室，又去看了厨房，等她回到客厅时，谷智勇已经走了，只汤显贵站在那里，扶着桌子，摇摇晃晃地朝她嘿嘿笑着。她给汤显贵倒了一杯水，拎了包就要走。汤显贵忙扯着包，说她终归还是没有骗他，却让他等得好苦。倪小桔呵呵一笑，说那是他自讨苦吃，她又没答应他什么，她来也不是为了他，只是想给支行添点存款。汤显贵指着她，哈哈大笑。倪小桔趁他手一松，转身就走。他抬腿就追，一个趔趄，忙扶着墙壁。倪小桔到了院子，边走边往楼上张望，不见汤显贵站在窗前跟她扬手，稍一犹豫，快步走了。汤显贵追出门，见过道里已没有倪小桔的身影，一屁股坐在了进门的梯级上。

杨大志正在捡拾碗筷，听到声响，一转身见是倪小桔，便笑她怎么又回来了，是不是舍不得汤显贵，还要去陪他。她也不说，只是将袖套一戴，围裙一系，捡拾起碗筷来。杨大志朝倪小桔扬着手，说快别弄脏了她的手和衣服，不用她帮忙，又望一眼楼上，说汤显贵今天是有点喝多了，也是高兴。倪小桔还是没吱声，抱了一摞碗走到墙角的灶台，将碗往大铁锅里一放，抓了一块丝瓜瓤，洗起碗来。

倪小桔麻利地洗着碗。杨大志在围裙上擦了擦手，坐下来边吸烟边看着倪小桔。一只手搭在了杨大志的肩上。杨大志扭头一看，见是汤显贵，忙起了身，问他怎么来了。汤显贵嘿嘿一笑，说来帮他啊，两个人的活，可不能让他一个人干了。杨大志说汤显贵不是怕他一个人把活干了，而是怕他多拿了奖金。汤显贵嘻嘻笑着。杨大志指了指汤显贵，问他是不是没醉，是装的。汤显贵头一晃，说要说没醉，那又醉了，要说醉了，那又没醉。杨大志“噢”了一声，说原来是这样。汤显贵一眼看到了墙角那边的倪小桔，忙伸手捂住了杨大志的嘴，悄悄问杨大志，倪小桔怎么没走。杨大志说她是走了又回来的，以为他真的烂醉了，来替他干活，一来就抢着洗碗。

汤显贵坐了下来，看着灶台那边，虽然看不到倪小桔的脸庞，但能看到她的背影，还有她那麻利的动作。看着看着，汤显贵心头一动，原来她也在变呢，还抢着洗碗了。

一把高脚椅子悄悄放到了倪小桔的屁股下边，见倪小桔一回头，汤显贵连忙朝她嘿嘿一笑，说她辛苦了，快坐下歇息一会儿。倪小桔含笑看他一眼，说不累，早干完早回店里去，明天是元旦，顾客多。汤显贵说那他来洗好了，她先回去。她说看他那醉醺醺的样子，可别把碗打了。汤显贵试探着说他明天放假，没事，到她店里帮忙去。她没有吭声，只是麻利地洗着碗。

这时，胡国庆站在厂门口，指挥着柳建平这边高一点，那边低一点。听胡国庆说好了，正了，柳建平才下了楼梯，左看看，右看看，指着那欢度元旦的大红灯笼，说嗯，好看，漂亮，还让人感到一种温暖，这才有点过节的味道了。

徐一朵刚处理完决算的最后一道指令，就听到了“嘭”“叭”“嘭嘭”“叭叭”“嘭嘭嘭”“叭叭叭”的声音。这声音令人震撼，令人振奋。何思卉说那是市政府门前的广场上开始燃放礼花和礼炮，迎接新千年了。徐一朵跑出了营业厅，站在支行门前的地坪上，望着市政府的方向，只见礼花和礼炮冲天而起，在呼啸声中炸开，绽放出缤纷七彩。

早已等候在那里的谷智勇奔跑过去，点燃了直躺在地坪边上那一长串的大地红。大地红清脆的“噼里啪啦”与礼花礼炮的“嘭嘭叭叭”遥相呼应。

地坪上，徐一朵跟何思卉高举着双手，蹦跳着，欢呼着。

凌志云来了，曾迎春来了，齐向前来了。

谷为怀来了，高艳来了，朱建国来了。

汤显贵来了，杨大志来了。

大家相互拥抱着，祝福着。

“噼里啪啦”戛然而止，地坪边上仿佛铺了一道红地毯，在温馨的橘红的路灯下格外地显眼。何思卉跑过去，在上边走着，说软乎乎的，暖乎乎的，好玩。

礼炮还在绽放，远远近近的欢呼还在延续。

望着绽放的礼花，齐向前往礅子上一站，双臂一举，说祝福支行新年更美好，像那礼花一样灿烂夺目。高艳一笑，说哟哟哟，还抒情了呢，作诗了呢。齐向前跳下礅子，指着高艳，要她也来两句。高艳又一笑，说礼花虽然灿烂夺目，但一闪就不见了，那不好，得像松柏那样万年长青，要像喜马拉雅山那样长了千万年还在长。朱建国笑了笑，说高艳这是革命的乐观主义，哪来什么万年长青，又哪来什么千万年了还在长，只怕是今年的决算，到时候有没有还难说呢。高艳有点生气了，指着朱建国，说：“朱老革命，你这是红旗能打多久的悲观论调，要不得，难道你没看到，刚刚过去的一年就明显比上年好，去年给今年打了一个好的基础，今年再趁势而上，今年准比去年好。”朱建国愣了愣，说那不见得。高艳和朱建国各执一词，争论起来，都面红耳赤的。齐向前想上前劝解，见谷为怀暗自摆着手，凌志云也轻轻摇了摇头，便也在一旁看着，听着。

争论了一阵，朱建国朝高艳拱拱手，说好了，男不跟女斗，他不说了，回家睡觉去。他说着就往院子里走。高艳一把抓住他的手，说他男不跟女斗，可以，可她想女要跟男斗，这事得说清楚，不说清楚那别想走。朱建国甩脱她的手，脸红了，脖子也粗了，想说什么却说不出来。一直扶着徐一朵的肩膀，站在那里的曾迎春，本想上去给高艳和朱建国都臭骂一通，各打五十板，但一想就罢了，让他们吵去，甚至巴不得高艳先咬朱建国两口，朱建国再给高艳两个耳光。

见时机差不多了，凌志云笑呵呵地走了过去，说高艳和朱建国说的都没错，目标是一致的，用心都是好的。他停了下来，等大家都围拢来了，用或疑惑，或茫然，或期待，或兴奋的目光看着他时，他才说我们是既要有红旗能打多久的危机感，增强自己的使命意识、责任意识、担当意识，也要有一年更比一年好的乐观主义精神，要相信支行、相信自己、相信未来，就得把红旗能打多久的危机感和乐观主义精神结合起来，以只争朝夕、时不我待的精神面貌，齐心协力、同舟共济地朝着同一个目标，苦干、实干加巧干，那支行的决算一定会一年一年搞下去，而且会是一年更比一年好，这不是天方夜谭，也不是海市蜃楼。

"好，说得好!"谷为怀边说边鼓掌。齐向前等人跟着鼓掌。高艳和朱建国相互一笑，也拍起手来。当曾迎春回过神来，抬手鼓掌时，掌声已近尾声。她朝凌志云有点不好意思地一笑，说看来她真是喝多了。在凌志云的记忆里，跟曾迎春共事这么多年，还是头一回听她说喝多了，不觉心有感慨，却说没有，恰到好处。曾迎春摇摇头，说什么恰到好处，分明就是说的漂亮话。凌志云微笑着，说曾迎春不只是喝酒，工作也一样，那都是巾帼不让须眉的，令人敬佩。曾迎春摆摆手，一声叹息，说她过了春节就到点了，就得退下来了，成了明日黄花了。她说得有些伤感，有些低沉，没了往日的那种咄咄逼人的气势。

一时大家都沉默了。高艳看着曾迎春，心里莫名地有了愧疚，觉得自己过去不该时不时地明里暗里跟她唱对台戏，瞧不起她。凌志云也莫名地有点后悔了，却又有点模糊，想安慰曾迎春几句，却又不知从何说起，有点尴尬。就在这时，谁也没想到曾迎春哈哈一笑，一把将徐一朵推开，说也好，退了就退了，退了一身轻松。谷为怀走过来，呵呵一笑，说那可轻松不得，虽然退了，却还是一个员工，一名党员。曾迎春一个踉跄，指了指谷为怀，说她可没有他的那种精神，那种境界。谷为怀说好，有不有，到时候就知道了。

一声喇叭响过，两辆小车停在路边。凌志云等忙朝小车跑了过去。梁光辉等人下了车，跟凌志云他们一一握手，边握手边说辛苦了，代表张书记和李市长来慰问大家。

听凌志云说在刚刚过去的一年里，支行存款大幅增长，减亏卓有成效，排名明显提升，梁光辉大加赞赏，并勉励再接再厉，务必把支行保下来。

决算之夜，市（县）里领导带队到财税和金融单位慰问已成惯例。前些年，领导们亲临慰问，往往还肩负着重任，那就是催促税收入库，督促银行放贷收税。近年来，随着经济和金融改革的加快和深入，这催促收税和督促放贷的事越来越少了，于是书记和市（县）长一般就不再亲自慰问，改由副书记副市（县）长代表了。

鸟儿在窗前的树枝上边欢快地跳上跳下，边动听地唱着歌儿。新年的第一缕阳光洒落在树叶上，荡漾着金色的光芒。凌志云合上笔记本，学着鸟儿吹着口哨，逗得一只鸟儿跳到了窗台上，歪着头，瞅着他。他是今天凌晨两点多，和齐向前一起下楼回家的。他们也是最后离开大楼的。今天早上还不到八点，凌志云又到了办公室。

方敏昨晚聚餐结束之后，先去凌志云办公室坐了几分钟，然后去跟曾迎春和齐向前，还有谷为怀一一道了别，最后去了高艳那。一见方敏，高艳先是一愣，马上就忙着又是让座，又是泡茶。方敏摆着手，说不坐了，她就回双江去。高艳说她难得来一回，怎么才来就要走，也不住一晚。方敏说凌志云忙，她也忙，局里一样在决算。高艳一下找不到话题了，一急，说昨天晚上没多敬方敏的酒，实在不好意思，一定找机会补上。方敏笑了笑，说没事，来日方长，有的是机会。高艳说那是那是。方敏走到门口又回过头，说往后如果需要，高艳尽管代凌志云喝酒好了，她没意见，她不是那么小气的人，何况那也是为凌志云好。高艳愣了好一会儿，跑到门口一看，已不见了方敏。她坐下来，琢磨着方敏的话，心里先是有点酸酸的，涩涩的，再一回味，又有点儿甜了，虽然淡淡的，细细的，似有似无。她摇头一笑，又忙着决算起来。

“元旦快乐！”

凌志云扭头一看，见是谷为怀走了进来，忙起身迎上去，边走边向谷为怀问新年好。谷为怀问他在干嘛。他指了指窗台上那只鸟儿。谷为怀一看，说这鸟儿他认得，鸟儿也认得他的。鸟儿朝谷为怀欢喜地跳了跳，又撒娇地叫了两声，逗得谷为怀和凌志云都开怀大笑。

一落座，谷为怀就一声叹息，说支行虽然去年是走过来了，也有了大的提升，但终究还是前途未卜，可得保住了才行。凌志云一愣，忙问怎么了。谷为怀说他昨晚聚餐喝得高兴，喝得尽兴，把去年一年的酒一顿喝了，本来就兴奋，加上想着支行这半年来的变化，想着支行到底能不能保住，就更是睡不着了，没想到半夜里，江边支行的李行长又给他打电话，说江边支行的部分员工心理上是如何失落，情感上是如何悲伤，工作上是如何困顿，生活上是如何困难，沧江支行千万别给撤了，一定得保住，说得他自己哭了，也把他说哭了。

前年下半年，省分行按照总行的部署，头一批撤销了五家亏损严重的县支行。江边支行就是其中的一个。根据总行的要求，去年下半年，最迟今年上半年，省分行还得再撤销五家县支行，沧江支行就在这可能被撤销的行列，也就是说，沧江支行能否保住，半年之内见分晓。

"志云，如果支行给撤了，那真是有点冤枉，也心有不甘啊！"谷为怀指着心窝，"早上起来，一想着李行长说的，我这里就疼，饭也没心思吃。"

"是啊，怎么都得保住才行。"凌志云点点头，看着谷为怀，"不过，你也别太着急，身体要紧。"

"志云，如果我脱两层皮，或是折几年寿，能保住支行，那我都愿意。"谷为怀抹了抹湿润的眼睛，"跟你说实话吧，这半年来，我心里一直在煎熬着，你……"

"你都那么兢兢业业，又那么严于律己，就别过多自责了。"凌志云边说边递了纸巾给谷为怀，"分行邓行长也好，支行员工也好，上上下下，谁都敬佩你，没一个怪你的。"

"这我知道，可我心里就是难受。"谷为怀擦了擦鼻子，看着凌志云，"我看得出来，你心里也不会比我好过。"

"是不好过。"凌志云朝谷为怀感激地点头一笑，"谢谢你知我，懂我。"

“说起来，支行确实是亏损了，而且亏损不少，确实是不像一家商业银行，该撤了，可这都是有原因的啊！”谷为怀敲了敲茶几，“只要稍稍懂一点银行的人，一看就明白，一算就清楚，一家银行，一方面是贷款多，存款不足，要向上边借钱，或是跟同业拆借资金，形成存贷利率倒挂；另一方面是贷款明知不能放，却不得不放，结果是贷款放出去了，却收不回来，利息都收不到，不良贷款越累越多，拖欠的利息越积越厚，这样怎么能不亏损？谁又能不亏损？不亏损，那除非你是神仙！”

“那是，那是。”凌志云苦笑了一下，“就是神仙来了也没用。”

“就是嘛。”谷为怀看一眼门口，一拍沙发，“再说了，你说是员工不努力吗？不是！你说是大家不齐心吗？也不是。可撤销支行的痛苦却要员工个人来承担，那公平吗？不公平！那合理吗？不合理！你说……”

谷为怀说着哽咽了，说不下去了。凌志云一时也不知道说什么好了，起身给他倒来一杯热茶，双手递给他。他双手接过杯子，看着杯子里边，眼泪“叮咚”掉在杯里，荡起涟漪。凌志云分明听到了那泪落的声响，又似乎感到那眼泪仿佛就掉在自己心上，一半是滚烫的，一半是冰凉的。谷为怀看一眼凌志云，“咕噜”喝了几口，放下杯子。凌志云起身要去给他续水，他摆了摆手。

“志云，不好意思，我刚才一激动，说多了，说宽了。”谷为怀揩了揩眼睛，讪讪笑了笑，“作为一个老党员，那是不该说，也不能说的。”

“没事，其实我也是这么想的，只是你替我说了，谢谢你。”凌志云微笑着朝谷为怀欠了欠身子，“再说了，党员也是人，一样吃五谷杂粮，一样有七情六欲，都有发表自己意见的权利，都……”

“那还是不一样的，党员就是党员，党员就得有个党员的样子。”谷为怀看一眼门口，带着歉意朝凌志云浅浅一笑，“好在这里只有你和我。”

“对对对，这里就我们俩。”凌志云瞟一眼门口，“说几句心里话，没事，没事。”

“也不能说没事，其实在你面前，还是不说消极的好。我知道，情绪是可以感染的，也是可以传染的。”谷为怀拍了拍凌志云的手，“好在你抗压力、抵御力比我强，辨别力、意志力也比我强。”

“哪里哪里。”凌志云摆摆手，看着谷为怀，“说起来，你是我的前辈，也是我的师傅。”

“不敢当，不敢当。”谷为怀抬了一下手。

“真是的。”凌志云一脸诚恳地看着谷为怀，“其实，我一直在向你学习，学你的淡泊名利，学你的和蔼可亲，只是有的学不到，学不像。”

“惭愧，惭愧。”谷为怀摇着头。

“说起来，改革其实就是利益的调整。古今中外，每一次改革，必然会触及到一些人的利益，换句话说，就是有的人的利益会受到损害，得做出牺牲。”凌志云望一眼窗外，“但只要改革让大多数人受益了那就是好的，就是少数人虽然眼下利益遭受了损失，但从长远的发展的眼光来看，仍然是受益者，那改革同样是成功的。”

谷为怀若有所思地点了点头。

“眼下经济改革也好，金融改革也好，都已是大势所趋，不可逆转，都已是滚滚洪流，不可阻挡。”凌志云挺直了身子，“在大势面前，在洪流面前，只能顺势而为，顺势而上，否则必将被大势碾压，消失在大地之上；被洪流卷走，淹没在汪洋之中。”

“没错，是这样。”谷为怀点点头，起身走了走，又坐下，看着凌志云，“其实，近来我也一直在反思，支行走到现在这个地步，虽然有不少客观因素，但主观上问题也不少，大家虽然努了力，但并没有尽力。”

“是吗?”凌志云皱了皱眉头，看着谷为怀。

“是的。”谷为怀点点头，一声叹息，看着凌志云，“这些年来，社会都在改革，都在变化，我们本是置身其中的，有时却如同置身局外，总认为银行是不会破产，不会倒闭的，进了银行就是进了保险箱，端上了铁饭碗。前几年那个支行因为效益不好，成了全国第一家被撤销的县支行时，不少人还把那看作是奇谈，是笑话，谈笑之间就过去了，再没有谁想起。一年前，见江边支行一夜之间牌子摘了，章子收了，人散伙了，各奔东西了，支行虽然有的人有点担心起来，还恐慌了一阵，可不少人或是拍手叫好，说有了江边支行做替死鬼，那沧江支行就稳坐钓鱼船了；或是心存侥幸，认为那只是一阵风，做个样子，等风一过，什么都没事了，是不会撤到沧江支行头上来的。

直到半年前，支行上了可能被撤销的黑名单，大多数人才急了眼，感觉狼真的来了，但仍有少数人无所谓，无动于衷。这说明了什么？说明不少的人思想麻木，精神麻痹，看不清改革，感受不到危机。当然，这包括我，而且问题主要在我。如果我……”

“我……”

“我先说完，你等一下。”谷为怀抬了一下手，“在我当行长这几年里，不能说我就不想改革，不想改变，也不能说支行就没有改革，没有改变，但这些改革也好，改变也好，大多不是自己主动去改，主动去变，而是逼着去改，逼着去变，不得不改，不得不变，而且改的方法不多，变的力度不大，就怕冒风险，就怕出问题，结果是越怕风险越大，问题越多，改革的效果也就打了折扣，与自己的预期也好，与上级的要求也好，都有了差距，而且这差距越拉越大，致使支行到了可能被撤销的地步。”

“这……”

“这道理当初我也不是太明白，现在一比较，一分析，看透彻了。”谷为怀边说边打着手势，“你看啊，几年前，省内有那么四五个县支行，跟沧江支行规模和效益都不相上下，经营环境和相关条件也差不多，可现在人家大多跑在前边去了，个别的还成了领头羊。人家靠什么？就靠两个字：改革！”他激动地拍了一下沙发，“再看，你这接手的半年多里，存款为什么能增那么多，创了历史纪录？贷款催收为什么能有那么好的效果，实现了不良和不良率双下降？为什么收入和利润都能大幅提升，节支和增收能双轮一起驱动？这又靠的什么？还是两个字：改革！你说是不是？”

“是的，是靠改革，也只有改革才有出路。”凌志云点点头，“只是我……”

“你想说，你的改革，是我给你打了基础，我退下来，又没有明里暗里地给你使绊子，而是处处支持你，维护你，是不是？”谷为怀看着凌志云。

“事实就是这样。这也是我要向您学习的地方。”凌志云站起来，给谷为怀鞠了一躬，坐下，看着他，“如果没有您的支持和维护，我想改也改不动，效果也不会那么好。”

“考核机制和激励机制，这都是我早就想改了的，但一直下不了决心，因为那牵涉到每个员工的利益，一改那就是一次利益调整，就怕改出麻烦来，改出问题来，但你坚定不移地改了，而且成功了。”谷为怀用赞赏的目光看着凌志云。

“那也是大家看到了，明白了，形势逼人，不得不改，非改不可。这样一来，有了群众基础，阻力自然少了，也就顺畅多了。特别是你，给我又是壮胆，又是出主意，又是掌舵，要不我也下不了那个决心，更不会那么顺畅。”凌志云坦诚地看着谷为怀，“这也说明改革是要有土壤，有环境的。”

“你呀，就是那么谦虚，又会说话，总讨人喜欢。”谷为怀指了指凌志云，“这样好，做人做事，更容易得到别人的理解和支持。”

“谢谢你，又教了我方法论。”凌志云朝谷为怀一笑，望一眼窗外，“今年的任务更重，压力更大，要改革要改变的东西还不少，特别是在如何更充分激发员工的活力，更充分发挥中层骨干的作用上，那还大有文章可做。”

“对，这也是关键。做一把手的，最重要的工作就是琢磨人，把人都琢磨好了，又都用好了，那自己就轻松了。”谷为怀摇摇头，“只是人又是最难琢磨的，要琢磨好，用好，那都不容易。”他轻轻一声叹息，看着凌志云，“这我又不如你呢。”

“你又谦虚了。”凌志云喝了一口水，“我也琢磨过，这用人关键还得靠制度，靠机制。”

“没错。首先得有完善的制度和机制，然后是执行。其实，制度和机制往往都有，难就难在落实和执行上，难在坚持和坚守上。”谷为怀稍稍沉默了一会儿，“其实，有时我明明知道，某个人不适合在哪个岗位，有必要调整，可碍于情面，或是碍于关系，或是别的什么，也就知难而退了。”他摇摇头，自嘲地一笑，“说来说去，归根到底，支行出现现在这个局面，还是我缺乏改革的决心和勇气，缺乏改革的精神和方法，也存在私心和私利，当然这私心和私利，并不是我想要从中为自己捞到什么，谋取什么，而是怕出麻烦，怕出问题，还……”

“谷行长，你是我一辈子都要学习的，而且永远也学不完。”凌志云握着谷为怀的手，饱含深情地注视着他，“你就别再检讨自己了，要再检讨，那我都无地自容了。”

“志云啊，解剖自己，那是一个党员应有的修养。”谷为怀拍了拍凌志云的手，含泪看着他，“可惜的是，我解剖自己还少了，迟了。”

“什么还少了，迟了啊？”

谷为怀扭头一看，见是高艳笑着走了进来，忙抹了抹眼角的泪水，说没什么，就随便聊聊。高艳将报表递给凌志云。凌志云看一眼高艳，将报表递到谷为怀的手上。高艳脸红了一下。谷为怀稍一犹豫，接过报表，扫了一眼，说了一声好，将报表递给凌志云。高艳说这还只是快报，正式的报表要下午才能出来。凌志云看着报表，手有点颤抖起来，泪水随之涌出眼眶，落在报表上，“滴答”响着，清脆，悠扬。

厂门口高挂着的红灯笼沐浴在阳光里，在清风中轻轻地摆动着，闪着耀眼的光芒。一些人聚集在下边，指指点点地说笑着，议论着。

见王援朝来了，大多数人或主动跟他打招呼，向他问好，或迎上前去，跟他握手，祝他元旦快乐，却也有少数几个视而不见，就当他没来一样，还有个别的朝地上“呸”了一口，扬长而去。这一切王援朝都看在眼里，心里不免有一点失落，脸也随之阴了下来，但随即一想，这也没什么奇怪的，世上哪有从不得罪人的人，不管他，只当没看见好了，便一笑，指着那灯笼，说这挂得真好，不仅挂出了喜庆，也挂出了新气象，又说还是胡国庆这厂长当得好，新年的头一天，就让大家看到了活力，看到了希望。不少人跟着说那是那是。有人接过话，说胡国庆这厂长是当得好，但王援朝也当得不差的。有人附和说，那是的，要是没有王援朝，厂子准早就没了，那胡国庆又哪里还有厂长当。有人朝王援朝跷着大拇指，说他最佩服的是王援朝不当厂长了，却还一样关心厂里的事，支持胡国庆的工作，却不干预胡国庆的工作。有人哼了哼，说厂长当得差不差，好不好，得看大家有没有活干，有没有工资发，如果没活干，没工资发，那就是再好，也是不好，他一样瞧不起。有人笑着说，那仅有活干还不行，如果天天干活，累得死去活来的，却领不到几个钱，那还不如没活干，要是能不苦不累，工资又发得多，那就是好厂长。有人呸了那人一口，说他想得倒是美，天下哪有这样的好事，要想有这样的好事，那他就回家做梦去吧。

一地的哈哈大笑。

一辆小车在厂门口的路边停了下来。车窗玻璃放下了一半，露出蒋东明的头来。蒋东明朝看过来的王援朝轻轻扬了扬手，边嚼着槟榔边阴阳怪气地说：“王厂长，哦，不对，是前王厂长，你是在这回忆昔日当厂长时的风光，还是在忏悔当厂长时的过失？是在感慨退下来的失意和冷落，还是在想着自己未来的日子怎样度过？是……”

“是你啊！”王援朝呵呵一笑，指了指蒋东明的墨镜和牙齿，“你看你，眼睛上架个那玩意儿，黑咕隆咚的，嘴里也是白的白，黄的黄，黑的黑，像个啥，我还差点没认出来，以为是个什么呢，你……”

“你……”蒋东明指一下王援朝，关上车窗，一踩油门，车子“轰”地蹿了出去。有人立马捡起地上的小石子，边朝车子投掷过去边骂狗样的。有人安慰王援朝，说蒋东明狗嘴里吐不出象牙来，别理他好了，就当他放屁一样。有人追了几步，指着车子，说蒋东明夹着尾巴逃跑了。

一阵哈哈大笑。王援朝跟着也笑了。

蒋东明还在生气，突然见万春晖低头迎面走了过来，便故意在他身边来了一个急刹，吓得他一跳，踩在一块卵石上，一滑，差点摔倒。蒋东明拍手大笑。万春晖正要发作，见是蒋东明在车里朝他笑着，便不骂了，只说把他魂都吓跑了。蒋东明装模作样地看着窗外，指指点点地说魂在哪，快抓回来，可别让它跑了。万春晖指了指蒋东明，说亏他还来开这样的玩笑，要是别人，今天不让他放碗血，赔个三千两千，那别想走。蒋东明嘻嘻一笑，边打量着万春晖，边说他印堂灰暗，两眼无神，说话中气不足，走路精神不振，准是霉运缠身，日子过得不会那么舒畅，是不是又摊上了什么事了。万春晖一声叹息，指了指蒋东明，要他别一副幸灾乐祸的样子，没什么把戏好看的。蒋东明不笑了，说他可没看把戏，是真心关心他，还正想去找他呢。万春晖半信半疑地盯着蒋东明。

蒋东明摘了墨镜，要万春晖别叹气了，有什么快说出来，看他能不能帮上忙。万春晖低头想了想，咽了咽口水，一脚踢飞了那块卵石子，说看样子，他在厂里是待不下去了，也不想在那里待了，不等蒋东明说话，他又说这倒没什么了不起，换个地方得了，也不是完全没地方去，最让人心烦的是老婆吵着要离婚，一副非离不可的架势。蒋东明戴上墨镜，哈哈一笑，说还以为是什么天大的事呢，原来就这么一点屁事，别管他好了。万春晖愣了愣，说怎么能不管呢，都愁死了，烦死了。蒋东明说不用愁，不要烦，机械厂就那么一个寒碜样子，说不定哪天就倒闭了，破产了，虽然王援朝退下来了，胡国庆顶了上去，塔吊生产出来了，似乎有希望了，可那说不定就只是回光返照，没几天就死了，至于老婆闹离婚，那更好办，离就离，没什么想不开的，也没什么舍不得的，“你要明白，老婆就像身上的衣服，换一件就换一件，离了你还可以找个嫩的，而她呢？那只能嫁个老头子，或是孤身到老了，因此，真离了，吃亏的准是她，而不是你，你就让她去离好了，千万不要去哄，更不要去求”。万春晖看着蒋东明，一脸茫然和无奈，支支吾吾地不知说什么好。蒋东明指了指万春晖，要他别那么一副阿弥陀佛的样子，拿出一点男子汉的气概来，炒了机械厂的鱿鱼，跟他去双新公司好了。万春晖眼睛一亮，随即又暗淡下去，说只怕双新公司的大门进不了。蒋东明一拍胸脯，说这事不难，包在他身上了。

蒋东明手一招，万春晖上了他的车。

凌志云送走谷为怀，正准备去网点慰问元旦加班的员工，也顺便做一些调研，刚走到楼道口就见胡国庆小跑着上来了，后边跟着李胜利。

一落座，李胜利就说真是来得早，不如来得巧，凌志云果然在办公室。胡国庆喝了一口茶，说他就知道凌志云今天没休息。凌志云说他也知道厂里没放假，车间里干得一派热火朝天。李胜利说那还真是，虽然胡国庆看到这段时间大家都辛苦了，想让大家元旦休息一天，厂办通知都发了，可工人们还是一大早都到了车间，说难得有活干，有活干那就得好好干，抓紧干，别到没活干了又后悔。凌志云说大家能有这份热情，有这份干劲，那是好事，十分难得，得鼓励，得保护，可不能挫伤了大家的积极性。胡国庆悄悄给李胜利丢了个眼色。李胜利轻轻一点头，说是啊，大家要不是经历了没活干，没工资领的遭遇和痛苦，也就不会这么想，不会这么做。凌志云深有感触地点了点头，说这半年多来，支行也有了许多可喜的变化，大家对支行的认同度和美誉度提高了，对支行的依赖感和归属感增强了，对待工作讨价还价、拈轻怕重的少了，部门之间、同事之间的相互支持、相互配合更主动更有效了。胡国庆无限感慨地说，是啊，有许多的东西，只有当将要失去，或是已经失去，需要重新去获取，又经历了艰难曲折，历经了磨砺和磨难之后，才知道它的宝贵和珍贵，才会去珍重和珍惜。凌志云刚要接过话，齐向前领着罗兰进来了。

往年的决算大多也是要到凌晨两点左右才结束，但往往会有这样的情况，你还在回家的路上，或是刚刚躺下，电话就来了，说还有什么没做好，或是上边又有了新的指令，相关人员得马上回到岗位。齐向前回到家已是凌晨三点，却不敢睡，只是闭着眼睛，靠着床档，手机拿在手上，只要一响就立马接听。他是今年决算的总指挥，又是头一次指挥决算，而且今年的决算不同往年，有着非凡的意义，因而他不敢大意，不敢怠慢。直到凌晨四点半，心想应该不会再来电话了，也就这么一想，他瞬间就和衣睡着了。当窗口透过曙光时，他醒了，一看手机，见没有未接电话，心里踏实了，便在床上眯了一会儿，一看时间已七点过十分，一翻身下了床，洗了一把脸就往支行跑，和朱建国等人一道，跟着头寸车将尾箱一一送到网点，然后顺路去丽元面馆吃了一碗龙虎斗（一半面条一半馄饨），寓意着新年里支行和自己都生龙活虎，支行有大的发展，自己有所作为。走到支行门口，他一眼看到罗兰，寒暄两句便领着她上了楼。

浏览了一下罗兰递过来的报表，凌志云说塔吊分厂虽然还有一点点亏损，但能够这样，已经是很不错了，至少在沧江是创造了一个奇迹。上个月，胡国庆采纳了凌志云的建议，又征求了王援朝等人的意见，在厂内成立了塔吊分厂。

罗兰说亏损主要在于前期投入相对较多，而产出相对不足，但到今年一季度，等产量一上来，规模效益一出来，那利润自然就有了，甚至可观了。齐向前看了看报表，一握拳头，说这就好，现在可以这样说了，封闭贷款是成功的。罗兰说那是的，封闭贷款的利息都按时按量收了，没拖欠一分，照这样下去，贷款到期时，按时归还也应该没多大问题。李胜利嘿嘿笑了笑，说到时候就是有问题，那也得想办法，按时还了，让问题不成为问题。

“你们可别在这说大话，夸海口。”胡国庆指了指李胜利和罗兰，“我告诉你们，现在就有问题，而且问题不小。”

李胜利和罗兰一下都愣住了，相互看了一眼，看着胡国庆。凌志云和齐向前也对视了一眼，都在心里想着胡国庆下边要说什么。

“罗兰，你刚才说等产量一上来，规模一出来，利润自然就有了。这说得好是好，也说出了我的心里话。”胡国庆站起来，走了走，一转身，看着罗兰，“可是，如果没有资金，那产量怎么上得来，规模又怎么出得来？产量不上来，规模不出来，那利润又从哪里来？总不能天上掉下来吧？”

“那是的，就算支行不收回现有的封闭贷款，给我们先还后借，循环使用，那增产增效都会是老牛拉破车似的，十分缓慢，碰到一点坡，那就止步了，说不定还退了回去。”李胜利看着凌志云和齐向前，“两位行长，你们说是不是这样？”

凌志云跟齐向前会心一笑，笑而不语。

“怎么？难道你们不希望厂里尽快把产量搞上来，把规模搞出来？”李胜利瞟一眼胡国庆，看着凌志云和齐向前，“哦，你们是不是都说过，厂里好了，那支行也就好了？”

凌志云点了点头。

“是这样就好。”李胜利眨了眨眼睛，偏着头一想，“那是不是厂里把产量搞上来了，把规模搞出来了，那支行也就更好了？再换句话说，那是不是要想支行更好，厂里就必须把产量搞上来，把规模搞出来？”

凌志云朝齐向前努了一下嘴。齐向前说那倒未必。罗兰一听，急了，看着胡国庆。胡国庆皱了皱眉头，给李胜利递了个眼色。李胜利挠了挠头，看着罗兰。

“两位行长，我刚才是说了，照现在这样子下去，贷款到期时，按时归还应该没多大问题。”罗兰脸一红，“可没多大问题，不等于就没有问题，如果……”

“对对对，如果产量不上来，规模不出来，那就是问题。”李胜利看看胡国庆，看着凌志云和齐向前，“而且是大问题，是……”

“是啊，这还真是个大问题呢。”胡国庆看着凌志云，“我……”

凌志云指了指胡国庆，哈哈大笑，笑得胡国庆和李胜利莫名其妙地你看着我，我看着你。

“凌行长，你这一笑，笑得我心里好慌的。”罗兰有点尴尬地笑着，脸越发地红了。

“好啊，别人演双簧，你们倒是演三簧来了，还演得像模像样的。”凌志云指了指胡国庆，又指了指李胜利和罗兰，看着胡国庆，“好了，你们就别转弯抹角的了，有什么快直说了吧。”

“也没别的。”李胜利看一眼胡国庆，抢着说，“就是现在工人的积极性都很高，要求加班加点生产，可仓库的原材料用不了几天了，而货款又没到回笼的时候，如果……”

“哎呀，你就别如果了，凌行长都说了，别转弯抹角的。”胡国庆撇开李胜利，握着凌志云的手，“好，那我来直说了，就是请支行增加贷款，而且要快。”

凌志云又哈哈大笑，眼泪都笑出来了。胡国庆看出了他笑里的内涵，跟着哈哈大笑，笑过了，擦了擦眼睛，紧握着凌志云的手，摇了又摇。

“三天前，知道厂里又签了订单，凌行长当即就把我叫了上来。”齐向前边说边给胡国庆他们添水，“说厂里产销都不错，这是好事，但厂里流动资金肯定会吃紧，可以适时适量增加贷款。”

“原来是这样啊！真是太好了，真是太好了！”胡国庆一拍沙发，握着凌志云的手，有点不好意思地嘿嘿笑了笑，“刚才我们演三簧，也是怕你为难，就转弯抹角地说着，试探试探你的口气，没想到你早就给我们想好了，真是没想到，太感谢了！”

“是啊，我做梦都没想到会是这样。”罗兰说着脸又红了。

“那前天晚上，我还真是做了一个梦，梦见支行又给厂里放了贷款，速度又快。”李胜利看一眼窗外的太阳，“没想到还梦想成真了！”

凌志云指了指胡国庆，又指了指李胜利和罗兰，笑他们又演三簧了。胡国庆哈哈大笑。听到有人敲门，凌志云一看是谷智勇站在门口，便朝他招了招手。他边进门边跟胡国庆他们打过招呼，将报表双手递到凌志云的手上，说刚才跟市分行那边问过了，支行虽然不良贷款率比温江支行低了，但不良额还是比温江支行多了一点。凌志云看了看报表，将报表递给齐向前，看着谷智勇，要他就机械厂的贷款该增多少，怎么增，什么时候放，怎么放，跟罗兰好好对接一下，尽快写出贷前调查报告。

胡国庆握住凌志云的手。李胜利和齐向前把手搭了上去。罗兰和谷智勇的手跟着都搭上去了。

凌志云望一眼窗外。窗外阳光闪亮，一片温暖。

一通鼓擂过，谷智勇和徐一朵鼓槌猛地一收，鼓槌上的红绸子还在飘动，齐向前就站了起来，手一挥，大声宣布龙虎争霸正式开始。

昨天送走胡国庆他们之后，凌志云和齐向前一同去几个分理处慰问了员工，又就“开门红”征求了员工的意见和建议，然后回到办公室，商讨着“开门红”怎么搞，动员会什么时间开，怎么开。十二点半，齐向前家里打来电话，要他回家吃饭了。齐向前拉着凌志云就走，说去他家吃饭。凌志云稍一犹豫，说也好，可以边走边说，边吃边谈。

吃过中饭，还在回办公室的路上，凌志云给曾迎春打电话，请她两点半来支行会议室，研究有关“开门红”的事情。曾迎春先打了个哈哈，说她没几天就要退下来了，这会就不参加算了。凌志云听出来了她是客气，也是探他的口气，便说那不行的，就想听听她的高见，她要不到，那这会肯定开不好，达不到预期效果。她又打了个哈哈，说那行，来就来，站好最后一班岗。凌志云又叫来了高艳和朱开放等人，说开一个“开门红”的诸葛亮会。

这会一直开到天黑，在支行旁边的小餐馆里吃了个便饭又接着开，开到快十一点才散。大家都认为基于目前支行的处境，“开门红”动员会宜早不宜迟，明天晚上就开，早把工作计划和要求，及激励和约束机制告诉大家，让大家早行动，早见效。

会场悬挂着两条横幅，分别写着“时不我待　只争朝夕”“谁英雄谁好汉　龙虎争霸比比看”。

今晚会场的座次不同以往，坐台下前排的不再是支行部门的负责人，而是各分理处的主任。他们都胸前垂着红围巾，身穿红外套，或是红棉袄，每个人的桌前放着一块竞标的小牌子。他们一个个或摩拳擦掌，跃跃欲试，满眼是期待和兴奋，或眉头紧锁，尚在深思熟虑，或写写画画，还在算着数据。

朱开放是副主任，主持工作，坐在前排右侧，始终胸有成竹地微笑着，不时地看一眼摆在主席台上的那两朵大红花。这两朵大红花一朵将戴在一位主任的胸前，是集体的，一朵将由哪位员工摘走，代表的是个人的荣誉和责任。

齐向前宣布争霸开始之前，凌志云做了简短的动员，重点说了为什么要挂这两条横幅，并对这两条横幅的内涵做了阐述。当凌志云动员讲话结束时，朱建国边鼓掌边忧虑地对左侧的高艳说："看来危机是真还没有过去，'革命尚未成功，同志仍须努力'啊！"高艳一笑，拍了一下他的肩膀，说："朱老革命，那你是重任在肩，得鞠躬尽瘁，死而后已才行哦！"朱建国伸手想拧高艳一把，见曾迎春盯着他，忙把手收了，同时脖子一缩，脸一红，把头躲在了前边那人的后面。

龙虎争霸的点子是朱开放提出来的，经过徐一朵等人的补充不断完善。徐一朵补充时说得有理有据，条条是道，让凌志云刮目相看。曾迎春更是一拍桌子，说没想到徐一朵还有这么几下子，真是一夜之间长大了似的。凌志云笑了笑，说可不是一夜之间长大的，只是过去没有给她这样的机会。高艳朝徐一朵跷了一下大拇指，但就在大拇指跷起的瞬间，心里又好像突然涌起了一点什么，却又说不上来到底是什么，只是嘴里有点儿酸涩，淡淡的。

这一回，汤显贵不再坐在角落，也不要人点名才争霸了，而是抢先坐在了第三排靠中间的位置，不等个人争霸的鼓声停下来，他就站了起来，头一个报了数，后面又报了两回，当杨大志激将他，要他再报时，他涨红着脸，挠了挠头，咽了咽口水，嘿嘿一笑，边摆着手边说不报了，不报了，完成前边报的那个数，已经是吃奶的力都得用上才行了。杨大志见他真不报了，自己又报了一轮，比汤显贵多了一丁点。汤显贵回头瞪了杨大志一眼，心有不甘，但左一想，右一想，还是算了，不报了。凌志云赞许地朝汤显贵点了点头。也就这一点头，让汤显贵从中感受了力量，"嗵"地站了起来，手一举，报了一个数，超过了杨大志。杨大志愣了愣，摇头一笑，心想这回懒得跟他比了，看下回吧。

龙虎争霸分两轮进行，先是网点，后是个人。经过一个多小时的角逐，那两朵大红花分别戴在了朱开放和徐一朵身上。朱建国一看是朱开放摘了集体的龙虎榜，先是连连叫好，手拍得最是响亮，可手拍着拍着就拍得慢了，拍得不那么响了，心想那么大一个数字，到时候看他怎么完成，可别放了空炮，丢了自己的脸不说，别害得他脸上也无光。

齐向前接过高艳递过来的统计表，刚要宣布分理处和个人的争霸战报，凌志云摆在桌上的手机震动起来。凌志云本想摁了，一看是游组长打来的，连忙右手拿起手机，往耳朵跟前一贴，左手捂住了手机。齐向前朝下边打了一个手势，会场立时鸦雀无声，大家屏息静气地睁大了眼睛看着，尖起了耳朵听着。

凌志云只问了好，才"哦"了一声，手机里边就有了忙音。凌志云却还在听着。齐向前轻轻碰了碰他的手，他才回过神来，缓缓放下了手机，同时眼角渗出了泪水。泪水在灯光的照射下闪闪发光。大家不知凌志云是悲是喜，是忧是乐，于是台下有了猜测，有了叹息，有了交头接耳。何思卉悄悄跟旁边的人说，凌志云的睫毛上挂了好多星星。

曾迎春憋不住了，椅子往凌志云这边一挪，屁股朝凌志云一扭，盯着凌志云，要他快说出来，刚才到底接了谁的电话，说了什么，别让大家焦急。凌志云抽了纸巾，擦了擦眼睛，起身朝台下鞠了一躬，然后向曾迎春和齐向前各鞠了一躬，大家更是云里雾里，莫名其妙。大家边鼓掌边眼巴巴地看着他，等着他说话。坐在高艳左侧的谷为怀边鼓掌边朝凌志云微笑着，凌志云会心地点了点头。

站着的凌志云朝台下压了压手，动情地说他此时此刻，有无数的心里话想跟大家说，可一时不知从何说起，也就把那千言万语都化在那鞠躬里了。

会场又响起热烈的掌声。

凌志云说尽管那千言万语都化在那鞠躬里了，但他还是要说一句，谢谢大家。他说着朝台下又鞠了一躬。下边是一双双饱含热泪的眼睛，是一张张挂着泪珠的脸庞。

曾迎春扯了扯凌志云的衣襟，仰头看着凌志云，提醒他还没说刚才是接了谁的电话，说了什么。他"噢"了一声，将椅子往后边挪了挪，喝了一口水，站端正了，双手撑着台面，清了一下嗓子，扫了一眼会场，说他刚才接的是游组长的电话。他说了这一句就停了下来，也不是不想接着说，而是没想好下一句怎么说更好。刚才游组长透露的信息实在是来得太快，太突然了。

见凌志云不往下说了，朱建国急得屁股不住地左右扭动着。他示意高艳快问，高艳却装着没看见，他只好左右看一眼，站了起来，红着脸，请凌志云快说说游组长说了什么。此刻的凌志云已平静下来，不再那么激动。他朝朱建国压压手，庄重地扫了一眼台下，说游组长只说了一句话，那就是沧江支行暂时不撤了。

“好啊，支行不撤啦!”

不知是谁这么一说，坐下了的朱建国又腾地站了起来，边鼓掌边大声叫好。顿时会场一片掌声，一片欢腾，有人握手，有人拥抱，还有人唱起了歌，跳起了舞。

几声叫好过后，朱建国一想，不对啊，刚才凌志云说的是支行只是暂时不撤了，那有什么值得高兴的呢？原来不也只是可能会撤吗？他默了默神，一连用力拍了三下桌子，拍得大家不说了，不笑了，不跳了，不舞了，都回到了原位，坐了下来。

站着的朱建国四面看了看，说大家别高兴得太早了，游组长说的并不是支行不撤了，只是暂时不撤，暂时不撤意味着什么，大家一想就明白。听他这么一说，会场随之是一声声的叹息，一张张失落的脸，一双双失望的眼。

曾迎春盯着凌志云，说是不是他没听清楚，或是游组长没说清楚，说着抓起手机往凌志云手上塞，要他马上打过去，再问一问，问清楚了好，这事太大了。凌志云接过手机，轻轻放下，说听清楚了，不用问了，说着又看了齐向前一眼。齐向前从他的眼神里读到了许多的东西，也读懂了，便站了起来，说支行暂时不撤了，这是好事，是天大的好事，是大家辛辛苦苦，用汗水用心血换来的大好事，见大家认真听着，有的人脸上也不再那么阴沉，露出了一丝丝的笑意，便接着说，暂时不撤了那意味着什么，意味着机会，意味着希望，意味着未来。谷为怀站了起来，说游组长说得没错，退一步说，就是游组长说支行不撤了，如果不努力，不发展，不扭亏，不盈利，那随时都可能会给撤了，这是大势，也是必然。他说着朝朱建国点点头，示意朱建国说一说。朱建国歪着头想了想，皱着的眉头一散，嘿嘿一笑，说他还是那句话，“革命尚未成功，同志仍须努力”。曾迎春一拍桌子，说朱建国说得好，要想支行不撤了，那就得努力，谁要不努力，那谁就是王八蛋。她说着又拍了一下桌子，震得桌上的手机都跳了起来。

见齐向前给了他一个眼神，又见谷为怀朝他点了一下头，凌志云将椅子往前挪了挪，挺直了身子，目光炯炯有神地看着台下，说刚才曾迎春和齐向前，还有谷为怀和朱建国都说得很好，也相信大家的想法跟他们一样，支行暂时不撤，那就是机会，那就是未来，只要大家齐心协力，发奋进取，把存款规模做大了，把贷款质量做好了，把利润做出来了，那就不是暂时不撤，而是长久暂时不撤了。长久暂时不撤那又意味着什么？他不说了，只是微笑着看着台下。汤显贵想回答，却犹豫着，看看这个，看看那个，见朱建国准备起身，才忙站了起来，说那就是不撤了呗。曾迎春一拍桌子，说汤显贵说得好，这回算是说了一句人话。汤显贵嘻嘻笑着，脸上流露出一种发自内心的自豪和荣耀。

凌志云站了起来，指着站在主席台上一侧，胸前佩戴着大红花的朱开放和徐一朵，说他们是支行的脊梁，又扫了一圈台下，说台下在座的也都是英雄。他稍停了一下，一捶桌子，深沉而坚定地说："同志们，说一千，道一万，归根到底一句话，那就是要改革，要改变，要发展，要进取，不能落后，不能掉队。今晚的龙虎争霸，就是改革的见证，就是改变的途径，就是发展的号角，就是进取的锣鼓，就是大家的目标，就是大家的未来！"他说着手一抬，拳头一握，目光明亮而坚毅，面色柔和而庄重，站在那里，仿佛一座雕塑。

在掌声中，朱开放领头激情四溢地唱起了《爱拼才会赢》。很快，独唱变成了三重唱六重唱，变成了大合唱。

散了会，凌志云刚在办公室坐下，齐向前和谷为怀就说笑着进了门。凌志云知道他们是为何而来，却不说，只要他们猜一猜游组长到底说了什么。谷为怀笑了笑，说他早知道了，但游组长并没有告诉他，他也没问。齐向前说他当时虽然坐在凌志云旁边，但一个字也没听见，不过他应该猜出了一个大概。齐向前将猜想的游组长说的话写了纸上，又请谷为怀也写了。凌志云拿过齐向前写的一看，说虽然字面上有点不一样，但意思差不多，算是个半仙了。谷为怀朝齐向前竖了竖大拇指。凌志云看了谷为怀写的，一拍桌子，说跟游组长说的如出一辙，真是神了。谷为怀摆着手，说哪里哪里。

其实，刚才游组长说了两句话，一句是祝贺凌志云，沧江支行这回不撤了，另一句是不过往后撤不撤也难说，那得看情况。凌志云琢磨着把这两句话糅合起来，说游组长只说了一句，支行暂时不撤了。

凌志云朝谷为怀和齐向前笑了笑，说他之所以在会上那么说，是这消息来得太突然，太意外，简直不敢相信，又怕这一说，大家一时松了劲，泄了气，坏了龙虎争霸的好氛围。谷为怀和齐向前都说凌志云那样说得好，说得恰到好处，既鼓舞人，又激励人。

回到家，徐一朵郑重其事地将大红花挂在墙上最显眼的地方。马小军进门一眼就看到了大红花。徐一朵问他好看不。他将大红花左看看，右看看，又取下来往自己胸前一戴，说嗯，是光荣，是好看。走了几步，转了一圈，说嗯，光荣是光荣，好看是好看，只是火辣辣的，沉甸甸的，又烧手，又压肩呢。徐一朵有点得意地说，那当然了，这大红花可不是随便就摘得到的。马小军说他知道。徐一朵问他有何感想，有何打算。他挠了挠脑袋，嘿嘿笑了笑，说那还能什么，就冲着决算那餐酒，就冲着凌志云那么瞧得起他，就冲着她摘了这朵大红花，那他怎么都得做出个样子来，就是跑穿了鞋底，说破了嘴皮，那也得多拉些人来支行开户，存款。徐一朵指着马小军，说跑没跑，说没说，看成效。马小军嘻嘻一笑，说好好好，看成效，看成效。

这时，朱建国盯着桌上的大红花已有好几分钟了。在一旁跟人说着存款的朱开放挂了电话，走过来，边拿了大红花，边说别看了，下回自己也拿一朵回来。朱建国脸一阴，咽了咽口水，指了指朱开放，说戴红花是高兴，是光荣，是光彩，可看他到时候怎么去完成，怎么去实现，别搞出个虎头蛇尾来，给自己丢脸，也给他丢脸。朱开放不以为然地说没事，不会的。朱建国摇摇头，看着朱开放，说他还是没经验，人家有关系有资源的都适可而止了，他凭什么非要去争龙争虎的。

“怎么？”朱开放盯着朱建国，“你是说我不该去争吗？”

“我没说你不该。”朱建国避开朱开放的目光，“只是问你凭什么。”

“凭什么？”朱开放眨了眨眼睛，“就凭我是团支部书记，是一名预备党员。作为团支部书记，作为预备党员，在这个时候，在那个场合，那就应该站出来，就应该肩负起应有的责任，就……”

“就应该量力而行。”朱开放敲了敲桌子，“你懂不懂？”

“我懂，正因为我懂，我才去争，才……”

朱建国又敲了一下桌子，说：“我看你不是懂，是懵懂！”

朱开放眉头一皱，说：“我懵懂？我看是你糊涂呢。”

“我糊涂？”朱建国抬手要拍桌子，但手没拍下，而是指着朱开放，“开放啊，你要知道，一旦到时候你目标没有实现，落了空，那人家准会耻笑你，就会另眼看待你，就不只是一个目标没实现的事了，而是成了一个能力问题，一个信誉问题，对你今后的发展都会有影响，这你想过没有？”

朱开放鼻子一耸，说：“我可没时间想那么多，也不想想那么多。”

“你呀，还是稚嫩，没经验。”朱建国指了指朱开放，“我告诉你，不管做什么事，不管在什么时候，都得给自己留点余地，也给别人留点余地。这样才来得去得，上得下得，不会挡了人家的路，也不会堵了自己的路。”

“爸，你这是要教我怎么世故，怎么圆滑？”朱开放盯着朱建国。

“不是。”朱建国摆摆手，“我只是提醒你怎么做事，怎么做人。”

“不是？”朱开放拍手一笑，随即收敛了笑容，盯着朱建国，“爸，你作为一个老员工，作为一名老党员，可不该跟我说这样的话呢。你想一想，如果人人都给自己留点余地，人人都不把力气全使出来，那支行还能突出重围，还能有明天吗？你再想一想，支行之所以走到可能被撤销的境地，是不是就因为有的人总给自己留了余地？你还想一想，如果人人都给自己留了余地，到头来支行都没了，那你留着余地又拿来干什么？你……”

“你……”朱建国一拍桌子，“你是要开我的批判会是不是？”

“你这种留有余地的想法就该批判！”朱开放说着腰一挺，笔直地站那里。

“你……”朱建国一甩手，气呼呼地在地上走着。

“哎呀，爸，你就别那么激动嘛。”朱开放端来一杯热茶，边说边放到桌上，又拉了拉椅子，“爸，来，坐，请坐，请上坐；喝茶，请喝茶，请喝好茶。”

朱建国瞪一眼朱开放，坐下，抿着茶。

“好，这就对了呗。”朱开放在朱建国旁边坐下，“爸，我可不是真要批判你，只是提醒你，要你……”

“我要你留有余地，可不是要害你，是为你好。”朱建国拍了拍朱开放的手，“我说的适当留有余地，意思是这样的，就是目标可以稍为定小一点，但实施的时候必须尽职尽责，全力以赴，做到努力超越目标，超越自己，成为笑在最后的人。而你一开始就自不量力，好高骛远，把目标定得天大，那就成了镜中花，水中月，到时候自己难堪，别人也难受。你也不是不知道，存款可不是夸海口就夸得来的，而是要把一个一个的客户请进门来开了户，再请他们今天这个来存一点，明天那个来存一点，积少成多才行的。”

“这我都知道。”朱开放朝朱建国笑了笑，“不过，我总是觉得，如果一开始就给自己留有余地，那就相当于给自己的松散和懒惰找了个理由，给自己的消极和落后找了个借口。而如果人人都不给自己留有余地，人人都有了自己的目标，又朝着自己的目标勇往直前，那就会形成一种百舸激流，众人划桨开大船的生动局面，那支行就一定会突出重围，摆脱困境，走向兴旺。”

“嗯，道理是这个道理。”朱建国点点头，看着朱开放，“其实，我也没别的，只是担心你目标定得太高，怕你到时候放了空炮。”

“放空炮？”朱开放呵呵一笑，看着朱建国，“你就知道我会放空炮？你就希望我放空炮？”

“怎么会呢。”朱建国嘿嘿一笑，看着朱开放，“我当然盼着你进步快，比我强，比我有出息啊！”

“可是，进步快也好，有出息也好，那都是奋斗出来的。”朱开放握了一下拳头，再手一摊，“而如果只想着给自己留余地，那是不会有进步，也是不会有出息的。”

“好好好，就当我没说，好了吧？”朱建国说着低下头。

“可你说了。”

“那就算我说错了，行不？”朱建国抬起头，看着朱开放。

“不行！”

“不行？”朱建国眉头一皱，“你还想干吗？”

朱开放哈哈大笑。

“你笑什么？”朱建国莫名其妙。

朱开放摇头不语。

“好好好，是我说错了，你不留余地是对的。”朱建国看着朱开放，“我也完全相信，你有能力，有办法实现你的目标。这总行了吧？”

“好，行！”朱开放握着朱建国的手，“我就记得那两句话：世上无难事，只要肯攀登；车到山前必有路，办法总比困难多。”

“说来容易做来难啊！”朱建国像是说给朱开放听，又像是在自言自语。

“只要功夫深，铁杵磨成针。”朱开放摇着朱建国的手，“再说了，我还有你呢。”

“还有我？”朱建国甩脱朱开放的手，指着他，“我告诉你，想打我的主意，那你别想偏了个脑袋。”

朱开放偏着头，笑眯眯地看着朱建国。朱建国指了指朱开放，忍俊不禁。朱开放跟着也笑。笑着笑着，他们握了手，又拥抱了。

朱建国忍俊不禁的时候，何思卉正在懊恼，争霸一路下来，怎么到了最后的关键时刻就犹豫了那么一下，也就那么一犹豫，大红花就给徐一朵戴了去了。她越想越生气，越想越烦躁，便出了门，不由自主地往支行这边来了。

进了院子，她抬头往楼上看了看，见凌志云家的灯亮着，谷为怀和曾迎春家的灯也亮着，汤显贵和朱建国家的灯还一样亮着，去哪呢？她一阵茫然后，在犹豫中上了楼。

回到家的曾迎春也是越想越不是滋味，自己过几天就要退下来了，刚才那么好的机会，怎么就没抓住，也争霸一番，再演说一通，给大家留下一个难忘的印象。其实，她准备了，也有两次好的机会，一次是齐向前准备宣读争霸战报的时候，她刚要说话，可游组长的电话来了；另一次是凌志云给朱开放和徐一朵戴上大红花，再简短讲话之后，她说了，可才开口，她的话就给《爱拼才会赢》的歌声淹没了，谁也没听到。

此刻，曾迎春拿出了酒来，正往杯里倒着，一眼看到了低头从门口走过的何思卉，便叫住了她，问她怎么还没回家。她支吾着往后退。曾迎春捞着她的手就往屋里拖，说干脆陪她喝两杯再走。何思卉半推半就地进了门。一落座，曾迎春就边倒酒边问何思卉是怎么了。何思卉说没什么。曾迎春说还没什么，都写在脸上了。何思卉把争霸的懊恼一说。曾迎春哈哈一笑，杯一端，手一挥，说喝酒，喝酒。

从曾迎春家出来，一下到院子，何思卉就跟高艳差点撞了个满怀，连忙退到一旁，说对不起。高艳也不说话，只是看了看她，又闻了闻，快步上楼去了。

刚才跟曾迎春酒一喝，再听曾迎春一说没关系，又不是没下次了，下次的大红花也许更大，更好看，何思卉心绪一下开通了，心情随之也就舒畅起来，又头一次感觉到了曾迎春也是那么可爱，那么可敬，只是她跟凌志云和谷为怀也好，跟齐向前和高艳也好，是另一种风格，另一种味道。

高艳轻轻地走到凌志云家门口，仔细听了听，闻了闻，又轻轻地走了。散会后，她马上去了一个朋友家。这个朋友有一笔存款过几天到期了，得稳住才行，听说已有同业的人上门去了，想挖过去。

第十一章

得失之间

办公室里黑沉沉的，黑得有点可怕。李胜利看一眼窗外，窗外也是黑沉沉的。其实窗外并不黑，有路灯亮着，还有雪花在路灯下飘舞着，只是他严严实实拉上了窗帘。

办公室里静悄悄的，静得有点可怕。李胜利听了听窗外，窗外一样静悄悄的。其实窗外并不静，有野猫窜过，还有雪团从枝头上落下来，只是他一心想着那钱的事了。

从中午四点多到现在，李胜利就把自己关在办公室，想着这三千块钱是退还是不退。退吧，怕别人怀疑自己还得了多少，到时候说不清，自找麻烦，又想着这钱不多，是个小事，也许万春晖自己都不记得了，就是记得，应该也不会说出来的，何况自己待他不薄，没哪里得罪过他，虽然成立了财务中心，把他架空了，那也是胡国庆的主意，又是他拍的板，这万春晖知道，就不退了吧。可不退吧，万一万春晖供了出来，那就悔之晚矣，那不仅钱要退，还得接受这个问讯，那个调查，不仅没了面子，也没了里子，说不定还这副厂长没了，工作也没了，对不起自己，对不起厂里，更对不起家人，对不起王援朝，现在厂里刚有了起色，可不能给厂里添乱，给厂里抹黑。他就这么思来想去，矛盾着，犹豫着，痛苦着，已快五个小时了。

那是前年元旦过后，快到春节的一天，万春晖好说歹说，非要请李胜利喝杯酒，又一再说没别人，就他们俩。可正喝着，一个人进来了，说他就在隔壁包间吃饭，听说李胜利在这边，特意过来敬杯酒。这人李胜利见过一面，好像来找过他签字付款，只是没多少印象了。万春晖说这人是厂里的上游客户李老板，厂里还欠着他不少货款。李老板敬过酒，利索地从左右口袋里各掏出一个信封，分别塞进李胜利和万春晖的口袋，手一拱就快步走了。李胜利去追，早已不见李老板的踪影，根本就没在隔壁。回到包间，李胜利将信封交给万春晖，要他去退了。万春晖愣了愣，边说这不好退，边将信封塞进他的口袋里。他还要掏。万春晖按住他的手，说这不退还好，没人知道，一退反而人家知道了，那就说不清了，麻烦跟着就来了。李胜利说如果不退，那麻烦会更多。万春晖笑了，要他别怕，就那么回事，没什么。李胜利说厂里已是每况愈下，资金越来越紧，那人塞这信封无非是要给他付了货款，可现在资金就那么点，而要付款的人又那么多，不好弄的，再说欠了人家的钱，付给人家，那是天经地义的，不该还要人家这样，何况吃了人家的嘴软，拿了人家的手短，这样会给人牵着鼻子走，会很被动，很麻烦的。万春晖说厂里资金紧是事实，正因为资金紧，这资金就不再是资金，而是成了资源，这钱可以付张三的货款，也可以付李四的货款，付谁的都有道理，都说得过去。李胜利说是啊，那人家问怎么就非要付了李老板的呢。万春晖一笑说，那怎么李老板的就不能付呢。李胜利沉默了。万春晖瞟一眼门口，凑近李胜利的耳朵，说李老板是某某的亲戚，他也是没办法，受人之托来办这事的，办这样的事他也是头一回，又说李老板也并没有要求货款一次付清，只要付一部分就行了。李胜利疑惑地看着万春晖，说别害他。一连说了三次。万春晖眨了眨眼睛，站直了，举着手，要他放一万个心，保证没问题。

那天李胜利没直接回家，而是去了办公室。他关上门，掏出信封，数了数，正好二千，又放进信封，在椅子上坐了好一阵，才将信封锁进了保险柜，直到前不久动员职工借钱给厂里时，他才拿了出来。前两天厂里回笼了货款，退给了他，他又把钱放进了保险柜。

李胜利一拍桌子，站了起来，去开了灯，拉开了窗帘，只见窗外雪花飞舞，远处万家灯火。他取出信封，出了门。

王援朝听李胜利说了信封的来龙去脉，一再安慰他，说他能主动退了，那就对了，也不晚，不用背思想包袱。临走时，李胜利还一再说对不起王援朝，辜负了他的培养。看着李胜利走进雪地里，王援朝又想起了万春晖，想起了廖三元，心里又有了愧疚感。他是下午得知万春晖给带走了的，当时他并不感到意外，只是觉得有点愧疚，毕竟万春晖是自己的部下，是自己的同事，他走到这一步，自己多少是有责任的，又把自己的过往大概地梳理了一下，可以肯定没什么问题，没什么把柄，也就轻松多了，但想到廖三元的事时，心里又咯噔了一下，转而一想，那事反正也没什么损失，廖三元又没在厂里了，何况万春晖也不知实情，不知细节，说不出什么来，也就坦然了。

胡国庆刚走到楼道口，还在抖着身上的雪，听到后边“喀嚓喀嚓”地响，一回头见是李胜利踏雪而来，伸手牵着他就往楼上走，说还正想跟他打电话商量事。李胜利边走边忐忑着问什么事。胡国庆说是好事，也是难事，不等李胜利问，又说就刚才接了一个电话，一个客户要求增订六台塔吊，而且要得急，他问过陈双有了，生产是没问题，难就难在资金上，会有缺口。李胜利一听是这个，心放下来了，说资金的事，他来想办法。胡国庆问他打算怎么弄。他说途径有两个，一个是找银行试试，临时增加一点流动资金贷款；另一个是跟客户商量，厂里在价格上做点让步，请对方打一部分预付款过来。胡国庆说这好，双管齐下。

一进门，李胜利就掏出信封，放到茶几上，又简要说了是怎么回事。胡国庆哈哈一笑，看着满面羞愧的李胜利，指一下那信封，说这不算什么，明天罗兰给李老板打个电话，要他来拿了回去，或是直接打到他公司的账户上就行了。李胜利含泪点着头。胡国庆拍了拍李胜利的手，说他是他，万春晖是万春晖，两回事。李胜利一声叹息，问胡国庆知不知道万春晖现在怎么样了。胡国庆说他活该，罪有应得。李胜利默然不语。胡国庆走了几步，说万春晖虽然是罪有应得，可他毕竟是厂里的人，当然还得管。

中午，李胜利去食堂吃饭，远远地见门口有不少人在议论着什么，上前一问，是万春晖几分钟前给公安带走了。他心里一咯噔，立马想起了那信封。

这几天万春晖都没来上班，就窝在家里，想着怎么能不离婚，想得一脸憔悴，添了不少白发。王援朝去做过他妻子梅花的工作，无奈梅花油盐不进，咬定了非离不可，但万春晖横下一条心，死活不签字，想着拖一天是一天。有人给他出了个主意，那就是一个字，拖。今天他本来也是不来厂里的，是财务中心的人打电话催他，要他来签字领回借给厂里的钱。他来得晚，领了钱就中午了，便去食堂吃饭，没想到刚进食堂的门就给公安带走了。

万春晖之所以给公安带走，那是蒋东明供出来的。

近一段时间，沧江一样在打黑除恶。蒋东明虽然不是首恶分子，却是骨干成员之一。而罗有初就是沧江黑恶势力最大的保护伞，半个月前已给抓了。

别看蒋东明平日里眼睛望着天上，走路摇头晃脑的，可在审讯人员面前，人家才喝令了几声，拍了几下桌子，他就吓得浑身颤抖，连连说他老实交待。而之所以这样，那是他失去了罗有初的保护，心虚了，气短了。他说那天晚上，是他和万春晖埋伏在路边，等胡国庆路过时，先是将他绊倒，然后一个用袋子套住他的头，掐他的脖子，一个用棒子抽打，直到见他不动弹了，以为他没气了，害怕了，才慌忙跑了。审讯人员问他为什么要暗算胡国庆。他说胡国庆在厂里搞什么改革，又明显地针对他，害得他在厂里站不住脚，他实在咽不下那口气，又说他本来是不想亲自上的，但一想着胡国庆那么打压他，欺侮他，心里就窝火，就想亲手狠狠揍他一顿。审讯人员问他是谁的主意，又是谁掐的胡国庆的脖子。他犹豫了一下，说是万春晖，全是万春晖。

万春晖倒是没有蒋东明那么直快，从当天下午到第二天早上，他始终一言不发。审讯人员不急不恼，随他去了，吩咐看守的人给他饭吃，给他水喝，让他睡觉，只是不能出门，不能看电视，不能打电话。两个看守一会儿谈天说地，东拉西扯，一会儿聊案子，唉声叹气，说累了，聊烦了，便轮着一个睡觉，一个面向他坐着。

第二天下午，两个看守又聊起了案子，聊着两人就起了争执，一个说案子里的那人有点傻，其实也没什么大不了的事，最多也就判个一年两年，为什么就不早点交待了，非要弄得那么个悲惨下场；一个说那人其实一点都不傻，只是开始没把握好，后边又没控制好自己的情绪，才有了那个谁也没想到的悲惨结局。他们一个说那人傻，一个说那人不傻，争得面红耳赤，只差没动手了。万春晖憋不住了，一翻身下了床，要他们别争了，反正他也没什么大不了的事，就都交待了。他说他跟蒋东明一起，打伤了胡国庆，但那不是他的主意，是蒋东明提出来的，坦白了是他指使人去丽元面馆吃面，把泻药放在碗里，又坦白了他虚报过三四次发票，总共也就不到三千块钱，还交待他收了别人四五次的感谢费，有的是帮人跟供销那边牵线搭桥，有的是别人求他付货款，末了又交待他给银行的某某过年时送过几条鱼，某某送过几只鸡几块肉，给政府的某某送过几条什么烟，几瓶什么酒等等，但没有提及李胜利那信封，也不知他是不记得了，还是有意没说。

审讯人员问万春晖收人家的好处费，是别人主动给的，还是他索拿卡要来的。他说大多是别人主动给的，有的他不收，对方还有意见，非要他收了不可。审讯人员又问他收的好处费用来干什么去了。他说一笔一笔地都记在心里，也没乱花，只用了一笔，那也是当时急着用钱，没办法，其他的都还在。

当问及为什么那么恨胡国庆时，万春晖说其实现在也不那么恨他了，但当时确实是恨他的，恨不得剁了他一只手，砍他一条腿，恨不得喝他两口血，吃他两块肉，就因为他在厂里搞改革，把他架空了，边缘化了，害得他在厂里抬不起头，做不起人，害得他家庭不安宁，老婆要离婚。而说到现在为什么又不那么恨胡国庆了时，他说胡国庆比王援朝有胆量，有魄力，有能力，有办法，不仅把塔吊生产出来了，厂里有了起色，而且胡国庆改革也好，改组也好了，都没有私心，没图私利。他说着就痛哭起来，涕泪也一起来了。哭过了，抹了涕泪，说他也没别的想法了，有的只是悔恨，悔不当初，不管政府怎么判他，他都认了，一定会好好改造，重新做人，只是希望胡国庆也好，政府也好，看在他认罪态度好，能悔过自新上，对他从轻发落，多给他一点机会，多给他一线希望，也请厂里一定做通梅花的工作，千万别跟他离婚。他说着就给审讯人员磕头。审讯人员相视一笑，随他去了。他愣了愣，无力地往后一靠，闭上了眼睛。

回到座位上坐下，直到旁边的宁可碰了碰他的手，有点羡慕又有点忌妒地朝他一笑时，凌志云才感觉到自己后背都湿了，脸上的汗也还在顺着面颊往下滑落，痒痒的，却有一种说不出的舒坦和快感。

前天下午，齐向前来跟凌志云商定机械厂临时贷款利率的事，说他算过了，在基准利率的基础上上浮百分之八，正好支行略有利润，机械厂成本也不高于收取预付款。凌志云稍一想，说就上浮百分之五吧，不亏就行。正说着，邓昌明打电话过来了，要凌志云马上去他办公室。

一路上，凌志云想着是支行出了什么问题，还是自己哪里出了差错；是上边对机构改革又有了什么新的精神，还是支行又面临着可能被撤的局面。

没想到一见面，邓昌明就笑呵呵地说找他来，是好事，也是喜事。凌志云一听，心落下来了，却不问是什么事，只是笑了笑，双手捧着邓昌明递过来的杯子，好享受地喝了几口，说这茶色好，味好。邓昌明走到桌子跟前，打开抽屉，拿出一个精致的茶叶盒，朝凌志云一抛，说喜欢就拿了去。凌志云忙放下杯子，双手接了茶叶盒，边将盒子往包里放，边说那他就不客气了。邓昌明往椅子上一坐，指了指凌志云，要他猜一猜，会是什么事。他皱了皱眉头，嘿嘿一笑，边拿出笔记本，在沙发上坐下，边说猜不着，不猜了，请邓昌明指示。邓昌明边走过来，在凌志云旁边坐下，边说不是他有指示，是游组长打电话给他，沧江支行要在后天的全省行长工作会上做典型发言。凌志云以为自己听错了，一脸疑惑。邓昌明笑了笑，说没错，是做典型发言，而且是介绍经验。凌志云一听，拿着笔的手轻微地抖动起来。邓昌明问他怎么了。他说有点激动，也有点紧张。邓昌明哈哈一笑，拍了一下凌志云的手，说又激动，又紧张，那这就对了。

省行的行长工作会一般在每年的元月下旬，或是二月初举行，再怎么紧也会赶在春节之前开了，因为春节前后是抓存款的黄金时节，是一天要抵平日里十天半个月的。谷为怀多次说过，每年开行长会的时候，省行的行领导坐主席台，地市分行的行长坐主席台下的前排，之后是省行部门的负责人，县支行的行长坐最后几排，大多没有发言的机会，只管听只管记就行，他参加了四次行长会了，就没发过一次言，去年的行长会上，有个县支行的行长本是想表现一下，讨论时抢着发言，结果话还没说上两句，就引来哄堂大笑，遭人白眼，弄得他脸一阵红，一阵白，会后他所在市分行的行长先是安慰了他，说没事，虽然有点跑题，但也没说错什么，接着又说他有点冒失，不懂规矩。

见凌志云不仅手在抖，脚也在抖了，邓昌明又笑了，要凌志云别那么激动，更不要那么紧张，这是典型发言，是介绍经验，是省行安排的，是光荣的事，说好了，那不只是沧江支行和他凌志云的光荣，也是双江分行和他邓昌明的光荣。凌志云点点头，说行长会那么大的阵势，那么大的场面，别说上台发言了，就参加这会都还是大姑娘上轿，头一回，方向都摸不清，心里更没底。邓昌明说没关系，这不是即兴发言，到时候别看台下，也别看左右，只管对着稿子念就是，关键是要把稿子写好，又说了稿子写什么，怎么写。凌志云虽然手脚没那么抖了，但记下来的字还是有点歪歪斜斜。邓昌明拿过本子一看，说凌志云写得龙飞凤舞的，成艺术品了。凌志云脸一红，拎了包就走，说快回支行写稿子去。

回到沧江，一下车，凌志云就往谷为怀办公室跑，又把齐向前从外边叫了回来。谷为怀一听说凌志云要在全省行长会上介绍经验，先是不敢相信似的看着凌志云，见他微笑着点头说是真的，便一把抱住他，边拍着他的后背边说真是没想到。拥抱过了，握着凌志云的手，边摇边说祝贺，热烈祝贺。又说这可是破天荒了，不容易的，得好好珍惜。三个人讨论了一会儿，拟重点写唱国歌、“三保”“三战”、封闭贷款、机制创新等内容，又写了一个提纲，经邓昌明认可后，由齐向前执笔，明天一早送邓昌明审定。

高艳拎着水果和方便面进来了。凌志云一看手机，说都快十二点了，怎么还来了。高艳亮了一下手上的袋子，看一眼谷为怀和齐向前，说他们都还在挑灯夜战，她当然得搞好后勤保障了，又朝凌志云一笑，说上台介绍经验，这光荣可不只是他一个人的，也有她的一份。谷为怀说那当然了，这光荣来之不易，是支行员工共同努力的成果。齐向前站了起来，边活动着手脚，边说初稿写完了。

凌志云刚拿到打印出来的初稿，准备边看边改，摆在桌上的手机响了，一看是游组长的电话，忙朝齐向前和高艳伸出食指，示意别说话。谷为怀放下稿子，看着凌志云。游组长开口就问发言稿写好了没有。凌志云说初稿刚写好，正要修改，又把主要写了什么，怎么写的简要说了，请他指导，指正。他却先不指导，也不指正，只说这发言的机会来之不易，是他争取来的，得把握好了，千万别弄砸了，要是弄砸了，那谁都下不了台，交不了差。凌志云下意识地挺直了腰，一脸庄重，额头上冒出细密的汗来，不知说什么好，只是“嗯嗯嗯”“哦哦哦”“好好好”地应答着。游组长哈哈一笑，要凌志云别紧张，别害怕，要想着这是无比光荣的事，无限光彩的事，别人想上台还上不了，想发言还没机会，一定要有信心，有决心，要给自己增光，给支行添彩。凌志云连连说那是那是，又一个劲地道谢。游组长打了一串哈哈，说凌志云跟他想到一块去了，就写那些东西，就那么写好了，到时候再好好讲，一定效果不错。

还没上台，心里早就打着鼓了，当主持人说请凌志云上台发言时，他一时没反应过来，端坐在那里一动没动，招来台上台下大大小小的行长搜寻着他，旁边的宁可忙推了推了他的手，又指了指台上，他才脸一红，起身往台上走，头却是蒙的。

站在发言席前，凌志云不敢抬头，只是看着台面，手颤抖着从衣兜里掏出稿子，展开，摆在台上。他努力想让自己平静下来，却越想越紧张，脚抖着，还软了，似乎有点站不稳了。游组长急了，快步过来，装着边给他调话筒的高低和方位，边悄悄叮嘱他别紧张，深呼吸几下，放开了讲就是。他照做了，试探着抬高一点头，看了一眼台下，见大家满眼期待地注视着他。他一下受到了鼓舞，来了精神，往旁边跨出一大步，离开发言席，朝台上和台下各鞠了一躬。过后游组长夸他这一鞠躬好，又说这事先没告诉他要鞠躬的，怎么就想起来要鞠躬了。他嘻嘻一笑，说自己都不知道怎么就鞠躬了。游组长哈哈一笑，说好，这就是灵活机动，就是临场发挥。

鞠过躬，凌志云回到发言席前，还是不敢看台下，只是照稿念着，念得还有点结巴，汗珠掉到了稿子上，到翻过一页时，才顺畅了，手不抖了，脚也有劲了，再翻过一页时，便流畅了，胆子也大了，边说边瞟了一眼主席台上，又扫了一眼台下，见大家都看着他，尽管姿势各异，神情不同，但大多在认真听着，有的点头，有的微笑，不像刚才有人发言时那样或交头接耳，或昏昏欲睡。这一来，他底气足了，胆子大了，说得神采飞扬了，也不对着稿子念了，还打起了手势，说得台下一时大笑，一时鼓掌。坐在主席台上的徐行长挪了挪椅子，侧身对着发言席了。其他行领导也跟着挪动了椅子。这一挪，挪得凌志云又紧张起来，脸上的汗又流淌着了。

走下主席台时，凌志云一脚跨大了，差点跌倒。已等在一旁，准备发言的游组长忙出手扶了一把，随后又朝他竖了一下大拇指，同时小声说不错。他却没看到，没听到，只是低着头往回走，在座位上坐下了，当宁可碰他的手时，他才听到了还没停息的掌声。

游组长传达了总行机构工作会议精神，强调银行业撤并机构是金融改革开放的需要，暂停县支行的撤并也是金融改革开放的需要，因为拥有必要的一定数量的机构和网点是一家大型银行的基础资源，也是基本的竞争力，但金融改革开放还会扩大，还会拓宽，还会深入，还会深化，让更多中国的银行机构走出国门、更多的国外银行进入中国的金融开放不会变，把国有商业银行办成真正的商业银行的方向不会变，以效益为中心的经营理念不会变，一家市分行也好，一家县支行也好，如果经营不好，连年亏损，就失去了存在的基础和土壤，失去了存在的必要和价值，终究会被淘汰，被撤并，而之所以暂停撤并县支行，那是撤并机构给社会增加了负担，给员工带来了痛苦，而更重要的是通过第一轮的撤并，已唤醒了机构，警醒了员工，绝大多数的机构和员工增强了使命感和危机感，增强了责任意识和进取精神，绝大多数县支行的精神面貌有了改观，经营管理有了起色，效益有了明显提升，沧江支行就是典型的例子。

在会议总结时，徐行长说这次行长会开得好，好就好在不仅内容丰富，而且形式多样，这都是改革的成果，往后还得改，就要给基层的同志多一些说话的机会，就要让基层的同志多说说心里话，就要多听听基层同志的意见和建议，还点了凌志云的名，说他说得实在，说了真话，关键是对大家有帮助，有启发，可以借鉴，可以学习。

散会的当天晚上，邓昌明带着凌志云和宁可等人回到了双江。在路上，凌志云说发言时太紧张了，给邓昌明丢脸了。邓昌明说挺好的，就那个样子才那么可爱，才感动了徐行长，才赢得那么多的掌声，因为真实，因为真诚。凌志云挠挠头，嘻嘻笑了笑，说下回应该不会那样了。坐在后排的宁可擂了一下凌志云的肩膀，说还下回呢，别太贪了，也留个机会给人家。凌志云扭头拧了一把宁可的手，说："好好好，下回你去。"宁可一拍椅子，说去就去，他可不会像凌志云那么紧张。他摸着自己的脸，说因为他脸皮厚，逗来一车的笑声。笑过了，邓昌明看了看大家，说往后上台发言的机会应该会越来越多，大家都要争取上。

第二天上午，邓昌明主持召开了双江分行党委扩大会，传达省行行长会议精神，决定次日召开全辖行长和分理处主任会议，全面贯彻落实省行行长会议精神，部署相关工作，再次进行开门红动员。

在全辖行长和分理处主任会上，凌志云就在全省行长会上做典型发言说了体会，谈了感想，说得十分流畅，轻松活泼、收放自如，谈得非常透彻，有理有据、入情入理，赢得掌声迭起，喝彩不断。台下的朱开放边鼓掌边问旁边的高艳，凌志云今天怎么那么厉害，有如神助。高艳眼睛盯着台上，睫毛上挂着泪花，说人逢喜事精神爽呗。邓昌明用欣赏的目光看着凌志云，心想人一见了世面，还就是不一样了。

总结讲话时，邓昌明一再强调，县支行暂时不撤了，并不等于就可以歇歇气了，就可以松松劲了，而是要始终保持高昂的斗志，始终保持奋进的状态，这样才会在往后的改革中处于不败地位。这话凌志云记在心里，又在第二天晚上的支行员工开门红再动员大会上反复说了，号召大家以支行这次能在全省行长会上做典型发言为契机，为动力，加快支行发展，既要扩大业务规模，注重量的增加，更要提高经营效益，注重质的提升，走一条又快又好的发展之路。

开门红再动员会一散，谷为怀拉着凌志云就走。凌志云问去哪。谷为怀说他请客，去夜宵摊上喝两杯，又说本来是昨晚就想去了的，只是太晚了，就没等了。昨天散会时已是晚上十点多，回沧江的路上，车子又熄了火，叫人来修好，回到沧江已是快凌晨一点。邓昌明知道后，说只要省行配车下来，准优先给沧江支行。

曾迎春追了上来，说她也想喝几杯，又说夜宵摊上就别去了，冷，就去她家里，她家里正好还有两瓶好酒，前几天外甥孝敬来的，也有干牛肉、火焙鱼、猪血丸子之类的好下酒菜，她来炒，一下就好，说着又顺手一把拖住了从旁边走过的徐一朵，要她去帮忙切菜什么的。徐一朵满口说，好，巴不得嘞。何思卉伸过头来，问那她来帮着倒酒，行不。曾迎春说那不只是倒酒，还得喝呢。何思卉说喝就喝，醉了也值。曾迎春呵呵一笑，边走边问为什么。何思卉看一眼凌志云，又看一眼谷为怀，说谷为怀说了，凌志云是支行头一个在全省行长会上发言的人，而且是介绍经验，是支行的光荣，是支行的骄傲，值得喝。谷为怀说那是的，他就为这想喝酒，又说他每次参加全省的行长会，有时坐在台下就想，要是自己什么时候能走上台去，哪怕只说上一句两句，那也好。

高艳有意从曾迎春家门口走过，就想着曾迎春或是有谁能喊她进去，便边放慢了脚步，边往门里瞟着，却又怕有人喊她，赶紧往前走了，走到自家门口，钥匙才插进锁孔又拔了出来，往回走，走到曾迎春家门口，见何思卉正在敬凌志云的酒，曾迎春和谷为怀都在鼓掌叫好，徐一朵拿着酒瓶站在一旁，不由得气不打一处来，抬手就要去开纱窗门，但手刚摸到门又放下了，在心里骂了何思卉一声“这小蹄子”，手一甩，轻快地走了。

胡国庆刚放下听筒，罗兰就轻盈地走了进来，将报表往桌上一放，说有一个事告诉胡国庆。胡国庆边浏览报表边问什么事。

“看样子你不想听，那我就不说了。”罗兰佯装要走。

“没有啊!”胡国庆看着罗兰，“你说!”

罗兰瞟一眼门口，有点神秘兮兮地说：“原来那天晚上打伤你的，不是别人，就是蒋东明和万春晖这两个坏家伙。”

“这个啊，不瞒你说，我当时就猜到了。”胡国庆边说边放下报表，“准确地说，应该是先猜到了，后算到了，就他们两个。”

“还算到了?”罗兰一笑，“你是半仙啊!”

“看你说的，哪来什么半仙。”

“那你是怎么猜到的?”

“听他们说话啊!”

“那如果他们不说话，就闷声闷气地打，那你就不知道了吧。”

“那也知道，琢磨得到，算得出来。”胡国庆起身走了几步，“凡事都有因果，都有一种逻辑关系。那段时间，厂里改革，我无疑是得罪了不少人，但像柳建平这样的人是不会暗算我的，那就只有蒋东明和万春晖了。”

“他们还算有点良心，没有将你往死里打。”

“那不是，可不是他们手下留情了。”胡国庆摆摆手，“他们本是要往死里打的，只是以为真把我打得没气了，慌了神才跑的。”

“你跟他们又没有血海深仇，也不是不共戴天。”罗兰摇摇头，一声叹息，

“亏他们也抹得开情面，下得了手。”

“我跟他们虽然没有血海深仇，也不是不共戴天，但在他们看来，我毕竟损害了他们的利益。在利益调整面前，真正能不动心机，能不动声色，视之如云烟，视之如粪土的人，那也是不多的。”胡国庆稍停了一下，“说实话，如果换了是我，我虽然不会像他们这样去暗算人家，但心里不舒服，不痛快，那肯定是有的。”

“你这是人之常情，谁都可以理解。”罗兰点点头，“而他们就出格了，过分了，真的太不应该了。”

“其实，我猜想得到，也感觉得到，他们最初应该只是想给我点颜色看看，教训教训一下的，只是一打上了就越打越想打，越打越解气，越打越解恨，就收不了手了。”胡国庆呵呵一笑，“好在我略施小计，他们就怕了，仓惶而逃了。而我呢，也没伤筋动骨的，只是这里青一块，那里紫一团，还有一个地方破了皮，没几天就好了，但他们可想而知，准是紧张了好一段日子的。而如今，他们都给抓了，将承担相应的刑事责任。这也是善有善报，恶有恶报，不是不报，时间一到就报。”

“看你还笑呢。”罗兰指了指胡国庆，“要是真给他们打断了一条腿，或是一只手，或是脸上破了相，看你还笑不？”

“不笑还哭？”胡国庆看着罗兰，“哦，要是真给他们打残了，那你会哭吧？”

“哭？”罗兰扑哧一笑，“我为什么要哭？我才懒得哭呢。”

“好啊，没良心。”胡国庆说着哈哈大笑。

“你笑什么？”罗兰红着脸。

“没什么，没什么。”胡国庆摆摆手，抹了一下眼角渗出的泪水。

“噢，还有。”罗兰瞟一眼门口，“那说什么支行没钱，支行要撤了，快去支行把钱取了出来，存到别的银行去，也是万春晖造的谣。”

“这我也知道。”胡国庆微笑着。

“是吗？”罗兰看着胡国庆，“他报复你似乎还有理由，因为你的改革，架空了他，触碰了他的利益。可人家银行既没得罪他，也没欠他什么，怎么就非要造银行的谣，让银行雪上加霜呢？”

“因为银行给厂里放了封闭贷款，支持了厂里，支持了我呀！”

“嗯。”罗兰点点头，“他迁怒于银行，迁恨于银行了。”

“没错。”胡国庆看一眼门口，“这样说起来，银行是给我害的。好在银行应对有方，总算没有酿成挤兑事件，要是酿成挤兑事件，那后果就不堪设想了。”

“这连起来一想，他还真是可憎，可恨。”罗兰叹了一口气，“可看他落得这个下场，又觉得可惜，可怜。”

“是啊！”胡国庆说着望一眼窗外，见罗兰边摇头叹息边往门口走，忙叫住了她。她回过身来，见他欲言又止，眼睛一眨，再一笑，说知道他想跟她说什么。他一愣，问她怎么知道。她告诉他，那造谣说他们俩怎么怎么的，也是万春晖。胡国庆问她怎么知道的。她有点调皮地一笑，说猜到的，也是算到的。胡国庆哈哈大笑。

“笑什么呢？那么开心。”李胜利说着跑了进来。

“你看看，谁都会开心的。”胡国庆指了一下桌上的报表，“产销，还有利润，都超出了预期呢。”

李胜利拿起报表扫了一眼，将报表往桌上一放，说一句是让人开心，拉着胡国庆就走。胡国庆问去哪。李胜利说凌志云早在车间了。走在后边的罗兰说，这是凌志云一贯的作风，听说到哪都一样，总是先去车间、仓库，再去办公楼、办公室；先找工人、技术人员，再找科长、厂长。

车间里，凌志云正双手扶着一根角钢，问柳建平厂里哪天放假，没几天就过春节了。柳建平蹲在地上，边熟练地焊接边说他是巴不得厂里不放假，大年三十都上班更好。凌志云问为什么。柳建平说有活干的感觉真好，就怕哪天没活干了，那就难受了。

一见胡国庆和李胜利跑了过来，凌志云就要他们快去各忙各的，不要陪同，他先在车间看看，等下去找他们。胡国庆见他一脸真诚，便不多说，转身就走。李胜利跟了上去。

胡国庆望一眼天边殷红的晚霞，说早到吃饭的点了，就在厂里吃点再走，也好边吃边再聊一聊，请教请教。凌志云笑了笑，说规矩不能破。胡国庆捅了一下凌志云，说那好，不让他破了规矩，也不坏了他的光辉形象，只是今年支行的决算聚餐，他也不去了。凌志云指了指胡国庆，哈哈大笑。

车子开动了，凌志云又下了车，对沐浴在晚霞里，还在扬着手的胡国庆说，增加流动资金贷款的事，他已跟市分行报告了，应该没多大问题。站在一侧的李胜利忙抢着说，厂里适当降低价格，对方已答应预付部分货款，他得再仔细算一算，看是贷款成本低，还是对方预付货款合算。凌志云指了指李胜利，夸他精，是个当家理财的好手。胡国庆笑李胜利别小家子气。凌志云说就得这样，精打细算。李胜利有点得意地嘿嘿笑着。

送走凌志云，回到办公室，胡国庆往椅子上一坐，不由自主地想起了万春晖，想起了万春晖的那些事，觉得他确实是可憎，可恨，是咎由自取，罪有应得，可转而一想，又觉得他也是可惜，可怜，有的事似乎也是迫不得已，情有可原。这样一想，胡国庆又有了一种愧疚感，觉得有点对不起他，他落得这个下场，自己也有责任，改革中，如果自己有更好的方式方法，对他有更合适的安排，他也许不会这样；事后如果自己多跟他交流沟通，得到他的理解和谅解，也许不会如此；或是知道他第一次暗算自己之后，就及时提醒他，告诫他，也许后边的事就没有了，可自己整天就想着改革，就想着塔吊，没有正式去找他谈过一次话，听说他妻子闹离婚之后，也没上门去做过一次工作，真是不应该。这样，他越想越自责，越想越难过。

央视正播放着晚间新闻。王援朝靠在沙发上，皱着眉头，显然在想着什么。听到有人敲门，他愣了一下，起身去开了门，一看是胡国庆，忙把他请了进去。一落座，胡国庆开口就说他来也没别的，就想跟王援朝聊聊万春晖的事。王援朝说他还正想着呢。

两人聊了好一阵，都心怀愧疚，也都有不少感慨。末了，王援朝要胡国庆还是一心放在厂里的经营管理上，厂里的事比什么都重要，梅花的工作他去做，对梅花他有信心。胡国庆说这几天，他还是要找个机会去见见梅花。

谷为怀坐在沙发上，眼巴巴地望着门口，轻轻地叹了一口气。吴冬梅从厨房出来，要他别叹气，也别再老看了，都退下来半年多了，茶早凉了，不会有谁记得他了，更不会有谁上门来了。谷为怀眉头一皱，脸一沉，说他可没等谁，更不稀罕谁上门来，他是在看谷智勇回来了没有，都快五点半了。吴冬梅笑了，说谷智勇早就打了电话回来，在朱开放那边帮忙整理票子，得晚点下班。谷为怀说这他知道，今天是大年三十，支行往年也跟别的银行一样，下午四点就关门了，今年支行改了，推迟到五点停止营业。吴冬梅说大过年的，何必要推迟这一个小时。谷为怀指了指吴冬梅，说她这就不懂了，可别小看了这一个小时，这一个小时给客户带来的便利和实惠，不仅会让客户对支行心存感激，社会对支行刮目相看，也会让支行多增几百万的存款，多新增一些客户。吴冬梅又笑了，说谷为怀口是心非，盼的压根就不是谷智勇。谷为怀有点火了，一拍沙发，说那他在盼谁。吴冬梅一笑，说她哪知道。谷为怀说既然不知道，那就别乱说。吴冬梅边看门口，边说好好好，不说就不说。谷为怀瞪一眼吴冬梅，说懒得跟她说了，上营业部去。吴冬梅问他去干嘛。他说帮忙整理票子。

刚要起身，谷为怀就眼睛一亮，看到余小丽出现在门口，忙小跑过去开了门，把余小丽请了进来。寒暄几句过后，余小丽说她要跟廖三元去乡里过年，这是她头一次去他家，得在他家住几天，怕回来晚了失了礼，特意来给谷为怀拜个早年，又说也没拿别的什么，就两只鸡，两条鱼，都是老家亲戚自家养的，一点小心意，说着又拿过包，去开拉链。谷为怀朝端甜酒过来的吴冬梅努了一下嘴。吴冬梅忙放下碗，按住她的手，说她能记得谷为怀，能来看看他，就已是难得了。余小丽说谷为怀待她好，她心里有数，是一辈子都忘记不了的，往后每年都会来给他拜年。谷为怀朝余小丽抬了一下手，说她能记得他，他很高兴，鸡和鱼他拿着，别的就什么都不要了。余小丽边要拿开吴冬梅的手，边说面馆承蒙谷为怀的照顾，生意还不错，尽管给万春晖害了一下，但还是赚了钱，虽然不是太多，但比上班的收入没得少，明年肯定会更好。吴冬梅说那就好，那就好。见谷为怀脸色难看起来，也不说话了，余小丽便放了手，说好好好，她什么也不拿了。谷为怀一下开了颜，说余小丽这就对了，往后来就来，什么也不要带。余小丽点点头，说她还要赶回廖三元老家去，就不多坐了。谷为怀给吴冬梅递了个眼色。吴冬梅去拎了一件牛奶过来，塞到余小丽手上，说带给廖三元他爹妈。

余小丽一走，谷为怀就跟着电视里哼起了曲。吴冬梅笑他，说这下好了，总算有人惦记着他，还上门来了。他指了指吴冬梅，说她不懂。正说着，门又敲响了，过去一看，是汤显贵。这可让谷为怀没想到，还以为是自己看错了，叫了一声汤显贵，听他响亮地应答着才一拍大腿，去开了门。汤显贵却不进屋，只是将两瓶酒一亮，说给谷为怀喝的，拜个早年，酒不怎么好，却是他的心意。谷为怀问他急着去哪，也不进屋坐一会儿，喝杯酒。他说到分理处帮忙去了，刚下班，得赶紧去倪小桔店里。谷为怀问是不是倪小桔请他去店里过年了。他嘿嘿笑了笑，说请倒是没有，但不请也得去。谷为怀拍了拍他的肩膀，说这就对了，就得去，这脸皮厚一点没关系，不是别的什么，就是她拿了扫把赶，也赖着不走。吴冬梅在后边掩口笑着。汤显贵将酒往地上一放，转身就跑。谷为怀招呼他慢点，别摔着，又说这酒先帮他收着了，哪天请他来家里一起喝。汤显贵边跑边说要得，要得。

汤显贵这一来，谷为怀更开心了，到厨房帮着吴冬梅又是剥蒜，又是刨姜。吴冬梅不住地笑着，不时地看谷为怀一眼。谷为怀一见她冲他笑，就说她是吃了笑鸡婆了。她说她是见他开心，她也跟着高兴，又说看来他这行长还是没白当，世道也不完全是人走茶凉的。正说着，听到谷智勇进了门，要他们快看谁来了。他们忙撂下手上的活，跑到客厅一看，见是凌志云正在门口换鞋。吴冬梅边跑过去，边说不用换鞋的，就穿着好了。凌志云放下水果篮，朝谷为怀拱拱手，说齐向前还在金库加班，晚上还要值班，他就代表齐向前，还有全行员工，一起给谷为怀拜个早年了。谷为怀摆着手，说不敢当，不敢当。凌志云说他等下还得赶回双江去，方敏和孩子都在那边。吴冬梅拎了一个小蛇皮袋过来，说里边是一块腊肉，还有几个猪血丸子，十几个糍粑，是前两天老家一个亲戚送过来的，给方敏和孩子带回去，他们一定会喜欢吃的。凌志云二话没说，满心欢喜地接下了。

从谷为怀家出来之后，凌志云去办公室拿了两瓶酒，去了曾迎春家。曾迎春当即开了一瓶，哗哗地往杯里倒着，非让他喝两杯才走，又送他下了楼，上了车才回家。到了家，她还不住地跟家人说，这凌志云就是比谷为怀会来事。

曾迎春是十天前退下来的。她原本以为文件总会年后才发，没想到到点的次日就发下来了。她看到文件就生气，给陈立军打电话，发了一通牢骚，说他别的没这么准时，这个就这么快了。陈立军任她怎么说，只是听着，等她说够了，才对她又是恭维，又是安抚，说得她最后打起了哈哈。

当余小丽出现在谷为怀家门口时，胡国庆和王援朝已经从万春晖家出来了。

昨晚，胡国庆跟王援朝约好，今天上午一块去万春晖家，因上午胡国庆陪梁光辉慰问厂里的困难职工，只好改成了下午。

胡国庆敲了好几回才敲开了万春晖家的门。一脸憔悴，穿着睡衣的梅花一看是他和王援朝，砰地将门关了，差点撞着了胡国庆的额头。胡国庆连退了两步，下意识地摸了摸额头。王援朝问他撞着了没有。他摆摆手，吸了一口凉气。王援朝指一下屋里，又指一下地上，再给他一个眼神。他会心地点点头，跟王援朝一道，默默地在门口等着。

梅花这样开了门，随即又把门关了，着实让王援朝没想到。他站在那里，琢磨着怎么才能让梅花再次开门，开了门又怎么跟她说话，要怎么才能打动她。胡国庆看了一下手机，有点急躁起来，在地上来回走着，走了几回，见王援朝安静地站在那里，一副沉思的样子，倒有点不好意思了，便也不再走动，低头想着万春晖现在怎样了，想着梅花此刻又是怎样的心情和心态。

王援朝指了指门框，又指了指摆在地上的袋子，说与其在这白等，不如先将对联贴上。胡国庆点点头，去隔壁家里借来了梯子，与王援朝一道贴起对联来。对联贴好了，王援朝上下左右一打量，说好，这就有点过年的味道了。

胡国庆刚搬开梯子，门突然洞开了。梅花换了一件深红羽绒服，又梳妆过了，脸上尽管打了粉，搽了胭脂，但内心的忧伤和愁苦还是溢了出来。王援朝愣了愣，刚要问可不可以进去，她却出了门，看了看对联，又摸了摸，朝胡国庆和王援朝淡淡一笑，说还以为他们早走了呢。胡国庆说他和王援朝是特意来看她的，门都还没进，话也没说上一句，怎么会走呢，就是等到天黑也会等的。梅花一时不知说什么好，搓了一下手，做了一个请进的手势。

屋里零零乱乱，冷冷清清的，灯显得有些昏暗，墙角还有蜘蛛网。梅花请他们在烤火桌前坐下，插上电源，边给他们泡茶边说就她一个人在家，上大学的儿子听说万春晖进了看守所，非常生气，说不想回家，就在学校过年了，这样她干什么都没了兴致，没了兴趣，家里也就没清扫，没整理，乱七八糟的，出丑了。王援朝说没什么，都差不多。梅花凄婉一笑，边去靠墙的柜子里边找东西，边说这几天她街也没上，什么东西都没买，没什么招待他们，真不好意思。她说着将一碟葵花子放到桌上，又找来了几个有点干巴了的橘子，想说请他们吃，但话到嘴边又咽了回去。胡国庆剥了一个橘子，递一半给王援朝，边吃边要她别忙了，又起身将两个袋子拎了过来，说一个里边是一些糖果饼干什么的，一个里边是一块肉和一条鱼，正好过年都用得着。她说不用的，她吃不了多少，心意领了，东西请他们带回去。胡国庆说东西是特意给她买的，得收下才行。她说不要，消受不起。胡国庆有点尴尬了，一时不知说什么好，见王援朝朝他使了个眼色，又指了一下墙角和头上的灯管，他灵机一动，去门口搬了梯子进来，找了一个扫把和一块抹布，爬上梯子，清扫起来。

王援朝给胡国庆打着下手，一时递扫把，一时洗抹布，一时扶梯子，一时搬椅子。在一旁看着的梅花系上了围裙，加入到了清扫的行列。

屋里一下显得高多了，亮堂多了，不再那么冷清，不再那么压抑。再将两个“福”字往门上一贴，两个“喜”字往墙上一挂，屋里变得活泼起来，生动起来。梅花的心底和脸上也跟着明朗起来，明亮起来。她去烧了水，给他们端来了热腾腾的茶。

喝过茶，胡国庆又要去杀鱼。梅花拦着了，说她会，自己来。王援朝朝胡国庆压压手，要梅花也坐下，说有事想跟她聊一聊。梅花边坐下边说知道他们来是为什么。胡国庆看一眼王援朝，要她说来听听。她说他们来，名义上是看她，实际上是想做她的工作，劝她别跟万春晖离婚。胡国庆忙说是想来跟她聊聊，但主要还是来看看她。她朝胡国庆和王援朝浅浅一笑，说那谢谢了，又说他们今天上门来，她有点意外，又在意想之中。胡国庆说他是来迟了，应该早点来的。梅花说迟来也好，早来也好，来也好，不来也好，她都还是她。她语气平和，眼睛看着桌面。胡国庆皱了皱眉头，看着王援朝。王援朝喝了一口茶，说看来梅花对他们有意见了。梅花咂了咂嘴，说意见当然有，要说没意见，那是假的，要她说假话，那她说不来。胡国庆说这样直来直去好，他就喜欢这样。梅花盯着胡国庆，眼睛一眨也不眨，盯得胡国庆有点心慌起来，只好嘻嘻笑着。王援朝忙剥了一个橘子，掰开，一半塞到胡国庆的手上，一半递给梅花。梅花接过橘子，放到桌上，看一眼王援朝和胡国庆，说那么多年了，怎么从不见他们进过门；她和万春晖早就在闹了，怎么早不来跟她聊聊；万春晖早就在变了，怎么早不去跟他谈谈；她一连发了几问，问得胡国庆和王援朝面面相觑，面露愧色。

一阵沉默。

梅花送了一瓣橘子到嘴里，边嚼边要胡国庆和王援朝也吃。胡国庆嚼了嚼橘子，眯了眼睛，说这橘子有点酸，不过也甜。梅花笑了笑，说这橘子是有点甜，可也有点酸。王援朝吞下橘子，咂咂嘴，说这橘子甜甜酸酸，酸酸甜甜，还真是橘子的味道。梅花掩口而笑，说橘子的味道当然是橘子的味道，难道还变成苹果的味道了不成。胡国庆"咕噜"咽下橘子，说那可不一定了，橘子要是一烂，那就不是橘子的味道了。梅花嘴角蠕动了一下，低下了头，脸上的笑容也倏地不见了。

又一阵沉默。

梅花站了起来，说她虽然对胡国庆和王援朝有意见，但问题的根本不在他们，也不在厂里，他们的举措没有错，厂里的改革更没有错，厂里要是不改革，那就不会有塔吊，更不会有现在这样的新气象，万春晖走到今天这一步，问题主要出在他自己身上，是他放松了学习，放纵了自己，没有管好自己的嘴，没有管好自己的手，给厂里丢了脸，给党抹了黑，他是咎由自取，罪有应得。她越说越快，越说越激动。胡国庆边朝梅花压压手，示意她坐下，边说万春晖虽然犯了错，但好在问题还不是太严重，也不要太着急，别伤了身体。梅花抹了一把脸，说家里出了这样的事，说不急，那是假的，她这些天门都不敢出，就怕给人指指戳戳。王援朝说那倒不至于，她是她，万春晖是万春晖。梅花摇摇头，说其实她早就看到万春晖在变了，也不知有多少次提醒过他，告诫过他，甚至跟他吵过架，要他别那么斤斤计较，别那么小肚鸡肠，要他别在乎那丁点权力，更别贪图那一点小便宜，可他就是听不进，就是改不了，特别是这半年多来，他不是遮遮掩掩、神神秘秘的，就是无精打采、唉声叹气的，问他怎么了，他不但不说，还动辄发脾气，甚至砸东西，一看他这样，她心里就莫名地烦躁，就觉得这日子没法过了，也就跟他说气话，使性子，闹别扭。

停了停，梅花接着说，万春晖其实胆子小，就贪点小便宜，还小气，贪来的那点钱又瞒私崽子似的，从不让她知道，家里要用点钱，他都是左算右算，左问右问，要拔他的毛似的，就一个铁公鸡，为这她也没少生气。王援朝说万春晖的钱包捂得紧，那在厂里是出了名的。梅花一声叹息，说万春晖衬衣的领子和袖子都磨破了，还舍不得丢，皮鞋的底都磨穿了，说面子还好，还要穿，也不知道他贪了那点钱要拿来干什么。胡国庆说节俭办事，节约花钱，倒也是好事。梅花深深一声叹息，说万春晖沦落到这个境地，也怪她，如果她早先态度坚决一点，坚定一点，让他害怕了，那他也许早改掉了毛病，早收手了，如果她早点主动去找王援朝和胡国庆谈一谈，双方配合着来做工作，那也许他不会走到这一步。她眼皮红了，眼泪也来了。

一颗泪珠滚出梅花的眼眶，掉在杯子里。

"叮咚"一声，又一颗泪珠掉在杯子里。

梅花揩了揩眼睛，说前些日子，她是跟万春晖在闹离婚，开始她还只是做个样子，吓唬吓唬他，就想让他有所改变，可他不但没改，还变本加厉了，她也就心凉了，心寒了，真想离了，朋友支持，娘家人也同意。胡国庆问她儿子是什么态度。她说儿子既不支持，也不反对。胡国庆说那其实就是反对了。王援朝说那儿子的态度非常重要，得认真考虑。

梅花低头在地上来回走着。胡国庆挪了挪椅子，看着梅花，说她跟万春晖如果离了，那会如何如何，如果不离，那会怎样怎样，说得入情入理，合情合理。王援朝接着又说，如果她跟万春晖真的离了，那万春晖这一辈子就真的全完了，说得自己都哽咽着，满眼是泪。梅花走到桌前，擦了擦脸上的泪，缓缓坐下，随即又站了起来，双手扶着桌沿，咽了咽口水，头一抬，朝胡国庆和王援朝嘴角一笑，说她决定了，不离了，因为他们来了，又为了儿子，也为了万春晖。胡国庆一拍桌子，边站起来边说那就好。王援朝愣了愣，将信将疑地看着梅花。梅花点点头，说真不离了。王援朝腾地站了起来，在地上大步走着，边走边说这样就好，这样就好。

送胡国庆他们下了楼，一回到家，梅花就"哇"地哭了，哭得唏里哗啦。

这时，曾迎春正哗哗地给凌志云倒着酒。

上了车，王援朝还在感慨，说万春晖还真是可悲可叹，又可怜可惜，好在梅花还是个重情重义的女子，没有放弃他，更没有抛弃他，也算是他的福气。胡国庆说是啊，看来他这厂长往后还不仅要改革，要搞好经营管理，还得多了解职工的思想和情感，多关心职工的家庭和生活。

这些天来，厂里的职工一提起蒋东明和万春晖，就或摇头一笑，或顿足大骂，或唏嘘叹息。前天下午，柳建平一见胡国庆，将手上的焊枪往地上一扔，拳头一握，说他越想越气，越想越恨，就因万春晖造谣生事，害得他带头去银行丢人现眼，真恨不得咬万春晖两口。胡国庆说万春晖是不应该那样做人做事，但厂里和他也有责任。柳建平皱了皱眉头，手一摊，说厂里哪来的责任，胡国庆又哪来的责任，厂里那么多人，就他万春晖是那个熊样，完全是他不知好歹，是他咎由自取，罪有应得。车间的其他人纷纷附和，说万春晖要怪只能怪自己，是他自己行不正，站不稳，怪不得厂里，怪不得胡国庆。柳建平胸脯一拍，说万春晖胆敢怪胡国庆，那决饶不了他。胡国庆拍了拍柳建平的肩膀，说万春晖没怪他。柳建平拳头一亮，说谅他也不敢。这让胡国庆感到欣慰，也感受到了一种力量，更感受到了一种责任。

曾迎春退下来的第三天，凌志云去市分行开会，邓昌明特意问他，接手曾迎春工作的人是在支行提拔，还是从外边调来。凌志云稍一想，说听从组织安排。邓昌明说人是他用，班子是跟他搭，想听听他的意见。他说那他先想一想。

那天回到支行，在办公室想了大半个晚上，想来想去，没个结果。按理说在支行提拔一个当然是好，提拔了一个，就可以提拔一串，更多的人就有了奔头，可如果在支行提拔一个，那不论男女，无论是看资历，还是看能力，或是看业绩，那都非高艳莫属，何况邓昌明还说了，无论是就地提拔，还是外边调来，都得是女同志，这样班子的结构更合理，更便于开展工作。可是，如果高艳上了，那别人会怎么想，怎么看，往后怎么开展工作。他已越来越感觉到了高艳看他的眼神里有了更多的东西，每当看到她这眼神，就会心一跳，有点欢喜，也有点害怕。前些天，闲聊的时候，谷为怀跟他说过一个故事，说的是公司的老总跟公司一个部门的负责人相互爱慕，最后闹得满城风雨，没一个好的结果。过后凌志云在想，这也许是谷为怀在有意无意地暗示他，要他跟高艳保持一定的距离。看来，只能委屈高艳，从外边调一个来了。可再一想，这样对高艳又不公平，自己也太自私了。

在地上来回走着，越走越快，走得气喘吁吁了，大汗淋漓了，凌志云突然止了步，一拍桌子，抓起桌上的手机就打通了陈立军的电话，说高艳方方面面都优秀，已经成熟了，是不是考虑考虑，提拔到市分行去。陈立军笑了笑，问是高艳不想待在沧江了，还是她让凌志云讨厌了。凌志云忙说都不是，是市分行的舞台大，她能有更多的发展机会，陈立军也能更方便关照她，她的发展会更好。陈立军哈哈大笑，笑过了，说他是想关照她，可她从来就不领情，又说别人都说姨妹子有姐夫的一半，他可是一半的一半的一半都没有，冤死他了，就得了个名，其他什么都没有一丁点，高艳看到他就躲，就跑，怕什么似的。凌志云笑了，说那他得好好检讨检讨自己，人家的姨妹子都姐夫姐夫地叫得沁甜，黏得紧巴巴的，高艳怎么就还怕了他了。陈立军说他可没凌志云那么有气质，有魅力，高艳就还是请他多关照好了，要是亏待了她，那可不行。凌志云打着哈哈。

又坐了一会儿，凌志云打通邓昌明的手机，说他结合支行实际，反复琢磨过了，觉得还是从外边调一个过来好。邓昌明问支行是不是没有合适人选，不等凌志云回答又说那个高艳是不是可以考虑。凌志云说高艳是不错，完全符合条件，但如果能提拔到市分行去，那不仅给了她一个更广阔的施展才能的空间和舞台，也更能发挥她的优势和长处，更能人尽其才，人尽其用。邓昌明想了想，说行，他先看看，又要凌志云问问高艳自己有什么想法，但要注意方式方法，不得封官许愿。

春节过后上班的第二天，凌志云趁高艳汇报完了工作，说想跟她聊一聊。没想到是，他一说曾迎春退下来了，看她怎么看，有什么想法，她开口就说曾迎春退了就退了，跟她没半点关系，她不想当行长，也不想到哪里去，就在沧江了。凌志云还想说。她手一抬，瞪了一眼凌志云，鼻子一哼，快步走了，头也不回。凌志云站在那里，愣了好一阵，一声叹息，颓然坐了下去。他在想，如果高艳真是不想当行长，也不想去哪里，又没有情绪，没有怨言，那倒还好，如果真从外边来了人，她又在沧江，要是要起性子来，那还真不好办。

过了两天，邓昌明问凌志云，那事高艳自己是什么态度，有什么想法。凌志云说高艳不想在支行提拔，也不想去外地。邓昌明有些不解，问她怎么会这样。凌志云说他也没细问，不知道她到底是怎么想的，但她就是那么一个人，大大方方的，大大咧咧的，从来就不争什么名，也不争什么利。邓昌明“哦”了一声，又“嗯”了一下，说既然是这样，那就尊重她的意见，但要注意她的言行变化。

正月十六这天上午临近下班的时候，邓昌明和陈立军送林红叶到支行上任来了。出人意外的是高艳对林红叶表现出了格外的热情，而且让人感受到那是真诚的，真实的。这让邓昌明放心了，也让凌志云心中的忧虑和郁闷一扫而光。

下午，邓昌明先找高艳等人谈了谈，接着跟曾迎春和朱建国等人聊了聊，然后不用凌志云等陪同，自个去政府拜访梁光辉和李市长去了。陈立军与谷智勇和徐一朵等人座谈了一会儿，去分理处转了转，一进凌志云的办公室，将门一掩，指了指凌志云，问他使了什么魔法，竟然让高艳如此大度，如此坚定，既不想提拔，也不愿离开沧江。凌志云一愣，放下笔，说他哪里知道，去问高艳好了。陈立军指点着凌志云，嘿嘿笑着。高艳拿着一沓发票推门进来，见陈立军坏笑着，伸手就揪着他的耳朵，问他笑什么。他忙边捂着耳朵，边说没什么。高艳松了手，将发票往桌上一放，说是城建局和居委会等单位的，请凌志云审一下，签了字，她等下让人来取。她横一眼陈立军，扭头就走。陈立军揉着耳朵，指了一下走出门的高艳，看着凌志云，说看冤不冤。凌志云说冤死更好。陈立军擂了凌志云一拳。

在晚上的员工大会上，陈立军宣读了林红叶的聘任文件，邓昌明充分肯定了支行班子的工作，对全行员工和员工家属，特别是对谷为怀和曾迎春表达了感谢之情，希望大家再接再厉，发奋进取，使支行成为双江全辖直至全省县支行的领头羊，最后他说就在前不久，也就是 2001 年 12 月 11 日，中国加入了世界贸易组织，成为第 143 个成员，这意味着世界经济现有的格局从此打破，并将形成新的格局，也这意味着中国的开放将进入一个新阶段，中国在获得更多机会的同时，也将承担更多的责任，还意味着中国的改革必将进一步扩大，必将进一步深入和深化，大家对此一定要有清醒的思想认识，要有足够的心理准备，要有丰厚的知识储备来迎接挑战，让自己处于不败之地。

这一回，朱开放当上分理处主任，那没多少悬念，在大家意料之中，而营业部副主任的帽子一下戴到了徐一朵的头上，高艳都感到有点意外，因为无论看年龄也好，看资历也好，看工作经验也好，看社会关系也好，似乎都有比她强的。

营业部的副主任春节后退休了，高艳几次找凌志云，说得尽快安排人来接手，她实在忙不过来，别影响支行的工作。朱开放主持分理处的工作已快一年了，朱建国跟凌志云暗示过两回，前不久又明说了，朱开放该扶正了。凌志云跟高艳和朱开放都这样说，别急，他考虑着呢，等过了开门红再说。

开门红一过，凌志云就跟齐向前和林红叶商量，看分理处主任和营业部副主任这两个岗位的空缺怎么来弄好。齐向前说凌志云肯定已是成竹在胸，就按他的想法弄好了，反正人事是一把手负责。林红叶说她来支行时间短，对支行和人员的情况都还不太了解，全听凌志云的。凌志云坚持要齐向前说一说。齐向前谦虚了两句，说支行能不能加快发展，能不能保持一个好的发展势头，关键在人，而支行的人还是这些人，不可能有多少新鲜血液，那就只能不断调动人的积极性和创造性，不断挖掘人的潜能和潜力，而要实现这些，那就得改革，就得改变。凌志云问怎么改，怎么变。齐向前说改过去的自上而下为自下而上，改以往的任命为聘任。凌志云一拍桌子，说好，不谋而合，想到一块去了。林红叶鼓掌叫好。

竞聘方案出来之后，凌志云拿去征求谷为怀和曾迎春的意见。曾迎春提出齐向前就别兼任信贷部的主任了，干脆把信贷部主任的岗位也拿出来一起竞聘好了。凌志云说这是迟早的事，但暂时还不成熟。曾迎春说他有私心，是想给谷智勇留着。凌志云笑了笑，没做任何解释。曾迎春哈哈一笑，说她说着玩的。

为了搞好这次竞聘，凌志云在月度员工大会上还做了动员。这月度员工大会也是改革的成果，以往员工大会不定期，有时一个季度才开一次，凌志云接手后的第三个月开始，每个月的月初就召开员工大会，总结上个月的工作，重点是找差距，查原因，怎么改，部署当月工作，明确任务，责任到人，明确机制，赏罚分明。

由于动员时，凌志云说得实在，说得真诚，消除了不少人的疑惑，打消了许多人的顾虑，方案下发之后，员工踊跃报名。杨大志笑汤显贵，说他去凑什么热闹，也不打盆水照一照，自己是个什么模样。汤显贵眼睛一瞪，指着杨大志要骂，可话还没出口，就手一放，嘿嘿一笑，说他就要报名，这是响应支行的号召，是珍惜难得的机会，就是不成功，那也没关系，又少不了什么，还上了台，锻炼了。杨大志摇摇头，指了指汤显贵，嘴角还是挂着不屑的笑意。汤显贵推了杨大志一掌，说他别老把头埋在裤裆里，有种的就去竞聘那分理处的主任。杨大志站稳了，眨了眨眼睛，说那分理处主任明摆着是朱开放的，还去报名，那分明就是去送死，当炮灰，去得罪人，遭人白眼。汤显贵哈哈大笑，说他错了，谁敢去跟朱开放竞争，那就说明谁有胆量，有才学，那今后在支行的影响就出来了，在支行的地位就上来了，再说了，朱开放准是不但不会怪他，相反地还会感谢他，感激他，因为跟他竞争的人越多，那越说明他才华出众，才能过人。杨大志走了走，想了想，望了望窗外，说他还是不报了。汤显贵脚一跺，指着杨大志，说他弄了大半天，还是要缩在裤裆里，硬不起来。杨大志脸一黑，指着汤显贵，说他胆子大，有本事，那他去报好了。汤显贵一拍胸脯，说报就报，怕什么，还怕给朱开放吃了不成。

凌志云拿到报名表一看，见报分理处主任岗位的有四个人，其中有汤显贵，而报营业部副主任岗位的则有八个人，其中有徐一朵，还有何思卉，心想这说明动员是成功的，这分理处主任朱开放是无疑能竞得上的，不会有什么悬念，而营业部副主任就得逐鹿一番了，不知是花落谁家。他一再告诫自己，在结果没有出来之前，千万不能有引导性或是暗示性的言语和表情。

轮到汤显贵上台演讲了。他一上台脸就红成了一个关公，说的第一句话就是他这个不怕死的来了，说着又一拍胸脯，说他上台来，既是想当那分理处的主任，但又不是为了要当那分理处的主任，能当上好，没当上也没关系，这回当上了好，没当上还有下回，有了这回，那就会有下回，一回会比一回好，总有一回。他这么说着，把自己说笑了，也把大家逗乐了。大家又是叫好，又是鼓掌。见他这么一说，杨大志也受到了感染，受到了鼓舞，后悔自己没有报名去竞聘主任。吴吉庆坐在那里，又羡慕又妒忌，当汤显贵走下台，从他身边走过时，迎面朝汤显贵竖了一下大拇指，等汤显贵一过，又朝地上呸了一口。

结果出来之后，支行有不少人感慨地说，这样好，大家都是评委，人人都参与，人人都有发言权，这有如一缕阳光，一缕清风。

由于是涉黑了，判得快，也判得重。万春晖被判了两年半，就在双江监狱服刑。

胡国庆和王援朝特意挑了一个春暖花开的日子，陪梅花去探视万春晖。一见面，万春晖就声泪俱下，说后悔当初一念之差，走上了犯罪的道路。王援朝感慨不已。胡国庆开始只是神情肃穆地听着，等万春晖哽咽了，泣不成声了，才看着他，说那可不只是一念之差那么简单，那么轻松，这一念不是一朝一夕的事，是有一个过程，有一个轨迹的。

回沧江的路上，王援朝由一念之差说到了人之得失，说人生在世，总会有得有失，有失有得，正所谓失之东隅，收之桑榆，塞翁失马，焉知非福，关键是在得失之间如何平衡，如何把握，如果太在乎得，那必然会失去更多。胡国庆点点头，说万春晖虽然得到了一时的快感和蝇头小利，却失去了做人的尊严和自由，太不划算，太不值得，一个人如果平时真正修炼好了，那就不会有坏的念头，不管遇到什么事，不管在什么时候，不管在哪个地方，总会往好的方向去想，往好的方面去做。王援朝说是啊，所以每个人，特别是党员和领导干部，更是要不断地修炼自己，锤炼自己，说着一声叹息，又说起了廖三元的事，说他也是一念之间，没把握好，归根到底还是他有私心，心里不干净，不纯洁。胡国庆说廖三元的事都过去那么久了，也没给厂里造成什么损失，廖三元又没在厂里了，往后就别提了。王援朝说尽管是这样，但这在他心里会是一辈子的痛。

这时，凌志云也在检讨着这半年多来支行和他个人的得失。谷为怀说作为一行之长，重要的有两条，一是不要有私心，不要图私利，做事要公平，要公正，这样大家才信服；二是要有思想，有方法，能把业务做上来，能增加员工的收入，这样大家才佩服，他第一条基本做到了，但第二条就不足，而凌志云这两条都不错，所以干得比他好，在员工中更有威信和威望，更有号召力和凝聚力。凌志云摆摆手，说哪里哪里，他许多的东西都是跟着谷为怀学来的，而且没学透，没学好，又说他自己清楚，还有许多的不足，往后还请谷为怀多指点，多监督。谷为怀说也没别的，但有一点，倒是真要提醒他，是为他好，也是为别人好，更是为支行好。凌志云坐端正了，看着谷为怀，心里快速地猜想着他会说什么。谷为怀笑了笑，看着凌志云，说他长得一表人才，又有文化，有气质，有能力，为人又谦和低调，说话做事都有章法，有分寸，自然是受人尊敬，讨人喜欢，说不定还有人暗恋，这是好事，但又不是好事，这也是一种得失，得把握好一个度。凌志云脸一红，连连点头。谷为怀呵呵一笑，说没什么，他就随便说说，又拍了一下凌志云的肩膀，说没事，相信他。凌志云感激地看着谷为怀，说谢谢他。

谷为怀一走，凌志云自然地琢磨起了高艳。

第十二章

出乎意料

李胜利跟胡国庆还真杠上了，两人都争得面红耳赤，还拍了桌椅。这让胡国庆压根就没想到，一贯惟命是从的李胜利还会这样，更让李胜利没想到，自己竟然有胆量去跟胡国庆理论，争个是非。

胡国庆边拿着一本杂志扇着风，边问看着墙上空调的罗兰，这还能不能修好。罗兰说这空调都不知修过多少回了，刚才师傅也来看过了，说不好修，就是修好也用不了多久，就换一台算了。胡国庆说要是修一下还能用，那就先将就用着，再过两个月就凉快了，明年再换不迟。罗兰笑了笑，说还是换了的好，这空调三天两头就闹别扭，出毛病，就算影响他工作事小，而如果客户来谈生意，或是市长来视察，正好碰上空调又坏了，那就是一个实力问题，也是一个形象问题，会让人笑话，瞧不起，那事情就大了。见胡国庆还想说什么，便又抢着说，这就叫该花的钱一定得花，会花了一分挣回一百，该花的钱如果舍不得，那省下一块，结果亏了一千。胡国庆哈哈大笑，指了指罗兰，说好，那就换。

出差回来的李胜利，一下车就直奔胡国庆办公室，在楼道口还碰到了从胡国庆那里出来的罗兰。正在写着什么的胡国庆听到脚步声，抬头一看是李胜利进了门，忙放下笔，边拿了桌上的计划表，站起来，递给他，边说他来得正好，下个月的产销计划出来了，快看一下，要是没意见，那今天就发了下去。李胜利扫了一眼表，又仔细看了一遍，轻轻地将表放到桌上，没有吭声。胡国庆问他怎么不说话。李胜利低头不语，只是手指在那掐着。胡国庆皱了皱眉头，问李胜利是不是对计划有意见，如果有意见就直说，别闷在心里。李胜利还是一言不发，只是若有所思地站在那里。胡国庆一拍桌子，问李胜利是不是哑巴了。李胜利一惊，身子一颤，咽了咽口水，腰一挺，指一下计划表，说那太急进，太冒进，不行。胡国庆愣了愣，手一挥，说现在厂里上上下下都热情高涨，又产销两旺，那就得抓住时机，趁热打铁，趁势而上，就得把计划做足一点，把目标定高一点，这样才能尽快做大规模，占领市场。李胜利说他这想法没错，但再怎么也得实事求是，量力而行。胡国庆红着脸，敲了敲桌子，说市场是残酷的，不会等你，更不会拉你一把，只会淘汰你，再踩上一脚，而要想在竞争中胜出，要想在市场有自己的一席之地，那就不能瞻前顾后、畏首畏尾，不能小进即止、裹足不前，那就得打破常规，就得突围，就得突破。李胜利眨了眨眼睛，说那再怎么，也不能头脑发热。胡国庆一拍桌子，抖着手指了指李胜利，说他保守，落后。李胜利脖子一粗，说他宁愿保守，宁愿落后，也不同意那计划。

胡国庆在地上气呼呼地快步来回走着。

李胜利掐着手指一动不动地站在那里。

胡国庆走到李胜利跟前，偏着头问，那计划是不是真急进了，冒进了。李胜利瞟一眼胡国庆，哼了一下，说别问他，自己想去。胡国庆说那好，他把罗兰、陈双有和柳建平都叫了来，让他们评判。李胜利说随他得了。

罗兰一看那计划，说这她上午就看过了，还是原来那样，没有改动，见胡国庆和李胜利都看着她，便说从财务的角度来说，这计划是有点偏紧，主要是资金上会有点难度，当然就是再难，那也得想办法，争取不影响正常生产。

陈双有看了计划，搓了搓手，试探着说，从技术上来看，生产的进度加快了，那对工人的劳动强度和熟练程度肯定是有了更高的要求，俗话说得好，慢工出细活。

柳建平倒是一拍胸脯，说没问题，只要有活干那就是好事，哪怕是加班加点，不吃饭不睡觉，也要把东西生产出来。胡国庆看一眼皱着眉头的李胜利，说那不行，哪能不吃饭不睡觉。

跟往常一样，凌志云提前半个小时上班来了。他边走边想着三季度的劳动竞赛怎么搞，上了楼梯，走到过道口，闻到一股幽香，抬头一看，见是何思卉站在门口。何思卉一见他，忙迎了过来，说等他好一会儿了。他边开门边问何思卉怎么了，一脸疲倦，眼睛也熊猫似的。何思卉说她昨晚整个就没睡，好烦的。凌志云开了饮水机，在椅子上坐下，又示意何思卉也坐。何思卉说不坐，跟凌志云隔桌站着。凌志云边开电脑边问她怎么回事。她瞟一眼门口，说她原来的男朋友罗浩然见支行不撤了，又缠着她来了，还有另一个男孩，叫彭正才的，也在追他，有半年多了，昨天下了班，她刚回到房间，他们两个同时来了，一碰面就争吵起来，互不相让，扬言为了捍卫爱情，一个说来一场决斗，拼个你死我活，另一个一拍胸脯，说来就来，怕死就滚一边去，把她气得半死，也吓得半死，一口气差一点就没接上来，还是她拿了水果刀，说他们还要吵，还不快走，那她就划自己的脸，才吓退了他们，她是真不知道该怎么办，就一大早找凌志云来了。凌志云哈哈一笑，说好，这是好事。何思卉愣着了，一脸疑惑地看着凌志云。

凌志云泡了茶，放到何思卉跟前，边在椅子上坐下边笑呵呵地说，有人争着要做她的男朋友，那是开心和快乐的事，也是值得骄傲和自豪的事。不等何思卉开口，又说她人长得漂亮，性格也好，人见人爱的，还在银行上班，工作环境好，收入也不错，追的男孩当然是多了，肯定还不止他们两个，应该是排着长长的队伍，只是她要睁大了眼睛挑，看清了，看准了，可别随便，女孩子找对象那是终身大事，大意不得，马虎不得。何思卉“哎呀”一声，一甩手，说她都烦死了，愁死了，急死了，就别笑话她了，快给她拿个主意，看怎么弄好，千万别弄出什么麻烦来。凌志云摆摆手，说别烦，也别愁，更不用急，没事的。何思卉一跺脚，一抹眼睛，说真的急呢。

高艳拿着一张表，哼着曲飘然而入，一见何思卉两眼泪汪汪地站在那里，不由得一惊，往后退了一步，转身就走，可刚走了一步又回过身，问是怎么回事。何思卉下意识地扶着椅子，看一眼凌志云，欲言又止。高艳走了过去，打量着何思卉。何思卉眼睛看着地下，掰弄着手指。高艳看了看凌志云，碰了一下何思卉，问是不是凌志云欺侮她了。她猛摇着头。高艳盯着凌志云。凌志云讪笑着站了起来。

听凌志云说了事情的原委，高艳将表往桌上一丢，一拍桌子，说这有什么，好事啊。何思卉一听，又急了，看着凌志云。凌志云一愣，心想怎么高艳也这么说。高艳倚着桌子，盯着何思卉，问罗浩然和彭正才是不是都真正喜欢她，她又只是喜欢其中的哪一个，还是两个都喜欢。何思卉有点茫然地看看凌志云，又看看高艳，低头不语。高艳一拍桌子，指着何思卉，说真是急人，怎么想就怎么说得了。她咂了咂嘴，说她心里真没底，不知道他们是不是真心喜欢她，自己对他们两个是有好感，但也不知道是不是真心喜欢，反正就是有一点感觉，但又不是那么渴望。高艳一拍手，说这好办，简单得很。何思卉眼巴巴地看着高艳。高艳边走边说："你看那罗浩然，压根就没一点浩然之气，看支行可能要撤了，你可能不在银行工作了，他就嫌弃你了，离你而去了；见支行不撤了，你还在银行工作了，又缠着你来了，这是什么嘴脸？丑恶嘴脸，令人恶心！他又是一个怎样的人？小人一个，令人唾弃！这样的人也值得你去喜欢？值得你去爱？不，不值得！"她边说边摇着手。何思卉跟着点着头。高艳接着说："你再看那个彭正才，我看压根就没有才，就是有才，那也不是正才，而是歪才，哪有一见面就争吵，还动辄要决斗，那不是英雄，而是懦夫，那不是真正的喜欢你，爱你，而只是想赢得你，占有你，其实就是要绑架你，要祸害你，简直就是无赖一个，难道这样的无赖也值得你去喜欢，你去爱？不，一样不值得！"高艳说着手一扬，在沙发上一坐，看着何思卉，说就算他们两个都真心喜欢她，她也真心喜欢他们，那也不能跟其中的任何一个谈下去，更不能跟任何一个结婚成家，如果谈下去，如果结了婚，那必然没有一个好结果，而吃亏的必然是她何思卉。

凌志云边鼓掌边说高艳说得精彩，精辟，他完全赞同。何思卉想了想，说她明白了，知道该怎么做了，说着朝凌志云和高艳一鞠躬，微笑着走了。

"这小蹄子，还知道来找你呢。"高艳指一下出了门的何思卉，看着凌志云，这样说着。凌志云笑了笑，看一眼高艳，边坐下边说幸好她来了，要不他还真不知道怎么做何思卉的工作呢。高艳说他言不由衷，说着指了指桌上那张表，说二季度劳动竞赛的费用预算昨晚她加班算出来了，就那个样，就那么多，是把压缩出来的招待费、差旅费等用于了竞赛奖励，费用总体没有增加，增加也没有费用来源。凌志云逐项看了看，稍一盘算，说行，就这样了，尽快把竞赛方案发下去，让大家早明白，早行动。高艳接过表，说这也是改革，而且改的力度还不小，也不知道结果会怎么样。凌志云说，就是不能再“开门红”存款轰轰烈烈地上，二季度就哗啦啦地跌，三季度波澜不惊地稳，四季度又临时抱佛脚地冲刺，一年下来，大家辛辛苦苦，钱也花了，存款却没增多少，而要改变这个局面，那就得改规矩改机制，变方式变方法。又说改总比不改好，不改就难以有变，改了不管结果如何，但变的可能会有。见高艳用温柔和赞赏的目光看着他，不由得心一跳，又一慌，忙看了一下手机，说得马上去一下水利局，局里有一个专户要开的，得争取开过来才行。说着拎了包就走。高艳愣了愣，抢先走了，走到门口又回头看了一眼凌志云。

谷为怀坐在沙发上边摇着扇子边看央视的午间新闻。吴冬梅将饭菜端上桌，解下围裙，往门口看了看，说谷智勇怎么还不回来。谷为怀说应该是去企业了，会晚点回来。吴冬梅说那就等一等，让智文先吃。谷为怀说别等了，留点饭菜就行，别大家都饿着。吴冬梅拿起听筒打谷智勇的电话，关机了。她一脸疑惑，说大白天的，怎么会关机了，是不是出什么事了。谷为怀说好好的，哪来什么事，肯定是没电了。吴冬梅放下听筒，在椅子上一坐，抱怨起谷为怀来，说那时要他去双江他不去，还要把行长辞了，现在好了，人家朱开放都提拔了，当主任了，谷智勇却还是个副的，低人一等，矮人一截。谷为怀要她别在意这些，这不是他想怎么就怎么的。吴冬梅说她就在意这些，她可没他那么好的思想，没他那么高的觉悟，她每天都得想着油盐柴米，想着家里家外，每天都得想着谷智文的日子怎么过，得想着谷智勇什么时候能成个家。

抱怨了一阵，见谷为怀默然不语，吴冬梅便不说了，端起碗吃饭。谷为怀刚端起碗，手机响了，一接，吓了一跳，碗差点掉在桌上。吴冬梅忙问怎么，是不是谷智勇出什么事了。谷为怀说谷智勇给带到派出所了。吴冬梅一下傻了，呆呆地坐在那里，筷子掉在了地上。谷为怀捡起筷子，要吴冬梅别急，没事的。他默了默神，起身就走，刚走到门口，电话来了，说谷智勇刚离开派出所了。吴冬梅忙打谷智勇的电话。谷智勇说没事，在回来的路上。

谷智勇一进门，吴冬梅就对他上下左右前后看了个遍，又在他身上拍了拍，连“呸”了三下，问他挨骂了没有，挨打了没有。他端起碗，狼吞虎咽地吃着，吃了好几口了才说没什么，没挨打，只起先给骂了几句，后来李警官听他一说是怎么回事，再一听说他是银行的，便问他认得谷为怀不，他说谷为怀是他爸，就什么都没说了，要他赶紧回来了。吴冬梅看一眼谷为怀，边给谷智勇夹菜，边说没想到他这名头这回还有点用了。谷为怀说那是两年前，李警官的亲戚找他借贷款，怕不给面子，托李警官送他两条烟，他把烟退了回去，贷款也给办了。又说给人办了事，也不贪图人家的什么，人家总会记得，而如果办了事，收了人家的什么，那人家当时也许什么都不会说，但心里总会有个疙瘩，而如果事情没办成，又拿了人家的，那准是一个炸弹，说不定哪天就炸开了。吴冬梅说那是的，手脚一定要干净，小便宜不能占，不义之财不能拿，拿了终归不是好事，总有一天会吐出来，而且吐出来的比拿的准会多得多。谷智勇咽下饭，碗一搁，说这他都知道，他到企业去，从来烟都不收人家一包的。吴冬梅说烟是不要收，抽烟不好。谷智勇见谷为怀朝他使眼色，便说虽然自己不抽，但拿来送给别人，那也是一个人情，或是拿来卖了，那也是钱。吴冬梅眨了眨眼睛，见谷为怀和谷智勇偷笑着，拍了一下谷智勇的头，哼了哼，说还想套她的话，别想偏了个脑壳。

下午上班的时候，汤显贵等在支行门口，一见谷智勇便忙迎上前去，说他知道谷智勇是不打麻将的，怎么会进了麻将馆，肯定是给人举报了，被故意害的。谷智勇不置可否，只是往楼上走。汤显贵边走边说他知道害人的是谁。谷智勇停下来，看着汤显贵。汤显贵看一眼后边，说不是别人，就是曾迎春。谷智勇一愣，要他别乱说。他说是真的，没乱说。又说准是曾迎春对谷为怀有意见，害不到谷为怀，就找他下手。谷智勇刚要说，手机响了，一接，是凌志云要他上去。

凌志云给谷智勇泡了茶，让他在沙发上坐下，说一说去派出所是怎么回事。谷智勇说余小丽要在城南新开一家面馆，店面比现有的两家都大，而且虽然挂的是面馆的牌子，却不只是有粉有面，还可以吃沧江的特色菜，其实是既是一家面馆，也是一家酒楼，因资金投入较多，一时周转不过来，向支行申请了个人投资贷款。凌志云说这他知道，前两天去面馆吃面时，听余小丽说过。

“今天一上班，齐行长就安排我先去余小丽那边看一看，如果可以，他再去考察。我去了，回支行时路过那个茶馆，在门口的人行道上，迎面碰到了兴隆公司财务部的杨部长。他非要拉着我上茶馆坐一下，说有重要的事跟我说。”谷智勇怯怯地看一眼凌志云，“见实在推不脱，就跟他上去了。”

“他说了什么？”凌志云在谷智勇旁边坐下。

“他说公司在跟外商谈，合作搞一个项目，想请支行给予贷款支持。”谷智勇往一边挪了挪，看着凌志云，“我没有答应，也没有说不行，只说回去汇报。”

“行。”凌志云点点头，“这样说没错，可进可退。”

“我们正要走，对面的门开了，一个人走过来，牵着杨部长就走，说好久不见了，过去摸几把。杨部长不想去，拉着我。那人劲大，把杨部长和我一块拖了进去。里边烟雾弥漫，眼睛都睁不开。我开门要走，可门一开，李警官等人就堵在了门口，说有人举报这里聚众赌博，要我们都跟他们去派出所。”谷智勇低着头。

“就这样？”

“就这样。”谷智勇擦了擦额头上的汗，瞟一眼凌志云，“我还以为那只是一家茶馆，不知道上边也是打麻将的地方，要是知道就不上去了。”

“没事。来，喝茶。”凌志云将杯子递给谷智勇，“我知道你不爱打麻将，也相信你不会去赌博。”

“谢谢凌行长。”谷智勇双手捧着杯子，喝了两口，放下杯子，看着凌志云，眼里满是羞愧，“还是怪我，是我不坚定，不坚决，要是当时死活不进那个包间，那也没事了。”

凌志云拍了拍谷智勇的肩膀，说好了，没事了，行里都相信他不是一个打麻将的人，更相信他不会去赌博，何况行里知道的人也没几个。谷智勇起身边道谢边往门口退，听到“哎哟”一声，回头一看，是他踩着曾迎春的脚了。

曾迎春牵着谷智勇的手，要他先别走，她正好当着凌志云的面，跟他道个歉。他又摇头又摆手，说不用不用。凌志云莫名其妙地看着曾迎春。

“我上午去了一趟信用社李建国那，回来时在茶馆对面碰到了当小老板的同学石头。他看到谷智勇在跟人说话，又跟那人上了茶楼，便指着谷智勇，说他好像谷为怀的。我说那是谷为怀的儿子，当然像了，也在支行，搞信贷。”曾迎春看一眼谷智勇，“我往前走着，他追上来。我问他干嘛去了。他说没什么，就打了个电话。当时我也没在意，后来听说谷智勇被带到派出所去了，是给人举报的，我想准是他干的好事，一问，还真是他。他说前年春天，谷为怀答应了给他贷款的，可后来又不给了，害得他生意没做成，公司还差点黄了。”

“是这样？”凌志云皱了皱眉头。

“这事他跟我说过，开始我也有点意见，后来一问，还真怪不得谷行长，要怪只能怪他自己，是他弄了个虚假抵押，还幸好给齐向前看出来了，要不那麻烦了。说实话，就是换成我，那贷款也是不会同意放的。”曾迎春一拍椅子，“刚才我是毫不客气，管他是同学还是什么，骂了他一个狗血喷头，骂得他哼都不敢哼了，骂了还问他，骂得对不对，骂得好不好。他连连说骂得对，骂得好。我还问他有不有意见，他说没有，没有。”

凌志云朝曾迎春跷了跷大拇指，夸她就是这样好，爱憎分明，敢作敢当。她一拍胸脯，说那是的，对就是对，错就是错，错了就得认，不认那就是王八蛋。她看着谷智勇，说今天这事怪她，她要是不说他是谷为怀的儿子，那就没事了，她要是不给石头打电话的机会，那也没事了。谷智勇忙说不怪她，只怪自己，是自己不该上去。她手一扬，说不管谷智勇接不接受，反正她给他道歉了。

汤显贵拍着手走了进来，朝曾迎春手一拱，再大拇指一竖，说这回曾迎春真给他开眼界了，长见识了。曾迎春推了汤显贵一把，说知道汤显贵对她有意见，有什么尽管当着凌志云的面说了。汤显贵嘻嘻一笑，亮一下小拇指，说打开窗子说亮话，过去对曾迎春是有眼屎那么多一点意见，但现在没有了，真的没有了。曾迎春哈哈大笑。汤显贵走到凌志云跟前，说刚才接到政府办一个电话，要凌志云明天上午去市政府开会。

其实，在曾迎春说石头贷款的时候，汤显贵就已经站在门口一侧了。

晚上回家，谷智勇说了曾迎春给他道歉的事。吴冬梅有点不相信，说曾迎春是一个心气那么傲，调子那么高的人，怎么一下给谷智勇道歉了。谷为怀说那是她不懂曾迎春。

平日倒在床上就睡的高艳，今晚怎么都睡不着了，而这睡不着就因为早上凌志云那有点慌的眼神，和急急忙忙拎了包要走的样子。回到办公室后，她由此想了许多，觉得这一段时间来，凌志云似乎有意无意地在回避她，躲避她。想得她都没了心思工作，碰到谁都没个好脸，没句好话，何思卉被她训了两句，说玻璃没擦亮；徐一朵被她白了一眼，说柜台摆放不整齐。直到临近中午，见凌志云从水利局回来，春风满面地进了营业厅，又笑着朝她招手，要她下午一上班就安排人去水利局对接开户的事，还在那坐了几分钟，喝了她倒的茶，这才心情好了，又说又笑起来。这让何思卉有点莫名其妙。徐一朵开了个玩笑，说凌志云一来，高艳就眉开眼笑了，要不一上午都是愁眉苦脸的，看着都心疼，都着急。高艳拧了徐一朵一把，说“开门红”任务重，压力大，没工夫来笑，也没心思笑，凌志云带来了好消息，水利局来开账户，那谁不高兴？徐一朵揉着手，说当然高兴了。又看着凌志云，说他往后要是每天都来看一看，坐一坐，那就好了。凌志云笑了笑，说他当然愿意，哪怕是坐在这里不动都行，只要每天都有账户开，有存款进。高艳指了指徐一朵，又指了指何思卉等人，说要想让凌志云多来看，多来坐，那就都得努力，多开账户，多揽存款。徐一朵呵呵一笑，手一扬，说为了让高艳多开心，大家就一定努力吧。高艳拧着徐一朵的胳膊，问徐一朵是不是就只为了她开心。徐一朵“哎哟”一声，说不是不是，是为了让大家开心。何思卉“噗”地笑出声来。大家跟着也笑。凌志云忙笑着走了。

高艳开了灯，靠在床上坐了一会儿，下了床，拉开窗帘，推开窗户。尽管已是快半夜了，风还是温热的，但比白天凉爽多了。吹了一会儿风，关上窗户，拉上窗帘，坐回床上，她一抬头，猛地看到了墙上的全家福。也就这一看，看得她心一跳，又一慌，连忙收回了目光，过了一会儿才又看了一眼，到第三眼才盯着不动了。

朦胧中看到丈夫和女儿都张开双臂，笑着从墙上走了下来。高艳揉了揉眼睛，见他们都还在墙上，心里莫名地有了一种羞愧，也有点想他们了。她丈夫是一家大型国有建筑公司的工程师，三年前去了海外的援建项目，快两年没回国了。这两年里，她跟丈夫就通过四五次电话，每次也没说上几句，那边还很落后，要打个电话太不容易，她都有点不记得他的模样了。女儿上小学二年级时就给省艺校招了过去，下个月满十二岁，老师说她是个好苗子，不仅身段好，还悟性高，又用功，前途无量。

高艳拿出相册，一张一张地翻看着，越看越是觉得女儿可爱，几次在女儿的照片上亲了又亲。最后，她的目光停留在了一张合影上。这是两年前的秋天，支行党支部去韶山搞党日活动时照的，她就站在凌志云的旁边，笑得好不灿烂，盛开的牡丹似的。凌志云目视前方，面带微笑，显得儒雅帅气。她亲了一下自己，又亲了一下凌志云，同时心一跳，又一热，冲动和幸福的激流向全身奔涌而去。

凌志云的那种儒雅气质和书生味道，令高艳头次一次见就眼睛一亮，后来见凌志云脑子活，业务能力强，对他更是佩服。前年冬天，高艳和凌志云随谷为怀一道出差。高艳患了重感冒，凌志云半夜里陪她去医院，跑前跑后的，细心又周到。这让她好不感动，对凌志云有了一种好感，可以说是喜欢上他了。而接替谷为怀这一年来方方面面所表现出来的智慧，更是让她对凌志云心生爱慕，且与日俱增。

这样行吗？能再这样下去吗？这样下去会是什么结果？方敏会放弃吗？女儿会同意吗？凌志云又是怎么想的？徐一朵是不是看出来了什么？她想起了决算聚餐时方敏说“这酒我来喝”的情景，想起了徐一朵开的玩笑……

这时，凌志云也还没睡着。晚上，他请城建局局长吃饭，先不说事，只叙友情，只说喝酒，最后酒喝好了，事也好说了。局长桌子一拍，龙飞凤舞地在报告上签了字。这字一签，支行省了两万块钱。城建局修支行门前的人行道，要支行出五万块钱。听说这出钱是可以谈的，凌志云就找局长去了。

凌志云下了床，泡了一杯蜂蜜水，刚要喝，手机响了，一看，是高艳发来了信息，问睡了没有。他想了想，写了还没睡，喝多了，睡不着。刚要发，又犹豫了，怕她跑过来，便装着没看见，在沙发上坐下，喝起了蜂蜜水。这蜂蜜是半年前高艳买的，说解酒好，给谷为怀和曾迎春也每人送了一瓶，齐向前也给了，尽管他不怎么喝酒。

喝过蜂蜜水，凌志云将杯子轻轻放到茶几上，尖起耳朵听着，听到了空气流动的声音，却没有听到过道上有脚步的声响。他摇头一笑，似乎有点失望，随即又一笑，在脸上拍了一下，告诫自己别多想，别乱想。

靠在床上，凌志云想着高艳怎么这个时候还没睡，还在干什么，是哪里不舒服，还是碰到什么事了。从高艳又想到了方敏，想给方敏打个电话，又怕半夜里惊吓了她，便给她发了信息，问睡了没有。没想到很快就回了过来，说刚洗漱完，正要睡。又问他怎么还没睡，在干嘛。他打了电话过去，说为支行的事应酬，酒喝多了点，睡不着。方敏说这段时间她的事情也多，没几天不加班，又叮嘱他酒少喝点，别伤了身体，快点睡，说完就挂了电话。

凌志云回想着与高艳的交往，回味着与高艳的情感，不能说自己对她没有好感，不能说不喜欢她。她跟方敏一样漂亮，但她比方敏更有热情，更有激情，她跟方敏一样能干，但她比方敏更大度，更大气，她跟方敏一样聪明，但方敏比她更有智慧，更有方法，她跟方敏一样优雅，但方敏比她更有气质，更有才情。这样比较了一番，又认真想了想，凌志云觉得自己爱的是方敏，对高艳还说不上是爱，只是一种好感，一种喜欢，好在自己对高艳一直保持着距离，把握住了分寸，还只是一种若即若离、若有若无的状态，没有到难舍难分、如胶似漆的地步。

是保持现在的样子，还是发展下去？凌志云这样一遍又一遍地问着自己，一次又一次地全否定了，觉得既不能保持现在的样子，更不能发展下去。不管是保持现在的样子，还是发展下去，有朝一日，那都会害了自己，害了高艳，害了自己的家人，也害了她的家人，还会害了支行，害了支行的员工，因为自己不是一个普通的员工，是支行行长，还是支部书记。干部是这样带头的吗？党员的修养是这样的吗？这不是违反纪律吗？这不是作风问题吗？他一连问了自己七八问，又想起了谷为怀的提示，想起了徐一朵的玩笑，不由得打了一个冷战，一摸身上，一身的冷汗。

柳建平走进来，将一个牛皮纸信封往抽屉里一塞，转身就走。在文件上签批意见的胡国庆忙放下笔，一把抓住柳建平的手，问他这是干嘛。他说没别的，就他那个亲戚，想感谢一下胡国庆的关照，一点小心意，请笑纳。

两个月前，柳建平领着亲戚找到胡国庆，说想做厂里的钢材生意。胡国庆说厂里的钢材生意谁都可以做，关键看谁的质量好，价格低，供货及时。又说谁来做厂里的钢材生意，那不是他的事，他不管，去找罗兰好了。罗兰不仅管财务，还管供应。

胡国庆说他笑纳不得，他现在笑纳了，不知什么时候就要哭了，与其到时候来哭，不如现在不笑好了。柳建平连连说不会的，不会的，就一点点辛苦费，也不多，没事的。胡国庆说这没事就是有事，今天没事不等于明天没事，又呵呵一笑，说何况他也不辛苦，没来由收辛苦费的。他说着拿了信封往柳建平手上一塞，推着他就往门口走。柳建平桩子一站，胡国庆哪里推得动他。胡国庆便不推了，回到桌前坐下。

柳建平走过来，隔着办公桌，偏着头看着胡国庆，问："你没跟罗兰打招呼？"

"没有。"胡国庆一脸坦诚，"就是打了招呼，她也不会买账。"

柳建平眨了眨眼睛，问胡国庆："你从来就没收过人家的辛苦费什么的？"

胡国庆往椅子上一靠，随即又坐了起来，一本正经地说："收过，真的收过。"

柳建平哈哈一笑，将信封放到桌上，再往胡国庆跟前一推，说："好，那就好，快将这也收了。"

"这不能收。"胡国庆站起来，摇摇头，"我说的收，那是多年以前的事，这两年来再没收过了，真的。"

"真不收？"

"真不收！"

"坚决不收？"

"坚决不收！"

"嫌少？"

"不是。"

"你怕？"

"不只是怕。"

"那你是？"

"我是不能收，不想收，不敢收。"

柳建平将信封塞进裤兜里，抹了抹湿润的眼睛，指着胡国庆，说他就知道胡国庆是不会收的。胡国庆指了指柳建平，说他也知道，柳建平是在试探他，他才不上他的当呢。柳建平哈哈大笑。胡国庆笑着擂了柳建平一拳。

正笑着，李胜利急急忙忙跑进来，说出事了，出大事了。胡国庆吓了一跳，忙问怎么回事。李胜利喘着气，说省城一个工地的塔吊倒塌了，还伤了人，公司那边说可能是厂里的责任，如果真是厂里的责任，那他们除了要赔偿之外，还得停产整顿，那麻烦就大了，损失也大了。胡国庆稍一想，要李胜利马上带陈双有去工地现场，配合相关部门开展工作。柳建平自告奋勇说他也去。胡国庆说不用，又不是去打架。

凌志云跟邓昌明汇报了兴隆公司合作项目的事，正要叫齐向前和谷智勇来商议怎么落实邓昌明的指示，胡国庆来了电话，说塔吊出事故了。凌志云一惊，问怎么回事。胡国庆说具体情况他也还不清楚，可能是厂里的责任，已让李胜利带着陈双有赶过去了。凌志云要胡国庆也别急，关键是尽快查清原因，分清责任，该承担的还得承担。胡国庆说这两天就有贷款到期，请凌志云不要因为这事而影响贷款续贷，如果贷款还了不能续贷，那资金链会断裂。凌志云稍一想，说厂里的事也就是支行的事，有什么困难一起商量来解决，贷款先还后借，一分不少。胡国庆连连说那就好，那就好。

塔吊倒塌的事是不是告诉凌志云，是现在就说还是等查明了原因、分清了责任再说，胡国庆一路纠结着，柳建平都看出来了。李胜利一走，胡国庆就往车间跑。一路上柳建平不断地宽慰胡国庆，说塔吊质量是没问题的，凌志云也不会因为这个就对厂里怎么样。当听到凌志云说贷款先还后借，一分不少时，柳建平高兴得孩子似的，一拍手，说："你看，你看，我说了的吧？"胡国庆指了一下柳建平，快步进了车间。

昨天下午，梁光辉又主持召开了兴隆公司与外商合作项目专题会，李市长中途还亲临讲话，强调项目对沧江改革发展的重大意义，责令相关单位务必全力以赴，各尽其责，把项目办成办好。听了凌志云的汇报，邓昌明说了八个字：积极参与，谨慎表态。齐向前一看这八个字，击掌叫好，说邓昌明水平就是高。

朱开放回到家就往沙发一歪，又一声叹息。朱建国笑了，说从不叹息的朱开放，今天怎么蔫了，没那个世上无难事，只要肯攀登的激情了，也没那个办法总比困难多，车到山前必有路的劲头了。朱开放猛地坐了起来，要朱建国别幸灾乐祸的，有本事就拿出来，给他出个主意，想个法子。朱建国摆摆手，说朱开放都办不下来的事，他想都不敢去想，哪里还有主意，还有法子，就别指望他了，自己想去。朱开放哼了哼，说本来就没指望他，只是随口说说而已。

城建局要开一个旧城改造专用账户，上边好几年都会有资金下来，几家银行都在争夺。朱开放志在必得，跑过好几趟了，从局长到股长到办事员都找过了，饭吃了，酒喝了，可就是没得到一个来开户的明确答复。今天晚上他单独请股长一聚，总算从她口中得知，这回的关键人物还不是局长，是排第三的副局长曾一鸣。这旧城改造的项目和资金是曾一鸣从省里争取下来的，他外甥是省里管这一块的处长。

听朱开放说到曾一鸣，朱建国一拍桌子，说好，有路子了。朱开放眼睛一亮，忙问路子在哪。朱建国嘿嘿笑了笑，说也没什么，他只是随口说说而已。朱开放看出来朱建国是在卖关子，便说不说就不说，反正也没指望他的，起身就要走，说找凌志云去。朱建国哈哈大笑，说快去快回，别耽误凌志云休息。朱开放走到门口就掉了头，说太晚了，明天再去找，说着就进了卧室，砰地把门关了。

朱建国在地上走了走，在门口贴耳听了听，摇头一笑，在门上敲了两下，问朱开放听不听，他真的有路子呢。门应声开了，朱开放推着朱建国在沙发上坐下，请他快说，别磨磨蹭蹭的。朱建国嘿嘿笑了笑，指了指杯子。朱开放给杯子续上水，双手恭恭敬敬地递给朱建国。朱建国接过杯子，抿了抿，将杯子一放，往沙发上一靠，说要这账户开到支行来，那就得请曾迎春出马，因为曾迎春跟曾一鸣是一个村的，曾一鸣来曾迎春家喝过酒。朱开放起身就走，说找曾迎春去。朱建国要他别急，想好了怎么说再去。他没听见似的，大步去了。

果然不出朱建国所料，没几分钟朱开放就回来了，一脸沮丧。朱建国问他怎么回事。他说曾迎春门是开了，可一听请她出马去找曾一鸣，把账户开过来，她就连连摆手，说她都是一个退下来的人了，冇得用了，不去了，不去了。朱建国哈哈一笑，说朱开放这样直白，这样直截了当，失策了，失策了。朱开放问那要怎样。朱建国要他自己好好想一想，先想清楚曾迎春是一个什么样的人，然后想好话该怎么说。朱开放边想边在地上走着，走了两圈，一拍额头，说有了。

第二天一早，曾迎春一开门就看到朱开放微笑着站在门口，手上拎着一个小纸袋。进了门，朱开放将小纸袋往她手上一递，开口就恭维她，说她虽然退下来了，却还是保持着原来的工作状态，保持着原有的本色，真是难能可贵，给大家树立了榜样，虽然退下来了，但心还在支行，时刻都在思考着支行的改革和进步，时刻都在关注着支行的发展和变化，时刻都在想着怎么为支行多出力，多奉献，真是大家的楷模。他这么一说，说得曾迎春心热了，脑热了，乐呵呵地笑着，说哪里哪里，都是应该的，她虽然退了，但还是支行的员工，还是一名党员，那就得发光发热。说着又给他让座，给他泡茶，还要他就在她这吃早餐，她来亲手做。他说早餐就不在这吃了，还有十分重要又十分艰巨的事情要去做。她问是什么事，这么紧要，这么急的。他把事说了，不等曾迎春发问又说，这事他打听过了，也反复琢磨过了，谁出面都没用，就是李市长发话也不一定见效，但只要曾迎春一出马，那事情就好办了，也只有曾迎春出马，才会马到成功。笑得合不拢嘴的曾迎春一拍茶几，再一拍胸脯，说那好，这事包在她身上了，他曾一鸣要是不听她的话，看她不揪下他的耳朵炒了吃，看她不拿壶酒灌醉他，让他躺上三天三夜。

两天后，账户的事尘埃落定，开在了朱开放所在的分理处。那天下了班，朱开放特意绕到市场，买了朱建国喜欢吃的田螺和牛肉，回家炒了，酒杯一端，再大拇指朝朱建国一竖，说姜还是老的辣，佩服。朱建国脖子一仰，将酒干了，杯子一蹾，嘿嘿一笑，说有时就得甜言蜜语，就得给人戴高帽子，世上没几个人不喜欢让人戴高帽子的，就是嘴上说不用不用，其实心里好欢喜的，巴不得，巴不得。

徐一朵三步并做两步，走到高艳跟前，垂手而立，说那个陈碧玉又来了，在那吵吵闹闹的。高艳放下笔，抬头看着徐一朵，说她也没别的办法了。徐一朵皱了皱眉头，问怎么办。高艳说她也不知道怎么办，又补了一句，还是自行解决了的好，免得林红叶来操心。徐一朵明白，这事只能靠自己了。

昨天下午，陈碧玉来存款，里边有一张百元假钞，柜员按规定没收了。她先是坚持要回假钞，后又说假钞不是她的，是柜员偷梁换柱了。徐一朵去调看监控录像，虽然有点模糊，但还是能基本辨别清楚，柜员没有调换的行为。可陈碧玉根本不看录像，就咬定了是柜员换了，在大厅待了一下午，一会儿坐，一会儿站，一会儿嘻嘻哈哈，一会儿骂骂咧咧，一会儿踢一脚椅子，一会儿拍两下柜台。徐一朵一直在她左右，赔笑脸，说好话，倒茶水，递纸巾，服侍老太爷似的，生怕她有过激行为。下班了，她却不走，还是高艳过来，好说歹说了好一阵，她才愤然离去，说明天再来，还要赔偿她的损失。

徐一朵上任的当天，高艳就给两个副主任分工，一个外当家，把业务抓上去，一个内当家，把管理搞上来，往后她就当甩手掌柜，营业部就看他们两个的了。徐一朵是内当家，什么账务核算、员工考核、文明服务等等都是她的职责。

晚上，徐一朵独自去了陈碧玉家，跟她说了不少，真是晓之以理，动之以情，可她就是无动于衷，一声不吭，末了才说她也没别的，就只要自己那一百块钱。徐一朵心想她在乎那一百块钱，那就给她算了，自己填着，免得她再去支行吵吵闹闹，影响不好，但转念一想，如果给了她，那不是证明银行错了？如果她再拿了钱去做文章，找银行要赔偿损失，到社会上再添油加醋一说，那岂不是自己难堪，还丢了银行的脸，事情就大了。

回家的路上，徐一朵一时责怪自己，怪自己没方法，没本事，这么一个小事都处理不好，不仅自己伤脑筋，还让高艳费心思，一时埋怨陈碧玉太刁钻，不讲理，把一个简单的事情弄得这么复杂，这么麻烦。想着想着，不觉脸上有什么在爬，痒痒的，一摸，是泪呢。

一进门，刚到家的马小军就问徐一朵，怎么眼睛都红了，是挨了哪个的骂了，还是受了哪个的气了，快告诉他，他去看看，看那个人有几斤几两。她一抹眼睛，嫣然一笑，说没什么，是揽存款去了，一个客户答应过来存款，而且不是一个小数目，她一激动，一感动，就这样了。马小军“哦”了一声，说是这样啊，那就好。又说下午在街上碰到余小丽，余小丽请他去她那边，他没答应，也没说不去，问徐一朵怎么看，给他参谋参谋。徐一朵说随他自己，想好就行，她没意见。

徐一朵出了高艳办公室，直接去了个人业务柜台那边。陈碧玉一见徐一朵，马上不跟人说笑了，而是双手一拍自己的大腿，又哭又骂起来。徐一朵在离她几米的地方停了下来，看着她，转身就走，才走了几步，只听后边"嘭"的一声，回头一看，陈碧玉已躺在地上。她稍一犹豫，不紧不慢地走了。

客户中有人在看热闹，有人在起哄；有人在劝陈碧玉快点起来，这样不雅观；有人在询问，这是为的什么；有人说银行也太认真了，把那钱退给陈碧玉不就得了；有人说那钱退不得的，银行没错；有人说陈碧玉也太倔了，不就一百块钱么，没收了就没收了，何必这样；有人说一百块钱对有的人来说是不算什么，屁都不算一个，可对有的人来说，那就是钱了，而且不只是钱了。

徐一朵走过来，蹲下，将一个枕头枕在陈碧玉的头下，问她怎么样，舒服不，是要再高一点，还是低一点，还要不要再拿床被子来，虽然天热，但地上还是凉，别感冒了。又问她中午想吃什么，是要咸辣一点还是清淡一点，是要煮烂一点还是炒生一点，汤是打个鸡蛋，还是放一把酸菜，吃饭是用筷子，还是用勺子。不等她说完，客户有的已掩口而笑，有的哈哈大笑，有的笑弯了腰，有的笑出了泪。陈碧玉一翻身爬了起来，拍了拍身上的灰，看一眼徐一朵，边说她明天再来，边往门口快步去了。

第二天，徐一朵在忐忑中等候着，直到快下班了，还不见陈碧玉的身影。何思卉说她应该不会来了，也不好意思来了。高艳问徐一朵怎么就想到了那一招。她说也就突然想到了前几天看到的一个故事，反其道而行之，没想到还歪打正着了。高艳再问她这回有什么感受。她说客户形形色色，奇事怪事也难免发生，但不管怎么难办，不管怎么难缠，总会有办法，总是能解决。又嘻嘻一笑，说这副主任还真不好当。高艳呵呵一笑，指了指徐一朵，说知道就好。说着就想，看来徐一朵还真是有办法，比自己强。这么一想，不由得上下打量起徐一朵来，看得徐一朵脸一红，问怎么了。高艳说没什么，是她越来越漂亮了。

两天后，高艳跟出差回来的林红叶说起这事，又是一番感慨，说银行这碗饭看来是越来越难吃了，没过去那么香，那么甜了。林红叶点点头，又摇摇头，说是这样，又不是这样。高艳想了想，说也是，一方面随着改革开放的推进，银行更多了，竞争更激烈了，社会对银行又要求越来越高，期待越来越多，又要自担风险、自负盈亏，一旦经营不好，机构都会撤了，不再是铁饭碗，也不再是旱涝保收了；另一方面银行的束缚越来越少，在整个经济社会发展中的作用越来越大，又是自主经营、自我约束，会更有活力和创造力，银行有了更广阔的空间和舞台，经营好了，会大有作为。林红叶说没错，上一轮的机构撤并还只是银行深化改革的序幕，大的改革还在后头，将为期不远。

余小丽和廖三元闹了两天的别扭，谁也不搭理谁，只是埋头干着各自的活，还是今天王援朝到店里来吃面，看到有点不对劲，把他们两个叫到一起，问明了原委，说他们想的都没错，都有理，但他更赞成余小丽的想法，不能安于现状、不思进取，得有新规划、新目标，几次朝廖三元使眼色，廖三元开始还装着没看见，见王援朝变了脸，有点生气了，才开口跟余小丽说了话，说那好，就按她的搞，她想怎么搞就怎么搞，到时候别怪他就行。余小丽瞪他一眼，一笑，说该怪的还得怪。

廖三元主张新开的面馆跟前两家一样，就只吃面和粉，余小丽则要把面馆办出特色，除了有面有粉，还能在这里喝酒吃饭。廖三元说还是稳打稳扎，只做面条好，别贪大贪全，每天能有钱进就行了，钱是赚不尽的。余小丽问廖三元，是面条赚钱多，还是酒菜赚钱多；是面条赚钱来得快，还是酒菜赚钱来得快。廖三元说酒菜赚钱是可能多，也可能来得快，但本钱也要得多，风险也大得多。余小丽说本钱的事不用他管，她去银行贷款，风险是大一些，但把握好了，那风险就是机会，就是利润。廖三元说贷款是要还的，还要付利息，如果只开一个面馆，那资金没一点压力，绰绰有余；如果要开成酒楼，那就得负债了，一旦生意不好，那这边亏损，那边又要还贷，到时候会日子不好过，那又何必。余小丽笑他是裹脚女人，是井底之蛙，说人就得有一股冲劲，有一股闯劲，如果怕这怕那，那就什么都别干了，如果不创新，不发展，只守着那点老本，那用不了多久，那点老本也会没了，又说当初开面馆的时候，那也是冒了风险的，现在事实证明，那风险冒对了，值得。廖三元沉默了一小会，说看到余小丽一天到晚那么累，心里就难过，要是再开酒楼，那会累趴的，还是别把自己弄得那么累的好。余小丽说她不怕累，世上没几个人是累死的，又说他如果真心疼她累，就别跟她扯皮怄气好了，把扯皮怄气的工夫拿去多想点事，多干点活。廖三元咽了咽口水，说好好好，随她去了。他嘴上这么说着，心里却是不服气的，甚至又有了回厂里的冲动。

十多天前，李胜利路过面馆，进来坐了一会儿，跟廖三元聊起了厂里的事，说厂里现在塔吊产销两旺，上班的工人每月都能按时拿到工资，而且工资不低，跟原来红火的时候差不多了，如果廖三元愿意回去，他跟胡国庆去说，当罗兰的副手。廖三元没说去，也没说不去，回家跟余小丽说了。余小丽一笑，说好马不吃回头草，就是讨米也不要讨到那个地方去。又说人就得有志气，有骨气。廖三元脸一红，说他也只是说一说，没打算去的。余小丽要他别东想西想的，一心把丽元建材公司做好就行了。半年多前，廖三元三番五次地跟余小丽说，做建材生意比开面馆钱来得更快，来得更多，做梦都想开一家建材公司。余小丽开始一听就摇头，说那虽然钱来得快，赚得多，但风险也大，弄不好就本钱都亏了，可禁不住廖三元早也说，晚也说，灶前说，灶后也说，加上王援朝和谷为怀也都表示支持，便在支行借了30万元的个人投资经营贷款，开办了丽元建材公司，由廖三元打理，并跟廖三元约法三章，其中有一章是丽元面馆跟丽元建材公司各自承担各自的责任，资金上互不往来。

大前天，马小军正式来丽元面馆上任了。余小丽说她只管营销和财务，其他的都交给马小军。廖三元就为这跟余小丽怄了气，怪她不该真把马小军请了来。这事前些天余小丽跟他说过，他当时就反对，说马小军原来就那个样子，一个地痞无赖似的，现在就是好了，也好不到哪里去，别到时候惹来麻烦，不好收拾。余小丽要他别用老眼光看人，俗话说得好，士别三日，当刮目相看，人家在谢老板那干得可好了，谢老板还舍不得他走呢，答应给他加薪，还承诺给他股份，人家是看在她跟徐一朵原来是同事，又是好姐妹的分上，也是看在凌志云的面子上才来的。廖三元说他也不是什么士，别说三日，就是三年，也还是那么回事，狗改不了吃屎。余小丽一下真的火了，脸一拉，眼一瞪，指着廖三元，说马小军来定了，他廖三元想干就干，不想干拉倒。廖三元耳朵一红，脖子一粗，起身就走，在街上转一圈，回店里来了。余小丽偷偷一笑，就知道他不会去厂里，也不会去别的地方。廖三元几次看她，想要她先开口说话，她却装着没看见，故意冷落他。他看出来了余小丽是故意的，便也憋着劲，僵持了一会儿，他说那好，她非要把马小军请了来，那面馆他也懒得管了，一心搞自己的建材公司去。

几天前，马小军特意去找凌志云，请他给拿个主意，是去余小丽那好，还是留在谢老板的餐馆好。凌志云没说他可以去，也没说他不能去，只说余小丽还在成长阶段，而谢老板那边已经成熟了，是去是留自己决定。马小军说他明白了。

说六点半到的，只差五分钟就到时间了，却不见凌志云的影子，按照他的行事作风，应该是早到了的，今天怎么了，是不想来了，还是有事去了？是真有事去了，还是有意晚到？是他听到什么了，还是方敏跟他说了什么？是他自己想到什么了，还是谁提醒了他什么？高艳这么一想，心中的期待转而成了忐忑，甜蜜也掺进了苦涩。她打开门一道缝，朝外边打望了一眼，门一关，一跺脚，心想等时间一到，不管他来不来，她都走，不等他了。

昨天下午，高艳去跟凌志云汇报工作，临走时，凌志云说明天晚上请她吃饭，时间和地点都由她来定。她愣了愣，说破天荒了，太阳从西边出来了，怎么一下心血来潮，要请她吃饭了。凌志云说不是心血来潮，是早有想法，只是一直没机会。高艳有点调皮地一笑，说那好，只是得喝酒，红的白的都行，她家里有，她带过去，地方就去沧浪之水酒楼，那里有品位，有情调，时间是六点半，只能提前，不能迟到。凌志云稍一迟疑，说能不能不去那里，找一个僻静一点的地方。高艳说不行，她喜欢热闹，就那里最合适。

下了班，高艳回家换了衣服，拎了酒，春风满面地出了支行大门。刚加班处理完业务，从营业部出来的何思卉一见她就问去哪，打扮得这么性感，这么漂亮。高艳脸一红，边走边说没去哪，就来了两个同学，去宾馆那边吃个饭。何思卉追了两步，说那一块走，她叔叔给她介绍了一个客户，住在宾馆，得去见个面。高艳“哦”了一声，停下脚步，打量一眼何思卉，装模作样地掏出手机一看，说哎呀，都改地方了，也不早说。何思卉笑了笑，说那好，她去宾馆，就不陪她走了，边说边跟横过马路的高艳扬了扬手。高艳走到十字路口，见何思卉往宾馆那边去了，才又横过马路，往江边走去。

沧浪之水酒楼临江而建，有三分之一就建在江上，是中西结合的建筑，里边别有洞天，临窗而坐，边品茶喝酒边看江景，那是别有一番情趣。前年曾闹得沸沸扬扬，说那是违章建筑，要拆，但后来不但没拆，反而扩大了规模，生意也更加红火，席位都得提前预订。昨天从凌志云办公室一出来，高艳就立马给茶楼的老板鲁小帆打电话，可鲁小帆还是说她预订迟了，只能看有没有退包间的。高艳说那她不管，反正就得给她留一个，如果没有，那去她办公室。鲁小帆是高艳的同学，从小就有点怕她。

半年多前，省分行的王荣副处长来支行调研，在外地出差的邓昌明提醒凌志云，这王荣是个文化人，酒量好，年轻有为，得好好接待。凌志云问高艳去哪吃饭好。高艳脱口而出沧浪之水。凌志云请了曾迎春来作陪。酒喝到酣畅处，王荣和曾迎春先联袂唱了《打虎上山》，后又对唱了《化蝶》，尽管唱得有点跑调，又都是用各自带方言的普通话来演唱，却是唱得十分投入，有模有样的，别有一番味道，赢得连连掌声，阵阵喝彩。结束时，王荣摇摇晃晃地说，他这一辈子还从没喝过今天这么多酒，也从没今天这么吃得开心，他记住沧江了，也记住这沧浪之水了，更记住曾迎春和高艳了，往后有什么，尽管找他就是，包在他身上了。高艳趁机说，那往后的就先别说，只说眼下的。王荣一拍桌子，要高艳快说来听听。高艳说支行的办公楼早已陈旧不堪了，有损银行形象了。不等高艳说完，王荣一拍桌了，要她马上报预算，资金直接从省分行戴帽下来。几天后，当林红叶和高艳拿了预算去找王荣时，他一愣，一摸脑袋，说不好意思，不记得这事了。又说没关系，再等一等，他来想办法。可三个月过去了，半年又过去了，戴帽还是不见下来。高艳说这只怕没戏了。林红叶说别急，上边办事流程长，环节多，要有耐心，就再等等。可上个月，王荣去了别的部门。高艳一声叹息，说那酒真是白喝了。凌志云说酒桌上的话本来就是不能当真的，又说那酒也不一定白喝了，也许哪一天就派上了用场。林红叶试探着给王荣打电话，祝贺他荣升处长。他打了一串哈哈，说那戴帽的事他移交给了接手的人了，会安排的。放下听筒，林红叶朝凌志云手一摊，说希望在田野上了。凌志云一笑，说在田野上那就好，田野是最有希望的。又说不在这一时一事，得有耐心，一个字，“等”。

一看时间到了，高艳猛地站了起来，可刚要迈开脚步，又犹豫起来，就在她犹豫之际，门突然推开了。见满头大汗的凌志云走了过来，高艳又惊又喜，心底一热，泪花挂上了睫毛。凌志云边在她对面的椅子上坐下，边说不好意思，来晚了。她抹了一下眼睛，看一眼手机，边抽纸巾递给凌志云，边说他不晚，正好踩着点，是她性急，来早了。凌志云边擦汗边说路上碰到了兴隆公司杨部长，聊了好一会儿，耽误了，只好打着飞脚赶过来。

杨部长拉着凌志云，一再说项目有进展了，希望他尽快上报，争取早日把贷款批下来，只要项目一投产，那整个公司就活了；公司一活，那公司现有的贷款就有可能还了。凌志云说正在做上报的准备，但这急不得，心急吃不得热豆腐。他之所以这样说，是他并不怎么看好这个项目，尽管市政府有非要把项目引进来的决心，但项目在“三高”的范畴之内，而且感觉得到合作方诚意不够，资金不一定能按时到位，有烂尾的可能。

“哎，你今天约我出来吃饭，是有什么话要跟我说，还是有什么事要我去做？”高艳边笑嘻嘻地看着凌志云，边摇着手上的红酒杯，“该不是鸿门宴吧？”

“看你说的，你又不是刘邦，我也不是项羽，哪来的什么鸿门宴。”凌志云也摇着红酒杯，“真没别的，就想跟你聊一聊。”

“就聊一聊？”高艳皱了一下眉头，随即眉头一舒展，再一笑，“那么简单的事，在办公室可以，在家里也可以，怎么还非要破天荒地请我到外边来？”

“外边说话更方便些。”凌志云嘿嘿一笑，“也随意一些，轻松一些。”

“你是怕在办公室给谁看见了，还是怕在家里给谁撞上了？”高艳呵呵笑了笑，看着凌志云，“可是你知道吗？在办公室聊，那是谈工作，在家里聊，那是拉家常，那都是正大光明的事，也是正常不过的，谁都不会说什么，而到外边来聊，那就是约会，或者说是幽会，偷偷摸摸的，躲躲闪闪的，味道就变了，性质也变了，让人看到，那是会说闲话的。我倒没什么，你就不一样了，是行长，是有形象的。我……”

“你……”凌志云红着脸，指着高艳，“我……”

“我我我，你我什么呢?”高艳酒杯一搁，指着凌志云，“看你这脸红得，像个早晨的太阳似的，一点也不像一个见过大世面的人哦!”

“我天生就胆小，又腼腆，更没见过什么大世面。”凌志云嘻嘻一笑，擦了一下脸上的汗，亮了一下酒杯，“我这也是喝酒喝的。”

“喝酒喝的？酒才开始喝呢。”高艳酒杯一端，跟凌志云的酒杯一碰，一口干了，指着凌志云，哈哈一笑，“我看你是紧张了，心虚了吧?”

“我紧张了吗？心虚了吗?”凌志云放下酒杯，瞟一眼门口，肩一耸，手一摊，“本来就没什么，我有什么紧张的，又有什么心虚的?”

“好，你不紧张，你不心虚。”高艳盯着凌志云，“那好，你快说说，你想跟我聊什么?”

“我……”凌志云避开高艳火辣的目光。

“哎，你怎么跟一个老娘们似的。”高艳蹾了一下酒杯，“有话直说，别吞吞吐吐的。”

“其实我也没什么。”凌志云嘿嘿笑着，“就想听你说一说。”

“就想听我说一说?”

“嗯。”

“想听我说什么?”

“随你。”

“随我?”

“嗯。”

“真随我?”

“真随你。”

“那好，我问你。”高艳往椅子上一靠，微笑着看着凌志云，“你可得摸着良心，如实回答，不得有任何的虚情假意，行不?”

凌志云一怔，下意识地坐正了。

“你觉得我怎么样?”

“能干，漂亮，聪慧。”

“嗯，这还说得差不多，意思出来了，但秩序得调整一下，应该是漂亮，能干，聪慧。”高艳双手往桌上一搭，身子前倾，“你得知道，女人是在乎漂亮的，是需要漂亮的。漂亮是女人的资本，也是女人的韵味。男人不一定喜欢女人的能干，但准喜欢女人的漂亮。”她嫣然一笑，“我不是自己夸自己，不说在这小小的沧江，就是到省城街上一走，那也是一道风景，回头率不会不低的。”

“那是，那是。”凌志云边点头边说，“你虽然不是倾国倾城，却也是沉鱼落雁。”

“看看，你看看，言不由衷了吧。”高艳指了指凌志云，“我还是有自知之明的，虽然还算是有几分姿色，却不至于闭月羞花。我心里清楚，我是漂亮和能干有余，而聪慧不足，不知道怎么去讨有的人喜欢，吃亏就吃在这上边了。”

“你聪慧不足？”凌志云摇摇头，又笑了笑，“古人说女子无才便是德。这我不赞成，但女人还真是不能太聪慧，更不能太有心计。不少女人吃亏就吃在太聪慧，太有心计上了。我告诉你，男人大多是不喜欢那种太聪慧的女人的，更是讨厌那种太有心计的女人的。因为女人本来就捉摸不定，再加上太有心计，那就很难驾驭了。”

“你这是对女人的轻蔑和亵渎！”

“不是，不是。”凌志云摆着手，“不敢，不敢。”

“那你喜欢我不？”

“喜欢。”

“真心喜欢？”

“真心喜欢。”

“喜欢我的什么？”

“喜欢你的漂亮，能干，聪慧。”

“是吗？”

“是啊！”凌志云边说边给高艳斟上酒，“喜欢你的可不只是我，有朱建国和杨大志，还有汤显贵和吴吉庆，可以这样说，支行的男人没有哪个不喜欢你的，连省分行的那个文化人王处长，都才见了一面就说记住你了。”

“看你说的。”高艳扑哧一笑，指了指凌志云，“照你这么说，那我还真是人见人爱，花见花开了？”

“是的。”

“是吗？”

“是啊！”

“是是是，你什么意思？”高艳眉一挑，指着凌志云，“我告诉你，我可不稀罕别人来喜欢，也不想让别人来喜欢，更不想讨别人来喜欢，只要你喜欢就行。”

“喜欢不喜欢那是别人的权利，你管不了，也管不着。”凌志云边说边晃了晃酒杯，“再说了，一个人有人喜欢，那是好事，是福气，许多人还求之不得呢。”

“别人是别人，我是我。”

“你当然是你，你又不是曾迎春，也不是徐一朵。”

“更不是何思卉吧？”

“那当然了。”

“哈哈，怎么一说到何思卉，你就脸又红了，还不敢看我，是心里有鬼吧？”

“哎呀，这里怎么还掉灰下来啊！”凌志云装模作样地望着天花板，揉了揉眼睛，左右看看，看着高艳，“什么？你说有鬼？什么鬼？在哪？”

“在你这里。”高艳指了指自己的胸口。

“你又说笑话了。”凌志云指了指高艳，“朗朗乾坤，哪来的什么鬼哦，是你想多了，太敏感了吧。”

“好好好，就算是我想多了，人敏感了。”高艳往桌上一伏，头往前一伸，盯着凌志云，“那我再问你，你就只是喜欢我吗？”

凌志云一愣，稍一想，说：“我没说不喜欢你啊！”

“你……”高艳脸一板，指着凌志云，“你装迷糊是吧？”

“没有啊！”

“没有？那你说，你对我是不是就只有喜欢，没有别的？”

“别的？别的是什么？”

“就是……就是比喜欢更……更那个的那个。”

“那个又是什么？”

“哎呀，你……”高艳拍了一下桌子，指着凌志云，“你怎么这么笨？”

“你今天才知道啊？”凌志云嘿嘿笑着。

“好，你装，你接着装！”

“我……”

“你就别我我我了。我告诉你，我早就摸到你的脉了，看出你的心思了，你是不好意思说出来，也不想说出来，准确地说是现在不想说出来，往后也不会再说出来了。这没关系，我来给你说。”高艳哼了哼，又笑了笑，指着凌志云，“你对我，那不只是喜欢，是有爱的，只是不敢说出来，是爱了的，只是不敢往深里爱，是不是？”

“我……”凌志云心一颤，血一上涌，耳朵根都红了。

高艳哈哈一笑，将酒往嘴里一倒，杯子一蹾，笑眯眯地看着凌志云。凌志云目光落在杯里。杯里的酒涌动起来，翻滚起来，沸腾起来。凌志云倏地杯子一端，脖子一仰，将酒一口干了，看着高艳，说他对高艳确实不只是喜欢，应该说是有爱，但爱得有点朦胧，不那么真切，爱得有点肤浅，没有深入骨髓，因为不敢爱得太深，也不能爱得太深。高艳含着泪，笑着说谢谢他的真诚，谢谢他的坦诚。凌志云说她笑得真好看。她一抹泪，说笑总比哭好。凌志云边说那不一定，有时哭也是笑，也很美，边将杯子都斟上酒，端了一个递给高艳。高艳接过杯子，跟凌志云一碰，一同干了。

凌志云指着窗外的月亮，说真圆。高艳瞥一眼月亮，有点伤感地说再圆也明晚就缺了，随它圆去。凌志云看着窗前的桂花树，闻了闻，说桂花真香。高艳说再香也过几天就谢了，任它香去。凌志云说不管它是缺了还是谢了，但都曾经圆过，香过。高艳笑着点了点头，泪珠“叮咚叮咚”地掉在酒杯里。

一阵沉默过后，高艳问凌志云，往后他们是什么。凌志云说依然是同事，是朋友。高艳说还可以是别的。凌志云问是什么。高艳要他猜，要他想。他心里知道她指的是什么，却说猜不到，想不出。高艳说他真笨，可以是兄妹呀。凌志云“噢”了一声，拍手叫好，说他还正好没有妹妹呢，能有这样一个漂亮、能干、聪慧的妹妹，那真是他的福气。

高艳走到凌志云跟前，说她想拥抱一下哥哥。凌志云稍一迟疑，起身张开双臂，拥抱了高艳。就在他们肢体接触的瞬间，凌志云仿佛看到了电光四射，火星飞溅。

这一抱，抱得高艳醉了，化了，软在了凌志云的怀里，轻轻地呻吟着。凌志云有些慌乱地扶着她在椅子上坐下。娇羞和幸福洋溢在她的脸上，甜蜜和期待荡漾在她的眼里。

凌志云倚窗而立，望着银波闪跳的江面，脸上还是热烘烘的，心还“嘭嘭”地跳着。他看一眼坐在那里，含情脉脉地注视他的高艳，忐忑和羞愧，害怕和自责，一起从心底奔涌上来。他抓着窗台，告诫自己，这样的拥抱仅此一次，下不为例。

回家路上，凌志云回想起刚才的情景，想起谷为怀的提醒，想起方敏的暗示，想起道德的约束，想起纪律的严肃，想起自己是支行的行长，是一名党员，越想越觉得自己和高艳之间，就只能是同事和朋友，不能是兄妹。如果是兄妹，难免会说不清，道不明，就可能会有故事，甚至事故，就会害人害己，悔之晚矣。他一摸身上，衣服都给汗水浸湿了。

凌志云刚走到支行门口，胡国庆打来电话，说李胜利和陈双有回到厂里了，现在就在他办公室，事故的责任不在厂里，是公司的师傅操作不当，加上天气恶劣。凌志云说那就好，但也得以此为契机，再狠抓一把产品质量。胡国庆说厂里已经有安排了，这个季度劳动竞赛的重点就放在产品质量上。

李胜利说这次事故的责任虽然不在厂里，但总体来看，生产过程中有些工序还是有些毛糙，这虽然不是什么大问题，但不美观，让人一眼就能看出来与一些大公司的差距，目前厂里的竞争优势还只在价格上，这显然不是长久之计，这样也长久不了，必须全面提升产品品质，通过提升产品品质来提高产品的竞争力，进而提高利润率，多赚钱。

陈双有说虽然有关部门判定事故的责任不在厂里，但他心里清楚，严格来说厂里还是有一点责任的，问题出在同一个塔吊使用的钢材不是同一个厂家的，也不是一个批次的，不同厂家的钢材和不同批次的钢材，在硬度和韧性上都是有差别的，尽管差别不大，但有时就是这细微的差别造成了巨大的损失。

听李胜利和陈双有这么一说，胡国庆摸着下巴踱了踱，说提议在厂里成立产品提质领导小组，由他任组长，李胜利任副组长，王援朝任顾问，罗兰、陈双有、柳建平等为成员，同时设立产品提质奖励基金，用于奖励对提质有突出贡献的部门、车间和个人。

李胜利和陈双有都说这样好，举双手赞成。

胡国庆左手拉李胜利，右手拉着陈双有，说走，上丽元面馆饱肚子去。李胜利听到"咕噜"一响，摸着肚子，说还真饿了。

这时，坐在办公桌前的凌志云掏出手机，想给高艳打个电话，或是发个信息，看她到家了没有，但一犹豫又放下了。刚才临走时，他和高艳都抢着买单，最后还是他买了。高艳让他先走，说她再坐一会儿，醒醒酒，也安全。

坐在凌志云坐过的椅子上，回味着刚才的情景，回想起那天凌志云急急忙忙去水利局的样子，回想起来沧浪之水时何思卉跟她说话的神情和腔调，回想起决算聚餐时方敏的神态和言语，高艳莫名地有了伤感，有了惆怅，有了失落，不禁潸然泪下。过了一会儿，她一抹泪，拎了那瓶没喝完的酒，找鲁小帆去了。

凌志云忍不住还是给高艳发了一条信息，不到半分钟高艳就回了过来，说不用他管，死不了。他摇头一笑，打开电脑，细看起关于贷款剥离和核销的文件来。

今天上午，新发下来了关于贷款剥离和核销的文件，凌志云一看就头疼了。下午，邓昌明又特意打来电话，说这贷款的集中剥离和核销是好事，搞好了可以让支行轻装上阵，从根本上改变支行的局面，但这又是难事，政策性强、原则性强，草率不得、马虎不得，而且支行贷款剥离和核销的任务重，情况又十分复杂，一定得把文件看懂了，吃透了，把情况摸清了，摸准了，把方案尽量做周全，做细致，绝不能把好事办砸了，一定要对自己负责，对历史负责。

第十三章

有惊无险

怕出事还真出事了。昨天下午，凌志云正在梁光辉办公室汇报工作，说在他的亲切关怀和大力支持下，经过全行上下这两年的努力，支行的各项工作都取得了显著成效，存贷款规模都超越了 K 行。正说着，齐向前打来电话，说谷智勇和杨大志刚才给公安的人带走了。这怎么回事，前天晚上，徐一朵和汤显贵给检察院的人带了去，到昨天晚上才出来。梁光辉前两天进了常委，成了常务副市长。凌志云来既是汇报工作，也是表示感谢和祝贺。

前天晚上十点半，凌志云接到马小军的电话，说他从丽元面馆回家，离家门口还有十来米，一眼看到徐一朵给人押上了停在路边的车，那车上有检察标志。凌志云一听吓出了一身冷汗，稍一想，先安慰了马小军几句，随后就打检察院熟人的电话，想问是怎么回事，人放在哪，会怎么处理，可一连问了几个人，或开口就说不知道，无可奉告，或说这是别人办案，不好打听的，或说明天先问问，问到了再告诉他。这样越问越害怕，越问越着急。他坐了一会儿，捋了一下思路，准备打郭检察长的电话，但一想，这应该不是什么大事，也许郭检察长压根不知道，一打反而不好。那问谁呢？又怎么跟马小军回话？他思来想去，有一种感觉，这电话应该打给李强，也只能打李强。可这电话他实在不想打，也怕打。

李强性情豪爽，跟凌志云是同学，也是朋友。十天前，李强的外甥彭小华找到他，要他帮忙找一家银行，贷款买一辆重型卡车。李强二话没说就答应了，要彭小华去找凌志云，就说是他的亲戚。凌志云热情地接待了彭小华，可听他把相关情况一说，就有点为难了，如果按照一贯的做法，直截了当地说了不能贷款，那有点对不住李强，如果说可以贷吧，那又条件还不够，一旦到时候贷款出了什么状况，那是个问题。于是，他不说彭小华的贷款可以放，也不说不能放，只说贷款要达到哪些条件，哪些地方还有差距，需要怎样来补充和完善。彭小华当即黑了脸，以为凌志云是故意找茬儿，不给李强面子，一出他办公室就给李强打电话。听彭小华添油加醋一说，李强气不打一处来，心想自己本是一片好意，首先想的就是他凌志云，他平时口口声声说要给他拉客户，拉业务，存款行，贷款也行，今天给他介绍来了，却拒之门外，再说彭小华条件也不差，又不是借了不还，更不是找不到贷款的地方。好，他不行，那就找别的银行给他看看。彭小华一走，凌志云马上给李强打电话，想解释几句，可先是占线，后来通了，又只听到李强说了一句知道了，那头就挂了。

大前天上午，彭小华开着新车，特意绕道从支行门口经过，见凌志云和齐向前站在大门口，正跟李胜利握手告别，便下了车，走到凌志云跟前，指着那车，说他车买上了，是在 K 行贷的款，人家不仅贷了款，而且特事特办，只几天贷款就到手上了。他说着哈哈一笑，扬长而去，走到车前，又给了凌志云一个飞吻才上了车。望着远去的车子，凌志云摇摇头，说看来这回他是真把李强得罪完了。齐向前说得罪了就得罪了，与其将来麻烦，还不如现在得罪了的好，又说李强应该不至于这么小气，也许是他想多了。凌志云一笑，说但愿如此。走了百来米的李胜利又跑了回来，握着凌志云和齐向前的手，说那事就拜托他们了。李胜利拜托他们的是机械厂贷款剥离和核销的事，也是让他们为难的事，头疼的事。

马小军又打电话来了，情绪有些激动，问徐一朵人在哪，是什么事，要不要他去找，他看清了车牌的。凌志云忙说他正在打听，不劳他去找，又宽慰了他几句，要他别等了，先睡。他说哪睡得下，就在家等了。凌志云说那好，一有消息马上告诉他。

看来这电话是不想打也得打，怕打还得打了。凌志云硬着头皮拨了李强的号码。电话一通，不等凌志云说话，那头李强就哈哈一笑，说他就知道凌志云会打他电话的，正等着呢，果然打来了。凌志云忙问他在哪。他说了在哪。凌志云说那他马上过去。李强说他正在办案，不方便接见，说着又哈哈笑了。

一见面，李强擂了凌志云一拳，说凌志云把他也想得太那个了，他可没那么小气。被擂得后退了两步的凌志云嘿嘿一笑，说那天打他电话，他只没好气地说一句就将电话挂了，还以为他真有意见了。李强往椅子上一坐，说那不瞒他，当时还真是有点生气，好在生气生气也就是生出那么一口气，那口气一出，那就什么事都没了。凌志云笑了笑，说其实他知道，李强心胸开阔，肚里能撑船的，哪会那么小气，计较那么丁点小事。李强指了指凌志云，说他这话有点酸，酸里还带了点别的什么味。凌志云佯装闻了闻，说是还有点别的味。李强问什么味。凌志云说钱的味。李强一愣，闻了闻，说哪来钱的味。凌志云说是徐一朵带来的。李强哈哈一笑，说那还有汤显贵呢。这时，凌志云才知道，汤显贵也给带这来了。汤显贵是帮倪小桔店里打了烊，出了店，走到拐弯处给人带上车的。

凌志云问李强："徐一朵和汤显贵现在在哪？"

李强指一下墙，说："在旁边做笔录。"

"笔录什么？"

"暂不方便奉告。"李强手一摊，"不好意思，这是规矩。"

"可不可以去看他们一眼。"

"不行。"李强摇摇头，"这也是规矩。"

"那他们等下是不是就可以回去了？"

"那不一定，也许可以，也许不行，也许明天就可以回去，也许得多待几天，得看他们的表现。"

"这事你们是不是早就在办了，只是今晚才行动。"

"没错。"

"那怎么也不跟我打个招呼？"

"不能打。"李强一笑，"这也是规矩。"

"好，这我懂。"凌志云也一笑，看着李强，"那我只问你，他们犯了什么，你把他们带过来？"

李强笑而不言。

“你是不想说，还是不能说。”

“不骗你，这不能说，也不想说。”李强摸着下巴，起身走了走，“不过，你不妨去问问郭检察长吧。”

郭检察长倒是爽快，说李强那边是带了支行两个人过来，就问问存款行贿的事，K 行前几天就问过了，K 行也还配合，没事了。一听是这事，凌志云吊着的心放下了一大半，也听出了他话里边的意思。K 行的人也是晚上带走的，第二天下午就回去了。

凌志云给马小军回了电话，说他看到了徐一朵，要马小军快放心睡，不用担心，没什么大事，应该明天就回家了。

徐一朵一开门，一胖一瘦两个便衣检察官架着她就往路边走。胖的叫于国初，瘦的叫牛二庆。徐一朵开始以为是马小军在外边跟人结了梁子，遭人绑架了，等到了车前，看到了车上的检察标志，心里才没那么恐惧了，但直到上了车手脚还在颤抖着。看她这样子，于国初笑了，要她别怕。她强颜一笑，说哪能不怕，还以为给绑架了呢。一直阴沉着脸的牛二庆瞪她一眼，她下意识地脖子一缩。于国初哈哈一笑，说她误会了，弄错了。

一进讯问室，于国初不笑了，一拍桌子就要徐一朵马上如实交待，早说了早回家。牛二庆拿出纸和笔，准备记录。坐在椅子上的徐一朵一看房间的布置，再一看于国初他们威严的脸，不由得“嗡”的一下头就蒙了，扶着桌沿的手也抖了起来。

于国初问徐一朵支行搞存款是不是有专门的费用，费用是怎么计提的，又是怎么用的，用到哪里去了。徐一朵没听见似的，一言不发，只是直愣愣地看着于国初他们。牛二庆笔一放，看一眼于国初，指一下徐一朵，边起身边说看来她是不想配合了，那好，她不想说，那他们走，回家睡觉去，让她一个人待在这好了。于国初拉他一下，说徐一朵应该不是不想说，只是还没想好，还在回忆，在思考，看说什么，怎么说，就给她五分钟考虑，如果时间到了还不说，那再走不迟。又说其实要问徐一朵的他们都知道了，徐一朵是不是如实说了，一听就知道。牛二庆坐了下去，盯着徐一朵，拿起笔在手上玩着。于国初瞟一眼严严实实的门，望一眼高高的天花板，看一眼吊下来的刺眼的白炽灯，说这半夜三更的，一个人坐在这里，就是他都会害怕，何况徐一朵是一个女孩子，他可是于心不忍，不过，如果硬是不说，那也就没办法了。

五分钟到了，徐一朵也平静多了，冷静多了，还捋出了一个回答提问的思路。她朝于国初和牛二庆勉强一笑，说存款是银行的根本，也是银行存在的基础，一家银行如果没有相应的必要的必需的存款，那就无法生存，无法经营，那就是想多放贷款，积极支持当地的经济社会发展，为地方造福，多做贡献，那也是有心无力，全是一句空话。前些年支行吃亏就吃在存款上，差点支行都给撤了，好在有沧江市委市政府的正确领导和亲切关怀，有他们两位的大力支持和无私帮助，支行不仅渡过了难关，还有了长足的进步。牛二庆皱了皱眉头，说他在支行没存一分钱，哪来的什么支持和帮助。徐一朵说昨天没存钱，那没关系，明天去存也一样。牛二庆说他明天不会去，后天也不会去。徐一朵眨了眨眼睛，说那她明天就上门去找他老婆，请她去支行存钱。牛二庆挠挠头，说她没有存款，只要贷款。徐一朵说贷款一样欢迎，支行正好又新开通了一些个人贷款的新品种，任她挑，看哪个合适。于国初斜了一眼牛二庆，一拍桌子，要徐一朵别东拉西扯，快开门见山回答他的问题。

徐一朵点点头，斟酌着说商业银行跟企业一样，做的是买卖，只是买卖的东西不同，生产出来的东西也不一样，对银行来说，存款是一种资源，也是原材料，而要获得这个资源和原材料，生产出产品，那肯定会花销一些费用，付出相应的成本。于国初问这成本包括些什么。徐一朵边掰着手指边说，那包括的东西可多了，比如房租、工资、折旧、水电费、交通费、电话费、税收、村上扶贫、订阅报刊、街道捐款等等，五花八门。见于国初又要问，她忙抢着说，当然，在生产经营中，还不可能不请人吃个饭，喝瓶酒，这就是招待费了，如果哪天他和牛二庆去支行存款，正好到了吃饭的时候，那请他们吃个饭，喝杯酒，都是正常的，也是应该的。牛二庆说谢谢她的好意了，他没钱去存，也不吃那个饭。于国初敲了敲桌子，要徐一朵别东拉西扯的，就只说搞存款的费用。徐一朵说那吃饭喝酒的钱，里边有的就是为了存款，就是搞存款的费用，当然还不只这些。于国初哼了一下，问那还有什么。徐一朵说存款每年的增长是有计划的，这不仅是上边的要求，也是市里的期待，更是自身发展的需要，在完成计划的过程中，总会有好有坏，有优有劣，那自然不能好坏优劣不分，会评选出存款标兵、揽存明星，就像检察院评选优秀检察官、办案能手一样，并对他们给予相应的精神鼓励和物质奖励，而这奖金就是搞存款的费用。

于国初双手往桌上一搭，朝徐一朵一笑，猛地一拍桌子，半眯着眼睛盯着徐一朵，说："好，从现在开始，你只说是或不是。"

徐一朵愣了愣，点点头。

"你们支行搞存款是不是计提了专门的费用？"于国初问。

"不是。"

"支行是不是送了钱给存款的单位或个人？"

"不是。"

"真不是？"

"真不是！"

"奖励给那些标兵、明星的钱，他们是不是拿来回扣给存款的单位或个人去了？"

"这……这个我不太清楚，没问他们。"

"不清楚没关系，你只说是还是不是。"

"那……那应该是，又不是。"

"这……什么意思？"牛二庆插话问。

"有的人为了感谢帮忙存款的人，会请人家喝杯酒，或是过年过节送点水果什么。这在情理之中，而这花的钱自然就是那奖金了。"徐一朵看一眼于国初，"当然，也有的不会这样去做，那奖金就心安理得地全进了自己的腰包，但这样的话，人家也就不会记得你了，存款自然也就会跑了。"

牛二庆点点头，说："这倒也是。"

于国初瞟了一眼牛二庆，一连打了几个哈欠。

在徐一朵做笔录的同时，汤显贵也在隔壁的房间接受检察官赵喆的问讯。汤显贵回答了姓名、性别、年龄、单位名称等基本信息之后就不说话了。当赵喆问得不耐烦了，要发脾气了，他才有点不好意思地嘿嘿一笑，说说来惭愧，出丑，自己一个大男人的，就在办公室打个杂，接个电话，给人端茶倒水的，偶尔才替领导去市政府开会点个卯，领个文件什么的，或是嘻嘻一笑，说存款那是大事，费用就更是重要的核心的事了，这都不是他管的，他就是想管也管不到，管不了，因此，跟存款有关的事，他一概不知。

赵喆真有点火了，瞪一眼汤显贵，抬手就要拍桌子，但最终手又轻轻落了下来，说他是文明办案，不想对他怎么样，但那他就得配合，不能这样一副死猪不怕开水烫的样子，不能一个茅坑里的石头又臭又硬的德性。汤显贵眉头一皱，随即呵呵一笑，说赵喆说话不文明，侮辱他了。赵喆脸一红，眨了眨眼睛，咽了咽口水，说那好，他这比方是打得有点不对。汤显贵说不是有点不对，是完全不对。赵喆愣了愣，看着汤显贵，说行，就算是完全不对，但他也不能闭口不说啊。汤显贵嘿嘿一笑，说他不是不说，而是没什么可说，因为他什么都不知道，总不能说瞎话吧。

赵喆眯着眼睛，盯着汤显贵。汤显贵看着他，嘻嘻笑着。

突然，赵喆眼睛一睁，猛地一拍桌子，指着汤显贵，说："你别嬉皮笑脸，别装聋作哑，快老实坦白，否则有你好受的，你应该知道，只差十来天就是元旦了，你要不如实说了，那你就在这里边过了元旦，再在这里边过年吧。"汤显贵一怔，眨巴了几下眼睛，站起来，浅浅地哈了哈腰，说他是个老实人，可别吓唬他，要是吓破了胆，那就麻烦了。说着又哈了哈腰，敬了个礼。赵喆忍俊不禁，尽管茶水大多喷在了地上，但汤显贵的脸上还是落了一些。汤显贵边用衣袖揩着脸上的水沫，边说虽然有点气味，但没关系，没关系。赵喆朝他不好意思地笑了一下，说他既然是个老实人，那就要老实说话，要说老实话。他说他是老实说话，说的就是老实话。

赵喆指了指汤显贵，说他不是老实人，没说老实话。汤显贵说这就冤枉他了。赵喆哈哈一笑，说其实要问汤显贵的，他都掌握得清清楚楚了，只是想给汤显贵一个机会，让他自己说出来的好。汤显贵低头一想，抬头一笑，说他既然清清楚楚，那就说来听听，看是不是张冠李戴了，或是牵强附会了。赵喆走了几步，猛一转身，指着汤显贵，说他存款的事不仅知道许多，而且负责统计数据，核算费用，手上是有一本账的。汤显贵一愣，说那是老皇历，是多年前的事了。赵喆拍手说好，有他这句话就行了。汤显贵皱着眉，张着嘴，心想失言了。赵喆一拍桌子，问账本在哪。汤显贵脱口说早给烧了。赵喆哈哈大笑，笑过了，指了指汤显贵，说他还是没老实说话，没说老实话。汤显贵低头不语。

汤显贵从知道是检察院的人把他带上了车，心里就知道是怎么回事了，也就一进讯问室就按照事先想好的，只听少说，尽量不说，但最终还是没把住口，说漏了嘴，心里不禁有点后悔，责怪自己多嘴了。

听说 K 行有人因存款费用的事给检察院带走之后，凌志云就立马召集相关人员开了一个会，做了相关布置。徐一朵和汤显贵都是参会人员。

汤显贵原来确实只是在办公室打点杂，干点零碎的事情。半年多前的一天上午，谷为怀去凌志云办公室聊天，聊到汤显贵，都说他有了不少改变，而且还在进步。凌志云说这是谷为怀跟他结对子结得好，谷为怀在他身上没少花心血。谷为怀说主要还是他自己想变，是内因起了关键作用。凌志云说这是内因和外因结合，相互作用的好典型。谷为怀笑了笑，说是不是可以给他压点担子，鼓励鼓励。凌志云说他也正想着这事，真是不谋而合。当天下午，凌志云跟齐向前和林红叶一商量，决定把支行员工揽存统计的活交给他。这是一个又细致又劳神的活，也是一个得罪人的活，就为揽来的存款计不计任务，计多少，该不该奖励，奖励多少，总有人来理论，来找麻烦，甚至拍桌打椅。因此，这活是一个费力不讨好，没几个人愿意干的活。商量的时候，齐向前还担心汤显贵不愿接，林红叶又担心他干不好。没想到凌志云跟他一说，他满口就答应了。这几个月下来，不少人说他干得不比原来的差，而且是越来越好。这让汤显贵脸上有了光，走路都更有精神了。

回到家后，凌志云几乎就没怎么合眼，既想着徐一朵和汤显贵的人身安全，也担心着他们心里能否扛得住，又想着李强下一步会怎么搞，会怎么了结这事。

早上一上班，凌志云就叫来齐向前和林红叶，通报了徐一朵和汤显贵被带走的事，刚要跟郭检察长打电话，想去当面跟他说说，于国初和赵喆已到了门口。

一进门，于国初就说他和赵喆是奉李强之命来支行的，请凌志云务必好好配合，也请他跟相关人员不要离开支行，说不定随时都会找他们。他心一惊，又一紧，心想看来这事弄大了，弄复杂了，没想的那么简单，那么轻松。

落座才寒暄了几句，于国初就从包里掏出一张纸，往茶几上一摆，要凌志云快安排房间和人员，把纸上写的账本和资料拿来。高艳笑嘻嘻地在于国初和赵喆跟前各摆了一包烟。于国初翻一眼高艳，朝她扬了扬手。她眨了眨眼睛，看着于国初，说就一包烟，没事的，人家都是这样。于国初眼睛一瞪，看着高艳，说别这个那个，别人可以这样，他们不能这样，别说是一包，就一支也不行。高艳愣了愣，掩口一笑，说好好好，是她想错了，看错了。又朝于国初和赵喆竖了竖大拇指，说好样的，佩服。她拿了烟就走，边走边在心里骂他们是装模作样，小题大做。

一上午，凌志云就在办公室批阅文件，分析沧江机械厂和兴隆公司贷款剥离和核销的相关材料，一看十一点多了，起身去隔壁看看于国初他们查得怎么样了，好安排中饭，一抬头见李强迈着方步走了进来。

一落座，李强二郎腿一跷，说他是奉郭检察长之命前来督战的。督战？凌志云的心一下吊得更高了，嘴上却笑呵呵地说欢迎欢迎，一定全力配合。李强二郎腿一放，往沙发上一靠，说好一个全力配合，可徐一朵和汤显贵就一点也不配合，比茅坑里的石头还硬，真是说的比唱的好听。又眼睛一眯，盯着凌志云，问是不是他授意的。听李强这么一说，他吊上去的心又嗖地滑下来了一大截，便手一摊，说这就冤枉他了，他都没跟他们见上面，怎么去授意。李强指了指凌志云，哈哈大笑。

于国初快步进来，恭恭敬敬地递了一张纸给李强，又半蹲着跟他耳语了几句。他扫了一眼那张纸，一拍茶几，看着凌志云，说就知道，就是徐一朵和汤显贵他们不配合，于国初他们也是能查到线索，能查出问题来的，果然一查，问题出来了，他自己看吧。凌志云接过纸，看了看，说到吃饭时间了，就先吃饭吧。李强看着于国初。于国初挠了挠头，说饭就还是不吃了吧。李强一拍沙发，说吃，这饭吃。于国初看一眼赵喆，说在 K 行是没吃饭的。李强说这里不是 K 行。于国初“噢”了一声，说对对对，这里不是 K 行。

吃过饭，凌志云请李强他们去午休一会儿。李强说就去他办公室，早点把事情了了，快过年了，大家都忙。

一进办公室，李强将门一关，说这回过来查，是有人举报银行利用存款行贿，就是有的人利用手中的职权将存款存到银行，银行给其相应的回报，或是回扣现金，或是安排人进银行工作等等，既然有人举报了，那就得查，可查什么，怎么查，还真让他伤了脑筋，因为如果不查吧，那举报人不会罢休，会接着举报，把事情捅大，更难收场；查吧，又不知道深浅，只要一查，问题准有。如果问题一大，那银行也好，相关单位也好，包括一些个人，无疑都会牵涉其中，不利于沧江的经济发展，不利于沧江的社会稳定。凌志云说那是的，还真难为他了。李强说就为这事，郭检察长还专门主持开了一个会，定了一个调，就是这事必须查，而且是每家银行都得查，但务必注意方式方法，把握好分寸。

下午一上班，李强和于国初他们就带着对支行的罚款走了，比 K 行少了两万。临走时，李强朝凌志云拱拱手，说多有得罪，但这也是公事公办，职责所在，还请多多理解，多多包涵。凌志云也抱抱拳，说这查也查了，罚也罚了，又能理解的理解了，能关照的关照了，哪里都交待得了，说得过去，既体现了震慑的力量，也起到了保护的作用，高，实在是高。李强摆摆手，哈哈大笑，笑过了，看着凌志云，一本正经地说，正常的业务活动，正常的业务开支，那都没关系，但如果利用存款做幌子来中饱私囊，行贿受贿，那就不行了，那就得一查到底了，绝不姑息，绝不放纵。凌志云不由得腰一挺，肃穆而立。

徐一朵是晚上 9 点半回到家的。倪小桔正准备打烊，一见汤显贵就推了他一把，问他怎么一整天都没有消息，干嘛去了，都急死个人了。汤显贵只是嘿嘿笑着，帮着她打烊。

十来天前，凌志云跟市政法委书记汇报完了工作，习惯性地又聊到了存款，请他把存款存到支行来。书记笑了笑，说他在家不管钱，要存款得去跟他夫人说，又说听说银行存款有回扣，是不是有那么回事。凌志云坦诚地说，银行曾经是有过爱国储蓄、有奖储蓄、摸奖储蓄之类的活动，那也不是回扣，是一种鼓励，就是鼓励大家存钱，支持国家建设，但那都是多年前的事，早没有了。不过，不管到什么时候，存款始终是银行生存的基础，也是银行之间争夺的宝贵资源，银行在抓存款的过程中自然会有所花销，对存款贡献大的员工也会有所奖励，有的员工为感谢客户，请客户吃个饭，或送个什么礼，那也在情理之中。正是有了这一席话，后来郭检察长去请示政法委书记，看这举报怎么查办时，书记才有了“注意方法，把握分寸”的指示。

出元宵节没几天，李强打电话给凌志云，说 B 局一位副局长利用手中的存款资源，多次向 K 银行索要所谓的辛苦费、中介费，如果不给或少给，就威胁转移存款，撤销账户，已构成犯罪，这位副局长和 K 银行都将承担相应的责任。又问他有何感想。他稍一想，说有喜有忧，喜大于忧。站在他旁边的齐向前点点头，说这对银行的经营总体有利，会相对降低银行的经营成本，但往后对银行的服务和产品会有更高的标准和要求，银行间的竞争取胜的法宝也会更多地体现在这上面。

一听谷智勇和杨大志给公安的人带走了，凌志云心里一咯噔，心想谷智勇可没徐一朵那么心眼多，杨大志更没有汤显贵那么油滑老练，这事也不比存款费用的事那么简单，弄不好会出大麻烦的，便忙站了起来，说有个事，有点大，也比较急，得请梁光辉支持和关照。梁光辉往椅子上一靠，皱了一下眉头，朝凌志云压压手，问他怎么了，一副那么惊慌，那么焦急的样子。凌志云瞟一眼门口，说也没别的，就是在前一段时间的贷款集中剥离和核销过程中，由于时间紧，工作量大，又缺乏经验，对有的政策可能没吃透，没把准，可能有瑕疵，有纰漏。不等凌志云说完，梁光辉摆摆手，说这事他知道，贷款剥离也好，核销也好，对银行，对企业，对地方，那都是好事，有点瑕疵，有时也在所难免，没多大关系。凌志云说梁光辉能这样看，那就好，那他就放心了。又把谷智勇和杨大志给公安带走的事说了，请梁光辉给公安那边打个招呼，让他们先回去。梁光辉双手往后梳理了两下油亮的头发，起身走了几步，说这事他暂时不方便打招呼，如果事情不大，那问问就会让他们回去；如果事情有点大，那就是打招呼也没用。再说了，也许不打招呼还好，一打招呼，说不定本来没事的反而变得有事了，本来是小事的反而变成大事了，本来简单的反而变得复杂了。凌志云听着听着，人就仿佛掉进了冰窟里。梁光辉拍了拍凌志云的肩膀，要他好好想一想，看有没有原则性的问题，如果没有，那就不用怕；如果有，比如利用剥离或核销索拿卡要，或是收受了辛苦费、加班费什么的，那就如实说出来。凌志云说他可以保证自己清白，但不能给每个员工打包票。梁光辉笑了笑，说是这样，那这招呼他就不好打了，也不能打了，更不敢打了。凌志云机械地点点头，默默地退了出去。

在回支行的车上，凌志云闭着眼睛，一遍又一遍放电影似的重检了那几笔剥离或核销了的贷款，觉得要有瑕疵，那只有两个地方，一个是兴隆公司的章子，一个是丽元建材公司的贷款时间。如果谷智勇和杨大志把这个说出来了，那问题是可有可无，可大可小，得看公安怎么看待，怎么认定。

一进办公室，凌志云立马把齐向前叫了上来，说他担心弄不好会毁了谷智勇的前程，对不起谷为怀，也担心杨大志心性胆小，怕他口无遮拦。齐向前说他刚才也在琢磨，这事确实是可有可无，可大可小，得看公安怎么看待，怎么认定，但也看支行去做谁的工作，工作又怎么去做。凌志云问他是不是有了什么想法。他说这一来还得找梁光辉，因为剥离和核销他都是支持的，他不仅要求银行又多又快地剥离和核销，还鼓励银行多动动脑筋，多打打擦边球，到时候有什么问题他来担着；二来得请法院出面，跟公安那边沟通一下，因为章子的事法官是心知肚明的，法院出具相关文书也收了相应的费用。凌志云说这好是好，只是把他们牵扯进来，会不会引起他们的反感，反而误了事。齐向前说不会，大家都是明白人。

果然李警官才拍了几下桌子，吓唬了几句，杨大志就面色发青，浑身发抖，缩作一团，想回答李警官的问话，却嗡嗡呜呜的，让人哪听得清楚。李警官哈哈大笑，要他别尿湿了裤子。他下意识地捂了一下下边。李警官点了一支烟，吞吐了两口，又抛了一支给他。他双手接了烟。李警官给他点火。他又摇头又摆手，差点烧着了眉毛。李警官又是哈哈大笑。杨大志闻了闻烟，放到桌上，不自然地嘿嘿笑了一下，脸色开始由青返白，浮现出一丝血色。李警官将烟头往地上一弹，再脚一踩，一拍桌子，要他快如实交待。他鸡啄米似的点点头，又起身给李警官哈了一下腰，慢慢坐下，开始交待起来。他先是交待了廖三元请他去丽元面馆吃了两碗面、一顿饭，余小丽每次给了他一包烟；又交待了几个月前，他在丽元建材公司拿了五包水泥，三根罗纹钢，给老家父亲搭建猪圈用，他要数钱，但廖三元坚决不收；还交待廖三元硬塞给了他 1000 元的核销贷款加班费，开始他还想退回去，但一想自己加班加点整理资料，也是辛苦，就收下了。李警官敲了敲桌子，问他是不是交待完了，是不是彻底交待了。他点点头，说打死也没有了。李警官是三个月前从派出所调来经侦队的。

不管钱警官问什么，怎么问，谷智勇都要么是不吱声，要么是说不知道，不清楚，不了解。钱警官忍无可忍，真想给他点颜色看看，但一想到队长叮嘱了的，要文明办案，文明审讯，便将高高举着的警棍轻轻放了下来，一咬牙，在谷智勇肩上拧了一把。谷智勇嗵地站了起来，抓了李警官的茶杯就要往他头上砸，吓得他脖子一缩，忙用手护着头。谷智勇却没砸过去，而是捧着杯子喝了一口茶，一搁杯子，说钱警官这茶真是好喝。钱警官哭笑不得，伸出食指，指了指谷智勇，说真没想到，他这闷葫芦，还有这样一手。谷智勇也不回话，只是瞟一眼钱警官，坐了下去。钱警官在地上走了走，瞪一眼谷智勇，说他去隔壁请李警官过来，看谷智勇还嘴硬不。

李警官一见谷智勇，先打了两个哈哈，绕着桌子打量了一圈谷智勇，笑呵呵地说，真是有缘啊，一回生，二回熟，好，都是熟人了，那就别婆婆妈妈、拖泥带水的，干脆来个痛痛快快、直截了当，有什么就竹筒倒豆子，直说了，全说了。不等谷智勇多想，又劈面问，私刻印章是不是凌志云授意的。谷智勇一愣，说不是的。李警官又问是刻了三枚还是五枚。谷智勇说三枚。李警官再问谁刻的。谷智勇稍一迟疑，说他刻的。李警官一拍桌子，哈哈一笑，说好了，这样就好了。他说着双手往后一背，哼着曲，迈着方步走了。

李警官说的私刻印章，指的是兴隆公司的事。兴隆公司有两笔贷款按“五级分类”（正常、关注、次级、可疑、损失）早已归入损失类了，按“一逾两呆（逾期、呆滞、呆账）”分类也早已统计在呆账中了，完全符合核销的条件，可要核销，包括给法院出具的资料，都得盖兴隆公司财务科的章及支行公章和信贷股的章，可兴隆公司财务科早已改成了财务部，支行信贷股也改成了信贷部，这两枚章子都早已销毁了。支行公章现在使用的是铜质章，当初贷款时合同、借据等上边盖的是橡皮章，而这橡皮章也已销毁了。谷智勇去请法院出具相关证明材料时，吴法官一看印章不符，不予受理。谷智勇问他怎么办。他笑了笑，说那还能怎么，要想核，就那个呗，说着又做了个手势。谷智勇挠挠头，“噢”了一声。吴法官忙手一抬，脸一板，要谷智勇记住，他可是什么都没说的。谷智勇连连点头，说那是那是。回到支行，谷智勇去请示齐向前。齐向前想了想，带着谷智勇一起去见凌志云。凌志云说章子只能刻，但得去公安报批一下，又叫来汤显贵，要他马上去一趟公安局，今天把章子刻好，谷智勇还是集中精力整理核销的相关资料。

汤显贵去了公安局，楼上楼下跑了几个来回，还是没找到人，有点烦了。钱警官见他焦急地东张西望，向前问他是哪里的，要干嘛，要找谁。他一一说了。钱警官说他要找的人出差了，至少得明天才回。他朝钱警官哈了一下腰，骂骂咧咧地往回走，心想这章今天是没法刻好了，就等着挨凌志云的批评了。

看到路边有一个刻章的摊子，汤显贵稍一犹豫走了过去。那摊主一问，笑了，要他放一百个心，保管没事。他想了想，往前走了十来步，又掉头回来。摊主将一个小板凳往他屁股下边一塞，说就知道他会回来的。他想自己挨批评倒没什么，就怕误了谷智勇的事，误了支行的事。

快下班的时候，三枚章子摆到了凌志云的办公桌上。凌志云夸汤显贵干得漂亮。汤显贵脸一红，想说出实情，话到喉咙口又吞了回去。但半个多月后的一天下午，汤显贵随凌志云去参加义务劳动时，无意中还是说漏了嘴。凌志云说他虽然动机是好的，但做法不对，下不为例。

得知谷智勇可能是因为章子的事而给公安带走之后，汤显贵全没了心思上班，在办公室一时站，一时坐，一时走来走去，一时唉声叹气。见齐向前从凌志云办公室出来了，他忙跑了进去，说章子是他刻的，他去把谷智勇替了回来。凌志云拎着包，边往门口走边说没他的事，他只管安心上班好了。

刚放下电话，谷为怀就见吴冬梅上气不接下气地走了进来。吴冬梅将菜篮子往办公桌上一蹾，想说什么却说不出来，只是泪如泉涌。

今天是谷智勇的生日，中午吃饭时吴冬梅还说了，下午她去买菜，晚上弄热闹点，把凌志云和齐向前，还有林红叶，都一块请家里来喝杯酒。谷智勇脸一红，低头说还有何思卉，她昨天就说了，今天想到家里来吃饭。见谷为怀又使眼色又点头，吴冬梅忙笑呵呵地说好好好，欢迎欢迎。

刚才，吴冬梅经过营业部，见迎面走来的高艳欲言又止，便拉着她，要她有话直说，别躲躲闪闪的。她只好说谷智勇给公安带走了。吴冬梅手上的菜篮子“嘭”地掉在了地上，掉得营业厅里边一脸忧戚的何思卉一下站了起来。见高艳在安慰着吴冬梅，又一手拎了菜篮子，一手挽着吴冬梅的胳膊往前走了，何思卉才缓缓坐下去，心里琢磨着要不要给叔叔打电话，打电话是不是有用。

两个月前，何思卉跟朱开放和谷智勇一同参加一个公益活动，见谷智勇不声不响地埋头干活，有记者来采访时又把机会让给了朱开放，而当实在推脱不了，非得说上几句时，又不卑不亢，说得那么到位，那么得体，她不由得怦然心动，之后就主动接近谷智勇了。谷智勇对她早有好感，只是见她女神似的，有一种敬畏，从不敢表露。朱开放自从知道何思卉跟罗浩然和彭正才断了往来之后，总是有意无意地寻找机会，讨她的喜欢。她明白他的心思，也挑不出他什么毛病，可对他就是没那种感觉，自己也说不清是为什么。

谷为怀扶着吴冬梅在沙发上坐下，边抚着她的背边说别急，谷智勇不会有事的。她甩了一把泪，说人都带走了，怎么能不急，怎么会没事。谷为怀说支行正在想办法，凌志云又找人去了，他刚才也给人打了电话。吴冬梅站了起来，拉着谷为怀就要走。谷为怀问她要干嘛。她一跺脚，说要求人的事，打个电话是没用的，家里还有两瓶好酒，快给人拎了去。谷为怀挣脱她的手，说不用的，人家也不会收，别弄得彼此都尴尬。又说这是公事，公事只能公办，人家不好打招呼，也不会打招呼，就是打了招呼也没用。吴冬梅瞪了谷为怀一眼，说人见面三分笑，有礼更是好说话，别以为人家都跟他一样。说着拉了他的手又要走。谷为怀甩脱她的手，说不去。吴冬梅手抖着，指着谷为怀，骂他小气，舍不得那两瓶酒。他嘴唇颤动着，脸白了，青了。吴冬梅不说了，一屁股坐在沙发上，泪如泉涌。谷为怀在她旁边坐下，拍了拍她的手，要她先回家做饭。她说不见到谷智勇就不回家。

吴冬梅一屁股坐下去的时候，凌志云正朝梁光辉用手指敲了敲桌子，说他当初可是说了的，到时候有什么问题，他来担着，找他好了。现在有问题了，求他来了，说了那么多了，怎么就无动于衷，跟没事一样。梁光辉倒是不惊不怪，更不恼不怒，只是放下笔，合上文件夹，微笑着看着凌志云，问他是不是私刻了印章。凌志云说没错，是刻了。梁光辉脸一沉，一拍桌子，指了一下自己，问他是不是叫凌志云去私刻印章了，私刻印章是不是违法了，违法了是不是应该受到应有的处罚。凌志云怔了怔，说那印章是他授意刻的，要怎么处罚都他承担，跟谷智勇无关，快把他放了回去。梁光辉说谷智勇已经承认了，他就不用再多说了。凌志云说那是屈打成招。梁光辉说这就冤枉公安了，人家可是文明办案，既没骂，更没打。凌志云说那就是谷智勇有担当，但不能让他背黑锅。又说还是那句话，这事跟别人无关，有什么他担着。梁光辉双手往后梳理了两下头发，再一拍椅子的扶手，猛地站了起来，背着手走了几步，倏地转身，朝凌志云大拇指一竖，连连说好好好，说得凌志云莫名其妙。梁光辉拍了拍凌志云的肩膀，又冲他一笑，回到桌前坐下，批阅起文件来。凌志云望了望窗外明亮的天空，再一默神，蓦然读懂了梁光辉那一拍一笑，低头走到梁光辉跟前，恭恭敬敬地鞠了一躬，说对不起，刚才是他太急躁，太冲动。梁光辉也不说话，只是边看文件边朝他扬了扬手。

看着凌志云出了办公室，梁光辉心想他还真是不一样，如果沧江能多几个像他这样的行长局长什么的，那多好。

谷为怀望一眼快挨到山尖了的太阳，再看一眼坐在沙发上，眼睛又红又肿的吴冬梅，心猛地给什么撞了一下似的疼痛起来。他打了凌志云的手机，那头正在通话中，便放下听筒，在地上大步来回走着。吴冬梅扯着衣襟擦了擦眼睛，擤了一把鼻涕，拉着谷为怀在沙发上坐下，要他也别太着急，脸都变了色了。谷为怀一笑，看着吴冬梅，说这倒好，她倒安慰起他来了。吴冬梅手一摊，说怎么能不急，可急又有什么用。

听到又快又响的脚步声，谷为怀扭头一看，果然是曾迎春已到了门口。她走到桌前，一拍桌子，说凌志云是怎么搞的，徐一朵和汤显贵才出来，谷智勇和杨大志又进去了，耍猴戏似的，出丑呢。谷为怀说没谁想到会有这样的事，更没谁愿意是这样，要不是凌志云协调得好，那情况会更糟。曾迎春说好什么，还要怎么糟，谷智勇和杨大志都还在里边，还不知要哪天才出得来。吴冬梅一听生气了，问曾迎春安的什么心，还想要谷智勇在里边待多久。曾迎春愣了愣，说吴冬梅误会她了，她可是关心谷智勇的，巴不得谷智勇现在就出现在她的眼前。吴冬梅哼了一下，说谢谢她了，难得她有这个好心肠。曾迎春脸一红，尴尬地看着谷为怀。谷为怀突然眼睛一亮，手一指楼道口，要她们快看。吴冬梅一扭头，一眼看到凌志云和谷智勇边说边往楼上走着。杨大志跟在他们后边。

在回支行的路上，凌志云接到李警官的电话，请他马上过去一下。一见面，李警官就说杨大志和谷智勇虽然都有问题，但问题都不是太大，私刻印章实属不该，但都是为了工作，为了支持沧江经济建设，个人也没从中牟取多少利益。不过话又说回来，问题虽然不是太严重，但也不算太轻，个人可以不承担刑事责任，也免于经济处罚，但杨大志拿了廖三元的水泥和钢筋，得折款付给他，收的辛苦费必须全部退还。谷智勇虽然没有什么经济问题，但态度不那么好，不那么配合，得严厉批评教育。他说着从抽屉里取出一张纸，递给凌志云，说是对支行的经济处罚决定。见凌志云皱着眉头，钱警官说这是最低数了，一分也不能少了，要不是市里有人跟局长打了招呼，局长又跟队长说了，那肯定不是这个样。李警官斜一眼钱警官，说他们不是为了钱，他们也得不到一分钱，全是职责所在，如果凌志云对处罚没什么意见，那谷智勇和杨大志就可以跟他一起回去了。凌志云将纸放到桌上，朝李警官和钱警官点头一笑，说关照了，照办就是。

一上车，凌志云就给邓昌明打电话。听了汇报，邓昌明说这两件事情的结果都比预料的要好，说明凌志云不仅事情发生后应对有方，平时与地方的关系也相处得不错。凌志云说那是邓昌明指导得好，也是梁光辉起了关键作用。邓昌明说下回来沧江，一定去拜访梁光辉。又说类似徐一朵和谷智勇这样被带走的情况，其他县市也可能发生，凌志云得好好总结一下经验和教训，并以此在支行开展警示教育，让双江辖内支行从中吸取教训。

何思卉给吴冬梅打下手，沁甜地左一声伯母，右一声阿姨地叫着。吴冬梅边炒菜边不时地看一眼忙着一下刨姜，一下递碗的何思卉，脸上笑开了花。

凌志云和谷为怀坐在沙发上，边嗑瓜子边聊着。谷智勇边听他们聊边摆着桌椅碗筷。

齐向前刚落座，林红叶跟着进了门，左手拎着蛋糕，右手拎着酒。齐向前接过谷智勇端过来的茶杯，抿了一口，说不如把杨大志和徐一朵，还有汤显贵，都一块叫了来。谷为怀和凌志云相视一笑，都点头说好。林红叶拍了拍手，说那她再去买瓶酒来，汤显贵和杨大志都是能喝几杯的。她刚要起身，曾迎春进来了，一亮手上的纸袋，说酒不要买了，她带来了，够喝的。她将酒往桌上一搁，一拍谷智勇的肩膀，说今天得跟他喝三大组。见谷智勇面有难色，又不好拒绝，林红叶说三大组是九杯，是多了，但一大组，那是怎么也得喝的。曾迎春说那不行，怎么也得喝两大组，别的不说，今天一来是他的生日，二来女朋友进了门，就得喝。谷智勇看一眼厨房那边，正好与看过来的何思卉目光碰到了一起，碰得他心一跳，再一热，不知道哪来的豪气和力量，一拍桌子，说好，喝就喝，三大组就三大组。林红叶愣了愣，一声叫好，鼓起掌来。凌志云和齐向前跟着鼓掌。谷为怀用疑惑而又赞赏的目光看着谷智勇。谷智勇自信地一点头。曾迎春在谷智勇胸前擂了一下，朝他大拇指一竖，说好，好样的。又一转身，看着谷为怀，一笑，说谷智勇可比他豪爽多了。谷为怀脸红了一下，咽了咽口水，一拍沙发，亮出两个手指，说等下他跟曾迎春喝两大组。曾迎春一愣，朝谷为怀两个大拇指一跷，说他今天总算是个爷们，雄起来了。谷为怀左右看看，有点羞涩地嘿嘿笑着。林红叶头一个笑出声来，凌志云和齐向前随之哈哈大笑。

见菜上齐了，人都入席了，又见谷为怀递了个眼色，凌志云举杯站了起来，说借谷为怀的宝地，再借曾迎春的美酒，这既是给谷智勇过生，也是给谷智勇他们四个压惊。

酒至半酣，汤显贵酒杯一搁，笑杨大志胆小如鼠，人家才拍了几下桌子，吼了几声，就差点尿了裤子，真是没出息。杨大志眨了眨眼睛，脸一红，再一板，酒杯一蹾，指着汤显贵就要开骂。旁边的徐一朵忙边按下杨大志的手，边要他别当真，汤显贵是说着玩的。杨大志一甩手，指着汤显贵，说他傻，不懂。汤显贵皱了皱眉头，问他怎么就傻了。杨大志说他那是斗争的艺术，是装的，是为了麻痹对方，瓦解对方。汤显贵抚掌大笑，眼泪都飞出来了。杨大志脖子一仰，干了杯，身子稍稍前倾，看着对面的凌志云，说他虽然坦白了一些东西，但那都是他个人的，与支行有关的事那是守口如瓶，一个字也没说。又说他个人的一点也没隐瞒，竹筒倒豆子，全说了。汤显贵指着杨大志，嘻嘻笑着。杨大志指了指汤显贵，说他神气个屁，还不是把账本的事说出来了。汤显贵的笑一下僵在了脸上。杨大志左右看看，说在那里边，你不说还真是不行的，当然，说什么，怎么说，那还得有个讲究，不能乱说。凌志云点点头，说不管在什么时候，不管做什么事情，只要廉洁奉公、遵章守纪，那就没事，就是有事，那也不怕。汤显贵边点头边站了起来，看着谷智勇，说章子是他刻的，却让谷智勇背了黑锅，他自罚一杯。谷智勇说没关系，都是为了工作，如果不是他去刻了章子，那贷款就核销不了，就误了支行的大事，个人的得失与集体的事业来比，那算不了什么。齐向前朝谷智勇点了点头。何思卉微笑着，一脸欣赏地看着谷智勇。

杨大志问凌志云，公安怎么就知道谷智勇私刻印章了。凌志云看看汤显贵和谷智勇，摇了摇头。汤显贵挠挠头，把那天去报批碰到钱警官的事说了。杨大志说那就是典型的言者无意，听者有心，始作俑者就是钱警官了。

下楼时，齐向前说看来谷智勇已经成熟了，他这信贷部主任就别再兼了，就让谷智勇挑起这副担子。凌志云说他看到了，在谷智勇身上有两点非常可贵，那就是廉洁和担当，而这两点正是一个信贷部主任最需要的，至于信贷部主任的担子由谁来挑，他心中有数，只是时候还不到。

凌志云他们一走，见何思卉帮着谷智勇在收拾碗筷，吴冬梅就将谷为怀拉到一边，说干脆让谷智勇换个部门算了，免得老是今天这样了，明天那样了，担惊受怕的。谷为怀说那都不算什么，只是一种历练，在银行，信贷岗位是最能磨砺人，最能造就人的，近的凌志云也好，齐向前也好，远的邓昌明也好，省分行的徐行长也好，没有哪个不在信贷岗位上干过。吴冬梅看了看谷为怀，说她倒是不想谷智勇非要当什么行长，只要他能平平安安、开开心心就行。谷为怀一笑，说她怎么一下又想通了。她一声叹息，往厨房去了。谷为怀看她一眼，在心里念起了“人皆养子望聪明，我被聪明误一生。惟愿孩儿愚且鲁，无灾无难到公卿”的诗句。

两天后，凌志云跟公安局长一块开会，无意间聊起了印章的事，局长大喊冤枉。凌志云问冤从何来。局长说那是有一位市人大代表，看到银行贷款就那么集中核销了，剥离了，心疼，又怀疑中间有猫腻，有问题，就写了举报信，投了好几个地方。市里开了个会，责成公安来查。又说市里见剥离也好，核销也好，都对市里有益无害，也就只要没有大的原则性问题，就大事化小，小事化了了。

听说因为贷款剥离和核销的事，支行的人给公安带走了，胡国庆的心一下凉了半截，心想看来那事是没戏了，而当听说支行被公安带去的人当天就回来了，没什么大事时，他的心思又活跃起来，心想那事又有希望了。

胡国庆在想的时候，凌志云也在犯难。离元旦只有十二天了，这两笔贷款还核销不核销呢？凌志云坐在桌前，看着摆在桌上的资料，一遍又一遍地问着自己。核销吧，今年已经核销了一批，剥离了两笔，如果再核销了这两笔，那今年就会出现亏损，好不容易通过这两年来的“上规模上质量，增收入增利润，实现扭亏为盈”的目标就落空了，无法兑现跟支行员工的承诺，也不好跟邓昌明和游组长交待，可不核销吧，一旦错过了机会，那到时候想核销都难了，那不仅支行会背上历史包袱，市里也会有看法，不利于开展工作，不利于支行发展。怎么办？他想打电话请示邓昌明，可拿着听筒又放下了，邓昌明曾明确说过，贷款核销不核销，剥离不剥离，各行在政策范围内，实事求是，自己拿主意，自己担责任。刚才他跟齐向前和林红叶商议了一阵，最后还是莫衷一是，由凌志云来定夺。

谷为怀放下听筒，见凌志云站在门口，忙起身边打招呼，边说他刚跟财政局何局长打了电话，何局长答应在三天内转两千万的存款过来。凌志云边往里走边连连说好，又说有个事想请他拿个主意。谷为怀说是不是贷款核销的事又让他为难了。凌志云点了点头。谷为怀背着手，走了走，在窗前望了望，走到桌前，拿了笔，在纸上写了“立足当前，着眼长远”八个字，又在“着眼长远”四个字下画了一道线。凌志云看了看那字，感激地看一眼谷为怀，说他明白了。他回到办公室就给邓昌明打电话，说那两笔贷款支行决定了，马上核销。邓昌明说好，想明白了就好。放下电话，凌志云让汤显贵马上通知齐向前和林红叶，还有高艳和谷智勇，半个小时后到小会议室开会。

一等谷智勇小跑着进了门，凌志云就说开个短会，通报两个事，一个是他决定了，那两笔贷款必须在今年核销了，另一个是今年账面不能亏损。见高艳摇了摇头，有话要说，他忙接着又说，要实现不亏损。得主要靠两个方面，或者说是两手抓，那就是一手抓增收，收入务必做到颗粒归仓，重点是贷款利息收入和同业往来的存款利息收入，其他的手续费收入、营业外收入等等，也一分都不能放过；一手抓节支，减少支出就是增加收入，就是增加利润，能够不开支的一分也不开支，能够节约的一分也要节约下来。高艳说那好办，干脆这几天一概不报账了，把那几笔要奖励兑现的钱也延迟一下，元旦后再说。谷智勇说明天就是贷款的收息日，他去跟双新公司打个商量，请双新公司提前交一个月或是一个季度的利息，元旦一过就冲了回去。高艳忙说那不行，那是一个重大差错，她可担不起。凌志云手一抬，看了一眼谷智勇，又看了一眼高艳，说存款费用和私刻印章的事才过去没多久，那都是教训，不能忘了，无论是抓收入也好，抓节支也好，都必须依法合规，都得合情合理，不能感情用事，更不能目无法纪。

沉默了一会儿之后，齐向前说贷款收息的事他来负责，力争本期的应收利息全部收回，往期的应收未收利息尽力多收。林红叶说她来牵头对所有收入做一个全面细致的梳理，列一个表，责任到人，至于费用报销，那些不急的，不是非报不可的，那就缓一缓，但一定要跟人家解释清楚，别引起误会，又说还有一个建议，就是如果能想办法让那些关注、次级类的贷款回调一个等级，减少拨备，那也是利润。凌志云朝林红叶点点头，一拍桌子，说好，这就是金点子。齐向前和谷智勇目光撞到一起，都暗自在想，自己怎么就没想到这一点。

一见余小丽，凌志云就说知道她干什么来了。余小丽呵呵一笑，说她可不是来报账的，是来看他的，都好久不见他了。凌志云哈哈一笑，说哪里哦，前几天都去她那吃了饭。余小丽说那是七八天前了，都有一百多个小时了。她刚才在支行门口碰到散会下楼的高艳，说来得早不如来得巧，说着从包里掏一把发票，请高艳快初审一下，她好去找凌志云签字。高艳接过发票，稍一浏览，塞到余小丽手上，说她不审了，也别去找凌志云签字了，元旦前不报账了。余小丽愣了愣，问为什么。高艳简要地做了解释。余小丽说那好，她坚决支持，元旦后就元旦后，虽然有困难，但自己去想办法。

凌志云朝余小丽伸着手，要她把发票拿出来。她摇摇头，说就是他签了字，元旦前她也不会去高艳那报账。凌志云说知道她现在资金有点紧，等着钱用，而支行虽然有压力，但不在她这几千块钱，一家银行，如果这几千块钱都欠着不付，跨了年度，说出去也是个大笑话。余小丽说这几千，那一万，加起来数字就大了。又说这事她不说，没谁知道。

一阵沉默之后，凌志云问廖三元和建材公司现在怎么样了。余小丽脸一红，说现在廖三元劲头可足了，公司看上去也还不错，只是上次她和廖三元都辜负了支行，辜负了凌志云，对不起支行，也对不起他。

上次建材公司申请贷款时，齐向前虽然没有明确反对，也签了初审意见，但心里是有点看法的。这凌志云看出来了，当贷款资料摆到他跟前，请他签字放款时，他犹疑不决了，几次抓起笔，又放下。谷为怀看到了，问凌志云，如果这建材公司不是廖三元办的，那这贷款是不是不会这么纠结，早签了。凌志云浅浅一笑，点了点头。谷为怀笑了笑，说那就把廖三元不看作是廖三元，就看作是一个普通的客户。又说给建材公司放贷款，也是对余小丽的支持，有时想着余小丽开着那个小面馆，起早贪黑，累死累活的，心里难过，有一种亏欠感。不等谷为怀说完，凌志云已在合同和借据上签了字。

可公司开业还没两个月就碰上了钢材大跌价，又给人骗走了六万多的钢材订购款，到第三个月贷款就没了还款来源。廖三元人黑了，瘦了，去向余小丽求助。余小丽拿出了当初的约法三章，何况她在进行面馆改造升级，没钱给他，但说归说，还是帮他还了两期。见实在经营不下去了，廖三元没跟余小丽商量就把店子里的东西全变卖了，还想把变卖得来的钱拿了去放高利贷，好在给她及时发现，把钱追了回来。为这事，余小丽指着廖三元的鼻子，从头骂到脚，从里骂到外，只差没说要离婚了。廖三元倒是任她怎么骂，就埋着头，一概不辩解，不求饶，心想只要她不说离婚就行，反正骂也骂不去一块肉，等她骂过了，才说他把钱高息借给别人，是看到那收入高，又月月有，好还贷款。余小丽在他额头上狠狠戳了两下，骂他蠢，昏了头了，他想要人家的高息，人家会要了他的老本，这见得多了。骂过了，余小丽拿了钱去还了贷款，但贷款还剩下一大半。

那天，余小丽做贼似的进了凌志云办公室，满面羞愧地说真是不好意思，贷款已拖欠两期没还了，这个月的也还不了，倒不是她不想还，是实在一时拿不出钱来，得等面馆升级的欠款付清了，到时候面馆的收入就拿来还贷款。又说她知道不良贷款会带来什么后果，她不想拖累支行，不想害凌志云和齐向前，还有谷智勇，他们都是贷款的责任人，也不想害谷为怀，谷为怀为贷款说过话，还说她是从支行出去的人，知道诚信的重要，不想做一个不讲诚信的人，不想给支行丢脸，请凌志云放心，那拖欠的贷款，她怎么都会还了，不会留下一分一厘。她说着就哽咽了，眼泪随之涌出了眼眶。她那眼泪仿佛就浇在凌志云的心坎上，浇得他好不是个滋味。他合上文件夹，扯了纸巾递给她，说没关系，相信她。又扯了纸巾，洇了洇自己的眼睛。

余小丽一走，凌志云马上打开文件夹，又一字一句地看起了昨天才发下来，关于贷款集中核销和剥离的文件。这文件他昨天上午就看过了，下午又召集谷为怀和齐向前等人认真学习了，讨论了，但还是觉得没吃透，没把准。他正看着，汤显贵来了，说刚接到电话通知，要他和齐向前，还有谷智勇，今天到市分行报到，明天一早开会，会期一天，内容是学习有关贷款核销和剥离的文件，部署贷款核销和剥离的相关工作。

第二天晚上 9 点半，凌志云从双江回来，刚在办公室落座，谷为怀就进来了，说他今天对照文件要求，反复考虑过了，建材公司的贷款基本符合核销的条件，如果趁着这回涨大水核销了，那对支行有利，对余小丽也是好事。凌志云说是勉强符合核销的条件，公司已名存实亡，没了直接还款来源，但拖欠的时间还不长，不到核销的时候，公司的抵押物也还在，没有处置。谷为怀说那抵押的门面不是廖二元的，无法处置。凌志云说勉强的就在这里。谷为怀点点头，说也是。他走了走，一拍额头，说如果法院能出具一个抵押物已处置完毕的文书，那就好办了，去年沧江 L 行有一笔贷款的情况跟建材公司差不多，请法院出了一份文书就核销了。凌志云点点头，又摇了摇头。谷为怀皱了皱眉头，说这反正支行不出面，让廖三元自己去弄，弄好了行，没弄好就算了。凌志云眯着眼睛，看着谷为怀。谷为怀一愣，手一抬，再抚在胸口上，看着凌志云，说别误会，他以党性担保，他跟廖三元没什么，跟余小丽更没什么，只是看在余小丽曾经是支行员工的分上，余小丽又是在他手上空手离开支行的，没有得到任何补偿，他有点对不住她，而她离开支行时也好，离开后也好，从来就没有责怪过谁，更没有怨恨过谁，而是总是对支行有感恩之心，有感激之情，那次有人挤提存款时，她一得到消息，马上就跑到支行存款来了。凌志云沉默不语。谷为怀在沙发上坐下，没半分钟又站了起来，问凌志云，建材公司是不是已没有偿还能力，是不是已名存实亡；如果这贷款不是廖三元的，跟余小丽又没有任何关系，那是不是可以核销。见凌志云虽然还是没有吭声，但眉头动了一下，谷为怀马上给廖三元打了电话，让他去找法院出具相关文书。几天后，廖三元还真把文书送来了，说是马小军帮忙找人弄的。

得知建材公司的贷款能核销之后，余小丽跑到凌志云办公室，深深地给他鞠了一躬，说谢谢他总为她着想。凌志云说别谢他，要谢谢谷为怀，是谷为怀替她着想，又说服了他。余小丽说那他要不同意，也核销不了。又说她知道，虽然贷款核销了，但并不是建材公司的债务就终结了，并不是贷款就不要还了，支行仍然对公司的贷款可以催收，可以追索，直至本息全部偿还为止。末了又说请凌志云放心，建材公司的贷款她不会欠下一分一厘，只是得给她一定的时间。

那天从凌志云办公室出来之后，余小丽径直去了谷为怀办公室，一见谷为怀就两眼泪汪汪了。在回家的路上，她还在想，谷为怀对她为什么会那么好。

凌志云在发票上签了字，要余小丽去高艳那里报账。余小丽接过发票，毫不犹豫地放进了包里。凌志云说他这两天去看看廖三元，也看看公司。出了办公室，余小丽没去高艳那，直接去了公司。在公司里里外外看了看，余小丽要廖三元把钢材码整齐点，账目做清楚点，店里搞干净点，穿着打扮精神点，凌志云这两天会来店里看他。廖三元边码钢筋边满心欢喜地应答着。

第十四章

山雨欲来

听到楼上争吵声越来越大，还有了拍桌子，摔椅子的声响，谷为怀只好叮嘱财政局何局长两句，要他督促手下，后天一定把存款划过来，撂下听筒就往凌志云办公室跑。

齐向前和林红叶他们都出门增收节支去了。昨天下午，林红叶去了城建局，想把几个分理处门前人行道改造的费用由五万降到三万，并推迟到元旦之后付款。嘴巴磨出了泡，局长才勉强答应一半可以元旦之后再付。今天一早她又去了，心想就是降不到三万，如果能降到四万也行，那就等于增加了一万的利润。

“凌行长，那个你看得怎么样了？”余小丽才走没几分钟，胡国庆就进了门，开口就问。

“哪个？”凌志云忙放下笔，心里知道他问的什么，却边起身边这样说着。

“凌行长，你装迷糊，是吗？”胡国庆走到办公桌前，与凌志云隔桌相对。

“没有啊！”凌志云手一摊，“真不知你指的什么。”

“还什么？”胡国庆将椅子往旁边一推，“就厂里那贷款核销啊！”

“噢，那个啊！”凌志云一笑，“我不是跟李厂长解释清楚了，也给你打了电话，说好了的嘛。”

“没错，你是说好了。”胡国庆笑了笑，看着凌志云，“可你说的是再看看。”

“我是说了再看看，可那也是给你缠得没法子了才那么说的。你这么聪明的人，难道就听不出来里边的意思？”

“我不聪明，但也不蠢。在我听来，再看看，那就是还有可能，还有希望。有了可能，有了希望，那我当然要争取，要来找你了。如果我不来争取，不来找你，那人家会说我不想事，坐失良机。不瞒你说，我来之前就想好了，哪怕只有百分之一的可能，也要做百分之百的努力；还不瞒你说，我上车来的时候，有人还跑过来，要我‘不破楼兰誓不还’，不成功不罢休。”

“是嘛。”凌志云皱了一下眉头，“为什么？”

“为什么？”胡国庆笑了笑，看着凌志云，“你想一想，厂里要赚一千万，那要卖多少塔吊，而如果那一千万的贷款核销了，那是不是就等于赚了一千万？这一千万用于扩大再生产，那又要赚多少钱，你算过没有？”

“说，你接着说。”

“那好，我问你。这回核销，是不是只要报上去就批下来了，不像以往那么复杂，那么繁琐？是不是有的地方还求着企业核销，企业不愿意，银行还去做工作？”

“说，你再接着说。”

“好，那我再问你。这核销你只要把材料整理一下，报上去就行了，又不要支行拿什么，更不用你个人出什么，何况这核销了，也减轻了支行的包袱。这样，对支行也好，对厂里也好，那都是好事，你又何乐而不为呢？”

“不说了？”

“先说这些。”

“好。那我问你。”凌志云看着胡国庆，“贷款就是符合核销条件，核销了，那是不是这贷款就不要还了，债务就没有了？”

“从理论上来说，贷款核销了，并不等于贷款就不要还了，也并不等于债务就没有了，只要企业还在，只要企业的资产没有处置完毕，那就有还款的责任和义务，银行也有追索的权利。不过，现实中，大多贷款一核销，也就没哪个去还了，就是还一点，那也只是象征性的，还得看企业的脸色和意愿。”

“好，我再问你。核销了真就对厂里好吗？”

“那当然喽！”

“不见得。”凌志云摆摆手，“我告诉你，如果核销了，对厂里来说，那往后就别想再在银行贷款了，至少支行是不会再给厂里贷款。至于为什么，你想一想就明白。而银行不给厂里贷款了，那又意味着什么，你想一想也应该清楚。”

“这……”胡国庆皱了皱眉头，随即呵呵一笑，“凌行长，你别哄我，也别吓唬我。只要厂里产销两旺，银行自然会找上门来，到时候还看厂里喜欢谁呢。”

“是吗？”凌志云摇头一笑，“好，就算是吧。那我还问你，你就有把握能核销吗？”

“这……”胡国庆嘿嘿笑了笑，“这就要看你材料怎么做了。只要材料做好了，肯定没问题。”

凌志云盯着胡国庆，说：“你要我弄虚作假？”

胡国庆头一偏，说：“你就没有变通的？没有打擦边球的？”

“有。”

“那就好，你就再变通一下，再擦边一回。”

“你这无法变通，也不好擦边。”

“真的？”

“真的！”

“到时候你可别后悔。”

“后悔？”

“是啊！”胡国庆点点头，“你应该看到了，也想到了，塔吊分厂虽然眼下是产销两旺，可人无千日好，花无百日红，说不定哪天就不行了，走下坡路了。你就不怕到时候贷款还不了，烂了账，想核销都核销不了？再说，现在改革是大势所趋，说不定哪天厂里就破产了，或是改制了，一旦破产了，改制了，那你这贷款还有吗？肯定没有了，丢在沧江河里去了。与其这样，你又何不现在核销了，给自己提前消除一个大麻烦，又送厂里一个大人情，多好的事啊！你说是不是？”

“不是！”凌志云摇摇头，“我不怕到时候麻烦，也送不起这个人情！”

“是吗？”胡国庆一笑，指着凌志云，“凌行长，你就真不给我一点面子？”

凌志云微笑着看着胡国庆，说："胡厂长，我知道你爱面子，我也想给你面子，可这面子我实在是给不了，也给不起啊！"

胡国庆一拍桌子，说："真不给？"

凌志云点点头，说："真给不了！"

胡国庆气呼呼地走了几步，指了指凌志云，说："好，我再问你一次，这贷款你到底是核销还是不核销？"

"不核销！"凌志云说得斩钉截铁。

"真不核销？"胡国庆说着一脚踢倒了椅子。

"真不核销！"凌志云说着拍了一把桌子。

跑到门口的谷为怀见胡国庆和凌志云都面红耳赤地指着对方，忙冲了过去，按下他们的手，在凌志云肩上压了压，让他坐下，再牵着胡国庆的手，说走，去他办公室喝茶去。胡国庆一甩手，说他哪里也不去，就在这里。谷为怀一个踉跄，扶起倒在地上的椅子，给胡国庆泡了茶，给凌志云丢了一个眼色，匆匆下楼去了。

胡国庆推开门，见王援朝好端端地坐在沙发上，转身就要走。王援朝一把抓住他的手，让他坐下，说有话跟他说。

半个小时前，谷为怀给王援朝打了个电话。王援朝随即给胡国庆打电话，说胸口又闷又痛，也不问他在哪，只要他赶紧过去。

"国庆，你这没道理，说不过去啊！"王援朝敲了敲茶几。

"我……我也是为厂里好，就想搭个顺风车。"胡国庆瞟一眼王援朝。

"你这想法是好，也没错。"王援朝喝了一口茶，"只是我听谷行长说，核销是有条件，有规矩，还有指标，有限额的，不是谁想怎么核销就怎么核销，想核销多少就核销多少的。"

"这我知道。可人是活的，规定是死的，条件是可以创造的。"胡国庆抬起头，"他们就有变通的，有打擦边球的。"

"可变通也好，打擦边球也好，那都得基本符合条件。"王援朝看着胡国庆，"厂里老的贷款，符合条件的，人家根本不要你开口，早就给你想到了，帮你核销了。而你这逼着人家要核销的封闭贷款，你说有哪一条基本符合？"

胡国庆眨了眨眼睛，摇了摇头。

“既然不符合条件，你还要人家核销，那你就是为难人家，是逼着人家去造假了。”

“开始我也只是跟银行说了说，后来听说温江有一家企业，跟厂里的情况差不多，贷款核销了，我就上了心，想去争取一下，如果核销了，那也是好事。”

“听说？”王援朝哼了一下，“听谁说的？”

“李胜利。”

“李胜利？”王援朝皱了一下眉头，“他是去温江看了，还是亲自问了？”

“应该都没有。”

“都没有你也相信？”王援朝指了指胡国庆，“你就不怕是道听途说？你就不怕李胜利添油加醋？你就不怕造假有人举报，到时候害了自己，也害了人家？你……”

“我……”胡国庆支吾着低下了头。

“人家银行对厂里也好，对你也好，已经是够意思的了，你却还要这样。”王援朝一声叹息，拍了一下沙发，盯着胡国庆，“你这是不地道，会因小失大，要吃亏的！”

胡国庆瞟一眼王援朝，身子抖了一下。

“真是乱参谋！”王援朝起身，背着手边走边说，“这李胜利好是好，脑子是活，业务也精，就是格局不大，气量小了点，就是……”

“这不怪他，怪我。”胡国庆抬起头，看着王援朝，“是我格局小了，气量小了，只看到厂里，没想到支行，只考虑自己，没考虑他人，只……”

“不。我知道，你跟李胜利是不一样的。他的出发点也许是为厂里着想，但不排除是为了得奖金，而你的出发点纯粹是为了厂里，为了大家。他之所以永远都当不上厂长，也当不了厂长，就在于格局小了，气量小了。”王援朝瞟一眼门口，“这不是我背后说他的长短，这话我当着他的面也敢说。”

王援朝虽然说的是李胜利，胡国庆却感觉到一字一句都敲打在自己心上。他满脸羞愧，看着王援朝，说他知道错了，怎么办。王援朝没说话，只是指了指门外。

胡国庆一走，凌志云就有点后悔了，后悔刚才怎么就那么激动，那么冲动，跟胡国庆争吵起来，还拍了桌子，怎么就不能心平气和地跟他说，不能跟他耐心细致地解释，弄得不欢而散，虽然他的要求有点离谱，有点出格，可他的心情，他的心思，也可以理解，看来自己的修养还是不够，自己的涵养还是不行，往后还得好好修炼。他越想越觉得心有愧疚，不由自主地下了楼，进了谷为怀的办公室。

谷为怀和凌志云正坦诚地说着，胡国庆在门口稍一犹豫，不卑不亢地进了门，一进门就坦诚地说他是来道歉的，那贷款不核销了。凌志云一把握住胡国庆的手。胡国庆把另一只手搭了上去。凌志云跟着把另一只手叠在上边。谷为怀边鼓掌边说好，一切尽在不言中，一切都在握手中。

随着经济体制改革的加快，特别是国有企业改制的深入，国有商业银行承接了大量转制成本，加上国有商业银行自身内控管理和社会信用的双重严重缺陷，致使国有商业银行的不良资产包袱日益沉重。1997 年底中央召开金融工作会议，国家开始着手解决国有商业银行的不良资产问题，之后采取了包括财政发行 2700 亿特种国债，补充国有银行资本金；实行贷款质量五级分类，彻底搞清国有银行不良资产底数；成立四大资产管理公司，剥离国有商业银行不良资产等有效措施。1999 年华融、长城、东方、信达四大资产管理公司成立，分别负责收购、管理、处置相对应的中国工商银行、中国农业银行、中国银行、中国建设银行剥离的不良资产。从 1999 年到 2000 年的第一轮剥离中，四大资产管理公司剥离了国有商业银行 1.4 万亿的不良资产，走出了化解国有商业银行风险的重大一步。之后，2004 年和 2005 年分别还有两轮剥离。在剥离的同时，国有商业银行也进行了不良贷款的集中核销。

想起不良贷款的集中剥离和核销，再联想到中国加入世贸组织，凌志云就隐隐地有一种预感，在这剥离和核销的后边，正紧随着一场比上回机构撤并更加广泛更加深刻的改革，看来电闪雷鸣、暴风骤雨就要来临，得未雨绸缪，有所准备。

自从在沧浪之水谈过之后，高艳就越来越想见又怕见凌志云了，每次去见凌志云都要犹豫一阵，见了也是隔着一定的距离，还手上总是出汗，目光也有些游离。这凌志云看到了，也感觉到了，却装着不知道，还是大大方方地跟她说话，偶尔还开个玩笑。

又是元旦，又是聚餐。

看着满桌的菜肴，朱建国酒杯一端，说真没想到，又搞了一个决算，又有好菜吃，又有好酒喝。汤显贵酒杯一搁，看一眼坐在他旁边的倪小桔，说朱建国说的是什么话，这决算年年都会搞，这酒年年都会喝，而且只会一年更比一年好。朱建国笑了笑，一口将酒干了，说天下没有不散的宴席，这聚餐也总有一天会拜拜的。听他这么一说，本来心情就有点沉郁的高艳莫名地伤感起来，眼睛一下就潮乎乎了。倪小桔问她怎么了。汤显贵忙碰了碰倪小桔，又眨着眼睛。朱建国嘿嘿一笑，朝高艳扮了个鬼脸，说她是给他说感动了。高艳一笑，在朱建国手上拧了一下。朱建国一声“哎哟”，边揉着手，边噘着嘴，咝咝响地长吸了一口气，说这又疼又痒的，真是舒服，逗出一桌的哈哈大笑。

这时，凌志云健步走到台上，微笑着朝台下压了压手，大声说告诉大家一个好消息。台下立马安静下来，没了笑语，没了喧哗，只有一张张期待的脸庞，一双双热切的眼睛。凌志云从衣兜里掏出一张表，举起扬了扬，说尽管今年核销和剥离了那么多的贷款，但支行还是实现了扭亏为盈，尽管利润不多，只是象征性的一点点，但这是一个伟大的转折，一个伟大的开端。这表是几分钟前，徐一朵跑来送给凌志云的。数据本来半个小时之前就出来了，徐一朵怕有差错，又跟何思卉仔细复核了一遍。决算之前，高艳把徐一朵叫到跟前，说今年的决算就交给她了。徐一朵一下蒙了，有点不知所措。高艳只朝她一笑，在她肩上一拍，不再说话。回到办公室，她琢磨了好一会儿，似乎还是没读懂刚才高艳那一笑一拍的意思。何思卉来请她去授权办理业务，问她在想什么。她说高艳把决算交给她了，可她心里没底，怕搞砸了。何思卉呵呵一笑，朝她一竖大拇指，说这是好事，是高艳对她的胜任。徐一朵一琢磨，看一眼高艳那边，说那是那是，信心和决心也随之来了。

不等凌志云说完，已是满堂欢声雷动。

等凌志云一回到席位，曾迎春就开了一瓶酒，将盖子一丢，往谷为怀手上一塞，再拿了一瓶酒，开了盖，朝谷为怀一亮，“哗哗”地就往嘴里倒。谷为怀朝凌志云一点头，说扭亏为盈，来之不易，这是喜酒，应该喝，必须喝。他说着桌子一拍，袖子一撸，脖子一仰，举瓶就“咕咚咕咚”喝了起来。这可急坏了吴冬梅，起身就要去抢瓶子。谷为怀瞥了一下吴冬梅，又朝她摆了摆手，嘴巴一直没有离开酒瓶。凌志云拿了酒，排开两个碗，“哗啦啦”地满上，一碗给了胡国庆，一碗给了自己。

那边，朱建国将酒杯一扔，大喊拿碗来。杨大志拉了拉他的手，说朱老革命，你可稳着点。朱建国手一甩，说老子今天高兴，不怕醉，醉不了。

曾迎春将酒瓶倒过来，摇了摇，将酒瓶往桌上一蹾，双手扶着桌子，盯着谷为怀。谷为怀亮了亮空瓶，嘴一抹，哈哈大笑。曾迎春打了个酒嗝，指了指谷为怀，说原来他隐藏了这么多年，今天总算原形毕露了。她说着一晃，一屁股坐了下去。

朱开放走过来，跟何思卉和谷智勇碰了杯，说在这难得的场合，在这美好的时刻，他真诚地祝福他们。谷智勇看出来了，也听出来了，尽管他说是真诚地祝福，但真诚里头还是荡漾着失意和伤感，还有苦涩和妒忌。何思卉见谷智勇想说什么又没说出来，便朝朱开放大方一笑，说她有个好朋友，比她漂亮，到时候介绍给他。朱开放说那何必到时候，明天最好，正好新的一年，新年新气象，新年新收获。谷智勇指了指朱开放，说他也太性急了。朱开放说趁热打铁，事半功倍。何思卉扶着谷智勇的手，笑弯了腰。

胡国庆和凌志云拥抱在一起，相互祝贺，相互道谢。沧江机械厂今天一款新产品下线，将吊装的高度提升了十米。

高艳扭头望一眼门口，不见方敏，见那边给凌志云敬酒的人排成了长龙，想去以敬凌志云的酒的名义去给他挡酒，可手刚碰到杯子，一犹豫，作罢了。方敏上个月提了副局长，此刻正忙着指挥决算。

上个周末，凌志云回了双江，在家做好饭菜，打电话给方敏，说做了她喜欢吃的菜，还煨了汤，只等她回来吃了。她说不要等，在陪省局的领导，得晚点回来。等到晚上 9 点半还不见她进门，他只好先吃了，正吃着，朱建国打来电话，说他值班巡察，看到有人在破坏营业部的 ATM 机，给他当场抓住了，怎么办。他说把人看管好，他马上回沧江。他匆匆扒了几口饭，顾不上收拾碗筷就出了门，边下楼边给方敏打了个电话。方敏说她提前走了，已在回家的路上，又叮嘱他路上注意安全，到了沧江告诉她。

看着远去的满载角钢、槽钢和螺纹钢的卡车，心想着这一车又能赚上多少，廖三元不由得一笑，打了个响指。他刚要转身去店里，听到后边有人咳了一声，扭头一看，是谷智勇笑眯眯地看着他，忙扬着手跑过去，问他怎么有空来了。谷智勇说去看一个公司，特意绕道过来的，都来了好一阵了，店里有多少库存已了然于胸。廖三元说那真不好意思，只顾着装车去了，没看到他。谷智勇说有车装，那是好事，他又不是别人，常来的，只是这生意一好，那店里得请个帮手才行，要不像刚才他来一样，店里丢了东西还不知道。廖三元说前几天已请了一个临时帮工，刚才押车送货去了。谷智勇说生意不错，还是请一个长期的好。廖三元说他是有这个打算，余小丽已帮他物色好了人，春节后就来上班。谷智勇看了看店里半空了的货架，又看了一眼门口堆着的不多的钢材，要廖三元抓紧年前这几天再去进一批货，这几天进价相对会低，因为各单位都要钱发工资发奖金，而节后各厂矿各工地一开工，那钢材的需求就会增大，随之价格就会上涨，那又是一个赚钱的好机会。

上次公司亏了之后，廖三元一时全身心扑在了面馆里。余小丽要他别再做建材发财的梦了，他也不说什么，更不敢多想，只是偶尔路过公司时在那里站一站，发发呆。一天，余小丽去支行报账，凌志云又问起公司和廖三元。余小丽说公司反正已是名存实亡，等门面租期一到，干脆就注销算了。凌志云说公司可以先留着，看得出来，廖三元对公司还是有感情，有期望的，等市场回暖了，下轮行情来了，加上他有了上一轮的经验和教训，也许会有一番作为。余小丽想了想，说也行，往后还请凌志云多支持，多关照。凌志云说没问题，有什么尽管说，只要能帮的一定帮。又说说起来，公司落到这一步，他和支行都有责任，那就是贷后管理和服务不到位，往后他和谷智勇等都会多关注公司，多为廖三元提供市场信息和经营管理上的支持和服务，毕竟银行对市场更敏感，获取信息的渠道更多。回到面馆，余小丽将凌志云说的话跟廖三元一说。廖三元泪水一下就模糊了眼睛，拿着碟子在擦拭的手也抖动起来。碟子从他手上掉了下去。走过来的马小军忙抢步接住碟子。廖三元擦了擦眼睛，握住马小军的手，说凌志云真是他的知音，他的贵人。马小军说凌志云也是他的知音，他的贵人。廖三元说那凌志云就是他们共同的知音，共同的贵人了。马小军边摇着手边说是啊，是啊。余小丽掏出手机，“咔嚓”一声拍了照，发给了凌志云，说马小军和廖三元都说他是他们的知音，他们的贵人呢。凌志云打开一看，打内心里笑了。

三个月前，谷智勇看到钢材市场有回暖迹象，特意去跟廖三元说了。廖三元说他也隐约感觉到行情来了，只是手上没钱，要能再贷点款给他就好了。谷智勇说公司原来的贷款核销了还不久，得过一段时间再说，可以先从别处借点钱把生意做起来。廖三元跟余小丽商量，能不能核销了的贷款不还了，或是以后再还，先把钱挪给他应个急。余小丽说不行，承诺了的就得兑现，银行对他们一家都那么好，不能忘恩负义。廖三元说那核销就白得了个名声，没半点意义。余小丽说怎么就没意义，至少核销了，利息是没计提了，还得也就少了。又说诚信比什么都值钱，都重要。

无奈之下，廖三元只好去找王援朝。为上次变卖的事，王援朝狠狠地骂了廖三元一顿，说他不争气，往后再也不管他的事了。这回听他说得有板有眼，王援朝不再说什么，把几万块钱的定期存款提前支取，痛痛快快地借给了他。一天早上，谷为怀去面馆吃面，听廖三元在唉声叹气，一问原委，回去一问谷智勇，再跟吴冬梅一商量，借了几万块钱给廖三元。余小丽虽然嘴上说不管，暗地里也在帮廖三元想办法。这样凑了十多万块钱，抢在钢材低价时进了货，头一批出货就赚了钱。这让廖三元深受鼓舞，干劲十足，信心倍增，加上有谷智勇提供信息，给予指导，生意也就越做越顺畅，越做越宽广了。

谷智勇刚走，一辆小车在路边停下，王援朝和胡国庆下了车。廖三元忙跑过去，说欢迎指导，请店里喝茶。胡国庆指了指廖三元，说这当老板了，赚了钱了，还就是不一样了。廖三元脸一红，摆摆手，说在胡厂长面前，他还是小学生一个，往后还请他多指导，多关照。胡国庆指着廖三元，看一眼王援朝，说廖三元谦虚，孺子可教。廖三元眼睛一转，瞟一眼王援朝，看着胡国庆，嘿嘿一笑，说厂里的生意，还请他多关照。胡国庆稍一愣，说可以，公平竞争。王援朝手一抬，说不可以。廖三元说别人可以做，他为什么就不能做。王援朝说天下的生意那么多，为什么就偏要做厂里的。廖三元说别的要做，厂里的也要做，谁都想把客户做得多多的，业务做得大大的。王援朝手一挥，说不管他做多少，做多大，反正厂里的不能做。廖三元鼻子一哼，说他就要做厂里的。王援朝脚一跺，指着廖三元，说厂里的他就不能做。廖三元眨了眨眼睛，身子稍稍往后一仰，看着王援朝，说他都早就下台了，不是厂长了，不会有人说谁沾他的光了。王援朝扬手就要打。廖三元脖子一伸，哈哈大笑。胡国庆忍不住也笑了。王援朝看看胡国庆，看看廖三元，问他们笑什么。胡国庆笑而不言。廖三元抹了抹眼角的泪水，看一眼胡国庆，看着王援朝，说他是说着玩的，就知道王援朝不会同意。王援朝瞪了一眼廖三元，说他还知道就好。

胡国庆把梅花从车上请下来，一起进店里喝茶。王援朝说他们刚才去看了万春晖，顺路来廖三元这看看。胡国庆说万春晖再过两个月就出来了，还正愁着不知道去哪做事。眼睛还红肿着的梅花点点头，说万春晖原来就不那么讨人喜欢，又在那里边过了两年多，一出来，只怕是更让人讨厌，没人敢收留了。王援朝说那倒不见得，人是会变的。胡国庆说那是的，从今天跟他的交谈就看得出来，他确实是改变了不少，跟过去不一样了。廖三元边给梅花添水边说如果万春晖不嫌弃，那到时候就到他这里来，或是去面馆也行，余小丽会欢迎的。王援朝一惊，问廖三元是不是说着玩的。廖三元放下茶壶，腰一直，一本正经地说，万春晖和他曾是同事，是上下级，尽管那时彼此有过矛盾，有过争吵，当时还不服气，后来一想，自己不对的地方也不少，以往的不愉快过去了就过去了，他已经不放在心上了，还正想什么时候去看一下万春晖，跟他好好聊一聊。胡国庆一拍桌儿，说好，这就好。梅花要起身致谢，王援朝忙拉着她坐下，看一眼胡国庆，说每每一想着万春晖在那里边，心里就针扎一样地难过，觉得对不起他。梅花又泪汪汪了。她看着胡国庆和王援朝，说她原来那句话还得说，那就是不怪他们，不怪厂里，现在还要加上一句话，那就是感谢他们，感谢厂里。

前天吃过晚饭，梅花看着电视里的情景，自然地又想起了万春晖，不由得一声长叹，随即眼睛也湿了。听到有人敲门，她一揩眼睛，去开门一看，见是胡国庆和王援朝，忙把他们请进了门。聊了一会儿，他们约好今天一早去看万春晖。胡国庆他们一走，梅花给儿子打电话，要他明天一块去看万春晖，儿子却说不去。她放下听筒就掩面痛哭起来。正哭着，儿子又打电话过来了，说他会带了女朋友回来陪她过春节。一听这，她又破涕为笑，想着这年该怎么过了。她儿子今年大学毕业，已在省城工作了。

王荣一下车就朝迎上去的凌志云手一拱，说又见面了。凌志云也拱拱手，说欢迎王处长一行莅临指导。王荣站在支行前坪指指点点地看了一阵大楼，又近前在墙上敲了敲，在接口处摸了摸，说这装修总体来看还不错，但有的地方还是可以再精细一点，精确一点，细节决定成败啊。凌志云说那是那是。王荣背过身来，指着斜对面，说："你看，我就喜欢中国银行行徽那个颜色，更欣赏郭老那几个字，那里头是文化，是底蕴。"他说着又回过身来，说不过他最爱的还是 H 银行，因为 H 银行有他施展的舞台，是他衣食之所在。凌志云朝他竖了竖大拇指，说文化人就是不一样。他摆摆手，说不敢当，不敢当。凌志云说他谦虚，谦虚。他摇摇头，说他还真对不起凌志云，更对不起高艳，这装修当时他是拍了胸脯的，可尽管他尽心尽力了，还是没在他手上批下来。凌志云说这装修虽然不是他亲手批下来的，但如果没有他的关心和关照，没有他的指导和帮助，那也是批不下来的，还不知要等到何年何月。他哈哈一笑，指了指凌志云，手一挥，说走，上楼去。

落了座，摘了围巾，王荣开口就问凌志云是否知道检查组的来意。凌志云说略知一二。王荣说已然知道，那就开门见山了。凌志云一抱拳，说请指示，洗耳恭听。王荣呵呵一笑，压压手，再一咳，笑一收，半眯着眼睛看着凌志云，说支行是不是有人因为贷款核销给公安带了去。凌志云点点头，说不假，确有其事。王荣说那请一一道来。凌志云把来龙去脉一一说了。王荣摸了摸下巴，哈哈一笑，说不就刻了几个萝卜章嘛，倒不是什么大事，比起温江支行伪造合同，伪造借据，那是小巫见大巫，算不了什么。凌志云说王处长能这么看，那他这高悬着的心总算可以放下来一点了。王荣看一眼门口，伸出食指一晃，说温江支行宁可的帽子，只怕是不一定戴得稳了。凌志云往王荣跟前挪了挪，说那还请他多担待，多关照，宁可也是一个实诚人，应该是有他的难处，要不也不会那样做的，这县支行的行长本来就不好当，又赶上这样的时候。王荣抬了一下手，说他知道，县支行的行长是不那么好当，但再不好当，也不能那样违背制度，不讲规矩。凌志云说那是那是。

王荣端起茶杯，看了看，吹了吹，抿一抿，喝了两口，放下杯子，笑眯眯地看着凌志云，说听说也有人逼着他核销贷款，他怎么就把握住了，不跟宁可一样去变通，去伪造。凌志云说那情况不一样的。王荣手一抬，脸一沉，要凌志云别多说了，宁可越了红线，踩着雷了，与其等别人来处理，不如自己先问责好。凌志云点点头，说那是的，这样对宁可来说也是一种保护。王荣看着凌志云，说他能这样理解就好。凌志云说既然是保护，那就还请多手下留情。王荣往沙发上一靠，眼睛一闭，手指轻轻地叩着沙发的扶手。凌志云给他添上水，琢磨着他接下来会说什么。

过了一会儿，王荣猛地眼睛一睁，坐了起来，盯着凌志云，说他这与宁可那边相比，虽然是小巫见大巫，但大小也是个问题，死罪可免，活罪难逃，还得有所表示。凌志云忙说那是那是，错了就得改，就得罚，任他怎么发落，绝无怨言。王荣哈哈一笑，指了指凌志云，说罪不及他，给经办人一个处罚即可。凌志云腰一挺，说就只处罚他好了。王荣一拍扶手，说他如此关心部下，爱护手下，又勇于担当，甘于自罚，何况问题也不大，那样的萝卜章子不少地方都刻过，不是原则性的问题，无伤大雅，就不写进报告，带过去算了。凌志云连连拱手致谢，说走，去沧浪之水。王荣点名要高艳也去。

凌志云打电话给高艳，说陪王荣到沧浪之水吃饭去。高艳生硬地说她晚上有事，恕不奉陪。凌志云知道她的心思，也就不勉强，朝正在跟王荣说话的齐向前递了一个眼神。齐向前会心一笑，说现在已没几个人去沧浪之水，而是去吃沧江鸭了。又说徐一朵酒量好，也算得上是半个文化人，正好可以陪王荣喝酒说话。接着又眉飞色舞地描述了一番那沧江鸭是如何喂养，如何加工，如何好吃。王荣手一挥，说走，品尝沧江鸭去。

前几天邓昌明就给凌志云打了电话，说近日王荣会带队下来，做贷款核销和剥离后的评价，主要是查问题，下一步银监局和中企组等也还会来检查，得有所准备。这几天他把剥离和核销的贷款又一笔一笔地过了一遍，放了心，更加觉得跟胡国庆那一场争吵值得。

王荣昨天上午到的温江，原计划是今天上午赶到沧江的，因在温江查出了问题，便在那多停留了半天，彻查了一通，下午才到沧江。

零星的霰粒在地上蹦跳着，翻滚着。

凌志云踮起脚，伸长脖子，打望了一下来路的方向，望了一眼低矮的铅灰色的天空，边搓手边在地上来回走着。早上，他刚到办公室门口就听到电话铃响，匆忙进门一接，那头邓昌明就说他和陈立军在来沧江的路上，要凌志云二十分钟后在去市政府的路口等他们，陪他们一起去拜访梁光辉。凌志云看了一下手机，那时是 7 点 48 分。

一上车，看着凌志云红扑扑的脸，邓昌明捏了捏他的手，说不好意思，让他久等了，冻着了。凌志云说没等多久，也不冻，心里暖乎乎的。坐在副驾驶位上的陈立军扭过头，说本来是可以提前几分钟到的，因中途一处弯道发生了交通事故，堵了半个小时的车。凌志云说今天是小年，又天寒地冻的，怎么还下来了。邓昌明说他们今天是一早从江北支行过来的，今天到沧江，明天一早去温江，到明天那就双江辖内几个县支行都走完了。陈立军说邓昌明后天下午要去省行报到，听省行徐行长传达总行工作会议精神。邓昌明点点头，说听游组长说这次会议精神多，又非常重要。

凌志云领着邓昌明和陈立军刚走到大楼门口，没想到梁光辉就伸着双手迎了上来。邓昌明边快步迎过去，握住梁光辉的手，边对跟过来的凌志云说，怎么能烦劳市长大驾。梁光辉边摇着手边说财神菩萨来了，理当恭敬相迎。

坐下寒暄了几句，邓昌明说感谢梁光辉对支行方方面面的支持和帮助，往后还请多关怀多关照。梁光辉说这近三年来，支行在以凌志云为首的班子带领下，成功地实现了保机构、保牌子、保饭碗，闯过了一道生死关，又成功地实现了扭亏为盈，开辟了一个新天地，开启了一个新征程，在支持沧江的经济社会发展上也做出了积极的探索和努力，并收到了良好的成效，特别是利用封闭贷款使沧江机械厂起死回生，支持双新公司发展壮大，配合兴隆公司的改制等等，那都是最好的例证，真是不简单，不容易，真是可圈可点，可喜可贺。

聊了一会儿，邓昌明朝凌志云和陈立军努了努嘴，示意他们先回避一下，他要单独和梁光辉说说话。

在过道上，陈立军问凌志云，高艳近来是不是有什么不愉快的事，怎么电话也不接，就是接了也没说两句就挂了，还有气无力，没精打采的，发信息也不回，就是回了也总是一个字两个字的。凌志云心一慌，说不知道，应该没什么吧，马上又嘿嘿一笑，指着陈立军，说总是他骚扰多了，怕了他，不想搭理他。陈立军眨了眨眼睛，脸一沉，指着凌志云的鼻子，问是不是他欺侮高艳了。凌志云忙摆了摆手，说他知道的，就她那个样，谁敢欺侮她，谁又能欺侮得了她。陈立军点点头，说倒也是，随即又一笑，指着凌志云，说他要是欺侮高艳，到时候可别怪他不客气，有他好看的。凌志云刚要说，见门一开，梁光辉一脸凝重地送邓昌明出了门。邓昌明要梁光辉留步，和他握手道别。

出了政府大院，邓昌明要司机直接开车去了解放路分理处。下了车，邓昌明先站在人行道上，仔细看了看周边的环境，问从大厅里跑出来的朱开放，周边有哪些单位，有多少住户，存款有多大潜力，门面年租金多少，租期几年，何时到期。朱开放大多对答如流，如数家珍，个别的有点吞吞吐吐，凌志云便接了过去。邓昌明笑着拍了拍朱开放的肩膀，问他是不是朱建国的崽。朱开放双脚一并，手一举，自豪地说，是的。邓昌明指了指朱开放，说他有点像朱建国，但比朱建国机灵。进了营业厅，邓昌明跟高柜现金区的员工一一打了招呼，问了好，又跟低柜对公区的员工面对面聊了几句，然后在厅中的长椅上坐下，跟两个客户拉了一会儿家常，问他们这里的服务好不好，有什么意见和建议。

之后，邓昌明去了东风路分理处和人民路分理处，最后去了支行营业部。见邓昌明在凌志云和林红叶等人的簇拥下进了门，坐在那里等候办理业务的陈碧玉迎了过去，问邓昌明是不是上边来的大行长。邓昌明请她在椅子上坐下，说他是市分行的行长，她有什么尽管跟他说。她看了看跟前的凌志云，又看了看远远站着的高艳，嘻嘻一笑，说也没别的，就是快过年了，想多兑点新票子，但每次只能兑一点点，要来几次，还要等，麻烦。邓昌明起身走到一旁，把凌志云和林红叶叫了过去，又朝高艳招了招手。高艳不紧不慢地走过去，朝邓昌明勉强一笑，说其实新票子也出库了不少，要完全满足每个客户的需求也难。邓昌明说跟人民银行发行库那边多汇报，多沟通，争取多出库，也可以跟市分行那边申请调剂，要尽量满足客户的需求，实在有困难那也要跟客户解释清楚，千万不要没有就是没有，一句话打发了人家。林红叶说请邓昌明放心，这事她来落实，一是摸清客户需求，做好出库计划；二是加强与人民银行发行库和市分行出纳科的沟通，争取多出库；三是抓好文明优质服务，让客户高高兴兴来，欢欢喜喜去。

陈碧玉拿着新票子欢欢喜喜地走了，过了马路又回过头，跟站在台阶上目送她的邓昌明扬了扬手。邓昌明也举起手，挥了挥。

一看快十二点了，凌志云说请邓昌明到城郊吃沧江鸭去。邓昌明说不去了，难得麻烦，就在食堂随便吃点行了。齐向前在支行门口下了车，跳上台阶，说这沧江鸭可是沧江的一道新特色菜，那鸭子本来就皮薄肉嫩，配上本地土猪五花肉一炒，再用鸭店旁边那口夏凉冬暖的井里的水一焖，加上是烧柴火，配料又是祖传秘方，那味道真是一绝，到沧江来的人没有不去那里领略一番，品尝一顿的，没去的就想去，去了的还想去，店里的生意可好了，都得提前订座，要不就得排队等候。邓昌明指了指齐向前，说那就更不去了，别耽误了时间。齐向前忙给凌志云递眼色。凌志云会心一笑，说早上就预订好了，去就有吃。又说前几天王荣还去了那里，吃得可欢了，说比沧浪之水更增色三分，下回还去。邓昌明呵呵一笑，摆摆手，说还是算了，那席位就让给别人好了。齐向前脑子一转，说店老板是支行的客户，今天又是小年，到店里一坐，既照顾了他的生意，又看了他，他会无比感动的。邓昌明哈哈一笑，指了指齐向前，大步往食堂去了。齐向前跟凌志云耳语了两句，叫上谷智勇一块走了。他们俩上午去机械厂盘库去了，刚从那回来。

邓昌明在食堂才落座，谷为怀就进来了，说他这是不请自来，就是邓昌明想赶他走，他也会赖着。邓昌明打了个哈哈，说本想喊他，可怕过小年的，吴冬梅有意见。凌志云忙说是他考虑不周，本想晚上再请谷为怀和曾迎春来陪邓昌明吃饭的。他话还没落音，就听到曾迎春说不用请，她来了。她将可乐瓶往桌上一蹾，说这烧酒是她老娘亲手酿的，上个周末回家取了来，邓昌明虽然待她不那么厚，却也待她不怎么薄，今天这机会难得，怎么也得敬他两碗。邓昌明拧开瓶盖，闻了闻，说酒不错，香，醇。曾迎春笑着，排开碗就要倒酒。邓昌明忙拧上盖子，说酒不能喝，下午还要去信贷单位走走。曾迎春愣了愣，说那就晚上多喝两碗。邓昌明说晚上也不能喝，要开会。曾迎春说中午不喝，晚上也不喝，那不行，就现在喝好了，免得夜长梦多。她抢过可乐瓶就往碗里倒。邓昌明看着谷为怀和凌志云。谷为怀嘿嘿笑了笑，说今天是小年，酒又这么好，曾迎春也是性情中人，就喝一点吧。凌志云说这酒是曾迎春老娘亲手所酿，能喝上那也是福气，是得喝，只是邓昌明下午还有重要工作，就只一碗包干，余下的给邓昌明带走，或是留着下次来喝。曾迎春一拍桌子，说好，那就余下的给邓昌明带走。

悄悄走到门口，齐向前揭开谷智勇手上捧着的陶钵盖子，将热气往里吹了吹。邓昌明闻了闻，筷子停在了碗边，说厨房在炒什么菜，那么香。谷为怀闻了闻，说确实是香，可不知那是什么。曾迎春说没错，是沧江鸭的味道。又说不对，食堂哪炒得出来。

凌志云朝门口一招手。齐向前和谷智勇进了门。凌志云从谷智勇手上接过钵子，放到桌上，揭开盖子，说这就是沧江鸭。邓昌明夹了一块鸭子，一咬，一嚼，再一品，一回味，说这味道还真是绝了。说着又拉了谷智勇在他旁边坐下，给谷智勇夹了一个鸭腿，说这一桌上就他最小。又问他女朋友谈上了没有。他脸一红，点点头。邓昌明一拍桌子，说那就好，只等着喝喜酒了。谷智勇将鸭腿在碗里摆了好一阵，要不是邓昌明一再催，他真舍不得吃了，他想留给何思卉，也想带回去给谷智文。

吃过饭，邓昌明说不去宾馆休息了，就在凌志云办公室坐一会儿。凌志云感觉到了邓昌明有事要问他，也隐约预感到了会问什么。

一落座，邓昌明就说高艳好像有点情绪低落，是不是对上次提拔的事有想法。凌志云摇摇头，说应该不是。邓昌明问那会是为什么。凌志云说可能是她爱人快要回国了，是回沧江来，还是去广东那边，意见不一，有些纠结。邓昌明"噢"了一声，边打量着凌志云，边手指在沙发扶手上轻轻点着。凌志云双手捧着杯子，手肘支在腿上，细细慢慢地边喝着茶边想着邓昌明接下来会问什么。邓昌明敲了一下扶手，半眯着眼睛看着凌志云，问是不是还跟他也有关。凌志云一惊，再一慌，杯里的水差点荡了出来。他放下杯子，朝邓昌明讪讪一笑，说上次徐一朵竞聘营业部副主任，她有不同意见，但他没有采纳。邓昌明摆摆手，说应该不只这个，还有别的。凌志云脸一红，额头上跟着冒出了汗来。邓昌明暗自一笑，边起身把空调关了，边说还是有点热呢。凌志云低头咬了咬嘴唇，又咽了咽口水，抬头看着邓昌明。邓昌明朝他点点头，用鼓励和期待的眼神看着他。

一阵沉默。

凌志云擦了擦额头上的汗，又喝了一口水，看着邓昌明，说那他就如实说了。邓昌明点点头。凌志云说他看出来了，也感觉到了，高艳是有点喜欢他，他对她也不能说没有好感，但他们始终保持着距离，也从没影响工作，前一段时间他跟她谈了，说他们只能是同事，只能是普通的朋友。她答应了，但心里一时可能有点难受，过一段时间就应该好了。邓昌明一拍扶手，说他能这样坦诚地说出来，那就好。凌志云勾着头，说他本来早就想跟高艳谈的，也几次想跟邓昌明说，但就是下不了决心，还是心里有鬼，不应该。不等邓昌明说话，他又说他知道错了，现在想着都背上发凉，心里发怵。正襟危坐的邓昌明抬了一下手，说作为一个党员，特别是作为一个党员干部，那是要不断改造自己，不断提高党性修养，常怀律己之心，常怀敬畏之心，包括在感情上也是如此，稍一松懈，稍一放纵，就会一失足成千古恨，害人害己。凌志云边抹汗边连连说那是那是。邓昌明哈哈一笑，起身走了走，一转身，问凌志云，世上最奇特最奇怪，又最奇丽最奇妙的东西是什么。凌志云眨了眨眼睛，摇了摇头。邓昌明说不是别的，就是人的感情，也正因为这东西那么奇特奇怪，又奇丽奇妙，才古今中外，天上人间，有了那么多美丽的传说，那么多动人的故事，让人津津乐道，同时也有许多的遗憾，许多的怨恨，让人扼腕叹息。

又一阵沉默。

邓昌明在凌志云身边坐下，说高艳喜欢他也好，他对高艳有好感也好，虽然都是人之常情，也无可厚非，但发展下去终归不是好事，好在他们发乎情，止乎礼，及时打住了，刹车了，也没有怎么伤害对方，还是同事，还是朋友，这样就好。又拍了拍凌志云的手，说没事，这也是人生一段阅历。凌志云刚要说话，陈立军推门进来了。

早上来沧江的路上，邓昌明就要陈立军去岳父家吃中饭，陪老人过小年。

看完分理处，陈立军就顺路去岳父家了。岳父把高艳叫了回去，吃饭时先问陈立军什么时候能当上行长，要他该跑的就得跑，该送的就得送，别太老实，别太迂腐，接着要陈立军多关照高艳，趁着他管人事，也把她提拔提拔，别有权不用，过期作废。陈立军只是“嗯”“哦”地应答着，或是嘿嘿笑一笑。高艳白了一眼陈立军，碗一搁，说行里有事，起身走了。

刚把李胜利送出办公室没几分钟，宋有礼就领着十来个人一拥而入了。

李胜利说广东那边又问他了，看去还是不去，这是他最后的机会了，如果去，那春节过后就得上班。胡国庆说厂里最艰难的时候都撑住了，没过去，现在就更不用去了，他和厂里都需要他。李胜利说厂里眼下看上去是还好，可毕竟历史包袱重，积累的问题多，说不定哪天又会爆发。还有，在沧江的省属国有企业都已大多要么破产了，要么改制了，沧江市属的国有企业，如原来的锅厂、铁厂、皮革厂、服装厂等等大多也是破产了，或是改制了，像机械厂这样还在勉强运转的国有企业已没几家了，机械厂虽然一时不会破产，但改制就说不定了，一旦改制，那谁都不知道会改成个什么样子，也不知道还有没有自己的一席之地，如果到时候饭碗都没了，那后悔就迟了，而广东那个公司虽然也是改制过来的，但已改了好几年了，已经成熟了，发展了，壮大了，稳定了，可靠了。胡国庆说他说的也好，想的也好，担心的也好，都是事实，也都没错，但有一点他可以相信，那就是如果机械厂改制了，那应该不会比现在差。又说如果改制了，只要他还在厂里，那就有李胜利的一席之地；就是他不在厂里了，那也会为李胜利争得一席之地，不会让他丢了饭碗。李胜利抹了抹湿润的眼睛，说相信他会这样去做，但行不行，那说不准。胡国庆哈哈一笑，说那还真是，他心里也没底，更没有十足的把握，不过只要心里有念头，又努力去做，那就总会有希望，总会有未来。李胜利点了点头。胡国庆拍了拍李胜利的肩膀，说是去是留，请他再好好考虑考虑，明天给他答复。

正看着资金计划表的胡国庆一见宋有礼他们进了门，忙站了起来，笑呵呵地问宋有礼是不是有事找他。宋有礼还没开口就眼睛一红，哽咽了。胡国庆走过来，握着宋有礼的手，要他别急，有事慢慢说。又扶着他在沙发上坐下，然后跟其他人打了招呼，请他们都坐。宋有礼抚着胸口，坐了一小会儿，一抹眼睛，站了起来，看一眼其他或坐或站的人，说他们来也没别的，只是想问一问，快过年了的，怎么还不发钱，不发钱，这年没法过。胡国庆皱了一下眉头，说钱昨天就发了。宋有礼说没错，钱昨天是发了，可发得也少了点，没比去年增加多少，年初的时候，厂里说过，今年肯定会比去年多。胡国庆点点头，说年初的时候他是说过，今年会比去年好，发给大家的钱会比去年多，实际也是这样，厂里的产销都比去年差不多翻了一番，只是虽然产销增加了，但同时一方面是原材料价格涨了，特别是钢材涨的幅度还比较大；另一方面是产品的销售价格没怎么涨，这样一来，利润自然就薄了，能发给大家的钱也就没那么多了，尽管这样，厂里还是千方百计，给大家比去年多发了一点，虽然不多，但也是一片心意，一片诚意，说明厂里没有忘记大家，说话是算数的。大家或点头，或茫然，或看着地上，或望着窗外，就没有谁说话。

胡国庆有点尴尬地回到桌前，看看宋有礼，又看看其他人。

室内一片寂静，只听到喘息的声音。树枝摇动，几片树叶飘落在窗台上。

宋有礼咽了咽口水，走到胡国庆对面，说那为什么他们只发那么点，而柳建平他们发了那么多。不等胡国庆回答，马上有人说这不公平，不合理，得给他们补上才行。其他人跟着附和，跟着起哄。胡国庆朝他们压了压手，说柳建平他们天天上班，还经常加班加点，工资是发得多一些，这合情合理，到哪里都是这样。宋有礼说上班的多发一点可以，谁都没有意见，但不能差距那么大，一个天上，一个地下，他又不是不愿意去上班，而是厂里不给他班上，怪不得他。有人一拍胸脯，说他有的是力气，也不怕干活，几次去厂里要求上岗，可厂里不让，说没岗位，等有了再去，这也怪不得他的。有人手一举，说那好，既然上班的就该发那么多，那明天大家一起到厂里上班去。胡国庆忙给大家鞠了一躬，说厂里过两天就放假过年了，要上班也等春节后再说，就在这给大家拜个早年了。有人说他这是缓兵之计，别听他的。有人说对，要么是大家明天去上班，要么是厂里给他们补钱。胡国庆拿起桌上那张表扬了扬，说他也知道发给大家的钱是少了点，他也想给大家多发一点，可现在账上根本就没钱，他还正为钱愁着，上个月的电费还没交，电力那边昨天又在催了，说年前不交就停电。有人说，停就停，停了好，还节约了电费。有人说，那不行，谁还摸黑过年啊。宋有礼咳了咳，大家不说了，都跟着他看着胡国庆。胡国庆放下表，搓了搓手，说给大家补一点，那也在情理之中，只是要补那也只能是春节过后，还得看情况。大家把目光投向了宋有礼。宋有礼咬了咬嘴唇，说那他还是明天去上班。其他人大多跟着说好，明天上班去。少数几个迟疑一下，也表达了同样的意愿。宋有礼看着胡国庆，说既然大家都想上班，那就请他安排一下，别大家去了车间，找不到活干，那就不好了。胡国庆说大家的心情他理解，但也得给他一点时间来安排，大家就都先回去，安排好了再通知大家。宋有礼一屁股在沙发上坐下，说他就在这里等，安排好了再走。其他人或在沙发上一坐，或往墙上一靠，或往地上一蹲，都说不走了。

胡国庆举起手，又轻轻地放了下来。他在心底一声叹息，坐了下去，揉了揉太阳穴，闭了一会儿眼睛，心平静多了，气顺畅多了，再一看宋有礼他们，心里便有了愧疚，一扭头，见柳建平气呼呼地走进门来。

柳建平一拍桌子，指着宋有礼，问他领着这么多人到这里来，想干什么。宋有礼忙站了起来，垂了手，支支吾吾地嘿嘿笑着。柳建平又一拍桌子，说他这是聚众闹事，是无理取闹。宋有礼腰一挺，看着柳建平，说他当然好了，上个班，拿那么多的钱，怎么不开心，怎么不说厂里好。柳建平哈哈一笑，指了指宋有礼，说怎么，看着人家多拿点钱，眼红了，忌妒了。宋有礼说他又不是没手没脚，也不是没力气没技术，他下决心了，明天就上班去，不安排他活干，他就睡在车间里。柳建平推了一把宋有礼，说想上班可以，干脆就顶了他的班，他还正好想休息了，没日没夜的，太累。宋有礼说再累也不怕，只要能拿他那么多钱，世上也没见几头真正累死的牛。柳建平又拍手，又哈哈大笑。宋有礼问他笑什么。他说宋有礼真是太可爱，太好笑了。宋有礼挠着头，莫名其妙地讪笑着。柳建平指了指宋有礼，说那是哄他们，逗他们的，没想到他倒当了真了。

昨天晚上，柳建平请一个朋友喝酒，叫了宋有礼去作陪，席间聊起工资的事，柳建平酒杯一蹾，说他每月工资有多少，今天又发了奖金若干，让那朋友羡慕不已。那朋友啧啧称赞了柳建平一番，问宋有礼是不是比柳建平收入更高。宋有礼脸一阵红，一阵白，羞羞答答、支支吾吾地说没多少，没多少。中途说家中有事，提前走了。

听柳建平这么一说，大家或面面相觑，或摇头叹息，或说宋有礼谎报军情。宋有礼横了一眼柳建平，手一甩，出了门。其他人跟着也走，有两个走到门口又回过来，跟胡国庆说他们是真心想上班的，得给他们安排。

柳建平跟胡国庆说对不起，不该到外边吹牛皮，给他添麻烦。胡国庆说没关系，他也是为厂里好，是想给厂里争面子。柳建平说那还真是，他就不想让人家瞧不起厂里，不想让人家瞧不起厂里的人。胡国庆点点头，看着柳建平，说往后说话适当夸张一点可以，但不能没边地夸海口，吹牛皮。

胡国庆正在地上来回踱着，回想着刚才的情景，越想越觉得宋有礼他们要补钱也好，要上班也好，都没错，厂里就得扩大生产，增加就业岗位，就得提高效益，多让每个职工分享厂里改革和发展的实惠，不过眼下只能借鉴别人的经验，将部分岗位实施轮流上岗，同时动员一部分人外出打工，可有的人没技术，出去找不到工作，有的人思想观念还没转变过来，压根就不想出去。正想着，罗兰匆忙跑来了，说凌志云陪着邓昌明已经在车间里了。

邓昌明他们是从双新公司过来的。途中凌志云说要不要给胡国庆打个电话。邓昌明说不用，直接去车间。

汤显贵伸着脖子，前后左右看了看，说这会议室还从没这么坐满过，完全是水泄不通了。杨大志瞟一眼坐在后侧的倪小桔和马小军，说当然了，员工一个不落，都来了，还来了那么多的员工家属。倪小桔和汤显贵还没复婚，但汤显贵把她拉了来。

主席台上一头摆着一大摞证书，一头放着一朵大红花。这证书将颁给去年的先进，红花将戴给元月的揽存状元。

喜洋洋的乐曲响起。获奖者一一走向台来。谷为怀和曾迎春被授予特别贡献奖。高艳和朱建国当选先进工作者。朱开放是优秀分理处主任。谷智勇是贷款催收能手。徐一朵获得揽存标兵称号。汤显贵得了最佳进步奖。吴冬梅和马小军被评为优秀员工家属。

颁过奖，凌志云请邓昌明做指示。邓昌明说没有指示，只是跟大家说几句心里话。待掌声稍稍平息下来，邓昌明说这近三年来，由于有支行班子的坚强领导，有全行员工的共同努力，有全体员工家属的大力支持，特别是充分发挥了党支部的战斗堡垒作用和党员的先锋模范作用，及青年团员的生力军和突击队作用，支行成功实现了“三保”，实现了扭亏为盈，存贷规模在沧江超越了K行，在系统内也把不少支行甩在了后边，用梁市长的话来说，那就是不简单，不容易，可圈可点，可喜可贺。他说着鼓起掌来，见大家又用期待的目光看着他了，便站起来，朝台下鞠了一躬，说他代表市分行党委，真诚地感谢支行的每一个员工，真诚地感谢每一个员工家属，特别是要感谢谷为怀和曾迎春，感谢他们对支行班子的大力支持，感谢他们的无私奉献。他说着走下主席台，跟谷为怀和曾迎春一一握手。曾迎春闪着泪花，用力摇着邓昌明的手，说虽然她退下来了，但往后支行的事一样就是她的事，她要有半点不卖力的，那她就不是曾迎春。邓昌明哈哈一笑，说好，他就喜欢曾迎春的这种豪爽，这种直率，大家都可以向她学习。曾迎春踮起脚，凑近他的耳朵，小声说散了会请他去家里喝酒，把凌志云和谷为怀也叫上。他爽快地说行。

见邓昌明回到主席台上，曾迎春站了起来，一拍桌子，说她今年“开门红”的揽存计划再加五十万。汤显贵看一眼倪小桔，手一举，说他再加二十万。马小军腾地站了起来，说他再加三十万。前两天一个煤老板来店里吃饭，跟他交上了朋友，答应过来开户。

看着一只只举起的手，一张张兴奋的脸，邓昌明悄悄对旁边的凌志云说，这氛围真好，他们一个个的真是可爱，真是可敬。凌志云说那都是他领导艺术高超，方式方法好，又和蔼可亲，没一点架子，既感动了大家，感染了大家，也鞭策了大家，鼓舞了大家。

吴吉庆犹豫着站了起来，说他申请减少三十万。他这一说，无异于在平静的水面扔了一个炸弹，会场一下开了锅，各样的目光都齐刷刷地投向了他。曾迎春嗵地站了起来，一拍桌子，指着他，问他什么意思，人家都在加，他却要减。他欲言又止，低下了头。齐向前朝台下压压手，问他是不是碰到了什么情况。他说他的两个大客户已经跟他说了，不但原来答应了的新存款进不来了，老的存款还要转走，他们一个下个月就要上省城发展去了，一个是被同业挖走了，他们两个加起来，存款会走了七八十万，他虽然新发展了两个客户，但离目标怎么都还差四十万左右。又说他实事求是，说的全是实话。

齐向前看着凌志云。凌志云看着邓昌明。邓昌明看着林红叶。林红叶心一跳，脸上掠过一片红晕。她朝邓昌明一点头，站起来，朝吴吉庆一笑，轻轻压压手，说谢谢他的坦诚和坦率，理解他的心情和想法，也相信他说的全是实话，只是客户来来去去，存款进进出出，那都是正常不过的事，只要心里有支行，有目标，只要脑子里有市场，有客户，只要努力去发掘，去拓展，那客户就多了，客户多了，存款自然也就多了，不仅会填起亏空了的窟窿，还会堆出一座小山来。不等她说完，已是掌声四起。吴吉庆咂了咂嘴，手一举，说他明白了，不减了，再加十万。曾迎春一拍桌子，指着吴吉庆，说好，这样她喜欢。杨大志不屑地看一眼吴吉庆，说他是故意的，想出风头。汤显贵看了看杨大志，说别把人想得那样，人家也许没那个心机。邓昌明朝林红叶投去赞赏的目光。林红叶心底一热，一股暖流涌向全身。

接下来，齐向前和林红叶分别通报了元月份支行的业务竞赛和收支利润情况，凌志云对元月份工作的成绩和不足做了全面分析，对下一段的工作做了周密部署。

最后，邓昌明说这会开得好，既是一个表彰会，也是一个动员会，既是一个舞台，又是一个擂台，凝聚了人心，振奋了精神，让他感动，让他受益。又说这几年来，支行改革了、改变了，发展了、进步了，但这都是过往，只是起点，接下来的改革会更广泛更全面、更深入更深刻，发展会更紧迫更重要，竞争会更激烈更残酷，可说是任重道远，时不我待，就得有这种氛围，有这种精神，有这种状态，否则就会在改革中淘汰，在竞争中出局。

一散会，倪小桔就骂汤显贵是个骗子。汤显贵嘿嘿笑了笑，说她虽然现在不是家属，但曾经是呀；虽然今天不是，但明天就是了哦。倪小桔在他手上一拧，说想得美呢。汤显贵嘻嘻一笑，说他就想得美了。

凌志云要送邓昌明去宾馆，邓昌明说不用，就谷为怀陪他走路过去。邓昌明和谷为怀边走边聊，聊到了改革和发展，聊到了沧江支行和温江支行，聊到了机械厂和双新公司，聊到了凌志云和宁可，聊到了齐向前和谷智勇，聊到了曾迎春和林红叶。

就在邓昌明和谷为怀往宾馆走的时候，李胜利在车间找到了胡国庆，说他想好了，王援朝也没意见，他决定了，还是去广东那边，又说他从内心里是不想离开厂里的，可他看来看去，想来想去，不知道厂里的未来在哪里，希望在哪里，尽管眼下还在撑着，但不知哪天说垮就垮了，会悄然无声，会欲哭无泪，而一家老小都靠着他，妻子早下岗了，就打点零工，老的年纪大了，还身体不好，小的还在上学，正是花销大的时候，他只能如此，别怪他就只想着一家老小，就只想着自己，别怪他格局不大，气量又小。他说着眼泪就出来了，哽咽了，话不成句了。胡国庆拍拍他的肩膀，说没事，尊重他的选择。又说感谢他在最困难的时候跟他站在一起，一起扛起厂里的千钧重担，不管什么时候，不管厂里如何，厂里永远都是他的家。李胜利双手捂着脸，蹲在地上，孩子似的哭了起来。

送走李胜利之后，胡国庆打着飞脚去了王援朝家。王援朝一见胡国庆就说准是李胜利找他去了，又说知道他来干什么。胡国庆将棉衣一敞，看着王援朝。王援朝指了指胡国庆的胸膛，哈哈一笑，说里边敞亮着，亮堂着。胡国庆嘿嘿笑了笑，问王援朝谁是接替李胜利的最佳人选。王援朝说胡国庆心中早已有了，他也看好了一个人。胡国庆说那好，各自写在手上，看是否所见相同。

胡国庆和王援朝同时亮开手掌。手掌心里都赫然写着“罗兰”两个字。

在胡国庆亮开手掌的同时，凌志云开了锁，到了家。散会之后，他去了办公室，整理了一下邓昌明这回来调研的情况及自己的思考。

坐在沙发上，将王荣来检查和邓昌明来调研联系在一起，再联想到贷款的集中剥离和核销，还有三年前的机构撤并，凌志云已隐约有了的那种预感越来越强烈。他走到窗前，望着朦胧的夜色，望着夜色里远处的亮光，心里莫名地又期待又紧张，又兴奋又害怕。听到急促的敲门声，他开门一看，果然是谷为怀。

谷为怀往沙发上一坐，边说他刚从邓昌明那里跑回来，边用手指蘸了水，在茶几上写了“狼快来了”几个字。凌志云也用手指蘸了水，在茶几上写了“山雨欲来”。

第十五章

水到渠成

早上起来，凌志云对镜一看，眼里满是血丝，眼圈黑着，还黑里泛青。他冲自己摇头一笑，怎么还急成这个样子，愁成这副模样了？

昨天临近中午，市分行通知凌志云下午两点半开会，他以为是季度例会，检讨“开门红”的得失，一路上还想着，虽然“开门红”的各项任务总体是超额完成了，在双江辖内六个县支行中综合得分排名第二，但存款的结构还是不太合理，定期占比过高，个别网点存款余额还是靠季末冲刺才上来的，一进四月就泻了水，还有吴吉庆等少数人承诺的目标没有实现，另外季度的利润计划虽然完成了，但同比增长幅度不大，离预期有点差距。

有人说今年市分行的“开门红”创了一个历史纪录，在全省业绩名列前茅，等下邓昌明走进会场时准是春风满面、笑容可掬，可出乎意料的是，他今天是一脸阴郁、神情冷峻，也不像平时那样进了门，边走边跟大家亲切地打着招呼，在座位跟前站着，朝大家压压手再坐下，然后说开会。而是进了门，走到座位跟前就坐下了，而更让人没想到的是，他一开口说的是老虎来了，说得大家面面相觑，莫名其妙。凌志云虽然早有预感，还是心底一惊：怎么不是狼来了，而是老虎？

扫了一眼会场，邓昌明说有人把上次的机构撤并比作狼来了，那现在他要说的股改就可以比作是老虎来了。他打开笔记本和文件夹，说他昨天去省分行开了大半天的会，连夜赶回双江，今天上午市分行党委已经传达学习和讨论研究过了，现在这个会就是紧急传达省分行关于股改的重要精神，部署相关工作。一听是紧急，又重要，凌志云忙坐端正了，目不转睛地看着邓昌明。

邓昌明原原本本传达了会议精神。陈立军一字不落地念了相关文件。

会场一时一片寂静，只有呼吸的声音，只有空气流动的声响。凌志云也跟大家一样，低头在领会，在思考。

邓昌明咳了一声，又敲了一下桌子，见大家都抬头看着他了，便往前挪了挪椅子，说其实上一次的机构撤并也好，贷款的集中剥离和核销也好，都是这次股改的前奏和准备，把中国加入世贸组织，把经济领域一系列改革的扩大和深入，特别是把国有企业改制力度的加大和速度的加快联系起来一看，如果是一个有心人，多一点敏感，多一点思考，就不会感到太突然，不会感到太意外。他看着凌志云，问是不是这样。凌志云站了起来，脸一红，说他是有一种预感，是感觉到了改革会有大动作，但没想到会来得这么快，会来得这么猛，还真没有足够的思想准备，也没有足够的心理准备。邓昌明朝他压压手，说他说的是实话，是心里话，这正常，没关系，他也一样。他喝了一口水，扫一眼会场，说不瞒大家，他昨天去省分行开会，开始也没说是什么议题，还以为是说“开门红”的事，当徐行长一开口就说股改的事时，他的头也一下就蒙了，接着是麻了，后来还疼了。他说着一笑，笑得大家也轻松了许多，或长出了一口气，或端起杯子喝水，或与相邻小声交流起来。

宁可碰了一下凌志云的手，说他也隐约有一种感觉，但不知道是什么，听邓昌明这么一说，才恍然大悟了，原来是要股改。凌志云说前不久跟沧江K行的行长一起开会时，他也有过同样的预感，K行也一样集中剥离和核销了贷款，也一样撤并过机构。

上个月宁可违规核销贷款的处分决定下来了，给予行政警告处分，并扣发奖金一千元。原本是撤销行长职务，另行降级安排，是温江县县长出面说情，邓昌明也一再跟王荣和徐行长汇报才有了这个结果。

邓昌明说这国有商业银行的股份制改造，跟国有企业改制一样，是国家战略，是国家意志，是大势所趋，是把国有商业银行办成真正的银行，更好地支持经济社会发展的必然选择和必由之路，也是中国金融业融入世界，建立世界金融业新格局的必然选择和必由之路，是没有退路的“背水之战”，是

“一场输不起的改革”，如果说上次的机构撤并只是牵涉到H行的少数机构和少数人，那这次的股改就与H行所有的机构和所有的人有关。换句话说，如果上次只是局部和个别，那这次就是全局和全部，这股改将是史无前例的，既没有前人的足迹可循，也没有前人的经验可用，得自己摸着石头过河，自己披荆斩棘走，将是波澜壮阔的，也将是惊心动魄的，这改革将在全国同时展开，而且不只是H行在孤军奋战，K行和别的行或将与我们并肩同行，或将随后跟上，全国将有数万个机构，数十万人甚至上百万的人参与其中，能有幸赶上了，参与了，见证了这场伟大的改革，虽然是任务艰巨，却是使命光荣，是大家的幸运和荣耀。

喝了一口水，邓昌明接着说，作为基层机构，作为基层机构的负责人，谁都没有价钱可讲，没有条件可谈，只能按照上级的规定和要求去执行，去落实，去做好，谁都不仅要做改革的领导者、见证者，更要做改革的参与者、贡献者，谁都只能急流勇进，迎难而上，谁都不能做改革的旁观者，更不能做改革的投降派，谁都不能做改革的绊脚石，更不能做改革的拦路虎。他一拍桌子，说这改革，谁都只许成功，不许失败，谁都输不得，输不起。他目光炯炯地扫了一圈会场，一拍桌子，问大家有没有信心和决心。大家一愣，都说有，但说得不响亮，不齐整，没精神，没气势。邓昌明又一拍桌子，问到底有没有。大家一振，异口同声地大声说有。邓昌明拍了拍手，说好，这就好。

凌志云虽然嘴上说得响亮，心里却在发毛，发慌。他看到宁可腿在颤抖，手心在冒汗。宁可现在是戴罪立功，如果股改再有差池，那他这行长的帽子肯定是会摘了，自然他的压力比谁都大。

邓昌明又咳了一声，敲了一下桌子，说大家都知道，每一次改革也好，变革也好，其实就是一次利益的调整，一次格局的改变，必然会触及和影响到一些人的利益，必然会出现这样或那样的矛盾和问题，甚至还很尖锐，很激烈，特别是这次股改，由于涉及面广，又改得深，改得透，将完全打破现有的利益格局，改变员工的身份，尤其是有少数人会没了岗位，不得不离开银行，失业或是再就业。他停了停，说要想改革得以实施，得以推进，最重要最关键的，就是要让员工的思想和观念得到改变，这是改革成功与否的前提和基础，而大家清楚，要改变一个人的思想和观念，谈何容易，这就要求大家要耐心细致地多做工作，而且方式方法要灵活多样，一定要跟大家讲清楚为什么要股改，怎么股改，股改后会是个什么样子，员工从中将得到什么，失去什么，需要员工做什么，应该怎么做等等，让大家理解股改，支持股改，参与股改，助力股改。

见有的人言语间还是信心不足，眉宇间还是忧心如焚，邓昌明笑了笑，说这股改无疑会情况复杂，矛盾尖锐，困难不少，但大家也不要怕，更不要给困难吓倒，一定要相信办法总比困难多，市分行也好，省分行也好，总行也好，都会是大家的坚强后盾。他会和大家一起冲锋陷阵，一同拆弹排雷，直到把红旗插到山巅。

不知是谁叫了一声好，跟着会场叫好声一片。邓昌明站了起来，边打手势边说，今天这会既是传达精神，也是一次动员，这股改对大家来说既是一次考验，也是一次检验，将考验大家的意志和毅力，将检验大家的智慧和能力。他拳头有力地一握，再一举，说他相信大家能经受住考验，能经得起检验，不仅能打赢这一场硬仗，而且会打得漂漂亮亮。

一阵椅子挪动的声音响过，大家都昂首挺胸地站在那里，注视着邓昌明。他走了过去，像临战前检阅部队似的，边走边在每个人的肩膀上拍一下，拍完了，回到椅子跟前，一拍桌子，再手一挥，满怀激情地说，好，大家好样的。

散会时已是快十点半了，宁可说他干脆明天早上再回去，现在回到温江也是半夜过了，又笑凌志云，要他别磨蹭了，快回家亲热去。凌志云却说马上走，回沧江。见凌志云要走，他也不住了，说精神不过夜，得带回温江去。

回到家，凌志云一看时间，果然是差几分钟就 12 点了，而宁可到家那真得是半夜过了。

躺在床上，想着那网点怎么撤并，人员怎么分流，岗位怎么设置，员工的思想工作怎么去做，哪些人可能一时难以接受，会有过激言行，明天的会怎么开，方案怎么弄，想着这，想着那，凌志云哪里还睡得着，直到鸡叫第二遍了，好不容易刚要蒙眬睡去，宁可又来电话了，说他怎么都睡不着，是越想越激动，越想越兴奋，又越想越担心，越想越害怕，看凌志云理出个头绪了没有，打算怎么搞，从哪下手，从哪突破。凌志云说他也一时还没想清楚，只能走一步看一步，就先开了支部会，统一了支部成员的思想和认识吧。两人就这么聊着，一直聊到天亮。

胡国庆一见凌志云就说他怎么一副心事重重、忧心忡忡的样子。凌志云打量了一下胡国庆，说他也差不多，彼此彼此。

凌志云散了支部扩大会，刚到办公室，胡国庆就匆匆来了。

在支部会上，齐向前说股改的关键是人的分流，这个问题解决了，其他的问题就迎刃而解了，上次的机构撤并本质上也是一个人的问题，但这次与上次的最大区别在于，上次是如果支行真的撤了，那支行就不复存在，所有的人都得离开支行，那是皮之不存，毛将焉附。就是少数人还在H行上班，那也得去沧江以外的地方。这在某种意义上来说，等于是断了大家的念想，灭了大家的希望。大家一看，反正你走了，我走了，大家都走了，加上人大多有一种从众、随大流的心理，大家也就不会那么难过，不会过分地失衡，也就能接受现实。而这回的股改不一样，是支行还在，而且从改革的初衷来看，未来更美好，是给人念想和希望，又大部分人还会留在支行，只是身份变了，得离开支行的只是少部分人，那这少部分人又是谁呢。这没有一个标准，没有一个规定，上面又一再强调，离开的必须是自觉自愿，不得强制逼迫，工作难就难在这里。

稍停了停，齐向前接着说，也许会没几个人愿意离开，甚至压根就没谁想离开。当然，也不排除有一种可能，那就是想走的人比需要留下的人还多，不过，这种可能几乎为零。那怎么办？关键得跟大家讲清楚两个东西，一个是要把将上面给的政策讲清楚，讲深讲透，而且要让大家明白，这样的政策只有现在有，过了这个村就没有这个店；另一个是要跟大家讲清楚，股改是有风险的，未来是个什么样谁也难说准，也许留下好，也许离开不比留下差，当然，这得把握好一个度，把握好分寸。他望了一眼窗外远处那冒着浓烟的烟囱，说实事求是地讲，股改给那些离开支行的人的条件和待遇，与那些企业下岗人员相比，优厚多了，丰厚多了，这也可以说一说。这样一来，应该会有的人主动选择离开，有的人会摇摆不定，左右为难，那后者就是一个空间，就是一个余地。

林红叶说还一点也应该跟大家说清楚，那就是股改之后，网点减少了，人员减少了，而发展的任务更重了，工作的要求更高了，工作的强度更大了，工作的制度更严了，将是以业绩看成败，以贡献论英雄，每个人的收入将与自己的业绩和贡献挂起钩来，多劳多得，少劳少得，而且会支行能进能出，岗位能上能下，将彻底打破铁交椅，彻底打破大锅饭，那些工作不努力，业绩上不去的人将会被辞退，或是解除劳动合同。

谷为怀提议工作分三步走，首先是摸清情况，然后是制订方案，最后是抓好实施，并建议在这关键时候，仍然要充分发挥党支部和党员的作用，对重点对象，支部成员要结对子，切实把思想工作做在前头，只有把大家的思想做通了，心气理顺了，股改才会顺利实施，才会有效推进。

高艳说这股改应该是好事，但究竟会改成什么样，改得怎么样，她既说不清楚，也道不明白，她不是那么悲观，也不是那么乐观，但不管怎么样，该她做的工作一定会尽心尽力、尽职尽责。

曾迎春瞟一眼高艳，一拍桌子，说这股改是盘古开天地，三皇五帝到如今，前所未有的事，事情大，任务重，自然思想要领先，道理要讲明，工作要到位，但也不能太迁就，太放纵，谁要讨价还价、东拉西扯，只打着自己的小算盘，谁要煽阴风、点鬼火，造谣生事，那就是小人，就是王八蛋，让她来对付好了，有他们好看的。

凌志云说大家的意见和建议都很好，归根到底一句话，那就是务必把这一仗打赢，而且要打得漂漂亮亮。而要打得漂漂亮亮，那首先就得把思想工作做漂亮。而要把思想工作做漂亮。那对少数人就得动之以情、晓之以理，就得三番五次、苦口婆心，因为这少数人就是能否把这一仗打漂亮的关键。

胡国庆问凌志云满脸愁容的是怎么回事。凌志云把股改的事跟他说了，说到时候还得请他多支持多配合，又问他怎么也满眼心事。他说昨天下午，梁光辉把他叫了过去，要他做好机械厂改制的准备，也不知那消息怎么传得那么快，他人还在回厂里的路上，厂里就已经炸了锅了。

朱建国一会儿坐在桌前，唉声叹气地看着朱开放，一会儿背着手，勾着头，在地上时快时慢地走来走去。朱开放要他别走了，走得心烦，走得头晕，说着一拉绳，说关灯睡觉，明天再说。朱建国一把拉住朱开放，开了灯，说不搞清楚，谁也别想睡。朱开放只好坐下，要朱建国有话快说，别婆婆妈妈的，都快鸡叫头遍了。朱建国说急什么，现在还没睡的绝对不只他们两个。他走到窗前，伸出脖子往上下和左右看了看，说不说别的，就汤显贵和杨大志，还有谷为怀和高艳，一个也没睡。

抚摸着桌上的两瓶酒，朱建国说凌志云也还没睡，干脆现在送过去。朱开放一笑，指了指那酒，看着朱建国，说这酒他都当作宝贝似的，谁来也舍不得喝，怎么一下大方了，舍得送出去了。朱建国说那要看是什么时候，送给谁，在现在这个关键时候，该送的就得送，就是一块金子也不能再藏着了。朱开放呵呵一笑，要朱建国还是别送了，别送了又心疼。说着就拎了酒要往柜子里收。朱建国边从他手上抢过酒，边说就是心疼也得送，只要送了，能把事情办好，那心疼也值得。朱开放说凌志云不会收这酒，就是收了酒，事情也不一定会如他的愿。朱建国说送总比不送的好，送了人家总会领个情。朱开放说送了反而会给人家增加麻烦，增添负担，反而会误了事，坏了事。

朱建国到窗前看了看，一手拎着酒，一手拉着朱开放，说一起去找凌志云。朱开放甩开朱建国的手，说他不去。要朱建国也别去了，免得尴尬。朱建国瞪了朱开放一眼，在他额头上戳了一下，骂一声没用，自个去了。

来的路上，朱建国还想得好好的，见了凌志云怎么说，可一进门，在沙发上一坐，那话就不见，吞吞吐吐地不知道怎么开口了。凌志云给他泡了茶，要他别急，有事喝了茶再说不迟。他嘿嘿笑了笑，说也没什么，就两瓶酒，十年前一个战友送的，反正自己也不会喝酒，就带过来了，一点小心意。凌志云拿起酒看了看，闻了闻，说嗯，好酒。朱建国见凌志云说酒好，又没说不要，心里踏实多了，话也上来了，直往嘴边涌，却又压着按着，想等凌志云问了再说。凌志云看出来了，却不问，只说喝茶。

今天下午，朱建国在凌志云办公室坐了一个多小时，将一些股改的政策逐条逐句逐字地看了又看，想了又想，一再问凌志云买断工龄也好，内退也好，还是别的也好，待遇是不是可以争取再优厚一点，再实惠一点。凌志云一再跟他解释，说政策是上边制定的，他无权改变，也无法改变，而且大家都一样，不会给哪个多一分，也不会给哪个少一厘。

朱建国憋不住了，说半夜三更来找凌志云，也是心里一团乱麻似的，不知道怎么办好，来请他给拿个主意。凌志云说下午就看出来了，他心里还是纠结着的，还想明天一早请他去办公室，再好好跟他谈谈心。朱建国朝凌志云欠欠身子，说他这不请自来了，真不好意思，耽误他休息了。凌志云说没事，有什么直说好了。朱建国咽了咽口水，说他家的情况有些特殊，他和朱开放都在支行，在沧江没任何背景，也没什么亲戚，往后揽存的压力会非常大，到时候业绩上不去，贡献上不来，名字三天两头写在白榜上，发放的工资奖金也比别人少一大截，自己脸上无光倒是小事，就怕拖了支行的后腿，也怕别人指指戳戳，骂他占着窝不下蛋，蹲着茅坑不拉屎。他停了停，轻轻一声叹息，看着凌志云，说人有脸，树有皮，他反正年纪大了，过几年就退休了，就内退算了，到时候也好帮着朱开放，别让朱开放抬不起头来，他还年轻，还得进步。又说眼下这内退的条件确实是还算好，但听说股改后工资马上会涨上去，而且涨的幅度不小，那内退又吃亏了，而且吃亏不小。凌志云说内退的政策和待遇是明摆着了的，而股改后工资涨不涨，涨多少，那还是个未知数，是不是内退还是他自己拿主意。

沉默了一会儿，朱建国抬起头，看着凌志云，说还有一个事，一定得请他关照。凌志云点点头，问他要说的是不是朱开放的事。朱建国说凌志云英明，简直就是他肚子里的蛔虫。凌志云摆摆手，说这正常，就是他也会这样。朱建国讪讪一笑，说凌志云能这样看，那他就好意思说了。凌志云点头笑了笑。朱建国边掰手指边说，这回支行得五个部门并做三个，四个分理处合成两个，明摆着九个主任变成只有五个了，也就是说还有四个主任得下台，没了位置。凌志云点点头。朱建国咂了咂嘴，试探着说，那信贷部主任看上去是空着的，是齐向前兼着，但那明眼人都清楚，是给谷智勇留着的，谁也别做梦。凌志云笑而不言。朱建国跟着笑了笑，看着凌志云，说那五个部门的主任还好办一点，但那四个分理处的主任就不那么好弄了，他们要么是有关系，有背景，要么是能力强，业绩好，可以说是个个呱呱叫，没一个弱的，让谁下来，都难以摆平。凌志云一声叹息，说是啊，这主任的摆布还真是令人头疼的事情，谢谢朱建国能这样理解他的难处，理解他的苦衷。朱建国嘻嘻一笑，说能为凌志云排忧解难，既是他的本分，也是他的荣幸。不等凌志云开口，他马上腰一挺，说他想好了，作为一个老同志，作为一个老革命，作为一名老党员，在这个关键时刻，理当多为支行排忧，多为凌志云着想，因此，他决定了，放弃主任的竞聘，主动把位置让出来。凌志云一把握住朱建国的手，边摇边说他代表支行班子，代表支行全体员工，谢谢朱建国对他和班子的支持和配合，感谢他为大家做出了表率和榜样。说着站了起来，拉着朱建国的手，边要往门口走边说时间不早了，明天都还要上班。朱建国回头看着那两瓶酒，脚下也没动了。

朱建国憋得一脸通红，几次欲言又止。凌志云琢磨着他想说什么，几次想问他，还是忍住了。朱建国站了起来，给凌志云鞠了一躬，还要敬军礼。凌志云忙站起来，按住他抬起来了的手，要他有话直说无妨。他瞟一眼门口，往凌志云跟前挪了挪，咽了咽口水，说也没别的，就是他可以把主任让出来，但凌志云得给朱开放一个主任位置。凌志云呵呵一笑，看着朱建国，半开玩笑半认真地说他这是要做交换，要做交易。朱建国有点尴尬地嘿嘿笑着，一时眼睛不知道往哪里看，手不知道往哪里放了。凌志云收敛了笑容，目光温和地看着朱建国，说这主任既不是哪个家的，或哪个人的，也不是他凌志云的，他无权给谁不给谁。朱建国耳朵也红了，说他知道不该来找凌志云，也不该这么说，但他又没办法，只好厚着脸皮来了，话也说了，还请凌志云别怪罪，多包涵。凌志云将那酒递到朱建国的手上，说没关系，了解他的情况，理解他的心情，感谢他的信任。朱建国抹了抹潮湿了的眼睛，说他也是了解凌志云的为人，才硬着头皮，麻着胆子来的，都做好了挨骂的准备。凌志云哈哈一笑，拍了拍朱建国的肩膀，说朱老革命一贯是高风亮节、严于律己，这次来找他，那是人之常情，就是他也会这样，哪会骂呢。朱建国摆摆手，边说惭愧，边往门口退。退到门口，想把酒放下，但一犹豫，还是拎着走了。

就在朱建国跨进凌志云家的时候，见送何思卉下楼的谷智勇进了门，谷为怀一拍桌子，说那事就这么定了，谷智勇不参加支行信贷部主任的竞聘。

刚才谷为怀正和谷智勇说竞聘的事，何思卉来了。她说银行一直是她理想的工作单位，是她梦想起飞的地方，可现在好了，股改之后她连银行员工的身份都没了，成了外派外包人员，想着心里就难过，难受，与其这样，不如忍痛走了的好。她说着就眼皮都红了，泪汪汪了。吴冬梅搂着她，边轻轻拍着她的背，边问她准备去哪。她说她叔叔已经给她联系好了单位。谷为怀说所有人的身份都转换了，包括像他和谷智勇这样所谓的正式工都成了合同制，合同到期要么是续签，要么是解除。又说据他的分析，往后每年会从外派外包人员中择优录为合同制员工，身份跟他和谷智勇一样。何思卉说这她知道，凌志云跟她说过，但她想好了，也不想去挤占到时候非常有限的名额。谷为怀轻轻一声叹息，看一眼默默不语的谷智勇，说那好，尊重她的选择，也好，如果她留下来，那一家三个在支行，完成任务也难。何思卉抹泪一笑，说她也想到了这，往后她就可以不要想着自己，一心帮着谷为怀和谷智勇揽存什么的了。

谷智勇边在桌前椅子上坐下，边嘟哝了一声为什么。谷为怀眉头一皱，手一指谷智勇，说不为什么，不能参加就是不能参加。谷智勇涨红了脸，两腮胀鼓鼓地看着谷为怀，好像不认识他似的。谷为怀盯着谷智勇，问他是不是不服气。谷智勇沉默不语。谷为怀一拍桌子，说不服气也得服气。谷智勇腾地站了起来，一推椅子，说他这是军阀作风，是搞一言堂。谷为怀愣了愣，说："哟，翅膀硬了，还反了你了。"说着举起手来。谷智勇脸一伸，说："好，你打。"吴冬梅从厨房跑出来，一头将谷为怀顶开，脸往前一贴，要谷为怀打她好了，又朝谷智勇扬着手，示意他走开。谷为怀瞥了一下吴冬梅，要她少管闲事。吴冬梅瞪一眼谷为怀，拉开椅子，往上边一坐，说这可不是闲事，也不是公事，是家务事，也是大事，她就得管，还管定了。谷为怀一甩手，说她胡搅蛮缠。她一下站了起来，指着谷为怀的鼻子，说："我怎么就胡搅蛮缠了，为什么人家可以参加竞聘，就谷智勇不行？他是外星来的，还是他不是支行的员工？是他比谁矮了一截，还是比谁差了多少？是他犯了天大的错误，没有资格参加，还是他得罪了谁，人家想剥夺他的权利？"见吴冬梅还要说，谷为怀一甩手，往窗前去了。吴冬梅瞪一眼谷为怀，边看谷智勇的脸边问打着了没有。谷智勇摇了摇头。吴冬梅哼了一下，看一眼走到窗前的谷为怀，说谅他也不敢打。

天空闪耀着几颗星星。不远处朦胧夜色里的河湾蛙声一片。青草和绿叶的清香揉在轻风里。谷为怀吸了几口，倍感清爽。他回到客厅，将手搭在谷智勇肩上，轻轻压了压，看一眼还在生气的吴冬梅，面对谷智勇坐下，说谷智勇作为一名预备党员，在这个关键时候，就得做出表率，做出牺牲；就得多为支行着想，多为领导分忧；就得有一个党员的姿态，有一个党员的样子；就得比别人有更高的觉悟，更宽的胸怀；就得不给支行添麻烦，不给领导添乱子。吴冬梅一下站了起来，指着谷为怀，问他谷智勇怎么就添麻烦了，添乱子了。谷智勇拉着吴冬梅坐下，边劝她别生气，边在她背上轻轻捶着。吴冬梅拿开谷智勇的手，让他坐下。他坐下又站了起来，站端正了，看着谷为怀，虽然还有一点胆怯，却有了更多的坚定和自信。谷为怀不知不觉也站了起来，期待地看着谷智勇。谷智勇眉一扬，说正因为他是一名党员，在这个关键时刻，那就更要勇敢地站出来，满怀激情地拥抱股改，满怀热情地参与到竞聘中去，就要将自己的才华和本领展示出来，让大家来评判自己，选择自己，让自己为了支行的未来有一个更广阔的施展舞台，有更多的争做贡献的机会。吴冬梅微笑着，连连朝谷智勇竖着大拇指，又捧着谷智勇的脸响亮地亲了一口，朝谷为怀嘴一努，说谷智勇好样的，真是她的好崽。看着他们的样子，谷为怀心底一热，也不知是为什么。

一小会儿沉默过后，吴冬梅捏着谷智勇的手，满眼慈爱地看着他，说他不比谁差，又“副”了那么久了，也历练出来了，凌志云和齐向前都喜欢他，那信贷部主任是坛子里的乌鱼，铁板上的钉，他拿定了。谷为怀说那可不一定，这主任的岗位现在是僧多粥少，现任的还有几个得下来，要想往上提，那几乎不可能。吴冬梅眨了眨眼睛，看了看谷为怀，恍然大悟地“噢”了一声，说原来他是怕谷智勇竞聘不上，丢了他的脸。谷为怀一愣，又一笑，说她想歪了。吴冬梅一哼，说谷为怀的心眼就针眼那么大，为了自己那点小面子，还不让儿子去竞聘，也是怪了。她笑了笑，说谷为怀都早下来了，如今是老百姓一个了，哪还有什么面子，谁还在乎，就别自作多情了。谷为怀脸一红，指了指吴冬梅，轻轻一声叹息。吴冬梅看着谷为怀，说他没什么叹气的，就是傻，好端端的把行长辞了，要是现在还在行长的位置上，那也许还有点面子。谷为怀说她这就不懂了，幸好他当时辞了，要不辞了，那也会给人哄了下来，或是给上边免了。又说幸好他辞了，凌志云上了，支行才闯了过来，才有了今天的局面，才有了现在的机会。吴冬梅看着谷智勇，说机会来了，别怕，她支持他。谷智勇挠挠头，说他其实也知道支行的难处，理解谷为怀的想法，并不是自己非要当那个主任不可，只是想从中检验一下自己，看自己有没有那个勇气，有没有那个信心，看自己在大家眼里到底有多大分量，在大家心里是不是称职。吴冬梅边摇头边说那不行，一定要志在必得。又拉着谷智勇的手，说这回上去了，那过三年两载，就可以上一个台阶，再过几年，就可以去坐凌志云，也就是谷为怀坐过的那把椅子。谷为怀哈哈一笑，说吴冬梅怎么就成了一个官迷了。吴冬梅横一眼谷为怀，朝地上“呸”了一下，又说也是哦，曾迎春做梦都想当行长，可想了那么多年，还是没当成。谷为怀哈哈一笑，盯着谷智勇，问他还参加竞聘不。他胸一挺，大声说参加。谷为怀心底又是一热，手有点抖了，忙扶着茶杯。

见吴冬梅一上床就背过身去，谷为怀笑出声来。吴冬梅拉亮灯，转过身，问他笑什么。他说笑她真是笨，比楼下那只狗还要笨。她拧了谷为怀一把，说她哪里笨了，快说。谷为怀偏不说，还佯装打起了呼噜。吴冬梅揪着他的耳朵。他“哎哟”一声，说他是试探谷智勇的，看他到底有没有那个决心，有没有那个信心。吴冬梅“哦”了一下，说她明白了。过了一会儿，又问谷为怀，要是谷智勇真上去了，那人家会不会说闲话。说着坐了起来，看着谷为怀，说他和谷智勇可都是党员，谷智勇还等着转正式的呢，别人会不会背后说什么。谷为怀开怀一笑，要她快睡觉，别多想了。

朱建国去窗口看的时候，汤显贵正心烦意乱地在客厅和卧室间来回走着，边走边或挠头，或搓手。

走了一会儿，汤显贵拿出一瓶酒，用嘴咬开盖，抓着瓶子就喝了起来。

自从支行开了股改动员大会之后，汤显贵的心就没怎么平静过，他想留下来，也想买断工龄。那天晚上，动员会一散，他就跑到倪小桔那里去了，问他是留在支行上班，还是跟她一起做生意。倪小桔呵呵一笑，说她店小，不要人。又说她现在也不是他的什么，这样的大事她不好说什么，自己拿主意好了。过了好几天了，头发想长了，头皮想麻了，是去是留，他还是没个定夺。

汤显贵看了看酒瓶，酒已下去一小半了。这酒一喝，他似乎头脑清醒多了，将酒瓶往桌上一蹾，往沙发上一坐，抓起笔，在纸上写了一个“留”，再写了一个“去”，然后边想边在“留”和“去”上画着圈，心想谁的圈多，就照谁的办，可画来画去，一数，圈一样多。他骂了一声，将笔一丢，又喝起酒来。

听到有人敲门，汤显贵骂骂咧咧地去开了，一见是杨大志，先擂了他一拳，说半夜三更的，吵什么，接着又一把将他拖了进来，说来得正好，一起喝酒。

杨大志酒杯一搁，说他来也是想请汤显贵给参谋一下。汤显贵嘴一抹，说就杨大志这样子，想都不用想，还是留下来的好。杨大志说他有一个亲戚，有关系，有门路，开了一个采石场，生意很红火的，几次邀他去做股东，赚大钱，他心动过，但一直没答应，现在来了机会，干脆买断工龄算了，这样股东做了，又得到了补偿，两全其美。汤显贵一笑，说他想得美呢。杨大志愣了愣，问怎么就想得美了。汤显贵说开厂子风险大，开采石场风险更大，说不定哪天出个大事故，或是石子的价格跌下来了，或是上边来了政策，不准开了，那就亏大了，亏死了，到那时，他这边没了单位，没了收入，喝西北风去。杨大志说也就是想着这，家人也有想法，才来请汤显贵参谋的。他瞟一眼门口，凑近汤显贵，说他倒是还想了一招，就是这边明着在支行上班，那边暗地里在场子入股，两头赚，万一有什么，那也是东方不亮西方亮。汤显贵摇摇头，指了指杨大志，说别以为天下就他聪明，就他想得那么美。杨大志脸一红，嘿嘿笑着。汤显贵说天下没有不透风的墙，他想鱼要吃，熊掌也要吃，天下哪有这样的好事，只怕是他鱼还没进嘴，熊掌也掉了，到时候来个鸡飞蛋打，两头没搭。杨大志偏着头想了想，看着汤显贵，问他的意思是不是就是采石场的股不入了，就一心留下来。汤显贵点点头，又摇摇头。杨大志又有点莫名其妙了。汤显贵杯子一举，说喝酒，喝酒。

喝了两杯，杨大志问汤显贵刚才怎么又点头又摇头。汤显贵叹了一口气，说这能不能留下来，可不是自己说了算，每个岗位都得参与竞聘，首先是主任竞聘，然后是副主任竞聘，最后是员工竞聘。如果竞聘上了主任，那就铁定了，还可以挑选副主任和员工；如果竞聘上了副主任，那也保险了。如果员工也没竞聘上，那就麻烦大了，就得参加三个月的培训；如果还是没人要，那就不走也得走了，那就窝囊了，狼狈了，与其这样，那就还不如有自知之明，早点走了好，免得让人笑话，让人嘲弄。杨大志擦着额头上的汗，一脸茫然了。

汤显贵一拍桌子，说他明白了。杨大志吓了一跳，问他怎么了，神经病似的。汤显贵嘻嘻一笑，摆摆手，说他不懂的。杨大志边起身边说，他还要卖关子，那自己走了，懒得陪他喝了。汤显贵拉着他坐下，嘿嘿一笑，说其实也没别的，就倪小桔说的要他自己拿主意，他一下子明白了，她是要他留在支行。杨大志皱了皱眉头，指着汤显贵，说可是能不能留下来，可不是自己说了算哦。汤显贵手一挥，说知道。杨大志问那怎么办。汤显贵一拍桌子，说还怎么办，一起去竞聘呗。杨大志问他去竞聘什么。他说竞聘副主任。杨大志点头，又摇头。汤显贵说杨大志现在就是副主任，竞聘只是自保，防守就行，而他就不一样了，那是进攻，是要攻占山头的。杨大志说他是想守，可就怕守不住，如果真没守住，那脸就丢大了，汤显贵倒是好，反正没压力，没竞聘上就没竞聘上，人家不会说什么。汤显贵边给杯子满上酒边说好了，别想那么多了，重在参与。杨大志说那好吧，就听他的。汤显贵站起来，杯一举，朝杨大志一努嘴，说来，干一杯，一切都在这酒里。

两只酒杯响亮地碰在一起。酒花伴着玻璃碎片飞溅开来。汤显贵放下酒杯，拍了拍愣在那里的杨大志的手，说没事没事，这就是打发打发，他的副主任准是保住了。杨大志回过神来，讪讪一笑，说那就借汤显贵的吉言了，到时候一定请他喝酒。

有人慌慌张张跑进车间，说不好了，出大事了。正蹲在地上，跟陈双有比画着的胡国庆一下弹了起来，问怎么了。那人上气不接下气地说柳建平身上捆满了炸药，坐在厂门口，说要跟大楼共存亡，跟厂里同生死，在那看热闹的人有不少，王援朝去劝他，还给他一脚踹开了，摔倒在地上。

一听说厂里要改制，柳建平就火冒三丈，肺都要气炸了，领着宋有礼等人跑到胡国庆办公室，指着他的鼻子就骂了一通，骂他是个败家子，崽卖爹田不心疼，是个卖国贼，想瓜分国有财产，他们一千个不答应，一万个不答应。宋有礼说现在厂子好好的，又不是办不下去了，准是有人想从中捞好处，让大家吃亏。有人说在厂里干了几十年了，生是厂里的人，死是厂里的鬼，死也不能让人变了厂里的姓，改了厂里的名。有人附和说，那是的，机械厂是国有企业，大家是国家的人，端的是国家的碗，吃的是国家的粮，可不能让厂子败了，落到个人手上，大家要有志气，有骨气，不给自己丢人，不给国家丢脸。

胡国庆任他们怎么说，怎么骂，都只是微笑着，等他们说够了，骂够了，才耐心地跟他们讲为什么要改制，改制的目的是什么，好处在哪里，改制之后会是个什么样子；为什么迟不改，早不改，就现在改，如果现在不改，那会怎样；会怎么改，改的过程中会有哪些困难，需要大家支持配合什么。听他一讲政策，一说道理，一摆事实，一话未来，有的人点了点头，有的人一眼狐疑，有的人一脸茫然，有的人还是叫叫嚷嚷、骂骂咧咧。

出了胡国庆的办公室，有人说胡国庆说得对，这改制是大势所趋，是改得改，不改也得改，只能顺其自然，顺势而为；有人说现在改还真是时候，趁厂里现在好一点，还能卖个好价钱，卖了个好价钱，那大家也能多分一点，等到哪天垮了再来改，那就迟了，跟着吃大亏了；有人说从那些改了的企业来看，是都有一个阵痛，但阵痛过后，有不少还真的更好了，但愿机械厂也是这样；有人说那也有改了更差的，一痛就痛死了；有人说还有没改的，人家活得好着呢；有人一声叹息，说这改只怕是不得不改了，只是改了以后不知道会是个什么样子。柳建平瞪了那几个人一眼，边走边嘟嘟囔囔地骂着败家子，卖国贼。

后来，胡国庆又跟柳建平有意无意地谈过改制的事，但柳建平还是心有抵触，弯一时转不过来，总是说机械厂对他有恩，他对机械厂太有感情了，机械厂就是他的命，谁要把机械厂改了，那谁就是要了他的命。

胡国庆挤进去一看，只见柳建平靠墙坐在厂门口一侧，一手拿着打火机，一手朝围观的人指指点点，边指点边要他们别在这里看热闹，别到时候跟着他坐了飞机，到阴间去怪他。又指着离他十来米站着，揉着屁股的王援朝，说跟他无冤无仇的，赶紧走开，别当了替死鬼，快去把胡国庆找来，要死该他来死。他右边地上摆着半瓶酒，胸前鼓鼓的，一条导火索从衣襟下露出头来，很是打眼。

刚才王援朝过去劝柳建平，要他快把炸药取了。柳建平问他怕不怕死。他稍一犹豫，说怕，又不怕。柳建平要他把围观者劝走，别伤了其他人。其他人都散开了，只有宋有礼不但不走，反而走了过来，说他跟柳建平是过生死的朋友，得去陪柳建平，给王援朝用眼神逼退了回去。王援朝试探着往前走，想一把夺过柳建平手上的打火机，可没等他靠近，柳建平已飞起一脚，把他踹倒在地，疼得他咝咝地吸着凉气。

胡国庆边走过去，边大声说他来了。王援朝张开手臂挡着，说柳建平现在已是一头红了眼的牛，是什么事都做得出来的，还是他来跟柳建平周旋，现在厂里可以没有他，但不能没有胡国庆。胡国庆说还是他去，柳建平找的是他。说着把王援朝推着往外边走。

见胡国庆离自己只有十来米了，柳建平指了指地上，要他站在那里，别再往前走。胡国庆止了步。柳建平问厂里还改不改。胡国庆说改，只能改，也必须改。柳建平说那好，既然只能改，必须改，那他也说过的，要改那就是要他的命，他现在连命都不要了。他说着亮了亮打火机。胡国庆抬了一下手，要他千万别冲动，有话好商量。柳建平说没什么商量的，除非不改了。胡国庆说改不改，那不是他说了算的，但大家有什么要求都可以讲，有什么想法都可以提，他可以把大家的意见带给梁市长。柳建平往地上“呸”了一口，说他这是屁话，大家又不是没提意见，也说带给谁了，可结果怎么样，还不是要改。胡国庆说这改，那是市里经过反复研究决定了的，怎么也不会变了，至于怎么改，那倒是可以讨论，可以商量的。柳建平一拍台阶，说既然不会变了，那就没必要商量了。胡国庆边挪一步停一下地往前走，边说可以商量的，商量是解决一切问题的最好的办法。

围观者跟着往前拥。宋有礼走在最前面。

柳建平打燃了打火机，要离他只有七八米了的胡国庆立马站住，把围观者疏散开，否则就点燃导火索了。胡国庆站住了，又转身去劝退围观者。柳建平抓起酒瓶，猛喝了两口，见胡国庆转过身来，将酒瓶往地上一蹾，问胡国庆怕不怕死。胡国庆一笑，说天下哪有不怕死的。柳建平说怕死那就赶紧走开，别杵在这里碍眼。胡国庆又一笑，说人是怕死，但也有不怕的时候。柳建平哈哈一笑，说好，不怕就好，那就一起死吧。胡国庆说何必非要死呢，往后的日子还长着，日子一定会越过越美好的。柳建平又哈哈一笑，说他想得真美，厂子都要不存在了，还哪来的什么美好。胡国庆说改了，并不是厂子不存在了，只是变了一种存在的方式。柳建平说那不是改变了一种存在的方式，而是厂子死了。胡国庆说要说是死了，那也是死而复生。柳建平看着胡国庆，默然不语。胡国庆抬脚要往前走，又放下了，微笑着看着柳建平。

围观者又拥了过来，叫的叫，喊的喊，骂的骂，哭的哭，或指指点点，或吵吵闹闹，或悲悲戚戚，或嘻嘻哈哈，或劝柳建平别犯傻，死了不值得；或说要炸别炸厂里，去炸该炸的地方；或说就这么死了不划算，得抓两个垫背的；或说他捆的不是炸药，是纸筒子；或说他压根不敢点火，是吓唬人的。

柳建平抓起酒瓶，猛地往地上一砸，声色俱厉地要围观者赶紧离开，要点火了。他说着将导火索拉出来一米多长来，晃了晃，做出一个要点火的样子。围观者一哄而散，只有王援朝和宋有礼还站在那里。

柳建平问胡国庆到底怕不怕死。胡国庆问他到底怕不怕。他一拍胸脯，说怕死就不会坐在这里了。胡国庆也一拍胸脯，说怕死就不会到这里来。柳建平愣了愣，问胡国庆死了后悔不后悔。胡国庆呵呵一笑，说人都死了，哪还知道什么后悔不后悔。他说着又往前挪。柳建平喝令他别再往前走，如果他后悔了，那赶紧退回去。他没有退，而是昂首挺胸，碎步往前移动。

导火索点燃了，哧哧地冒着火星。

围观者或往下边跑，或往坎下跳，或抱头蹲下，或趴在地上，只有王援朝和宋有礼还站在那里，两个木桩似的。

胡国庆猛扑过去，压在柳建平的身上。就在胡国庆扑上去的同时，一个身影如离弦之箭冲过来，生生咬断了导火索。王援朝跑过来，扶起那人一看，惊呆了，那是万春晖啊！万春晖的眉毛给烧了，脸也一片乌黑。

昨天上午，胡国庆和王援朝陪同梅花一道去接万春晖出狱。昨天晚上，廖三元和余小丽一起去了万春晖家，请他去丽元面馆或是建材公司上班，他选择了建材公司。刚才他去建材公司报到，听说柳建平要跟胡国庆同归于尽，拔腿跑了过来，也不知哪来的神力，把那导火索给咬断了。

柳建平和胡国庆并肩坐在台阶上，旁边坐着王援朝和万春晖，还有宋有礼。柳建平敞开胸襟，露出捆绑的炸药，朝胡国庆一笑，问他到底怕不怕。

胡国庆说怕，又不怕。柳建平问怎么说。胡国庆说怕，是因为改制才刚启动，他不能死，死不得；不怕，是因为如果自己那个了，能换来改制顺利进行下去，那也值得，再说也只有自己不怕，才有可能让别人怕，别人怕了，也许问题就解决了。他指了指柳建平，说可没想到，他还真是一个不怕死的主。柳建平解下捆在身上的炸药，往地上一扔，起身连踩了几脚。

胡国庆指了指柳建平，哈哈大笑，笑过了，抹了抹眼睛，说其实他早就猜到了几分，只是不敢大意，怕万一是真的。柳建平看着胡国庆，说真心服了他了。胡国庆拉着他的手，问那厂里还改不。柳建平手一挥，说改，当然改。又凑近胡国庆的耳朵，悄悄说其实他心里清楚，这改是市里铁定了的，是非改不可，只是他对厂里感情深，一说到改制，心就刀割一样疼，针扎一样难受。宋有礼指了指柳建平，说他昨天还急得用头去撞墙。胡国庆扒开柳建平的头发，看到头上血印尚在。柳建平拿开胡国庆的手，说也没什么，就一时急火攻心，人蒙了。又嘻嘻一笑，说他算个不怕死的，没想到胡国庆比他还不怕死。胡国庆呵呵一笑，说那也是没办法，逼出来的。柳建平脸一红，说其实他怕死，也不想死，还想看到厂里到时候会是个什么样子。又说他刚才那样做，也就是想发泄一下，吓唬一下，看能不能阻挡一下，延缓一下，结果呢，果然是螳臂挡车，枉费心机。他说着一声叹息，给了自己一个耳光。胡国庆望着前边一树含苞欲放的玉兰，说是啊，历史的车轮滚滚向前，谁也无法阻挡。

凌志云朝林红叶眨了一下眼睛，林红叶端了酒杯，起身说再敬李建国一杯。李建国连忙站了起来，说不敢当，虽然他年纪比林红叶痴长一轮，但论辈分，她还是长辈，理当他来敬她的酒。他说着抢先干了。

几天前，林红叶的母亲打电话给她，说她在沧江还有一个表舅，得去看望一下，昨天晚上她去了，正好碰到李建国也在，一说，她跟李建国成亲戚了，李建国还得叫她姑妈。

今天下午，凌志云要林红叶约李建国来沧浪之水吃晚饭，就支行股改人员分流的事跟他打个商量。

李建国看了一眼夜色下波光荡漾的沧江，指了指桌上丰盛的菜肴，看着凌志云笑了笑，说他来之前就想到了这可能是鸿门宴，果然如此，要他有事快直说了，免得这酒喝着都忐忑不安，喝得不爽。

听凌志云说了情况，李建国沉吟着，一时没有表态。林红叶急了，端了酒杯跟李建国的酒杯一碰，一口干了，说这事他帮得帮，不帮也得帮，要不跟表舅说去。李建国忙干了酒，嘿嘿笑了笑，说他不是不帮，而是看怎么帮，能帮多少。凌志云朝林红叶摆了摆手，说李建国能有这句话就好，都不容易的。

李建国掏出手机，说出去接个电话，就回。凌志云知道他是去问情况，跟人商量，便说只管去好了，等他回来接着喝酒。

林红叶说她来沧江一年多了，虽然时间不长，但跟凌志云学到了不少，借这个机会也敬他一杯。她说着站了起来，微笑着，双手端着杯子，稍稍弯下腰，挺真诚的样子。凌志云忙朝她压了压手，说哪里哪里，是她的到来给支行带来了一股清风，增添了活力，支行的凝聚力和感召力、创新力和战斗力都更强了，得谢谢她呢。林红叶脸一红，说支行的各项工作能有现在的好局面，那全是凌志云这个火车头带得好。又说她来沧江就是来工作的，也是来学习的，她知道自己还有几分青涩，还有许多不够成熟的地方，往后还请他多传帮带，多批评指正。凌志云摆摆手，说人海茫茫，能在一起共事，那是缘分，人各有所长，各有所短，往后多相互学习，共同提高。又说她年轻，悟性好，前程无限。

见李建国阴着脸进了门，凌志云心一沉，放下了酒杯。林红叶忙迎了上去，问李建国怎么了，是不是出什么事了。李建国坐下，看了看凌志云和林红叶，说实在对不起，他刚才反复想过了，最多只能帮忙解决五个人，其中有两个还得去乡镇。凌志云一拍桌子，说好，真是太好了。他拥抱了一下李建国，拉着他的手，说来，大杯喝酒。林红叶拿来大杯子，哗哗地将酒倒上，递给李建国和凌志云。他们酒杯一碰，咕噜两下喝了。李建国杯子一搁，嘴一抹，说他还以为凌志云要他解决八个十个呢，吓得他都差点不敢进来，想开溜了。凌志云哈哈一笑，看一眼林红叶，指着李建国，说那他溜啊，他就是溜进牛屁眼里，他姑妈也会把他拉了出来。林红叶扑哧一笑，忙捂着嘴，扭过头去。

酒到欢畅处，凌志云提议往后支行和信用联社建立一种全面合作关系，包括从存款到贷款，从经营到管理，从人员交流到多方互动，从资源共享到携手共进等等。李建国边拍手边连连说好，H行跟中国银行一样，是国有大行，有许多先进的理念和文化，有诸多的经营和管理上的经验，正好可以学习和借鉴。

今天上午，凌志云和齐向前去了一家公司，看能不能帮支行安排一两个就业岗位。公司总经理直言不讳地说公司想扩大生产规模，但资金吃紧，如果支行能增加两千万的贷款，那安排三五个人没问题。齐向前一听就有点来气，脸色也变了。凌志云忙拉了拉他的手，敷衍几句就起身话别了。

在去双新公司的路上，凌志云心里还不是个滋味，也不知道双新公司的董事长段一新又会给个什么脸色，真想回支行算了，可一想到不能让分流的每一个员工失业，要让他们都有一个好的去处，心里那种责任和使命、那种激情和热情又上来了。在一个岔路口，当齐向前问他还去不去双新公司时，他手一挥，说去，当然去。

听凌志云他们说了来意，段一新马上叫来了人力资源部的张部长，说支行对公司有恩，在公司最困难最需要的时候，支行及时给予了支持和帮助，眼下支行需要公司帮助解决人员分流的问题，理当支持。张部长面带难色，支支吾吾地说公司现在已经满员了，如果非要安排一个两个，那也只能去生产车间。段一新一拍桌子，要他把支行的事当作是公司的事来办，甚至要比公司的事更优先。张部长连连点头，唯唯而退。

半个小时后，张部长兴冲冲地来了，说通过调剂和调整，可以提供三个岗位，一个财务，一个供销，一个仓库保管。段一新看着凌志云，问这样行不。凌志云说已是出乎意料，大喜过望。

按照股改的要求，包括内退和买断工龄一起，支行将有九个员工被分流，如果内退的多一个，那买断工龄的就可以少一个，留在支行的就可以多一个，如果没谁愿意内退，那就意味着有九个员工要离开支行。凌志云想给他们每个人谋一条出路，尽管他们中间也许有的人能自己就业，而且会比他谋的出路更好，但他必须做好这个准备，不能辜负了他们，不能对不起他们，因为正是他们做出了牺牲，支行的股改才得以顺利推进。想着这，凌志云几次眼睛都湿了。

在回支行的路上，齐向前说凌志云这么去求这求那的，到时候也不知大家会不会领这个情。凌志云说在其位就得谋其事，尽其职，尽其责，做到问心无愧。

凌志云看了一眼窗前盛开的白玉兰，心想好了，这主任的竞聘就明天晚上了。他刚要伸手去抓听筒，准备给邓昌明打电话，只见汤显贵一敲门，快步走了进来。汤显贵边把申报竞聘主任的名单递到他手上，边说不知道怎么的，高艳没报名，他刚才还特意去问了她，是不是补上，她说不用。这让凌志云意想不到，他知道她有情绪，但不至于这样。再一想，这一段时间他确实是有点冷落她了，这中间既有他的有意疏远，也是他确实工作太忙，没时间跟她交流。

凌志云打电话请高艳来办公室，说有事跟她商量。她来了，后边却跟着徐一朵。徐一朵一看情况不对，转身就要走。高艳忙一把捞住她的手，说别走，还有话说。徐一朵有点尴尬地站在那里。凌志云稍一愣，起身请她们在沙发上坐，又要去给她们泡茶。高艳说不坐了，茶也别泡了，她只有两句话，说完就走，下边还有事情等着她。凌志云说来了就坐一会儿，喝杯茶，别那么急。高艳说徐一朵是她请上来的，请徐一朵一块上来，就是要当面推荐她，她是股改后营业部主任的最佳人选。徐一朵连连摆手，说不行不行，高艳才最合适，她还是做她的助手。高艳说她已经决定了，不参加主任的竞聘。她说着转身就走，头也没回。凌志云和徐一朵面面相觑。

前天下午，曾迎春领着一个亲戚去营业厅办业务，送走亲戚后，去高艳那坐了一会儿。一见面，她就问高艳这几个月来是怎么了，完全变了个人似的，不再那么嘻嘻哈哈了，不再那么高声说话了，也没有那种激情和热情了，更不跟她赌气斗狠了，是什么让她变得如此沉默寡言，不再那么笑口常开了，又是什么让她面色有些憔悴，不再那么白里透红，是支行哪个得罪她了，还是跟家里的那个闹别扭了，是工作上哪里出了问题，还是股改有什么想不通的。不管曾迎春怎么问，她都只是摇摇头，淡然一笑，说没什么，她什么都好，没谁得罪她，也没谁敢得罪她。

曾迎春从高艳那里出来之后就上了楼，见凌志云不在，便去了谷为怀办公室，说高艳怎么变了，变得越来越不认识了。谷为怀笑了笑，说在这个时候，也没几个人能高兴得起来。曾迎春想了想，说也是哦，她昨天晚上就喝了闷酒，东想西想的，整晚都没怎么睡着。

前天下班的时候，谷为怀在支行门口等到了从市政府开会回来的凌志云，跟他边往院子里走边聊起了高艳。凌志云说他这段时间确实事情多，就请谷为怀多跟员工聊一聊。谷为怀说他知道，有些话凌志云还真不好跟高艳去说。吃过晚饭，谷为怀去了高艳家。一落座，高艳就一笑，说谷为怀做说客来了，刺探情况来了。谷为怀嘿嘿笑了笑，说他既不做说客，也不刺探情况，只是来看看她，听听她对股改还有什么意见和建议，有些东西在会上是不好说的，这也是凌志云交给他的一项工作，凌志云忙，没时间来与每个人单独交流，这事就交给他了。高艳说谷为怀应该了解她，她是一个心里藏不住话的人，有什么都在会上说了，也请他转告凌志云，她不会为难支行，也不会为难凌志云。

谷为怀走了之后，高艳对镜看着自己，看着看着，看到凌志云从镜子深处翩翩走来，越走越近，越走越清晰。她张开双臂迎上去，一脚踢在落地镜上。镜子破了，碎了。她蹲下，又坐下，看着碎了的镜子，伤心地哭了起来，哭过了，一抹泪，决定离开支行，去沧江宾馆担任副总经理，主管财务。

两个月前，梁光辉在沧江宾馆宴请一个招商引资进来的客商，凌志云和齐向前，还有高艳和何思卉都在座。高艳买过单，刚要走，何主任走过来，说高艳又漂亮，又能干，到宾馆来当副总经理是否愿意。不等高艳说话，何思卉就挽着何主任的手，说高艳是支行的梁柱，别想挖支行的墙脚，又说高艳是她的领导，也是她的师傅，别想打高艳的主意。

其实，从那次在沧浪之水与凌志云谈过之后，高艳就有了离开支行的念头，觉得在支行自己难受还好，就怕影响了凌志云的工作，破坏了他的形象，只是下不了决心，也没有合适的理由，这下好了，股改来了，要人员分流了，有理由了，是时候了。

这几天，梁光辉的心情是坐过山车似的，一下跌到谷底，一下又抛上山巅。前天下午传来喜讯，那个招商引资的大项目，港商最终还是选择了落户沧江，放弃了温江和北江，兴奋得他在办公室一时坐，一时走，一时打电话，一时看资料，直到秘书来说半夜过了，该休息了，才想起回家，可刚关门要走，手机响了，一看是市长打来的，忙接了。市长说有煤矿发生了瓦斯爆炸，他马上从省里直接赶过去，梁光辉得立即去现场指挥。

好在救援及时得力，事故只造成了一死两伤，但还是给了梁光辉沉重的打击，让他眼看就要实现的连续三年零死亡事故的目标泡了汤。他在死者的遗体跟前长跪了一个多小时，还承诺了死者小孩从中学到大学的学费由他来负担。

今天上午，双新公司的段一新来向梁光辉汇报工作，说这个月公司的销售突破一千万没问题，今年销售过亿元，利润过千万已是板上钉钉，这个月底还有一款新产品下线，到时候请梁光辉去公司视察。梁光辉一拍桌子，说去，一定去。双新公司是他一手扶持起来的企业，也是他的市级领导定点联系企业之一。

段一新前脚刚走，凌志云后脚就进了门。梁光辉打量了一下凌志云，说他这几天又瘦了一圈，黑了一层。凌志云笑了笑，说还好，虽然有矛盾，有问题，但总体还算平稳，比预想的要好。梁光辉说那就好，听说温江那边为竞聘主任打起来了，还闹到县政府去了。凌志云说是有那么回事，但已处理好了，市分行也派了人坐镇在那里了。梁光辉说那就好，千万别波及沧江这边来。凌志云说不会，放心好了。梁光辉说他还是那句话，对支行的股改，政府是支持的，他也是支持的，股改改好了，对支行是好事，对沧江也是好事，只是不管怎么改，困难再大也好，还得坚持两眼向内，有什么尽量在内部消化，在内部解决，少给社会甩包袱，少给地方添麻烦，现在市里的改革和发展虽然取得了明显成效，但任务还很艰巨，困难还不少，机械厂就是一块硬骨头。凌志云抹了抹脸上的汗，说这他都知道，他还是当初那句话，支行一定会竭尽全力，尽量不给政府增加麻烦和负担，更不给政府添堵添乱，对机械厂的改制，支行也会全力配合。梁光辉满意地点了点头，朝凌志云压压手，示意他在沙发上坐下。凌志云还是站着，把支行网点和部门怎么撤并，岗位怎么竞聘，人员怎么分流，内退和买断工龄的已有多少人报了名，为分流人员联系了哪些再就业岗位，一一详细地说了。梁光辉一拍桌子，说好，这就好，工作考虑得周到，又做得细致，这才是一个负责，有担当的做法，就得这样。凌志云说过奖了，这样做既是落实上级行的要求，也是出于对员工的关心和爱护，更是以这种方式表达对政府和他的感激和感恩之情。

凌志云双手接过梁光辉递过来的热腾腾的茶，抿了抿，放到茶几上，看着梁光辉在他一侧的沙发上坐下。梁光辉用欣赏的眼神看着凌志云，说凌志云这样支持政府的工作，政府肯定不会亏待他，往后在存款上就可以适当向支行倾斜，在新项目上也可以让支行多去对接。又说支行如果还有什么困难，尽管说出来，他一定尽力帮助解决，当然有的可能不一定解决得了，也请多体谅，多理解。凌志云忙起身致谢，说能有他这句话，心里就已是感激不尽，温暖无比了。

凌志云刚起步要走，胡国庆风风火火走了进来。梁光辉要凌志云等下再走，正好一起商量一下机械厂改制的债权债务问题。

胡国庆说通过这些天做工作，柳建平等人的弯子是基本转过来了，但他们坚持厂子的名字不能变，还得是沧江机械厂，他们还得在厂里干活，还得是厂里的主人。梁光辉看着凌志云。凌志云说柳建平说得好，厂子是不能散，他们是得有活干，如果厂子散了，工人没活干了，那就违背了改制的初衷，改制就没有必要，没有意义了。梁光辉点点头，看着胡国庆。胡国庆说他反复想过了，改制后厂子就改名为沧江机械有限公司，职工可以自愿入股。梁光辉想了想，说好，这样好，名字上“沧江机械”几个字还在，职工也能成为公司的主人。胡国庆冲凌志云一笑，说其中也有他的智慧。

前几天，凌志云专门去了一趟机械厂，与胡国庆就支行的股改和机械厂的改制商讨了小半天。胡国庆主动说给支行分流两个人。凌志云谢绝了，说厂里本来问题多，就业压力大，不给厂里添麻烦了。谈到机械厂改制，支行的贷款怎么办时，胡国庆打了个哈哈，说那时要是听他的，把贷款核销了，那多好，这就是不听好人言，吃苦在眼前，也是人无远见，必有近忧。凌志云哈哈一笑，说此一时，彼一时，两回事。

一番面红耳赤、拍桌打椅，再一番坦诚相待、友好协商之后，胡国庆承诺贷款三分之一改制前归还，三分之一由新公司承接过去，三分之一成为改制的成本。凌志云当即将这一方案跟邓昌明做了汇报，邓昌明在电话里只说了一个字，好。

听凌志云将这方案一说，梁光辉踱了几步，转身一拍桌子，说好一个三个三分之一，真是三全其美。

见凌志云非要把那两瓶酒往他手上塞，朱建国急得一跺脚，说凌志云如果不收了这酒，领了他一家人的心意，那他就当着凌志云的面，把酒砸了。凌志云只好把酒放到桌上，说那好，这个周末方敏会过来，到时候让她炒几个菜，把谷为怀和齐向前，还有汤显贵和徐一朵等人都请来，一块喝了。朱建国连连说要得要得，满心欢喜地走了，回到家，朝朱开放有几分得意地一笑，亮了亮空着的双手。

半个小时前，朱开放问朱建国拎着酒去哪。朱建国说去凌志云家。朱开放笑了笑，说他主任都已经竞聘上了，又凭的是自己的实力，还去干嘛。朱建国说他这就不懂了，就得去。朱开放指了指酒，问他是不是真的舍得。朱建国看了看酒，说上回还真是有点纠结，有点舍不得，但这回是真心实意了。朱开放问为什么。朱建国要他自己想去。

当内退和买断工龄的人员都确定下来，并安置妥当之后，竞聘就一轮接一轮、有条不紊地展开了。竞聘一路下来，虽然有些波折，有些出人意料，但总体还算平稳，在意料之中。朱开放和谷智勇、徐一朵都顺理成章地竞聘上了主任，谷智勇还几乎是全票当选。出人意料的是汤显贵竞聘上了办公室副主任，而杨大志的副主任落了空，吴吉庆则连一般员工也没入选，成了支行唯一一个待岗培训对象。

那天晚上竞聘大会一散，摇摇晃晃的吴吉庆在会议室外的地坪里朝天一跪，双手一举，连问苍天三声为什么。三声刚落，大雨倾盆而至。杨大志跑过去扶他，他一掌将杨大志推开。杨大志看了看天空，想了想自己，在他旁边跪了下去。

凌志云走了过去，站在吴吉庆的旁边。徐一朵将伞撑在凌志云的头上。凌志云推开伞，朝她扬了扬手，示意她退回去。她收了伞，站在凌志云的后侧。

齐向前走了过去。林红叶走了过去。

谷为怀走了过去。曾迎春走了过去。

谷智勇跑了过去。朱开放跑了过去。

凌志云的后边和左右都站满了人，黑压压一片。

雨停了，天高了，星星亮了。

吴吉庆一抹脸上的雨水，猛地站了起来，朝凌志云深深地一鞠躬，说这雨把他浇透了，浇醒了，他明白自己为什么没人喜欢，为什么落聘了，他既不怨谁，也不恨谁，只怨自己，只恨自己，是自己对自己要求太低，什么都差不多就行了，从现在开始，他决心把差不多改成差得远。

凌志云带头鼓掌。掌声四起，响彻云霄。

尾声

风光无限

在朝阳里，胡国庆和王援朝，还有柳建平和宋有礼，一起将“沧江机械有限公司”的牌子挂在了公司的大门口。

沐浴着阳光，在锣鼓和爆竹声里，在欢呼和喝彩声中，梁光辉和邓昌明，胡国庆和凌志云，一同向前揭了牌。

梁光辉看着那在阳光下熠熠生辉的牌子，紧握着邓昌明的手，动情地说，机械厂这块硬骨头能啃下来，能成功改制，那真是离不开 H 行的有效配合，离不开邓昌明和凌志云的大力支持。邓昌明真诚地说，H 行虽然是国有商业银行，是一级一级直管下来，但一样是在政府的领导之下，支持地方经济社会发展，配合当地政府的工作，那都是分内之事，是职责所在。梁光辉摇了摇邓昌明的手，说他还真有点不一样，有境界，有情怀。邓昌明忙说过奖了，过奖了。接着又说，这回沧江支行的股改能如期完成，而且在双江辖内几个县支行中改得最平稳，改得最顺利，全靠政府的正确领导和大力支持，梁光辉的亲切关怀和鼎力扶持。梁光辉摆摆手，说哪里哪里，做得还不够，真的还不够。

梁光辉拉着邓昌明的手，往前走了几步，站到花坛上，指着远处城郊山脚下的工地，说那就是那个招商引资进来的大项目，前几天已经奠基开工了。凌志云走过来，说承蒙梁光辉的关照，公司的基本结算账户已开立在支行了。邓昌明朝梁光辉拱手道谢，又叮嘱凌志云一定要为公司搞好服务。梁光辉指了指远远近近的厂房，说这些年来，沧江跟许多地方一样，虽然不少的企业或倒闭了，或破产了，或改制了，但更多的企业如雨后春笋般冒了出来，而且有不少成长了，壮大了，双新公司就是其中的代表之一。他转过身来，看着机械公司的牌子，说机械公司也必将像双新公司一样，会茁壮成长，长成参天大树，比过去的机械厂更红火，更耀眼。邓昌明连连说那是那是。梁光辉望了望明丽的天空，说这一切都是改革开放的成果，因为改革开放，沧江社会活了，经济活了，沧江成了一片热土，成了一片希望之地。他说着又握住邓昌明的手，说支行已完成了股改，内生动力将更加强劲，趁着沧江经济发展的良好势头，加上支行有凌志云为首的这样得力的领导班子和坚强的战斗堡垒，支行一定会迎来一个发展的新春天，开创出一片辉煌的新天地，成为沧江银苑一颗璀璨的明珠。邓昌明微笑着看着凌志云。凌志云看了看机械公司，再望了望天空，又眺望了一下支行的方向，信心满满地说，支行的未来也会跟沧江一样，必将是蒸蒸日上，风光无限。

阳光映照在凌志云的脸上，是那么鲜亮，那么生动。

在机械公司挂牌之前，也就是公元 2004 年 8 月 26 日这天，中国银行股份有限公司在北京召开成立大会，成为中国首个完成股份制改造的大型国有商业银行，接着在 9 月 15 日，中国建设银行股份有限公司挂牌成立。之后的 2005 年 10 月 28 日，中国工商银行改名为中国工商银行股份有限公司。2009 年 1 月 9 日，中国农业银行股份有限公司在北京成立。至此，中国四大国有商业银行先后完成了波澜壮阔的股份制改造，又相继成功上市，成为上市银行，开始了改革发展的新征程、新阶段，开启了中国金融，也是世界金融的新格局。

就在机械公司挂牌两天之后，也就是国庆节那一天，谷智勇跟何思卉在沧江宾馆举行了婚礼。邓昌明果然没有爽约，不仅喝喜酒来了，还做了证婚人。

朱开放是伴郎之一。何思卉抛花的时候，朱开放和一位伴娘一同跳起去抢，伴娘一脚踩空，跌下台去，他忙出手去扶，伴娘抓着他的手，他扑倒在伴娘的身上，正好嘴对着嘴。汤显贵又跺脚，又拍手，说好好好，对上了，真是千里姻缘一花牵，好个天生一对。酒席还没散，朱开放就手一招，跟伴娘有说有笑地离席走了。朱建国看在眼里，喜在心间。

高艳大大方方地走到凌志云跟前，以宾馆副总经理的名义敬了他的酒，说往后还请多关照生意。凌志云看着她又有了往日的容颜和气质，心里尽管有着难言的丝丝缕缕的遗憾和惋惜，但更多的是欢喜和欣慰。

余小丽恭恭敬敬地敬了谷为怀和吴冬梅的酒，说廖三元是很想当面来向他们道喜的，只是建材公司在温江开的分店也是今天开业，他和万春晖都去那边了，往后温江那边就交给万春晖去打理了。

汤显贵佯装喝醉了，摇摇晃晃地直往倪小桔肩上靠。朱建国和杨大志不住地笑汤显贵，说他看着人家当新郎了，自己心痒痒了，猴急猴急了。又不停地左一杯右一杯地劝他喝酒。他打了一酒嗝，指了指朱建国和杨大志，头一歪，往桌上一趴，呼噜随即来了。倪小桔看着汤显贵，那是又生气又心疼。她指了指朱建国和杨大志，说不知道他们安的什么心，非要把他灌成这样。杨大志朝朱建国挤了挤眼睛，坏笑着摇了摇汤显贵，说他今天高兴，多喝几杯没事，到时候更好呢。

倪小桔的服装店也有了一家分店，店里都请了人，她不再需要自己时刻待在店里了。她还盘算好了，如果生意做得顺心顺手，那就把老店隔壁的两个门面都租过来，扩大经营范围和规模，走薄利多销的路子。

好不容易将汤显贵扶上楼，扶到床上躺下，刚要转身去给汤显贵冲蜂蜜水，汤显贵一把捞住倪小桔的手，随即一跃而起，抱着她就往床上一滚，把她压在下边，将嘴对接了上去，舌头在她嘴里翻江倒海地搅动起来。

倪小桔一身都软了，酥了。汤显贵坐了起来，看着躺在那里，喘着气，一脸潮红的倪小桔，说今天是个好日子，她今晚就别走了。她在汤显贵腿上拧了一把，说他原来没醉，全是装的，太坏了。汤显贵嘻嘻一笑，说男人不坏，女人不爱。倪小桔在他额头上点了一下，骂了一声不要脸。

汤显贵拉亮灯，坐了起来，搂着倪小桔，无限感慨地说，他能有今天，倪小桔能又睡在他的身边，还真得感谢党和政府，感谢这个时代，感谢支行，感谢改革，要不是有当初的“三保”“三战”，要不是有谷为怀和凌志云那么关心他，激励他，那他也许今天还是那个浑浑噩噩的样子，要不是有后来的股改，那他就不会有那种积极进取的状态，也当不上这副主任，就没有机会为支行多做贡献。倪小桔也坐了起来，看着汤显贵，说他要还是原来那个样子，那副德性，那她看都不会多看他一眼，也是看他变了，变得有个人样子了才心一软，接纳他了。汤显贵嘿嘿一笑，说这也是顺理成章，水到渠成哦。

在被窝里，汤显贵对着倪小桔洁白的胴体，摸了又摸，吮了又吮，看了又看，说真是摸不够，吮不够，看不够。倪小桔扑哧一笑，说往后日子长着呢。

又是决算。这是股改后的第一个决算。

这个决算没有了往年的聚餐，没有了往年的热闹，但大家的心都是热乎乎的，也有了更多的喜悦和幸福，因为大家的业绩更好了，收入更多了，奔头更足了。

就在这决算之夜，谷为怀跟凌志云说了一个秘密。他说余小丽的父亲余庆丰跟他是同事，情同手足。在一次下乡途中他们不慎掉落了山崖，他只是擦伤了几处，扭伤了腰，而余庆丰伤势重，临终时将余小丽托付给他。那时余小丽才半岁多。两年后，她母亲改嫁。之后，他也调离原来的单位，进了H银行沧江支行。他一直没跟余小丽说过这层关系，但他始终关注着她的成长，并暗中帮助和资助，在心里，他把她当作了自己的女儿。说完了，他摇摇头，一笑，说不好意思，这是他的秘密，也是他的一点私心。凌志云什么也没说，只是点点头，抹了抹湿巴巴的眼睛，紧紧握了握谷为怀的手。

元旦这天下午，凌志云接过徐一朵递过来的报表，一看支行的存、贷款和利润增量、增幅都创历史最高水平，不由得兴奋地一拍桌子，一连说了三声好，接着跟沧江K行行长和李建国通电话，互通情况，相互祝福。李建国说他们也已开始清理、处置不良资产，将为下一步的改革——向农村商业银行转化做准备。刚放下听筒，游组长的电话来了。听凌志云简要一汇报，游组长兴奋地说好，这样就好，支行已然是沧江银苑一颗耀眼的明珠。

才跟游组长说了再见，胡国庆打电话过来了，报喜似的说公司去年产销比上年几乎翻了一番，大家都等着分红呢。凌志云边往窗前走边向胡国庆表示祝贺。

谷为怀微笑着走进来，问凌志云在那看什么。凌志云指了指院墙下那笑着的迎春花。谷为怀会心一笑，说又一个春天要来了。

是啊，又一个春天即将到来，又将是百花争艳，风光无限！

2019 年 9 月至 2021 年 1 月初稿

2021 年 2 月至 3 月第一次修改

2021 年 4 月至 5 月第二次修改

后记

近年来，总是有一些朋友（他们既有政府官员，也有银行的同事；既有知名作家，也有文学爱好者）鼓励我创作一部以国有银行股改和国有企业改制为题材的长篇小说，说国有银行股改和国有企业改制是我国改革开放的重大事件，对我国对世界的经济金融格局都产生了积极而深远的影响，应该用，也应该有文学作品来记载，来表达，而我正好既是国有银行股改和国有企业改制的组织者、参与者、见证者，有这方面的生活体验，也已成功出版了两部金融题材的长篇小说，有了一定的长篇小说创作经验，是创作这一题材长篇小说的合适人选。每当有朋友这样跟我说起，我大多是不置可否，只说想一想再说。

其实，我早就有写三部金融题材长篇小说的构想，并拟将国有银行股改和国有企业改制安排在第二部，但在创作中又做了调整。2015 年出版了第一部《催收》（湖南省作协重点扶持作品，获中国第三届金融文学奖），2018 年出版第二部《蜕变》（湖南省作协定点深入生活项目），把这一题材挪到了最后一部，且没有动手创作。这是因为《蜕变》出版之后，我必须集中时间和精力去创作扶贫题材的长篇小说《青枫记》（获评中国作协定点深入生活项目；是毛泽东文学院签约作品；获湖南省委宣传部牵头，湖南省文联、湖南日报、湖南省作协、中南传媒集团联合举办的“梦圆 2020”主题征文长篇小说二等奖），但对这一题材的创作一直在思考。细心的读者会发现，《催收》和《蜕变》分别已从一侧面或一个点上写到了银行股改和国有企业改制，只是没有铺展开去，没有深入下去。

2019 年底，完成《青枫记》的修改之后，我全力着手这一题材的思考和构思，列出了创作提纲，拟名《格局》。这时，正好湖南省作协面向社会启动了“庆祝建党 100 周年”创作专项选题。入选专项选题有多个条件，其中一个是要题材重大，一个是作者要具备相应的创作实力。我申报了长篇小说《格局》。最终《格局》被评定为湖南省作协五部“庆祝建党 100 周年”创作专项选题之一，成为湖南省作协重点扶持作品和湖南省重点出版项目。

《格局》被确定为湖南省作协专项选题之后，我有了新的思考，也对创作有了更高的要求，又请教了谭谈、王跃文、龚旭东等名家，并对原来的构思和提纲进行了调整，由原来的十四章增加到十五章，每章的内容也做了一定的增删，还增加了引子和尾声。

湖南省委宣传部对选题非常重视，不仅关注创作进度，还给予创作指导。湖南省作协不仅组织召开了专项选题推进会，听取作者汇报和专家点评，还为每个选题确定了指导专家。我的指导专家是著名作家、湖南省作协副主席马笑泉先生。他不仅为《格局》的修改提出了宝贵的意见和建议，还跟我分享了他的创作经验，让我受益良多。

在《格局》创作和出版的过程中，还得到了中国银行总行相关部门和中国银行湖南省分行，及中国金融文联、中国金融作协和湖南省金融工会的关心和支持，得到了中国金融作协主席阎雪君、副主席龚文宣和湖南省作协副主席沈念、副主席余艳、创研部主任容美霞等老师，及湖南文艺出版社领导和编辑老师的指导和帮助。

在此，我一并表示最诚挚的感谢！

2021 年 5 月 18 日

图书在版编目（CIP）数据

格局 / 胡小平著. -- 长沙：湖南文艺出版社，2021.8

ISBN 978-7-5726-0267-2

Ⅰ. ①格… Ⅱ. ①胡… Ⅲ. ①长篇小说—中国—当代 Ⅳ. ①I247.5

中国版本图书馆CIP数据核字（2021）第153292号

格局

GEJU

作　　者：胡小平
出 版 人：曾赛丰
责任编辑：向朝晖
封面设计：天行健
内文排版：刘晓霞
出版发行：湖南文艺出版社
（长沙市雨花区东二环一段508号 邮编：410014）
印　　刷：湖南雅嘉彩色印刷有限公司
开　　本：710 mm × 1000 mm　1/16
印　　张：25.75
字　　数：410千字
版　　次：2021年8月第1版
印　　次：2021年8月第1次印刷
书　　号：ISBN 978-7-5726-0267-2
定　　价：68.00元
（如有印装质量问题，请直接与本社出版科联系调换）